CHÈRE LAURETTE

DU MÊME AUTEUR

Saga Le petit monde de Saint-Anselme :

Tome I, *Le petit monde de Saint-Anselme, chronique des années 30*, roman, Montréal, Guérin, 2003, format poche, 2011.

Tome II, *L'enracinement, chronique des années 50*, roman, Montréal, Guérin, 2004, format poche, 2011.

Tome III, *Le temps des épreuves, chronique des années 80*, roman, Montréal, Guérin, 2005, format poche, 2011.

Tome IV, *Les héritiers, chronique de l'an 2000*, roman, Montréal, Guérin, 2006, format poche, 2011.

Saga La poussière du temps :

Tome I, *Rue de la Glacière*, roman, Montréal, Hurtubise, 2005, format compact, 2008.

Tome II, *Rue Notre-Dame*, roman, Montréal, Hurtubise, 2005, format compact, 2008.

Tome III, *Sur le boulevard*, roman, Montréal, Hurtubise, 2006, format compact, 2008.

Tome IV, *Au bout de la route*, roman, Montréal, Hurtubise, 2006, format compact, 2008.

Saga À l'ombre du clocher :

Tome I, *Les années folles*, roman, Montréal, Hurtubise, 2006, format compact, 2010.

Tome II, *Le fils de Gabrielle*, roman, Montréal, Hurtubise, 2007, format compact, 2010.

Tome III, *Les amours interdites*, roman, Montréal, Hurtubise, 2007, format compact, 2010.

Tome IV, *Au rythme des saisons*, roman, Montréal, Hurtubise, 2008, format compact, 2010.

Saga Chère Laurette :

Tome I, *Des rêves plein la tête*, roman, Montréal, Hurtubise, 2008, format compact, 2011.

Tome II, *À l'écoute du temps*, roman, Montréal, Hurtubise, 2008, format compact, 2011.

Tome III, *Le retour*, roman, Montréal, Hurtubise, 2009, format compact, 2011.

Tome IV, *La fuite du temps*, roman, Montréal, Hurtubise, 2009, format compact, 2011.

Saga Un bonheur si fragile :

Tome I, *L'engagement*, roman, Montréal, Hurtubise, 2009, format compact, 2012.

Tome II, *Le drame*, roman, Montréal, Hurtubise, 2010, format compact, 2012.

Tome III, *Les épreuves*, roman, Montréal, Hurtubise, 2010, format compact, 2012.

Tome IV, *Les amours*, roman, Montréal, Hurtubise, 2010, format compact, 2012.

Saga Au bord de la rivière :

Tome I, *Baptiste*, roman, Montréal, Hurtubise, 2011, format compact, 2014.

Tome II, *Camille*, roman, Montréal, Hurtubise, 2011, format compact, 2014.

Tome III, *Xavier*, roman, Montréal, Hurtubise, 2012, format compact, 2014.

Tome IV, *Constant*, roman, Montréal, Hurtubise, 2012, format compact, 2014.

Saga Mensonges sur le Plateau-Mont-Royal :

Tome I, *Un mariage de raison*, roman, Montréal, Hurtubise, 2013.

Tome 2, *La biscuiterie*, roman, Montréal, Hurtubise, 2014.

Rééditée en un seul tome en format compact, 2015.

Le cirque, roman, Montréal, Hurtubise, 2015.

MICHEL DAVID

CHÈRE LAURETTE

TOME 3 : LE RETOUR

Hurtubise

Catalogage avant publication de Bibliothèque et Archives nationales du Québec et Bibliothèque et Archives Canada

David, Michel, 1944-2010

Chère Laurette

Édition originale : 2008-2009.
Sommaire : t. 1. Des rêves plein la tête -- t. 2. À l'écoute du temps -- t. 3. Le retour -- t. 4. La fuite du temps.

ISBN 978-2-89723-985-5 (vol. 1)
ISBN 978-2-89723-986-2 (vol. 2)
ISBN 978-2-89723-987-9 (vol. 3)
ISBN 978-2-89723-988-6 (vol. 4)

I. David, Michel, 1944-2010. Des rêves plein la tête. II. David, Michel, 1944-2010. À l'écoute du temps. III. David, Michel, 1944-2010. Retour. IV. David, Michel, 1944-2010. Fuite du temps. V. Titre.

PS8557.A797C43.2017   C843'.6   C2017-940471-7
PS9557.A797C43.2017

Les Éditions Hurtubise bénéficient du soutien financier du gouvernement du Québec par l'entremise du programme de crédit d'impôt pour l'édition de livres et de la Société de développement des entreprises culturelles du Québec (SODEC). L'éditeur remercie également le Conseil des arts du Canada de l'aide accordée à son programme de publication.

Financé par le gouvernement du Canada | Canadä

Conception graphique : René St-Amand
Illustration de la couverture : Sybiline
Maquette intérieure et mise en pages : Andréa Joseph [pagexpress@videotron.ca]

Copyright © 2009, 2011, Éditions Hurtubise inc.

ISBN 978-2-89723-987-9 (version imprimée)
ISBN 978-2-89647-344-1 (version numérique PDF)
ISBN 978-2-89647-411-0 (version numérique ePub)

Dépôt légal : 2ᵉ trimestre 2017
Bibliothèque et Archives nationales du Québec
Bibliothèque et Archives Canada

Diffusion-distribution au Canada :   Diffusion-distribution en Europe :
Distribution HMH   Librairie du Québec/DNM
1815, avenue De Lorimier   30, rue Gay-Lussac
Montréal (Québec) H2K 3W6   75005 Paris FRANCE
www.distributionhmh.com   www.librairieduquebec.fr

Imprimé au Canada
www.editionshurtubise.com

Il n'est pire violence que la pauvreté
Gandhi

Les principaux personnages

LA FAMILLE MORIN-BRÛLÉ

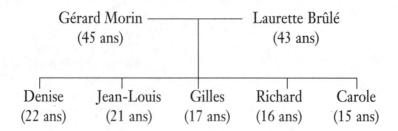

Gérard Morin ———— Laurette Brûlé
(45 ans) (43 ans)

Denise   Jean-Louis   Gilles   Richard   Carole
(22 ans)   (21 ans)   (17 ans)   (16 ans)   (15 ans)

LA FAMILLE MORIN

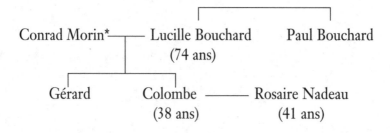

Conrad Morin*——— Lucille Bouchard   Paul Bouchard
(74 ans)

Gérard   Colombe ———— Rosaire Nadeau
(38 ans)   (41 ans)

LA FAMILLE BRÛLÉ

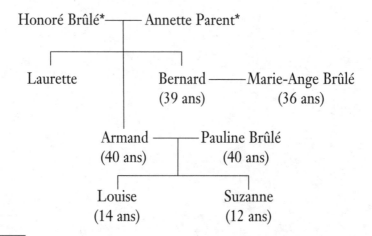

Honoré Brûlé*——— Annette Parent*

Laurette   Bernard ——— Marie-Ange Brûlé
(39 ans)   (36 ans)

Armand ——— Pauline Brûlé
(40 ans)   (40 ans)

Louise   Suzanne
(14 ans)   (12 ans)

---

* Décédé.

LA FAMILLE BEAULIEU

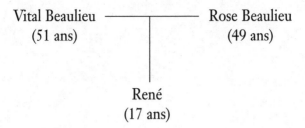

Vital Beaulieu   —————— Rose Beaulieu
(51 ans)   (49 ans)

René
(17 ans)

Chapitre 1

Trois ans déjà

— Aïe! Ça va faire! s'écria Laurette Morin, rouge de colère, en se tournant tout d'une pièce vers l'homme vêtu d'un sarrau blanc qui venait de passer derrière elle.

Le contremaître, apparemment sourd au cri indigné de la grosse femme, poursuivit son inspection sans se presser. Quelques pas plus loin, il s'arrêta, le temps de lancer un coup d'œil à la grande horloge fixée à l'un des piliers de la vaste salle de mise en boîte de la biscuiterie Viau. Il compara l'heure indiquée à celle de la montre de gousset qu'il venait de tirer de l'une de ses poches.

Maxime Gendron resta planté un bon moment au milieu de l'allée, jetant un regard impérieux autour de lui. Il régnait en monarque absolu sur son petit monde de femmes.

Dans le cliquetis assourdissant des machines, une trentaine d'employées à la tête recouverte d'une résille procédaient à la mise en boîte des biscuits Whippet, la fierté de la biscuiterie Viau. Certaines, assises sur un tabouret, vérifiaient la qualité du recouvrement du chocolat tandis que d'autres, debout, surveillaient l'emballage des boîtes rouge et blanc.

Au bout de la chaîne de production, Laurette Morin disposait les boîtes fraîchement recouvertes de cellophane dans une grande boîte cartonnée placée à ses pieds. Après avoir adressé un dernier regard meurtrier au petit homme bedonnant à demi chauve qui lui avait pincé les fesses au passage, la mère de famille de quarante-trois ans reprit son travail, la rage au cœur.

Une sonnerie retentit dans la salle.

— C'est l'heure! cria Gendron.

Immédiatement, la moitié des employées se retira de la chaîne et se dirigea d'un pas pressé vers le local appelé par dérision «salon des employés». En fait, il ne s'agissait que d'une grande pièce assez mal éclairée, encombrée de longues tables et de casiers métalliques dans lesquels on rangeait ses effets personnels.

À l'entrée de Laurette et de ses collègues, une trentaine d'ouvrières avaient déjà pris d'assaut les tables et s'occupaient à déballer leur repas du midi. Le niveau sonore de l'endroit était déjà élevé et l'on s'interpellait joyeusement d'une table à l'autre. Laurette prit dans son casier le sac brun dans lequel elle avait déposé les deux sandwiches au Paris-Pâté de son repas du midi et alla s'asseoir à sa place habituelle, au bout de la dernière table. Elle fut immédiatement rejointe par ses amies Dorothée Paquette et Lucienne Dubeau.

— L'enfant de chienne, il me fera pas ça une autre fois! leur dit-elle, les dents serrées.

— Bon. Qu'est-ce que t'as encore? lui demanda Lucienne, la plus ancienne employée du département, habituée à ses éclats de voix.

— Il y a que l'écœurant de Gendron m'a encore pincé les fesses! explosa Laurette, rouge d'indignation. Il y a tout de même des limites! Il me prend pour qui? Je suis une femme mariée, moi!

— Voyons, Laurette! C'est pas la fin du monde! Il fait ça à toutes les filles, la raisonna son amie. Elles en font pas toute une maladie pour ça.

— Peut-être, mais moi, j'endurerai pas ça plus longtemps. Si le printemps le travaille, le gros vicieux, je vais lui régler son problème. La prochaine fois qu'il me touche, je l'étampe sur le mur. Sa femme le reconnaîtra même plus après ça.

— À ta place, je ferais pas ça, lui conseilla Dorothée Lafontaine, une jolie petite femme effacée et nerveuse. Gendron a l'air de rien, mais il est pesant.

— C'est vrai, renchérit Lucienne. Ça fait trois ans que tu travailles avec nous autres. Tu devrais savoir que quand il se met sur le dos d'une fille, il la lâche pas tant qu'il est pas arrivé à la faire mettre dehors.

— Fais-en pas un drame, lui recommanda Dorothée. Contente-toi de lui donner une claque sur la main, il va comprendre.

— C'est sur la gueule que j'ai envie de lui mettre ma main, conclut Laurette.

— Je te comprends, fit son amie Lucienne, mais pense à ta *job*. À notre âge, c'est pas facile pantoute de s'en trouver une autre. Chez Viau, on est ben traitées et le salaire est pas mal.

— T'as raison, reconnut-elle, mais ça m'écœure pareil, ajouta-t-elle avant de mordre avec rage dans son sandwich.

Ses deux compagnes de travail l'imitèrent et, durant quelques instants, les trois femmes mangèrent avec appétit leur repas du midi. Laurette décapsula une bouteille de Coke et en but une gorgée avant de reprendre la parole.

— Pouah! Je m'habituerai jamais à boire de la liqueur chaude. On devrait avoir au moins un frigidaire pour mettre notre lunch.

— On achève de boire de la liqueur chaude, la consola Lucienne. On est déjà à la mi-avril. Ordinairement, après Pâques, le temps se réchauffe vite. Dans quelques jours, il va faire assez chaud pour dîner dehors et on va avoir le temps d'aller se chercher de la liqueur au restaurant, en face.

Dorothée se leva en disant qu'elle devait aller aux toilettes avant de reprendre le travail. Dès que la jeune femme fut assez loin pour ne pas entendre, Lucienne se pencha vers Laurette pour lui demander :

— Et ton mari, comment il va ?

Lucienne était la seule personne chez Viau à savoir que Gérard Morin était au sanatorium Saint-Joseph depuis trois ans. Cette veuve, mère de deux filles adultes, était devenue, au fil des années, l'unique confidente de Laurette Morin qu'elle avait prise sous son aile protectrice à son arrivée à la biscuiterie, au printemps de 1953.

— Il est toujours pareil, chuchota Laurette. Il a l'air de se remplumer un peu, mais il a pas l'air ben fort encore. Il y a des fois que je me dis qu'il en sortira jamais de cette maudite place-là, se plaignit-elle.

— À ta place, je m'en ferais pas trop. Le pire est passé. Pour moi, il est à la veille de sortir, voulut la rassurer son amie en lui adressant un sourire chaleureux.

— J'espère que t'as raison. J'aurais ben besoin de lui à la maison.

Sur ces mots, Dorothée revint et la conversation roula sur Anna Magnani qui allait sûrement remporter l'Oscar de la meilleure actrice de l'année et sur le film *Les Dix Commandements* que Laurette était allée voir la semaine précédente, entraînée presque de force par sa fille Denise.

La sonnerie indiquant la fin de la pause retentit et toutes les femmes quittèrent précipitamment la salle en même temps pour retourner au travail. Laurette reprit sa place au bout de la chaîne et profita du fait que le contremaître se trouvait à l'autre extrémité de la salle pour se mettre à « jongler », comme elle disait. Même si son travail lui causait parfois de pénibles maux de dos, elle l'aimait parce qu'elle n'avait pas à réfléchir aux gestes à poser. Il lui permettait de penser tout à son aise. Aussitôt ses pensées se tournèrent vers son mari.

Après trois années de sanatorium, Gérard demeurait toujours son principal souci. Quand il avait détecté la tuberculose chez son patient, le docteur Laramée avait alors parlé d'un séjour d'un an à Saint-Joseph pour le père de famille. Laurette avait d'abord été terrassée par la nouvelle, incapable d'imaginer comment elle allait s'en sortir pour nourrir les siens et payer les comptes. C'était d'autant plus angoissant que la Dominion Rubber, l'employeur de son mari depuis plus de vingt ans, avait carrément refusé de lui allouer la moindre aide. Pire, elle avait reçu une lettre du directeur du personnel, quelques semaines plus tard, dans laquelle il lui apprenait être dans l'incapacité de conserver plus longtemps son poste de magasinier à son mari malade.

Comme si cela ne suffisait pas, sa propre famille avait pris ses distances pour éviter la contamination. La peur de la tuberculose était tellement forte que Marie-Ange, la femme de Bernard, s'était contentée d'appels téléphoniques hebdomadaires pour prendre de ses nouvelles tandis que l'épouse de son frère Armand avait carrément coupé les ponts durant plus d'un an. C'était «pour protéger mes deux filles», avait-elle dit. Seuls ses frères avaient continué à venir la voir en cachette de leur femme pour lui accorder un soutien moral dont elle avait grand besoin. En tout cas, même si elle s'efforçait de faire bonne figure à Pauline et Marie-Ange, elle n'était pas prête à leur pardonner ce qu'elle considérait comme un lâche abandon.

Par ailleurs, il fallait cependant reconnaître que les Morin s'étaient conduits beaucoup mieux que les Brûlé dans les circonstances. Rosaire et Colombe n'avaient jamais cessé de lui offrir leur soutien. De plus, un dimanche sur deux, ils rendaient visite à Gérard au sanatorium en compagnie de la mère de son mari. Mais, Laurette s'était fait un point d'honneur de refuser toute forme d'assistance financière, même si elle en aurait eu grand besoin. Elle en avait fait une question de fierté. Elle s'était juré de ne demander la charité à personne et elle avait tenu le coup jusqu'à présent. À contrecœur, elle devait convenir que tous les Morin, même sa détestable belle-mère, n'avaient pas été paralysés par la crainte de cette maladie.

— Elle est tellement haïssable, la vieille verrat, qu'il y a pas un maudit microbe qui va s'en approcher, se dit Laurette qui n'avait jamais aimé la vieille dame un peu snob de soixante-quatorze ans.

En fait, la seule aide qu'elle avait acceptée avait été celle de l'oncle Paul, le frère de sa belle-mère. Grâce à lui, elle avait obtenu un emploi chez Viau. Le frère de la tante Françoise, Georges-Étienne Bilodeau, l'avait fait engager dans son département et avait vu à ce qu'elle soit bien acceptée par les filles et les femmes qui travaillaient sous ses ordres. Ce contremaître était aimé par les employés. Il était juste et, avec lui, il n'existait aucun favoritisme. Malheureusement, il avait pris sa retraite l'année précédente et avait été remplacé par un Maxime Gendron mal engueulé aux mains un peu trop baladeuses. Si certaines filles peu farouches se contentaient de souligner ses attouchements hypocrites par un petit rire de gorge, d'autres ne les toléraient que pour conserver leur emploi.

— Réveille! Tu prends du retard! lui cria Gendron debout dans son dos.

Laurette ne l'avait pas vu venir. Perdue dans ses pensées, elle avait ralenti insensiblement la cadence. Les boîtes de biscuits commençaient à s'accumuler devant elle et risquaient de tomber par terre. La femme se secoua et accéléra ses mouvements, attentive, malgré elle, à la présence désagréable de l'homme dans son dos.

— Gros chien sale ! murmura-t-elle pour elle-même quand elle le vit s'éloigner finalement pour aller s'occuper d'une jeune fille qui lui faisait des signes désespérés à l'autre bout de la chaîne.

Rassurée de le savoir loin d'elle, Laurette reprit le cours de ses pensées tout en conservant la même cadence de travail.

Durant les trois dernières années, elle s'était obligée à aller visiter son mari tous les deux dimanches, de plus en plus impatiente de le voir revenir occuper sa place à la maison. À la fin de la première année, les médecins avaient décrété que l'homme avait encore besoin de six mois supplémentaires pour vaincre définitivement la maladie. Puis il y avait eu une rechute et tout avait été à recommencer. Ainsi, le congé de Gérard, alors âgé de quarante-quatre ans, avait été remis de six mois en six mois. Depuis le début de ce printemps de 1956, le patient n'en pouvait plus d'attendre une libération qui tardait tant à venir. Il se disait guéri et sa femme avait toutes les peines du monde à le raisonner.

— Si encore les enfants se montraient raisonnables ! s'exclama-t-elle.

— Quoi ? Qu'est-ce que tu m'as dit ? lui demanda Yvonne Poulin, sa voisine, en se penchant vers elle.

— Rien, fit Laurette, surprise d'avoir parlé à voix haute.

— Aïe, vous deux ! Vous êtes pas payées pour jaser, hurla le contremaître qui venait de les surprendre. Fermez votre boîte et faites votre *job* comme du monde.

Les deux coupables baissèrent la tête et se turent durant un moment.

— Le gros pourri ! dit Laurette à voix basse en grinçant des dents. Il est toujours aussi chien !

— Chut ! fit sa voisine. Il s'en vient.

Du coin de l'œil, Laurette vit Maxime Gendron se diriger lentement vers elle et se tut. Le petit homme rondouillard se planta debout dans son dos, surveillant ses moindres gestes, à la recherche d'une faute à lui reprocher.

La femme de Gérard Morin se garda bien de lui donner un motif supplémentaire de s'en prendre à elle. Elle avait trop besoin de son salaire pour se permettre de risquer de perdre son emploi en étant frondeuse, même si l'envie ne lui manquait pas.

L'hiver venait à peine de prendre fin et il lui restait à régler les deux dernières tonnes de charbon commandées chez Wilson au mois de février. Les maigres pensions versées par ses enfants et la pension des mères nécessiteuses ne suffisaient pas à payer le loyer, la nourriture, les vêtements, le chauffage et les autres comptes. Son salaire était un appoint important dans l'équilibre du budget familial.

— Attends que Gérard sorte du sanatorium, toi ! murmura-t-elle pour elle-même. Je vais sacrer mon camp de cet ouvrage-là et rester chez nous. Il va se trouver une bonne *job* et tout va redevenir comme avant. Je vais pouvoir faire mon ménage et mon lavage, tranquille, à la maison, et surtout surveiller de plus près Carole. Les garçons commencent à l'énerver un peu trop à mon goût.

⁓

En fait, la cadette de la famille, âgée de quinze ans, finissait sa huitième année à l'école Lartigue. L'adolescente élancée aux traits fins et volontaires devait un peu au hasard d'avoir pu poursuivre ses études.

À la mi-mai, Laurette avait reçu une lettre du gouvernement lui apprenant qu'elle n'aurait plus droit à la pension des mères nécessiteuses dès le mois suivant parce que la famille Morin ne compterait plus qu'un seul enfant de moins de seize ans, soit Carole. Elle avait eu beau tempêter et traiter le gouvernement de tous les noms, la mère de famille savait fort bien qu'elle n'y pouvait rien. Elle avait perdu une allocation dont elle avait grandement besoin pour nourrir les siens.

Laurette avait gardé pour elle la mauvaise nouvelle pour ne pas alarmer inutilement ses enfants. Toutefois, elle avait pris une décision importante : Carole cesserait de fréquenter l'école à la fin du mois de juin. Quand elle lui avait appris la nouvelle, la jeune fille s'était mise à harceler sa mère durant des semaines pour qu'elle lui laisse la chance de commencer son cours secondaire. Laurette avait fait la sourde oreille.

— Ça fait assez longtemps que tu vas à l'école, avait-elle décrété abruptement. Il est temps que tu nous donnes un coup de main et que tu rapportes un salaire à la maison, toi aussi. T'as un diplôme de septième année. C'est ben assez pour une fille pour faire son chemin dans la vie. T'as qu'à regarder Denise. Avec ce diplôme-là, elle se débrouille ben comme vendeuse chez Woolworth.

— Gilles, lui, a ben le droit de continuer, par exemple ! s'était emportée l'adolescente. Il fait sa dixième année et vous dites rien.

— Ton frère a du talent, avait expliqué sa mère sur un ton catégorique. Essaye de comprendre un peu, bonyeu ! Jusqu'au mois passé, je pouvais avoir la pension des mères nécessiteuses parce que vous étiez deux à avoir moins que seize ans à la maison. À cette heure, Richard a seize ans. Je peux plus avoir la pension.

— Mais, m'man, mes notes sont presque aussi bonnes que celles de Gilles, s'était entêtée Carole.

— Peut-être, mais toi, t'es une fille. T'as pas besoin d'étudier autant. Lui, il va avoir à faire vivre une famille plus tard et il va avoir besoin de ça pour avoir une bonne *job*.

— En tout cas, c'est pas juste, avait pleurniché Carole avant d'aller s'enfermer dans sa chambre pour bouder.

— Juste ou pas, lui avait annoncé Laurette quelques minutes plus tard, demain matin, tu commences à te chercher de l'ouvrage.

Dès le lendemain matin, Carole avait dû se mettre à la recherche d'un emploi. Elle avait commencé par faire la tournée des magasins du quartier, mais partout on lui avait dit qu'elle était trop jeune pour être engagée. Les jours suivants, elle avait postulé un emploi dans plusieurs compagnies, il n'y avait rien pour elle. En désespoir de cause, elle était allée frapper à la porte de l'hospice Gamelin de la rue Dufresne. Les sœurs de la Providence lui avaient offert un travail de fille d'étage. L'adolescente avait alors appris dès la première semaine qu'elle allait largement gagner son salaire hebdomadaire de vingt-deux dollars. De sept heures le matin à sept heures le soir, six jours par semaine, elle avait eu pour tâche de nettoyer les dortoirs et les toilettes, de changer les literies souillées et d'aider les religieuses à prendre soin des vieillards confiés à l'institution. Lorsqu'elle revenait à la maison au début de la soirée, elle était si épuisée qu'elle n'avait plus aucune envie d'aller s'amuser avec Mireille Bélanger, son amie de toujours.

Si sa fille s'était plainte, la mère de famille l'aurait rembarrée avec sa brusquerie coutumière. Elle lui aurait dit que, dans la vie, tout le monde travaillait pour mériter le droit de manger. Elle ne se serait pas gênée pour lui répéter qu'à la maison, chacun faisait sa part pendant la maladie du père. Mais Carole ne s'était pas plainte. Son air harassé avait été assez éloquent.

Un samedi soir du mois d'août, la mère de famille était assise dans sa chaise berçante sur le trottoir profitant de la fraîcheur alors que le soleil se couchait. Elle avait vu sa fille revenir de son travail. Mireille Bélanger venait de se précipiter à la rencontre de Carole, sur la rue Archambault. Le cœur de Laurette s'était serré quand elle avait remarqué la pâleur de sa fille en comparaison de son amie toute bronzée, dont l'unique travail avait été de surveiller ses jeunes frères et sœurs durant l'été. Elle avait éprouvé des remords devant les traits tirés de sa cadette. Elle avait alors passé une bonne partie de la soirée à se convaincre qu'elle pouvait peut-être arriver à boucler son budget sans l'apport du salaire de l'adolescente.

— Après tout, s'était-elle dit, j'arrivais pareil sans son salaire avant qu'elle travaille pour les sœurs. Celles-là, si je les laisse faire, elles vont finir par la crever à l'ouvrage.

Le lendemain matin, au retour de la messe, Laurette avait dit à sa fille :

— Assis-toi une minute, j'ai à te parler.

Carole, intriguée par le ton solennel de sa mère, avait obtempéré.

— Pourquoi voulais-tu retourner à l'école au mois de septembre ? lui avait demandé Laurette, debout au bout de la table.

— Ben, m'man. Je voulais étudier.

— Je le sais ben, mais pour faire quoi ?

— J'aurais aimé ça être secrétaire.

— Si tu lâchais ta *job* à l'hospice pour l'école…

— Ah ! m'man, s'était enthousiasmée Carole, le visage illuminé.

— Laisse-moi finir, avait sèchement répliqué sa mère. Si je te laisse retourner à l'école, qu'est-ce que tu vas faire pour nous aider ?

— Je suis capable de toujours préparer le souper avant que vous soyez revenue de l'ouvrage, m'man. Je pourrais aussi faire les commissions chez Tougas, vous aider le samedi à faire le grand ménage et...

— OK. On va essayer, la coupa sa mère. Mais je t'avertis que si je m'aperçois que tu perds ton temps ou que t'aides pas assez, tu vas retourner travailler.

— Merci, m'man, avait dit l'adolescente en allant embrasser sa mère sur une joue.

— C'est ta dernière semaine chez les sœurs. Tu les avertiras à la fin de la semaine que tu dois retourner à l'école.

À cet instant précis, Jean-Louis était entré dans la cuisine. Devant la figure réjouie de sa sœur, le jeune homme de vingt et un ans n'avait pu s'empêcher de demander la raison de cette joie. Carole s'était empressée de lui apprendre la bonne nouvelle. En entendant ses explications, le visage du commis-comptable chez Dupuis frères s'était immédiatement fermé.

— En tout cas, m'man, j'espère que vous comptez pas sur moi pour vous donner plus d'argent pour arriver. Déjà, je paye plus que ma part avec ma pension.

— Inquiète-toi pas, avait sèchement rétorqué Laurette. Je te demanderai pas une cenne de plus, mon garçon.

Dans sa chambre, le jeune homme s'étendit sur son lit après en avoir soigneusement retiré le couvre-lit. Il était vexé. Il avait du mal à comprendre la réaction de sa mère et avait la nette impression qu'elle ne se rendait pas compte de tous les sacrifices qu'il faisait pour se sortir de la misère. Bien sûr, tous le jugeaient avaricieux alors qu'il n'était qu'économe. Si on ne se privait de rien, il n'y avait aucune chance de quitter un jour le taudis de la rue Emmett.

— Ils se passent tous leurs petites fantaisies, murmura-t-il, et après ça, ils voudraient que je donne plus d'argent pour arriver. Il en est pas question. Qu'ils fassent comme moi. Qu'ils se serrent la ceinture. Moi, je dépense pas une cenne pour rien.

Le lendemain, au travail, le visage de la mère de famille se crispa légèrement à la pensée de son fils aîné. Depuis le départ de son père pour le sanatorium, son Jean-Louis avait carrément refusé d'apporter un plus grand soutien à sa famille. Sa participation s'était limitée à deux ou trois visites chaque année à Saint-Joseph et à payer sa pension chaque vendredi soir. Il aurait habité chez des étrangers que sa conduite n'aurait pas été différente. Quand il n'était pas à traîner avec son ami Jacques Cormier, il s'enfermait dans sa chambre pour lire des livres de comptabilité. Il ambitionnait maintenant de devenir comptable. S'il avait eu une ou des augmentations de salaire depuis sa promotion en janvier 1953, il s'était bien gardé d'en parler aux siens, probablement de peur que sa mère n'exige une pension plus élevée. Dire que c'était son préféré ! Laurette n'était pas assez aveuglée par son amour pour ne pas percevoir le profond égoïsme de ce fils aux manières un peu précieuses toujours habillé avec recherche.

Évidemment, on pouvait compter sur lui pour dénoncer tous les petits manquements dont se rendaient coupables ses frères et ses sœurs. C'était ainsi qu'elle avait appris que Carole se faisait parfois raccompagner de l'école par un garçon, ce qui l'inquiétait passablement.

— Laurette ! Laurette ! Sors de la lune ! Ça vient de sonner, lui cria Lucienne Dubeau en lui tapant légèrement dans le dos. La journée est finie. As-tu l'intention de faire de l'*overtime* pas payé ?

Laurette sursauta et jeta un coup d'œil autour d'elle. Les filles quittaient une à une leur poste pour se diriger vers le vestiaire.

— Pour moi, c'est la senteur du chocolat qui t'étourdit, se moqua Dorothée en s'approchant.

— Viens pas me parler du maudit chocolat, toi ! lui ordonna Laurette en quittant sa place pour se mettre en marche aux côtés de ses deux amies. Juste à y penser, le cœur me lève. Il me tombe tellement sur le cœur que j'ai même plus le goût d'en manger quand j'en vois. Moi, à force de voir des boîtes de Whippet, je peux plus les sentir. On m'en donnerait que j'en voudrais pas.

Les trois femmes entrèrent dans le « salon des employés » et enlevèrent la résille qui couvrait leurs cheveux ainsi que leur sarrau.

— Attendez, les filles. Partez pas tout de suite, cria Lucienne aux femmes qui s'apprêtaient déjà à quitter la biscuiterie. Vous savez que Pauline Longpré doit accoucher avant la fin du mois. Vous trouvez pas que ce serait pas mal normal qu'on lui achète un cadeau pour son bébé ?

Il y eut des murmures d'approbation chez la trentaine de femmes de tous âges présentes dans la pièce.

— Qu'est-ce que vous diriez de fournir vingt-cinq cennes chacune ? poursuivit Lucienne. Je suis prête à ramasser votre argent tout de suite avant que vous alliez dépenser toute votre paye à soir, ajouta-t-elle en guise de plaisanterie. J'irai acheter le cadeau demain et je vous le montrerai lundi matin avant d'aller le porter chez eux, lundi soir.

Des sacs à main s'ouvrirent avec plus ou moins de bonne volonté et on tendit à l'employée la plus ancienne du département les vingt-cinq cents demandés.

— Aïe ! C'est nouveau ça, dit Madeleine Sauvé, juste assez fort pour être entendue des femmes qui étaient debout autour d'elle. Même la grosse Morin sort son argent. Tabarnouche ! Pour moi, elle a décidé de manger moins.

Il y eut quelques ricanements et des têtes se tournèrent vers Laurette en train de fouiller dans son porte-monnaie. Cette dernière devina qu'on venait de parler d'elle et aperçut la figure hilare de Madeleine Sauvé.

Les piques et les sarcasmes lancés de temps à autre par la grande femme maigre au comportement vulgaire avaient le don de mettre Laurette dans tous ses états. Il existait une antipathie naturelle entre les deux femmes. Dès le premier jour où Laurette avait mis les pieds chez Viau, l'autre semblait l'avoir prise en grippe. Dans le département, on savait qu'il ne faudrait pas grand-chose pour mettre le feu aux poudres entre les deux femmes.

— Elle, je lui aime pas pantoute la face! Cette maudite planche à laver là, c'est juste une grande gueule, déclarait Laurette à qui voulait l'entendre. C'est pas pour rien qu'il y a pas un homme qui a voulu marier ça : il se serait fait des échardes sur ses os.

Laurette l'accusait d'être toujours prête à faire des bassesses pour se faire bien voir de Gendron depuis l'accession de ce dernier au poste de contremaître. Le comble avait sûrement été atteint la semaine précédente quand Maxime Gendron avait retiré la mère de famille de la chaîne — une place assise — pour la remplacer par Madeleine Sauvé. Il avait fallu toute la force de persuasion de Lucienne pour calmer Laurette et l'empêcher de faire un esclandre quand la « grande vache », comme elle l'appelait, était venue s'asseoir sur son banc en arborant un air triomphant.

— La maudite chienne! s'était exclamé Laurette, hors d'elle. Veux-tu ben me dire ce qu'elle lui a fait pour qu'il lui donne ma place?

— Elle a plus d'ancienneté que toi, Laurette, avait tenté de la raisonner Lucienne. Elle avait le droit d'aller voir Gendron pour avoir ta place ou celle d'une plus jeune.

— Mais bonyeu, j'ai mal aux jambes, moi! s'était écrié Laurette, folle de rage. Je vais être poignée pour passer neuf heures par jour, debout, au bout de la ligne.

— Je le sais ben, Laurette, mais c'est tout de même moins pire que de te chercher une *job* ailleurs.

Dès le premier soir, la femme au tour de taille imposant avait eu mal aux jambes et ses chevilles étaient enflées.

À la vue des sourires moqueurs des amies de Madeleine Sauvé, le sang de Laurette ne fit qu'un tour. Cette remarque sarcastique, qui s'ajoutait à la fatigue de sa journée de travail et au harcèlement incessant du contremaître, était de trop. Elle fit deux pas en direction de celle dont elle croyait avoir reconnu la voix.

— Qu'est-ce que tu viens de dire, la Sauvé ? demanda-t-elle sur un ton menaçant.

Les quatre ou cinq collègues qui l'entouraient s'écartèrent prudemment de celle qui venait d'être interpellée. Madeleine Sauvé regarda derrière elle, comme si Laurette avait pu s'adresser à quelqu'un d'autre qu'à elle.

— Regarde pas en arrière, maudite hypocrite ! C'est à toi que je parle ! fit Laurette en haussant le ton. Qu'est-ce que tu viens de me dire ? ajouta-t-elle en faisant encore quelques pas pour se rapprocher d'elle.

L'autre recula d'un pas, le visage blafard.

— Je t'ai pas parlé, dit-elle en essayant de retrouver son aplomb. Je parlais à mes *chums* de fille.

— Si t'as quelque chose à me dire, gêne-toi pas pour me le dire en pleine face, rétorqua Laurette. Moi, les visages à deux faces, je peux pas sentir ça.

— Poigne pas les nerfs, sacrament ! jura Madeleine Sauvé après s'être assurée que ses copines étaient encore de son côté. Tu sauras que j'ai des affaires ben plus intéressantes à parler que de parler de toi.

— Prends-moi pas pour une folle. Je suis encore capable de savoir quand quelqu'un parle dans mon dos, la prévint-elle. En tout cas, si t'as envie de régler ça, je peux t'attendre dehors n'importe quand, annonça Laurette, prête à en découdre. Puis je peux te garantir que c'est pas Gendron qui va m'empêcher de te sacrer une maudite volée.

Madeleine Sauvé eut un ricanement méprisant et il fallut la poigne solide de Lucienne et de Dorothée pour empêcher Laurette de lui sauter dessus.

— Fais pas la folle, lui ordonna Dorothée. Et toi, Madeleine, fais pas exprès pour empirer les affaires.

— Bon. Ça va faire, trancha Lucienne sur un ton sans appel. Tout le monde est fatigué. On s'en va. Personne a envie de perdre sa *job* pour s'être battu.

La pièce se vida rapidement. Ses deux amies s'arrangèrent pour retenir Laurette à l'intérieur de la salle, le temps que Madeleine Sauvé soit rendue assez loin pour ne pas risquer qu'elle se retrouve à la portée de la main de Laurette Morin.

— L'écœurante! dit Laurette en s'allumant une cigarette au moment où les trois femmes s'apprêtaient à franchir la porte du bâtiment. Vous l'avez entendue? Elle m'a appelée la «grosse Morin», la vache!

— T'as dû mal entendre, voulut la consoler Dorothée.

— Pantoute. Je suis peut-être ben en chair, mais je suis pas sourde, calvaire! Si je lui mets la main dessus à cette maudite-là, elle va faire un bout sans rire. C'est maigre comme un madrier, mais en plus, ça a besoin de barniques. Je suis pas grosse pantoute. J'ai juste une couple de livres de trop.

— Ben oui, Laurette. Ça se voit ben, la rassura Lucienne en empoignant son sac à main.

Elle lança un coup d'œil à Dorothée qui avait peine à réprimer un petit sourire parce qu'il était évident que Laurette Morin pesait plus de deux cents livres.

— On est aussi ben de s'en aller, déclara Lucienne. Viens-t'en Laurette. On a déjà manqué un tramway. Il faudrait pas qu'on manque le prochain.

— Vous devriez déménager dans le coin, leur fit remarquer Dorothée en leur emboîtant le pas. Venez rester sur Hochelaga comme moi. Comme ça, vous allez pouvoir venir travailler à pied.

— T'es pas malade, toi, dit Laurette, enfin calmée. Les loyers sont ben trop chers dans ton coin.

— Tu pourrais au moins te rapprocher et aller louer dans le coin de Lucienne. Sur Ontario, il y a des loyers pas trop chers. Pas vrai, Lucienne ?

— C'est vrai, reconnut cette dernière.

Dorothée quitta ses deux amies au coin de la rue. Ces dernières, debout sur le trottoir, coin Viau et Ontario, la regardèrent s'éloigner.

— Pour une femme de trente-cinq ans, elle est pas mal ben conservée, notre Dorothée, dit Lucienne sans aucune trace d'envie dans la voix. Avec une permanente et une belle robe sur le dos, on lui donnerait facilement juste trente ans.

— Ouais, reconnut Laurette en tournant la tête vers la mince silhouette de sa camarade de travail. Elle a pas grand mérite. Elle a pas d'enfant.

— Son Germain...

— Son maudit grand sans-cœur qui veut pas aller travailler, la coupa Laurette. Moi, à sa place, je te le sortirais de la maison à grands coups de pied dans le cul. Tu parles d'un lâche ! Se faire vivre par sa femme ! Elle m'a dit qu'il avait même arrêté de se chercher une *job* parce qu'il trouvait rien à son goût.

— Il se cherche peut-être une *job* de premier ministre, se moqua Lucienne.

— Le pire, c'est qu'elle l'approuve, la folle. En attendant, c'est elle qui se crève à travailler pendant que monsieur se repose toute la journée à la maison. As-tu déjà vu ça, toi ?

— Inquiète-toi pas, voulut la rassurer Lucienne. Elle va ben finir par se réveiller un jour.

— Il paraît qu'elle doit lui préparer son dîner avant de partir travailler le matin et qu'il lève pas une épingle dans la maison. Elle est obligée de faire le ménage et la vaisselle quand elle revient de l'ouvrage. Est-ce que c'est assez fort pour toi, une affaire comme ça ?

— Dorothée, c'est la bonté même, déclara Lucienne, avec une trace d'admiration dans la voix.

— J'appelle pas ça de la bonté, moi, dit Laurette avec force. Il faut être une belle nounoune pour se laisser manger la laine sur le dos comme ça. Moi, un homme comme son mari, ça ferait longtemps que je l'aurais sacré dehors avec ses cliques et ses claques, je te le garantis.

— Remarque que je dis pas le contraire, l'approuva Lucienne, mais je la comprends un peu. C'est peut-être mieux d'avoir un mauvais mari que pas de mari pantoute. Je suis veuve depuis cinq ans et je peux te dire que c'est pas drôle tous les jours de pas avoir d'homme dans la maison. Mes deux filles sont ben fines, mais elles remplaceront jamais leur père. C'est pas pantoute comme toi. Toi, ton mari va revenir et tu vas être ben. Le mien, il reviendra pas.

Au même moment, un tramway vint s'immobiliser dans un grincement de freins torturés, à l'arrêt, devant les deux femmes. Laurette hissa péniblement sa masse importante dans le véhicule et Lucienne la suivit. Après avoir payé leur passage, elles se frayèrent difficilement un passage entre les deux rangées de banquettes toutes occupées. Une dizaine de voyageurs étaient debout au fond du tramway. Laurette regarda partout dans l'espoir de découvrir une banquette libre ou même le moindre indice qu'un homme soit en train de se lever pour lui laisser sa place. Rien.

— Bonyeu! jura-t-elle à mi-voix. Nous v'là encore poignées pour faire le voyage debout! ajouta-t-elle à l'endroit de Lucienne. J'ai les jambes mortes.

— C'est pas mal normal avec ton ouvrage debout. Inquiète-toi pas. T'en n'auras peut-être pas pour longtemps d'être au bout de la ligne. J'ai parlé à deux ou trois jeunes à matin. Il y en a au moins une qui trouve ça plate d'être assise toute la journée à *tchéker* les Whippet dans les boîtes. Pour moi, elle va finir par demander à Gendron si elle pourrait pas changer de place avec quelqu'un. Je lui ai dit de penser à toi quand elle se déciderait.

Une lueur d'espoir s'alluma dans le regard de Laurette qui se cramponna au dossier d'un siège lorsque le tramway se remit en marche. Le véhicule roula sur Ontario vers l'ouest, passa sous le viaduc de la rue Moreau et s'arrêta au coin de la rue Frontenac. Lucienne souhaita une bonne fin de semaine à sa camarade quand cette dernière se dirigea vers la porte pour descendre. Quand elle eut regagné le coin de la rue pour attendre le trolleybus de la rue Frontenac, Laurette fit un signe de la main à sa compagne qui allait poursuivre sa route jusqu'à la rue Plessis, où elle demeurait.

En ce beau début de soirée, elle fut tentée, durant un court instant, de descendre au coin de la rue Sainte-Catherine pour marcher tranquillement jusqu'à chez elle. Elle pourrait saluer Denise en passant devant le magasin Woolworth et peut-être même croiser Jean-Louis qui revenait toujours de son travail à cette heure-là. Mais le temps qu'elle prenne une décision, le trolleybus traversait la rue Sainte-Catherine et elle en fut quitte pour descendre au terminus de la rue Harbour, sous une espèce d'auvent en fibre de verre verte. Après une très courte attente, elle put monter à bord du tramway de la rue Notre-Dame qui allait la déposer au coin de Fullum deux minutes plus tard, comme tous les jours de la semaine.

Quand le véhicule eut croisé la rue Dufresne, Laurette se leva péniblement et s'avança vers la porte avant pour descendre au prochain arrêt. Dès que le tramway s'immobilisa, elle descendit.

Elle retrouva immédiatement les odeurs entêtantes de la Dominion Rubber et de la Dominion Oilcloth. En ce début d'avril, les vieux immeubles délabrés de la rue Notre-Dame avaient encore leurs fenêtres doubles tellement sales qu'on pouvait se demander comment les locataires parvenaient à voir à l'extérieur. La neige avait fondu. Les papiers sales et les déchets qu'elle avait pudiquement recouverts durant l'hiver avaient revu le jour et avaient été poussés par le vent au pied des maisons et contre le moindre obstacle. Les branches des érables du parc Bellerive, en face, commençaient à peine à s'orner de bourgeons.

Laurette se mit en marche sur le trottoir inégal et parcourut quelques centaines de pieds sur Fullum avant de tourner au coin de la petite rue Emmett, qui reliait les rues Fullum et Archambault, au sud de la rue Sainte-Catherine. À faible distance à l'ouest, on pouvait voir une section de la structure métallique du pont Jacques-Cartier. En attendant d'être appelés par leur mère pour souper, des enfants se poursuivaient sur la rue Archambault en criant à tue-tête. Quelques adolescents, massés devant le restaurant-épicerie Paré, fumaient en discutant des chances du Canadien de l'emporter contre les Red Wings de Détroit, le lendemain soir.

Laurette longea les cinq habitations vétustes à un étage du côté sud de la rue tout en examinant d'un œil critique les maisons à deux étages qui leur faisaient face de l'autre côté de l'artère étroite. Il n'existait rien pour accrocher l'œil dans ces murs lépreux en brique rouge, sauf l'unique escalier extérieur de la rue situé à deux pas de la porte de chez Paré. Le restaurant occupait le coin de la rue et l'escalier conduisait à un long balcon desservant quatre appartements à l'étage.

～⌒

Laurette Morin s'arrêta devant l'une des deux portes vertes de l'avant-dernière maison située du côté sud de la rue. La porte à la peinture écaillée était dotée d'une vitre obstruée par un vieux rideau en dentelle défraîchie. Elle s'ouvrait à quelques pouces du trottoir et donnait accès à l'appartement du rez-de-chaussée que la famille Morin occupait depuis près de vingt-quatre ans. La mère de famille poussa la porte et entra, heureuse de pouvoir enfin retirer ses chaussures.

— Attention de pas salir mon plancher! fit une voix en provenance de la cuisine située au fond de l'appartement.

— Ben oui, fit Laurette. J'ai déjà ôté mes souliers.

— Ah! C'est vous, m'man. Je pensais que c'était Jean-Louis qui arrivait, dit Carole en apparaissant dans l'encadrement de la porte de la cuisine. Après l'école, j'ai épluché les patates et je viens de finir de laver et de cirer le plancher de la cuisine et celui du corridor pour qu'on soit pas obligées de faire ça demain.

— T'es ben fine, dit sa mère en suspendant son manteau bleu un peu étriqué à l'un des crochets disposés près de la porte d'entrée.

— Les patates sont cuites. Là, je suis en train de faire de la sauce aux œufs pour le souper, ajouta l'adolescente. J'haïs ça, le vendredi. Je sais jamais quoi préparer à souper parce que c'est maigre.

— Il y avait encore des bines dans le frigidaire.

— Je les ai pas vues, m'man.

— Bon. C'est correct. On les mangera demain midi. As-tu vu Gilles ?

— Il est passé manger un sandwich tout à l'heure. Il est parti travailler.

Après les heures de classe, Gilles était employé à la livraison de meubles par le magasin Living Room Furniture de la rue Sainte-Catherine.

— Et Richard, lui ?

— Je l'ai pas vu. Vous le connaissez, m'man. Il doit encore traîner avec sa bande de *chums* à la salle de pool.

— Attends qu'il rentre, lui. Il va m'entendre. Il va s'apercevoir qu'ici dedans, c'est pas un restaurant. Ça me surprendrait pas pantoute qu'il ait mangé des hot-dogs en plein vendredi, à part ça. S'il a fait ça, il va aller se confesser.

Après avoir complété sa septième année avec des hauts et des bas, le plus jeune de ses fils s'était lancé sur le marché du travail avec une énergie remarquable. Il avait d'abord cru que son oncle Rosaire l'emploierait comme vendeur de voitures dans son garage, mais ce dernier lui avait fait comprendre qu'un vendeur de quatorze ans ne ferait pas sérieux. Le mari de sa tante Colombe l'avait toutefois conservé à son emploi le samedi pour déneiger et laver les voitures en montre dans son entreprise. Après avoir travaillé plus d'un an chez Wilson à la livraison du charbon, il avait eu un véritable coup de chance en décrochant un travail chez MacDonald Tobacco de la rue Ontario. Le père d'un copain, employé par le fabricant de cigarettes depuis plus de vingt ans, avait intercédé en sa faveur. Dans le quartier, bien peu d'employeurs jouissaient d'une aussi bonne réputation. Ses employés étaient bien traités, le salaire était fort acceptable et, de plus, on donnait à chacun un paquet de cigarettes Export chaque jour. Depuis, le jeune homme, qui venait d'avoir seize ans, prenait des airs affranchis et se tenait de plus en plus avec quelques collègues de travail plus âgés que lui, ce qui était loin de plaire à sa mère.

— Vous avez le temps de souffler un peu avant que le souper soit prêt, annonça Carole à sa mère en s'activant, debout devant le comptoir.

Laurette ne se fit pas prier pour s'asseoir quelques minutes dans sa chaise berçante placée sous le téléphone noir fixé au mur. Elle tourna la tête pour regarder par l'unique fenêtre de la cuisine. La contre-fenêtre poussiéreuse était encore en place et la vitre de la porte arrière n'était guère plus propre.

— Il va ben falloir se décider à ôter les châssis doubles et à sortir les jalousies du hangar, dit-elle comme si elle se parlait à elle-même. Les vitres sont tellement sales qu'on a de la misère à voir dehors. Si ton père était dans la maison, ça ferait au moins quinze jours que les châssis doubles auraient pris le bord.

Carole ne dit rien.

Sa mère se leva pour mieux voir à l'extérieur. Sa vue était partiellement obstruée par l'escalier qui conduisait à l'appartement des Gravel, les locataires qui vivaient à l'étage. Quelques papiers voletaient dans la cour minuscule au sol en terre battue cernée par une clôture en planches grises qui ne portait plus aucune trace de peinture depuis belle lurette. Au-delà, elle aperçut quelques enfants en train de jouer dans la grande cour commune de la demi-douzaine de vieilles maisons de la rue Notre-Dame dont elle n'apercevait que l'arrière décrépit. Tout était gris et déprimant malgré le soleil qui commençait à descendre à l'horizon.

Laurette tourna la tête pour examiner sa cuisine sur laquelle ouvraient la porte de la chambre des filles et celle qui conduisait à la cave. La pièce aurait bien eu besoin d'une nouvelle couche de peinture jaune ou, tout au moins, d'un bon lavage. On s'y sentait à l'étroit. Son centre était occupé par une longue table recouverte d'une nappe cirée et cernée par sept chaises inconfortables en bois. Un gros poêle à huile, un réfrigérateur Bélanger et deux chaises berçantes encombraient le peu d'espace restant. Elle pouvait voir la fournaise installée dans un renfoncement de l'étroit couloir qui menait à la porte avant de l'appartement.

Quatre portes ouvraient sur le couloir. À gauche, on trouvait la minuscule salle de toilettes et la chambre occupée par Laurette, encombrée par le mobilier de chambre à coucher massif, cadeau de noces offert par ses parents. À droite, on trouvait une chambre double. Jean-Louis occupait la pièce en face de celle de ses parents. L'une et l'autre étaient dotées d'une fenêtre qui s'ouvrait à quelques pieds au-dessus du trottoir de la rue Emmett. La chambre sans fenêtre était le refuge de Gilles et de Richard et on y remisait, de plus, la vieille laveuse Beatty dans laquelle on déposait le linge sale de la famille tout au long de la semaine.

Il n'y avait pas de salon chez les Morin. La pièce avait dû être transformée en chambre à coucher lors de la naissance du cinquième enfant.

Laurette eut un mince sourire appréciateur à la vue du linoléum qui luisait de propreté. Carole avait étalé une bonne couche de pâte à cirer Johnson et l'avait sûrement frottée avec énergie pour qu'il brille autant.

— Qu'est-ce qu'on fait, m'man ? demanda l'adolescente qui finissait de mettre le couvert. Est-ce qu'on mange ou on attend Jean-Louis et Richard ? Il est presque six heures et demie. C'est sûr que Richard viendra pas manger et Denise a apporté des sandwiches à matin pour souper au magasin.

— On va manger tout de suite, décida Laurette.

La mère et la fille se servirent une portion de sauce blanche dans laquelle flottaient des morceaux d'œufs à la coque et des pommes de terre, et elles se mirent à manger en silence. Au dessert, Carole se leva pour aller prendre un sac de biscuits au coco dans le garde-manger.

— À cette heure que le carême est fini, on peut au moins manger du sucré, dit-elle à sa mère en déposant le sac au centre de la table. J'aime ben mieux ces biscuits-là que les biscuits Village qui goûtent rien.

— Ils coûtent plus cher, laissa tomber Laurette en prenant un biscuit qu'elle se mit à tremper dans sa tasse de thé.

Au moment où la mère de famille se levait pour aider sa fille à laver la vaisselle sale, la porte d'entrée s'ouvrit sur Jean-Louis Morin. Le jeune homme avait l'air de sortir d'un catalogue de chez Dupuis frères, son employeur, tant sa tenue était impeccable. De taille moyenne, les cheveux bruns soigneusement séparés par une raie, le commis aux comptes avait un visage aux traits fins barré par une petite moustache rectiligne et éclairé par des yeux pers.

— Ôte tes souliers, je viens de cirer les planchers, lui cria sa sœur du fond de la cuisine.

Son frère ne répondit rien et retira ses souliers avant d'enlever son imperméable beige qu'il suspendit à un cintre, derrière la porte de sa chambre à coucher. Il fit de même avec son veston bleu marine et sa cravate bleue avant de venir rejoindre sa mère et sa sœur dans la cuisine.

— Tu pourrais peut-être nous dire bonsoir en entrant, lui fit remarquer l'adolescente tandis que son frère s'assoyait à table.

— Laisse-moi tranquille, toi, ordonna-t-il à la cadette de la famille. J'ai eu une journée de fou. Je suis pas d'humeur à me faire écœurer.

— Nous autres aussi, imagine-toi, fit sa sœur sur un ton cassant en prenant sa mère à témoin.

— Bon. Qu'est-ce qu'on mange?

— T'as juste à te lever et aller voir dans les chaudrons sur le poêle, s'empressa de répondre Carole.

— C'est correct.

— Si c'est correct, va te servir toi-même. Je suis pas ta servante.

Le jeune homme lança un regard à sa mère, comme pour chercher son soutien, mais cette dernière lui tournait le dos, occupée à récurer un plat. Elle n'avait pas encore ouvert la bouche. Ce comportement était pour lui signifier son mécontentement. Le matin même, son fils avait encore tenté de négocier à la baisse le montant de sa pension hebdomadaire en arguant qu'il soupait chez son ami Cormier deux ou trois fois par semaine.

— T'as juste à venir manger à la maison, avait rétorqué sa mère, furieuse. Au cas où tu l'aurais oublié, t'es pas un étranger ici dedans et tu pourrais peut-être nous donner un coup de main de temps en temps. J'ai de la misère à arriver, comprends-tu ça? Essaye donc de faire ta part au lieu de toujours penser à tes maudites cennes! avait-elle ajouté avant qu'il ne quitte la maison pour aller travailler.

Jean-Louis se leva après avoir poussé un soupir d'exaspération. Il tira de sa poche le montant exact de sa pension qu'il déposa sur le comptoir, près de sa mère toujours occupée à récurer le même plat. Cette dernière ne leva même pas les yeux pour vérifier la somme.

— Le même montant que d'habitude, se contenta-t-il de dire à sa mère avant de s'emparer d'une assiette propre dans l'armoire.

Il se servit et regagna sa place à table. Il connaissait suffisamment sa mère pour savoir que sa bouderie serait de courte durée et qu'elle consentirait à lui parler de nouveau durant la soirée.

— Maudit que j'ai mal aux jambes, se plaignit Laurette. J'arrive pas à m'habituer à passer toutes mes journées debout, ajouta-t-elle à l'endroit de sa fille qui essuyait la vaisselle à ses côtés.

— Vous pouvez pas demander de changer de place avec une autre, m'man? demanda Carole.

— Pantoute. Il y a rien à faire avec le maudit air bête à Gendron. On dirait qu'il peut pas me sentir.

— Qu'est-ce que vous diriez d'aller prendre un bon bain chaud? Ça vous ferait du bien, vous pensez pas?

— On n'est pas samedi.

— Puis après, m'man. C'est pas une loi de prendre son bain juste le samedi. Le poêle chauffe. C'est pas plus difficile de faire chauffer de l'eau et de remplir le bain le vendredi soir que le samedi soir.

— Ça me tente pas ben gros, dit sa mère d'une voix lasse.

— Pourtant, m'man, je suis sûre que ça vous ferait du bien. Après ça, vous vous sentiriez peut-être assez en forme pour aller magasiner demain.

— Ça, ça me surprendrait, rétorqua sa mère. Je suis ben trop fatiguée pour aller courir les magasins.

Il fallait vraiment que Laurette Morin soit épuisée pour avoir renoncé depuis plus de deux mois à profiter de ses samedis pour «aller magasiner». Elle avait toujours tenu, comme à la prunelle de ses yeux, à cette journée de congé hebdomadaire qu'elle s'octroyait depuis son mariage. Elle l'avait obtenue de haute lutte en s'opposant à Gérard et à la mère de son mari qui ne comprenaient pas son besoin de s'évader de son foyer un jour par semaine. Pour elle, le samedi libre était le symbole de son indépendance et, surtout, du fait qu'elle n'était pas qu'une servante chez elle. Jusqu'à l'hospitalisation de Gérard, trois ans auparavant, seuls la maladie ou un événement exceptionnel lui avaient fait renoncer à cette sortie.

Les choses avaient diamétralement changé lorsqu'elle avait commencé à travailler à l'extérieur de son foyer. Comme elle travaillait cinq jours par semaine, dix heures par jour, il lui fallait bien trouver le temps d'effectuer les tâches ménagères négligées durant la semaine. Les enfants avaient beau être pleins de bonne volonté, il n'en restait pas moins qu'il y avait beaucoup à faire durant les fins de semaine. Alors, peu à peu, ses sorties du samedi s'étaient espacées progressivement au point que son dernier « magasinage », comme elle disait, remontait au début du mois de mars.

— Il me semble que si vous sortiez, ça vous changerait les idées, insista Carole.

— Peut-être, mais dimanche, je dois aller voir ton père au sanatorium. C'est notre tour.

Laurette faisait allusion à l'entente conclue entre elle et sa belle-famille dès les premières semaines de l'hospitalisation de son mari au sanatorium Saint-Joseph du boulevard Rosemont. Comme les religieuses n'appréciaient pas que leurs patients reçoivent plus de deux visiteurs le dimanche après-midi, il avait été entendu que Lucille Morin rendrait visite à son fils un dimanche sur deux en compagnie de Colombe, sa fille, ou de Rosaire, son gendre. Laurette, peu désireuse de les rencontrer, avait fait en sorte de se présenter sur les lieux avec l'un ou l'autre de ses enfants le dimanche suivant.

— Voulez-vous que j'y aille avec vous dimanche ? proposa Carole.

— T'es ben fine et je suis sûre que ton père aimerait ça que tu viennes le voir, mais Denise m'a demandé de venir après-demain.

— C'est pas grave, j'irai la prochaine fois.

— Pour demain, il y a des affaires plus pressées que d'aller se promener sur la rue Sainte-Catherine, reprit Laurette en jetant un bref coup d'œil à son fils en train de tremper une tartine dans la sauce qui restait dans son assiette. Il fait assez beau pour qu'on enlève les châssis doubles et qu'on installe les jalousies. C'est aussi le temps qu'on pense au grand ménage du printemps. Si on n'a pas les moyens de peinturer, on peut au moins laver les plafonds et les murs.

La mère attendit une réaction de son fils aîné, mais Jean-Louis ne broncha pas. Il fit la sourde oreille.

— Je peux vous aider, m'man, proposa Carole. Je vais faire mes devoirs à soir.

— Ôter les châssis doubles et installer les jalousies, c'est des *jobs* ben trop dures pour des femmes, insista Laurette. C'est trop pesant pour nous autres.

La mère de famille allait s'adresser directement à Jean-Louis quand la porte d'entrée s'ouvrit à la volée et alla frapper le mur.

— Bonsoir tout le monde ! fit une voix dans l'entrée, au bout du couloir.

— Bon. V'là l'énervé ! s'exclama Laurette.

— Ôte tes souliers pour pas salir mon plancher, ordonna Carole à son frère Richard.

— Dépêche-toi aussi d'ôter tes bas et viens te laver les pieds avant de nous empoisonner, ajouta sa mère.

Une minute plus tard, Richard Morin apparut dans la cuisine, pieds nus. L'adolescent de seize ans avait grandi de plusieurs pouces en trois ans, mais on ne pouvait pas dire que le temps avait amélioré son apparence physique. On remarquait moins sa taille légèrement supérieure à la moyenne et sa maigreur que ses oreilles décollées et sa chevelure luisante de Brylcreem. Il arborait en permanence un petit air frondeur accentué par sa coiffure «banane», une sorte de rouleau descendant assez bas sur le front.

Ce vendredi soir là, Richard portait une chemise largement déboutonnée dotée d'une poche sur le bras, poche dans laquelle il rangeait son paquet de cigarettes.

— Dépêche-toi à aller mettre tes bas dans l'entrée de la cave, reprit sa mère en fronçant le nez de dégoût après avoir senti le fumet dégagé par ses pieds.

— Une mi… minute, dit l'adolescent en entrant dans la salle des toilettes pour laver ses pieds.

Richard sortit des toilettes un peu plus tard et ouvrit la porte voisine pour déposer ses chaussettes sales dans un sac suspendu à l'arrière de la porte.

— Est-ce que je peux savoir d'où est-ce que tu sors, toi? l'apostropha sa mère. Il est presque sept heures et demie.

— Après l'ou… l'ouvrage, je suis allé donner un coup de main à… à un des mes *chums*, expliqua Richard.

— T'arrives trop tard pour souper, lui déclara sèchement sa mère en essuyant le comptoir.

— C'est pas grave. J'ai pas faim, pas faim pan… pantoute.

— Je suppose que t'es allé manger des hot-dogs en plein vendredi.

— Non. J'ai pas soupé.

— Quel genre de coup de main t'as donné à ton *chum*?

— On a dé… déménagé une fri… frigidaire et un poêle.

Tout à coup, Laurette sembla remarquer l'élocution embarrassée de son fils et se tourna vers lui pour l'examiner.

— Il y a pas un rat qui va survivre à cette senteur-là, laissa tomber Jean-Louis en se levant de table, l'air dégoûté.

— Tiens! Je… Je t'avais pas vu, toi! s'exclama l'adolescent. Mais c'est mon frè… mon frère préféré, ajouta-t-il en gloussant bêtement.

— Dis donc, toi, l'apostropha sa mère. Approche donc ici, lui ordonna-t-elle en l'empoignant par une épaule pour l'attirer vers elle.

Elle renifla l'haleine de son fils avant de le repousser.

— Mais tu sens la tonne à plein nez!

— Pas… Pas tant que ça, m'man, protesta l'adolescent.

— T'as l'air paqueté comme un œuf! s'écria sa mère. Ah ben, j'aurai tout vu, par exemple! Il manquait plus que ça. Un ivrogne dans la maison!

— Exa… Exagérez pas, m'man. Paquin m'a juste do… donné une bière parce qu'on avait eu chaud en trans… transportant son *stock*. Ça m'a do… donné mal à la tête, à part ça.

— J'ai ben envie de te sacrer une claque sur les oreilles pour t'apprendre à te soûler comme un cochon, reprit sa mère en faisant un effort méritoire pour se contrôler tout en le secouant un peu. Disparais de ma vue et va te coucher. Va cuver ta bière, maudit ivrogne!

— Je vous dis que j'en ai bu juste… juste une, protesta l'adolescent.

— Débarrasse-moi le plancher!

Richard quitta la cuisine et entra dans la chambre qu'il partageait avec son frère Gilles. Depuis la cuisine devenue silencieuse, on l'entendit se laisser tomber sur son lit. Jean-Louis disparut dans sa chambre à son tour. La mère de famille venait d'allumer une cigarette et semblait indécise sur ce qu'elle devait faire.

— Lui, si son père était dans la maison, il en mènerait pas mal moins large, je te le garantis, fit Laurette, encore debout au centre de la pièce.

Carole alla chercher son sac d'école dans sa chambre, s'assit à table et entreprit d'en extraire cahiers et manuels. Sa mère se dirigea vers le réfrigérateur sur lequel elle prit ses lunettes et s'assit dans sa chaise berçante. Après avoir poussé un profond soupir, elle puisa dans le panier d'osier déposé à ses côtés une chemise qu'elle se mit à repriser. Pendant plus d'une heure, personne ne parla dans la cuisine.

— Si ça a de l'allure d'être soûl à cet âge-là. Avec tout ça, j'ai complètement oublié de lui demander l'argent de sa pension. Il manquerait plus qu'il l'ait bu, le petit bonyeu !

Cette remarque de sa mère révéla à la jeune fille que, durant tout ce temps, elle n'avait cessé de penser à Richard.

— Vous êtes sûre, m'man, que vous voulez pas que je vous prépare un bon bain.

— Envoye donc ! accepta sa mère. Ça va peut-être me calmer.

Sans perdre un instant, la jeune fille alla remplir la bouilloire et une grande marmite d'eau froide qu'elle déposa sur le poêle à huile. La nourrice en vitre transparente installée sur le côté émit un glouglou. Quelques minutes plus tard, Carole quitta précipitamment la table quand l'eau fut bouillante.

— Fais attention de pas t'ébouillanter, la mit en garde sa mère.

— Ayez pas peur, m'man, fit sa fille en s'emparant de la bouilloire fumante pour aller la vider dans l'antique baignoire sur pattes installée dans la minuscule salle de bain.

Elle répéta l'opération avec la marmite avant de les remplir l'une et l'autre d'eau froide et de les déposer à nouveau sur le poêle.

— Vous pouvez vous préparer à prendre votre bain, m'man, dit-elle à sa mère. Dans cinq minutes, l'eau va être prête. Ça va vous détendre.

Lorsqu'elle vit sa fille aller vider à nouveau la bouilloire et la marmite dans la baignoire quelques instants plus tard, Laurette éteignit son mégot dans le cendrier déposé au centre de la table et se dirigea vers sa chambre pour aller y prendre sa robe de nuit et sa robe de chambre.

— J'ai pas fait couler d'eau froide dans votre bain, m'man, la prévint sa fille. Faites attention de pas vous brûler.

Sa mère lui répondit par un signe de tête avant de s'enfermer dans la salle de bain. Peu après, un robinet fut ouvert. On entendit le bruit de l'eau coulant pendant quelques secondes, suivi du bruit que fit Laurette en prenant place dans sa baignoire, sa peau couinant sur la paroi du bain, un peu d'eau éclaboussant la céramique. Carole alluma la radio. À Radio-Canada, un critique faisait l'éloge de *Moby Dick* qu'il qualifiait de film de l'année. Elle s'empressa de syntoniser CKVL et aussitôt la voix de Luis Mariano emplit la pièce.

— Baisse la radio, lui ordonna Jean-Louis, apparaissant soudain dans l'entrée de la pièce.

— C'est *Mexico*, dit Carole, ravie par cette chanson à la mode depuis quelques semaines.

— Puis après? Baisse le son! Tu vas déranger les Gravel, en haut.

Elle baissa le son et demeura près du vieil appareil RCA Victor installé sur une tablette, à gauche du réfrigérateur, pour mieux entendre sa chanson préférée.

Quelques minutes plus tard, la porte d'entrée s'ouvrit pour livrer passage à Denise, l'aînée de la famille. Avant que la porte ne fût refermée, Carole perçut la voix de Gilles en arrière-plan. Son frère parlait fort pour se faire entendre malgré le bruit d'un moteur. Elle se précipita dans le couloir pour voir à qui il parlait.

— T'es donc ben fouine, lui dit Denise en suspendant son manteau de printemps à un crochet.

La jeune vendeuse de chez Woolworth n'avait guère changé avec les années. À vingt-deux ans, elle avait toujours cette taille élancée et ce visage aux traits réguliers mis en valeur par une épaisse chevelure brune coiffée en queue de cheval.

— C'est pas un crime, répliqua la cadette. Je voulais juste voir à qui Gilles parlait.

— Il parle au gars avec qui il livre des meubles chez Living Room. Ils m'ont vue quand je suis sortie du magasin et ils m'ont embarquée.

— Il a l'air de quoi ce gars-là ?

— Excite-toi pas pour rien. C'est un vieux d'au moins trente-cinq ans. Où est m'man ?

— Dans le bain.

— Un vendredi soir ? s'étonna Denise.

— Puis après, fit l'autre. C'est pas défendu de prendre un bain dans la semaine.

Denise ne se donna pas la peine de lui répondre et entra dans la cuisine.

— Si tu veux manger quelque chose, proposa Carole, il reste de la sauce aux œufs.

— J'ai pas faim, refusa Denise en ouvrant tout de même la porte du réfrigérateur pour en sortir une bouteille de Kik Cola dont elle se versa un grand verre.

Au même moment, Gilles entra dans la maison. L'étudiant de dix-sept ans concédait peut-être quelques pouces à ses frères Jean-Louis et Richard, mais il était beaucoup plus râblé qu'eux. Son visage rond et souriant était éclairé par des yeux noisette.

— Puis la grande, comment t'as aimé ça faire un tour de *truck*? demanda-t-il à Denise en venant ouvrir la porte du réfrigérateur à son tour.

— Je trouve que ça brasse pas mal.

— Mais c'est tout de même moins fatigant que de revenir à pied de l'ouvrage, non?

— C'est sûr.

— Ça arrive pas souvent que le *boss* laisse le *truck* à Lanthier, mais demain, on commence de bonne heure et il va venir me prendre à sept heures. Ça va me faire une belle fin de semaine. J'ai des devoirs à faire en maths et en français à part ça. J'aurai même pas le temps d'aller voir Nicole dimanche.

— Si tu cherches à manger quelque chose, lui fit remarquer Carole en rangeant ses articles scolaires éparpillés sur la table de cuisine, tu peux manger le reste de la sauce aux œufs. Mais touche pas aux bines, c'est pour demain midi.

— Laisse faire. Je vais me faire des beurrées de beurre de *peanut*, dit Gilles en refermant la porte du réfrigérateur.

— Vous parlez ben fort, vous autres, dit Richard en apparaissant dans la pièce, les yeux gonflés de sommeil.

— Sacrifice! s'exclama son frère en regardant la mine chiffonnée de son frère. T'as ben l'air magané. Es-tu passé en dessous des p'tits chars?

— Pantoute. Je me suis couché parce que j'avais mal à la tête et…

— Parce qu'il avait pas mal bu, compléta Carole en se mêlant à la conversation de ses deux frères.

— T'avais bu?

— Ben oui, calvaire! Juste une bière ou deux. C'est pas la fin du monde.

— J'espère que m'man s'en est pas aperçue, intervint Denise.

— Une folle ! Elle l'a vu et un peu plus, elle lui arrachait la tête.

— Comme d'habitude, t'as couru après les troubles, fit remarquer Gilles à son frère.

À cet instant précis, les quatre jeunes entendirent un cri en provenance de la salle de bain.

— Carole ! Carole ! cria sa mère.

L'adolescente s'approcha de la porte de la salle de bain et demanda :

— Qu'est-ce qu'il y a, m'man ?

— J'ai le bras poigné entre le mur et le bain. Je suis pas capable de le sortir de là.

— Ben, m'man, je suis pas capable d'entrer vous aider. Vous avez mis le crochet sur la porte.

— Demande à un de tes frères de venir t'aider. Je te dis que je suis poignée !

— Vous avez entendu m'man, fit Carole en se tournant vers sa sœur et ses deux frères. Il faut trouver le moyen d'ouvrir la porte. Elle a le bras poigné entre le mur et le bain.

Alerté par les cris de sa mère, Jean-Louis avait quitté sa chambre et s'était joint aux autres.

— Voulez-vous ben me dire comment elle a fait son compte pour se poigner le bras là ? demanda-t-il.

— Laisse faire tes questions niaiseuses, s'écria sa mère qui l'avait entendu. Trouve plutôt un moyen de te rendre utile pour une fois.

Il y eut un flottement chez les cinq enfants de Laurette. Apparemment, aucun n'avait la moindre idée quant à la façon de s'y prendre.

— Bon. On va d'abord faire sauter le crochet de la porte, déclara Richard prêt à passer à l'action.

— Comment tu vas faire ça ? lui demanda Denise.

— Tu vas voir. Attendez une minute.

Richard disparut dans sa chambre et revint en tenant un morceau de carton mince.

— Tassez-vous, ordonna-t-il aux autres. Laissez-moi un peu de place. Il y a juste à passer le bout de carton entre le cadrage et la porte. Le crochet va sauter.

Sa mère l'entendit.

— Je veux voir juste Carole ou Denise entrer dans la salle de bain quand le crochet va être ôté. Vous m'entendez? Je suis toute nue dans le bain. Carole, va me chercher un drap dans le dernier tiroir de ma commode et tu me l'apporteras.

— OK, m'man.

Il ne fallut qu'un bref instant à Richard pour parvenir à glisser le carton entre le cadrage de la porte et la porte elle-même. Il le remonta brusquement et on entendit le crochet qui quittait l'anneau dans lequel il était logé.

— Ça y est, m'man, c'est débarré, annonça-t-il triomphalement à sa mère.

— C'est correct. À cette heure, ôtez-vous de devant la porte et laissez entrer Carole.

Cette dernière pénétra dans la salle de bain minuscule en s'empressant de refermer la porte derrière elle.

La pièce d'une dizaine de pieds de longueur était étroite au point qu'il fallait se déplacer de côté pour passer entre la vieille baignoire sur pattes et le lavabo pour se rendre à la cuvette surmontée d'une antique chasse d'eau installée près du plafond, contre le mur du fond. Quelques années auparavant, Gérard, aidé par son beau-frère Armand, avait installé des armoires au-dessus de la baignoire, ce qui contraignait le baigneur à se pencher sérieusement pour prendre place dans cette dernière.

— Étends-moi le drap sur les épaules, lui ordonna sa mère, étrangement inclinée sur le côté.

— Est-ce que je peux entrer vous aider, m'man, demanda Denise à l'extérieur.

— Tu peux venir, mais je pense pas que tu puisses faire grand-chose, répondit Laurette.

La jeune fille se glissa à son tour dans la pièce et découvrit sa mère immergée jusqu'à la taille dans la baignoire et les épaules pudiquement couvertes par le drap apporté par Carole.

— Voulez-vous ben me dire comment c'est arrivé? demanda Denise en apercevant sa mère dans son étrange posture.

— Bout de viarge! J'ai échappé mon savon Lifeboy entre le bain et le mur. J'ai pas voulu sortir du bain pour pas mouiller le plancher. Ça fait que j'ai essayé de le prendre en me glissant le bras entre le mur et le bain. Je comprends rien là-dedans. Le bras a ben passé, mais quand j'ai voulu le sortir, il est resté bloqué au coude. J'ai beau tirer à m'arracher le bras, il y a pas moyen de le sortir de là.

Laurette grimaça de douleur en tentant, encore une fois, de retirer son bras.

— Ayoye, bonyeu! Maudit que ça fait mal, se plaignit-elle en cessant de tirer.

— Ben, m'man, fit Denise. Vous avez pas le choix. Il va falloir demander aux gars de venir vous sortir de là.

— Voyons donc, protesta sa mère. Tu vois ben que je suis pas montrable arrangée de même.

— On voit rien, m'man. Le drap vous cache.

— En plus, vous pouvez pas passer la nuit à tremper dans le bain comme ça, ajouta Carole d'une voix compatissante.

— Bon. C'est correct. Qu'ils viennent, concéda Laurette en resserrant autour d'elle le drap maintenant trempé.

Denise ouvrit la porte et fit signe à ses frères d'entrer dans la salle de bain.

— Vous êtes mieux de sortir, les filles, dit Richard. On n'aura jamais assez de place pour tout le monde. De toute façon, vous pouvez rien faire pour nous aider à sortir m'man de là.

Carole et Denise quittèrent la salle de bain pour permettre à Jean-Louis, Richard et Gilles d'entrer.

— Grouillez-vous ! Faites quelque chose, leur ordonna leur mère, de mauvaise humeur.

— On va essayer de tirer sur le bain pour l'écarter juste un peu du mur, m'man, proposa Gilles après avoir examiné l'écart de quelques pouces qui séparait la baignoire du mur. Quand on vous le dira, essayez de sortir votre bras de là.

Les trois garçons unirent leurs efforts pour tirer la baignoire à eux, mais cette dernière ne broncha pas.

— Si on enlevait le bouchon, l'eau se viderait et le bain serait moins pesant, proposa Jean-Louis.

— Tu touches pas au bouchon ! s'exclama sa mère, peu désireuse de se montrer nue devant ses fils.

— Pour moi, il va falloir faire venir le plombier, dit Richard en replaçant son « coq » englué de Brylcreem du bout des doigts.

— Toi, mon innocent ! s'écria Laurette. Parle donc avec ta tête ! Tu penses tout de même pas qu'un homme va venir dans la salle de bain pendant que je suis toute nue.

— J'ai une idée, intervint Gilles. On va aller chercher des bons bouts de planche dans la cave. En les passant entre le mur et le bain et en tirant de toutes nos forces, je suis sûr qu'on va pouvoir faire bouger le bain.

Quelques minutes plus tard, les trois fils de Laurette étaient parvenus à glisser des planches épaisses derrière le bain.

— À mon signal, on tire, commanda Gilles. Et vous, m'man, quand vous sentirez un peu d'espace, tirez de toutes vos forces sur votre bras. Go !

Sous l'effort combiné des trois garçons, la baignoire s'écarta du mur d'un pouce ou deux et Laurette parvint enfin à sortir son bras endolori de sa prison.

— Bonyeu que ça fait mal ! se lamenta-t-elle en frottant son bras sur lequel apparaissait une large marque rouge là où il avait été coincé entre le mur et la baignoire. Bon. À cette heure, allez-vous-en que je puisse sortir du bain. À force de tremper dans cette eau-là, je commence à avoir la peau toute ratatinée.

Ses fils obéirent, rapportant avec eux les planches.

— À votre place, m'man, je sortirais du bain la prochaine fois pour poigner le savon. Je pense que ce serait moins de trouble, ne put s'empêcher de dire Richard avant de refermer la porte derrière lui.

— T'es ben comique, espèce d'insignifiant ! répliqua sa mère avec humeur.

Quelques minutes plus tard, Laurette sortit à son tour de la salle de bain, vêtue de sa robe de nuit et de sa vieille robe de chambre rose.

— Carole, si t'étais fine, tu irais étendre le drap mouillé que je viens de tordre sur la corde à linge, dit-elle à sa cadette en le lui tendant. Demain matin, il va être sec.

L'adolescente prit le drap et sortit sur le balcon arrière pour aller l'étendre pendant que sa mère allumait une cigarette et se préparait une tasse de café pour se remettre de ses émotions.

— Il est temps qu'on pense au ménage de printemps, dit-elle à voix haute sans s'adresser à quelqu'un en particulier. On a arrêté de chauffer la nuit. Il fait assez doux à cette heure pour enlever les châssis doubles et poser les jalousies. Demain...

— Moi, demain, je suis pas là de la journée, s'empressa de préciser Jean-Louis qui s'apprêtait à se retirer dans sa chambre. Je travaille jusqu'à midi au magasin et après,

Jacques m'a proposé de me montrer comment faire un rapport d'impôt provincial. C'est nouveau. Duplessis nous oblige depuis deux ans à faire un rapport parce qu'il nous charge de l'impôt.

— Une belle défaite, dit sa mère, mécontente.

— Écoutez, m'man. Si je l'apprends pas, vous allez être obligée de payer quelqu'un pour faire votre rapport d'impôt. Il reste juste deux semaines pour le faire.

— OK.

— De toute façon, si vous décidez de faire un ménage de printemps, je laverai le plafond et les murs de ma chambre, un soir, la semaine prochaine.

— Et, naturellement, tu nous aideras pas à laver les autres appartements, lui fit remarquer Richard. Toi, tu te sers pas de la cuisine et des toilettes, par exemple.

— Toi, mêle-toi de tes affaires, le rembarra son frère aîné. Si j'ai le temps, m'man, je vous donnerai un coup de main pour le reste du ménage, ajouta-t-il sans aucun enthousiasme.

— Le plus pressant, c'est les châssis doubles. J'ai hâte qu'ils soient ôtés pour qu'on respire un peu ici dedans. Il y a aussi la porte-moustiquaire.

— Demain, je travaille toute la journée, dit Gilles.

— Moi aussi, je passe la journée à laver des chars au garage de mon oncle, poursuivit Richard.

— Moi aussi je travaille toute la journée, dit Denise.

— Bon. Carole va me donner un coup de main s'il y a personne pour le faire, conclut sèchement Laurette.

— Forcez pas après ça, m'man, lui conseilla Richard. Je vais m'organiser pour que mon oncle Rosaire me laisse partir vers trois heures. Lui, ça devrait pas le déranger si j'ai eu le temps de laver tous les chars à vendre sur le terrain du garage. En arrivant, je vais sortir les jalousies et ôter les châssis doubles.

— Si on finit les livraisons de bonne heure, je perdrai pas de temps et je viendrai faire ça avec lui, dit Gilles à son tour.

— Vous êtes ben fins, les garçons, fit Laurette en se levant. Bon. Je pense qu'il est temps qu'on aille se coucher si on veut être capables de se lever demain matin.

Jean-Louis fut tenté de déclarer qu'il allait s'arranger, lui aussi, pour se libérer tôt le lendemain après-midi de manière à venir aider à enlever les doubles fenêtres et à installer les persiennes. Puis il songea que ses deux jeunes frères allaient être capables de se charger de cette tâche qui le rebutait autant que l'incontournable ménage du printemps.

À bien y penser, il était sûrement préférable qu'il apprenne à remplir correctement les déclarations d'impôt, ce qui pourrait se révéler beaucoup plus payant et utile dans l'avenir.

Chapitre 2

Un samedi bien rempli

Le lendemain matin, la mère de famille fut la première à quitter son lit. Il faisait sombre et froid dans l'appartement. Elle serra frileusement contre elle les pans de sa vieille robe de chambre et s'empressa d'allumer le poêle à huile dans la cuisine en réprimant un frisson.

— Verrat! on gèle encore, même si on est rendus au mois d'avril.

Elle jeta un coup d'œil par la fenêtre de la cuisine. Le ciel était gris et un petit vent faisait valser des papiers dans la grande cour commune. Elle se retourna quand elle entendit des pas derrière elle.

— Il me semble que vous pourriez dormir un peu plus longtemps le samedi matin, m'man, lui reprocha Gilles, déjà habillé. C'est le seul matin de la semaine où vous pouvez vous le premettre.

— J'ai trop d'ouvrage qui m'attend, se contenta de répondre sa mère en déposant une bouilloire d'eau sur le poêle. Est-ce que Richard est réveillé?

— Il s'en vient. Il est en train de fouiller dans les tiroirs de la commode. Il trouve pas ses bas.

— S'il fait trop de bruit, il va finir par réveiller Jean-Louis.

Au même moment, le bruit d'une vive altercation s'éleva en provenance des chambres.

— Bon. Ça y est. Il a fini par mettre le diable dans la maison.

Richard apparut dans la cuisine, hirsute et mal réveillé.

— J'espère que t'es content de toi! fit sa mère. T'es arrivé à réveiller ton frère.

— Je trouve pas mes bas, se contenta de dire l'adolescent. Lui, il a pas à chialer. Je faisais pas tant de bruit que ça et, en plus, il faut qu'il se lève pour aller travailler.

— Tes maudits bas sont dans le panier de raccommodage, fit sa mère. Je sais pas ce que tu leur fais à tes bas, mais ils sont toujours pleins de trous. Il va falloir que tu t'en achètes d'autres.

— J'ai pas d'argent pour ça.

— Dépense moins pour des cochonneries et achète-toi des bas, sans-dessein! T'es pas pour marcher nu-pieds dans tes souliers. En attendant, prends une paire percée dans le panier. J'ai pas le temps de te les raccommoder avant que tu partes. S'il mouille pas, je vais faire le lavage à matin et t'auras des bas propres pour demain.

Richard se pencha au-dessus du petit panier d'osier placé en permanence près de la chaise berçante de sa mère et en retira deux chaussettes grises en laine épaisse. Il passa sa main à l'intérieur de chacune pour repérer l'importance du trou que chacune avait au talon. Il haussa les épaules avec résignation et il s'assit pour les mettre. La porte de la chambre des filles, qui s'ouvrait sur la cuisine, livra passage à Denise et Carole.

— Vous pourriez pas parler moins fort le matin, se plaignit l'aînée, de mauvaise humeur. Moi, j'ai pas besoin de me lever avant huit heures moins quart pour aller travailler.

— On parle pas fort, tu sauras, dit Richard. Si on t'a réveillée, c'est parce que t'es trop fouine et que tu cherches trop à savoir ce qui se dit dans la cuisine.

— T'es ben drôle, niaiseux! rétorqua sa sœur en allant s'enfermer dans la salle de bain.

Jean-Louis apparut à son tour dans la cuisine, armé de son nécessaire de toilette. Alors qu'il allait chercher à ouvrir la porte des toilettes, Gilles le prévint.

— Denise est là.

— Maudit que j'haïs ça quand il faut attendre après Pierre, Jean, Jacques pour aller me raser et me laver le matin, se plaignit-il.

— Excusez, monseigneur, se moqua Richard. C'est pas drôle de pas vivre tout seul dans ton château.

— Toi, écœure-moi pas à matin, le menaça son frère aîné. Il y a déjà ben assez que tu m'as réveillé.

— C'était pour t'aider à te lever. À part ça, c'est pas de ma faute si on dort dans une chambre double. C'est pas moi qui a enlevé le mur entre les deux chambres.

Denise sortit des toilettes et son frère alla s'enfermer à son tour dans la petite pièce après avoir pris un peu d'eau chaude dans la bouilloire pour se raser. Ses frères et sœurs s'installèrent à table pour déjeuner.

— Oubliez pas de faire votre lunch avant de partir, dit Laurette alors que ses enfants finissaient de manger. Il y a un reste de *baloney* et un autre de poulet pressé dans le frigidaire. Faites aussi votre lit.

Quelques minutes plus tard, les trois garçons de la maison quittèrent les lieux. Pendant que Carole lavait la vaisselle, sa mère était allée s'habiller et avait entrepris de ranger sa chambre à coucher. Un peu après huit heures, Denise endossa son manteau de printemps.

— Venez-vous avec moi, m'man, ou ben vous allez faire votre commande plus tard? demanda-t-elle à sa mère.

— J'arrive, dit Laurette en sortant de sa chambre. J'ai juste mon manteau à mettre. J'espère qu'il mouille pas.

— Ben non, m'man. C'est juste sombre, la rassura son aînée.

— Bon. C'est correct. Carole, sors la laveuse de la chambre de tes frères et trie le linge pendant que je vais être partie. Si t'as le temps, époussette. Quand je vais revenir, on va faire le lavage.

— OK, m'man.

~~~

Comme la mère et sa fille quittaient le 2318, Emmett, une petite brise un peu fraîche faisait tourbillonner la poussière sur le trottoir sous un ciel uniformément gris.

Les deux femmes s'engagèrent dans la rue Archambault à peu près déserte à cette heure de la matinée. Elles passèrent devant deux jeunes enfants mal débarbouillés assis sur le pas d'une porte. Ils se chamaillaient pour la possession d'une bille de couleur. En face, un laitier de la laiterie Saint-Alexandre escaladait un escalier, tenant à bout de bras un panier métallique rempli de bouteilles de lait. Au bout de la rue, la mère et la fille tournèrent à droite sur la petite rue Grant, la parcoururent ainsi que les quelques pieds de la rue Dufresne qui les séparaient de la rue Sainte-Catherine. Au moment où elles allaient traverser en face de la pharmacie Charland, Laurette remarqua le silence inhabituel de sa fille.

— Qu'est-ce que t'as à matin, toi ? lui demanda-t-elle, intriguée. T'as ben l'air bête.

— Je trouve la vie plate, laissa tomber Denise, le visage fermé.

— Qu'est-ce qui se passe ?

— Il se passe que je travaille six jours sur sept, que j'ai pas de *chum* et que là, j'ai plus personne pour venir aux vues avec moi.

La mère adressa à sa fille un regard anxieux. Elle n'était pas sans savoir que Denise avait mis plusieurs mois à se remettre de l'abandon de Serge Dubuc. Elle était follement amoureuse du jeune employé de la Banque d'Épargne qui la fréquentait depuis quelques mois quand Gérard était tombé malade. Malgré cela, le garçon lui avait demandé un temps de réflexion, apeuré par la tuberculose dont souffrait le père de son amie. Le jeune homme n'avait plus donné signe de vie. Contre toute logique, Denise l'avait attendu durant des mois, refusant de croire que son Serge ne l'aimait plus. Elle avait fini par se résigner, mais depuis, elle avait sèchement repoussé les avances de quelques garçons du quartier, ne souhaitant pas revivre une aussi amère expérience.

— Pourquoi tu dis que t'as plus personne pour aller aux vues ? demanda Laurette, peu désireuse de la voir encore pleurer sur la trahison de son ex-amoureux. T'es-tu chicanée avec Colette Gravel ?

— Ben non, m'man. Mais comme les Gravel déménagent, j'aurai plus personne pour venir aux vues avec moi.

— Comment ça les Gravel déménagent ? fit Laurette, stupéfaite, en s'arrêtant brusquement de marcher au milieu du trottoir.

— Vous le saviez pas ? Ils déménagent dans quinze jours, m'man.

— Ah ben, j'en reviens pas ! s'exclama sa mère. Première nouvelle ! Depuis quand tu sais ça, toi ?

— Depuis hier. J'ai rencontré Colette sur l'heure du midi. Je voulais vous le dire hier soir, mais avec l'histoire du bain, ça m'a complètement sorti de la tête.

— J'en reviens pas, répéta sa mère en se remettant en marche. Aïe ! Ça fait plus que vingt ans qu'ils restent au-dessus de chez nous. Sais-tu qui s'en vient rester à leur place ?

— Elle m'en a pas parlé. Bon. Je vous laisse, m'man. Je suis rendue, ajouta Denise, en frappant à la porte du magasin Woolworth que le gérant, Antoine Beaudry, vint ouvrir en regardant ostensiblement sa montre.

Laurette, l'air pensif, poursuivit son chemin jusqu'à l'épicerie Tougas dont elle poussa la porte. Elle eut un sourire de contentement en constatant qu'elle était parmi les premières clientes en ce samedi matin nuageux. Elle fit son épicerie en quelques minutes, n'oubliant pas de demander des os pour la soupe au comptoir derrière lequel se tenait le boucher. Elle paya ses achats et, avant de quitter le magasin, demanda qu'ils soient livrés le plus tôt possible.

Elle repassa devant Woolworth et aperçut Denise occupée à servir une cliente. La mère de famille poursuivit son chemin, traversa la rue Dufresne et entra chez Laurencelle, le marchand de fruits et légumes du quartier. Les prix étaient si élevés qu'elle se contenta d'acheter quelques bananes avant de se diriger vers la biscuiterie Oscar où elle acheta cette semaine-là trois livres de biscuits Village parce qu'ils étaient les moins chers.

Au passage, elle jeta un regard d'envie au téléviseur installé depuis peu dans la vitrine du magasin d'ameublement Beaulieu. À cette heure du jour, l'appareil Admiral en montre était malheureusement éteint.

Le soir du mercredi saint précédent, elle était venue se confesser à l'église Saint-Vincent-de-Paul pour faire ses Pâques. À la sortie du temple, elle avait aperçu quelques personnes debout devant la vitrine du magasin d'ameublement, de l'autre côté de la rue. Poussée par la curiosité, la mère de famille était allée voir ce qui causait un tel rassemblement. C'est alors qu'elle avait vu pour la première fois un téléviseur projeter des images. Même si les spectateurs n'étaient pas en mesure d'entendre le son, ils étaient captivés par le petit écran encastré dans un beau meuble en érable. Malgré la fatigue d'une journée épuisante de travail chez Viau, elle était demeurée rivée devant la vitrine durant de longues minutes, séduite par cette nouveauté. Depuis, elle ne rêvait qu'à ça, même si ses collègues de travail lui avaient révélé que ce genre d'appareil pouvait se vendre entre quatre cent cinquante et sept cents dollars.

Laurette traversa la rue Sainte-Catherine et entreprit de descendre la rue Fullum jusqu'à la rue Emmett pour rentrer chez elle.

Quand elle pénétra dans l'appartement familial, elle fut accueillie par le bruit de la laveuse installée au milieu de la cuisine et l'odeur caractéristique des vêtements malpropres. Ces derniers avaient été répartis selon leur couleur en divers amoncellements sur le parquet de la pièce. Carole, debout devant la laveuse, était occupée à passer un drap dans le tordeur de la machine.

— Je t'avais dit de juste sortir la laveuse de la chambre des gars et de séparer les couleurs. Je voulais pas que tu commences le lavage, fit-elle remarquer à l'adolescente.

— Je suis capable de faire le lavage, m'man. J'avais pas besoin de vous attendre. J'ai déjà deux brassées de faites. J'ai même eu le temps d'en étendre une sur la corde à linge. Ça fait toujours drôle de voir qu'on est les seuls, dans le coin, à étendre le samedi.

— Bon. Si c'est comme ça, fit sa mère après avoir enlevé son manteau et son chapeau, je vais te laisser continuer un peu et je vais aller dire deux mots à madame Gravel. Savais-tu ça, toi, que les Gravel déménageaient?

— Non.

— Ben. Ils déménagent dans deux semaines.

Laurette sortit de l'appartement par la porte avant et alla sonner à la porte voisine. Il y eut une sonnerie à l'étage et la porte s'ouvrit quand la locataire tira sur une corde qui actionna à distance le mécanisme de fermeture. Levant la tête, Laurette aperçut sa voisine debout sur le palier.

— Ah ben! Si c'est pas ma voisine d'en dessous! s'exclama la petite femme vêtue d'une robe fleurie. Montez! Montez, madame Morin. Le ciel va sûrement nous tomber sur la tête pour que vous veniez me voir.

Laurette hissa péniblement sa masse imposante dans l'étroit escalier assez raide et arriva à bout de souffle sur le palier où l'accueillit la femme du chauffeur de taxi.

— Entrez. Venez vous asseoir une minute.

— Je voudrais pas vous déranger.

— Vous me dérangez pas pantoute. Je suis toute seule. Les enfants sont partis et mon mari reviendra pas avant le souper.

Laurette pénétra chez la voisine dont l'appartement était d'une propreté impeccable. L'autre l'invita à s'asseoir à table pendant qu'elle lui préparait une tasse de café.

— Ça fait bien trois mois que je vous ai pas vue, lui reprocha la petite femme en prenant place en face de Laurette.

— Vous savez ce que c'est, s'excusa-t-elle. Quand on travaille cinq jours par semaine, les fins de semaine sont pas mal occupées à faire tout ce qu'on a pas eu le temps de faire pendant la semaine. En plus, il faut que j'aille voir mon mari.

— C'était pas un reproche, madame Morin. Je le sais que vous êtes débordée. Je vous trouve pas mal courageuse de faire tout ce que vous faites.

— J'ai appris tout à l'heure que vous déménagiez?

— En plein ça.

— Je m'attendais vraiment pas à ça. Ça fait tellement longtemps que vous restez au-dessus de nous autres que je pensais pas qu'un jour, vous partiriez.

— Nous autres non plus, madame Morin. Il s'est passé toutes sortes d'affaires depuis un mois. D'abord, mon mari va lâcher les taxis Vétéran pour travailler pour les taxis LaSalle. Ensuite, le bonhomme Tremblay est passé et il a voulu augmenter notre loyer de quatre piastres par mois d'un coup sec. Charles a commencé par branler dans le manche, mais moi, j'ai dit à Armand Tremblay que la Dominion Oilcloth pouvait se chercher un autre locataire si elle baissait pas son augmentation. Tremblay a dit qu'il allait en parler à son *boss*.

— Je vous comprends, fit Laurette. Il nous a encore augmentés de deux piastres par mois cette année. Ça a pas d'allure. C'est rendu qu'on paye vingt-trois piastres par mois.

— Ça fait qu'on en a parlé à mon beau-frère qui reste sur la rue Montcalm, un peu en haut d'Ontario. C'est bien tombé. Son voisin déménageait le premier mai. On est allés visiter le logement. C'est un cinq et demi bien propre, au premier étage, avec une belle grande cour. On a décidé de le prendre.

— Mais vous devez payer pas mal plus cher qu'ici ?

— Pantoute, madame Chose. On a signé un bail de deux ans pour vingt-quatre piastres par mois. Pour le même loyer, on a un premier étage et un appartement pas mal plus grand.

— Je suis ben contente pour vous autres, conclut Laurette, déprimée par l'idée de perdre une bonne voisine.

— On part, mais ça nous fait quelque chose de nous en aller. On aimait bien le coin, reconnut Emma Gravel.

— Savez-vous qui vient prendre votre place ?

— Non. Je me demande même si la compagnie est venue à bout de louer notre logement. Il est pas venu personne le visiter depuis qu'on a averti Armand Tremblay qu'on s'en allait.

— En tout cas, j'espère que vous allez venir me dire un petit bonjour avant de partir, dit Laurette en se levant. Bon. Je vais aller m'occuper de mon lavage avant que Carole l'ait fait au complet toute seule.

Laurette descendit les marches vermoulues en se tenant fermement à la rampe et rentra chez elle. À midi, le lavage et le ménage étaient terminés. La mère de famille incita sa fille cadette à aller passer quelques heures chez son amie Mireille pendant qu'elle se chargerait de plier le linge et d'étendre sur la corde les vêtements encore mouillés qui n'avaient pu être étendus par manque de place sur la corde à linge durant l'avant-midi.

Quelques heures plus tard, elle s'apprêtait à aller déposer dans chaque chambre les derniers vêtements qu'elle venait de plier quand Gilles et Richard rentrèrent dans la maison en même temps.

— Dites-moi pas que votre *boss* vous a laissés partir avant le temps! s'exclama Laurette, heureuse de voir ses deux fils arriver assez tôt à la maison pour retirer les contre-fenêtres.

— Mon oncle a pas eu le choix, laissa tomber Richard en se versant un verre de cola. J'avais fini de laver toutes ses maudites vieilles bagnoles. Si encore il en vendait de temps en temps, ça m'en ferait moins à laver chaque fin de semaine.

— Il doit sûrement en vendre pour faire autant d'argent, lui fit remarquer son frère.

— C'est sûr qu'il en vend pas mal, reconnut Richard, mais il les remplace tout de suite par d'autres, bâtard! Il dit que quand il y a des places vides sur le terrain, ça a l'air pauvre.

— Et toi, Gilles ? lui demanda sa mère.

— On avait fini de livrer tout ce qu'il y avait à livrer aujourd'hui. Ça fait que Lanthier m'a laissé en passant. Il va étirer le temps et arriver juste pour cinq heures au magasin. J'ai déjà ma paye, à part ça.

Gilles tira de sa poche la somme qu'il avait gagnée le soir précédent et ce jour-là. Il tendit les sept dollars à sa mère qui lui laissa un billet de deux dollars.

— Pendant que j'y pense, m'man, j'ai encore ma paye, lui dit Richard en tirant une petite enveloppe de la poche arrière de son pantalon. Avec tout ce qui est arrivé hier soir, j'ai complètement oublié de vous payer ma pension.

L'adolescent ne chercha pas à préciser s'il faisait allusion à son ivresse de la veille ou à l'incident du bras coincé de sa mère. Laurette ne dit rien et se contenta de tendre la main. Elle prit quinze dollars et lui remit son enveloppe.

— J'espère que tu gaspilles pas tout ce que tu gagnes, lui dit-elle sèchement.

— Ben non, m'man. De toute façon, je vous ai dit que vous pouviez garder vingt piastres par semaine, si vous le vouliez.

— Il en est pas question. Je demande quinze piastres à Jean-Louis et à Denise, je vois pas pourquoi tu me donnerais plus.

— Bon. Est-ce qu'on les pose aujourd'hui, ces jalousies-là ? demanda Gilles, soudain pressé d'en finir. J'ai des devoirs à faire et j'aimerais ben avoir le temps d'écouter le hockey à soir.

— Vous avez juste à les sortir du hangar, dit leur mère. Je vais les laver pendant que vous ôtez les châssis doubles.

— Non, m'man, dit Richard sur un ton décidé. Vous avez travaillé toute la journée. Allez vous coucher une heure avant le souper. Nous autres, on a le temps d'ôter les châssis doubles et de laver les jalousies avant de les poser.

Laurette ne se fit pas prier. Après avoir épluché des pommes de terre, elle alla dormir une heure. Pendant ce temps, ses fils sortirent du hangar les persiennes en bois dont la peinture verte écaillée aurait bien eu besoin d'être rafraîchie. Après les avoir sommairement lavées sur le balcon, les deux frères les installèrent à chacune des quatre fenêtres de l'appartement. Au moment où ils s'affairaient à mettre en place la porte-moustiquaire qui ouvrait sur la cuisine, Denise revint de son travail, l'air éreinté.

— Ça va faire du bien de plus avoir les châssis doubles, dit la jeune fille à sa mère, en pénétrant dans l'appartement.

— On va enfin respirer, lui fit remarquer cette dernière en ne cachant pas sa satisfaction. Les gars ont été ben fins d'installer les jalousies après leur journée d'ouvrage.

— Qu'est-ce qu'on mange pour souper ?

— Du pâté chinois.

— Je me change et je viens vous aider à mettre la table, annonça Denise en prenant la direction de sa chambre.

— Ta sœur va venir te donner un coup de main. Je l'ai appelée tout à l'heure.

❧

Durant le souper, l'unique sujet de conversation entre Gilles et Richard fut le cinquième match éliminatoire qu'allait disputer le soir même le Canadien de Montréal aux Red Wings de Détroit. Les deux adolescents étaient particulièrement excités par la possibilité que leurs favoris remportent enfin les séries éliminatoires le soir même.

— Ça fait deux ans qu'ils viennent nous voler la coupe Stanley, déclara Richard en beurrant une tranche de pain.

On les a plantés trois à zéro la dernière partie. C'est à soir que ça finit. Lindsay, Delvecchio et Howe vont pouvoir aller se faire voir ailleurs, ajouta-t-il avec une belle certitude.

— Attends, il y a encore rien de fait, chercha à le calmer son frère. Ils sont forts en maudit. Oublie pas que c'est eux autres qui ont fini premiers cette année.

— Ils sont pas de taille contre nous autres, protesta Richard. Tu vas voir ça tout à l'heure. En plus de Richard et Geoffrion, on a Jean Béliveau. Il faut pas oublier que c'est le champion des compteurs cette année.

— Si vous arrêtiez de bavasser comme deux pies pour manger, on pourrait peut-être se débarrasser du lavage de la vaisselle avant minuit, intervint Denise, exaspérée par cette discussion à laquelle elle ne comprenait pas grand-chose.

Après le repas, Laurette s'empressa de dire à ses garçons :

— Niaisez pas trop si vous voulez avoir le temps de prendre votre bain avant votre partie de hockey.

— On pourrait ben faire ça demain soir, rétorqua Richard, peu enthousiaste.

— C'est ça. Je suppose que, demain matin, tu voudrais aller à la messe sale comme un cochon ?

— Qui s'en apercevrait, m'man ?

— Laisse faire, toi. Tu vas te laver. J'ai pas envie de me ramasser avec des collets de chemise encrassés et pas nettoyables. Si t'as pas le temps de te laver avant ton match de hockey, t'en manqueras une partie. C'est clair ?

— Aïe ! Vous y pensez pas ! protesta l'adolescent, consterné par cette possibilité.

— Dans ce cas-là, grouille-toi, lui ordonna sa mère, inflexible. Gilles, toi, tu vas aller me remplir la cruche d'huile, elle est presque vide.

Gilles, plus sage que son frère, savait déjà qu'il ne l'emporterait pas dans une dispute avec sa mère. Il s'empressa d'aller faire bouillir de l'eau pour prendre son bain le premier. Ensuite, il s'empara de la cruche de cinq gallons en verre dans laquelle il ne restait qu'un peu d'huile à chauffage et sortit à l'extérieur pour aller la remplir à même le baril installé dans le hangar.

Un peu plus tard, Richard sortait de la salle de bain où il avait été enfermé durant un bon moment, quand Laurette lui rappela :

— Oublie pas de changer de sous-vêtements, et mets ceux qui sont sales dans la laveuse.

— Ben oui, m'man, se contenta-t-il de dire en poussant un soupir d'exaspération. En tout cas, une chance que l'hiver est fini et qu'on n'a plus à mettre nos combinaisons à panneau, ajouta-t-il. Moi, j'ai passé l'hiver à me gratter avec ces maudites affaires-là. En plus, aussitôt que tu bouges le moindrement, tu perds des boutons. Je voudrais ben mettre la main sur le sans-dessein qui a inventé ça.

— T'es ben niaiseux, Richard Morin, lui fit remarquer sa mère. Je suppose que t'aimerais mieux geler et attraper ton coup de mort en mettant des petits corps d'été tout l'hiver.

L'adolescent se dirigea vers sa chambre à coucher et en revint moins d'une minute plus tard. Il alla se planter devant le petit miroir installé au-dessus du lavabo.

— J'haïs ça prendre un bain, dit-il sans s'adresser à quelqu'un en particulier. Regardez-moi la tête ! Mon « coq » tient plus pantoute et mes cheveux s'en vont dans tous les sens. J'ai l'air d'un vrai fou.

Laurette lui jeta un bref regard avant de tourner son attention vers la chemise qu'elle était en train de repriser. Avec ses cheveux mouillés ainsi plaqués sur le crâne, les grandes oreilles de son fils semblaient encore plus décollées que d'habitude.

— Tu dis ça toutes les fois, lui fit remarquer Gilles qui venait d'allumer la radio. T'auras juste à mettre plus de Brylcreem demain matin. Grouille-toi. La partie commence.

— Vous autres et votre maudit hockey, laissa tomber Denise en fermant le roman d'amour qu'elle était en train de lire, assise à un bout de la table. Il y a jamais moyen d'avoir la paix pour lire tranquille.

— C'est correct, la vieille fille. On a compris. T'étais faite pour entrer chez les sœurs, dit Richard, sarcastique.

— Niaiseux! répliqua sa sœur aînée en levant les épaules. Je pense, m'man, que je vais aller prendre mon bain, moi aussi, et après, je vais aller lire dans ma chambre.

— Pour moi, p'pa doit faire comme nous autres à soir, fit remarquer Gilles avec une note de nostalgie dans la voix, en s'installant tout près de la radio en compagnie de son frère, de manière à ne rien perdre des commentaires de René Lecavalier.

— Ça, tu peux en être sûr, acquiesça sa mère. Depuis que votre oncle Rosaire lui a donné un radio, l'année passée, il a pas dû manquer ben des parties.

— J'ai hâte qu'il revienne, fit Richard.

— Moi aussi, dit son frère, apparemment aussi ému que lui à l'évocation de leur père.

— C'est presque certain qu'il va sortir du sanatorium avant l'été, affirma leur mère avec une assurance qu'elle était loin d'éprouver.

Il y eut un court silence dans la pièce. On entendait seulement les cris des amateurs de hockey qui avaient pris d'assaut le Forum de Montréal en cette soirée d'avril et qui étaient retransmis par Radio-Canada.

— Moi, en tout cas, j'aimerais ben pouvoir faire mon devoir en paix, déclara Carole, mécontente. Avec le radio à tue-tête, j'ai de la misère à comprendre ce que je fais.

— Baissez un peu le son, ordonna Laurette à ses fils qui venaient de tirer leurs chaises encore plus près de l'appareil pour être bien certains de ne pas perdre le moindre mot de la description de la cinquième partie de la finale de la coupe Stanley.

— Baissez le radio, insista Carole.

— Chut! fit Richard en faisant signe à sa sœur de se taire.

Gilles poussa un soupir d'exaspération, mais il n'en avança pas moins la main pour baisser un peu le son.

— Pas trop, s'insurgea son frère. On n'entend plus rien. C'est à soir qu'on va voir si Lindsay va se faire planter, ajouta-t-il d'une voix excitée. En tout cas, Howe et Delvecchio feront pas ce qu'ils veulent sur la glace.

— Vous l'avez pas baissé assez, se plaignit Carole.

— Tais-toi! Ça commence, lui ordonna Richard en lui adressant un regard furieux.

La voix de René Lecavalier emplit la cuisine des Morin. La foule surexcitée hurlait et scandait des encouragements à leurs favoris qui venaient de paraître sur la glace.

— En tout cas, cette année, Maurice Richard est pas suspendu, dit Gilles en faisant allusion à la suspension imposée l'année précédente à son idole par le président Campbell, suspension qui avait déclenché une émeute au Forum de Montréal.

— C'est sûr que le Canadien va gagner, fit son jeune frère, comme pour conjurer le mauvais sort qui s'était acharné sur le Canadien les deux années précédentes.

— C'est pas encore fait, reprit Gilles en s'allumant une cigarette.

Ils se turent durant quelques instants pendant que le commentateur rappelait les faits marquants des trois matchs précédents de cette finale.

— C'est drôle, mais moi, j'aimais mieux la voix de Michel Normandin. Lecavalier m'énerve, dit Gilles, à mi-voix.

Avant la fin de la première période, Jean-Louis rentra à la maison, toujours aussi soigneusement habillé et coiffé. Après avoir suspendu son manteau derrière la porte de sa chambre, le jeune homme aux manières un peu précieuses entra dans la cuisine et eut un sourire un peu méprisant à la vue de ses deux frères fanatiques de hockey. Il mit de l'eau à bouillir sur le poêle.

— T'as failli venir nous aider à poser les jalousies, lui fit remarquer Richard sur un ton sarcastique.

— J'avais autre chose à faire, tu sauras.

— C'est vrai que t'aurais pu salir ton beau linge.

— Mêle-toi donc de tes affaires, dit sèchement son frère aîné en ouvrant la porte du vieux réfrigérateur Bélanger pour en inspecter le contenu.

— Qu'est-ce que tu cherches ? lui demanda sa mère.

— Quelque chose à manger. J'ai presque pas soupé.

— T'avais juste à arriver pour l'heure du souper. Il reste plus rien. Tu peux te faire un sandwich si ça te tente.

— Je pense que je vais prendre juste des biscuits, dit-il en se dirigeant vers la porte du garde-manger.

Après la sortie de Denise de la salle de bain, Jean-Louis s'enferma dans la petite pièce qu'il quitta, quelques minutes plus tard, vêtu de son pyjama rouge vin. Un sifflet moqueur salua son apparition.

— Tabarnouche ! s'exclama Richard, faussement admiratif. Je me demande s'ils en font pour les hommes des pyjamas comme ça.

— Tu devrais en mettre un, tu sentirais peut-être moins mauvais, répliqua Jean-Louis d'une voix cinglante.

— Richard, ferme ta boîte ! intervint la mère de famille avant de s'allumer une cigarette. Arrête de faire enrager tout le monde.

L'aîné prit la direction de sa chambre à coucher. Quelques années auparavant, il avait lu quelque part qu'il était malsain de dormir dans les sous-vêtements portés durant la journée et il s'était promis de s'offrir un pyjama avec l'argent de sa première paye. Il avait tenu parole. Ce vêtement de nuit, comme sa préoccupation d'être toujours élégamment vêtu, lui donnait l'impression d'échapper à la pauvreté qui l'entourait. Une fois sorti de son quartier, personne ne pouvait deviner qu'il vivait dans un taudis.

Pour sa part, Richard obéit à sa mère et n'ajouta rien. Il adressa un sourire de connivence à son frère Gilles. Avec les années, les frères Morin ne s'étaient pas encore habitués à voir l'un des leurs vêtu d'un pyjama, un vêtement qu'ils jugeaient superflu et, pour dire vrai, nettement inutile.

Gilles eut la bonne idée d'orienter la conversation sur un autre sujet en attendant que la seconde période du match de hockey commence.

— Le père d'un gars de ma classe a acheté une télévision.

— Comme celles qui sont dans la vitrine de chez Beaulieu ? demanda sa mère, tout de suite intéressée en entendant le mot « télévision ».

— Il m'a pas dit que c'est là qu'il l'avait achetée, mais ça doit être pareil. En tout cas, Laflamme dit que c'est ben le *fun* de regarder ça le soir. Il paraît que t'as même pas le goût de sortir de la maison. C'est comme si t'allais aux vues tous les soirs. Ils montrent même le hockey.

— Ils montrent aussi des films, ajouta Denise qui venait de quitter momentanément sa chambre. Mon gérant nous a dit qu'il s'en est acheté une, le chanceux.

— Aïe ! Vous avez vu les prix de fou qu'ils demandent pour cette patente-là ? leur fit remarquer leur mère. Moi aussi, j'aimerais ben ça qu'on ait les moyens de s'en payer une, mais j'ai ben peur que ce soit pas pour du monde ordinaire comme nous autres.

— Laflamme m'a dit que les moins chers sont autour de quatre cent cinquante piastres, précisa Gilles. On rit pas.

— C'est vrai, ça. On dirait ben qu'il faut être aussi riche que Jean-Louis pour se payer une affaire comme ça, ajouta Richard.

— Espèce de nono ! se contenta de laisser tomber son frère aîné avant de se diriger vers sa chambre.

Lorsque la deuxième période débuta, il ne resta plus dans la cuisine que Laurette et ses deux fils. Carole s'était finalement décidée à aller rejoindre sa sœur dans leur chambre pour ne pas avoir à supporter l'énervement de ses deux frères. Le Canadien marqua à deux reprises durant les vingt minutes de jeu suivantes et à chaque occasion, Gilles et Richard furent incapables de modérer leurs transports d'enthousiasme.

La tension monta d'un cran dans la cuisine quand les Red Wings se mirent à attaquer furieusement au début de la troisième période. Cependant, un autre but de Jean Béliveau à quelques minutes de la fin du match rassura les partisans du Canadien. Quand la sirène annonça la fin de la partie, les deux frères, fous de joie, se mirent à trépigner.

— Bon. Ça va faire, déclara leur mère en déposant son tricot sur le bord de la fenêtre. Attendez pas de passer à travers le plancher pour vous calmer les nerfs.

— Mais, m'man, on vient de gagner, s'écria Richard.

— Puis après ! laissa tomber sa mère. Ça en fait toute une affaire.

— Ben oui, m'man, on a gagné la coupe !

— Bon, là, il est presque onze heures. Dépêchez-vous de manger quelque chose avant d'aller vous coucher, si vous avez faim. Traînez pas. Demain matin, vous serez pas levables pour aller à la messe.

Les deux garçons comprirent ce que cela signifiait. C'était un rappel que minuit était l'heure limite pour manger quelque chose s'ils désiraient aller communier à la messe du dimanche matin.

— Traînez pas trop longtemps debout et lavez votre vaisselle, leur ordonna-t-elle avant de prendre la direction de sa chambre à coucher. Il faut se lever de bonne heure demain matin.

— Est-ce qu'on éteint le poêle ? lui demanda Gilles.

— C'est aussi ben. Ça sert à rien de gaspiller de l'huile quand il fait doux.

Des « bonne nuit, m'man » la saluèrent au moment où elle disparaissait dans le couloir.

Pendant quelques minutes, la mère de famille entendit ses deux fils demeurés dans la cuisine pour une collation. Peu à peu, les voix se turent. Il y eut un appel à l'extérieur, non loin de la fenêtre de sa chambre à coucher. À l'étage, les voix de Charles et d'Emma Gravel lui parvinrent sous la forme de murmures. Il y eut des grincements de sommier, puis plus rien.

Étendue seule dans son grand lit, les yeux ouverts dans le noir, Laurette se sentait si fatiguée que le sommeil la fuyait. Si Gérard pouvait revenir, tout allait rentrer dans l'ordre et elle connaîtrait à nouveau une vie normale. Elle ne serait plus obligée de courir comme une folle, sept jours sur sept, pour arriver à faire tout ce qu'elle avait à faire. De plus, ce n'était pas une vie que d'avoir à se cacher pour ne pas avoir à répondre aux questions gênantes des voisins.

— Bonyeu! C'est tout de même pas un crime que d'être au sanatorium! jura-t-elle à mi-voix dans le noir.

Depuis le départ de Gérard pour Saint-Joseph en avril 1953, elle avait entretenu, tant bien que mal, la légende d'un mari malade du cœur pour que sa famille ne soit pas ostracisée dans le quartier. Par chance, elle avait pu compter sur la discrétion sans faille d'Emma Gravel, la seule au courant de la tuberculose de son Gérard. Laurette n'était pas stupide. Elle savait bien que les voisines parlaient dans son dos et ne se gênaient pas pour colporter que son mari l'avait plantée là pour une autre femme. Elle se montrait stoïque et endurait ces commérages avec l'espoir de les faire rentrer bientôt de force dans la gorge des coupables.

Il fallait que Gérard sorte bientôt. Elle ne se sentait pas la force de passer les soirées d'un quatrième été cachée sur le balcon arrière pour ne pas avoir à donner des explications embarrassées aux voisins sur son absence prolongée. Elle voulait lâcher Viau et ne plus s'occuper que de son foyer. Elle désirait surtout reprendre sa vie d'autrefois.

Laurette glissa une main sous son oreiller à la recherche de son chapelet. Lorsqu'elle le sentit au bout de ses doigts, elle le ramena à elle et décida de le réciter autant pour trouver le sommeil que pour que la Vierge l'aide à réaliser son vœu le plus cher.

Chapitre 3

Un drôle de dimanche

Il était plus de sept heures quand Laurette ouvrit un œil, étonnée d'entendre des bruits en provenance de la cuisine alors qu'il faisait encore si sombre. Elle dut faire un réel effort pour rejeter ses couvertures et poser ses pieds sur le linoléum froid du parquet. Sans se pencher, elle chaussa ses vieilles pantoufles roses.

Dès l'ouverture de la porte de sa chambre à coucher, elle se rendit compte qu'il faisait clair à l'extérieur. Elle avait oublié que les persiennes installées la veille avaient été fermées. En bâillant, elle se dirigea vers la cuisine où Gilles et Jean-Louis, déjà habillés, attendaient que Carole veuille bien quitter les toilettes.

Traînant les pieds dans ses pantoufles éculées, la mère de famille se rendit jusqu'à la fenêtre de la cuisine dont elle écarta d'une main le rideau. Le ciel était gris et il tombait une petite pluie fine.

— Bon. Il manquait plus que ça, murmura-t-elle en laissant retomber le rideau. Il mouille. Ça va être le *fun* encore d'aller à Saint-Joseph après le dîner.

Elle s'empara de son étui à cigarettes, l'ouvrit et alluma sa première cigarette de la journée. Elle inhala profondément la fumée avant de s'asseoir dans sa chaise berçante en déplorant intérieurement de ne pouvoir boire une bonne tasse de café le dimanche matin.

— Vous êtes pas obligée d'y aller, m'man, lui fit remarquer Jean-Louis.

— Ben non, fit sa mère, sarcastique. On va laisser ton père tout seul comme un chien en plein dimanche.

— Mon oncle Armand ou mon oncle Bernard va peut-être y aller, intervint Gilles. Si c'est mon oncle Armand, il pourrait vous amener en char et…

— Parle donc pas pour rien dire, le coupa sa mère. Tu sais ben que ton oncle Bernard est jamais allé au sanatorium parce que ta tante Marie-Ange a peur qu'il rapporte la tuberculose à la maison. Pour ce qui est de ton oncle Armand, il est ben fin, mais il est déjà allé voir ton père il y a quinze jours.

— Je pense que je vais laisser ma place à Carole, déclara Denise en finissant de brosser ses cheveux.

— Moi, j'ai fini exprès de faire mes devoirs hier soir, m'man, pour pouvoir aller voir p'pa avec vous cet après-midi si vous le voulez, annonça Carole en sortant de la salle de bain.

— C'est correct, accepta sa mère.

— J'y serais allé si j'avais pas des rapports d'impôt à faire avec Jacques aujourd'hui, s'excusa Jean-Louis dont la voix ne trahissait aucun regret.

— Moi, j'ai pas un devoir de fait, dit Gilles, mais si vous voulez que j'y aille avec vous autres, je vais y aller, proposa Gilles.

— Laisse faire, dit Richard qui venait de pénétrer dans la cuisine. Je vais y aller. Ça fait deux mois que j'ai pas vu p'pa.

— On va être trois, fit remarquer Laurette à ses enfants. Les sœurs aiment pas ben ça quand on est plus que deux.

— Le pire qui peut arriver, m'man, c'est qu'elles nous demandent qu'il y en ait un qui reste en bas.

Laurette n'ajouta rien.

— Bon. Est-ce qu'on y va ? demanda Jean-Louis à son frère Gilles. Je pense que c'est le temps de partir sinon on va être en retard pour la messe.

Gilles le suivit dans le couloir. Les deux frères mirent leur manteau et quittèrent l'appartement. Depuis le départ de son père, Gilles avait pris l'habitude d'assister à la basse-messe du dimanche matin en compagnie de son frère aîné. Richard avait bien songé à les accompagner, mais il ne s'entendait pas assez bien avec Jean-Louis pour avoir envie de faire le trajet entre la maison et l'église en sa compagnie.

Après avoir traîné longtemps sans rien faire dans la cuisine, Laurette se secoua. Elle alla faire sa toilette et s'habilla avant de mettre de l'ordre dans sa chambre à coucher. Comme Denise sortait de la salle de bain, la mère de famille se mit à la préparation du dîner.

— Qu'est-ce qu'on va manger à midi, m'man ? demanda la jeune fille.

— On va se payer la traite, annonça sa mère. J'ai acheté un poulet en spécial chez Tougas hier matin. On va le faire cuire durant la messe. En revenant, on va préparer des bons *hot chicken*. J'ai de la sauce et des petits pois. En plus, j'ai préparé un gâteau aux épices pour pouvoir en apporter un bon morceau à ton père.

— Arrêtez, m'man, j'ai déjà faim, fit Denise.

— Voulez-vous que je reste pendant la messe pour être sûr que le poulet brûle pas, offrit Richard, ironique.

— Laisse faire, toi, répliqua sa mère. Tu te sauveras pas de la messe. Gilles va s'en occuper quand il sera revenu.

— Je crémerai le gâteau en revenant de la messe si vous voulez, offrit Denise.

Au retour de Jean-Louis et de son frère, Laurette quitta l'appartement en compagnie de Richard et de ses deux filles. L'air était doux et la petite pluie printanière s'était transformée en crachin. Des papiers gras et des mégots de cigarette flottaient sur les flaques d'eau créées par la pluie tombée la nuit précédente. Les Morin parcoururent la rue Fullum jusqu'au coin de Sainte-Catherine. Au moment où ils passaient devant le presbytère en brique grise dont le petit terrain était délimité par une clôture en fer forgé haute d'à peine deux pieds, les cloches de l'église voisine se mirent à sonner. Déjà, de nombreux fidèles montaient lentement la douzaine de marches conduisant aux portes en chêne massif du temple.

Richard tint la porte pour laisser entrer sa mère et ses sœurs dans l'église. Il les laissa volontairement prendre de l'avance. Il les vit tremper le bout de leurs doigts dans le bénitier situé dans l'entrée et se diriger vers l'allée centrale, à la recherche de places à l'avant. Pour sa part, l'adolescent bifurqua rapidement vers l'allée latérale et s'installa dans l'un des derniers bancs. Il vit sa mère tourner la tête dans toutes les directions, assurément à sa recherche. Depuis plus d'un an, il lui faisait le même coup pratiquement tous les dimanches, malgré ses reproches. Il avait décidé une fois pour toutes qu'il ne voulait plus aller s'installer à l'avant de l'église, sur le même banc que les membres de sa famille.

Il fit une rapide génuflexion et s'assit, partiellement dissimulé par l'une des colonnes massives en marbre qui soutenaient l'édifice. Il sortit immédiatement un missel de sa poche et lut avec soin l'Épître et l'Évangile du jour avant de le déposer sur le banc avec une tuque qu'il venait de tirer de l'une de ses poches. Avant même que le service divin commence, il quitta subrepticement l'église après avoir placé bien en évidence son missel et sa tuque pour réserver sa place.

À sa sortie, il croisa deux ou trois retardataires qui se dépêchaient d'entrer pour ne pas rater le début de la messe. Les deux mains enfoncées dans ses poches, Richard se dirigea à pas pressés vers la salle de billard voisine du magasin Woolworth. Il acheta une bouteille de Coke au comptoir et la sirota lentement en regardant deux jeunes disputer une partie dans la petite salle enfumée. Une demi-heure plus tard, il reprit le chemin de l'église Saint-Vincent-de-Paul après avoir jeté un coup d'œil à sa montre.

Il se glissa dans les lieux en faisant le moins de bruit possible et retrouva, comme prévu, sa place libre. Il ne se soucia pas du tout des fidèles qui lui jetaient des regards intrigués. Moins de deux minutes plus tard, la voix de stentor du curé Perreault prononça l'*Ite missa est* libérateur.

Richard s'empressa d'empocher son missel et sa tuque et sortit sur le parvis pour attendre sa mère et ses sœurs. Les deux portes latérales s'ouvrirent pour livrer passage à la foule de paroissiens qui avaient assisté au service divin. L'adolescent venait d'allumer une cigarette quand il vit apparaître sa mère, un peu boudinée dans son manteau bleu. Elle descendit les marches, ses deux filles sur les talons. Quand il la rejoignit, elle l'apostropha.

— Veux-tu ben me dire où t'étais, toi, durant la messe? demanda-t-elle en se mettant en marche vers la maison.

— J'étais assis en arrière, répondit-il, immédiatement sur la défensive.

— Ah oui? T'es sûr de ça? C'est drôle, j'ai regardé pendant la messe et je t'ai pas vu pantoute, fit sa mère en le fixant d'un œil soupçonneux.

— J'étais là.

— Si c'est vrai, dis-moi donc un peu de quoi ça parlait dans l'Évangile?

Richard s'attendait à la question puisque sa mère la lui posait chaque fois qu'elle avait un doute sur sa présence à la messe dominicale. C'était d'ailleurs pour cette raison qu'il lisait toujours l'Évangile une fois ou deux dans son livre de messe avant de s'éclipser de l'église.

— Ben. Monsieur le curé a dit que c'était le deuxième dimanche après Pâques et il a parlé du Bon Pasteur et des brebis. J'ai pas trop ben compris ce qu'il a raconté.

— Je suppose que t'as pas trop ben compris aussi ce qu'il a dit durant son sermon ? fit sa mère en arborant un air qui en disait long sur la confiance qu'elle avait en la franchise de son plus jeune fils.

— Il a encore parlé de la même chose, hasarda l'ado-lescent en prenant une chance.

— Si t'étais à la messe, comment ça se fait qu'on t'a pas vu aller communier ?

— Ça me tentait pas, m'man. Il y a rien qui nous oblige à aller communier tous les dimanches, ajouta-t-il, l'air frondeur.

— Mon garçon, si t'es pas en état de grâce, t'as juste à aller te confesser. Il y a des confessions tous les vendredis soir.

— Je le sais. C'est pas ça. Ça me tentait pas.

— Ton affaire est pas claire pantoute, le prévint Laurette, pas du tout convaincue par les explications de son fils. Si t'essaies de jouer au plus fin, tu vas avoir affaire à moi, je t'en passe un papier.

Son fils se contenta de soulever les épaules, conscient des regards inquisiteurs que les passants lui jetaient alors qu'il se faisait enguirlander par sa mère. Il accéléra le pas, laissant sa mère en arrière en compagnie de Denise et de Carole qui n'avaient pas ouvert la bouche durant l'affrontement.

Richard se promit d'assister à toute la messe et de communier les deux ou trois prochains dimanches pour endormir les soupçons de sa mère. Cependant, il en avait assez de la messe et avait hâte d'échapper à la surveillance sans faille de sa mère.

Dès leur retour dans l'appartement, Laurette et ses filles dépecèrent le poulet, mirent la table et servirent à chacun un sandwich au poulet chaud baignant dans une sauce brune où surnageaient des petits pois. Au dessert, Richard ne put s'empêcher de s'en prendre à son frère aîné.

— Savez-vous, m'man, j'ai pensé à une affaire pendant la messe.

— Je suis contente de voir que tu penses de temps en temps, fit sa mère, ironique.

— J'ai pensé que comme je paye la même pension que Jean-Louis, ce serait normal que j'aie, moi aussi, la chambre d'en avant. Je trouve pas ça normal qu'il profite tout le temps de la chambre avec une fenêtre et de l'air durant l'été pendant que je crève de chaleur avec Gilles dans la chambre du fond, qui a pas de fenêtre.

— Whow! s'insurgea Jean-Louis, piqué au vif. Je suis le plus vieux ici. J'ai le droit d'avoir cette chambre-là !

— T'as pas plus le droit que moi de l'avoir, tu sauras, Jean-Louis Morin, protesta Richard. Tu payes pas plus cher que moi.

— Toi, commença sa mère, je…

— Ben, m'man. Je suis pas cochon avec lui, la coupa son fils. Je dis pas que je veux l'avoir tout le temps. Je dis juste qu'on pourrait l'avoir une semaine, chacun notre tour. Ça, ce serait juste.

— Et Gilles, lui ? demanda Jean-Louis.

— Moi, je paie pas de pension, se contenta de répondre Gilles.

— Gilles continuerait à coucher avec moi, aie pas peur. Tu serais tout seul à sentir la bonne senteur qui vient de la laveuse pleine de linge sale. Nous autres, on la sent depuis des années et on n'en est pas morts.

— M'man ! fit l'aîné, comme un appel au secours.

— Nous autres, on aide dans la maison, reprit Richard, tout heureux d'avoir mis son frère aux abois. Toi, tu fais jamais rien ici dedans. Il me semble que ce serait normal qu'on profite de la plus belle chambre de la maison de temps en temps.

— Ça va faire! ordonna Laurette après avoir avalé la dernière bouchée de poulet qui restait dans son assiette. Je vais y penser.

Jean-Louis but sa tasse de thé tout d'une traite avant de se retirer dans sa chambre dont il claqua la porte pour manifester sa mauvaise humeur. Richard ne parvint pas à réprimer un petit sourire victorieux que sa mère saisit au passage.

— Toi, mon maudit haïssable! s'emporta-t-elle. T'es content juste quand t'as mis le diable quelque part, hein?

— Ben non, m'man. C'est lui qui s'énerve pour rien. J'en veux pas de sa maudite chambre. Il peut la garder.

⁓

Pendant ce temps, les deux vicaires de la paroisse étaient assis dans le salon du presbytère, impatients de passer à table. La pièce était sombre. Ses épais rideaux rouges, son lourd mobilier en noyer et ses fauteuils recouverts de velours rouge vin concouraient à l'assombrir encore plus. René Laverdière, le plus âgé des deux prêtres, déposa son bréviaire sur un guéridon avec une impatience mal déguisée.

— Veux-tu bien me dire ce qu'il a à se traîner les pieds à matin, dit-il à son jeune confrère en parlant du curé Damien Perreault. Ma foi du bon Dieu, on dirait qu'il fait exprès de nous faire attendre parce qu'il sait qu'on meurt de faim.

— Il a dû être retenu à la sacristie par la directrice de la chorale. Tu la connais. Cette pauvre madame Sauvé est rarement contente et oublie jamais de venir se plaindre de l'organiste.

— Et notre bon curé est content de jouer à Dieu le Père, se moqua le vicaire d'une quarantaine d'années à la calvitie mal dissimulée par quelques rares cheveux artistiquement étalés.

Yvon Dufour ne dit rien. Le jeune prêtre au début de la trentaine était totalement dénué de l'esprit frondeur de son aîné. Il était même singulièrement timide et peu porté à défier son supérieur.

— Qu'est-ce que t'as fait de ta soirée de congé, hier soir ? lui demanda son collègue, curieux.

— Tu me croiras pas, mais j'ai passé la soirée au stade De Lorimier. Mon frère avait des billets pour aller voir la première partie des Royaux.

— T'as pas dû avoir chaud.

— C'était pas si pire, dit le jeune prêtre avec enthousiasme. Tu sais pas le meilleur. J'ai eu une balle de baseball autographiée par un des lanceurs des Royaux.

— C'est pas vrai ?

— Je te le dis. Attends, ajouta Yvon Dufour, je vais te la montrer. Je l'ai laissée dans la poche de mon manteau.

Le vicaire sortit de la pièce pour revenir un peu plus tard en brandissant une balle qu'il tendit à René Laverdière.

— Je connais rien au baseball, avoua le vicaire, mais un de mes neveux serait bien heureux d'avoir une balle comme celle-là.

— Garde-la, fit généreusement son confrère. Tu la lui donneras de ma part.

— Voyons donc ! protesta mollement Laverdière. Je suis pas pour t'enlever ce souvenir-là.

— Tu la lui donneras. C'est bien plus de son âge que du mien.

Au même instant, les deux prêtres entendirent la porte d'entrée s'ouvrir et la voix de Damien Perreault tonner dans le couloir. Le curé de la paroisse Saint-Vincent-de-Paul s'adressait à la cuisinière.

— Est-ce que les vicaires sont là ?

— Oui, monsieur le curé. Ils vous attendent pour passer à table.

— Bon. Je monte à ma chambre une minute et je descends tout de suite. Vous pouvez commencer à servir, madame Brisson.

Il y eut un bruit de pas dans l'escalier.

— Bon. Enfin, on va peut-être finir par manger, dit l'abbé Laverdière.

Il se leva, sortit du salon et, après une brève hésitation, décida de laisser la balle destinée à son neveu à l'extrémité de la cinquième ou sixième marche de l'escalier qui conduisait aux chambres en se promettant de la reprendre après le repas. Il n'avait guère envie de monter à l'étage pour la déposer sur son bureau et ainsi risquer de mettre son supérieur de mauvaise humeur en se présentant en retard à la salle à manger.

Le curé Perreault était un gros et grand quinquagénaire hautain et intransigeant qui savait intimider son monde. Il dirigeait les destinées de sa paroisse d'une main de fer depuis une douzaine d'années. Ses deux vicaires avaient vite appris à redouter ses sautes d'humeur. Avec lui, on ne discutait pas, on obéissait. Fils unique d'une famille à l'aise d'Outremont, il attendait que le cardinal Léger reconnaisse enfin ses dons exceptionnels d'administrateur pour le nommer à un poste plus reluisant que celui de curé de l'une des paroisses les plus pauvres du diocèse.

Une porte claqua à l'étage et des pas lourds se firent entendre dans l'escalier.

— Voilà Dieu le Père! chuchota René Laverdière sur un ton impudent, en faisant signe à son confrère de le suivre jusqu'à la porte de la salle à manger.

À cet instant précis, il y eut un «boum!» sourd suivi d'un «crack!» en provenance de l'escalier, comme si quelqu'un venait de faire une chute. Les deux prêtres, sidérés, se regardèrent une fraction de seconde avant de réaliser que c'était leur curé qui venait de tomber. Annette Brisson, la servante, s'était déjà précipitée sur les lieux de l'accident.

— Mon Dieu! Monsieur le curé! s'exclama-t-elle, l'air consterné, une main sur le cœur comme si le spectacle du gros prêtre, assis sur le parquet, au pied de l'escalier était plus qu'elle ne pouvait supporter.

— Maudit batèche! hurla Damien Perreault.

Les deux vicaires coururent vers lui, prêts à lui porter secours. René Laverdière repéra immédiatement sa balle qu'il s'empressa d'empocher avant de ramasser les lunettes à monture de corne de son curé et de les lui tendre. Yvon Dufour ne vit pas le geste. Il se penchait déjà pour aider son curé à se relever.

Quand l'homme à la stature imposante tenta de s'appuyer sur sa jambe droite pour se remettre debout, il eut un cri de douleur qui incita l'abbé Laverdière à aider son jeune confrère à relever leur supérieur.

— Je pense que je me suis cassé la cheville, dit Damien Perreault en grimaçant de douleur, le visage d'une blancheur inquiétante. Aïe! Attention à mon bras, l'abbé! ajouta-t-il. Mon poignet me fait mal, lui aussi.

Précédés par madame Brisson, les deux vicaires soutinrent Damien Perreault jusqu'au salon où ils l'installèrent tant bien que mal dans un fauteuil.

— Voulez-vous bien me dire ce qui traînait dans l'escalier? demanda le curé sur un ton geignard.

— Il y avait rien dans l'escalier, monsieur le curé, s'empressa de mentir René Laverdière. Vous avez dû juste glisser et vous avez pas été assez vite pour vous rattraper à la rampe.

— Maudit que ça fait mal! se plaignit Damien Perreault en plaquant son bras droit contre son gros ventre.

— Votre poignet est en train d'enfler, lui fit remarquer Annette Brisson en l'examinant.

— Ma jambe me fait aussi mal, précisa-t-il sur un ton mourant.

— Vous êtes sûr que vous êtes pas un peu douillet, monsieur le curé? demanda René Laverdière, incapable de s'empêcher d'asticoter son supérieur.

— Je voudrais bien vous voir à ma place, l'abbé! répliqua sèchement Damien Perreault en lui jetant un regard assassin.

La cuisinière avait déjà relevé la jambe de pantalon et baissé la chaussette du prêtre pour découvrir une cheville qui prenait déjà une coloration violette des plus inquiétantes.

— Je pense qu'il va falloir appeler le docteur Langevin, monsieur le curé, dit-elle. Vous pouvez pas rester comme ça.

Damien Perreault se contenta de hocher la tête et la servante disparut dans la cuisine pour aller appeler le médecin. Pendant ce temps, les deux vicaires demeurèrent aux côtés du blessé.

— Vous auriez pas quelque chose de fort caché dans votre bureau, monsieur le curé? demanda l'abbé Laverdière. Un petit coup vous aiderait à attendre le docteur.

— Non.

— Je vous proposerais bien un verre de vin de messe, mais j'ai bien peur qu'il faudrait en boire un gallon avant que ça fasse effet.

— Dire que j'ai passé l'hiver à me promener sur la glace sans jamais tomber, se plaignit Damien Perreault. Il a fallu que je m'écrase dans l'escalier de mon propre presbytère.

Au même moment, la servante revint dans le salon.

— J'ai téléphoné chez le docteur Langevin, ça répond pas. J'ai essayé de rejoindre le docteur Dumais, la même chose.

— Bon. Ça a tout l'air que vous aurez pas le choix d'aller à l'hôpital pour vous faire soigner, monsieur le curé, déclara l'abbé Laverdière.

— On peut appeler un taxi, proposa Yvon Dufour. Il y a un *stand* de taxis LaSalle près de De Lorimier.

— Pourquoi appeler un taxi ? s'interposa immédiatement son confrère. Il y a la Buick de monsieur le curé dans le garage. Il y a juste à la prendre pour aller à l'hôpital. Ça va être bien plus vite comme ça.

— Parlez donc avec votre tête, l'abbé, s'emporta Damien Perreault. Vous voyez bien qu'arrangé comme je suis, je peux pas conduire.

— Je le sais bien, monsieur le curé, reconnut le vicaire, mais moi, je peux vous conduire là-bas.

En entendant cette proposition, le visage du quinquagénaire se tordit en une grimace et l'expression qui se peignit sur les traits de l'abbé Dufour était pour le moins aussi éloquente. Au presbytère, personne n'avait encore eu le temps d'oublier les mésaventures de René Laverdière derrière un volant.

Deux mois auparavant, les frères du vicaire lui avaient offert une vieille Chevrolet rouge vin 1948 pour son quarante et unième anniversaire. Il s'agissait de la première voiture de l'abbé. Il lui avait fallu alors faire montre de passablement de ruse pour persuader son curé de lui accorder la permission de stationner son véhicule dans le garage situé sous le presbytère, aux côtés de sa Buick neuve. Damien Perreault n'avait accepté d'abriter la voiture de son subordonné que pour mieux contrôler ses sorties. S'il avait su à quel point René Laverdière était un conducteur malhabile, il ne lui aurait jamais permis de stationner sa Chevrolet dans le garage.

Bref, en moins de deux semaines, le vicaire de Saint-Vincent-de-Paul avait eu trois accrochages mineurs, toujours avec des véhicules stationnés le long d'un trottoir.

— Je sais pas ce que ma Chevrolet a, disait-il chaque fois en guise d'excuse, mais on dirait qu'elle est attirée par les bagnoles qui sont arrêtées sur le bord du trottoir.

— Vous auriez été mieux de demander à vos frères de vous acheter un char d'assaut, s'était moqué le curé à chacune des occasions. À votre place, je me dépêcherais de la vendre pour acheter des billets de tramway. Il faut croire que vous faites partie de la catégorie de gens qui sont incapables de conduire, l'abbé.

Quelques jours plus tard, René Laverdière était allé couper la route à un tramway qui n'avait pu l'éviter. La Chevrolet avait été une perte totale et l'abbé avait été chanceux de s'en tirer sans la moindre égratignure. Cet accident avait marqué la fin de ses prouesses de conducteur.

Dans ces conditions, on comprenait assez bien la réaction du curé Perreault et d'Yvon Dufour devant la proposition du vicaire.

— Vous êtes pas sérieux, l'abbé? trouva la force de demander Damien Perreault. Cherchez-vous à m'achever? Il me semble que je suis déjà assez amoché comme ça.

— À votre aise, monsieur le curé, dit sèchement son vicaire. Moi, je vous proposais ça pour vous rendre service.

— Et vous, l'abbé, vous savez pas conduire ? demanda Damien Perreault en tournant la tête vers le plus jeune de ses vicaires.

— Non, monsieur le curé. J'avais le goût d'apprendre, mais quand j'ai vu que c'était si dangereux, j'ai aimé mieux oublier ça.

Damien Perreault eut une grimace de douleur en déplaçant sa jambe que la servante avait étendue sur un pouf.

— Est-ce que j'appelle un taxi, monsieur le curé ? demanda Annette Brisson, la mine soucieuse. Vous pouvez pas rester comme ça indéfiniment. Et comme c'est dimanche, vous risquez d'attendre un peu avant qu'il vienne vous chercher.

Il y eut un long silence dans le salon. Le curé Perreault semblait confronté à un choix déchirant.

— Non. Laissez faire, madame Brisson. L'abbé Laverdière va me conduire à Notre-Dame sur ma voiture.

Un mince sourire apparut sur la figure du vicaire qui fit un clin d'œil discret à son jeune confrère.

— L'abbé, mes clés sont sur mon bureau.

Quand René Laverdière revint dans la pièce avec les clés de la Buick de son curé, il aida Yvon Dufour à supporter le poids de leur supérieur jusqu'au garage, au sous-sol. Après avoir installé l'ecclésiastique tant bien que mal sur la banquette arrière recouverte de cuir gris, il ouvrit la porte du garage et s'installa derrière le volant du gros véhicule noir à la carrosserie d'une propreté impeccable.

— Monte, Yvon, ordonna-t-il au jeune abbé demeuré à l'extérieur de la Buick. Je vais avoir besoin de toi pour m'aider à transporter monsieur le curé jusqu'à la salle d'urgence.

L'abbé Dufour monta sans grand enthousiasme aux côtés de son confrère sur la banquette avant. Ce dernier fit démarrer la voiture avec un plaisir mal dissimulé.

— Ça, c'est de la voiture ! ne put-il s'empêcher de dire en embrayant.

— Oui, répondit le curé Perreault, et organisez-vous pour qu'elle ressemble encore à ça quand on sera revenus.

Laverdière fit la moue. Ce n'était un secret pour personne vivant au presbytère que le curé Perreault tenait à sa voiture comme à la prunelle de ses yeux. Il la lavait chaque semaine, à l'affût de la moindre égratignure et n'avait jamais permis à personne de la conduire. Il considérait ce cadeau de ses riches parents comme un indice de son statut social.

Yvon Dufour garda un silence crispé quand il vit le conducteur faire à peine l'arrêt obligatoire, coin Fullum et Sainte-Catherine, avant de poursuivre sa route en direction de la rue Sherbrooke. Il avait beau se dire qu'en un si court trajet, il pouvait difficilement leur arriver quelque chose, il n'en sentit pas moins le besoin de réciter une prière muette et de fermer les yeux.

— Batèche ! faites attention ! cria soudain Damien Perreault, en se rattrapant de justesse au dossier du conducteur. Regardez donc où vous allez !

Le digne ecclésiastique avait failli tomber entre les deux sièges. Ces exclamations de son curé ainsi que le brusque écart de la voiture avaient fait sursauter le jeune vicaire et l'avaient forcé à ouvrir précipitamment les yeux pour s'apercevoir, *in extremis*, que la Buick venait de frôler dangereusement une camionnette stationnée le long du trottoir.

— Je l'avais vue, monsieur le curé, répondit le chauffeur, dont les mains crispées sur le volant disaient assez son manque d'assurance.

— Avez-vous juré de me faire crever d'une crise cardiaque, l'abbé ? demanda le curé Perreault, fou de rage.

— Calmez-vous, monsieur le curé, on est presque arrivés, fit René Laverdière au front duquel des gouttes de sueur perlaient.

Quelques minutes plus tard, le lourd véhicule vint s'immobiliser devant la porte des urgences de l'hôpital Notre-Dame.

— Attendez, monsieur le curé, fit Yvon Dufour, plein de bonne volonté. Je vais aller chercher un fauteuil roulant.

En moins de deux, Damien Perreault fut installé dans un fauteuil roulant et, accompagné par ses deux vicaires, fit une entrée très remarquée dans l'urgence. La sœur grise qui dirigeait le département abrégea les formalités et s'empressa de le confier aux soins d'un médecin sans tenir le moindre compte de la trentaine de malades qui attendaient d'être soignés, souvent depuis plusieurs heures.

Au moment où le curé Perreault était poussé dans son fauteuil roulant vers l'une des salles d'examen, René Laverdière dit à son jeune confrère :

— Sais-tu. J'ai presque envie d'aller faire un tour avec la Buick du patron. Comme ça, je la connaîtrai mieux quand j'aurai à le ramener au presbytère.

— À ta place, je resterais tranquille, lui conseilla Yvon Dufour. S'il fallait que t'aies un accident avec son auto, il te le pardonnerait pas. Je pense que t'es mieux d'attendre d'avoir à le ramener avant de t'en servir. Comme ça, s'il arrive quelque chose, tu pourras toujours te défendre en disant que t'as fait ça pour lui rendre service.

— Ouais, t'as peut-être raison, accepta l'abbé Laverdière en s'assoyant près de son collègue.

Près des deux ecclésiastiques qui venaient de retirer leur manteau parce qu'il faisait chaud à l'urgence, deux bébés malades se mirent à pleurer à l'unisson. Un peu plus loin, un petit garçon demandait sans relâche à sa mère quand il pourrait manger.

— Sais-tu, René, je pense que je devrais peut-être prendre l'autobus pour rentrer au presbytère, finit par dire Yvon Dufour.

— Pourquoi ? T'as juste à attendre avec moi. Ça devrait pas être tellement long avant qu'ils nous rendent Dieu le Père.

— C'est pas ça. Ce serait juste par précaution, juste pour être sûr qu'un de nous trois va survivre à cette journée.

— T'es bien drôle. Tu sauras que je conduis bien mieux que ça d'habitude. C'est de le savoir dans mon dos qui m'a énervé.

Yvon Dufour lui adressa un sourire sceptique en guise de réponse.

Un peu avant deux heures, Damien Perreault quitta la salle d'examen, un bras en bandoulière et le pied droit bandé. La religieuse qui poussait son fauteuil roulant s'arrêta devant les deux vicaires qui s'étaient levés à son approche.

— C'est pas trop grave, leur dit-elle à mi-voix. Monsieur le curé souffre de simples foulures au poignet et à la cheville. Dans une dizaine de jours, tout devrait être rentré dans l'ordre. Avec une canne, il devrait pas avoir trop de difficulté à se déplacer.

— Vous êtes sûre, ma sœur, qu'il a pas autre chose ? ne put s'empêcher de demander René Laverdière. À l'entendre se plaindre, on l'aurait cru à l'agonie.

Damien Perreault jeta un regard meurtrier à son vicaire.

— Essayez pas de faire le comique, l'abbé. Contentez-vous d'essayer de nous ramener d'un seul morceau au presbytère.

La religieuse adressa un mince sourire aux deux vicaires avant de souhaiter un prompt rétablissement au pasteur de Saint-Vincent-de-Paul.

Quand Damien Perreault fut réinstallé sur la banquette arrière de sa voiture, René Laverdière se remit au volant, tout guilleret.

— Là, l'abbé, vous allez prendre tout votre temps pour nous ramener vivants au presbytère, lui conseilla son supérieur. Organisez-vous donc pour rouler en ligne droite sans vous promener comme une queue de veau dans le chemin.

— Est-ce qu'on peut allumer la radio ? demanda le conducteur comme s'il n'avait pas entendu ce que son curé venait de lui dire.

— Non, monsieur ! dit sèchement le propriétaire de la voiture. Concentrez-vous sur la conduite. Descendez Papineau et prenez les petites rues où il y a le moins de circulation.

Le blessé s'inquiétait bien inutilement. Dix minutes plus tard, les trois prêtres, affamés, arrivaient devant la porte du garage situé sous le presbytère. Pendant que l'abbé Dufour allait ouvrir la porte, le curé Perreault ne put s'empêcher d'ordonner au conducteur :

— Entrez bien doucement, l'abbé.

— Inquiétez-vous pas, monsieur le curé. De toute façon, il y a un mur au fond pour arrêter votre auto.

Quelques minutes plus tard, les trois prêtres, assis autour de la table de la salle à manger, mangeaient avec appétit le rôti de bœuf servi par la cuisinière. Cette dernière avait même pris la peine de couper en petits morceaux la viande de Damien Perreault.

— En tout cas, il y a rien qui m'enlèvera de l'idée que j'ai buté contre quelque chose dans l'escalier, dit ce dernier en déposant précautionneusement sur son ventre son poignet bandé.

Les deux vicaires se jetèrent un regard entendu.

— Vous savez, monsieur le curé, rendu à un certain âge, il arrive qu'on ait besoin d'un bon examen de la vue, fit René Laverdière, narquois.

— Je pense, l'abbé, que ma vue est tout de même encore assez bonne pour voir que certains devraient jamais s'approcher d'une automobile parce qu'ils sont de vrais dangers publics, rétorqua sèchement le curé.

Tandis que le curé Perreault quittait l'hôpital Notre-Dame aidé par ses deux vicaires, Laurette Morin entrait au sanatorium Saint-Joseph en compagnie de Richard et de Carole. La mère de famille et ses deux enfants avaient emprunté un trajet qui, au fil des dernières années, leur était devenu un peu trop familier.

— Maudit verrat! Il fallait qu'il mouille en plus, se plaignit Laurette en posant le pied sur le trottoir de la rue Emmett. Apporte le parapluie, ordonna-t-elle à Carole encore debout dans le couloir.

— Moi, j'en n'ai pas besoin, déclara Richard en sortant derrière sa mère.

— Je comprends, dit sa sœur en ouvrant le grand parapluie noir qui appartenait à son père. Avec tout ce que tu te mets dans les cheveux, c'est comme si t'en avais un tout le temps sur la tête. Il y a pas une goutte d'eau capable de passer à travers ça.

— T'es ben niaiseuse, toi, se contenta de dire Richard.

Sur ces paroles, il laissa derrière lui sa mère et sa sœur et se mit en marche en direction du terminus de la rue Harbour. Tous les trois attendirent quelques minutes sous l'abri en fibre de verre. Un tramway les avait conduits jusqu'au boulevard Pie IX. Puis un autre les avait ensuite laissés au coin du boulevard Rosemont où ils avaient dû attendre longtemps l'autobus qui les avait déposés devant le sanatorium.

Avant de pénétrer dans l'imposant édifice, Laurette s'était empressée d'ouvrir son sac à main pour en tirer son étui à cigarettes.

— Avant d'entrer là-dedans, je vais en fumer une, annonça-t-elle à ses enfants.

— Il mouille, m'man, protesta Carole qui venait d'ouvrir le parapluie.

— T'es pas en chocolat, répliqua sa mère. Si t'as peur de te faire mouiller, laisse-moi le parapluie et entre en dedans.

— Ben non. Je vais le tenir pendant que vous fumez.

— Attendez, m'man, je vais vous en donner une toute faite, proposa Richard en tirant de sa poche de poitrine le paquet d'Export offert quotidiennement par la compagnie à ses employés.

— C'est ben plate de pas pouvoir fumer là-dedans, fit remarquer Laurette en inhalant profondément la fumée de sa première bouffée. Il me semble que le temps serait pas mal moins long si on pouvait en allumer une de temps en temps. Mais les sœurs veulent rien savoir. Pour moi, elles ont peur qu'on mette le feu.

Le fils et la mère fumèrent ensuite en silence pendant que Carole piaffait d'impatience de voir son père. Quand les deux fumeurs eurent écrasé leurs mégots, tous les trois entrèrent dans le hall du sanatorium déjà envahi par une trentaine de visiteurs.

— Aïe! Je vous dis qu'il y a pas mal moins de monde qu'à Pâques, dit Laurette aux siens en s'avançant vers la réceptionniste.

Laurette allait s'adresser à la dame d'âge mûr retranchée derrière son guichet, quand la mère de famille fut interpellée joyeusement.

— Madame Morin! Comment allez-vous? fit une petite sœur de la Miséricorde aux traits mobiles et aux gestes vifs.

— Ça va ben, de première classe, ma sœur, répondit Laurette en reconnaissant sœur Émilienne, la religieuse responsable de la salle commune qui abritait son mari depuis maintenant trois ans.

— Vos deux grands enfants? demanda sœur Émilienne en adressant un sourire chaleureux à Richard et Carole.

— En plein ça, ma sœur. Mes deux plus jeunes.

Carole et Richard adressèrent un sourire à la petite religieuse qui le leur rendit.

— Si vous cherchez votre mari, vous allez le trouver dans la salle du deuxième. Je pense qu'il attendait votre visite.

— Merci, ma sœur.

Laurette entraîna sa fille et son fils vers l'escalier qu'elle monta lentement en se cramponnant à la rampe. À son arrivée sur le palier, elle était un peu essoufflée. Elle s'arrêta un instant pour retrouver son souffle. Lorsqu'elle poussa la porte de la salle, elle aperçut Gérard, assis à une table au fond de la pièce, devant une large fenêtre, en train de disputer une partie de dames à Laurier Fontaine, un patient dont il s'était fait un ami depuis plus d'un an. Absorbé par la partie, il ne semblait pas avoir remarqué l'arrivée des visiteurs.

Tout en marchant à sa rencontre, Laurette ne put s'empêcher de détailler celui que la tuberculose avait éloigné d'elle depuis tant d'années.

Même si l'homme de quarante-cinq ans avait pris une vingtaine de livres depuis son entrée au sanatorium, il était demeuré mince et d'apparence très soignée. Il était vêtu d'un pantalon gris fer et d'une chemise blanche à col ouvert. Ses cheveux châtain clair rejetés vers l'arrière s'étaient à peine éclaircis depuis qu'il avait quitté la maison.

Ses petites lunettes à monture métallique lui donnaient toujours cet air sérieux que démentait en partie sa fine moustache rectiligne. Les traits détendus et reposés de son visage contrastaient étrangement avec l'air épuisé arboré par sa femme.

— Bonjour, p'pa, fit Carole en s'approchant de son père.

Gérard Morin sursauta légèrement en apercevant les siens.

— Je vous ai pas entendus pantoute arriver, dit-il avec un sourire en repoussant son fauteuil pour se lever.

— Je vous dis que vous arrivez à temps, vous autres, affirma son adversaire en feignant d'être contrarié. Il était parti pour en manger toute une.

— Ça, c'est ce que tu dis, rétorqua Gérard avant d'embrasser Carole et Laurette et de serrer la main de son fils.

— Bonjour, madame Morin. Bonjour, les jeunes, salua l'ami de Gérard. Je vous laisse placoter. Je vais aller voir en bas s'il y a quelqu'un qui avait envie de me voir la face aujourd'hui.

Sur ce, le grand homme aux épaules voûtées quitta la salle et referma discrètement la porte derrière lui.

— Pauvre Laurier ! le plaignit Gérard. Ça fait plus qu'un an qu'il est ici et il a jamais eu une visite.

— Il aurait dû se marier et avoir des enfants, fit remarquer Laurette en enlevant son manteau et en le suspendant au dossier d'une chaise.

— Il m'a dit qu'il a ben essayé, mais que ça a jamais marché.

— Puis, comment ça va ? demanda Laurette, bien décidée à ne pas se laisser distraire par les malheurs de l'ami de son mari. As-tu vu le docteur Laramée ?

— Mercredi passé. Les sœurs m'ont amené prendre des nouvelles radiographies de mes poumons.

— Bon.

— Il paraît que je vais avoir des nouvelles dans une semaine ou deux.

— Le docteur t'a pas dit quand est-ce qu'il va te laisser partir? demanda Laurette, avec un rien d'impatience dans la voix.

— Non. Je suppose qu'il attend les résultats des examens. Il veut pas me faire de fausses joies comme c'est déjà arrivé, ajouta Gérard en faisant référence aux deux occasions précédentes, où il avait bien cru recevoir son congé.

Déçue, sa femme fit un effort méritoire pour retrouver un sourire un peu forcé. Depuis plus d'un an, elle ne rêvait plus que du moment où il reprendrait enfin sa place à la maison et dans son lit.

— Je t'ai fait du gâteau aux épices à matin. Je t'en ai apporté un gros morceau, dit-elle en déposant devant son mari le paquet que Carole venait de lui tendre.

— Il fallait pas te donner ce trouble-là, dit Gérard en développant le morceau de gâteau avec un plaisir évident. Tu sais ben que les sœurs me laissent pas mourir de faim, même s'il y a pas souvent des changements dans leur manger.

— Ah! Parlant de changement, tu vas en trouver un pas mal gros quand tu vas revenir à la maison, lui dit sa femme. Les Gravel s'en vont. Ils déménagent.

— Voyons donc! fit Gérard, incrédule.

— Je te le dis. Je suis justement allée parler à Emma Gravel hier matin. Elle m'a dit elle-même qu'ils partaient à la fin du mois.

— Qui s'en vient rester à leur place?

— On le sait pas encore.

— J'espère que ce sera pas une grosse famille, dit Gérard. Ce serait pas endurable d'entendre courir au-dessus de notre tête du matin au soir.

Durant l'heure suivante, Laurette laissa Richard parler de son emploi chez MacDonald Tobacco et Carole raconter comment elle avait aidé sœur Élisabeth à décorer sa classe pour la campagne de la Sainte-Enfance. Quand elle reprit la parole, ce fut pour se plaindre de son nouveau poste de travail chez Viau et de l'augmentation du prix de la nourriture.

— Il paraît que des Juifs vont ouvrir une grande *grocery* sur Sainte-Catherine, pas loin de Papineau, dans pas longtemps, dit-elle à son mari. Ils appellent ça un « super-marché ». Ça va être gros sans bon sens. Au lieu d'avoir juste un petit comptoir pour payer, il va y en avoir six ou huit, je sais pas trop. Ça va s'appeler Steinberg. Il y en a qui disent que ça va être pas mal moins cher là. Il y a des chances que j'aille essayer de faire mes commissions là un samedi matin, quand ça va être ouvert.

— Informe-toi d'abord s'ils vont livrer? lui conseilla Gérard. T'aurais l'air fine avec tous tes paquets dans les petits chars.

— Prends-moi pas pour une niaiseuse, s'insurgea Laurette.

Il y eut un bref silence avant qu'elle reprenne la parole.

— Hier, les garçons ont installé les jalousies et ôté les châssis doubles. Cette semaine, ils m'ont dit qu'ils commenceraient le ménage de printemps de la maison.

— J'espère que tu penses pas à peinturer le logement? demanda son mari.

— Ben non! J'ai pas d'argent pour ça, même si une bonne couche de peinture ferait pas mal de bien.

— T'as pas eu de trouble avec Tremblay pour le nouveau bail?

— Pantoute. Il voulait trois piastres de plus par mois, je suis arrivée à lui faire baisser son augmentation à deux piastres. Pour la signature, il a rien dit.

Chaque année, au début d'avril, les Morin avaient dû jouer la même comédie au fondé de pouvoir de la compagnie Dominion Oilcloth, propriétaire de la plupart des maisons de la rue Emmett. Comme il n'était pas question d'avouer le séjour prolongé de Gérard au sanatorium, Laurette inventait une excuse pour expliquer l'absence de son mari et demandait au moins une semaine pour remettre à Armand Tremblay le bail dûment signé. Chaque fois, elle feignait de ne pas se rendre compte de l'étonnement pourtant visible du petit homme de ne jamais voir son locataire. Tous ces mensonges étaient le prix à payer pour ne pas se faire évincer de l'appartement. La crainte de la tuberculose était telle que les voisins n'auraient probablement pas hésité à exercer des pressions sur le fondé de pouvoir pour chasser les Morin.

Ensuite, Laurette parla longuement de ses deux frères et de ce qui s'était passé dans leur quartier depuis sa dernière visite, mais, étonnamment, son mari ne semblait pas particulièrement intéressé par tout cela. Même les nouvelles de Denise et de Jean-Louis ne parurent pas susciter un grand intérêt chez lui.

Lorsqu'une religieuse annonça la fin de la période des visites, Gérard se leva pour raccompagner ses visiteurs jusqu'à la porte d'entrée. Dans le couloir, il fit signe à ses deux enfants de marcher en avant.

— J'aurais besoin de dix piastres, chuchota-t-il à Laurette.

— Dix piastres!

— Ben oui. Il faut que je m'achète de la pâte à dents, des lames de rasoir, un morceau de cuir et du fil, expliqua Gérard avec une certaine impatience.

Laurette s'immobilisa soudain au milieu du couloir, l'air particulièrement embêtée. Depuis un an, les religieuses avaient encouragé leurs patients à choisir une activité productive pour occuper leurs trop nombreux loisirs. Comme beaucoup d'entre eux, Gérard Morin avait choisi de créer des articles en cuir repoussé comme des étuis à chapelet, des porte-monnaie et des couvre-livres. Cependant, il fallait tout de même payer le matériel.

— Maudit que tu tombes mal! s'exclama-t-elle d'une voix étouffée. Où est-ce que tu veux que je trouve dix piastres presque à la fin du mois.

— Simonac, Laurette! Tu viendras pas me faire croire que t'as pas dix piastres avec trois enfants qui te rapportent une pension chaque semaine et ton salaire en plus.

— Aïe! Gérard Morin, protesta sa femme d'une voix difficilement contenue. T'oublies que j'ai un paquet de comptes à payer et qu'il faut qu'on mange aussi. En plus, je dois demander à Wilson de me livrer de l'huile à chauffage demain. Tu le connais. Il faut le payer tout de suite.

Gérard se tut, le visage buté. Il se tenait immobile, en face de sa femme. Laurette poussa un soupir d'exaspération, ouvrit son sac à main d'où elle tira son vieux porte-monnaie.

— Laisse faire si t'es pas capable, fit son mari d'une voix un peu plus raisonnable. J'emprunterai de l'argent à Laurier. Après tout, ce sera pas la première fois qu'il va m'en prêter.

— Bonyeu! Il est pas question que tu te mettes à faire des dettes à gauche et à droite, le morigéna sa femme. Tiens! v'là dix piastres, ajouta-t-elle en lui tendant presque tout ce que contenait son porte-monnaie.

— Écoute, si...

— Laisse faire, le coupa Laurette, mise de mauvaise humeur par cette demande de fonds qu'elle jugeait un peu injustifiée. Si j'ai besoin d'argent pour finir la semaine, j'en emprunterai à Richard.

Gérard empocha l'argent et le couple se remit en marche vers la sortie. Il rejoignit Carole et Richard à la porte d'entrée. Le père embrassa sa femme et sa fille sur une joue et serra l'épaule de son fils un bref instant avant de les quitter.

— Essaye de te reposer un peu, dit-il à sa femme au moment où la porte allait se refermer. T'as l'air au bout de ton rouleau.

À leur sortie de l'institution, la même petite pluie fine et froide les accueillit. Laurette et les siens durent se résigner à attendre de longues minutes l'arrivée d'un autobus dans lequel moins d'une demi-douzaine de passagers avaient déjà pris place. Laurette se hissa péniblement à l'intérieur et alla s'asseoir, suivie de près par Carole. Richard vint s'installer sur une banquette transversale, voisine de celle occupée par sa mère et sa sœur.

— Qu'est-ce qu'il avait, p'pa? demanda-t-il à sa mère. Il avait pas l'air de ben bonne humeur quand on est partis.

— Il avait besoin d'argent et moi, j'en ai presque pas.

— Pourquoi il m'en a pas demandé? J'aurais pu lui en passer.

— Laisse faire. Je lui ai donné dix piastres. Avec ça, il devrait être capable de faire un bon bout de temps. On dirait que ton père a oublié que l'argent pousse pas dans les arbres depuis qu'il est là, ajouta Laurette, comme si elle se parlait à elle-même.

— En tout cas, si vous avez besoin d'argent, m'man, je peux toujours vous en donner, lui offrit généreusement son fils.

Sa mère le remercia d'un sourire un peu contraint.

Chapitre 4

Carole

Il fallut attendre la dernière semaine d'avril pour enfin connaître les premiers jours chauds de ce printemps de 1956.

Dès lors, les fenêtres des vieilles maisons du quartier s'ouvrirent toutes grandes pour laisser entrer le soleil dans les appartements sombres et souvent encombrés. Les ménagères se mirent alors à astiquer les vitres de leurs fenêtres et à balayer le devant de leur porte. Les cordes à linge étaient couvertes de vêtements en train de sécher. Les cours et les balcons étaient envahis par les jeunes enfants qui s'épuisaient à s'amuser à des jeux dont ils semblaient être les seuls à connaître les règles.

À l'heure du dîner et à la fin des classes, les écoliers, impatients de dépenser une énergie trop longtemps contenue sur les bancs d'école, se lançaient dans de folles poursuites et criaient à tue-tête.

Cet après-midi-là, Laurette, heureuse, revenait de son travail deux heures avant l'heure habituelle. Pour la première fois depuis qu'elle travaillait chez Viau, le bris d'une machine avait forcé les patrons à renvoyer une bonne partie des employés bien avant cinq heures. Lorsque tout s'était arrêté, Maxime Gendron s'était précipité le long de la chaîne, comme un gros bourdon en folie. De toute évidence, il cherchait à savoir ce qui s'était produit.

Convoqué dans les bureaux de la direction, il en était sorti, quelques minutes plus tard, rouge comme une pivoine.

— Je pense qu'il vient de se faire engueuler par le grand *boss*, avait chuchoté Lucienne à Dorothée et Laurette, demeurées à leur poste comme les autres employées, attendant patiemment que la chaîne reparte.

— Ben bon pour lui, le gros écœurant, avait répliqué une Laurette rancunière.

Le contremaître s'était arrêté sous l'horloge et avait fait signe aux femmes de son département de s'approcher de lui. Quand elles eurent formé un demi-cercle, il leur avait dit sur un ton menaçant :

— On sait pas encore ce qui est arrivé, mais on va le savoir. Il y a une machine qui a brisé et c'est pas normal. Si c'est une de vous autres qui a fait quelque chose de pas correct, elle va prendre la porte, je vous le garantis.

Des murmures inquiets s'étaient élevés dans le groupe de femmes.

— En attendant, avait repris le petit homme, vous pouvez vous en aller chez vous.

Les femmes s'étaient dispersées et s'étaient dirigées immédiatement vers le « salon des employés » pour y ranger leur sarrau et leur résille avant de quitter la biscuiterie.

— Moi, en tout cas, ses menaces m'énervent pas pantoute, avait déclaré Laurette à ses deux amies. Je travaille loin des machines. C'est ben le seul avantage de ma *job*.

— En attendant, deux heures de congé, c'est bon à prendre, avait dit Dorothée, toute souriante en les quittant pour rentrer chez elle. Henri va être surpris de me voir arriver si de bonne heure. Je vais avoir le temps de lui faire un bon petit souper.

— En autant qu'ils décident pas de nous couper deux heures sur notre prochaine paye, fit Lucienne, nettement moins enthousiaste.

Comme tous les jours de la semaine, Dorothée rentra à pied chez elle pendant que Laurette et Lucienne prenaient le tramway pour retourner dans leur quartier. Cet après-midi-là, il faisait si beau que Laurette fit un effort pour oublier ses jambes endolories et décida de descendre du trolleybus au coin des rues Frontenac et Sainte-Catherine pour rentrer à pied à la maison.

Pendant un bref moment, elle eut le goût de s'arrêter au restaurant au coin de la rue Frontenac, le temps de boire un Coke bien froid. Puis elle se souvint qu'il lui restait moins de deux dollars pour finir la semaine et s'empressa de longer les vitrines du restaurant pour laisser derrière elle cette tentation.

Elle demeura sur le trottoir du côté nord de la rue dans l'espoir d'apercevoir Denise en passant devant le magasin Woolworth. Elle traversa Iberville, dépassa l'épicerie Tougas et franchit la rue Poupart. Elle s'immobilisa un court instant en face du magasin dont la façade était peinte en rouge et mit les mains en écran devant la vitrine pour tenter d'apercevoir son aînée. Elle ne la vit pas. Elle était probablement en train de déballer des produits à l'arrière, derrière le rideau de perles. Un peu déçue, la mère se remit en route alors que les employés de la succursale de la Banque d'Épargne, coin Dufresne, quittaient l'édifice en pierre grise.

Soudain, le regard de Laurette fut attiré par un coupe-vent vert pomme porté par une jeune fille marchant lentement sur le trottoir, une trentaine de pieds devant elle. Cette dernière marchait la tête tendrement appuyée contre l'épaule d'un garçon qui la tenait par la taille.

— La même couleur que le *coat* de Carole, se dit la mère.

Comme le couple avançait plutôt lentement, tout occupé à se parler, la mère de famille se rapprocha davantage. Elle vit alors le jeune homme se pencher sur sa compagne et l'embrasser.

— En pleine rue, à part ça, maugréa Laurette avant de réaliser subitement que la porteuse du coupe-vent n'était autre que sa Carole.

Stupéfaite, elle s'arrêta si brusquement au milieu du trottoir qu'un passant qui la suivait de trop près faillit lui entrer dedans. Puis, son sang ne fit qu'un tour. Elle se remit en marche en accélérant le pas pour rejoindre le couple qui s'éloignait.

— Carole ! cria-t-elle à celle qui lui tournait toujours le dos. Carole Morin !

L'adolescente s'arrêta alors comme si elle venait de frapper un mur et se tourna tout d'une pièce pour faire face à sa mère qui se précipitait vers elle. Son sang semblait s'être retiré de son visage tant elle était devenue subitement pâle en entendant cette voix dans son dos. Elle eut alors le réflexe de repousser son compagnon et de lui dire de s'en aller avant que sa mère ne parvienne à la rejoindre.

Laurette eut à peine le temps d'entrevoir le jeune homme au visage couvert d'acné qui venait de quitter précipitamment sa fille. Il traversa la rue Sainte-Catherine en diagonale et disparut dans la rue Fullum, peu intéressé, de toute évidence, à savoir comment cela allait se passer entre sa petite amie et sa mère.

Rouge de fureur, Laurette avait attrapé sa fille par un bras et avait traversé la rue Sainte-Catherine au pas de charge devant l'église Saint-Vincent-de-Paul, sans desserrer les dents.

— Mais, m'man ! voulut protester l'adolescente.

— Ferme ta boîte et arrive à la maison, ma petite maudite ! J'ai deux mots à te dire, toi !

— Vous me faites mal au bras ! se plaignit la jeune fille.

— Avance ! se contenta de lui ordonner sa mère. Grouille-toi !

Le reste du trajet fut couvert en un temps record. Déjà, les premiers élèves des écoles Champlain et Sainte-Catherine envahissaient les trottoirs, pressés de rentrer à la maison à la fin de cette journée de classe.

Arrivée devant la porte à la peinture verte craquelée du 2318, Emmett, Laurette, à bout de souffle, ordonna à sa fille :

— Débarre la porte ! Grouille-toi !

Carole tira la clé de l'une des poches de son coupe-vent et l'introduisit dans la serrure. Elle eut à peine le temps de la retirer que sa mère la poussait sans ménagement dans la maison avant de claquer la porte derrière elle. Elle empoigna ensuite l'adolescente par le collet et la poussa jusque dans la cuisine où elle la lâcha enfin. Apeurée par la violence de la colère de sa mère, Carole se réfugia à un bout de la table, tremblant à la pensée de la tempête qui allait se déclencher.

Laurette enleva son manteau de printemps qu'elle laissa tomber sur le dossier d'une chaise, ouvrit son sac à main d'où elle tira son étui à cigarettes et s'en alluma une, comme si le fait de fumer allait l'aider à se calmer.

— À cette heure, tu vas me dire ce que tu faisais avec ce *bum*-là sur la rue, en plein milieu de l'après-midi, au lieu d'être à l'école.

— Ben…

— Envoye ! hurla la mère de famille, hors d'elle. Accouche !

— C'est pas un *bum*, m'man. Il s'appelle François Beaupré. Il finit sa neuvième année à l'école Meilleur. Il connaît Gilles.

— Ça en fait une affaire, ça ! Et je suppose qu'il avait pas d'école, lui aussi. Comment ça se fait que toi, tu traînais sur la rue au lieu d'être à l'école ? Raconte-moi surtout pas de menterie, ma maudite dévergondée !

— Je suis pas allée à l'école cet après-midi.

— Je l'ai ben vu ! Comment ça se fait ? Pourquoi ?

— Ben, ça me tentait pas, avoua piteusement Carole, en baissant la voix et en s'éloignant un peu plus de sa mère dans la crainte de recevoir un coup.

— Ça te tentait pas ! fit sa mère, sarcastique. T'aimais mieux, je suppose, aller traîner avec un *bum* sur la rue et passer pour une putain en te laissant taponner et embrasser devant tout le monde ! rugit-elle, au comble de la fureur, en montant progressivement le ton.

Malgré sa taille imposante, Laurette se déplaça, vive comme l'éclair, et assena à sa cadette deux gifles propres à lui décoller la tête sur les épaules. Carole cria et se protégea le visage en levant les deux mains, mais déjà sa mère s'éloignait d'elle, comme si elle désirait éviter la tentation de la battre comme plâtre. L'adolescente se mit à pleurer.

— Et comment tu penses que tu vas pouvoir retourner à l'école demain matin ? Envoye ! Dis-moi ça ! aboya-t-elle à l'adresse de sa fille.

— Je vous aurais demandé un billet de maladie, balbutia la jeune fille, à travers ses larmes.

Laurette se laissa tomber dans sa chaise berçante comme si son explosion de colère avait consumé ses dernières énergies.

— Je me désâme du matin au soir pour vous faire vivre et c'est comme ça que tu me remercies, reprocha-t-elle, amère, à sa fille. Je t'ai permis de retourner à l'école plutôt que de torcher les vieux à l'hospice Gamelin et c'est ça que tu fais de ton temps ! Je pense que t'es allée à l'école pour la dernière fois. Tu vas aller te chercher une *job* pas plus tard que demain matin, tu m'entends ? C'est fini l'école pour toi ! Tu viendras pas rire de moi en pleine face, je t'en passe un papier. Je passerai pas ma vie à travailler comme une folle et à me serrer la ceinture pendant que tu t'amuses.

— Non ! m'man, fit sa cadette d'une voix suppliante. J'ai rien fait.

— À cette heure, disparais de devant ma face. Va-t'en dans ta chambre, lui ordonna sèchement sa mère.

Durant de longues minutes, la mère demeura sans rien faire. Elle fuma cigarette sur cigarette, perdue dans des pensées moroses, incapable de se décider à se lever et entreprendre le repassage des vêtements dont un plein panier l'attendait dans un coin de la cuisine. Elle refusait de se laisser attendrir par les sanglots convulsifs de sa fille qui n'avait pas cessé de pleurer depuis qu'elle était entrée dans la chambre voisine.

Finalement, Laurette se secoua et se leva. Elle alla ouvrir la porte de la chambre et ordonna à sa fille :

— Ça va faire ! Arrête de brailler comme un veau et viens éplucher les patates pour le souper pendant que je commence le repassage. Dépêche-toi !

Carole sortit de sa chambre en reniflant, les joues encore marbrées par les gifles reçues. Elle alla chercher les pommes de terre dans le garde-manger et se mit à les éplucher, le dos tourné vers sa mère qui avait déjà ouvert sa vieille planche à repasser après avoir allumé la radio. Une heure plus tard, Roger Baulu faisait tourner *Dark Moon*, le nouveau succès de Perry Como, et Gilles rentrait de l'école.

Il sursauta légèrement en apercevant sa mère dans la cuisine.

— Sacrifice, vous êtes de bonne heure à soir, m'man ! s'exclama-t-il.

— Ouais, répondit sa mère, le visage fermé en étalant une chemise froissée sur sa planche à repasser.

— Est-ce qu'il y a quelqu'un de mort? reprit l'étudiant, frappé par le silence qui régnait dans la pièce.

Au moment où sa sœur se tournait vers lui, l'adolescent remarqua son visage marqué.

— Qu'est-ce qui t'est arrivé? lui demanda son frère, de plus en plus intrigué.

— Mêle-toi donc de tes affaires, Gilles Morin, lui ordonna sèchement sa mère. Va mettre tes chemises sur des supports dans ton garde-robe, ajouta-t-elle en lui tendant trois chemises fraîchement repassées.

Gilles déposa ses effets scolaires sur une chaise et prit les vêtements après avoir jeté un dernier coup d'œil à sa sœur. À son retour dans la cuisine, il se contenta de prendre son sac et d'aller s'installer dans sa chambre pour commencer à faire ses devoirs.

Un peu avant six heures, Denise rentra à la maison presque en même temps que Richard et Jean-Louis. L'atmosphère pesante qui régnait dans la cuisine ne leur échappa pas non plus. Pendant que l'aînée aidait à mettre la table, Richard alla rejoindre Gilles dans leur chambre.

— Qu'est-ce qui se passe? demanda-t-il à son frère. On dirait que la mère a mangé de la vache enragée.

— Je pense qu'il y a eu quelque chose avec Carole. Lui as-tu vu le visage? On dirait qu'elle a mangé une couple de claques dans la face.

Dans la chambre voisine, Jean-Louis ne dit pas un mot, même s'il n'avait pu faire autrement que d'entendre ce que ses deux jeunes frères venaient de dire.

— On soupe! cria Denise, debout à l'entrée du couloir.

Les trois garçons vinrent s'attabler en même temps pendant que leur mère faisait rôtir des tranches de *baloney* dans une poêle en fonte. Carole, la mine basse, lui passait les assiettes, les unes après les autres, après y avoir déposé deux demi-pommes de terre.

— Richard, ferme le radio qu'on mange tranquilles, lui ordonna sa mère.

Le repas se prit dans un silence brisé uniquement par le choc des ustensiles contre les assiettes. Au dessert, la mère de famille se tourna vers Gilles.

— Connais-tu ça, toi, un nommé Beaupré qui va à ton école ? lui demanda-t-elle.

— Ça se peut. Il ressemble à quoi ce gars-là ?

— Une espèce de chenille à poils le visage plein de boutons.

— M'man ! protesta Carole.

— Toi, ferme-la ! Je t'ai pas parlé. Puis ? Tu le connais ou tu le connais pas ?

— On est des centaines de gars à Meilleur, m'man, répondit Gilles. Je connais pas tout le monde. Les gars avec des boutons dans la face, c'est pas ce qui manque. En tout cas, je connais pas ce gars-là.

— Ben ! Si tu le vois demain, tu pourras lui dire que ta sœur va plus à l'école. Elle commence à se chercher de l'ouvrage demain matin.

— T'es pas sérieuse, toi ! s'exclama Gilles en se tournant vers sa jeune sœur. Il te reste même pas deux mois d'école avant de finir ton année. Pourquoi tu lâches ?

— C'est pas elle qui l'a décidé, intervint sa mère sur un ton tranchant, c'est moi.

— C'est une bonne idée, m'man, approuva Jean-Louis en étalant une épaisse couche de beurre d'arachide sur une tranche de pain. À quinze ans, elle est capable d'aller travailler et de gagner un peu d'argent.

Richard vit des larmes couler sur les joues de sa jeune sœur.

— Toi, monsieur-la-cenne, tu ferais ben mieux de t'étouffer! l'apostropha Richard, furieux. Aussitôt que quelqu'un parle d'argent, t'en vois plus clair.

— Maudit tata! se contenta de répliquer son aîné avant de mordre dans sa tartine.

— M'man, si c'est une question d'argent, je peux vous donner tout ce que mon oncle Rosaire me donne le samedi. Moi, j'ai arrêté d'aller à l'école parce que j'aimais pas ça et j'étais pas bon. Mais c'est pas la même chose pour Carole, plaida-t-il. Elle a des bonnes notes.

— Ses notes sont même meilleures que les miennes, intervint Gilles.

— Si vous trouvez qu'elle peut pas vous aider assez à la maison en allant à l'école, je peux peut-être essayer d'en faire plus, proposa Denise.

— C'est pas ça! la coupa sa mère. Bon. À cette heure, vous allez tous vous mêler de vos affaires, ajouta-t-elle en se levant de table. Je vous laisse la vaisselle. J'ai mal à la tête. J'ai besoin d'aller m'étendre une heure.

Sur ce, Laurette quitta la cuisine et alla s'enfermer dans sa chambre à coucher. Jean-Louis l'imita sans ajouter un mot.

Il y eut un long silence dans la pièce avant que Gilles demande à sa jeune sœur d'expliquer pourquoi leur mère avait décidé de la retirer de l'école Lartigue. La cadette s'exécuta, les larmes aux yeux.

— Vinyenne, Carole! Qu'est-ce que t'as entre les oreilles? lui demanda Denise. On peut dire que t'as couru après les troubles.

— Je faisais rien de mal, protesta l'adolescente, la voix éteinte. C'est pas la fin du monde de *foxer* un après-midi d'école. J'ai pas tué personne.

— C'est pas le *foxage* que m'man a pas pris. Je pense qu'elle a surtout sur le cœur que tu te sois promenée avec ton *chum*, lui fit remarquer Richard, à demi-voix.

— On faisait rien de mal ! On faisait juste se promener.

— C'est fin, ton affaire, lui fit remarquer Gilles, la mine sombre. Te vois-tu recommencer à travailler à l'hospice demain ?

Carole secoua la tête, l'air catastrophé, avant de se lever pour commencer à ranger la nourriture qui était encore sur la table. Sa sœur l'imita après avoir déposé sur le poêle à huile une bouilloire remplie d'eau.

Richard sortit son paquet de cigarettes et le tendit généreusement à son frère.

— Merci. J'ai décidé d'arrêter, dit Gilles en repoussant le paquet de la main. J'ai pas assez d'argent pour me payer ça.

— J'en ai un paquet gratis tous les jours. Je peux t'en donner quand tu veux, lui offrit son frère. Tu m'en as assez donné quand j'avais pas une cenne.

Gilles s'en tint à sa décision.

— Est-ce qu'on commence le ménage de printemps à soir ? demanda Richard. Peut-être que ça ferait tellement plaisir à la mère qu'elle pourrait changer d'idée pour Carole.

— OK.

— Nous autres aussi, on va vous donner un coup de main, proposa Denise.

— On va faire les armoires pendant que vous lavez les plafonds et les murs, précisa Carole.

— On va d'abord éteindre le poêle pour enlever les tuyaux et aller les nettoyer dehors, fit Richard. Si on fait pas ça d'abord, on va mettre de la suie partout dans la cuisine et dans le corridor.

— C'est plate que le hockey soit déjà fini, regretta Gilles. On aurait pu l'écouter en travaillant.

— Moi, ça me dérange plus, rétorqua son frère. On a la coupe Stanley. C'est ça qui est important. Le Canadien pouvait pas manquer son coup cette année.

— On pourrait écouter Séraphin, par exemple.

— T'es fou, toi. Le radio va réveiller m'man. Si elle se lève, elle va vouloir nous aider.

Les tuyaux de la fournaise et du poêle furent retirés par sections, transportés dans la cour arrière et nettoyés avant d'être réinstallés. Ensuite, les garçons rallumèrent le poêle et firent bouillir de l'eau. Dès que cette dernière fut chaude, ils se mirent au lavage du plafond et des murs de la cuisine, la pièce la plus grande de la maison. En moins d'une heure, le plafond retrouva sa blancheur et toutes les traces de cuisson et de fumée de cigarette disparurent des murs jaunes.

— Laissez faire le plancher et les vitres, je vais les faire, dit Carole, tandis que Denise finissait de ranger dans l'armoire la vaisselle qui venait d'être lavée.

— On a le temps de laver la salle de bain et le corridor, dit Gilles en vidant l'eau sale de sa chaudière dans le lavabo de la cuisine.

À cet instant précis, Jean-Louis sortit de sa chambre pour venir prendre un verre de cola dans le réfrigérateur. À la vue de ses frères et sœurs au travail dans la cuisine, il ne fit aucune remarque.

— J'espère qu'on te dérange pas trop, le grand? demanda Richard sur un ton sarcastique.

— Ça te tenterait pas de venir nous donner un coup de main? lui demanda Gilles à son tour.

— Je vous l'ai dit que je laverais ma chambre quand j'en aurais le temps.

— T'es ben trop bon avec nous autres, se moqua Richard.

— En tout cas, arrange-toi pour prendre tout de suite tout ce que t'as besoin dans la cuisine, fit Carole. Je lave le plancher dans deux minutes et tu pourras pas passer sur mon plancher mouillé.

Jean-Louis tourna les talons, en emportant son verre de cola. Il avait un peu honte de sa conduite, mais il ne voyait pas pourquoi il irait s'éreinter à laver des murs et des plafonds après sa journée de travail. Il y avait bien assez qu'il aurait à laver sa chambre. Il lui semblait un peu injuste d'avoir à faire ce travail-là alors qu'il avait l'impression de payer une bonne pension.

Une demi-heure plus tard, Laurette se réveilla dans l'obscurité. Pendant un moment, elle fut totalement perdue, incapable de savoir si c'était le matin ou le soir. Elle s'assit sur le bord de son lit et se rendit compte qu'elle avait dormi tout habillée. Entendant la voix de Richard, près de la porte de sa chambre, elle se leva, chaussa ses pantoufles et ouvrit la porte de la pièce. Elle découvrit alors son fils en train de tordre un chiffon au-dessus d'un seau rempli d'eau savonneuse. Un peu plus loin, Gilles lavait les plinthes du couloir alors que Carole finissait de laver le linoléum de la cuisine et tordait son linge au-dessus d'un autre seau.

— Ma foi du bon Dieu ! s'exclama la mère de famille, ravie. Mais vous avez commencé mon grand ménage de printemps sans me réveiller.

— On n'avait pas besoin de vous, m'man, dit Richard. La cuisine, la salle de bain et le corridor sont faits. Denise est en train de finir de laver le bain et l'évier dans les toilettes.

— Ça sent le propre dans toute la maison ! ajouta Laurette avec bonne humeur.

— Ce qui est plate, c'est que vous pourrez pas aller dans la cuisine avant une bonne demi-heure, lui fit remarquer Gilles. Carole vient de laver le plancher. Les filles ont pas chômé non plus. Elles ont fait les armoires aussi.

— Vous êtes ben fins, les enfants, les remercia leur mère.

— On a presque fini, m'man, annonça Gilles. Il est presque onze heures. Demain, si on a le temps, on va commencer les chambres. Comme ça, en fin de semaine, on va pouvoir se reposer.

— Vous m'avez laissée dormir ben trop longtemps, leur reprocha doucement leur mère. J'ai dormi toute la soirée. Je suis pas prête de m'endormir de sitôt. Je vais aller mettre ma jaquette pendant que vous finissez le corridor.

Quelques minutes plus tard, tous les enfants avaient réintégré leur chambre à coucher. Carole avait été la première à se diriger vers la chambre qu'elle partageait avec sa sœur Denise. Elle n'avait pas ouvert la bouche après sa soirée de travail. Elle s'était contentée de déposer le seau utilisé pour laver le linoléum sur le balcon avant de se retirer pour la nuit.

Quand le parquet de la cuisine fut sec, Laurette, bien réveillée, se prépara une tasse de café et entreprit le raccommodage des vêtements abîmés durant la semaine. Ses mains occupées ne l'empêchaient nullement de réfléchir aux conséquences de la crise familiale déclenchée par la découverte de sa fille se laissant embrasser en pleine rue. Une honte! Elle regrettait vaguement de s'être laissée aller à la frapper, même si elle était intimement persuadée qu'elle le méritait largement. C'était à elle d'inculquer à ses enfants une bonne éducation. Le père n'était pas à la maison. Si elle n'y voyait pas, sa fille deviendrait une vraie traînée. Les claques reçues allaient peut-être lui mettre du plomb dans la tête.

— Ça fait tout de même du bien, dit-elle à mi-voix en humant avec plaisir l'odeur d'eau javellisée utilisée par ses enfants pour laver murs et plafonds.

Cette odeur sembla soudain lui rappeler le sort qui attendait probablement sa fille dès le lendemain si elle ne trouvait pas un autre emploi que celui de fille de salle à l'hospice Gamelin de la rue Dufresne. Elle eut alors un pincement au cœur.

— C'est de valeur de lui faire perdre son année d'école, admit-elle toujours à mi-voix, mais il y a tout de même un bout. Verrat! Je suis pas pour la laisser faire ses quatre volontés.

Pendant de longues minutes, la mère de famille continua à songer au sort de sa cadette sans parvenir à admettre qu'elle devrait changer sa décision. Un peu après une heure du matin, elle termina son reprisage. Elle rangea son travail, éteignit le plafonnier et retourna se mettre au lit avec l'espoir que le sommeil ne la fuirait pas malgré le fait qu'elle avait dormi toute la soirée.

— Je vais dire une dizaine de chapelet, murmura-t-elle en s'emparant de son chapelet toujours suspendu à la tête de son lit. Ça va m'aider à m'endormir.

La Vierge dut l'entendre parce qu'elle s'endormit avant même d'avoir terminé la récitation de ses *Ave*. Elle se réveilla en sursaut le lendemain matin et jeta un coup d'œil à son réveille-matin : les aiguilles du gros Westclock indiquaient six heures. Elle se leva avec l'impression d'être tout à fait reposée. Elle endossa sa robe de chambre en chenille avant de se rendre dans la cuisine.

Après avoir allumé sa première cigarette, elle s'activa à préparer du gruau pour les siens et allait dresser le couvert quand Carole sortit de sa chambre. Ses yeux boursouflés et ses traits tirés disaient assez la mauvaise nuit qu'elle avait passée. Laurette la laissa disposer des bols et des tasses sur la table pendant qu'elle se versait une tasse de café. La mère de famille mit ensuite deux tranches de pain dans le vieux grille-pain et attendit quelques instants avant d'en ouvrir à nouveau les portes pour tourner ses rôties.

— Tu feras des boulettes de steak haché et tu feras cuire les patates cet après-midi, quand tu reviendras de l'école, dit-elle à sa fille au moment où elle commençait à étaler de la marmelade sur ses rôties.

Carole ne réagit d'abord pas en entendant les paroles de sa mère. Elle était certaine d'avoir mal entendu. Puis elle comprit subitement ce qu'elle venait de lui dire.

— Est-ce que ça veut dire que vous me laissez retourner à l'école, m'man ? demanda-t-elle à sa mère, osant à peine y croire.

— Oui, puis écoute-moi ben ! reprit Laurette sur un ton menaçant en fixant durement sa fille plantée devant elle, de l'autre côté de la table. Si jamais j'apprends que t'as traîné une seule fois avec un gars ou que t'as manqué l'école pour rien, ça va être fini une fois pour toutes. Il sera plus jamais question d'école.

— Je vous le promets, m'man, fit l'adolescente au comble du bonheur.

— À cette heure, laisse-moi manger tranquille. Je pars travailler dans dix minutes.

Puis, Jean-Louis, Gilles et Richard firent leur entrée dans la cuisine. L'aîné s'empressa de remplir un bol à main d'eau chaude avant d'aller se réfugier dans la salle de bain pour se raser et se laver. Les deux plus jeunes prirent place à table, affamés.

— Le gruau est prêt, leur dit leur mère. Vous avez juste à vous servir.

Ils se levèrent et allèrent se servir un bol de gruau avant de revenir s'asseoir.

— M'man veut que je retourne à l'école, ne put s'empêcher de claironner Carole à ses deux frères.

Gilles et Richard ne firent aucun commentaire, mais tout dans leur expression disait qu'ils approuvaient la décision de leur mère d'accorder une nouvelle chance à leur sœur.

— Toi, tu vas avertir le petit baveux de ton école de laisser ta sœur tranquille, tu m'entends ? dit la mère de famille à Gilles en finissant de manger sa rôtie.

— C'est correct, m'man, accepta son fils. Je vais essayer de le trouver à l'école.

— Bon, il faut que j'y aille, ajouta-t-elle en se levant après avoir vidé en une seule gorgée le reste de café contenu dans sa tasse.

— Qu'est-ce que je vais faire pour le billet d'absence ? demanda timidement Carole à sa mère.

— Je signe pas de billet d'absence, déclara tout net Laurette. Si les sœurs te punissent, ce sera ben bon pour toi. Bon. Il faut que j'y aille. Je vais finir par être en retard avec toutes ces niaiseries-là.

Laurette disparut dans sa chambre et prit ensuite la place de Jean-Louis dans la salle de bain pour une toilette rapide. Après avoir endossé son manteau, elle empoigna le sac brun contenant les sandwiches et les biscuits qui allaient constituer son dîner et sortit de l'appartement, non sans avoir rappelé à Carole sur un ton abrupt :

— Oublie pas ce que je t'ai demandé de préparer pour le souper.

Dès que la porte fut refermée, Richard ne put s'empêcher de dire à sa sœur :

— On peut dire que t'es chanceuse en maudit, toi. C'est pas souvent que la mère change d'idée.

— Tu ferais mieux de pas lui jouer dans le dos une autre fois, la mit en garde Gilles en allant déposer sa vaisselle sale dans l'évier.

— À sa place, moi, j'aurais pas changé d'idée, laissa tomber Jean-Louis après avoir bu une gorgée de café.

— C'est sûr ! se moqua Richard. Toi, tu penserais surtout à l'argent qu'elle gagnerait.

— Comment il s'appelle déjà, ton *chum*? demanda Gilles à sa sœur pour faire dévier la conversation qui risquait de s'envenimer entre Richard et Jean-Louis.

— François Beaupré, finit par dire Carole après une courte hésitation.

— De quoi il a l'air, ce gars-là?

— Laisse faire, fit sa sœur. Je vais l'avertir moi-même quand il va venir me chercher après l'école.

— Parce qu'il vient te chercher après l'école? demanda Jean-Louis, narquois. Est-ce que m'man sait ça?

— Va pas essayer de la *stooler*, toi, le mit en garde Richard.

Cet après-midi-là, Carole apprit à son amoureux comment sa mère avait mal réagi après les avoir découverts ensemble. Elle lui expliqua, les larmes aux yeux, la menace qui pesait dorénavant sur sa tête. Il fut dès lors entendu que le jeune homme ne la raccompagnerait après les classes que jusqu'au coin des rues Parthenais et Sainte-Catherine, les jours d'école. De plus, elle le prévint qu'il n'était plus question qu'elle s'absente de l'école, avec ou sans billet d'excuse écrit par lui.

En deux occasions depuis la mi-mars, l'adolescente avait présenté avec aplomb à sœur Marguerite un billet supposément rédigé par sa mère pour excuser son absence de la veille. Elle savait fort bien qu'aucune vérification ne serait possible puisque sa mère travaillait tous les jours. Bien sûr, il restait toujours la possibilité que sa mère apprenne ses absences lors de sa visite à l'école pour venir rencontrer les religieuses enseignantes à l'occasion de la remise des bulletins. Cependant, cette possibilité était bien mince. Sa mère revenait si fatiguée de son travail qu'elle ne possédait pas l'énergie nécessaire pour marcher jusqu'à l'école Lartigue ces soirs-là.

La mère de famille se serait bien passée de ce genre de problème avec sa cadette. La veille, avant de se mettre au lit, elle s'était demandée si elle avait pris la bonne décision au sujet de Carole. Puis elle s'était mise à penser à toutes les factures qu'elle avait à acquitter et elle ne voyait pas très bien comment s'en sortir. Un peu avant deux heures, elle finit par se résoudre à faire une démarche qui la rebutait, soit aller au bureau du personnel pour demander une augmentation de salaire.

Chapitre 5

Des dérangements

Laurette attendit deux jours avant de se décider à passer à l'action. Ce matin-là, elle pénétra dans l'édifice de la biscuiterie Viau trente minutes avant le début de sa journée de travail. Il faisait si doux et si beau en ce jeudi matin ensoleillé qu'elle eut une hésitation avant d'entrer. La pensée qu'elle pourrait toujours venir manger son repas du midi à l'extérieur l'incita à sourire, malgré sa crainte d'essuyer une rebuffade lorsqu'elle se présenterait au bureau du personnel.

La veille, les enfants l'avaient aidée à terminer le grand ménage du printemps et elle avait même eu le temps de suspendre aux fenêtres ses rideaux fraîchement lavés avant de partir ce matin-là. De plus, Carole avait trouvé le temps de faire le lavage, la veille, avant son retour à la maison.

À son entrée dans la pièce réservée aux employés, elle aperçut Lucienne qui lui fit signe de venir la rejoindre à la table où elle s'était assise. Laurette alla déposer le sac contenant son repas dans son casier, endossa son sarrau et vint prendre place en face de son amie.

— As-tu des nouvelles de Dorothée ? demanda-t-elle en tirant une cigarette de son étui,

Dorothée Paquette était absente de son travail depuis deux jours, ce qui était tout à fait inhabituel. La jeune femme jouissait d'une excellente santé et ne s'absentait jamais du travail. Depuis qu'elle la connaissait, Laurette ne se souvenait pas de l'avoir vue malade un seul jour.

La longue figure un peu ingrate de Lucienne Dubeau prit une telle expression gênée que Laurette le remarqua.

— Qu'est-ce qu'il y a? Qu'est-ce qui se passe?

— Rien.

— Est-ce qu'il lui est arrivé quelque chose?

— Ben…

— Ben quoi?

— Promets-moi que t'en parleras pas à personne, reprit Lucienne, qui sembla prendre une brusque décision.

— C'est promis. Accouche! Qu'est-ce qui se passe?

— Bon. Tu te rappelles qu'il y a trois jours, quand la machine a brisé, on a fini de travailler deux heures avant le temps.

— Oui. Puis après?

— Dorothée est rentrée à la maison et elle a trouvé son mari dans leur lit, avec une voisine.

— C'est pas vrai! s'exclama Laurette. Ah ben, j'aurai tout entendu! Le maudit sans-cœur qu'elle fait vivre depuis des années la trompe en plus! J'espère qu'elle l'a sacré à la porte avec ses guenilles!

— Ça a pas l'air.

— Comment ça se fait que tu sais ça, toi? demanda Laurette en baissant la voix.

— Je lui ai téléphoné hier soir. Ça faisait deux jours qu'elle manquait et je trouvais pas ça normal. Je voulais savoir si elle était malade.

— Puis?

— Elle m'a dit qu'elle était correcte. Puis elle s'est mise à pleurer au téléphone. Son mari était pas là. J'étais tellement inquiète que je lui ai dit que j'allais la voir. J'ai sauté dans le petit char et je suis allée passer la soirée avec elle. T'aurais dû la voir quand elle m'a ouvert la porte. Elle avait l'air d'avoir braillé depuis des heures.

— Et son Henri? Où est-ce qu'il était passé? demanda Laurette.

— Il était parti faire un tour au *Mocambo*, il paraît. MONSIEUR se paie les clubs pendant que sa femme travaille comme une folle pour le faire vivre, ajouta Lucienne, les dents serrées.

— Tu parles d'un maudit écœurant! explosa Laurette. Moi, si je lui mettais la main dessus, sa mère serait plus capable de le reconnaître quand je le lâcherais. Veux-tu ben me dire, toi, pourquoi elle l'a pas sacré dehors?

— Il paraît qu'il lui a promis de plus recommencer.

— Et elle l'a cru?

— Elle l'aime à en voir plus clair, expliqua Lucienne. Qu'est-ce que tu veux qu'on y fasse.

— Maudit que la vie est mal faite! explosa Laurette. Elle est belle comme un cœur et elle a juste trente-cinq ans. Tu me feras pas croire qu'elle pourrait pas trouver mieux que ce lâche-là.

— En tout cas, j'ai pas essayé de la faire changer d'idée, fit son amie sur un ton raisonnable. Au fond, ça nous regarde pas. J'ai surtout passé deux heures à la convaincre de revenir travailler aujourd'hui. Il manquerait plus que le *boss* la mette dehors. C'est tout de même pas son Henri qui est capable de la faire vivre. Ça fait des années qu'il travaille pas, le sans-cœur.

Laurette allait lui demander si elle était parvenue à persuader leur amie de revenir au travail quand elle aperçut Dorothée, qui venait d'entrer dans la salle. La jeune femme avait un sourire un peu contraint quand elle fit signe de la main à ses deux camarades qu'elle venait d'apercevoir à l'autre bout de la pièce.

— Pas un mot de ce que je t'ai raconté, ordonna Lucienne à Laurette en lui renvoyant son salut.

— Me prends-tu pour une folle? murmura Laurette en repoussant brusquement sa chaise avec l'intention de se lever.

— Aïe! Regarde ce que tu fais, la grosse! lui ordonna une voix derrière son dos.

Laurette se tourna tout d'une pièce pour se retrouver face à face avec la figure haïe de Madeleine Sauvé. Son sang ne fit qu'un tour. Sa main droite se referma comme une serre sur le devant du sarrau de la grande femme maigre et elle la repoussa durement. Sous la force de la poussée, Madeleine Sauvé faillit basculer par-dessus la table contre laquelle elle était coincée.

— Comment tu viens de m'appeler, toi? lui hurla Laurette en la secouant comme un prunier.

— Whow! prends tes pilules pour les nerfs, la Morin, s'écria sa collègue à la figure chevaline en tentant désespérément de faire bonne figure devant les femmes qui assistaient à la scène. Je t'ai juste dit de regarder ce que tu faisais!

— Toi, ma maudite vache, t'es mieux de te tenir loin de moi! la mit en garde Laurette dont l'envie de la frapper était évidente. La prochaine fois que tu vas m'appeler «la grosse», je vais t'arranger ta grande face laide, moi, ajouta-t-elle.

Lucienne et Dorothée tirèrent leur amie vers l'arrière et eurent toutes les peines du monde à lui faire lâcher prise. L'autre, le visage blanc de peur, s'ébroua en faisant un effort pour retrouver les restes de sa dignité. Elle prit soin de s'éloigner de quelques pieds avant de laisser tomber en prenant les spectateurs à témoin:

— Elle est complètement folle! À sa place, j'irais me faire soigner!

— L'enfant de chienne ! rugit Laurette, en esquissant le geste de lui sauter dessus.

Dorothée et Lucienne l'agrippèrent solidement et la forcèrent à s'asseoir.

— Ça va faire, la Sauvé ! lui ordonna Lucienne. Arrête d'écœurer le monde à matin !

Sur ce, elle lui tourna carrément le dos pour s'occuper de Laurette à qui Dorothée parlait doucement pour l'aider à retrouver son calme.

— Occupe-toi pas d'elle, chuchota-t-elle à son amie. Tu vois ben qu'elle essaye juste de te faire sacrer dehors par Gendron.

— Une de ces fois, je vais la poigner dehors et elle va en manger toute une, promit Laurette sur un ton menaçant.

— En tout cas, fais-lui pas le plaisir de te mettre dans le trouble pour ses beaux yeux, la supplia Dorothée.

Laurette retrouva peu à peu son calme et ne tourna pas une seule fois la tête vers le fond de la pièce où Madeleine Sauvé et ses quelques copines s'étaient regroupées en attendant la sonnerie annonçant le début de la journée.

— Il reste quinze minutes avant de commencer, chuchota Laurette à ses deux amies. Pensez-vous que j'ai le temps de passer au bureau du personnel ?

— Dis-moi pas qu'ils ont fait une erreur dans ta dernière paye ? lui demanda Lucienne.

— Non. Je veux juste leur demander quelque chose, répondit-elle, refusant de révéler qu'elle allait quémander.

— Fais ben attention, la mit en garde Dorothée. Si tu demandes de changer de poste, ils peuvent t'envoyer au département des Social Tea ou des biscuits Village. Il paraît que là, c'est pas mal moins le *fun* qu'avec nous autres.

— Inquiète-toi pas pour ça, la rassura Laurette en se levant. Tu sais ben que je te laisserai pas toute seule avec la face laide de Madeleine Sauvé.

Laurette quitta précipitamment la salle et se dirigea vers le bureau du personnel. Elle demanda à parler au directeur, Étienne Boudreau, un homme imposant à l'air sévère qu'elle n'avait croisé qu'à deux ou trois reprises depuis qu'elle travaillait à la biscuiterie.

— Je vais voir s'il peut vous recevoir, dit sa secrétaire en allant frapper à la porte du bureau de son patron.

Elle disparut dans la pièce voisine et revint moins d'une minute plus tard en lui faisant signe d'entrer.

Intimidée, Laurette pénétra dans le bureau du directeur.

— Fermez la porte, madame, lui ordonna ce dernier, sans lever la tête du document qu'il était en train de lire.

Laurette obtempéra et s'approcha du bureau.

— Bon. Le travail commence dans dix minutes, lui dit l'homme en jetant un bref coup d'œil à sa montre. Qu'est-ce que je peux faire pour vous ? ajouta-t-il sans l'inviter à s'asseoir.

Laurette ne pouvait évidemment pas lui dire que son mari était tuberculeux. Cela aurait été le meilleur moyen de perdre son emploi.

— Mon mari est hospitalisé depuis longtemps et j'ai cinq enfants à nourrir, dit-elle au directeur du personnel.

— Je comprends.

— Là, ça fait trois ans que je travaille chez Viau. Est-ce que vous pensez que vous pourriez me donner une petite augmentation ? J'arrive plus pantoute.

— Combien gagnez-vous de l'heure, madame ?

— Quatre-vingts cennes, monsieur.

— Savez-vous que c'est un bon salaire pour une femme, laissa tomber Étienne Boudreau. Vous trouverez pas mieux dans aucune compagnie à Montréal.

— Peut-être, reconnut-elle, mais vous pourriez pas faire un petit effort pour m'aider.

— Si je faisais ça, madame, mon bureau serait plein du matin au soir et j'arrêterais pas de donner des augmentations à tout le monde… Mais si vous trouvez mieux ailleurs, je vous encourage à partir et je vous souhaite bonne chance, conclut-il d'une voix cassante.

— Merci, monsieur, dit sèchement Laurette. Je vais voir, ajouta-t-elle pour sauver la face.

Elle retourna lentement vers la salle des employés en murmurant pour elle-même :

— L'espèce de baveux ! Pas de saint danger qu'il m'aurait donné une cenne d'augmentation. Il sait ben que j'ai pas le choix, que je suis obligée de travailler ici.

La sonnerie annonçant le début de la journée de travail lui fit accélérer le pas, mais elle remâcha sa rancœur toute la journée. Il n'aurait pas fallu que Madeleine Sauvé l'approche de trop près…

⁓

Laurette descendit péniblement du tramway au coin de Fullum et Notre-Dame, comme elle le faisait pratiquement tous les soirs de la semaine. Elle avait mal aux jambes à force d'être demeurée toute la journée debout à entasser des boîtes de Whippet dans des boîtes de carton. Elle n'avait qu'une hâte : s'asseoir enfin après avoir retiré ses souliers. Elle jeta à peine un coup d'œil au petit parc Bellerive, de l'autre côté de la rue. Les érables dont les branches s'ornaient déjà de jeunes feuilles vert tendre ne lui arrachèrent pas le moindre sourire. Elle remarqua surtout deux vagabonds étendus sur des bancs, probablement en train de cuver l'alcool qu'ils avaient ingurgité.

— M'man ! s'entendit-elle appelée au moment où elle allait se mettre en marche vers la rue Emmett.

Laurette sursauta et tourna vivement la tête pour découvrir Carole derrière elle, sur le trottoir.

— Qu'est-ce que tu fais sur la rue Notre-Dame, toi ? lui demanda-t-elle, mécontente. Je t'ai déjà dit que je voulais pas te voir traîner dehors après l'école.

— Je le sais, m'man. Je viens juste d'arriver. Je vous attendais.

— C'est nouveau, ça ! Pourquoi ?

— Je voulais vous avertir qu'on a de la visite, dit l'adolescente en se mettant en marche aux côtés de sa mère.

— De la visite ? Qui ça ? demanda sa mère en s'arrêtant brusquement au milieu du trottoir.

— Mémère Morin, répondit Carole sans manifester trop d'enthousiasme.

— Bonyeu ! C'est pas vrai ! s'exclama Laurette. Ah ben ça, c'est le bout ! Il manquait plus qu'elle pour achever le plat ! Depuis quand elle est arrivée ?

— Je le sais pas, m'man. Je lui ai pas demandé. Tout ce que je sais, c'est qu'elle était assise sur le balcon en arrière quand je suis arrivée de l'école.

— Tu l'as laissée toute seule dans la maison ?

— Non. Gilles est arrivé de l'école et je viens de voir Richard au coin de la rue.

Déjà, sa mère ne l'écoutait plus.

— Dis-moi pas qu'on va être poignés avec elle sur les bras pour souper, gémit Laurette, catastrophée. On va faire des spaghettis et se débarrasser d'elle de bonne heure, ajouta-t-elle plus pour elle-même que pour sa fille. À soir, je suis pas d'humeur à l'endurer ben longtemps.

Il fallait reconnaître que Laurette n'était jamais d'humeur à tolérer bien longtemps la présence de sa belle-mère à ses côtés. Moins elle la voyait, mieux c'était.

En vérité, elle reconnaissait volontiers qu'elle n'avait jamais pu « sentir » la grande femme distinguée au chignon gris impeccable et à la tenue un peu raide qu'était Lucille Morin. La septuagénaire très collet monté avait toujours eu un don spécial pour critiquer tout ce que sa bru faisait ou disait. Elle ne se cachait même pas pour lui faire sentir qu'elle la trouvait vulgaire et mal dégrossie. Sa fille Colombe et elle ne s'étaient jamais gênées pour mettre en évidence son « manque de classe », comme elles le disaient entre elles.

Il y eut un bref silence entre la mère et la fille, le temps de franchir une vingtaine de pieds dans la rue Fullum. Carole reprit la parole d'une voix hésitante.

— Pour moi, elle est venue pour plus longtemps que ça, m'man, annonça-t-elle à sa mère.

— Pourquoi tu dis ça ?

— Parce qu'elle est arrivée avec une valise.

— Avec une valise ! Ah non ! C'est pas vrai, calvaire ! jura Laurette en s'immobilisant à nouveau. Mais qu'est-ce que j'ai fait au bon Dieu pour mériter ça ? ajouta-t-elle, folle de rage, en se remettant en marche.

Sa fille ne dit plus rien jusqu'à leur arrivée devant la porte de l'appartement, cinq minutes plus tard. Elle vit sa mère prendre une profonde inspiration avant de pousser la porte et de s'engager d'un pas résolu dans l'étroit couloir qui conduisait à la cuisine. À leur entrée dans la pièce, la mère et la fille découvrirent la vieille femme en train de se bercer tranquillement dans la chaise berçante de Gérard, comme si elle était chez elle.

— Bonsoir, madame Morin, dit Laurette en s'efforçant de mettre une joyeuse animation dans sa voix.

— Bonsoir, ma fille. Je viens d'enlever les pommes de terre sur le poêle. Elles étaient cuites.

— Les garçons vous ont laissée toute seule ? demanda Laurette, étonnée de ne voir aucun de ses fils dans la pièce.

— Votre plus vieux est dans sa chambre. Gilles est dans le hangar. L'autre est parti en face s'acheter de l'essence à briquet.

— Ah bon !

— Vous finissez de travailler pas mal tard, lui fit remarquer la vieille dame en l'examinant de ses petits yeux noirs retranchés derrière des lunettes à fine monture d'acier. C'est vrai que vous avez l'air pas mal fatiguée.

— Les journées d'ouvrage sont longues, madame Morin. C'est rendu que je me couche avant neuf heures la plupart des soirs tellement je suis épuisée, mentit-elle en se laissant tomber sur une chaise après avoir allumé une cigarette. J'ai même pas la force de rien faire dans la maison durant la semaine. Je dois tout faire la fin de semaine. Même là, les enfants ont beau m'aider le plus qu'ils peuvent dans la maison, j'ai pas le temps de souffler, même la fin de semaine. Ça fait une éternité que je suis pas allée voir mes frères et que je les ai pas reçus.

Laurette donnait toutes ces explications dans le but évident de faire comprendre à sa visiteuse qu'elle n'avait pas le temps de recevoir quelqu'un durant les fins de semaine, encore moins durant la semaine. Sa belle-mère l'écouta sans l'interrompre en hochant la tête.

Au même moment, Richard entra dans la cuisine en vérifiant du bout des doigts si son « coq » était bien en place. Il adressa un regard peu chaleureux à sa grand-mère à qui il n'avait jamais pardonné d'avoir ridiculisé ses grandes oreilles quelques années plus tôt en conseillant à sa mère de lui faire subir une intervention chirurgicale pour corriger ce défaut.

— C'est bien pour ça que je suis là, Laurette, répondit Lucille Morin, sans accorder le moindre regard à son petit-fils qui venait de filer vers sa chambre à coucher. J'ai téléphoné à Gérard avant-hier pour prendre de ses nouvelles. Il m'a dit que vous aviez l'air très fatiguée quand vous êtes allée le voir dimanche passé. Quand Rosaire et Colombe m'ont appris hier qu'ils allaient passer trois jours chez des amis, dans le Maine, j'ai décidé de venir vous donner un coup de main à tenir maison.

— Mais…, voulut protester sa bru.

— Mais non, remerciez-moi pas. Ça me fait plaisir de venir vous donner un coup de main.

— Je vous jure que c'est vraiment pas nécessaire, madame Morin, se défendit Laurette. J'avais l'air fatiguée parce qu'on était en plein ménage de printemps, mentit-elle encore une fois. J'ai ben assez de l'aide des enfants.

— Bien non, bien non, s'entêta la vieille dame. Vous êtes toute pâle, ma fille. À vous voir, ça me surprendrait pas que vous couviez quelque chose.

Laurette rendit les armes, en proie à une rage impuissante. Elle voyait bien qu'il ne servait à rien de s'entêter. Sa belle-mère était bien décidée à rester. Elle aurait étranglé la septuagénaire avec plaisir. Comme si elle n'avait pas assez d'ennuis ! Elle était maintenant obligée d'endurer la mère de son mari jusqu'au dimanche suivant. Elle en venait à regretter de ne pas travailler chez Viau durant la fin de semaine. Elle fit toutefois un effort surhumain pour contrôler sa colère et se leva.

— Carole, laisse faire les patates et fais cuire des spaghettis. On va manger ça pour souper, ordonna-t-elle à sa fille avant d'aller s'enfermer dans les toilettes.

Dès qu'elle eut refermé la porte de la pièce minuscule, elle se pencha vers le miroir pour scruter son visage avec inquiétude.

— La vieille maudite folle ! jura-t-elle entre ses dents. Je suis pas plus pâle que d'habitude. C'est sûr que le bon Dieu l'a mise sur la terre juste pour me faire gagner mon ciel.

Quand elle revint dans la cuisine, elle trouva sa belle-mère debout.

— Bon. Si vous me montriez où je vais coucher, Laurette, je pourrais défaire ma valise pendant que le souper cuit.

Une vague lueur d'espoir prit naissance chez l'hôtesse récalcitrante.

— C'est là qu'on a un problème, madame Morin, s'empressa de lui dire sa bru. Je sais pas trop où vous faire coucher. Les trois gars couchent toujours dans les deux chambres d'en avant. Les déménager de chambre comme il y a trois ans quand vous êtes venue passer quinze jours, c'est tout un barda. Les deux filles couchent dans la chambre d'en arrière. Si encore on avait un salon, on pourrait toujours vous monter un lit là, mais on n'en a pas. Vous comprenez, ici, c'est pas le château de Colombe et Rosaire. On est pas mal tassés.

Laurette faisait allusion à la magnifique maison neuve du boulevard Rosemont habitée par les Nadeau.

— C'est pas grave, voulut la rassurer sa belle-mère. Même si j'ai pas un lit pour moi toute seule, j'en mourrai pas. Je vais coucher avec vous, dans votre chambre. J'espère seulement que vous ronflez pas, ajouta-t-elle en se dirigeant déjà vers la chambre de Laurette. Venez me faire de la place dans un tiroir pour que je puisse y mettre mon linge.

Laurette n'eut pas le choix. Avec une grimace de dépit, elle dut emboîter le pas à son invitée alors que Denise entrait dans la maison après sa journée de travail. La jeune fille sursauta légèrement en apercevant sa grand-mère. Après un rapide baiser sur une joue, elle s'empressa d'aller se réfugier dans sa chambre à coucher pour changer de vêtements.

Moins de cinq minutes plus tard, Laurette quitta sa chambre en refermant la porte derrière elle et regagna la cuisine.

— Maudit bâtard! jura-t-elle. J'avais ben besoin de ça!

— Surtout que vous allez être poignée pour aller vous confesser, la nargua Richard, un sourire moqueur étalé dans le visage.

— Comment ça? aboya sa mère.

— Pour toutes les menteries que vous avez sorties à mémère. Je suis sûr que vous pourrez pas aller communier dimanche prochain sans être obligée d'aller vous confesser.

— Toi, mon agrès! C'est pas le temps de me taper sur les nerfs, tu m'entends? lui dit sa mère, les dents serrées.

— Comment vous allez faire pour dormir avec elle, dans la même chambre, s'enquit Carole qui n'avait pas oublié à quel point sa grand-mère paternelle ronflait fort.

— Je le sais pas pantoute, reconnut sa mère.

— Elle ronfle peut-être plus, voulut la rassurer Gilles.

— Le jour où elle ronflera plus, ce sera quand elle sera étendue dans son cercueil, dit méchamment Laurette. Chut! Elle va finir par nous entendre.

Elle regretta immédiatement cette méchanceté et fit signe à ses enfants de se taire parce qu'elle venait d'entendre la porte de sa chambre à coucher s'ouvrir.

Quelques minutes plus tard, Lucille Morin s'installa d'autorité à la place qu'occupait son fils Gérard avant son hospitalisation. Elle ignorait que depuis le départ du père pour le sanatorium, une entente tacite entre les membres de la famille avait fait que sa chaise était demeurée vide pour signifier qu'on l'attendait. Jean-Louis fut le dernier à venir prendre place à table.

Il était évident que la présence de la grand-mère ne suscitait guère plus d'enthousiasme chez les petits-enfants que chez leur mère. Lucille Morin ne leur avait jamais témoigné un grand intérêt. Il arrivait même qu'elle cherche à se rappeler leur prénom. Pour eux, leur grand-mère vivait chez leur oncle Rosaire. Elle leur faisait l'aumône d'une ou deux courtes visites chaque année, considérant probablement qu'il s'agissait là d'un cadeau suffisant. Évidemment, ce n'était pas Laurette qui allait se plaindre de la rareté de ses visites, loin de là. À ses yeux, la vieille dame venait encore trop souvent parce que chaque fois qu'elle apparaissait chez elle, elle trouvait le moyen de semer la discorde en se mêlant de ce qui ne la regardait pas.

Lucille déposa sa tasse de thé en esquissant une grimace.

— Qu'est-ce qu'il y a, mémère ? lui demanda Richard à qui la grimace n'avait pas échappé.

— Grand-mère, pas mémère, mon garçon, le reprit sèchement Lucille en lui jetant un regard désapprobateur. Il me semble qu'à ton âge, tu devrais savoir ça.

— Je le sais, mémère, s'entêta l'adolescent. Moi, j'aime mieux vous appeler « mémère ».

Un mince sourire apparut vaguement sur le visage de Laurette quand elle aperçut l'air contrarié de sa belle-mère. Pour sa part, la grand-mère tourna ostensiblement la tête vers Denise.

— Et toi, ma grande fille, comment vont tes amours ?

— C'est pas mal calme de ce côté-là, grand-mère, fit évasivement Denise, peu disposée à aborder le sujet de sa vie sentimentale en présence de toute la famille.

— Voyons donc ! Tu me feras pas croire qu'une belle fille comme toi est pas capable de trouver un autre garçon pour remplacer ton ancien amoureux, tu sais, celui qui travaillait dans une banque.

Laurette se retint avec peine de dire à sa belle-mère de se mêler de ses affaires quand elle vit son aînée pâlir. Elle savait, elle, que Denise n'avait pas encore oublié son Serge Dubuc.

— J'ai pas eu le temps de m'occuper de ça, dit Denise dans un souffle.

Lucille dut sentir s'être avancée en terrain miné parce qu'elle tourna son attention vers Jean-Louis qui n'avait pas ouvert la bouche une seule fois depuis le début du repas.

— Et toi, mon garçon, qu'est-ce que tu deviens? Si je me trompe pas, t'es majeur maintenant, non?

— Oui. J'ai vingt et un ans.

— T'es-tu enfin fait une petite amie?

— Pas encore, grand-mère.

— Qu'est-ce que t'attends pour t'en faire une? Pour moi, tu ferais mieux d'arrêter de te tenir avec des garçons pour t'occuper de ton avenir. À ton âge, la plupart des hommes pensent à se marier et à avoir des enfants.

— Je le sais, grand-mère, répondit Jean-Louis en affichant un air très contrarié.

— À propos, vois-tu encore l'homme avec qui t'apprenais la comptabilité? C'était quoi déjà, son nom?

— Vous voulez parler de Jacques Cormier? demanda Jean-Louis, visiblement embarrassé.

— En plein ça.

— Il travaille encore chez Dupuis frères, si c'est ce que vous voulez savoir, se contenta de dire le jeune homme en se levant de table. Bon, vous m'excuserez. J'ai des rapports d'impôt à remplir. Il reste juste deux jours avant la date limite.

Les questions insidieuses de sa grand-mère avaient mis Jean-Louis mal à l'aise. En quoi cela la regardait-elle?

— Moi, m'man, je vais aller fouiller dans le hangar, déclara Richard en se levant à son tour.

— Qu'est-ce que tu vas aller faire là? lui demanda Laurette, intriguée.

— J'ai encore entendu tout à l'heure dans ma chambre des bruits qui venaient des murs. Je suis certain qu'il y a une couple de rats qui cherchent à entrer dans l'appartement. J'ai vu des trappes à rat dans le hangar l'hiver passé. Je vais essayer de les trouver avant qu'il fasse trop noir.

— Ah non ! Pas encore des rats ! s'exclamèrent en même temps Denise et sa mère qui avaient en commun une peur irraisonnée de ces bêtes.

— Dites-moi pas, Laurette, que vous en avez encore ? fit Lucille Morin qui se rappelait encore en avoir vu un lors de son séjour chez son fils, trois ans auparavant. Je pensais que vous aviez fini par vous débarrasser de cette vermine.

— On a beau en tuer, intervint Richard, il en vient toujours d'autres. On dirait même qu'ils sont de plus en plus gros, à part ça.

Laurette jeta un bref regard à son fils et vit une vague lueur d'amusement dans son visage.

— Ça va ! Arrête de faire le fin finaud et va les chercher, ces trappes-là, lui ordonna-t-elle.

Pendant que Gilles se retirait dans sa chambre pour faire ses travaux scolaires, les quatre femmes de la maison lavèrent la vaisselle et remirent de l'ordre dans la cuisine.

— Avec tout ça, l'heure du chapelet est passée, fit remarquer Lucille, en suspendant son linge à vaisselle sur la tringle fixée au mur, derrière le poêle à huile.

— Ici, madame Morin, chacun fait sa prière tout seul. On n'a pas besoin du cardinal pour dire son chapelet, lui fit remarquer sa bru d'une voix acide.

— Peut-être, ma fille, mais votre mari guérirait peut-être plus vite si vous et vos enfants, vous vous donniez la peine de prier plus.

Laurette lui jeta un regard furieux avant de s'emparer de sa boîte de tabac Sweet Caporal déposée sur la dernière tablette de l'armoire. Elle prit ensuite une feuille de journal sur laquelle elle étala son tabac pour le faire sécher quelques minutes avant de confectionner ses cigarettes pour le reste de la semaine. Normalement, elle aurait fait ce travail le dimanche après-midi, mais sa visite au sanatorium l'en avait empêchée.

Seule Carole demeura dans la cuisine en compagnie de sa mère et de sa grand-mère jusqu'à huit heures trente pour faire ses devoirs. Il y avait belle lurette que ses frères et sa sœur s'étaient réfugiés dans leur chambre pour échapper aux remarques désagréables de la visiteuse.

À un certain moment, Laurette avait quitté la pièce pour aller voir Richard, étendu sur son lit en train de lire un *IXE-13* acheté usagé chez le tabagiste voisin de la Banque d'Épargne, rue Sainte-Catherine.

— Entends-tu encore des rats dans le mur? lui demanda-t-elle, inquiète. Où est-ce que t'as mis les trappes que t'as trouvées dans le hangar?

Richard se leva en faisant signe à sa mère de parler moins fort.

— Il y a pas de rats pantoute dans le mur, m'man. J'ai dit ça juste pour faire peur à mémère. Je pensais la décider à sacrer son camp après le souper.

— Beau niaiseux! Tu nous as surtout fait peur, à moi et à Denise, le réprimanda sa mère.

— Ben, je pensais vous faire plaisir. Comment vous allez faire pour dormir avec elle dans votre lit? Y avez-vous pensé? demanda l'adolescent, changeant de sujet. C'est écœurant comment elle ronfle fort. Vous vous en souvenez pas?

— Ben oui, je m'en souviens! Qu'est-ce que tu veux que j'y fasse? Je peux tout de même pas l'envoyer coucher dans la cave, bonyeu!

— En tout cas, j'ai fait ce que j'ai pu pour vous donner un coup de main, conclut Richard en retournant s'étendre sur son lit.

Quelques minutes plus tard, Lucille se leva après avoir fermé le livre qu'elle lisait depuis près d'une heure. Elle disparut dans la chambre à coucher pour en sortir quelques instants plus tard vêtue d'une épaisse robe de chambre grise et coiffée d'une résille.

— Il est presque neuf heures, Laurette. Vous m'avez pas dit que vous vous couchiez d'habitude avant neuf heures tellement vous étiez fatiguée?

Laurette ne put faire autrement que d'acquiescer.

— Je finis de fumer ma cigarette et je me couche, déclara sa bru qui n'avait jamais eu l'intention de se mettre au lit aussi tôt.

— Bon. Je pense que je vais me coucher en même temps que vous.

— Sentez-vous pas obligée, madame Morin. Vous pouvez veiller aussi longtemps que vous le voulez, ça me dérange pas pantoute.

— Non, non. Comme ça, je suis sûre que je vous réveillerai pas en venant me coucher, fit Lucille en pénétrant dans les toilettes.

Après avoir passé sa robe de nuit, Laurette se mit au lit et, après avoir souhaité «bonne nuit» à sa belle-mère, elle s'empressa de lui tourner le dos. Elle demeura longtemps les yeux ouverts dans le noir à guetter les bruits extérieurs. Elle entendait les Gravel parler à l'étage.

— Si ça a de l'allure de se coucher de bonne heure comme ça, se répéta-t-elle pour la dixième fois. Je suis prête à gager qu'il y a encore des enfants qui jouent dehors.

Pourtant, la fatigue finit par l'emporter et elle s'endormit comme si elle tombait dans un grand trou noir. Soudain, elle se réveilla en sursaut, persuadée qu'un moteur quelconque tournait près d'elle. Un sixième sens avait dû la prévenir du danger car, étendue à l'extrême limite du matelas, elle était sur le point de basculer dans le vide. Lucille Morin, habituée à coucher seule, occupait les deux tiers du lit.

— Maudit verrat! jura Laurette à mi-voix en repoussant sa belle-mère d'un coup de coude bien appliqué. Un peu plus et je me ramassais à terre!

La vieille dame cessa un instant de ronfler pour se tourner sur le côté, ce qui permit à sa bru de reconquérir un peu d'espace dans son lit. Cependant, ses ronflements reprirent de plus belle, achevant d'éveiller sa compagne de lit.

— Une heure et demie! se dit-elle après s'être soulevée sur un coude pour consulter son réveille-matin dont les chiffres verts fluorescents brillaient dans le noir.

Laurette se laissa retomber et chercha à se rendormir, mais les ronflements de sa voisine étaient tels qu'ils l'empêchaient de retrouver le sommeil. Durant de longues minutes, la mère de famille essaya tous les trucs qu'elle connaissait pour s'endormir. Elle énuméra tous les changements qu'apporterait le retour de Gérard à la maison. Elle essaya d'imaginer l'avenir de chacun de ses enfants et, en panne d'imagination, finit par saisir son chapelet pour commencer à le réciter. Pendant ce temps, les ronflements et les renâclements de sa belle-mère étaient aussi assourdissants que réguliers.

— Maudite marde! jura-t-elle, exaspérée. J'arriverai jamais à me rendormir avec elle dans mon lit.

Sur ce, elle se leva, chaussa ses vieilles pantoufles, saisit son épaisse robe de chambre et quitta la pièce. Elle referma la porte derrière elle et se dirigea vers la cuisine où elle s'empressa d'allumer le poêle à huile pour faire bouillir de l'eau. Elle se confectionna une tasse de café et fuma deux cigarettes tout en se demandant comment elle allait faire pour pouvoir dormir.

Finalement, elle se leva et alla éteindre le plafonnier avant de revenir s'asseoir dans sa chaise berçante où elle finit par s'endormir, tassée sur elle-même.

C'est là que son fils Richard la retrouva au petit matin quand il se leva pour aller travailler.

— Qu'est-ce que vous faites là, m'man ? demanda-t-il inquiet.

— Bout de viarge ! J'essaye de dormir, répondit sa mère de fort mauvaise humeur. Il est quelle heure ?

— Presque six heures.

— Bon. Il est temps que je me lève, moi aussi, dit sa mère en s'extirpant de sa chaise berçante. J'ai mal partout, ajouta-t-elle en faisant deux pas, courbaturée au-delà de toute expression. Elle avait ben besoin de venir se sacrer dans nos jambes, elle, dit-elle, pleine de ressentiment en parlant de sa belle-mère.

— Comme ça, vous avez pas pu dormir parce qu'elle ronflait trop fort ?

— Ouais. Je vais passer ma journée à me traîner à cause d'elle.

— Vous avez pas pensé, m'man, qu'on aurait pu sortir le petit lit pliant du hangar. Carole aurait pu coucher dedans et vous, vous auriez pu dormir avec Denise.

— C'est pourtant vrai, reconnut sa mère, s'en voulant déjà de n'avoir pas songé à cette solution. Tu peux être certain qu'à soir, c'est comme ça qu'on va s'organiser.

— À moins que vous l'envoyiez dormir avec Denise.

— Laisse faire. Ta sœur a autant besoin que moi de dormir sa nuit pour aller travailler le matin. Quand tu reviendras de l'ouvrage, sors le lit du hangar et laisse le matelas sur le balcon pour le faire aérer. Vérifie si les rats ont pas fait de trous dedans.

— J'aurais dû fermer ma boîte, ça aurait été moins d'ouvrage, dit Richard.

Sa mère alla faire sa toilette. Elle sortait de la salle de bain, quand elle vit sa belle-mère entrer dans la cuisine. La vieille dame avait déjà revêtu sa robe et ses cheveux étaient coiffés.

— Où est-ce que vous avez passé la nuit, Laurette? demanda-t-elle à sa bru dont la figure était passablement chiffonnée.

— J'ai eu ben de la misère à dormir, madame Morin.

— Pour moi, ma fille, vous buvez trop de café et fumez trop avant de vous coucher, dit Lucille. C'est pas bon pour les nerfs, toutes ces affaires-là.

— Il y a aussi ben d'autres choses qui sont pas bonnes pour mes nerfs, ne put s'empêcher de dire Laurette, l'air mauvais. Bon, si vous voulez préparer du gruau pour les enfants, moi, je vais aller m'habiller.

Quelques minutes plus tard, toute la maisonnée était attablée. Certains mangeaient du gruau tandis que d'autres se contentaient de rôties. Laurette avait été la première à quitter la table pour aller préparer son repas du midi.

— Qu'est-ce que vous voulez que je prépare pour le dîner? lui demanda sa belle-mère, pleine de bonne volonté.

— Vous préparerez ce que vous voudrez, laissa tomber Laurette. Vous allez être toute seule dans la maison jusqu'à quatre heures et demie. Les enfants se font tous un lunch et mangent soit à l'école soit à l'ouvrage.

— Bon. Qu'est-ce que je peux faire durant la journée pour vous aider?

— Rien, madame Morin. Le lavage, le repassage et le raccommodage sont déjà faits et on attend d'habitude le samedi pour faire le ménage de la semaine. Pour moi, tout ce que vous allez avoir à faire, c'est notre lit, parce que les enfants ont l'habitude de faire le leur avant de partir le matin.

— Mon Dieu ! s'exclama Lucille. On dirait bien que je vous serai pas très utile.

— C'est ce que je vous ai dit hier, ne put s'empêcher de répliquer sa bru avant de se diriger vers l'extrémité du couloir pour y prendre son manteau. Bonne journée tout le monde, cria-t-elle avant de sortir à l'extérieur.

Ce matin-là, ses amies l'incitèrent au calme et à la patience quand elle leur eut raconté les inconvénients causés par la visite prolongée de sa belle-mère.

Le soir même, Gilles accepta de soulager sa mère durant quelques minutes en entraînant sa grand-mère jusqu'au parc Bellerive pour lui faire admirer le fleuve.

— C'est juste à côté, grand-mère. Vous allez voir que c'est pas mal beau, même s'il y a des robineux qui traînent là. En plus, il fait doux et on est bien dehors.

— Ils sont pas dangereux ?

— Ben non. Ils sont juste un peu achalants.

Lucille, rassurée, ne se fit pas prier pour sortir de la maison, même si elle ne parvenait pas à s'habituer aux odeurs émises par la Dominion Oilcloth et la Dominion Rubber.

— C'est effrayant ! ne manquait-elle jamais de s'exclamer à chacune de ses rares visites. Ces compagnies-là vont finir par vous empoisonner.

Dès que la grand-mère fut sortie, Laurette poussa un soupir de soulagement.

— Ouf ! On va avoir la paix pendant dix minutes.

— Pourquoi Richard a sorti le vieux lit pliant du hangar ? demanda Carole, qui rentrait dans la cuisine après avoir jeté des déchets dans la poubelle placée à l'extrémité du balcon.

— C'est pour toi, ma chouette, lui dit sa mère. J'ai pas pu dormir avec les ronflements de ta grand-mère la nuit passée. Je peux tout de même pas continuer à dormir dans la chaise berçante. J'ai pensé que tu pourrais me laisser ta place et dormir dans le corridor jusqu'à ce que ta grand-mère parte. Ce sera pas long. Elle m'a encore dit tout à l'heure que ton oncle Rosaire a promis de venir la chercher samedi soir au plus tard quand il va être revenu des États.

— S'il y a pas moyen de faire autrement, concéda l'adolescente de mauvaise grâce.

— Ce sera pas la fin du monde, poursuivit sa mère. Il reste juste à soir et demain soir.

— Une chance. J'haïs ça, moi, dormir dans le milieu de la place, fit Carole en ronchonnant.

Chapitre 6

Un caprice

Lorsque Laurette s'éveilla le samedi matin, elle tâta le lit à ses côtés pour découvrir que Denise était déjà levée. Un coup d'œil à son Westclock lui apprit qu'il était huit heures et vingt.

— Mais il est donc ben tard! ne put-elle s'empêcher de dire en s'empressant de repousser les persiennes pour laisser entrer le soleil dans la chambre où elle dormait depuis deux jours.

En ce samedi matin, tout concourait à la mettre de bonne humeur. Sa belle-mère allait la quitter à la fin de la journée et elle avait magnifiquement dormi pour une seconde nuit. Denise ne bougeait pratiquement pas durant son sommeil et, surtout, elle ne ronflait pas. De plus, elle se rendait compte que la chambre donnant sur la cour arrière était beaucoup plus calme que celle qu'elle avait toujours occupée avec Gérard.

La tête couverte de gros bigoudis roses, elle entra dans la cuisine au moment même où son aînée s'apprêtait à quitter la maison pour aller travailler. Lucille Morin, coiffée et vêtue d'une robe brune, était debout devant l'évier, en train de laver la vaisselle du déjeuner en compagnie de Carole.

— Est-ce que tout le monde est parti travailler? demanda Laurette en soulevant la bouilloire pour vérifier si elle contenait de l'eau.

— D'abord, bonjour, ma fille, fit Lucille, comme pour lui donner une leçon de savoir-vivre.

— Bonjour, répéta Laurette sur un ton brusque.

— Pour répondre à votre question, les trois garçons sont partis depuis un petit bout de temps, reprit sa belle-mère en réprimant mal un petit air satisfait.

— Et moi, je pars tout de suite sinon je vais être en retard, compléta Denise en s'emparant du sac contenant son repas du midi.

— Savez-vous, Laurette, que je commençais à me demander si vous étiez pas morte, fit remarquer Lucille. Il est presque neuf heures.

— Huit heures et quart, madame Morin, la corrigea sa bru, qui sentait sa bonne humeur disparaître rapidement.

— En tout cas, on peut dire que quand vous faites la grasse matinée, vous manquez pas votre coup. Une chance que j'étais debout pour faire le déjeuner des enfants, ajouta la vieille dame sur un ton de reproche.

— À l'âge qu'ils ont, belle-mère, ils sont tous capables de se débrouiller pour faire leur déjeuner. Ils ont pas besoin de personne pour faire cuire leurs toasts.

En confectionnant sa tasse de café, Laurette se rendit compte que sa belle-mère était déjà en train de gâcher l'excellente humeur qu'elle avait en se levant quelques instants plus tôt. Elle prit immédiatement la décision de profiter de son samedi. Il faisait beau et la maison était en ordre. Elle avait même fait ses achats de nourriture pour la semaine la veille, après le souper, histoire d'échapper durant une heure ou deux aux remarques désagréables de son invitée.

Après avoir déjeuné, elle disparut dans la salle de bain pour retirer ses bigoudis et faire sa toilette. De retour dans la chambre à coucher, elle fit rapidement son lit avant de s'habiller. À son retour dans la cuisine, elle fleurait bon le *Evening in Paris*.

Quand Carole vit sa mère se pencher vers le miroir suspendu au-dessus du lavabo pour étaler un peu de rouge sur ses lèvres, elle lui demanda :

— Sortez-vous, m'man ?

Lucille leva soudain la tête de *La Patrie* que l'adolescente venait d'aller acheter chez Paré, en face.

— Mon Dieu, Laurette, qu'est-ce qui se passe ? demanda-t-elle à son tour.

— Ben. Je pense que je vais vous laisser toute seule avec Carole, madame Morin, annonça-t-elle à sa belle-mère.

— Je pensais que vous aviez congé le samedi.

— Ben oui, vous vous trompez pas. C'est pour ça que j'ai décidé d'aller faire des commissions dans l'ouest de la ville. Ça fait presque deux mois que je suis pas sortie le samedi. Je sens que ça va me faire du bien de prendre un peu l'air. Il est presque dix heures. Je devrais être revenue pour trois heures.

— Je suis bien déçue de vous voir partir comme ça, dit la vieille dame. Je pensais qu'on pourrait parler un peu aujourd'hui. Je vous ai presque pas vue depuis que je suis arrivée.

— Je serai pas longtemps partie, belle-mère. On va avoir en masse le temps de parler ensemble avant que Rosaire vienne vous chercher à soir. Pour dîner, vous pourrez vous faire des patates rôties avec une tranche de jambon.

Sur ces mots, Laurette se dirigea vers le crochet auquel était suspendu son manteau bleu de printemps et se coiffa de son chapeau un peu défraîchi. Sur un dernier « bonjour », elle quitta l'appartement, tout heureuse d'échapper à l'atmosphère confinée de la maison.

En posant le pied sur le trottoir, elle se retrouva face à face avec Emma Gravel qui s'apprêtait à monter à bord du taxi Vétéran jaune et noir conduit par son mari. Le véhicule était stationné devant la porte et son conducteur avait déjà fait démarrer son moteur. Il faisait beau et une petite brise tiède caressait la peau et donnait le goût de profiter de cette belle journée.

— Vous partez pas déjà ? demanda-t-elle par politesse à sa voisine.

— Ben non, madame Morin. Pas avant lundi matin. Le frère de mon mari a un *truck*, mais il peut pas venir nous déménager avant lundi matin. Comme notre logement de la rue Montcalm est déjà vide, on en profite pour le nettoyer avant d'entrer dedans. Les enfants sont déjà là depuis sept heures à matin. Mon mari est venu me chercher pour que j'aille leur donner un coup de main. Et vous, où est-ce que vous vous en allez comme ça ?

— Faire des commissions dans l'ouest, sur Sainte-Catherine. J'ai besoin de prendre l'air.

— Pauvre vous ! J'ai remarqué que votre belle-mère était chez vous, dit la voisine un ton plus bas en affichant un air de compassion.

Laurette n'était pas de ces voisines encombrantes qui passaient leur temps à importuner les gens qui vivaient près de chez elle. Cependant, dans le passé, Emma Gravel avait reçu la visite quotidienne de sa voisine les rares fois où sa belle-mère était venue s'installer chez elle durant quelques jours, pour « calmer ses nerfs », lui disait-elle.

La portière du côté du conducteur finit par s'ouvrir et le long visage glabre de Charles Gravel apparut au-dessus du toit de la Chevrolet.

— Embarquez, madame Morin, offrit-il. On peut vous laisser en chemin. D'habitude, j'ai pas le droit de faire monter des passagers gratis dans mon taxi, mais là, je m'en sacre parce que je lâche Vétéran à soir. À partir de mardi prochain, je travaille pour LaSalle.

— Madame Morin s'en va dans l'ouest, sur Sainte-Catherine, lui expliqua sa femme en ouvrant la portière arrière.

— Je peux vous faire faire un bout de chemin jusqu'à Montcalm, si vous voulez, offrit Charles Gravel en reprenant place derrière son volant.

Laurette hésita encore un peu. La dernière fois où elle était montée à bord d'un taxi, c'était quand sa mère était décédée, plusieurs années auparavant.

— Montez, madame Morin. Faites-vous pas prier, dit la voisine en se glissant sur la banquette arrière.

— Vous êtes ben fins de m'amener, dit Laurette en prenant place à côté d'Emma.

— C'est rien, voyons donc! protesta Emma Gravel.

— Je vous dis que ça va faire drôle de plus vous avoir en haut, reprit Laurette en fermant la portière.

— Vous allez avoir du nouveau monde, madame Morin. Je suis sûre que vous allez ben vous entendre avec les Beaulieu.

— Les Beaulieu?

— C'est la famille qui s'en vient rester dans notre logement. Monsieur Tremblay les a amenés visiter cette semaine et ils ont signé leur bail, expliqua la voisine. Ils sont supposés entrer lundi après-midi.

— Ils viennent d'où, ces gens-là? demanda Laurette d'une voix un peu inquiète.

— La femme m'a dit qu'ils restaient sur Poupart, proche du Palais des sports.

— J'espère au moins qu'ils ont pas trop d'enfants?

— Inquiétez-vous pas pour ça. Il paraît qu'ils ont juste un grand garçon qui reste avec eux autres. Ils ont aussi une fille, mais elle est mariée.

Laurette poussa un soupir de soulagement en apprenant la nouvelle. Elle avait surtout craint d'avoir à supporter une famille nombreuse vivant au-dessus de chez elle.

Pendant cette conversation, la voiture avait démarré, fait un virage en U au coin d'Emmett et tourné sur Fullum en direction nord jusqu'à la rue Sainte-Catherine où elle avait bifurqué vers l'ouest.

Laurette commençait à peine à s'habituer au luxe inhabituel d'une voiture quand cette dernière s'arrêta doucement le long du trottoir, au coin de la rue Montcalm.

— C'est pas ben loin, lui dit le conducteur en se tournant vers elle, mais ça vous fera toujours ça de moins à faire en p'tit char.

— Merci beaucoup. Je pense que ça vaut même plus la peine que j'en prenne un, dit-elle en s'extirpant avec difficulté de la voiture dont elle venait d'ouvrir la portière.

Laurette referma la portière après avoir salué ses voisins et jeta un coup d'œil autour d'elle pour s'assurer que quelques passants avaient bien remarqué son arrivée en taxi. Elle vérifia du bout des doigts si son chapeau était toujours bien en place et redressa les épaules, jouant à la femme qui avait largement les moyens de s'offrir une voiture-taxi.

Après une hésitation, elle décida d'arpenter le côté nord de la rue Sainte-Catherine en se promettant de s'arrêter dans ses magasins favoris.

— J'irai pas plus loin que Dupuis frères, dit-elle à mi-voix. Il faut tout de même pas que j'ambitionne sur le pain bénit. Ça ferait drôle que je sois pas là si Colombe et Rosaire viennent chercher la vieille pendant que je fais des commissions.

Laurette fréquentait depuis tant d'années les magasins de la rue Sainte-Catherine qu'elle avait l'impression de connaître personnellement plusieurs vendeuses qui travaillaient dans les boutiques et magasins de cette rue commerciale. Elle savait d'avance où on la laisserait palper les étoffes à son aise et où une vendeuse s'empresserait de l'intercepter avant qu'elle ne sème le désordre dans la lingerie exposée.

Même si elle ne détestait pas les petites boutiques, il n'en demeurait pas moins que ses magasins préférés étaient les plus grands, comme Dupuis, Eaton et Simpson's. Elle adorait aller d'un département à l'autre pour admirer les nouveautés et comparer les prix. Elle avait beau ne pratiquement jamais rien acheter, elle se faisait un point d'honneur d'être renseignée.

Ce samedi-là, elle devrait se contenter de Dupuis frères comme magasin de grande surface par manque de temps. C'était le sacrifice à consentir si elle désirait revenir tôt à la maison.

Elle commença par entrer dans deux boutiques de vêtements féminins. Dans chacun des endroits, elle adopta un air un peu dédaigneux qui ne trompa pas le moins du monde les vendeuses expérimentées qui y travaillaient. Son manteau bleu élimé disait assez à qui elles avaient affaire. Consciencieuses malgré tout, elles lui montrèrent des robes à la mode en ce printemps de 1956 en prenant bien soin de lui dire les tailles disponibles.

— Bonyeu ! finit par s'exclamer Laurette, ils en font ben juste pour les femmes grosses comme des brochets. Une femme un peu en chair est ben poignée pour porter un corset si elle veut mettre une robe comme ça !

— J'en ai bien peur, madame, fit la vendeuse, une jeune femme accorte qui avait du mal à ne pas rire devant son air furieux.

Il était évident qu'il n'existait pas un corset capable de contenir suffisamment les chairs abondantes de la cliente pour lui permettre de porter la robe en satin gris perle dont Laurette avait longuement tâté le tissu… à supposer qu'elle eût l'argent suffisant pour se l'offrir, évidemment.

Un peu après onze heures, contrairement à son habitude, Laurette entra chez Greenberg, attirée par un petit attroupement qui s'était formé à l'entrée du magasin. Une quinzaine de passantes cernaient un jeune homme retranché derrière une table sur laquelle il venait de disposer de manière artistique de grandes assiettes, des assiettes à dessert, des soucoupes et des tasses de teintes pastel. Il y avait un service vert, un bleu, un jaune et un orangé.

Le vendeur adressa un grand sourire à son auditoire avant de commencer son boniment.

— Mesdames, je vous présente la dernière nouveauté de la compagnie Styleware. C'est ce qui existe de plus moderne en fait de vaisselle. La vaisselle que vous avez devant vous n'est ni en pierre, ni en porcelaine, ni en plastique. C'est un tout nouveau produit incassable. Vous voyez ces teintes à la mode. Imaginez cette vaisselle sur votre table. La couleur ne changera pas au lavage. Dans vingt ou trente ans, elle aura encore l'air neuve. C'est garanti. Bien plus que ça, ce qui rend cette vaisselle révolutionnaire, c'est qu'elle est absolument IN-CAS-SA-BLE ! Styleware est la seule compagnie à produire quelque chose de semblable. Ne cherchez pas à trouver une aussi belle qualité de vaisselle sur le marché, vous n'en trouverez pas. Pensez-y bien ! Fini le temps où vous étiez prises avec des couverts dépareillés parce que vous aviez eu la malchance de casser une assiette ou une tasse ! Fini le temps où vous deviez recevoir du monde avec une tasse ébréchée ou une assiette dont les motifs étaient presque effacés à force d'être lavés. Avec un produit Styleware, ça n'arrivera plus. Vous aurez un beau *set* de vaisselle moderne, agréable à regarder et surtout IN-CAS-SA-BLE !

Il était visible que le représentant avait beaucoup d'expérience. Sentant qu'il avait bien capté l'attention de son auditoire, il recula brusquement, saisit une grande assiette jaune pâle et la projeta sur le parquet en céramique du magasin. Quelques « oh ! » surpris accompagnèrent son geste.

— Ne vous inquiétez pas, mesdames, dit l'homme en se penchant pour récupérer l'assiette. Regardez ! L'assiette que j'ai laissé tomber est absolument intacte. Trouvez-moi une sorte de vaisselle aussi résistante ! Fermez les yeux et essayez d'imaginer cette belle vaisselle sur votre table quand vous recevez du monde ! Vous n'aurez jamais entendu autant de compliments. Maintenant, approchez, venez toucher à ce nouveau produit. Vous serez peut-être la première de votre famille à avoir la fierté de servir les siens dans de la vaisselle Styleware.

Les spectatrices ne se firent pas prier pour prendre la table d'assaut et se passer de l'une à l'autre les articles proposés par le vendeur.

— Je ne vous ai pas encore dit le meilleur, reprit le bonimenteur. Aujourd'hui, Styleware vous offre ce *set* de vaisselle à un prix absolument imbattable. C'est un prix de lancement que vous n'êtes pas près de revoir ! C'est un rabais de près de vingt-cinq pour cent sur le prix régulier ! Croyez-le ou non, vous pouvez avoir un *set* de huit couverts pour la modique somme de vingt-neuf dollars et quatre-vingt-quinze ! Je dis bien vingt-neuf dollars et quatre-vingt-quinze, pas une cenne de plus, répéta le vendeur en déposant ostensiblement un carton portant ces chiffres, sur la table, devant lui. Pensez-y ! C'est même pas un dollar par morceau. Tout le monde peut se payer ça ! Vous retrouverez jamais une occasion pareille dans votre vie. Ça, je peux vous le garantir.

Laurette s'était avancée, comme les autres spectatrices, et s'était empressée de prendre une tasse qu'elle avait examinée dans tous les sens avant de s'emparer d'une assiette bleue pour la soupeser d'un air pensif.

— Puis, madame, qu'est-ce que vous en pensez? lui demanda le vendeur, à l'affût de sa première vente de la journée.

— C'est ben beau, mais c'est pas mal cher, répondit la mère de famille en déposant l'assiette sur la table.

— Voyons donc, madame. C'est pas cher! s'exclama l'homme dont le nœud papillon vert s'était légèrement déplacé. Songez au plaisir d'avoir quelque chose de neuf dans vos armoires. Vous avez des enfants?

— Oui.

— Pensez que vous allez même pouvoir leur léguer ce *set* de vaisselle là quand vous mourrez. Il va encore être comme neuf.

— Ça, c'est vous qui le dites, rétorqua Laurette que l'évocation de sa mort rendait toujours mal à l'aise.

— Je vous le garantis.

Laurette le salua d'un coup de tête et céda sa place à des clientes qui n'attendaient que l'occasion de palper le nouveau produit. Elle s'esquiva discrètement et sortit du magasin. Elle se remit lentement en marche en examinant les vitrines des divers magasins devant lesquels elle passait. Elle constatait avec plaisir que les étalagistes avaient procédé à d'importants changements depuis la fin de février. Dans de nombreuses vitrines, les mannequins portaient déjà des vêtements d'été.

En cette fin d'avant-midi, un léger vent d'ouest chassait de petits nuages et l'air était devenu assez chaud pour que beaucoup de passants sentent le besoin de déboutonner leur manteau. La circulation sur la rue Sainte-Catherine était plus dense à l'approche de l'heure du dîner. Laurette sursauta légèrement quand un tramway s'arrêta en grinçant au coin de la rue Amherst, à quelques pieds de l'endroit où elle se trouvait. Depuis qu'elle avait quitté le magasin Greenberg, elle n'avait cessé de songer à l'ensemble de vaisselle pastel. Elle l'imaginait sur sa table de cuisine. Elle entendait déjà les « oh ! » admiratifs de Colombe et de sa mère. Pour une fois, elle posséderait quelque chose que les Nadeau n'avaient pas.

— Presque trente piastres ! dit-elle à mi-voix. Il faudrait être folle pour dépenser autant pour de la vaisselle. Mes armoires sont pleines déjà. Qu'est-ce que je ferais de ça ?

Tout en marchant en direction de la rue Saint-André, ses pensées ne cessaient de revenir vers cette vaisselle.

— Il me semble que le manger doit être meilleur là-dedans ! dit-elle à voix haute.

Un passant lui jeta un regard inquiet et fit un écart involontaire en l'entendant se parler seule. Elle lui jeta un coup d'œil mauvais.

— Si je continue à me parler toute seule, se dit-elle, je vais passer pour être folle à enfermer.

Finalement, la faim et l'envie de fumer la poussèrent à traverser la rue et à entrer dans son restaurant préféré. Dès son entrée, elle repéra une table libre et y déposa son sac à main avant d'enlever son manteau qu'elle laissa tomber sur la banquette en moleskine orangée.

Elle venait à peine de s'asseoir et de retirer subrepticement ses souliers sous la table quand la serveuse arriva près d'elle. La jeune femme lui tendit un menu. Laurette le repoussa de la main. Elle se contenta de lui dire sur un ton décidé :

— C'est pas nécessaire. Apportez-moi un Coke, un *club sandwich* et un *sundae* au chocolat.

Elle alluma ensuite une cigarette avec l'espoir d'avoir le temps de la fumer en entier avant l'arrivée de sa nourriture.

Habituellement, elle salivait à la pensée de ce repas pris au restaurant. C'était, et de loin, son menu préféré. Pourtant, ce jour-là, son esprit retournait sans cesse à l'ensemble de vaisselle. Depuis qu'elle était sortie du magasin Greenberg, son envie d'en avoir un grandissait progressivement. Elle avait beau se dire et se répéter que ce serait un caprice trop coûteux, rien n'y faisait.

Elle mangea son repas avec un bel appétit, mais sans toutefois éprouver le plaisir habituel. Après avoir fumé une dernière cigarette et chaussé ses souliers, elle déposa sur la table un maigre pourboire, prit l'addition et alla payer à la caisse.

Elle sortit du restaurant et dut traverser la rue Sainte-Catherine pour entrer chez Dupuis frères. Il était déjà plus d'une heure.

— Je reste pas plus qu'une demi-heure, se dit-elle en se dirigeant vers le rayon des meubles, bien décidée à aller admirer d'abord les téléviseurs. J'irai voir le linge après.

En quittant l'escalier mobile qui l'avait conduite à l'étage, elle aperçut Jacques Cormier, l'ami de Jean-Louis. Elle détourna la tête. Elle passa à côté du jeune homme en feignant de ne pas le reconnaître.

Quelques minutes plus tard, le hasard voulut qu'elle se retrouve au rayon des articles de maison après être allée admirer les magnifiques téléviseurs vendus dans de luxueux meubles en noyer, en chêne et en érable. Évidemment, elle sentit le besoin de s'arrêter longuement devant les nombreux ensembles de vaisselle vendus en magasin. À ses yeux, aucun n'était comparable à ce que proposait la compagnie Styleware.

Laurette jeta un coup d'œil à sa montre. Il était plus de deux heures. Elle quitta Dupuis frères, bien décidée à rentrer directement chez elle. Pendant un moment, elle se demanda si elle devait prendre le tramway au coin de la rue ou marcher encore un peu pour profiter de cette belle journée de printemps. La pensée que sa belle-mère l'attendait à la maison l'incita à opter pour la marche.

— Je prendrai le p'tit char à Papineau, se dit-elle. Je suis pas si pressée que ça.

Si elle avait été raisonnable, elle aurait marché sur le côté sud de la rue de manière à ne pas passer devant chez Greenberg. Ainsi, elle aurait échappé à la tentation de revoir l'ensemble de vaisselle qui l'avait conquise. Elle n'en fit rien. Lorsqu'elle se retrouva devant le magasin, une force obscure la poussa à y entrer et elle se retrouva, sans trop savoir comment, devant le vendeur qui avait tant vanté son produit le matin même.

— Oui, ma petite dame, qu'est-ce que je peux faire pour vous ? lui demanda-t-il, tout souriant.

— Rien, dit Laurette en affichant un air rébarbatif. Je veux juste regarder.

— C'est mon dernier *set*, madame. J'ai vendu tous les autres. Ils sont partis comme des petits pains chauds. C'est le dernier que je peux vendre moins de trente piastres. À partir de lundi matin, son prix va être de trente-neuf et quatre-vingt-dix-neuf.

« Vingt-neuf piastres », songea Laurette. Elle avait quarante-deux dollars dans sa bourse. Cet argent-là était tout ce qui lui restait pour faire sa semaine et payer le loyer. Si elle se laissait tenter, il lui manquerait de l'argent pour le loyer. À moins qu'elle en emprunte à Richard...

— Si je l'achète, finit-elle par dire, est-ce que vous me le livrez ? Moi, je suis en p'tit char, et c'est ben trop pesant pour moi.

— Ordinairement, je livre pas, madame.

— Dans ce cas-là, je vais laisser faire, dit Laurette, tournant déjà les talons, soulagée au fond de ne pas avoir succombé à la tentation.

— Attendez, madame. Où est-ce que vous restez ?

— Sur la rue Emmett, proche de Fullum.

— Parce que c'est mon dernier, je vais faire un spécial pour vous. Je vais aller vous le porter. Je finis dans une heure.

Coincée par cette proposition, Laurette décida d'acheter l'ensemble. Elle tira l'argent de son porte-monnaie et le tendit au vendeur qui lui promit de lui laisser son achat vers trois heures et demie.

À sa sortie du magasin, Laurette s'empressa de monter dans le premier tramway qui s'arrêta au coin de la rue. Durant le court trajet qui la ramenait à la maison, elle ne cessa de se traiter de tous les noms pour s'être laissée tenter.

— Maudite nounoune ! jura-t-elle en s'arrêtant devant sa porte. Je vais avoir l'air fine avec de la belle vaisselle, mais pas d'argent pour mettre quelque chose dedans. Dire que j'avais même pas dix piastres à donner à Gérard dimanche passé ! S'il était là, il me dirait un paquet de bêtises.

Bref, elle rentra chez elle un peu après trois heures, toute sa bonne humeur du matin envolée. Aucun des garçons n'était encore rentré du travail. Quand elle aperçut sa belle-mère, son humeur s'assombrit encore plus. Elle avait vaguement espéré que Rosaire Nadeau et sa femme seraient passés la chercher durant son absence. La vieille dame était en train de tricoter, assise sur le balcon arrière pour profiter des quelques rayons de soleil qui parvenaient difficilement à se rendre là, malgré le hangar et l'escalier qui menait chez les Gravel. Sans faire de bruit, elle s'empressa d'aller changer de vêtements avant de lui signaler qu'elle était de retour.

— Votre fille est chez son amie, à côté, fit Lucille Morin en rentrant dans la maison. Je lui ai demandé de placer la poubelle proche du hangar. Ça sentait trop mauvais sur le balcon.

— C'est correct, madame Morin, répondit Laurette. On va se faire un pâté chinois pour souper. Je vais commencer à éplucher des patates.

Sa belle-mère regarda autour d'elle, dans la cuisine, comme si elle cherchait quelque chose.

— Avez-vous perdu quelque chose ?

— Non. Je me demandais seulement ce que vous aviez acheté, répondit franchement Lucille. Dites-moi pas que vous avez passé autant de temps à magasiner sans rien acheter ?

— J'ai acheté quelque chose, inquiétez-vous pas, rétorqua sèchement Laurette. On va me le livrer tout à l'heure. Je vais vous montrer ça.

— Bon. Je vais vous donner un coup de main pour éplucher les patates, offrit sa belle-mère en déposant son tricot sur l'une des deux chaises berçantes. On dirait que le soleil commence à être moins chaud. J'aime autant rentrer. Après tout, on est encore seulement au mois d'avril.

Les deux femmes épluchèrent les pommes de terre. Quand Carole rentra, sa mère l'envoya acheter une boîte de maïs en crème chez Paré.

— Attends que je te donne l'argent, lui ordonna-t-elle en allant chercher son porte-monnaie.

Édouard Paré et sa femme, des quinquagénaires assez antipathiques, avaient acheté le restaurant-épicerie à Jean Ouimet, l'année précédente. Ils avaient repris le commerce en mettant fin toutefois à un usage que Ouimet et son prédécesseur, Étienne Brodeur, avaient toujours pratiqué, soit accepter que la plupart de leurs clients aient un compte ouvert chez eux. Les Paré avaient systématiquement refusé de perpétuer cette tradition en arguant qu'il était trop difficile de se faire payer par les mauvais payeurs. Quitte à perdre une partie de leur clientèle, ils s'en étaient tenus à leur décision. Peu à peu, les habitants du quartier avaient dû prendre l'habitude de payer rubis sur l'ongle leurs achats, même si cela leur déplaisait beaucoup.

À quatre heures, Laurette commença à s'inquiéter sérieusement pour son ensemble de vaisselle.

— Veux-tu ben me dire ce qu'il fait, lui? dit-elle à mi-voix en allant à la porte d'entrée pour la cinquième fois en une demi-heure.

— Qu'est-ce que vous attendez, m'man? demanda Carole.

— J'ai acheté quelque chose que le gars devait me livrer pour trois heures et demie. Il est quatre heures et il est pas encore arrivé.

— J'espère que vous l'avez pas payé, ma fille, intervint Lucille Morin. Maintenant, les gens sont devenus si peu honnêtes qu'on peut plus se fier à personne.

— Me prenez-vous pour une folle, madame Morin? lui demanda sa bru en allumant une cigarette.

La vieille dame avait raison. On ne pouvait plus se fier à personne et elle, en «belle niaiseuse», comme elle le disait, elle avait déjà payé. Qu'est-ce qui empêchait ce gars-là de disparaître avec son argent? Elle avait bien en main un reçu, mais ce n'était pas un reçu de Greenberg. Le vendeur n'était qu'un représentant de la compagnie Styleware. Si ça se trouvait, cette compagnie-là n'existait même pas.

Durant l'heure suivante, Laurette continua à se ronger les sangs, intimement persuadée maintenant qu'elle avait été victime d'un voleur qui avait profité de sa naïveté.

— Pour moi, vous recevrez rien aujourd'hui, lui fit remarquer Lucille. Il est plus que cinq heures et tous les magasins sont fermés maintenant.

— Bâtard que ça m'enrage ! éclata Laurette. On peut jamais se fier à personne. Il m'avait pourtant ben promis de me livrer ça à trois heures et demie.

— Allez-vous finir par nous dire ce que c'est ? demanda encore une fois Carole, de plus en plus curieuse.

L'arrivée de Denise en compagnie de Richard évita à la mère de famille de répondre.

— T'as ben travaillé tard au garage de ton oncle, fit remarquer Laurette à son fils.

— Vous auriez dû voir la liste d'ouvrage que mon oncle avait laissée pour moi à son vendeur. Tabarnouche ! Je pensais même que j'aurais pas fini avant le souper.

La porte s'ouvrit pour livrer passage à Jean-Louis, précédant de peu Gilles, qui avait l'air éreinté.

— Sacrifice, mon frère, on dirait que t'es passé en dessous de ton *truck* de livraison, se moqua Richard en l'apercevant.

— C'est à peu près ça, rétorqua l'étudiant. On n'a pas lâché de la journée. On n'a pas arrêté de livrer des meubles pesants, naturellement toujours au deuxième ou au troisième étage. Je peux dire que j'ai pas volé ma paye cette semaine.

— C'est sûr que le *boss* de Living Room t'engagerait pas pour aider son livreur s'il y avait rien à faire, lui fit remarquer son frère Jean-Louis. Quand t'auras ton diplôme, tu vas pouvoir gagner ta vie avec ta tête, pas avec tes bras, ajouta-t-il en adoptant un ton doctoral.

— Ouais ! intervint Richard qui se savait visé par la remarque de son frère aîné. Je me demande ben ce qui arrive à ceux qui ont pas plus de tête que de bras. Pour moi, ils finissent par aller travailler pour Dupuis frères.

— Ça va faire ! décréta Laurette, les nerfs à fleur de peau, debout devant le poêle où elle faisait cuire un mélange d'oignons et de bœuf haché. Les filles, mettez la table. Le pâté chinois est presque prêt.

Quand la famille Morin passa à table quelques minutes plus tard, Laurette s'attabla la dernière. S'être fait voler trente dollars lui avait enlevé tout appétit. Elle se contenta de chipoter dans son assiette, la bouche marquée par un pli amer. Quand Denise déposa des biscuits sur la table, la mère de famille s'empressa de repousser son assiette pour se verser une tasse de thé.

— Vous mangez pas, Laurette? lui demanda sa belle-mère.

— Je suis trop fatiguée pour manger, mentit-elle.

— Je vous l'avais dit ce matin que vous feriez mieux de vous reposer à la maison plutôt que d'aller courir les magasins.

— Oui, je sais, se contenta de répondre abruptement sa bru, agacée.

Un peu avant six heures trente, on sonna à la porte.

— Tiens, ça doit être Rosaire et Colombe, fit Laurette en ouvrant la porte du garde-manger pour y ranger la bouteille de Ketchup et le pot de beurre d'arachide qu'elle venait de prendre sur la table. Va répondre, Carole.

L'adolescente alla ouvrir et cria du fond du couloir:

— M'man, c'est pour vous.

Laurette referma la porte du garde-manger et se dirigea vers le couloir où elle eut la surprise de découvrir son vendeur d'ensemble de vaisselle.

— Bonsoir, madame Morin. Je suis un peu en retard, mais je suis là quand même.

Il fallut un moment à Laurette pour qu'elle retrouve la voix, tant elle était surprise de voir l'homme dans son entrée.

— Je vous attendais plus pantoute. Vous m'aviez dit trois heures et demie, lui reprocha-t-elle, prête à lui faire payer chèrement l'angoisse dans laquelle elle baignait depuis plus de trois heures.

— Je m'en excuse, madame, mais j'ai eu un accident sur Sainte-Catherine. Il a fallu faire venir la police et j'ai eu de la misère à avoir un *towing* en plein samedi après-midi. J'ai dû attendre qu'un mécanicien débosse mon aile pour pouvoir repartir avec mon char.

— J'espère que vous avez pas cassé mon *set*? demanda Laurette, alarmée.

— Non, madame. C'est impossible. Elle est incassable. Soyez sans crainte. J'ai vérifié. Tout est correct. Je l'ai dans mon char. Je vous l'apporte.

Sur ce, le représentant de Styleware sortit. Richard se précipita à la fenêtre de la chambre à coucher de Jean-Louis juste à temps pour voir l'homme ouvrir le coffre arrière d'une Ford verte dépourvue de l'un de ses pare-chocs. Son garde-boue avant était sérieusement enfoncé.

Il revint dans la maison en portant une boîte qui semblait assez lourde. Laurette la lui fit déposer sur la table et exigea qu'il demeure sur place, le temps de vérifier si sa vaisselle était en bon état.

— C'est là qu'on va voir si elle est vraiment incassable, dit-elle dans une tentative de plaisanterie.

— C'est sûr que ça a été un bon test, admit le vendeur, plus intéressé à lorgner Denise qu'à aider à extraire la vaisselle de la boîte.

Laurette étala soigneusement sur la table les huit couverts, tout heureuse d'entendre les exclamations ravies de ses deux filles. Quand la boîte fut vidée, elle accepta de signer le bon de livraison du vendeur avant de le conduire jusqu'à la porte.

— Puis? Qu'est-ce que vous pensez de mon achat? demanda-t-elle à la cantonade en revenant dans la cuisine. Est-ce que c'est assez beau?

— C'est tellement beau que ça va en être gênant de manger là-dedans, dit Denise en soupesant une assiette bleue.

— Et vous, madame Morin ? Aimez-vous ça ?

— C'est dommage qu'ils aient pas fait un motif. Il me semble qu'elle aurait été plus belle, critiqua la vieille dame.

— Pourquoi vous avez acheté ça ? demanda Jean-Louis en affichant un air désapprobateur. Il me semble qu'on a déjà de la vaisselle plein l'armoire de cuisine.

— Toi, le gratteux, contente-toi de regarder, lui lança Richard, debout de l'autre côté de la table. Personne t'a demandé de payer.

— Est-ce qu'on peut savoir combien ça a coûté ? s'entêta le jeune homme.

— C'est pas de tes maudites affaires ! répondit sa mère avec brusquerie.

— Moi, je le trouve ben beau, m'man, dit Carole en caressant le bord d'une assiette.

— Est-ce qu'on va pouvoir choisir sa couleur ? demanda Gilles pour détendre l'atmosphère.

Sa mère allait lui répondre quand on sonna à la porte.

— Ça doit être Rosaire et Colombe, dit Lucille.

Richard quitta la cuisine et alla ouvrir aux visiteurs. Il y eut des exclamations et des éclats de voix dans le couloir. Rosaire et Colombe Nadeau, précédés par une odeur de cigare entêtante, entrèrent dans la pièce, suivis par leur neveu.

La fille de Lucille Morin était toujours aussi mince, même si elle venait de fêter ses trente-huit ans. Avec sa permanente impeccable, son port de tête altier et sa petite moue dédaigneuse, elle ressemblait à sa mère.

Par contre, son mari aux tempes argentées avait encore pris un peu de ventre. L'homme de petite taille de quarante et un ans, propriétaire de Modern Auto, possédait le verbe haut et le sourire facile du vendeur d'auto expérimenté. Lorsqu'il parlait, il avait tendance à faire voleter ses mains dans tous les sens pour mettre en valeur les deux énormes bagues qu'il portait aux doigts de la main droite.

— Bonsoir, tout le monde, claironna Rosaire Nadeau en pénétrant dans la cuisine. J'espère qu'on vous dérange pas trop.

— Pantoute. On vous attendait, fit Laurette en se laissant embrasser sur une joue par son beau-frère et sa belle-sœur. Enlevez vos manteaux. Je vais vous faire une tasse de café.

— T'es bien fine, Laurette, mais on restera pas long-temps, dit Colombe en se contentant d'entrouvrir le léger manteau gris perle qu'elle portait sur une robe d'un gris plus foncé. Le voyage nous a pas mal fatigués. On est venus chercher maman.

— Prenez au moins le temps de vous asseoir cinq minutes, offrit l'hôtesse sans manifester trop de chaleur.

Colombe Nadeau sembla accepter le siège que lui présentait Denise un peu à contrecœur. Son mari l'imita. Après s'être informé de la santé de tous les membres de la famille, Rosaire demanda à Richard si tout s'était bien passé au garage durant la journée.

Sa femme finit par remarquer la vaisselle dispersée sur la table de cuisine, ce qu'espérait Laurette depuis l'entrée de la visiteuse dans la pièce.

— Tiens ! Dis-moi pas que tu t'es laissé tenter, toi aussi, par cette vaisselle-là ? fit sa belle-sœur sur un ton un peu dédaigneux.

— Ben. C'est nouveau. Ça vient d'arriver et c'est pas mal beau.

— Tu sais, Laurette, c'est pas si nouveau que ça, répliqua Colombe. L'année passée, j'en ai vu de la pareille à

Plattsburg et c'était vraiment pas cher. Pas vrai, Rosaire ? ajouta-t-elle en se tournant vers son mari qui parlait avec Jean-Louis.

— Je me souviens pas, répondit ce dernier, évasif.

— Pour moi, c'était pas la même chose pantoute, se rebiffa Laurette. Celle-là, c'est de la Styleware. Le vendeur m'a dit que ça venait tout juste de sortir. Elle est incassable.

— Peut-être que je me trompe, avoua Colombe en laissant tout de même percer un air de doute profond sur son visage mince.

— Regarde, lui ordonna sa belle-sœur.

Ce disant, Laurette prit une grande assiette jaune or, s'éloigna de la table et la lança avec force à ses pieds, sur le linoléum. L'assiette heurta l'une des pattes de la table et éclata en trois morceaux. Il y eut un cri de surprise dans la pièce. Pour leur part, Rosaire et Jean-Louis avaient violemment sursauté et s'étaient tus, trop stupéfaits pour dire un mot. Catastrophée, l'hôtesse se pencha pour ramasser les morceaux de son assiette.

— Ah ben, maudit verrat, par exemple ! jura-t-elle. Tu parles d'un bâtard de voleur ! Il m'a juré qu'elle était incassable !

— J'ai l'impression que vous vous êtes fait avoir par un beau parleur, ma fille, intervint Lucille dont le visage exprimait clairement toute la réprobation qu'elle éprouvait pour un tel écart de langage.

— Mon *set* neuf ! se plaignit Laurette, déconfite. Je l'ai même pas encore essayé.

— C'est peut-être juste un défaut de fabrication, voulut la consoler Rosaire en se levant après avoir fait signe à sa femme de l'imiter.

— Je l'ai vu au magasin. Il a fait la même chose que moi et l'assiette a pas cassé.

— À ta place, je m'en ferais pas trop, reprit Rosaire. La compagnie va te remplacer ton assiette et ça te coûtera rien pantoute. Bon. C'est ben beau tout ça, mais nous autres, on va avancer. Nos valises sont pas encore défaites et il y a pas mal de paperasse qui doit m'attendre au garage. Si vous êtes prête, madame Morin, ajouta-t-il en se tournant vers sa belle-mère, on va y aller.

Laurette suivit ses visiteurs dans le couloir pendant que Gilles prenait la valise de sa grand-mère dans la chambre pour aller la déposer dans le coffre de la Cadillac noire de son oncle, stationnée devant la porte.

Laurette remercia sa belle-mère du bout des lèvres. Il y eut échange de baisers sur les joues. Toute la famille accompagna les visiteurs jusqu'à la voiture devant laquelle trois adolescents étaient ouvertement en admiration. Quand les Morin sortirent de l'appartement, ces derniers regagnèrent sans précipitation leur endroit favori, l'escalier près de la porte du restaurant Paré.

En montant à bord, Colombe se tourna vers sa belle-sœur pour lui dire :

— Tout ça, c'est une question de qualité, Laurette. Quand tu voudras t'acheter un bon *set* de vaisselle, tu me téléphoneras. Je connais deux ou trois places où on peut en avoir un assez bon pour pas beaucoup plus que cent dollars.

— Merci, dit sèchement sa belle-sœur.

— Demain, on va aller voir Gérard, fit Rosaire en se penchant sur le volant devant lequel il venait de s'asseoir pour voir Laurette, demeurée sur le trottoir. S'il y a du nouveau, on te donnera un coup de téléphone.

— C'est ça. Merci, Rosaire.

La Cadillac démarra lentement, s'arrêta au coin de la rue avant de disparaître sur la rue Archambault.

— La maudite fraîche! ragea Laurette en rentrant chez elle. C'est «une question de qualité», minauda-t-elle en imitant sa belle-sœur. «On peut en avoir un assez bon pour un peu plus que cent dollars»!

— M'man! protesta Denise.

— Laisse faire, toi. Moi, du monde comme ça, ça m'écœure! explosa sa mère en s'emparant de son étui à cigarettes pour en allumer une. Ça pète plus haut que le trou parce que ça reste dans une grosse maison neuve sur le boulevard Rosemont. Maudite race de monde!

— Elle a pas dit ça pour être méchante, voulut la raisonner sa fille aînée.

— Ah non! je suppose qu'elle dit ça pour me faire plaisir. Baver sur le monde qui en arrache, c'est facile quand t'as jamais eu à te demander comment tu vas faire pour payer tes comptes et nourrir tes enfants. On sait ben! Elle a pas eu d'enfants, elle. Elle peut se permettre de prendre ses grands airs et de nous regarder de haut, toujours habillée comme une carte de mode et ben coiffée. Maudit que le monde est mal fait! Chienne de vie!

Soudain, la mère de famille sentait le besoin incoercible de laisser s'exprimer toutes les frustrations d'une vie de sacrifices et d'épreuves. Puis elle regarda son ensemble de vaisselle neuf et eut, pendant un bref instant, envie de le flanquer dans la poubelle pour ne plus le voir.

— Calvaire de cochonnerie! ne put-elle s'empêcher de dire.

— Où est-ce qu'on va le mettre, m'man? demanda Carole. Il y a plus de place dans l'armoire.

— On a juste à le jeter à terre, suggéra Richard, qui venait d'entrer dans la pièce. Tout ce qui va casser, on va pouvoir le jeter tout de suite.

— Toi, mon maudit comique! Laisse faire tes farces plates, le rabroua sa mère en lui adressant un regard furieux. On va mettre la vieille vaisselle en pierre dans la boîte de carton pour faire de la place, ajouta-t-elle en s'adressant à ses filles. On mettra la boîte dans la cave.

— Remplissez la boîte, je vais la descendre après avoir pris mon bain, offrit Gilles.

Un peu plus tard dans la soirée, Laurette profita d'un moment où elle se retrouva seule en compagnie de Richard dans la cuisine pour lui dire :

— Est-ce que tu serais capable de me prêter dix piastres cette semaine ? Il va falloir que je paye le loyer et il va me manquer un peu d'argent.

— OK. Quand est-ce que vous voulez avoir ça, m'man ?

— Lundi, ce sera ben assez vite.

L'adolescent aurait pu faire remarquer à sa mère qu'elle aurait pu y penser avant d'acheter un ensemble de vaisselle parfaitement inutile, mais il n'en fit rien.

Chapitre 7

De nouveaux voisins

Le lundi matin, Laurette laissa sur la table la somme exacte du loyer à payer à Armand Tremblay quand il passerait à la fin de l'après-midi. Habituellement, Gilles ou Carole était déjà de retour à la maison à cette heure-là de la journée et pouvait payer le fondé de pouvoir de la Dominion Oilcloth.

Elle avait passé la journée à surveiller du coin de l'œil les allées et venues de Maxime Gendron qui, elle le savait, l'épiait sans arrêt dans l'intention de la prendre en défaut.

À l'heure du midi, le contremaître irascible avait enguirlandé l'employée qui lui avait timidement demandé de changer de poste avec Laurette en prétextant qu'elle avait du mal à suivre la cadence de la machine.

— Si c'est trop dur pour toi, t'as juste à aller te chercher une *job* ailleurs! avait-il aboyé. C'est pas toi qui vas venir organiser mon département.

Laurette avait été bien près de se mêler de la conversation et il avait fallu l'intervention de son amie Lucienne pour l'empêcher de faire cette bêtise.

— Mêle-toi pas de ça, lui avait-elle enjoint en la saisissant par un bras. Tu vois ben qu'il cherche juste à te provoquer pour te faire sacrer dehors.

— Le gros chien sale! s'était-elle emportée. Il sait ben que je suis capable de faire cette *job*-là et que j'ai mal aux jambes à rester debout toute la journée à remplir ses maudites boîtes.

— C'est sûr qu'il le sait, avait répliqué Lucienne d'une voix apaisante. Mais fais-lui pas le plaisir de lui montrer que ça te fait quelque chose.

— Il va finir par me payer ça, l'enfant de chienne, avait promis Laurette avant de déballer son repas du midi.

Lorsqu'elle avait pris le tramway un peu après cinq heures, la pluie s'était mise à tomber.

— Ça fait exprès, bâtard ! j'ai oublié mon parapluie, se plaignit-elle à son amie.

— On n'est pas en chocolat. On fondra pas, la consola Lucienne en se levant pour la laisser descendre au coin de Frontenac.

Quelques minutes plus tard, tournant au coin de la rue Emmett, Laurette eut la surprise de voir la petite artère totalement obstruée par quatre camions. Il y en avait trois dans lesquels étaient entassés un bric-à-brac de vieux meubles et de boîtes cartonnées débordant d'objets hétéroclites. Des hommes, des femmes et des enfants, chargés de paquets et de boîtes, s'agitaient en tous sens. Les Cadieux, voisins de la veuve Paquin, achevaient de charger un camion de déménagement. Deux hommes sortaient justement de leur appartement en peinant à transporter un vieux réfrigérateur Roy. De l'autre côté de la rue, trois adolescents et un vieil homme faisaient la chaîne pour vider la benne d'un petit camion. Son contenu était destiné à l'un des appartements du second étage, en face de chez Laurette. Un camion de la compagnie Coke était stationné au coin de la rue, empiétant légèrement sur la rue Archambault. L'employé de la compagnie déchargeait des caisses de bouteilles pleines et les transportait chez Paré en passant par la porte de ce qu'Édouard Paré appelait son « *backstore* ».

Le dernier camion était stationné exactement devant la porte de l'appartement des Morin. Laurette descendit du trottoir et marcha dans la rue pour éviter de se heurter aux déménageurs de la famille Cadieux. Elle ne remonta sur le trottoir qu'un peu avant d'arriver chez elle.

— Envoye! Grouille-toi! hurla un petit homme noueux à la chemise détrempée à un grand adolescent efflanqué qui venait de s'emparer d'une boîte de carton. Attends pas que la pluie ait défoncé le carton, sacrament!

L'adolescent se mit en marche sans trop regarder où il allait et heurta Laurette au moment où elle s'apprêtait à pousser sa porte d'entrée. Il allait poursuivre son chemin sans s'excuser quand elle l'apostropha:

— Tu peux pas regarder où tu marches, toi!

Le garçon fit un pas en arrière sous le choc et regarda par-dessus sa boîte. La figure furieuse qu'il aperçut l'incita à lâcher un «scusez!» avant de poursuivre sa route vers la porte voisine qu'une brique maintenait ouverte. Deux hommes s'escrimaient sur le palier de l'escalier intérieur avec un poêle à huile qu'ils tentaient d'introduire dans l'ancien appartement des Gravel. L'un d'eux, apparemment à bout de patience, blasphémait à perdre haleine contre son lourd fardeau qui refusait de passer par l'ouverture de la porte.

Laurette s'était immobilisée devant sa porte malgré la petite pluie fine qui continuait de tomber, curieuse de voir si on allait parvenir à entrer le poêle. Une fenêtre s'ouvrit au-dessus de sa tête et une femme cria:

— Victor, ils sont pas capables de passer le poêle. Ils disent qu'il va falloir que tu viennes ôter la porte.

Levant la tête, Laurette aperçut une grosse femme à la figure ronde dont la moitié du corps était penché à l'extérieur.

— Qu'ils attendent une minute, il faut que je passe par en arrière pour pouvoir entrer, répondit le petit homme en descendant de la benne du camion. René, laisse ta boîte là et viens m'aider, cria-t-il à son fils qui attendait toujours de pouvoir monter.

L'adolescent laissa sa boîte près de la porte, au pied de l'escalier, et suivit son père qui avait déjà pris la direction de la cour arrière.

À son entrée dans l'appartement, Laurette fut accueillie par la voix sirupeuse de Tino Rossi chantant à tue-tête *Marinella*.

— Voulez-vous ben me baisser le radio, cria-t-elle du couloir où elle retira son léger manteau de printemps. On l'entend du coin de la rue.

— C'est pas le radio, m'man, c'est mon *pick-up*, répondit Denise en se dirigeant vers sa chambre à coucher où elle baissa le son de l'appareil.

La mère trouva tous ses enfants rassemblés dans la cuisine. Denise revint aider Carole à dresser le couvert pendant que Gilles rassemblait des manuels scolaires encore épars sur la table.

— Tu parles d'un temps de chien pour déménager, dit Laurette en ne s'adressant à personne en particulier. Il mouille dehors.

— Le monde a pas le choix, m'man. C'est le 1er mai, fit Richard. Tremblay est passé tout à l'heure pour le loyer, ajouta-t-il, hors de propos, en éteignant son mégot de cigarette dans le cendrier posé sur le rebord de la fenêtre. Je lui ai donné son argent.

— Parfait, approuva sa mère. On est au moins débarrassés de lui pour un mois.

— Les Rocheleau, en face, sont partis, intervint Jean-Louis, en repliant *La Presse* qu'il était en train de lire.

— Bon débarras! se contenta de dire sa mère en allumant une cigarette.

Chacun des Morin avait encore en mémoire la raclée que leur mère avait donnée à Marcel Rocheleau quelques années auparavant alors qu'il s'acharnait à frapper sa femme devant ses enfants, à la vue de plusieurs voisines.

— Ils ont pas dû déménager ben loin, fit remarquer Gilles. Le bonhomme est toujours vendeur chez Living Room. J'ai pas entendu dire qu'il lâchait sa *job*. Je le vois au magasin toutes les fins de semaine, mais il me parle jamais.

— Ce serait pas une grosse perte qu'il disparaisse, laissa tomber Laurette, rancunière.

Elle se souvenait encore qu'il l'avait appelée «la grosse» devant tout le monde qui avait assisté à leur altercation.

— Est-ce que quelqu'un a vu partir les Gravel? demanda-t-elle à ses enfants.

— Moi, répondit Gilles. J'ai été obligé de revenir à la maison à midi pour venir chercher mon lunch que j'avais oublié. Ils s'en allaient quand je suis arrivé. J'ai eu juste le temps de leur envoyer la main.

— En tout cas, le bonhomme qui s'en vient rester sur notre tête fera pas grand bruit quand il va marcher, fit remarquer Richard, moqueur. Il est gros comme une allumette.

— Est-ce qu'il y a quelqu'un qui sait comment il s'appelle? demanda Carole.

— Beaulieu, répondit sa mère.

— Moi, j'ai vu la femme tout à l'heure, ajouta Denise. Elle est pas mal plus grande et deux fois plus large que son mari. Elle s'appelle «Rose».

— Ayoye! Toute une fleur! s'esclaffa Richard. Moi aussi, je l'ai vue. Elle, si elle tombe, elle va faire un méchant trou dans le plancher. On va la voir arriver.

— Bon. Toi, arrête tes niaiseries, le rabroua sa mère, toujours mal à l'aise quand on parlait de surplus de poids en sa présence.

Ce soir-là, les Morin entendirent leurs nouveaux voisins aller et venir toute la soirée. Des meubles étaient tirés et, parfois, des chocs sourds les faisaient sursauter en ébranlant le plafond.

— Bonyeu! Est-ce qu'ils vont finir par aller se coucher? explosa Laurette, excédée, un peu après onze heures. On se lève, nous autres, demain matin. On a besoin de dormir.

— Il va falloir aller les avertir, décréta Jean-Louis, qui venait d'apparaître dans le couloir, vêtu de son pyjama bleu. Vous parlez de maudits sauvages! Ils sont pas capables de regarder l'heure qu'il est!

— C'est ça, le brave, l'approuva son frère Richard, sarcastique, en passant la tête dans l'embrasure de la porte de sa chambre. Vas-y donc! Je suis sûr que tu vas leur faire peur habillé comme ça.

— S'ils font encore du vacarme à minuit, tu peux être certain que je me gênerai pas pour y aller, fanfaronna son frère aîné. Je pourrais toujours les menacer de leur laisser tes bas puants, ajouta-t-il. Ils penseraient tout de suite que les égouts débordent.

Mais Jean-Louis n'eut pas à aller avertir les Beaulieu. Moins de cinq minutes plus tard, tout bruit cessa à l'étage et le calme revint dans la maison. Jean-Louis réintégra sa chambre pendant que Richard retournait se mettre au lit aux côtés de son frère Gilles qui dormait déjà depuis plus d'une heure, insensible aux bruits faits par les nouveaux voisins.

— Ouvre ta fenêtre plus grand, ordonna Richard à son frère, à mi-voix. Le linge sale dans la laveuse sent mauvais et la senteur me tombe sur le cœur.

L'aîné ne s'opposa pas à sa demande parce que cette odeur déplaisante le dérangeait lui aussi, dans sa chambre. Il entrouvrit la fenêtre plus largement et il vérifia si les volets étaient bien crochetés avant d'éteindre sa lampe de chevet. À l'extérieur, la pluie semblait avoir cessé parce qu'on n'entendait plus l'eau dégoutter de l'avant-toit sur le trottoir.

~~~

Deux jours plus tard, la pluie du début de la semaine était déjà oubliée. Il régnait une chaleur si agréable en ce mercredi soir que beaucoup de parents avaient donné la permission à leurs enfants de jouer à l'extérieur après le souper. Un bon nombre d'entre eux se poursuivaient dans la grande cour en poussant des cris excités, surveillés de près par les propriétaires inquiets des automobiles station-nées à cet endroit.

Dans la rue Emmett, des petites filles jouaient à la corde à danser sur le trottoir. Un peu plus loin, dans la rue Archambault, certains jeunes casse-cou cherchaient à épater la galerie en participant à une course improvisée, montés sur de vieilles bicyclettes sur lesquelles ils avaient pris soin d'installer des bouts de carton que les rayons des roues faisaient claquer bruyamment. Devant chez Paré, une poignée d'adolescents, un Coke à la main, chahutaient pour attirer l'attention de deux adolescentes aguicheuses.

Pour la première fois depuis le début du mois de sep-tembre précédent, Laurette avait sorti sa chaise berçante sur le trottoir pour profiter, elle aussi, du beau temps.

— Viens prendre un peu l'air, dit Laurette à sa fille aînée, qui venait d'apparaître dans l'embrasure de la porte d'entrée que sa mère avait volontairement laissée ouverte.

— Il y a trop de bruit, m'man. J'aime mieux aller m'installer dans ma chambre pour finir le roman que

Jacqueline m'a prêté. Il faut que je le rapporte demain, sinon elle me passera plus rien.

— Tu passes tes soirées à lire des romans, lui fit remarquer sa mère. Tu trouves pas que c'est de la perte de temps ?

— Qu'est-ce que vous voulez que je fasse à part ça ? demanda Denise, la voix amère. J'ai pas d'amis. Je sors presque jamais. Et à cette heure que Colette Gravel a déménagé, j'ai plus personne pour aller aux vues.

— C'est correct. C'est correct, répéta Laurette d'une voix agacée. Qu'est-ce que les autres font en dedans ?

— Gilles est encore en train de faire ses devoirs avec Carole dans la cuisine. Richard est sur le balcon en arrière. Je sais pas ce qu'il fait là, dit la jeune fille avant de disparaître à l'intérieur de l'appartement.

Après le départ de sa fille, Laurette alluma une cigarette après avoir déplacé légèrement sa chaise berçante pour ne pas bloquer le passage aux rares passants qui auraient eu besoin d'emprunter le trottoir sur lequel elle était installée. Elle répondit d'un signe de tête à madame Touchette qui passait sur le trottoir opposé, précédée de trois de ses enfants soigneusement peignés et habillés proprement.

Au moment où elle se demandait où cette mère de famille nombreuse pouvait bien aller aussi tôt dans la soirée, les cloches de l'église Saint-Vincent-de-Paul sonnèrent et lui rappelèrent que c'était le mois de Marie et que, chaque soir, il y avait la récitation du chapelet à l'église, à sept heures.

Elle ne put faire autrement que de se souvenir de l'époque pas si lointaine où elle obligeait ses enfants à cesser leurs jeux après le souper pour venir « se débarbouiller » avant d'aller participer à la récitation du chapelet. Parfois, elle trouvait même la force de les accompagner. Maintenant, les enfants étaient rendus trop grands pour ça et elle, elle était trop fatiguée après sa journée de travail pour marcher jusqu'au coin de Fullum et Sainte-Catherine pour aller s'agenouiller.

— Je devrais y aller au moins une fois ou deux par semaine pour l'exemple, se dit-elle avec un soupçon de remords. La belle-mère a peut-être raison de dire que je prie pas assez pour que Gérard guérisse.

Des cris excités en provenance de l'autre côté de la rue l'incitèrent à tourner la tête vers le restaurant Paré. Il s'agissait encore des deux mêmes adolescentes, vêtues de robes à crinoline, qui riaient à gorge déployée, uniquement dans le but d'attirer l'attention des garçons rassemblés autour d'elles.

— Je voudrais ben voir Carole se conduire comme ces deux têtes folles là, dit-elle à mi-voix. Je te dis que j'irais la chercher par le chignon du cou.

Elle avait déjà oublié la scène de sa fille se laissant embrasser sur le trottoir de la rue Sainte-Catherine moins d'un mois auparavant.

Elle regarda autour d'elle. Tout à coup, il lui sembla étrange de ne pas voir le taxi jaune et noir de Charles Gravel stationné devant sa porte et la demi-douzaine de petits Cadieux en train de s'amuser un peu plus loin sur le trottoir. Elle leva la tête vers le long balcon du second étage de la maison d'en face, s'attendant à y voir Simone Rocheleau occupée à bercer l'un ou l'autre de ses trois jeunes enfants.

— C'est vrai qu'elle est partie, se dit Laurette. Bonyeu! je viens d'y penser. Qui est-ce qui va me donner mes permanents à cette heure qu'elle est plus là? J'avais pas pensé à ça pantoute, moi.

Elle vit alors une vieille dame à l'air fragile, les bras chargés de deux sacs en apparence assez lourds, avancer péniblement sur le trottoir, de l'autre côté de la rue

Emmett. L'inconnue adressa un sourire à Laurette avant de se diriger vers le pied de l'escalier où étaient les deux adolescentes entourées de leur cour.

Les jeunes s'écartèrent de son chemin à contrecœur, mais aucun ne lui offrit de se charger de ses paquets pour l'aider. Révoltée, Laurette se leva.

— Attendez, madame, cria-t-elle à la vieille dame qui avait déjà posé le pied sur la première marche. Gilles, cria-t-elle à son fils qu'elle savait dans la cuisine. Viens ici une minute. Dépêche-toi.

— Qu'est-ce qu'il y a ? demanda l'adolescent en sortant de l'appartement.

— Dépêche-toi. Va aider madame à monter ses paquets, lui dit-elle en lui indiquant l'aïeule de la main. Si ça a de l'allure de pas avoir plus de cœur que ça, ajouta-t-elle à l'endroit des jeunes qui s'écartèrent légèrement pour laisser passer son fils qui venait de traverser la rue au pas de course.

Gilles sourit à la vieille dame, prit ses deux sacs de victuailles et les monta au second où il attendit son arrivée. Cette dernière arriva derrière lui près de deux minutes plus tard, à bout de souffle.

— T'es ben fin de m'avoir aidée, lui dit-elle. Je te dis que c'est pas drôle vieillir toute seule. Quand t'as quatre-vingt-un ans, monter un escalier, ça se fait pas tout seul.

— Est-ce que vous restez au deuxième ? lui demanda l'étudiant.

— Non. Au troisième, répondit-elle en cherchant la clé de la porte de l'escalier intérieur dans son sac à main. Je te remercie, mais je suis capable de monter mes affaires. L'autre escalier est moins à pic.

— Ben non, madame. Je suis déjà là. Je vais vous monter vos sacs jusqu'en haut. Ça me dérange pas, offrit Gilles avec un grand sourire.

La dame le laissa passer devant elle. Il monta l'escalier et s'arrêta sur le palier, lui laissant le temps de déverrouiller la porte de son appartement. Il entra et déposa les sacs sur la table de cuisine.

— Attends que je te récompense, lui ordonna-t-elle en ouvrant son sac à main. Laura Wilson a pas l'habitude de faire travailler le monde pour rien.

— Non, merci, madame, dit Gilles en se dirigeant déjà vers la porte. Ça m'a fait plaisir de vous rendre service. Si jamais vous avez besoin d'aide, vous aurez juste à me faire signe. Je reste juste en face de chez vous.

— T'es sûr que tu veux pas vingt-cinq cennes ? demanda la dame en lui tendant une pièce.

— Non, merci.

— En tout cas, tu remercieras bien gros ta mère et tu la féliciteras d'avoir aussi bien élevé son garçon.

Gilles revint chez lui. Il s'arrêta un instant près de la chaise berçante de sa mère pour lui communiquer le message de la vieille dame.

— Est-ce que c'est elle qui reste dans l'ancien appartement des Rocheleau ? demanda Laurette.

— Ça a tout l'air. Elle a l'air de vivre là toute seule, à part ça, prit-il la peine de préciser avant de retourner à ses travaux scolaires.

Laurette leva la tête vers l'immeuble juste à temps pour apercevoir la nouvelle voisine la saluer de la main, signe auquel elle répondit. Ce simple salut lui fit le plus grand plaisir.

Pour sa part, Richard s'était cantonné après le souper sur le balcon situé à l'arrière de l'appartement familial. Après avoir déplacé la poubelle métallique malodorante près du hangar, il s'était installé dans la vieille chaise berçante en bois favorite de son père pour y lire des bandes dessinées. S'il n'avait pas eu une journée aussi éreintante chez MacDonald Tobacco, il serait probablement allé rejoindre ses copains Lambert, Henripin et Jutras qui avaient l'habitude de se rassembler à la salle de billard de la rue Sainte-Catherine. Mais la seule idée d'avoir à marcher jusque-là lui avait enlevé toute envie d'aller jouer une partie de billard avec eux.

— Qu'est-ce que tu fais ? lui demanda Gilles en reprenant place à table devant son devoir de mathématiques.

— Je finis mon dernier *comic*, répondit Richard.

Au même moment, il sursauta violemment en voyant passer devant lui une grosse boîte de carton qui alla s'écraser dans la cour avec un bruit mat. L'adolescent se leva quand deux autres boîtes vinrent rejoindre la première par le même chemin.

Richard descendit précipitamment les trois marches qui conduisaient à la cour en terre battue et il leva les yeux vers le balcon des Beaulieu juste à temps pour apercevoir le grand adolescent efflanqué qu'il avait vu aider à l'emménagement des siens quelques jours plus tôt.

— Aïe, toi ! l'apostropha-t-il, l'air mauvais. Essayes-tu de nous assommer avec tes boîtes ?

— Elles sont vides.

— Puis après ! Notre cour, c'est pas pour tes cochonneries. Pourquoi tu les garroches en bas ?

— Énerve-toi pas, Christ ! s'emporta l'autre. Je vais descendre les défaire.

— Et tu penses faire quoi avec ton carton ? Nous le laisser dans les jambes, je suppose. J'ai des nouvelles pour toi, moi. La cour est à nous autres. Tes poubelles, tu les gardes chez vous.

Attiré par les éclats de voix de son frère, Gilles sortit à l'extérieur et il allait intervenir pour apaiser Richard quand il entendit une voix avinée crier :

— Maudit sans-dessein! Je t'ai dit de défaire les boîtes sur le balcon, pas de les crisser en bas. Va me chercher ça! Dépêche-toi!

— Chut! Pas si fort, fit une voix féminine. Les voisins t'entendent.

— Toi, mêle-toi de tes maudites affaires! hurla de plus belle la première voix.

L'adolescent descendit précipitamment l'escalier et se retrouva devant les deux frères Morin, encore surpris par les éclats de voix du père du garçon.

— Je voulais pas que tu te fasses engueuler, lui dit Richard à mi-voix à titre d'excuses.

— C'est pas grave, fit le jeune d'un air un peu gêné en s'emparant des boîtes vides qu'il avait lancées quelques instants plus tôt.

Carole poussa la porte-moustiquaire et apparut sur le balcon comme il posait le pied sur la première marche de l'escalier. Le jeune voisin s'immobilisa un instant et eut un sourire embarrassé.

— Je m'appelle René, dit-il.

— Qu'est-ce que tu niaises encore? fit la voix paternelle en provenance de l'appartement à l'étage.

— Il faut que j'y aille. Salut!

Les Morin se regardèrent.

— Le bonhomme a l'air d'être tout un numéro, fit remarquer Richard à voix basse à son frère qui s'apprêtait à retourner au devoir qu'il était en train de faire.

— On dirait.

Le soleil se couchait lentement derrière la Dominion Oilcloth et l'ombre envahissait progressivement la petite rue Emmett. Les Bélanger, les voisins de droite, venaient de rentrer et Laurette songeait à les imiter quand elle vit Cécile Paquin traverser la rue Archambault en diagonale et se diriger droit vers elle.

La mère de famille eut le temps de détailler avec une pointe de jalousie la voisine qui demeurait au rez-de-chaussée de la première maison, au bout de la rue.

La veuve Paquin était une très jolie femme d'à peine quarante ans à l'allure pimpante. Svelte et toujours coiffée et habillée avec soin, elle offrait l'image fort trompeuse d'une femme jouissant d'une vie aisée. Pourtant, Laurette savait qu'il n'en était rien. Elle lui avait elle-même révélé que son mari l'avait laissée sans ressources à sa mort et qu'elle cousait pour un Juif de la rue Saint-Laurent plus de douze heures par jour pour arriver à joindre les deux bouts.

Les deux femmes ne se voisinaient guère. Laurette était trop jalouse de la veuve. Elle avait trop longtemps soupçonné son Gérard d'être sensible à son charme. Comme le disait avec une certaine justesse Catherine Bélanger, sa voisine de droite un peu méfiante envers cette femme, elle aussi, « il faut pas faire exprès de faire entrer le loup dans la bergerie ». Bref, même si Cécile Paquin était demeurée reconnaissante à Gérard Morin d'avoir permis à son fils d'obtenir un emploi à la Dominion Rubber, cela n'en faisait pas une amie de Laurette pour autant. Chaque fois que cette dernière l'apercevait, elle avait un pincement de jalousie.

« Regarde-moi la Paquin ! se dit-elle en la voyant approcher d'un pas vif. Toute crêtée comme si elle s'en allait aux noces ! Dire, viarge ! qu'elle a presque mon âge ! »

— Bonsoir, madame Morin, la salua Cécile Paquin. Ça fait du bien de prendre un peu l'air, non ?

— À qui le dites-vous, répondit Laurette en s'efforçant de mettre une joyeuse animation dans sa voix après s'être levée de sa chaise berçante.

— Tout le monde va bien chez vous? Je pense que je vous ai pas vue depuis le commencement de l'hiver passé, poursuivit la veuve avec un grand sourire.

— On a été chanceux, on n'a même pas eu la grippe de tout l'hiver.

Laurette reconnaissait tout de même la discrétion de sa voisine qui devait savoir depuis longtemps que Gérard avait la tuberculose. Son Léo travaillait à la même compagnie que son mari et, là-bas, on avait dû parler de sa maladie. Pourtant, Cécile Paquin ne s'était jamais permis la moindre allusion au fait qu'on ne voyait plus Gérard.

— J'ai pas eu votre chance, madame Morin. Je me suis traînée deux semaines avec une bonne grippe dans le temps des fêtes et là, j'arrive de la pharmacie où je suis allée chercher du sirop pour mon garçon. Il a mal à la gorge et il tousse comme un déchaîné depuis trois jours.

— Il a dû poigner un microbe, dit Laurette. Je suis certaine que la chaleur va lui faire pas mal de bien. Vous, madame Paquin, travaillez-vous toujours pour le même Juif?

— J'ai pas le choix, laissa tomber la veuve sans aucun enthousiasme.

— Il y a des fois où je vous envie de pouvoir travailler chez vous, reconnut Laurette.

— C'est vrai, pauvre vous. J'avais oublié que vous êtes obligée de prendre les p'tits chars tous les jours pour aller travailler.

— Quand on n'a pas le choix, fit Laurette, fataliste.

— Puis, comment trouvez-vous vos nouveaux voisins? lui demanda Cécile Paquin pour orienter la conversation dans une nouvelle direction.

— Je les connais pas, mais ils ont l'air pas pires, dit prudemment Laurette.

— Mon Léo connaît bien leur René. C'est du bon monde. Ils restaient sur la rue Poupart, dit la veuve en baissant la voix.

— Oui, les Gravel m'ont dit ça.

— Le père travaille à la Dominion Textile, sur Notre-Dame, et René lui a dit qu'il l'a fait engager à la compagnie au commencement de l'hiver. Léo est allé chez eux deux ou trois fois. D'après lui, c'est un bon petit gars. En plus, il paraît que la mère est pas mal fine.

— En tout cas, avec deux salaires qui entrent, il me semble qu'ils auraient pu se payer un plus beau logement, ne put s'empêcher de faire remarquer Laurette.

— Ça se peut que le père aime un peu trop la boisson, chuchota Cécile Paquin. Mon garçon m'a dit qu'il l'avait aperçu une couple de fois sortir de la taverne au coin de Parthenais.

— Si c'est comme ça, reconnut Laurette, c'est sûr que c'est pas mal moins drôle.

— Moi aussi, j'ai de nouveaux voisins, reprit la veuve. Les Cadieux sont partis.

— Qui a pris leur place ?

— Des Comtois. Je sais pas ce qui se passe dans cette maison-là, ajouta la voisine, mais ça crie du matin au soir et les enfants ont l'air de faire tout ce qui leur tente. Je vous les échangerais bien avec vos Beaulieu, vous pouvez me croire. Bon. C'est bien beau tout ça, mais Léo m'attend avec le sirop. Il faut que j'y aille. Bonne soirée, madame Morin. Si vous avez une chance, venez faire un tour un soir.

— Bonsoir, madame Paquin. Faites la même chose si vous êtes capable.

La veuve poursuivit son chemin vers son appartement, trois maisons plus loin, pendant que Laurette repliait sa chaise berçante et la rentrait dans le couloir. L'obscurité était maintenant tombée. Avant de fermer la porte d'entrée, elle alla refermer les persiennes de la fenêtre de sa chambre.

Chapitre 8

La surprise

La dernière semaine de mai prenait fin par l'une des journées les plus chaudes du printemps de 1956. Pas une goutte de pluie n'était tombée depuis quinze jours et le mercure avait atteint 82 °F au milieu de l'après-midi. À quatre heures, les écoliers s'étaient précipités hors de leur école en criant et en chahutant, comme si c'était le début des vacances estivales. Ils étaient heureux d'être enfin parvenus à la fin de semaine.

Ce vendredi-là, au magasin Woolworth de la rue Sainte-Catherine, Denise Morin était loin d'éprouver le même plaisir que les jeunes du quartier. Jacqueline Bégin, sa compagne de travail, s'était encore absentée du travail toute la journée.

Il n'existait rien que la jeune fille détestait plus que de se retrouver seule toute la journée entre les quatre murs du magasin en compagnie de son gérant, Antoine Beaudry. Le petit quadragénaire ventripotent à la calvitie prononcée avait des mains plutôt baladeuses dont il lui fallait toujours se méfier. Le tenir à distance et le repousser exigeaient d'elle une attention constante et épuisante. L'homme avait le don de se glisser derrière elle pour la frôler et se coller contre elle. Comme elle ne pouvait se permettre de perdre son emploi, elle le repoussait doucement chaque fois, mais il avait l'air de prendre cela comme des agaceries. Évidemment, il était beaucoup moins entreprenant quand Jacqueline était présente. Si les absences de sa collègue mettaient Denise dans tous ses états, elles avaient l'air, par contre, de réjouir son patron qui, à chacun de ses retours, se contentait de lui couper une journée de salaire sans plus.

À la fin de l'après-midi, Beaudry lui ordonna d'aller sortir des produits reçus le matin même de leur emballage dans la petite pièce située à l'arrière du magasin.

— Et les clients, monsieur Beaudry? demanda-t-elle.

— Occupe-toi pas de ça, répliqua-t-il sèchement. Je m'occuperai d'eux autres.

Moins de cinq minutes plus tard, le gérant vint la rejoindre, la figure toute congestionnée et l'œil allumé.

— Je vais te donner un coup de main, ça va aller plus vite, dit-il en s'installant à ses côtés, sa hanche touchant la sienne.

Denise s'écarta le plus possible de l'homme, mais elle était coincée entre la table et le mur et n'avait plus aucune possibilité d'échapper au piège. Antoine Beaudry la sentit apeurée et cela eut le don de l'exciter encore plus.

— Aïe! Fais pas la farouche, lui dit-il en avançant une main vers sa poitrine. Au fond, je suis sûr que c'est juste ça que tu veux.

— Non, monsieur Beaudry! Faites pas ça! cria la jeune fille en tentant de le repousser.

— Laisse-toi faire un peu, dit-il, la voix rauque. Tu vas aimer ça. Tu vas voir que j'ai pas mal le tour avec les femmes.

— Non! Non! Laissez-moi m'en aller! cria Denise, au bord de la crise de nerfs, au moment où il parvenait à la plaquer contre le mur.

Il y eut une brève lutte entre l'homme et sa vendeuse et deux boutons du chemisier de Denise furent arrachés, ce qui eut le don d'exciter un peu plus son patron.

— Dis donc, le bonhomme! Tu comprends rien, toi! dit une voix derrière Antoine Beaudry.

L'homme qui venait de parler avait attrapé le gérant par une épaule et l'avait fait pivoter sans aucun effort, de manière à ce qu'il se retrouve face à lui.

— Tu pourrais pas t'occuper des clients plutôt que de chercher à taponner ta vendeuse, vieux maudit vicieux? demanda le type en affichant un air mauvais.

— Je... Je...

— Ferme ta gueule et sors d'ici, lui ordonna l'intrus en le bousculant vers la sortie. J'ai ben envie de t'en sacrer une tout de suite pour te montrer à te conduire comme du monde, écœurant! Envoye! Sors! Grouille-toi!

Le sauveteur de Denise dépassait Antoine Beaudry de plus d'une tête et sa chemise à manches courtes laissait voir des bras dont la musculature était imposante. L'homme âgé d'une vingtaine d'années avait une épaisse chevelure noire et un visage aux traits énergiques. Ses yeux noisette lançaient des éclairs. Il donnait une impression de force tranquille plutôt impressionnante.

— J'appelle la police! menaça le gérant en se précipitant vers le téléphone installé derrière le comptoir.

— Une ben bonne idée que t'as là, l'approuva l'homme, sarcastique. Vas-y! Appelle!

L'inconnu fut plus rapide que lui. Il saisit l'écouteur avant Antoine Beaudry et le lui tendit brusquement. Ce dernier recula, comme s'il avait craint que l'autre lui en donne un coup.

— Envoye! Appelle-la, la police! ordonna le client. Qu'est-ce que t'attends? On va lui raconter comment t'essayes de violer ta vendeuse en arrière de ton magasin.

Avec un peu de chance, la police pourra faire venir ta femme pour lui en parler. Qu'est-ce que t'en penses, le vicieux?

Blanc comme un drap, le gérant raccrocha l'écouteur en jetant des regards éperdus autour de lui, comme pour vérifier si un autre client était entré dans le magasin et avait tout entendu. À cet instant précis, Denise, le visage maculé par son rimmel qui avait coulé, entra dans le magasin. Elle tenait d'une main le haut de son chemisier qui bâillait.

— Il y a rien qui presse, lui dit son sauveteur. Prends le temps d'arranger ta blouse et de t'essuyer le visage. Ton *boss* te donne la permission de prendre du fil et une aiguille pour recoudre tes boutons. Pas vrai? demanda-t-il sur un ton menaçant à Beaudry, qui essayait de reprendre son aplomb, réfugié derrière sa caisse enregistreuse. Je t'attends.

Denise lança un regard angoissé vers son gérant avant de se diriger vers le comptoir où des aiguilles et du fil étaient en vente. Elle prit une bobine de fil et une aiguille et alla se réfugier sans rien dire dans l'arrière-boutique.

Pendant les quelques minutes qui lui furent nécessaires pour remettre sa tenue en ordre, le client était demeuré planté derrière la vitrine, regardant les badauds rentrer du travail en ce vendredi après-midi. La jeune fille fut tout étonnée de le retrouver encore sur place quand elle revint dans le magasin. De toute évidence, elle ne savait pas quel comportement adopter face à Antoine Beaudry qui lui jeta un regard furieux, comme s'il la tenait responsable de ses déboires.

Dès qu'il l'entendit revenir, l'homme se rapprocha de la caisse, ce qui incita le gérant à reculer précipitamment.

— Bon. Est-ce que tout est correct? demanda-t-il à la jeune fille.

Denise lui fit un signe de tête et murmura un «oui» à peine audible. Elle demeura plantée devant le comptoir, ne sachant pas trop quoi faire.

— Parfait! À cette heure, le vieux, tu vas ben m'écouter, dit-il en tournant un visage menaçant vers un Antoine Beaudry excessivement nerveux. Si jamais j'apprends que t'as essayé de toucher à ta vendeuse avec tes grosses mains sales, tu vas me voir revenir. T'es marié, contente-toi de ta femme. M'as-tu entendu?

— Oui, oui, dit Beaudry, qui reprenait un peu d'aplomb en se rendant compte que l'autre ne le frapperait pas.

— C'est pas tout, ça! reprit l'homme. Si t'essayes de te venger ou de la mettre à la porte parce que t'as pas eu ce que tu voulais, je vais tellement ben m'occuper de toi que tu vas regretter d'être venu au monde. C'est clair?

Le gérant se contenta de hocher la tête, le front dénudé couvert de sueur.

— C'est correct. Je pense que c'est l'heure de souper de ta vendeuse, non?

— Euh…

— C'est ça. C'est son heure de souper, le coupa son vis-à-vis. On va revenir dans une heure. À cette heure, souviens-toi ben de ce que je viens de te dire. J'ai pas l'habitude de me répéter, conclut-il en assenant une claque sonore sur le dessus du comptoir derrière lequel s'était réfugié Beaudry.

Sur ce, il s'approcha de Denise Morin en lui disant:

— Prenez votre sacoche, mademoiselle, on s'en va. Je pense que ça sent moins mauvais dehors.

Pendant un bref instant, la jeune vendeuse fut tentée de refuser de bouger du magasin. La violence de son sauveteur lui faisait presque aussi peur que les assauts lubriques de Beaudry. Puis, juste l'idée de demeurer aux côtés de son gérant après son départ lui fit tellement horreur qu'elle prit son sac à main déposé sur une tablette derrière le comptoir et quitta les lieux, suivie de près par l'inconnu.

Lorsque la porte du magasin se referma derrière eux, Denise se sentit suffisamment en sécurité au milieu des passants pour s'arrêter sur le trottoir et faire face à celui qui l'avait sortie des griffes d'Antoine Beaudry.

— Je vous remercie. Vous êtes arrivé juste à temps. D'habitude, il est pas comme ça. Il a pas le choix, on est deux vendeuses. Je pense que je vais me chercher pareil une autre *job* ailleurs, ajouta-t-elle, comme à regret.

Elle s'apprêtait à le quitter pour rentrer chez elle quand il étendit le bras pour la retenir. Denise ne put faire autrement que de remarquer à quel point son visage aux traits accentués avait totalement changé depuis qu'ils étaient sortis du magasin. Il n'y avait plus rien de menaçant en lui.

— Partez pas si vite, mademoiselle, lui dit l'inconnu d'une voix dans laquelle elle décela une nuance de supplication. Je sais même pas comment vous vous appelez.

— Denise, Denise Morin.

— Moi, c'est Pierre Crevier. J'ai remarqué tout à l'heure que vous portiez pas d'alliance. Je suppose que vous êtes pas mariée.

— Non.

— Est-ce que vous restez dans le coin ?

— Oui.

— Moi aussi. Je reste en chambre chez mon oncle, Eugène Fortier, au coin de Dufresne et De Montigny. Je travaille au port. Écoutez. Il fait chaud et on n'est pas ben confortables pour parler en plein milieu du trottoir. Venez prendre quelque chose au restaurant avec moi. Je vous promets que je suis pas comme votre *boss*. Je sais me tenir avec les femmes, ajouta-t-il avec un sourire charmeur. Vous pouvez être certaine qu'il vous arrivera rien avec moi.

— À la salle de *pool*, à côté ? demanda Denise, tentée.

— Non. Il y a jamais de place pour s'asseoir et parler tranquillement. On peut marcher jusqu'au restaurant au coin de Frontenac, non ?

Denise hésita un peu avant d'accepter la proposition. Depuis que Serge Dubuc l'avait laissé tomber, trois ans auparavant, elle n'avait pas remis les pieds dans le restaurant où ils avaient l'habitude de venir boire une tasse de café chaque matin, avant d'aller travailler.

— C'est correct, mais pas longtemps, prit-elle la précaution de préciser. Je dois être revenue pour six heures, sinon il va me couper du salaire.

— OK. On y va, dit le jeune débardeur en se mettant en marche à ses côtés. Vous travaillez en plus le soir ?

— Juste le jeudi et le vendredi, de six heures à neuf heures.

— Et vous retournez chez vous à la noirceur toute seule ?

— Non. J'ai toujours un de mes frères qui vient m'attendre après l'ouvrage quand je finis tard, expliqua Denise.

— Mes heures d'ouvrage sur le port sont plus belles que les vôtres, dit Crevier. Je travaille de six heures à trois heures, cinq jours par semaine. Quand je travaille plus longtemps, je suis payé temps et demi. Je vous dis que ça fait changement avec les chantiers où je travaillais.

— Vous êtes chanceux.

— Oh ! Ça a pas toujours été comme ça.

Quand ils arrivèrent devant le restaurant *Rialto*, Pierre Crevier poussa la porte pour la laisser entrer devant lui. Ils se dirigèrent vers une banquette au fond du restaurant, où une serveuse s'empressa de venir s'enquérir de ce qu'ils désiraient manger.

— C'est vrai que c'est l'heure du souper, reconnut le jeune homme en s'emparant de l'un des menus déposés sur la table devant lui. Je pense qu'on est mieux de manger sinon le patron va nous dire d'aller nous asseoir au comptoir si on prend juste une liqueur.

— C'est vendredi. Je mange pas de viande. Je vais prendre juste une patate frite avec un Coke.

— Juste ça ! protesta Crevier. Voyons donc, c'est pas assez quand on travaille. Avez-vous déjà goûté à un sandwich western ?

— Non. Qu'est-ce que c'est ?

— Un sandwich aux œufs avec du piment et des oignons. C'est bon en tabarnouche. Essayez-en un et vous me direz ce que vous en pensez.

Denise n'osa pas refuser et Pierre Crevier commanda des boissons gazeuses et deux sandwiches. Pendant qu'ils attendaient, il fit en sorte que son invitée lui présente chaque membre de sa famille et avoue ne pas avoir d'ami de cœur. Après le repas, il lui raconta sa vie en quelques mots avec un certain humour.

— Je viens d'un petit village proche d'Alma, au Lac-Saint-Jean. Ça fait un an et demi que je suis arrivé à Montréal. Ça me surprend de pas vous avoir vue avant aujourd'hui. En tout cas, j'espère que vous me trouvez pas trop l'air habitant ?

— Ben non, protesta Denise, séduite par sa bonne humeur.

— Chez nous, on est treize enfants. Je suis le septième et même si ma mère passe son temps à me dire que je suis son plus beau, je la crois pas… Mes frères non plus. J'ai lâché l'école en septième pour aider sur la terre, puis j'ai fait les chantiers chaque hiver jusqu'à il y a deux ans. À ce moment-là, ils se sont mis à engager moins dans les chantiers et j'ai perdu ma *job*. J'ai pas grande instruction.

Ça fait que les seules *jobs* que j'ai trouvées ont toujours été des *jobs* forçantes. Quand mon oncle Eugène m'a dit qu'il y avait de l'ouvrage dans le port de Montréal pour un gars comme moi à cause de la canalisation du Saint-Laurent qui va apporter de plus en plus de bateaux à Montréal, j'ai fait ni une ni deux. J'ai paqueté mes petits et je suis venu travailler en ville. Quand je suis arrivé, il y avait pas de place pour moi sur le port, ça fait que j'ai travaillé une couple de mois dans la construction des nouvelles serres du Jardin botanique. Je gagnais presque autant que mon oncle qui travaillait à creuser le nouveau réservoir sur le mont Royal. Ça empêche pas que quand j'ai eu la chance d'avoir une *job* de débardeur, j'ai tout lâché et je le regrette pas.

— Vous vous ennuyez pas de chez vous? demanda Denise.

— Pas mal. Mais ma mère m'écrit presque toutes les semaines pour me donner des nouvelles de tout le monde, c'est déjà moins pire. De toute façon, je peux pas retourner là-bas, il y a pas d'ouvrage pour moi.

Après avoir bu leur boisson gazeuse, les deux jeunes gens durent se résigner à quitter les lieux. Pierre Crevier marcha aux côtés de Denise jusqu'au magasin. En la quittant, le jeune homme lui tendit la main qu'elle ne put faire autrement que saisir.

— Amis? demanda-t-il avec un large sourire.

— Amis, accepta-t-elle en lui rendant son sourire.

— On se dit « tu »?

— C'est correct.

— En tout cas, oublie pas ce que je t'ai dit tout à l'heure. Si le bonhomme en dedans ose une seule fois te toucher, tu m'avertis. Cette fois-là, je vais m'occuper sérieusement de lui.

— Je pense qu'il a compris.

— On va se revoir, lui promit-il en lui adressant un signe de la main avant de la quitter.

Elle le vit s'éloigner en direction de la rue Dufresne. Il avait vraiment une carrure impressionnante et il dépassait les gens d'une demi-tête. Elle se rappela alors qu'elle avait beau être de taille moyenne, sa tête dépassait à peine son épaule. À son entrée dans le magasin, Beaudry lui lança un regard furieux, mais il ne lui dit rien. Elle se dirigea immédiatement vers la pièce au fond du local pour continuer la tâche entreprise à la fin de l'après-midi, soit déballer de la marchandise et venir la placer sur les rayons. Quand les clients commencèrent à se faire plus nombreux vers sept heures, elle revint les servir, comme elle le faisait habituellement. Quelques minutes avant neuf heures, Richard entra dans le magasin.

— Je t'attends à la porte, se contenta-t-il de dire à sa sœur avant de sortir.

À neuf heures pile, Beaudry tendit à sa vendeuse l'enveloppe contenant sa paye hebdomadaire en se contentant de lui dire sèchement:

— On ferme.

Denise prit son sac à main, y déposa sa paye et se dirigea vers la porte sur un « bonsoir » aussi sec.

À sa sortie du magasin, elle trouva Richard, appuyé contre la vitrine, les mains enfouies dans les poches et la cigarette au bec. À quelques pieds de distance, elle eut la surprise de découvrir Pierre Crevier en train d'examiner les articles hétéroclites exposés dans l'autre vitrine.

Denise, heureuse de le retrouver aussi vite, passa à côté de son frère et s'arrêta dans le dos du jeune homme sans qu'il l'ait vue venir. Elle ne put s'empêcher de lui faire remarquer:

— Tu trouves pas qu'il est pas mal tard pour commencer à magasiner? Les magasins sont fermés.

Pierre Crevier sursauta légèrement et se tourna vers elle.

— Comment tu penses que je suis devenu riche? plaisanta-t-il. J'attends toujours que tout soit fermé. Comme ça, je dépense pas une cenne.

Denise sentit un mouvement à ses côtés. Elle tourna la tête et découvrit Richard, l'air mécontent.

— Dis donc! Me prends-tu pour un coton? Je me donne la peine de venir te chercher et tu fais comme si j'étais pas là, lui reprocha-t-il.

— Qui c'est? demanda Pierre Crevier, curieux.

— Mon frère Richard.

— Et toi, t'es qui? demanda l'adolescent, agressif.

Même s'il devait concéder plusieurs pouces et une quarantaine de livres à son vis-à-vis, Richard n'entendait reculer devant personne.

— Whow! Débarque de sur tes grands chevaux! dit Crevier en riant. Je suis un ami de ta sœur. Inquiète-toi pas, j'essaye pas de l'enlever.

— Comment ça se fait que je te connais pas? demanda l'adolescent, intrigué.

— Parce qu'on est de nouveaux amis, pas vrai, Denise?

— En plein ça.

— Je trouve que t'es un maudit bon frère de venir la chercher après son ouvrage quand il fait noir, le félicita le débardeur en lui tendant la main. Je m'appelle Pierre.

— Ça me dérange pas pantoute de venir, dit Richard, tout de même flatté par le compliment.

— Est-ce que ça vous dérangerait que je marche un peu avec vous autres? demanda Pierre. Il fait tellement chaud que j'ai pas vraiment le goût d'aller m'enfermer dans ma petite chambre.

— C'est à ma sœur de te dire ça, dit Richard en regardant sa sœur.

Denise hésita un court moment. Elle ne tenait pas particulièrement à ce que son sauveteur voie le taudis où elle habitait, mais comment lui refuser la permission de l'accompagner un bout de chemin après ce qu'il avait fait pour elle.

— Si t'as rien d'autre à faire, consentit-elle en espérant secrètement qu'il les quitte chemin faisant.

Durant quelques minutes, la jeune fille craignit que son nouvel ami aborde devant son frère la scène scabreuse à laquelle il avait assisté à la fin de l'après-midi. S'il en avait parlé, cela aurait causé un véritable drame à la maison. Ses frères auraient sûrement voulu s'en prendre à Beaudry et elle n'était pas du tout certaine qu'ils auraient été assez rapides pour devancer leur mère, qui serait venue écharper le satyre. Dans un cas comme dans l'autre, elle aurait été obligée de se chercher un autre emploi.

Elle avait brièvement envisagé de se chercher un autre travail après avoir été victime de l'assaut de son gérant, mais elle était encore sous le choc d'avoir dû se défendre. Maintenant, à tête reposée, elle était beaucoup moins sûre de vouloir changer de place. Elle aimait le travail de vendeuse et appréciait travailler à proximité de chez elle. Avec près de cinq ans d'expérience, elle pourrait probablement se trouver un autre emploi semblable, mais il lui faudrait se déplacer en tramway, ce qui était loin d'être une perspective plaisante.

Durant tout le trajet, tous les trois échangèrent des plaisanteries et Pierre Crevier s'informa longuement du genre de travail que Richard exécutait chez MacDonald Tobacco. Contre toute attente, il ne semblait pas du tout vouloir les quitter en cours de route.

Ils arrivaient à la rue Emmett, quand le jeune débardeur demanda à Denise :

— Est-ce que t'as un *chum* ?

— Non.

— Comme ça, je risquerais pas de fâcher personne si je t'invitais à manger un cornet demain soir, après le souper?

— Ben…

— Est-ce que tu m'invites, moi aussi? blagua Richard.

— Certain.

— Je pense que dans ce cas-là, ma sœur va pouvoir accepter si ça lui tente. Tu connais pas ma mère, toi! Si tu penses qu'elle va laisser sortir sa fille sans chaperon, tu te mets le doigt dans l'œil.

— Puis, Denise? insista Pierre Crevier.

— C'est correct, accepta la jeune fille en lui adressant son plus beau sourire.

— Parfait. Demain, sept heures?

— OK.

Pierre Crevier abandonna le frère et la sœur sur le pas de leur porte et poursuivit son chemin dans la rue Archambault. S'ils étaient arrivés quelques minutes plus tôt, ils auraient trouvé Laurette en train de se bercer sur le trottoir. Après le souper, elle avait refusé la proposition de Carole d'entreprendre le lavage hebdomadaire.

— Il fait trop chaud et je suis trop fatiguée, avait-elle argué. On fera ça demain matin, de bonne heure, juste avant d'aller faire les commissions.

— Je peux le faire toute seule, avait suggéré l'adolescente.

— Non. Laisse faire. Fais plutôt tes devoirs.

Tandis que Richard entrait dans l'appartement en compagnie de sa sœur aînée, Jean-Louis sortait de sa chambre.

— À qui vous parliez tous les deux? leur demanda-t-il en les suivant dans la cuisine où leur mère, assise à la table de cuisine, avait chaussé ses lunettes à monture de corne pour lire les titres de *La Presse*.

— Es-tu rendu que tu travailles pour la police ? l'asticota Richard. Si quelqu'un te le demande, tu lui diras que j'ai pas voulu te le dire.

— Maudit niaiseux !

Sa mère leva la tête et retira ses lunettes qu'elle ne portait que pour lire.

— Qu'est-ce qui se passe encore ?

— J'ai juste demandé à qui ils parlaient tous les deux, lui expliqua Jean-Louis. Mes jalousies sont fermées et j'ai pas vu qui c'était.

— Il est pas senteux, non ! se moqua Richard. Si c'est pour t'empêcher de dormir, on va te le dire. On parlait à un ami de Denise. T'es content, là ? À cette heure, tu peux aller te coucher.

— Qui c'est, cet ami-là ? demanda la mère de famille, intriguée.

— C'est un garçon qui vient souvent au magasin, mentit Denise.

— C'est drôle que tu nous en aies jamais parlé, lui fit remarquer sa mère.

— Parce qu'il y avait rien à dire, m'man, répondit sa fille en dissimulant mal son exaspération. À soir, ça s'est trouvé qu'il m'a vue sortir du magasin et il nous a demandé s'il pouvait marcher avec nous autres. Rien de plus.

— Inquiétez-vous pas, m'man. Si vous voulez le voir, vous allez le voir demain soir parce qu'il est supposé venir nous chercher pour nous payer un cornet, intervint Richard.

— Qu'est-ce que tu viens faire dans le portrait, toi ? s'enquit sa mère.

— Ben. Il me l'a offert autant qu'à ma sœur. Peut-être que ça l'intéresse plus de devenir mon ami que le sien, ajouta l'adolescent sur un ton plaisant.

— De quoi il a l'air, ce gars-là ? demanda Laurette, méfiante.

— Moi, je dirais que c'est le genre de gars à qui on dit «Monsieur» avant de le tasser, renchérit Richard.

— Hein ?

— M'man, il est large comme la porte et vous devriez lui voir les battoirs.

Laurette lança un regard interrogateur vers sa fille. Denise se contenta de hausser les épaules, mais elle refusa d'en dire plus. Elle disparut dans sa chambre pour se préparer pour la nuit.

~~~

Le lendemain matin, Laurette regretta de ne pas avoir fait son lavage la veille. Durant la nuit, le vent s'était levé et avait encombré le ciel de lourds nuages gris.

— Maudit verrat ! jura-t-elle en écartant le rideau de la fenêtre de la cuisine. Regarde donc le temps qu'il fait. On dirait qu'il va mouiller. J'aurais donc dû laver hier soir. À matin, mon lavage serait sec.

Dès que Denise et les garçons furent partis pour le travail, elle se mit à houspiller Carole pour commencer au plus tôt cette corvée hebdomadaire, même s'il n'était pas encore huit heures.

— Sors la laveuse de la chambre de tes frères et commence à séparer les couleurs, lui ordonna-t-elle dès qu'elle eut fini de déjeuner. On va essayer de faire une couple de brassées avant qu'il mouille. Pendant que tu fais ça, je vais aller faire mon lit et m'habiller.

Quand elle revint dans la cuisine quelques minutes plus tard, sa cadette avait eu le temps d'aller chercher les deux cuves suspendues dans le hangar et l'eau bouillait déjà sur le poêle. Laurette enjamba les tas de vêtements éparpillés dans la pièce pour s'approcher de la vieille laveuse Beatty installée près de l'évier.

— Je pense qu'on va avoir le temps de laver le blanc avant que je parte faire les commissions chez Tougas, dit-elle à Carole en mettant du savon dans la cuve. On dirait qu'il va mouiller, mais on va prendre une chance d'étendre le linge sur la corde quand même.

Vers neuf heures, la mère de famille mit son chapeau, vérifia si son sac à main contenait bien son porte-monnaie et partit acheter la nourriture de la semaine en laissant à sa fille le soin de laver les vêtements formant deux petits tas au milieu de la cuisine.

— Il reste juste deux brassées à faire, lui fit-elle remarquer avant de partir. Oublie pas les bas sales de Richard.

— Ouach! Ça, ça m'écœure! fit l'adolescente avec une grimace significative. Je pense que j'aimerais mieux laver des couches sales plutôt que ses bas.

— Exagère donc pas! la rabroua sa mère. Vide la poche directement dans la laveuse et lave-la, elle aussi.

Sur ce, Laurette quitta l'appartement en prenant soin d'apporter avec elle son parapluie noir.

Quand elle revint à la fin de l'avant-midi, le ciel était demeuré menaçant, mais il n'avait pas plu. Elle trouva la cuisine bien rangée et le linoléum fraîchement lavé et ciré. Une pile impressionnante de vêtements secs avait été déposée sur l'une des deux chaises berçantes.

— À ce que je vois, ça sèche tout de même pas mal, même si c'est humide, dit-elle à Carole.

— Je pense qu'on en a encore juste pour deux cordes, m'man, lui précisa sa fille. J'ai commencé le ménage.

— C'est correct, on devrait avoir le temps de le finir avant que la commande arrive. En attendant, on arrête un peu pour dîner. On va se faire cuire des œufs.

Ce matin-là, Denise avait éprouvé un immense soulagement en apercevant sa collègue, Jacqueline Bégin, plantée devant le magasin Woolworth. De toute évidence, la petite femme boulotte attendait avec impatience l'arrivée du gérant.

— Il est pas encore arrivé, dit-elle. Tout d'un coup qu'il vient pas ouvrir aujourd'hui, on aurait une belle journée de congé.

— Pas payée, lui fit remarquer Denise.

— On n'en mourrait pas.

— T'as pas eu assez de ta journée de congé d'hier ? lui demanda-t-elle, un rien amère.

— J'ai jamais assez de congés, tu sauras, dit sa collègue avec un petit air frondeur.

— Je le sais, mais t'oublies que quand t'es pas là, c'est moi qui suis poignée avec ce vieux cochon-là, tint à préciser Denise en prenant tout de même la peine de jeter un coup d'œil autour d'elle pour s'assurer qu'Antoine Beaudry n'était pas dans les parages.

— Voyons donc ! protesta Jacqueline Bégin. T'es ben assez grande pour te défendre. T'as juste à lui donner un bon coup de pied à la bonne place et tu vas voir que ça va lui changer les idées. Je voudrais ben qu'il essaye une fois avec moi. Je te garantis qu'il recommencerait pas.

Denise renonça à lui raconter ce qui s'était produit la veille, dans le magasin.

Un tramway freina en grinçant bruyamment au coin de Dufresne. Les portes du véhicule s'ouvrirent et les deux jeunes filles virent Antoine Beaudry descendre et se diriger vers elles à pas pressés, l'air affairé.

— Bonjour, leur dit-il sèchement avant d'introduire la clé dans la serrure de la porte.

Il entra le premier dans le magasin, alluma les néons et se dirigea immédiatement vers la caisse enregistreuse dans l'intention d'y déposer les rouleaux de monnaie qu'il venait de tirer d'un coffret placé sous le comptoir.

Le gérant ne fut ni plus ni moins agréable que d'habitude. Durant toute la journée, il se comporta comme si rien ne s'était produit la veille. Il reprocha à ses vendeuses de se traîner les pieds, les obligea à mieux ranger les étalages et vit à ce que tout soit propre, tant dans le magasin que dans la pièce annexe.

À la fin de la journée, Denise rentra seule chez elle, fatiguée et les pieds endoloris d'avoir dû se tenir debout depuis le matin.

À son entrée dans la maison, elle fut accueillie par une odeur de farine grillée.

— Dites-moi pas que vous faites du ragoût pour souper, m'man ? demanda-t-elle à sa mère en enlevant ses souliers dans le couloir.

— Est-ce que ça te tente ? fit sa mère, d'excellente humeur après avoir rentré dans la maison sa dernière cordée de vêtements secs.

— C'est sûr. C'est ce que j'aime le plus.

— Le porc haché et le bœuf haché étaient en spécial chez Tougas cette semaine, lui expliqua Laurette. Ça fait que j'ai pensé que ce serait pas une mauvaise idée de faire un bon ragoût de boulettes.

— Et on va manger un sacrifice de bon souper à soir, intervint Richard en sortant de sa chambre à coucher. Mon oncle Rosaire m'a donné trois piastres de plus sur ma paye parce que j'ai réparé deux *flats* sur ses chars à vendre. J'ai acheté des feuilletés à la crème à la pâtisserie en revenant. J'ai pris des éclairs au chocolat, des *cream pofs* et des millefeuilles.

— On met la table et on mange, annonça Laurette à ses enfants.

Carole enleva ses cahiers éparpillés sur la table et aida à dresser le couvert pendant que Richard s'emparait d'une grande assiette sur laquelle il disposait la douzaine de pâtisseries qu'il avait achetées.

— Le gars de Styleware m'a apporté ma nouvelle assiette cet après-midi, dit la mère de famille à ses enfants. Ça lui a pris du temps, mais il a fini par me l'apporter. Il avait pas l'air de croire pantoute que j'avais cassé sa maudite assiette. Il aurait fallu, selon lui, que je garde les morceaux pour les lui montrer.

Jean-Louis pénétra dans la cuisine, bien coiffé et cravaté.

— Est-ce que tu sors à soir ? lui demanda sa mère en l'apercevant.

— Oui. Je suis supposé aller voir *Moby Dick* avec Jacques. C'est avec Gregory Peck.

— Ça te tenterait pas de te trouver plutôt une fille avec qui tu pourrais sortir ? ne put s'empêcher de lui faire remarquer sa mère.

— Êtes-vous sérieuse, m'man ? fit Richard, moqueur. Il faudrait qu'il paye pour elle. Des plans pour lui donner une crise cardiaque.

— Toi, tu ferais ben mieux de fermer ta gueule et de ramasser ton argent plutôt que de tout dépenser au fur et à mesure comme une tête folle, dit son frère sur un ton cinglant.

— Inquiète-toi pas, le grand, je le ramasse, mon argent. Mais ça m'empêche pas d'en dépenser un petit peu, de temps en temps. Si je faisais juste ramasser, t'aurais pas la chance de manger des pâtisseries à la crème fouettée à soir. Tu te contenterais des biscuits Village, comme d'habitude.

Tu vois, c'est une chance que tout le monde soit pas gratteux comme toi.

Après s'être régalés d'une abondante portion de ragoût accompagnée de pommes de terre, les Morin abordèrent le dessert en arborant des mines gourmandes. La dernière fois qu'ils avaient eu l'occasion de savourer des pâtisseries françaises remontait au début de l'automne précédent.

— On a droit à combien de feuilletés ? demanda Gilles à son frère Richard.

— Il y en a une douzaine. On peut en manger deux chacun, à moins que certains aiment mieux en manger juste un parce qu'ils ont plus faim, ajouta-t-il en se tournant vers Jean-Louis, qui finissait une tranche de pain en la trempant dans la sauce de ragoût restant au fond de son assiette.

De toute évidence, ils avaient tous suffisamment d'appétit pour dévorer deux pâtisseries françaises en guise de dessert. Chacun les mangea avec un plaisir non dissimulé en prenant garde d'en laisser perdre une miette.

— Ouf ! Il était temps que ça finisse, déclara Laurette en repoussant légèrement sa chaise. Je pense que je vais éclater. Ça, c'est tout un souper.

Ses enfants l'approuvèrent bruyamment. À l'extérieur, le ciel s'était soudainement assombri et on dut allumer le plafonnier de la cuisine.

— On dirait ben qu'on va finir par avoir de la pluie, dit la mère de famille en jetant un bref coup d'œil vers la fenêtre. Ça a marchandé toute la journée.

Quelques minutes plus tard, Jean-Louis quitta la maison précipitamment, armé de son parapluie et Gilles alla chercher son matériel scolaire dans sa chambre dans l'intention de faire les travaux qu'il n'avait pas eu le temps de finir durant la journée à cause de son emploi de livreur. Pour sa part, Laurette venait à peine de finir de laver la vaisselle avec l'aide de ses filles quand quelqu'un sonna à la porte. Richard jeta un coup d'œil à l'horloge murale avant de se précipiter vers le couloir.

— Gagez-vous que c'est Crevier ? dit-il.

— Bon. V'là une autre affaire ! laissa tomber sa mère, sans grand enthousiasme.

Denise retira précipitamment son tablier et jeta un coup d'œil au petit miroir suspendu au-dessus de l'évier pour vérifier l'état de sa coiffure pendant que son frère ouvrait la porte d'entrée. Elle entendit son frère dire :

— Entre, Pierre.

Denise s'avança dans le couloir au-devant de Pierre Crevier, un sourire de bienvenue aux lèvres, pendant que son frère faisait preuve d'un tact inhabituel en disparaissant dans sa chambre à coucher. Le jeune homme était vêtu d'une chemisette verte et d'un pantalon noir, et il avait soigneusement peigné son épaisse chevelure noire.

— Je voulais pas te déranger, s'excusa le visiteur, l'air un peu intimidé, debout à l'extrémité du couloir. Mais comme je t'avais promis un cornet, je trouvais que ça aurait pas été correct de pas venir. T'aurais pu croire que j'étais *cheap*, ajouta-t-il avec un sourire désarmant.

— Viens, l'invita Denise. Je vais te présenter ma mère, ma sœur et un autre de mes frères.

La jeune fille l'entraîna dans la cuisine où sa mère venait de commencer à plier le linge séché durant la journée, installée à une extrémité de la table.

— Bonsoir, madame Morin, dit poliment le visiteur. Je m'appelle Pierre Crevier. J'espère que vous me trouverez pas trop effronté d'être venu sonner chez vous sans avoir été invité. J'avais promis à Denise et à Richard qu'on irait manger un cornet après le souper.

Dès le premier coup d'œil, Laurette fut séduite autant par l'apparence physique que par la personnalité du jeune homme. Il ne parlait pas « en termes » comme Serge Dubuc, l'ancien amoureux de sa fille et il donnait une impression de franchise et de solidité. Par conséquent, elle ne se sentit nullement obligée de le vouvoyer comme elle l'avait fait instinctivement pour l'autre.

— Tu déranges pas pantoute, lui dit-elle avec le sourire. On a fini de souper depuis un bon bout de temps.

Denise lui présenta ensuite sa sœur Carole et son frère Gilles. Après les présentations, Richard revint dans la cuisine.

— Maudit qu'on n'est pas chanceux, s'exclama-t-il, l'air faussement peiné. Au moment où on aurait pu se faire payer des gros cornets à trois boules chez Oscar, v'là qu'il mouille à cette heure.

En effet, la pluie venait de commencer à tomber. Elle s'était même mise à tambouriner furieusement sur le toit du hangar.

— J'ai vu qu'il y a un restaurant au coin, dit Pierre Crevier en souriant. Je peux aller chercher des cornets là, mais j'ai ben peur de trouver là juste des *mino rolls*.

— Aïe, Richard, mon maudit fatigant ! intervint sa mère. Ça va faire ! Tu viens de sortir de table. Avec ce que t'as mangé au souper, je pense pas que tu vas mourir de faim à soir.

— Je disais juste ça pour faire une farce, m'man.

— Bon. Ben, je pense que je vais m'en retourner, dit le jeune débardeur. Je pensais ben qu'on pourrait marcher jusqu'à la rue Sainte-Catherine pour aller se chercher un cornet.

— Si vous pouvez pas aller marcher, vous pourriez peut-être vous asseoir un bout de temps sur le balcon en arrière ou ici dedans, proposa Laurette en constatant que sa fille ne semblait pas se décider à inviter le garçon à rester. T'es pas pour t'en retourner avec une pluie pareille.

Elle lança un regard mécontent à sa fille.

— On n'a pas de salon, finit par dire Denise, gênée par la situation.

— Nous autres aussi, on n'a jamais eu de salon chez nous, avoua Pierre Crevier, apparemment très à l'aise. Avec treize enfants à la maison, ajouta-t-il à l'intention de Laurette, on était pas mal tassés. De toute façon, si on avait eu un salon, ça aurait été de la place perdue parce que, connaissant ma mère comme je la connais, elle aurait jamais voulu qu'on aille dans cette pièce-là qu'elle aurait réservée à la visite.

— Assis-toi, lui offrit Denise, tout de même heureuse de constater que le garçon ne semblait nullement pressé de la quitter.

Pierre Crevier sut se montrer charmant toute la soirée. Denise craignit qu'il révèle à sa mère dans quelles conditions il avait fait sa connaissance, mais sa crainte était injustifiée. Son ami sut se montrer discret et, jamais durant la soirée, il ne chercha à jeter de la poudre aux yeux des Morin réunis dans la cuisine.

Quand Richard le questionna sur sa force physique qui semblait particulièrement l'impressionner, l'invité se contenta de lui dire qu'une paire de bras remplace jamais une tête solide, comme le disait son père.

— De toute façon, tu finis toujours par trouver quelqu'un capable de te planter, ajouta-t-il.

Voyant Gilles encore plongé dans ses travaux scolaires bien après neuf heures, il ne put s'empêcher de lui demander en quelle année il était.

— Je finis ma onzième année, déclara l'adolescent.

— T'es chanceux d'aller encore à l'école, lui fit remarquer l'ami de sa sœur. Chez nous, il y a pas un enfant qui a dépassé la septième année. Qu'est-ce que tu veux devenir ?

— Peut-être un professeur, avoua Gilles après une brève hésitation.

— Première nouvelle, admit Laurette qui venait de s'asseoir après s'être allumée une cigarette.

— Si je peux, ben sûr, compléta Gilles.

Un peu avant onze heures, Pierre Crevier prit congé après avoir remercié Laurette et Denise de l'avoir si bien reçu.

— Si t'as pas trop haï ça, lui dit la jeune fille en l'accompagnant jusqu'à la porte, t'as juste à revenir.

Après le départ du jeune homme, Laurette ne put s'empêcher de dire à sa fille sur un ton appréciateur :

— Ton Pierre m'a l'air d'un bon garçon.

— C'est pas mon Pierre, c'est le Pierre à sa mère, m'man, protesta Denise. C'est pas mon *chum*. Je viens juste de le rencontrer.

— Fais pas trop l'indépendante, ma fille, la tança sa mère sur un ton sévère. Tu vas avoir vingt-trois ans cette année. T'es en train de prendre le chemin pour devenir vieille fille. J'espère que t'as pas envie de passer ta vie toute seule.

Denise ne répliqua pas à sa mère. Elle se dirigea vers sa chambre dans l'intention de se préparer pour la nuit.

— Quant à vous autres, dit la mère à ses trois plus jeunes encore présents dans la cuisine, vous allez vous lever plus de bonne heure demain matin. Il est pas question que vous alliez crottés à la messe.

— Ben, m'man, voulut protester Richard.

— Vous avez voulu profiter de ce que votre sœur avait de la visite pour pas prendre votre bain, vous allez vous laver demain matin. À cette heure, il est assez tard. C'est l'heure d'aller se coucher.

Laurette ne trouva le sommeil que vers une heure du matin, après avoir entendu rentrer Jean-Louis. Depuis sa majorité, à la fin du printemps précédent, elle avait cessé de lui faire une scène chaque fois qu'il rentrait plus tard que minuit. Il n'en restait pas moins qu'elle ne pouvait trouver le sommeil que lorsqu'il était rentré.

La mère de famille s'endormit, en proie à des idées noires. Elle sentait que le contrôle de ses enfants lui échappait peu à peu. Denise se faisait un ami sans lui en avoir parlé, Jean-Louis ne lui disait pratiquement rien et considérait la maison comme un hôtel et Carole ruait dans les brancards... Gilles était peut-être tranquille, mais Dieu savait ce que Richard faisait hors de la maison.

⁓

Le lendemain après-midi, l'appartement des Morin était pratiquement désert. Carole et son amie Mireille avaient accompagné Gilles et Richard à une partie de base-ball disputée au parc Frontenac, malgré le temps maussade. Denise, réfugiée dans sa chambre, s'était assoupie en lisant un roman. Quant à Jean-Louis, la mère de famille, occupée à terminer son repassage, aurait été incapable de dire où il était passé. Le jeune homme s'était esquivé après le dîner sans dire où il allait.

Laurette suspendait une chemise de son aîné fraîchement repassée quand elle entendit la porte d'entrée s'ouvrir.

— Qui c'est? demanda-t-elle en reprenant place derrière sa planche à repasser.

Pas de réponse. Il n'y eut que des pas dans le couloir.

— Qui est-ce qui vient d'entrer? répéta Laurette d'une voix impatiente.

— C'est juste moi, répondit la voix tranquille de Gérard.

En entendant le son de la voix de son mari, le cœur de la femme eut un raté. Elle faillit renverser la planche à repasser dans sa précipitation pour se rendre dans le couloir où elle trouva Gérard en train de déposer sa valise dans l'entrée de leur chambre à coucher. Derrière lui, Rosaire Nadeau souriait tout en refermant la porte.

— Ma foi du bon Dieu! C'est pas vrai! Dis-moi pas qu'ils ont fini par te laisser sortir! s'exclama Laurette en embrassant son mari et en le serrant contre elle.

— On le dirait ben, dit ce dernier sur un ton tranquille. Il faut croire que les sœurs en avaient assez de me voir la face.

— Entrez tous les deux. On va se faire une tasse de café, offrit-elle, tout excitée. J'en reviens pas, ajouta-t-elle en les précédant dans la cuisine. C'est les enfants qui vont être contents de revoir enfin leur père.

— Je reste pas plus que cinq minutes, intervint son beau-frère. J'ai de l'ouvrage en retard. J'ai un paquet de paperasses à remplir pour le garage.

Laurette remplit la bouilloire d'eau et la déposa sur le poêle après avoir allumé le brûleur. Les deux hommes avaient pris place autour de la table. Elle était toute boule-versée de revoir enfin son mari à la maison après une si longue absence. Il était bien revenu à deux ou trois reprises depuis son entrée au sanatorium Saint-Joseph, mais ce n'étaient que de courtes visites de vingt-quatre heures qui lui avaient fait souvent plus de mal que de bien.

— T'es vraiment revenu pour de bon? lui demanda-t-elle en déposant les tasses de café sur la table. J'ai de la misère à le croire, ajouta-t-elle, les larmes aux yeux.

— Oui. C'est ben fini, se contenta de répondre Gérard avant de prendre une première gorgée de café. Cybole que ça fait du bien d'être chez nous! Je pensais jamais sortir de là sur mes deux pieds, précisa-t-il à l'intention de son beau-frère.

— Comment ça se fait que t'arrives avec Rosaire? fit Laurette, curieuse.

— Le docteur m'a appris la nouvelle seulement hier après-midi. Ça fait que comme je savais que c'était au tour de ma mère, Colombe et Rosaire de venir me voir aujourd'hui, je leur ai téléphoné hier soir de pas se déranger, que je sortais de Saint-Joseph.

— Je lui ai dit : « Grouille pas avant demain avant-midi. Je vais passer te chercher et te ramener chez vous avec ta valise », l'interrompit Rosaire Nadeau.

— T'aurais pu me téléphoner pour m'annoncer la nouvelle, fit Laurette avec une pointe de reproche dans la voix. Là, je t'ai rien préparé de spécial pour souper.

— C'est ben correct comme ça. Rosaire est venu me chercher après la messe et il m'a amené dîner à la maison. Colombe avait mis les petits plats dans les grands et ma mère m'avait fait cuire un rôti de bœuf comme ça faisait longtemps que j'en n'avais pas mangé.

Sa femme piqua un fard en entendant ces paroles.

— C'est sûr que c'est pas ce que j'aurais pu te faire manger pour dîner, dit-elle, un rien amère. En tout cas, Rosaire, t'es ben fin d'être allé le chercher, ajouta-t-elle en se tournant vers son beau-frère.

— C'est ben beau, tout ça, mais je dois partir, dit le petit homme gras en se levant avec un air affairé. Même si c'est dimanche, j'ai de l'ouvrage qui m'attend. Prends ben soin de toi, Gérard, conseilla-t-il à son beau-frère après avoir embrassé Laurette sur une joue.

Ses hôtes le raccompagnèrent jusqu'à sa voiture stationnée devant la porte. L'énorme Cadillac noire avait attiré quelques gamins de la rue Archambault ainsi que le jeune René Beaulieu. Ils étaient une demi-douzaine en train de l'examiner malgré les quelques grains de pluie qui commençaient à tomber.

Le couple rentra dans l'appartement après avoir salué Rosaire une dernière fois.

Aussitôt, Laurette se mit à ranger les vêtements fraîchement repassés après avoir replié sa planche à repasser. Sans dire un mot, Gérard demeura quelque temps debout devant la porte-moustiquaire de la cuisine avant de s'asseoir dans sa chaise berçante en poussant un profond soupir de contentement.

— Content d'être chez nous? lui demanda sa femme.

— Ça fait longtemps que j'attends ça, reconnut-il en s'emparant de l'exemplaire de *La Patrie* qu'un des garçons avait déposé sur le rebord de la fenêtre.

Laurette examina son mari à la dérobée. Son Gérard ne faisait pas ses quarante-cinq ans. Malgré son teint un peu pâle, il avait l'air en bonne santé et reposé.

La porte de la chambre des filles s'ouvrit sur le visage ensommeillé de Denise. La vue de son père la réveilla tout à fait. Tout heureuse de le revoir, elle se précipita vers son père pour l'embrasser sur une joue.

— Je suis bien contente que vous soyez là, p'pa. Êtes-vous revenu pour de bon? lui demanda-t-elle. Je vous ai même pas entendu entrer.

— Ben oui. Ma valise est déjà sur mon lit.

— Si c'est comme ça, je vais aller la défaire pendant que m'man va finir de s'occuper du linge repassé.

Quelques minutes plus tard, Carole rentra en compagnie de ses deux frères. Ils demeurèrent d'abord figés en apercevant leur père assis dans sa chaise berçante. Puis les trois plus jeunes de la famille s'élancèrent vers lui en manifestant bruyamment leur joie de le voir de retour définitivement à la maison.

— On est ben contents que vous soyez revenu, dit Richard, ému.

— On s'est ben ennuyés de vous, p'pa, poursuivit Carole, en faisant un effort pour ne pas pleurer de joie.

Le souper fut pris dans une ambiance de fête aisément compréhensible. Les enfants avaient beau avoir fréquemment rendu visite à leur père au sanatorium, ce n'était pas comme le revoir à la maison. Le chef de la famille Morin était définitivement de retour. Même Jean-Louis, arrivé quelques minutes après les autres, semblait moins distant ce soir-là. Pour la première fois depuis bien longtemps, il paraissait être un membre à part entière de la famille.

~

Ce soir-là, Laurette savoura pleinement chacun des moments de leur intimité retrouvée. Après avoir éteint la lumière et fait leur prière en commun, à genoux, de chaque côté du lit, ils s'étaient couchés. Elle s'était immédiatement lovée contre lui, impatiente de le sentir enfin contre elle après une si longue attente. Elle avait oublié depuis longtemps à quel point le « devoir conjugal », comme l'appelait pudiquement le curé Perreault, lui avait pesé parfois avant l'hospitalisation de son mari. Elle constatait maintenant qu'il lui avait manqué.

Quelques minutes plus tard, Gérard lui murmura :

— À cette heure que je suis revenu, tu pourras lâcher ta *job* chez Viau quand tu voudras. Demain avant-midi, je vais aller à la Dominion Rubber. Je suis certain qu'ils vont me trouver quelque chose à faire. J'ai tout de même travaillé là vingt-deux ans avant de tomber malade.

— Ils ont dû te remplacer au magasin, lui fit remarquer sa femme.

— C'est sûr, mais ils vont sûrement avoir quelque chose pour moi. Vingt-deux ans, c'est quelque chose.

— Si ça marche, tu peux être certain que je lâche l'ouvrage à la fin de la semaine, lui promit Laurette. J'ai hâte d'avoir juste à faire mon ouvrage de maison. En plus, Carole a besoin d'être surveillée.

— Comment ça ? s'étonna son mari en se tournant vers elle dans le noir.

— Les petits gars ont l'air de l'intéresser un peu trop, lui dit sa femme sans entrer dans les détails. Je sens qu'il va falloir lui serrer la vis. Les autres aussi ont besoin que je sois là, prit-elle soin d'ajouter. Denise a l'air de s'être fait enfin un nouveau cavalier et Richard devient un peu trop fantasque à mon goût. Gilles est le seul qui m'inquiète pas trop.

— Et Jean-Louis ?

— Lui, je sais plus trop comment le prendre, avoua Laurette. Il continue à se tenir tout le temps avec son Jacques Cormier. Je commence à trouver ça pas normal pantoute. Il va falloir que tu lui parles, à ton gars.

— Ouais, acquiesça Gérard sans trop d'enthousiasme avant de jeter un coup d'œil au réveille-matin.

Le chuintement provoqué par les pneus d'une voiture passant dans la rue Emmett, devant la fenêtre de la chambre, apprit à Laurette que la pluie avait commencé à tomber.

— On est aussi ben de dormir, dit-elle à son mari en se tournant sur le côté. Demain, je dois me lever à six heures moins quart pour aller travailler.

Chapitre 9

Le travail

Le lendemain matin, Laurette s'éveilla quelques minutes avant que le réveille-matin ne sonne et s'empressa de désactiver la sonnerie pour permettre à son mari de dormir un peu plus longtemps.

Elle se leva et sortit de la chambre sans faire de bruit. À son entrée dans la cuisine, elle vit par la fenêtre que le soleil brillait déjà dans un ciel sans nuage.

— Bonyeu, il aurait pas pu faire ce temps-là pendant la fin de semaine! s'insurgea-t-elle en ouvrant la porte intérieure pour laisser entrer une petite brise rafraîchissante par la porte-moustiquaire.

Ses enfants se levèrent les uns après les autres dans les minutes suivantes. À chacun, elle s'empressa de recommander à mi-voix:

— Fais pas trop de bruit. Laisse dormir ton père.

— Qu'est-ce qu'il va faire toute la journée? lui demanda Jean-Louis en finissant de nouer sa cravate après avoir fait sa toilette.

— Il est supposé aller voir à la Dominion Rubber. Il est à peu près sûr qu'ils vont le reprendre.

— Avec quoi on fait nos lunchs? demanda Carole comme sa mère rangeait le sien dans son large sac à main.

— Il reste du poulet pressé. En revenant de l'école, t'arrêteras chez Paré pour m'acheter deux pains Weston. Toi, Richard, oublie pas de sortir les poubelles. La semaine passée, Gilles les a oubliées et elles débordent.

Son fils se contenta de hocher la tête en mordant dans la rôtie qu'il venait de tartiner de marmelade.

Gilles et Denise se levèrent quelques minutes après le départ de leur mère et déjeunèrent en prenant soin de ne pas réveiller leur père. À huit heures, quand ce dernier ouvrit les yeux, la maison était étrangement silencieuse. Il n'entendait que le bruit diffus de ce qu'il supposa être le moteur d'une laveuse chez les nouveaux voisins qui habitaient l'appartement situé à l'étage. Il jeta un coup d'œil au réveille-matin et se dépêcha de se lever. Il était seul dans l'appartement.

Après un rapide déjeuner, il sortit un instant sur le balcon. Il faisait déjà chaud. Il quitta le balcon et alla s'appuyer contre la petite clôture qui limitait la cour des Morin pour voir de plus près la grande cour commune. Il respira avec plaisir les odeurs familières en provenance de la Dominion Rubber et de la Dominion Oilcloth. Il était chez lui, dans son monde. Il avait bien cru ne jamais pouvoir y revenir. En retournant vers le balcon, une goutte d'eau frappa son épaule. Il leva la tête pour s'apercevoir qu'elle provenait de vêtements que la nouvelle voisine venait d'étendre sur sa corde à linge.

La porte de ses nouveaux voisins s'ouvrit pour livrer passage à une grosse et grande femme chargée d'un lourd panier de vêtements mouillés. Gérard la salua de la tête et rentra chez lui, non sans avoir eu le temps de remarquer que Rose Beaulieu avait pratiquement la même corpulence que sa Laurette, tout en étant un peu plus grande.

Peu après, il quitta son appartement. À sa vue, la voisine de droite, Catherine Bélanger, occupée à balayer le pas de sa porte, eut un sursaut. Ignorant délibérément son air étonné, Gérard Morin la salua avec bonne humeur avant de se diriger sans trop se presser vers la Dominion Rubber, sur la rue Notre-Dame. Avant d'arriver au coin de la rue, il se retrouva face à face avec Cécile Paquin en grande conversation avec une inconnue. La veuve lui adressa un large sourire.

— Bonjour, monsieur Morin. C'est votre femme qui doit être contente de vous revoir.

— Elle a pas l'air trop fâchée, fit Gérard, pressé de mettre fin à cette conversation devant l'autre voisine qu'il voyait pour la première fois. Vous m'excuserez, il faut que je me dépêche. Je dois aller à la compagnie.

Il ne tenait pas à ce que la veuve lui demande des nouvelles de sa santé. Il dépassa les deux femmes et s'empressa de tourner dans la rue Fullum. Si Laurette avait caché sa maladie aux gens du quartier, ces derniers allaient sûrement se demander d'où il sortait. La plupart avaient dû finir par croire qu'il avait abandonné sa femme et ses enfants.

Quelques minutes plus tard, il poussa la porte du bureau du personnel de la Dominion Rubber. Revoir les lieux où il avait travaillé tant d'années lui faisait chaud au cœur, mais il se sentait mal à l'aise de se trouver dans ce bureau où il n'avait mis les pieds qu'à une ou deux reprises. Il n'avait qu'une hâte, remettre son sarrau gris et se retrouver derrière le comptoir du magasin en train de gérer les pièces soigneusement rangées et étiquetées sur les tablettes de son département.

Dès son entrée dans le bureau, Joseph Lanctôt, le petit homme à demi chauve qui avait accueilli Laurette trois ans plus tôt, vint à sa rencontre. L'ancien magasinier se présenta, mais rien dans la réaction de Lanctôt n'indiqua qu'il le reconnaissait.

— J'ai arrêté de travailler ici il y a trois ans parce que j'étais malade, dut expliquer Gérard. J'ai été magasinier vingt-deux ans. À cette heure, je suis guéri. Je me demandais s'il y aurait pas de l'ouvrage pour moi, ajouta-t-il avec la gênante impression de quémander.

L'employé parut soudain se souvenir et se fit alors un peu plus chaleureux.

— Je me rappelle. Attendez. On a dû garder votre dossier dans les filières. Assoyez-vous. Je vais le sortir et aller voir si monsieur Gingras peut vous recevoir.

— Monsieur Gingras?

— Oui. C'est notre nouveau directeur du personnel depuis un an.

Sur ce, Joseph Lanctôt ouvrit un tiroir de classeur dans lequel il fouilla avant d'en tirer une chemise cartonnée beige. Il adressa un sourire rassurant à Gérard avant d'aller frapper à la vitre dépolie d'une porte au fond de la pièce. Il entra et referma silencieusement derrière lui. L'homme ne reparut qu'après un long moment.

— Monsieur Morin, si vous voulez venir, dit-il au demandeur d'emploi. Monsieur Gingras peut vous recevoir.

Gérard s'empressa de se lever et pénétra dans une pièce sévèrement meublée d'un vieux bureau en noyer, d'un classeur et de deux chaises en bois disposées devant le bureau.

— Assoyez-vous, monsieur… monsieur Morin, dit un homme grand en manches de chemise, sans lever la tête d'un dossier qu'il était en train de consulter.

Gérard s'assit et attendit, fébrile, que l'autre ait terminé sa lecture.

— Bon. Excellents états de service, reconnut Paul-Émile Gingras en refermant la chemise cartonnée déposée devant lui. Je vois que vous avez longtemps travaillé pour nous, ajouta-t-il en repoussant sur son nez ses lunettes à monture en corne.

— Vingt-deux ans, monsieur.

— Le problème, monsieur Morin, c'est que, vous vous en doutez bien, nous vous avons remplacé depuis longtemps. Le magasinier qui a pris votre place nous donne entière satisfaction. Vous comprenez qu'on peut pas le mettre à la porte parce que vous revenez.

— Oui, mais j'ai travaillé tellement longtemps pour vous autres, voulut plaider Gérard.

— C'est la vie, monsieur Morin. On pouvait pas vous garder votre place indéfiniment.

— Oui, je comprends ça, reconnut Gérard d'une voix assourdie. Mais je suis prêt à prendre une autre *job*. Je suis pas difficile.

— Malheureusement, on n'a rien à vous offrir pour tout de suite, dit le directeur sur un ton qui se voulait compatissant. J'aimerais bien vous reprendre, mais j'ai pas d'ouvrage pour vous aujourd'hui. Le mieux que vous puissiez faire, c'est de laisser votre nom et votre numéro de téléphone à monsieur Lanctôt avant de partir et s'il y a une ouverture — on sait jamais — on vous téléphonera. Si vous trouvez rien ailleurs d'ici là, il est possible que nous ayons quelque chose pour vous au début de l'automne prochain.

— Merci, monsieur, dit Gérard, le cœur gros.

Déjà, Paul-Émile Gingras était debout et lui tendait la main.

— Je vous souhaite bonne chance, monsieur Morin.

Gérard la lui serra et avant même qu'il ait quitté la pièce, l'autre s'était rassis et replongé dans son travail. Tétanisé par la mauvaise nouvelle qu'il venait d'apprendre, l'ancien magasinier laissa tout de même ses coordonnées au commis de bureau avant de quitter la Dominion Rubber.

Quand la porte de l'immeuble se referma derrière lui, il éprouva l'impression déprimante qu'il ne remettrait plus jamais les pieds dans ces lieux. Le cœur serré et incapable d'évaluer toute la portée de ce qui venait de se passer, le quadragénaire se mit lentement en marche vers la rue Emmett.

Qu'allait-il devenir? Comment allait-il nourrir les siens? Trouver un emploi à quarante-cinq ans n'allait sûrement pas être facile. De plus, chaque fois qu'il allait se présenter quelque part, on ne manquerait pas de lui demander ce qu'il avait fait durant les trois dernières années. Au mot «tuberculose», on allait lui claquer la porte au nez. Il avait pourtant besoin d'argent pour faire vivre sa famille, il lui fallait trouver quelque chose le plus vite possible.

Au coin de la rue Fullum, il aperçut le parc Bellerive avec ses quelques carrés de pelouse bien délimités par des sentiers asphaltés. Il ressentit une envie irrépressible d'aller s'asseoir sur l'un des bancs disposés face au fleuve que remontait lentement un cargo lourdement chargé. Il avait besoin de réfléchir.

Alors, au lieu de traverser la rue Notre-Dame et de rentrer chez lui, il marcha quelques centaines de pieds plus loin et pénétra dans le parc. Plusieurs bancs étaient occupés par des vagabonds et des ivrognes en train de cuver au soleil. Il en trouva cependant un inoccupé et s'y assit. Durant de longues minutes, il fixa le bout de ses chaussures, insensible à la caresse des chauds rayons d'un soleil déjà presque parvenu à son zénith.

L'homme se sentait soudainement dépassé par la situation. Durant les trois dernières années, il n'avait eu d'autres responsabilités que de guérir et de prendre soin de lui. Il s'était ennuyé au sanatorium, mais les religieuses avaient fait en sorte que la plupart des tracas extérieurs ne viennent pas entraver sa guérison. Laurette s'était chargée de faire vivre les enfants et l'avait libéré de tous les soucis financiers. Mais tout cela était maintenant fini. Il lui fallait reprendre son rôle de père de famille. Il avait l'impression que tout lui retombait sur les épaules comme une chape de plomb. Pendant un court laps de temps, il en vint même à regretter d'être sorti de Saint-Joseph.

Il jeta un regard à la dérobée aux hommes assis sur les bancs dans le parc. La plupart étaient des épaves. Allait-il devenir comme eux ?

— Bâtard ! Il faut que je me secoue, dit-il à mi-voix. Je suis pas un petit vieux. Je suis encore capable de travailler. OK. Ça peut me prendre un bout de temps avant de trouver quelque chose, mais ça presse tout de même pas comme une cassure de me trouver une *job*. J'ai perdu trois ans de ma vie. J'ai ben le droit de souffler un peu.

Sur ces mots, il se leva, un peu rasséréné. Il se mit lentement en marche et sortit du parc. Il traversa la rue Notre-Dame au coin de Fullum pour rentrer chez lui. Il allait prendre l'après-midi pour réfléchir aux endroits où il se présenterait le lendemain. Il se donnait une semaine pour dénicher un emploi. Laurette pouvait bien continuer chez Viau une semaine ou deux de plus pour lui donner le temps de se remettre en selle.

Ce soir-là, à son retour du travail, sa femme le trouva assis sur le balcon, en train de fumer paisiblement, les jambes confortablement étendues devant lui.

— Puis ? Comment ça a été à la compagnie ?

— Il y a rien pour moi, laissa tomber Gérard. Ils vont me rappeler s'il y a quelque chose.

— Comment ça ?

— Cybole, Laurette, es-tu sourde ? Je viens de te dire qu'ils ont pas d'ouvrage pour moi.

— La bande de chiens sales! s'emporta sa femme. Ils m'avaient dit qu'ils essaieraient de te garder ta *job* quand t'es tombé malade.

— Tu pensais tout de même pas qu'ils allaient m'attendre trois ans, protesta son mari.

— Il me semble qu'ils auraient pu t'offrir quelque chose, les écœurants! Là, qu'est-ce que tu vas faire?

— J'ai pas le choix. À partir de demain, je vais me chercher une *job* ailleurs. J'ai pas soixante-dix ans. Je suis pas fini. Je suis encore capable de trouver quelque chose, ajouta-t-il, plus pour se rassurer que pour la convaincre.

— Moi, j'ai les jambes mortes, déclara Laurette en se laissant tomber lourdement sur le vieux banc sur lequel elle déposait son panier lorsqu'elle avait du linge à étendre. Aujourd'hui, on crevait de chaleur à l'ouvrage.

— Repose-toi un peu, lui suggéra Gérard. Carole m'a dit tout à l'heure que le souper était presque prêt.

Richard entra alors dans la cour et tendit à son père une boîte de tabac Player's.

— C'était la dernière chez Paré, dit-il à son père. Si vous voulez fumer des Export toutes faites, p'pa, je peux vous en passer, offrit-il à son père en ouvrant son paquet de cigarettes avant de le lui tendre.

— Non. C'est correct comme ça, refusa Gérard. Tes Export sont trop fortes à mon goût.

— Dis-moi pas que tu vas te remettre à fumer? fit Laurette.

— Ben oui. Pourquoi tu me demandes ça?

— Ben. Le docteur te l'a défendu, non?

— Il me l'a défendu quand j'étais malade. À cette heure que je suis guéri, je peux fumer.

— Mais les sœurs, elles…

— Laisse faire les sœurs, fit son mari en haussant un peu la voix. Elles voulaient pas qu'on fume parce qu'elles avaient peur qu'on mette le feu.

— C'est toi qui le sais, admit Laurette en faisant un effort pour se relever. Je vais aller aider aux filles à préparer le souper. À soir, on va manger du *baloney* rôti avec des patates.

Ce soir-là, Gérard renoua avec une vieille tradition. Après le repas, il entreprit de confectionner ses cigarettes pour la semaine et il les déposa dans la boîte métallique qui avait contenu son tabac.

~⌒

Les deux jours suivants, Gérard Morin partit tôt de la maison chaque matin et alla demander du travail dans une douzaine de compagnies de la rue Notre-Dame situées tant dans l'est que dans l'ouest de Montréal. Chaque fois qu'il devait prendre le tramway, il était frappé par l'augmentation du nombre de véhicules qui sillonnaient cette grande artère de la métropole. Il commençait sérieusement à croire les politiciens qui affirmaient que, dans moins de cinq ans, près de la moitié des foyers aurait une automobile.

Sa quête d'un emploi demeurait toutefois stérile et il commençait à s'impatienter sérieusement. Sa frustration était d'autant plus grande que tout le monde autour de lui semblait travailler. Il avait l'impression d'être un paresseux qui se faisait vivre par sa femme et ses enfants. D'ailleurs, il avait volontairement calqué son horaire de recherche d'emploi sur celui des travailleurs, de manière à ne pas être montré du doigt par les habitants de la rue Emmett qui auraient probablement trouvé à redire s'ils l'avaient vu assis chez lui quand sa femme était au travail.

En cette fin de mercredi après-midi, il rentra affamé à la maison. Il n'avait pas eu assez d'argent en poche pour dîner au restaurant et ne voulait pas manger des sandwiches dans la rue ? Pendant que Carole, rentrée de l'école quelques minutes plus tôt, lui préparait un sandwich pour le faire patienter jusqu'au souper, il alluma la radio pour écouter les informations. En s'assoyant à table, il entendit la voix de Roger Baulu annoncer :

— Cet après-midi, le très honorable Maurice Duplessis a mis fin à toutes les spéculations au sujet de la date des élections générales dans la province. Il a annoncé en Chambre que les habitants de la province de Québec auraient l'occasion d'aller aux urnes le 20 juin prochain. Comme à son habitude, le premier ministre a pris sa décision un mercredi, jour dédié à saint Joseph, saint auquel, comme chacun le sait, il voue une dévotion particulière. Le nouveau chef du parti libéral, Georges-Émile Lapalme, en poste depuis moins de trois ans, a, pour sa part, déclaré que ses troupes étaient prêtes et qu'il présenterait des candidats dans les quatre-vingt-treize comtés de la province.

Gérard se frotta les mains de satisfaction en écoutant cette nouvelle. Rien ne lui plaisait autant que la politique. Sans être un unioniste fanatique, il vouait une grande admiration à Maurice Duplessis autant pour sa lutte contre les communistes que pour sa chasse aux Témoins de Jéhovah. « C'est mon homme », s'était-il toujours plu à dire à son voisin, Bernard Bélanger, un libéral convaincu. Le plus étrange était probablement le fait qu'il n'avait voté qu'en une seule occasion dans sa vie…

À son retour à la maison, Laurette trouva son mari en grande discussion avec Bernard Bélanger, à qui il parlait pour la première fois depuis son retour du sanatorium. Carole avait dû révéler sa maladie à sa grande amie Mireille, la fille de l'éboueur, parce que ce dernier lui parlait comme s'il n'avait jamais quitté le quartier. Elle salua les deux hommes et les laissa à leur discussion.

— Ton Lapalme va avoir du pain sur la planche, le taquina un Gérard d'excellente humeur. D'après moi, il est pas de taille pantoute. Maurice va le manger tout rond.

— Vends pas la peau de l'ours trop vite, lui conseilla le gros homme en passant une main dans son épaisse tignasse poivre et sel. Lapalme, c'est pas Marler. Ça fait peut-être même pas trois ans qu'il est chef du parti, mais tu vas t'apercevoir que c'est tout un homme. T'as entendu Hamel la semaine passée ? Il a promis qu'on était pour nettoyer la « caverne de voleurs » aux élections. Ben. On y va en élections. C'est là qu'on va voir.

Quand Gérard rentra dans l'appartement en annonçant la nouvelle du jour à sa femme, cette dernière souleva les épaules en disant :

— T'en as du temps à perdre avec ces maudites niaiseries-là. C'est pas ça qui vient mettre du pain et du beurre sur la table.

Gérard se sentit piqué au vif par sa remarque et blêmit.

— Tu sauras que j'ai cherché de l'ouvrage toute la maudite journée, s'emporta-t-il. J'ai pas niaisé.

— Whow ! Prends pas le mors aux dents ! C'est pas ça pantoute ce que je voulais dire, fit sa femme, surprise par cet éclat. Je voulais juste dire que c'est pas la politique qui va nous aider à arriver.

Gérard s'assit à table et ne dit plus rien pendant que sa femme et ses filles commençaient à servir le repas du soir.

⌒

Le lendemain soir, Richard ne revint de son travail qu'un peu avant sept heures. À son entrée dans la maison, il trouva son père, l'air morose, en train de lire son journal pendant que sa mère et Denise étaient occupées à plier les vêtements qui venaient d'être retirés de la corde à linge. La radio jouait en sourdine *L'Hymne à l'amour*, le dernier succès d'Édith Piaf.

— Tiens! Te v'là, toi! l'apostropha sa mère en le voyant entrer dans la cuisine. Veux-tu ben me dire où t'étais passé? Il est presque sept heures. Tu me feras pas croire que tu sors de ta *job*!

— Ben non, m'man, répondit Richard en s'assoyant au bout de la table. Je suis allé au bureau de Dupuis, sur Sainte-Catherine, avec un gars qui travaille avec moi.

— Quel Dupuis?

— Yvon Dupuis, celui qui se présente contre Charbonneau aux élections, expliqua l'adolescent, d'une voix excitée.

— Qu'est-ce que t'avais à faire là? lui demanda son père en levant la tête de son journal.

— Ben. Jutras, le gars qui travaille avec moi, m'a offert d'y aller avec lui pour travailler pour Dupuis. Je suis allé voir après l'ouvrage. Il m'a engagé. Je commence demain soir.

— T'as du front tout le tour de la tête, Richard Morin, s'emporta sa mère. T'oublies que t'es mineur. T'as juste seize ans. T'as besoin de notre permission pour ça.

— Je vais avoir dix-sept ans dans moins d'un mois, m'man. Dupuis va me donner dix piastres par soir d'ouvrage juste pour coller sa face un peu partout.

— Dix piastres! ne put s'empêcher de répéter la mère de famille, séduite. Mais il a donc ben de l'argent, lui.

— C'est un maudit libéral, intervint son père avec humeur. On sait pas d'où vient tout cet argent-là. Avec les rouges, tout est possible.

Probablement attiré par le mot « argent » qu'il avait entendu de sa chambre dont la porte était demeurée ouverte, Jean-Louis s'empressa de venir rejoindre son frère dans la cuisine.

— T'es pas mal jeune pour te mêler de ces affaires-là, fit remarquer le père au plus jeune de ses fils.

— Peut-être, p'pa, mais c'est pas une *job* ben forçante et c'est payant, plaida l'adolescent en replaçant son « coq » du bout des doigts. L'organisateur m'a dit qu'il aurait besoin de moi cinq ou six soirs. Après, ça se peut qu'il me trouve une autre *job* s'il est content de moi.

— S'il est trop jeune, je peux toujours prendre sa place, proposa son frère aîné à ses parents. Moi, je suis majeur.

— Toi, c'est surtout l'argent qui t'intéresse, pas vrai ? fit Richard, sarcastique. Tu peux toujours aller essayer de t'engager à ma place.

— C'est surtout une *job* pour manger des claques sur la gueule, intervint le père de famille sans s'adresser à l'un ou l'autre de ses fils en particulier. Les colleurs d'affiches de Charbonneau laisseront pas les hommes de Dupuis faire tout ce qu'ils veulent dans le quartier.

— Si c'est comme ça, je pense que je vais laisser faire, dit Jean-Louis à regret. À ben y penser, j'ai ben assez de mon ouvrage chez Dupuis.

Sur ces mots, l'aîné des fils Morin battit en retraite vers sa chambre.

— Vous, p'pa, cette *job*-là vous intéresse pas ? demanda Richard, prêt à lui céder sa place si cela lui convenait.

— Pantoute, répondit son père d'une voix tranchante. J'ai pas de temps à perdre avec ça.

— Ça vous dérange pas que j'aille coller des affiches, même si c'est pour les rouges ?

— Dis donc pas de niaiseries ! Tu peux y aller, accepta Gérard, mais arrange-toi pas pour te faire casser la gueule.

Ordinairement, ce sont pas des enfants d'école qui font cet ouvrage-là. Essaye de te souvenir que c'est pas pour rien que l'organisateur va te donner autant d'argent pour le faire.

Pendant tout cet échange, Laurette n'avait pas ouvert la bouche. La décision de permettre ou non à Richard de travailler aux élections appartenait à son mari. Pour sa part, elle n'y voyait qu'un bon moyen pour l'un des siens de gagner de l'argent.

— Si t'as faim, je peux te faire réchauffer un reste de spaghettis, proposa-t-elle à son cadet.

— C'est correct, m'man.

— Laissez faire, m'man, je vais lui faire réchauffer ça, proposa Denise en se dirigeant déjà vers le réfrigérateur.

— T'es ben fine, ma grande, dit Laurette qui semblait épuisée.

Quelques minutes plus tard, rassasié, Richard entra dans sa chambre à coucher où il retrouva son frère Gilles en train d'étudier, étendu sur le lit. Jean-Louis avait quitté la chambre voisine pour aller prendre l'air sur le balcon arrière.

— J'ai quelque chose à te montrer, dit-il à son frère en affichant un air mystérieux.

— Quoi? demanda l'autre, agacé d'être interrompu dans son travail.

— Attends.

Richard glissa une main sous le matelas, au pied du lit, et en tira une grande enveloppe brune. Il l'ouvrit et en extirpa un grand calendrier.

— Tiens! Rince-toi l'œil, mon frère, chuchota-t-il en lui tendant le calendrier.

— Whow! s'exclama l'étudiant en contemplant une femme dont les formes généreuses étaient largement révélées par un costume de bain.

— Il y en a une pour chaque mois ! dit Richard avec enthousiasme. Moi, en tout cas, j'ai jamais vu des belles femmes comme ça, même aux vues.

Gilles feuilleta lentement le calendrier sous l'œil réjoui de son frère. Les brunes, les blondes et les rousses étaient photographiées dans des poses pour le moins suggestives.

— Grouille-toi un peu, finit par lui dire Richard. S'il fallait que la mère nous poigne avec ça, elle ferait une syncope.

— Où est-ce que t'as trouvé ça ?

— Paul Jutras, le gars qui travaille avec moi, me l'a donné. Le meilleur, c'est qu'il a une sœur de dix-sept ans. Elle a presque mon âge. Il m'a dit qu'elle ressemble à la fille du mois de décembre sur le calendrier. Regarde. C'est la petite brune. Elle est belle en maudit.

Gilles s'empressa de feuilleter le calendrier et il se retrouva vite en train d'examiner une magnifique créature aux yeux verts coquins qui semblait lui lancer une invite.

— Puis ? demanda-t-il, sceptique.

— Puis, il m'a dit qu'il était pour me la présenter, répondit son jeune frère, enthousiaste. Moi, une fille comme ça, c'est mon rêve, ajouta-t-il en s'emparant de son calendrier qu'il se dépêcha de dissimuler à nouveau sous le matelas. Si t'as envie de le regarder de temps en temps, tu peux le faire, mais fais ben attention que la mère te poigne pas avec.

— OK, fit Gilles sans montrer grand intérêt.

Richard s'agenouilla pour tirer de sous le lit la boîte dans laquelle il rangeait ses bandes dessinées. Il en choisit une et quitta la pièce pour aller s'asseoir sur les marches conduisant au balcon, à l'arrière de l'appartement.

Pour dire la vérité, il n'avait pas trop la tête à lire les aventures de Lone Ranger. Depuis que Jutras lui avait fait miroiter la possibilité de lui présenter sa jeune sœur le dimanche suivant, il ne pensait plus qu'à ça. Chaque fois qu'il allait aux toilettes, il se regardait durant un long moment dans le miroir suspendu au-dessus du lavabo en se demandant si la jeune fille allait le trouver assez beau pour elle. Il plaquait alors ses oreilles contre son crâne, vérifiait l'ordonnance de son «coq» et examinait de près si son soupçon de moustache était bien visible. Aussi étrange que cela pouvait paraître, l'adolescent était plus préoccupé par le fait qu'il n'était pas encore obligé de se raser plus d'une fois ou deux par semaine que par ses oreilles un peu décollées.

Richard Morin reconnaissait volontiers qu'il n'avait encore connu aucun succès auprès des jeunes filles du quartier. Il avait beau prendre des airs affranchis quand il se trouvait en compagnie de ses copains et parler haut et fort quand une fille passait, il n'en restait pas moins qu'il ne pouvait se vanter d'aucune conquête. La seule fille qui lui avait accordé un peu d'attention avait été la jeune Monique Côté, à l'époque où il était élève en sixième année, à l'école Champlain. Alors qu'il était follement amoureux d'elle, elle lui avait préféré un grand de l'école Meilleur. Par la suite, toutes ses tentatives de jouer au grand séducteur s'étaient soldées par de lamentables échecs. Mais il ne renonçait pas. Si son frère Gilles sortait encore, de temps à autre, avec la belle Nicole Frappier, il ne voyait pas pourquoi il serait incapable de se faire aimer par une fille, lui aussi.

— Je suis plus beau que lui et j'ai de l'argent pour sortir une fille, marmonna-t-il pour lui-même, en songeant à son frère qu'il ne jalousait pas.

Dans la cuisine, Gérard avait syntonisé Radio-Canada où Georges-Émile Lapalme comparait le premier ministre Duplessis à un dictateur qui se servait de la menace communiste pour faire peur aux électeurs. Il le présentait comme le chef d'un parti corrompu qui, sous le prétexte d'avoir voulu intimider le fédéral, avait instauré un impôt provincial deux ans auparavant. Il le tenait pour responsable du pourrissement des longues grèves dans le papier et le textile l'année précédente. À son avis, Maurice Duplessis était un vieux politicien usé qui avait fait son temps. Le Québec avait un urgent besoin de changement.

— Lapalme a oublié l'exécution de Coffin au mois de février. Il pourrait même lui mettre ça sur le dos, un coup parti, ajouta-t-il, sarcastique, en se tournant vers Laurette.

Sa femme ne répondit rien. Il la sentait à bout de nerfs et impatiente de le voir trouver enfin un emploi. Elle ne disait rien et ne se plaignait pas, mais il savait qu'elle mourait d'envie d'abandonner son travail chez Viau pour rentrer à la maison et s'occuper de son foyer.

Gérard cessa d'écouter cet exposé partisan pour revenir à ses propres préoccupations : trouver un emploi. Chaque jour, depuis près de deux semaines, de neuf heures le matin à quatre heures l'après-midi, il s'était présenté dans des entreprises pour poser sa candidature. Même s'il était prêt à accepter n'importe quoi, on lui avait répondu partout qu'on n'engageait pas. Non seulement le découragement le gagnait peu à peu, mais il était évident que sa femme commençait à perdre confiance en lui.

Chapitre 10

La campagne électorale

Le lendemain soir, Richard rentra très tôt de son travail à la MacDonald Tobacco. Le ciel était gris et l'air chargé d'une humidité collante. À son entrée dans la maison, Carole venait à peine de terminer d'éplucher les pommes de terre.

— Gilles vient juste de partir pour aller travailler, dit-elle à son frère qui venait de déposer sur la table la somme représentant le coût de sa pension hebdomadaire. P'pa fait un peu de ménage dans le hangar. Les autres sont pas encore arrivés de travailler.

— On est vendredi. Je laisse ma pension sur la table. Tu la donneras à m'man quand elle arrivera. Moi, je me fais juste deux sandwiches avant d'aller travailler, prévint-il sa jeune sœur en se dirigeant vers le garde-manger pour y prendre le pain. J'ai pas le temps d'attendre le souper.

L'adolescent mangea rapidement et but un verre de cola avant de dire à sa sœur :

— Tu diras à m'man que je suis parti travailler. Je sais pas à quelle heure je vais revenir.

Sur ce, Richard quitta la maison. Il salua de la main deux de ses copains en train de siroter un Coke, appuyés contre la vitrine du restaurant Paré et se dépêcha de remonter la rue Archambault jusqu'à la rue Morin. Il lui fallut moins de cinq minutes pour arriver devant la porte de la permanence du Parti libéral installée dans une boutique désaffectée de la rue Sainte-Catherine, voisine de la buanderie tenue par un couple de Chinois. Les vitrines poussiéreuses du local avaient été tapissées de photos d'Yvon Dupuis, le candidat libéral du comté. À la vérité, le quinquagénaire à la figure poupine et souriante avait l'air aussi franc qu'un vendeur d'automobiles usagées.

Richard poussa la porte et se retrouva dans une grande pièce meublée sommairement de quelques bureaux et d'une vingtaine de chaises. Des boîtes étaient empilées contre l'un des murs. Richard aperçut Paul Jutras en conversation avec un homme de taille moyenne aux manches de chemise retroussées qui lui parlait sans prendre la peine de retirer la cigarette allumée qui pendait à ses lèvres. L'adolescent s'approcha.

— Bon. Morin est arrivé, monsieur Meloche, annonça Paul Jutras en montrant son collègue de travail à celui qui semblait le responsable du bureau.

— Parfait, fit l'homme en ouvrant l'une des caisses empilées contre le mur. Vous deux, votre *job*, à soir, c'est d'aller poser des affiches partout où vous pourrez sur Sainte-Catherine. Séparez-vous l'ouvrage comme vous voudrez. Remplissez-vous les poches de petits clous. Il y en a une pleine boîte dans le coin. Prenez un marteau et une bonne pile d'affiches et allez-y.

— C'est tout? demanda Paul Jutras, un jeune homme de dix-huit ans à l'air déluré.

— Posez pas les affiches trop haut ou trop bas, recommanda Meloche. Si elles sont trop hautes, les gens les remarqueront pas. Si elles sont trop basses, les enfants vont les arracher.

— OK, monsieur Meloche.

— Si vous avez la chance d'en clouer une couple sur la face de Charbonneau, ce sera pas un péché, ajouta l'organisateur en leur adressant un clin d'œil. Mais regardez ben alentour avant de faire ça. Les hommes de Charbonneau pourraient ben être pas loin. De toute façon, dans une vingtaine de minutes, j'irai jeter un coup d'œil sur ce que vous avez fait et je vous laisserai d'autres affiches.

Les deux jeunes prirent ce dont ils avaient besoin et quittèrent le local.

— Je vais prendre l'est, décida Paul Jutras. Je vais faire le côté sud jusqu'à Arbour et, après, je vais traverser sur le trottoir d'en face.

— C'est correct, accepta Richard. Moi aussi, je vais faire un bord de la rue. Je vais faire jusqu'à De Lorimier avant de revenir de l'autre côté de la rue Sainte-Catherine.

En cette dernière soirée du mois de mai, les badauds étaient nombreux sur les trottoirs de la rue Sainte-Catherine et bien peu prêtèrent attention à l'adolescent en train de clouer une affiche cartonnée sur chacun des poteaux. Le « Votez libéral, votez Dupuis » écrit en lettres rouges au bas de chacune attirait l'œil.

Lorsqu'il arriva devant l'église Saint-Vincent-de-Paul, Richard eut une idée qui allait sûrement plaire à son patron. Il monta les marches du parvis, déposa par terre la pile d'affiches qui l'encombrait, saisit son marteau et se mit en devoir de clouer une affiche sur l'une des portes de l'église. Il allait reculer de quelques pas pour juger de l'effet de son affiche quand il se sentit brusquement saisi au collet par une poigne de fer.

— Est-ce que je peux te demander ce que tu fais là ? tonna à ses oreilles la voix de stentor du curé Perreault.

Le cloueur d'affiches, stupéfait, tourna la tête et aperçut la figure rouge de colère de son curé à quelques pouces à peine de la sienne. De surprise, il en échappa son marteau.

— Vas-tu te décider à me répondre? reprit la voix du pasteur, lourde de menace.

— Ben, je mettais une affiche pour les élections, monsieur le curé.

— Sur la porte de la maison de Dieu, espèce de voyou!

Au bord de l'apoplexie, Damien Perreault lâcha le collet de la chemise de Richard pour l'attraper par une oreille.

— Tu vas m'enlever cette cochonnerie de là tout de suite, tu m'entends, effronté? Si jamais j'en revois une sur mon église, je te fais arrêter. Envoye! Ôte-moi ça de là!

Richard s'empressa d'arracher l'affiche qu'il venait de clouer.

— Arrache aussi ton clou! lui ordonna sèchement le prêtre.

L'adolescent, blanc comme un drap, arracha le clou.

— À cette heure, disparais de ma vue. Je t'ai assez vu, lui ordonna Damien Perreault en lâchant son oreille.

Au moment où Richard pivotait sur lui-même pour descendre les marches du parvis, les cloches sonnèrent pour inviter les fidèles à venir participer à la dernière récitation du chapelet du mois de Marie. Il s'aperçut alors qu'une vingtaine de personnes, debout sur le trottoir, avait assisté à la scène. Il s'empressa de traverser la petite foule de badauds et s'éloigna, fâché contre lui-même de s'être laissé prendre par le curé de la paroisse.

Quelques dizaines de pieds plus loin, le jeune homme avait cependant retrouvé tout son aplomb et il se remit au travail. Meloche immobilisa sa Dodge noire le long du trottoir alors qu'il se trouvait près de la rue Parthenais. L'homme jeta un coup d'œil à la dernière affiche qu'il venait de clouer, le félicita pour son travail et lui laissa une pile d'affiches.

— Continue comme ça, mon garçon, lui dit-il. T'as le tour. Tu fais une bonne *job*.

Ragaillardi par ces paroles, Richard se remit au travail avec entrain pendant que Meloche s'éloignait à bord de son automobile.

Quelques minutes plus tard, sous le pont Jacques-Cartier, il se permit de clouer la photo d'Yvon Dupuis sur celle du candidat de l'Union Nationale sur deux poteaux voisins.

L'adolescent n'avait pas remarqué deux individus assis à proximité dans une vieille Chevrolet. Les deux hommes l'avaient regardé faire avec un intérêt non déguisé. Finalement, après s'être brièvement consultés, ils s'extirpèrent de leur véhicule, armés l'un et l'autre d'un bâton de baseball. Leur figure patibulaire et leur carrure imposante incitèrent les passants à hâter le pas quand ils s'approchèrent de Richard Morin.

Ce dernier les aperçut à la dernière minute. Il devina tout de suite à qui il avait affaire. À l'instant où il s'apprêtait à prendre ses jambes à son cou, l'un des inconnus aux bras abondamment tatoués lui barra la route et l'attrapa par un bras.

— Pas si vite, le morveux! lui ordonna-t-il en le repoussant durement vers le mur de brique d'une vieille maison.

— Qu'est-ce que tu viens de faire là? lui demanda l'autre en frappant le creux de sa main gauche du bout de son bâton de baseball.

Tout le sang s'était retiré du visage de Richard et, comme par hasard, les passants continuaient à changer de trottoir en apercevant le trio.

— Je colle juste des affiches, balbutia-t-il.

— Tu colles des affiches! On dirait que t'as besoin de barniques, dit le premier individu, sarcastique. Je sais pas si t'as remarqué, mais t'as collé tes affiches sur les nôtres.

— Ah oui ? Je les ai pas vues, mentit Richard, sur un ton peu convaincant.

— C'est ben ce qu'on disait, reprit le même homme, t'as besoin de barniques.

— C'est ben de valeur, reprit le tatoué sur un ton faussement apitoyé. Je sens qu'il va falloir qu'on t'aide à voir plus clair. Qu'est-ce qu'on fait, Henri ? On lui casse un bras ou une jambe ? demanda-t-il en se tournant vers son acolyte. Dans un cas comme dans l'autre, il pourra plus rien coller pendant un bon bout de temps. Ça va faire peur aux autres.

— Ouais, fit l'autre, l'air mauvais, en repoussant son chapeau sur sa nuque.

Au même moment, une auto-patrouille de la police de Montréal s'arrêta doucement le long du trottoir, à faible distance de la scène. Richard vit que l'un des agents s'inté-ressait à la scène sans toutefois esquisser le moindre geste laissant croire qu'il s'apprêtait à intervenir. Le tatoué tourna la tête et fit un signe de la main en direction du policier à l'instant même où Richard s'apprêtait à l'appeler à son secours. L'agent salua l'homme de la main, sembla dire quelque chose au chauffeur de l'auto-patrouille qui démarra doucement, laissant l'adolescent seul, aux prises avec les deux inconnus.

— À ben y penser, je pense qu'on lui cassera rien à soir, décida celui que le tatoué appelait Henri. J'aime pas ben ça fesser sur les enfants. On va se contenter de lui donner une petite leçon.

Sur ce, l'homme agrippa le devant de la chemise de Richard et lui décocha rapidement trois ou quatre gifles si retentissantes que la tête de l'adolescent résonna comme une cloche. Le sang se mit à lui couler du nez.

— Nous autres, on est pour la liberté, morveux, le prévint-il avec un sourire mauvais. On t'empêche pas de mettre tes maudites affiches, mais regarde ben où tu les cloues. Si jamais j'en revois une qui touche à une des nôtres, je t'envoie à l'hôpital et ta mère va avoir ben de la misère à te reconnaître. T'as compris?

Richard ne put que hocher la tête.

— Parfait, reprit l'autre. À cette heure, dégage! lui ordonna-t-il en lui administrant un magistral coup de pied au derrière qui le projeta quelques pieds plus loin.

Les deux fiers-à-bras remontèrent lentement à bord de leur Chevrolet pendant que Richard, furieux et humilié, revenait sur ses pas pour ramasser ses affiches et son marteau. Alors que l'automobile démarrait, il ne put s'empêcher de leur crier:

— Bande de chiens sales!

Si les deux inconnus s'imaginaient que Richard Morin allait rentrer chez lui pleurer dans les jupes de sa mère, ils le connaissaient bien mal. Il se tamponna le nez et essuya le sang qui coulait d'une éraflure faite à sa joue gauche, probablement par la bague de la brute. Il reprit son travail, même s'il sentait son visage enfler. Au coin de Sainte-Catherine et De Lorimier, il traversa sur le côté nord de l'artère et continua à apposer ses affiches sur chaque poteau, en prenant toutefois bien soin de ne pas toucher aux affiches de Charbonneau, le candidat unioniste.

Quand Meloche revint l'approvisionner en affiches, l'organisateur remarqua son visage marqué, mais il ne dit pas un mot. À neuf heures trente, Richard rejoignit Jutras et tous les deux rentrèrent à la permanence du parti. Meloche leur demanda de se présenter le lendemain soir parce qu'il voulait leur confier le secteur de la rue Notre-Dame à placarder.

À son retour à la maison, ses parents venaient à peine de rentrer à l'intérieur. Laurette et son mari avaient passé la soirée sur le trottoir de la rue Emmett. Gérard avait taquiné Bernard Bélanger pendant un bon bout de temps sur le peu de chance des libéraux aux prochaines élections avant de venir s'asseoir sur le pas de sa porte pour tenir compagnie à sa femme, installée dans sa chaise berçante posée sur le trottoir.

Gérard avait écouté ensuite Catherine Bélanger rappeler à Laurette combien elles avaient trouvé intéressant d'assister au tournage du film *Tit-Coq* de Gratien Gélinas, l'été précédent. Les scènes extérieures avaient été tournées devant le restaurant Paré, sur le balcon et dans l'escalier voisins. Carole et Mireille, de retour d'une promenade sur la rue Archambault, s'étaient mêlées à la conversation des adultes pour dire à quel point elles avaient trouvé amusant de faire partie des figurants que le cinéaste avait récompensés avec des bonbons. Avant de rentrer, les deux couples s'étaient promis d'assister à la projection de ce film-là, surtout pour tenter de reconnaître des voisins.

Ce soir-là, Richard fut le dernier de la famille à rentrer à la maison. Lorsqu'il se présenta dans la cuisine, tout le monde était en train de prendre une collation. L'appartement était surchauffé et pas un souffle d'air ne pénétrait dans la pièce par la porte-moustiquaire et par la fenêtre.

— Ah ben, bonyeu! s'exclama Laurette en apercevant son fils cadet. Veux-tu ben me dire ce qui t'est arrivé?

La grosse femme quitta précipitamment la table, saisit son fils par une épaule et l'approcha d'elle pour mieux examiner son visage où l'œil droit était à demi fermé. L'une de ses joues enflées était ornée d'une profonde éraflure.

— On dirait ben qu'il est passé en dessous des p'tits chars! plaisanta Jean-Louis en jetant un coup d'œil indifférent à son jeune frère. Il a dû ouvrir sa grande gueule une fois de trop.

— Qu'est-ce qui t'est arrivé? lui demanda son père, la mine inquiète.

— J'ai rencontré des *bums*, se contenta de dire l'adolescent.

— Mais ils t'ont ben magané! s'exclama sa mère.

— Je me suis pas laissé faire, plastronna Richard. Eux
autres aussi, ils en ont mangé une maudite.

— Est-ce qu'ils t'ont battu parce que tu posais des
affiches? demanda son père.

— Pantoute, mentit encore une fois Richard, ne voulant
pas se faire interdire cet emploi. C'est en revenant de
l'ouvrage, tout à l'heure.

— T'es sûr de ça, toi? fit sa mère, sceptique.

— Puisque je vous le dis, m'man.

— C'est correct. Va te nettoyer le visage et mets-toi du
mercurochrome sur ta coupure. Tu vas avoir l'air fin pour
aller travailler arrangé comme ça, chez ton oncle, demain
matin, ajouta-t-elle, mécontente.

— Je vais juste lui dire que vous m'avez encore battu,
plaisanta Richard, en réprimant un rictus de douleur.

— Toi, le comique, c'est tout ce que tu mériterais, le
menaça sa mère, mi-sérieuse.

Une heure plus tard, Laurette se préparait à se mettre
au lit quand le bruit d'une violente dispute lui parvint de
l'étage au-dessus. Comme cela provenait de l'arrière, elle
s'approcha, curieuse, de la porte-moustiquaire pour mieux
entendre ce qui se passait chez les Beaulieu. Il y eut un
bruit de chaises bousculées sur le balcon, à l'étage, et elle
entendit la voix avinée de Vital Beaulieu.

— Maudite grosse vache! hurla le petit homme à sa
femme. Ça fait trois fois que je te dis de m'apporter une
autre bouteille de bière. Es-tu sourde? Grouille-toi, Christ!

— Pas si fort, Vital, lui ordonna sa femme à mi-voix.
Tous les voisins vont t'entendre.

— Je m'en sacre comme de l'an quarante! s'écria
l'employé de la Dominion Textile. Je suis chez nous,

ici, sacrament! Personne va venir me dire ce que je dois faire.

— Il est passé onze heures. Tiens, v'là ta bière. Tu trouves pas que t'as assez bu comme ça? Viens donc te coucher.

— Toi, calvaire, mêle-toi de tes maudites affaires et ôte-toi de devant ma face. Je boirai autant que je voudrai et ça te regarde pas.

Il y eut un bruit de bousculade sur le balcon. Une porte claqua. Laurette entendit le raclement d'une chaise et le calme revint. Elle quitta son poste d'observation et alla rejoindre Gérard qui venait de s'agenouiller près du lit pour dire sa prière. Elle l'imita. Quand elle se releva, elle chuchota à son mari:

— Je te dis que ça barde en haut. Le bonhomme Beaulieu a l'air à moitié soûl et il bardasse sa femme.

— C'est pas de nos affaires, laissa tomber Gérard en se mettant au lit.

— Il est gros comme une chenille à poils. Si j'étais sa femme, je te lui ramènerais une claque sur le museau qui le calmerait. Elle est deux fois plus grosse que lui.

— C'est ça. Va donc le brasser comme t'as déjà fait pour Rocheleau, en face, fit son mari, d'une voix acide. Laurette Morin, tu travailles pas pour la police. Occupe-toi juste des affaires qui se passent chez vous.

— Vous êtes tous pareils, les maudits hommes! fit sa femme. Vous vous sentez ben forts quand vous piochez sur les faibles femmes.

— Aïe! Exagère pas, cybole! protesta Gérard. D'abord, je l'ai vue, la Rose Beaulieu. Elle donne pas tout à fait l'impression d'être une faible femme. Elle a de la misère à passer dans les cadrages de porte. Et pour toi, je me souviens pas d'avoir jamais levé la main sur toi.

— Ah ben, bout de viarge ! J'aimerais ben voir ça, par exemple, s'emporta Laurette qui venait de se dresser sur un coude dans le lit pour tenter de voir le visage de son mari dans l'obscurité.

— Couche-toi donc au lieu de t'énerver pour rien, lui conseilla Gérard, agacé.

Le silence retomba dans leur chambre à coucher. Une auto passa devant leur fenêtre. Laurette tendit l'oreille. Il lui semblait entendre des sanglots en provenance de la pièce située au-dessus, à l'étage.

Dans la chambre à coucher des garçons, Gilles demanda à son frère avant de se tourner sur le côté pour dormir :

— Est-ce que tu poses des affiches demain soir, après avoir travaillé au garage de mon oncle ?

— Oui. J'ai l'intention de commencer de bonne heure pour finir vers neuf heures. On va faire la rue Notre-Dame.

— Je vais te rejoindre quand j'aurai fini les livraisons chez Living Room.

— Pour faire quoi ?

— J'ai rien à faire de la soirée. Je te donnerai un coup de main pour porter les affiches.

— C'est pas nécessaire.

Gilles n'ajouta rien et se contenta de tirer un peu sur la mince couverture grise pour se couvrir l'épaule, malgré la chaleur régnant dans la pièce. Son jeune frère ne dit rien non plus. Il avait compris que son frère aîné désirait l'accompagner pour le protéger si quelqu'un voulait encore s'en prendre à lui.

Gilles était plus costaud que lui, même s'il mesurait deux pouces de moins. Sa présence allait être rassurante.

Le lendemain, premier jour de juin, le temps fut idéal. Une petite brise en provenance du sud avait chassé toute trace d'humidité et le soleil réchauffait agréablement l'atmosphère.

Richard revint tôt du garage de Rosaire Nadeau. Sa mère lui servit son souper bien avant les autres membres de la famille pour lui permettre d'aller travailler. L'adolescent engloutit le bœuf haché et les pommes de terre rissolées en quelques minutes.

— Est-ce que Gilles vous a dit qu'il venait travailler avec moi, à soir ? demanda-t-il à sa mère.

— Oui. Il m'a dit ça à matin, avant de partir. J'aime ben ça jouer à la serveuse de restaurant et servir des repas à n'importe quelle heure, ronchonna-t-elle en s'emparant de son assiette sale et de ses ustensiles demeurés sur la nappe cirée.

— J'aurais pu me faire des sandwiches, avança Richard.

— Laisse faire. Vous en avez déjà mangé à midi.

Richard quitta la maison et salua son père, debout devant la porte d'entrée. Ce dernier discutait encore de politique avec le voisin. Pendant un bref moment, l'adolescent eut la tentation de dire au passage à l'éboueur, fervent partisan du Parti libéral, qu'il travaillait pour son candidat, uniquement pour embarrasser son père. Il y renonça de crainte d'être retardé. Il se dirigea d'un pas rapide vers la rue Sainte-Catherine.

Il approchait du local occupé par la permanence quand il reconnut l'imposante carrure de Pierre Crevier qui marchait quelques pas devant lui. Il s'empressa de s'approcher de lui par derrière.

— Ouach ! Il y a quelqu'un qui a pris son bain dans du *Old Spice*, dit-il dans le dos du jeune homme pour le taquiner.

L'ami de sa sœur se tourna d'une seule pièce en l'entendant et sourit en le reconnaissant.

— Tu trouves que je sens trop l'*Old Spice*? demanda-t-il, avec une lueur d'inquiétude dans le regard.

— Pantoute, répondit Richard en lui tapant sur l'épaule. Qu'est-ce que tu fais? T'en vas-tu rejoindre ma sœur?

— En plein ça! avoua le jeune débardeur. J'ai envie de lui demander si ça lui tente pas de venir voir avec moi un nouveau film qu'il y a au Papineau.

— Si c'est pas un film de cowboy, elle va dire oui, certain, le rassura Richard.

— Non. Ça s'appelle *Le Roi et moi*. Des gars qui travaillent dans mon équipe au port ont dit qu'il est pas mal bon.

— Il te reste juste à avoir la permission de mon père. Bonne chance. Moi, j'entre là, dit-il à Crevier en montrant le local occupé par les représentants du Parti libéral du comté. Salut.

Pour la troisième fois de la semaine, Pierre Crevier entra chez Woolworth au grand déplaisir d'Antoine Beaudry à qui il jeta un regard peu amène. Ce dernier fit comme s'il ne l'avait pas vu et s'activa à compter le contenu de sa caisse enregistreuse. Jacqueline Bégin, la collègue de Denise, travaillait en compagnie de celle-ci. À la vue du jeune homme, elle eut un sourire complice en le reconnaissant et s'éloigna vers un autre comptoir pour ne pas être indiscrète.

— On ferme dans dix minutes! dit le gérant d'une voix forte, comme si cet avertissement pouvait inciter l'unique client du magasin à sortir plus rapidement.

Pierre Crevier ne se donna même pas la peine de tourner la tête dans sa direction.

— As-tu besoin de quelque chose ? lui demanda Denise, en rosissant de plaisir en l'apercevant.

— Non. Je suis juste arrêté pour voir si le bonhomme continuait à se tenir comme du monde.

— Il reste à sa place, le rassura la jeune fille.

Il y eut un bref silence avant que Pierre se décide à reprendre la parole.

— Bon. Je voulais aussi te demander si ça te tenterait pas de venir aux vues avec moi à soir.

En entendant ces paroles, le cœur de la jeune fille bondit de joie. C'était ce qu'elle attendait depuis leur première rencontre.

— OK, si mon père veut, accepta-t-elle immédiatement.

— T'es majeure, non ? Il me semble que t'as pas besoin de sa permission pour sortir.

— C'est vrai, mais chez nous, c'est comme ça que ça marche.

— Remarque que je trouve ça ben correct, s'empressa de dire le débardeur. En plus, ça va me permettre de rencontrer ton père. Qui mène chez vous ?

— Ma mère essaye de faire croire à mon père que c'est lui qui mène, mais c'est pas sûr, expliqua la vendeuse avec un sourire.

— Si j'ai ben compris, je suis mieux de m'organiser pour que les deux acceptent que tu sortes avec moi à soir.

— En plein ça.

Denise connaissait maintenant Pierre Crevier depuis deux semaines. Le jeune homme n'était venu qu'une fois chez les Morin, soit la veille de la sortie de son père du sanatorium. Après cette visite, il était devenu étonnamment discret et un peu timide. Bien sûr, il était passé régulièrement au magasin prendre de ses nouvelles et, en deux occasions, il l'avait raccompagnée sur une courte distance après ses heures de travail. À sa grande déception, leurs relations s'étaient arrêtées là. Il ne semblait pas très désireux d'aller plus loin, ce qui la décevait profondément.

La semaine précédente, Denise lui avait raconté le retour de son père à la maison après trois années de sanatorium. Elle avait refusé de lui raconter la fable de la maladie cardiaque que tous les membres de la famille avaient racontée aux curieux. Si le jeune homme avait peur de la tuberculose ou doutait de la guérison complète de Gérard Morin, il disparaîtrait comme Serge Dubuc, son amoureux, avait disparu. Il n'en fut pourtant rien. Pierre Crevier n'avait pas bronché en apprenant la nouvelle.

En cette fin d'après-midi, il attendit Denise à l'extérieur du magasin et la raccompagna chez elle pour demander la permission à ses parents d'emmener Denise voir un film.

À leur arrivée devant le 2318, rue Emmett, les deux jeunes gens virent Gérard Morin en train de discuter avec Bernard Bélanger, le voisin. Denise salua l'éboueur comme sa mère apparaissait dans l'encadrement de la porte pour inviter son mari à souper.

Laurette reconnut immédiatement Pierre Crevier.

— Bonjour, lui dit-elle. Grouillez-vous. Le souper est prêt, ajouta-t-elle en rentrant dans la maison.

Bernard Bélanger en profita pour s'éclipser.

— Bon. Ça a tout l'air que ma Catherine m'appelle moi aussi pour souper, s'excusa-t-il en rentrant.

— Bonjour, p'pa, fit Denise. Je vous présente Pierre Crevier, un ami, dit-elle en lui désignant le jeune débardeur debout à ses côtés.

Les deux hommes se serrèrent la main. Gérard Morin dut lever les yeux pour rencontrer le regard de l'ami de sa fille. Il concédait au jeune homme plusieurs pouces et une trentaine de livres. À cause de cela, Pierre Crevier lui fut immédiatement antipathique.

— Je suis content de vous rencontrer, dit Pierre avec un large sourire.

— Moi aussi, dit le père de Denise du bout des lèvres. Bon. Tu m'excuseras, mais il faut que j'aille souper.

— Je voulais juste vous demander, monsieur Morin, si ça vous dérangerait que j'amène votre fille aux vues, à soir, se dépêcha de demander le débardeur avant que Gérard entre dans la maison.

— Il faut que tu demandes ça à sa mère, dit Gérard en entrant dans le couloir.

Pierre Crevier regarda Denise, passablement ébranlé par l'accueil réfrigérant de son père.

— Est-ce qu'il y a quelque chose que j'ai pas fait correct? lui demanda-t-il à mi-voix.

— Non. Pourquoi tu me demandes ça?

— On dirait que ton père m'aime pas pantoute.

— Ben non. C'est juste qu'il est surpris de te voir. Attends-moi une minute. Je vais demander à ma mère si on peut aller aux vues.

Denise le planta là, sur le trottoir, devant la porte. C'était tout un changement après l'accueil chaleureux reçu lors de sa première visite.

À l'intérieur, la jeune fille entra dans la cuisine de fort mauvaise humeur.

— M'man, est-ce que je peux aller aux vues avec Pierre, à soir? demanda-t-elle à sa mère occupée à servir le repas à Carole, Jean-Louis et son mari.

— Ben oui. Je l'ai pas invité à souper parce que j'en ai pas assez, ajouta-t-elle.

— C'est pas grave, m'man. Il a déjà soupé. Il venait juste pour me demander de sortir avec lui à soir.

Toujours debout dans l'entrée de la cuisine, Denise prit son courage à deux mains pour demander à son père:

— P'pa, est-ce que Pierre vous a fait quelque chose?

— Non, répondit Gérard, surpris par la question de sa fille. Pourquoi tu me demandes ça?

— Il a l'impression que vous l'aimez pas pantoute.

— Ben non. Je le connais même pas, ajouta son père avec une mauvaise foi assez évidente.

Denise quitta la pièce pour aller dire quelques mots à son ami avant de revenir s'attabler avec les siens pour souper.

— Où est-ce qu'il est parti? fit sa mère en la voyant revenir seule dans la cuisine.

— Prendre une marche. Il va revenir me chercher vers sept heures.

— Il aurait pu venir prendre une tasse de café avec nous autres.

— Il est trop tard, laissa tomber Denise, mécontente de la façon dont ses parents avaient reçu son ami.

Pierre Crevier revint la chercher un peu avant sept heures. Il n'eut pas à affronter son père puisqu'elle alla à sa rencontre dès qu'elle l'aperçut.

⁓

Richard Morin n'éprouva aucun ennui ce soir-là en collant des affiches électorales sur les poteaux de la rue Notre-Dame. Il avait retrouvé son frère Gilles devant la permanence en quittant le local et l'avait présenté à Paul Jutras. Gilles n'avait pas quitté son cadet durant toute la soirée et Meloche, qui les alimentait en affiches, ne fit aucune remarque en voyant un parfait inconnu aider l'un de ses employés.

Vers neuf heures, les deux frères étaient revenus au local de la rue Sainte-Catherine en compagnie de Jutras. Gilles demeura à l'extérieur pendant que les deux autres étaient entrés pour toucher leur salaire. L'organisateur avait donné vingt dollars à chacun, pour leurs deux soirées de travail, et il avait même eu la générosité d'ajouter un cinq dollars pour Gilles, demeuré à l'extérieur. Ce dernier avait accepté la somme avec le plus grand plaisir.

— Avec ça, je vais amener Nicole au parc Lafontaine demain après-midi et lui payer un tour de canot, dit Gilles.

— Moi, je sors pas demain, lui annonça son frère alors qu'ils s'engageaient dans la rue Emmett. J'ai dit à Jutras que j'aimais mieux attendre une semaine de plus avant qu'il me présente sa sœur. Avec la face arrangée comme je l'ai là, je vais lui faire peur. En tout cas, Meloche est content de nous autres. Il nous a dit qu'il avait encore deux ou trois soirs d'ouvrage pour nous autres. C'est toujours bon à prendre.

— C'est de valeur que je puisse pas y aller avec vous autres la semaine prochaine, fit son frère. Il faut que je commence à préparer mes examens.

Ce samedi soir de juin marqua un tournant important dans la vie de Denise.

Pierre et elle étaient entrés en amis au cinéma Papineau pour en sortir, trois heures plus tard, amoureux. Durant la projection, le jeune homme s'était enhardi dans le noir au point de lui prendre la main, main qu'il n'avait pas lâchée de la soirée. Émue, Denise n'avait pas résisté à cette grande main calleuse qui avait emprisonné la sienne avec douceur. Elle s'était même laissée aller à appuyer sa tête sur son épaule, heureuse de sentir sa chaleur à travers sa chemisette.

Les deux jeunes gens avaient décidé, d'un commun accord, de revenir à pied sans se presser du cinéma, tant ils se sentaient bien l'un en compagnie de l'autre. Quand vint le temps de se quitter devant la porte des Morin, ils se donnèrent rendez-vous le lendemain après-midi, conscients d'avoir franchi une étape importante dans leur relation.

À l'heure de se quitter, il y eut un court instant d'embarras. Pierre Crevier hésita. Toute son assurance habituelle semblait s'être brusquement envolée. Puis, il se décida. Il posa une main sur la taille de Denise et l'embrassa doucement sur les lèvres avant de lui souhaiter une bonne nuit. Il tourna les talons avant même qu'elle ait eu le temps de réagir.

La jeune fille, les genoux un peu tremblants, entra dans l'appartement et referma doucement la porte d'entrée pour ne pas réveiller ses parents qui devaient dormir depuis longtemps. Elle se trompait. Au même moment, Laurette regagna son lit sur la pointe des pieds et se glissa, rassurée, sous les couvertures.

La mère de famille attendait le retour de sa fille depuis plus d'une heure, dans le noir, aux côtés de son mari qui ronflait. Quand elle avait entendu s'arrêter les claquements de talons hauts sur le trottoir, près de la fenêtre de sa chambre, elle s'était levée pour aller se poster derrière les persiennes fermées. Comme elle l'avait supposé, il s'agissait bien de Denise et Pierre. Elle ne voyait rien, mais elle avait perçu les chuchotements près de sa fenêtre. Puis, au bruit de la clé dans la serrure, elle avait regagné son lit, maintenant impatiente de se laisser couler dans un sommeil profond et réparateur.

Elle avait trouvé cette journée de samedi éreintante. Même si elle avait pu compter sur l'aide de Carole, elle avait dû faire son lavage hebdomadaire et le ménage de l'appartement après être allée acheter la nourriture pour la semaine. Normalement, elle aurait dû laver le parquet de la cuisine et du couloir et leur appliquer une bonne couche de pâte à cirer, mais elle y avait renoncé, trop fatiguée. Elle s'endormit en songeant à tout ce qu'elle aurait à faire le lendemain.

Pour sa part, Denise s'était mise au lit sans faire de bruit pour ne pas réveiller Carole.

— Il me semblait que c'était pas ton *chum*, chuchota cette dernière, moqueuse.

— Tu dormais pas, toi ? demanda Denise, mécontente de constater que l'adolescente semblait l'avoir attendue.

— Puis ? Est-ce qu'il embrasse ben ?

— Aïe, la fouine ! Mêle-toi de tes affaires, fit sèchement la jeune fille en tournant le dos à sa jeune sœur. Tu sauras qu'une fille se laisse pas embrasser le premier soir qu'elle sort avec un gars.

— Ben oui ! ben oui ! On sait ben. Sainte Denise, priez pour nous.

Le lendemain après-midi, l'appartement s'était pratiquement vidé de ses occupants dès après le dîner. Gérard s'était retiré sur le balcon arrière pour lire *La Patrie* quand Jean-Louis, tiré à quatre épingles, sortit sans dire où il avait l'intention de passer la journée. Gilles était allé chercher Nicole Frappier pour une balade au parc Lafontaine. Richard était parti avec des copains voir une partie des Royaux au parc De Lorimier.

— On se lancera pas dans le reste du ménage aujour-d'hui, annonça Laurette à sa fille Carole qui rentrait dans la cuisine après avoir étendu sur la corde les linges utilisés pour essuyer la vaisselle. On n'est pas des folles. On passera pas notre journée enfermées entre quatre murs quand il fait aussi beau.

L'adolescente accueillit la nouvelle avec un plaisir évident.

— Sors-moi deux draps et quatre taies d'oreiller, ordonna-t-elle à sa fille. Je vais changer les lits des gars. Les deux autres lits ont été changés la semaine passée. Après, tu pourras aller rejoindre Mireille, si ça te tente.

— Je peux ben vous donner un coup de main, m'man, proposa Carole.

— Laisse faire. Ça va me prendre juste cinq minutes.

La jeune fille déposa deux draps propres sur la table et quitta la maison par la porte arrière, soudain pressée d'aller rejoindre son amie qui devait être en train de surveiller ses jeunes frères et sœurs dans la cour voisine.

Laurette prit les draps et entra dans la chambre de Jean-Louis. Après avoir repoussé les persiennes qui plongeaient la pièce dans l'obscurité, elle rejeta les couvertures par terre et enleva le drap pour le remplacer par un drap propre. Après avoir replacé les couvertures et l'oreiller, elle entra dans la chambre voisine que se partageaient Gilles et Richard. La mère de famille répéta les mêmes gestes. Cependant, au moment où elle bordait le drap propre sous le matelas, elle sentit un papier contre ses doigts. Intriguée, elle souleva le coin du matelas pour découvrir une grande enveloppe brune qu'elle s'empressa d'ouvrir pour en tirer le calendrier de Richard.

— Ah ben, bout de viarge! s'exclama-t-elle en examinant la jeune mannequin rousse qui semblait la défier dans un costume de bain des plus provocants. Il manquait plus que ça! Les petits maudits vicieux! Attends donc qu'ils reviennent, eux autres! Ils vont m'entendre! dit-elle, les dents serrées, en lançant le calendrier sur la commode avant de finir de faire le lit.

Elle se dépêcha de refermer les persiennes de la fenêtre de la chambre de Jean-Louis, prit le calendrier et alla rejoindre son mari, toujours en train de lire son journal sur le balcon.

— Tu devineras jamais ce que je viens de trouver sous le matelas de la chambre des gars, lui dit-elle, l'air farouche.

— Quoi ? demanda-t-il sans se donner la peine de lever le nez de son journal.

— Tiens. Regarde, fit-elle en laissant tomber le calendrier sur ses genoux.

Gérard referma son journal et prit le calendrier. Avec un début de sourire et un plaisir assez évident, il se mit à en tourner les pages sans trop se presser.

— Bon ! Ça va faire, dit Laurette avec humeur en le lui arrachant des mains après avoir constaté qu'il s'attardait un peu trop à scruter l'anatomie des jeunes filles photographiées. Je sais pas auquel des deux ça appartient, mais ça prend un petit maudit cochon pour s'amuser à regarder ça.

— Ben...

— Ben quoi ?

— Rien.

— Ça me surprendrait pas pantoute que ça soit à Richard, cette cochonnerie-là. Il va falloir que tu lui parles quand il va rentrer.

— C'est sûr que c'est pas comme les images qu'on met dans notre livre de messe, fit remarquer Gérard, mais c'est pas non plus la fin du monde.

— OK. Laisse faire. J'ai compris, fit sa femme sur un ton rageur. T'as l'air de trouver ça normal que tes gars s'amusent à regarder des filles toutes nues.

— Exagère donc pas, cybole ! dit Gérard en élevant la voix. Elles sont pas toutes nues pantoute. Elles sont juste pas trop habillées.

— T'appelles ça pas trop habillées, toi ?

Laurette tourna les talons et claqua la porte-moustiquaire pour bien montrer sa fureur. Elle laissa tomber le calendrier sur le comptoir. Elle sortit sa boîte de tabac Sweet Caporal et ses tubes en papier en claquant les portes d'armoire pour faire sentir son mécontentement. Ensuite, armée de son tube métallique, elle se mit à fabriquer sa provision de cigarettes pour la semaine.

Avant de sortir sa chaise berçante sur le trottoir pour prendre un peu l'air, au milieu de l'après-midi, la mère de famille alla déposer le calendrier sur le lit de la chambre de ses fils. Un peu avant cinq heures, elle vit Richard revenir en chahutant sur la rue Emmett avec ses deux copains. Ces derniers le laissèrent devant la porte avant de poursuivre leur route sur la rue Archambault.

— Est-ce que Gilles est revenu du parc Lafontaine ? demanda-t-il à sa mère avant d'entrer dans la maison.

— Non, dit sèchement Laurette. Mais moi, j'ai affaire à toi, ajouta-t-elle en se levant avec effort de sa chaise berçante pour le suivre à l'intérieur. Viens dans ta chambre une minute, lui ordonna-t-elle au moment où il allait passer sans s'arrêter devant la porte de sa chambre à coucher.

Intrigué, Richard entra dans sa chambre et aperçut immédiatement son calendrier sur le couvre-lit. Comme la pièce était plongée dans la pénombre à cause des persiennes fermées dans la chambre de Jean-Louis, sa mère alluma le plafonnier.

— À qui c'est cette cochonnerie-là ? demanda-t-elle sèchement à son fils.

— Vous avez encore fouillé dans mes affaires, l'accusa-t-il.

— J'ai pas fouillé dans tes affaires, se défendit sa mère. J'ai trouvé ça en dessous du matelas en changeant le drap de votre lit. C'est à toi ?

— Ben oui, avoua Richard sans la moindre trace de remords apparent.

— T'as pas honte, maudit vicieux?

— Ben quoi? Ces filles-là sont pas toutes nues.

— D'abord, tu vas changer de ton quand tu me parles. Tu m'entends, mon effronté? fit Laurette, menaçante.

— C'est correct, consentit Richard en reculant d'un pas.

— Ensuite, il faut être un beau vicieux pour s'amuser à regarder des portraits de guidounes en cachette. T'iras te confesser.

— Ben oui, fit l'adolescent en poussant un soupir d'exaspération.

— Je suppose que tu t'es dépêché de montrer ça à ton frère par-dessus le marché.

— Je l'ai pas montré à personne. Pas plus à Jean-Louis qu'à Gilles, mentit-il.

— À cette heure, va me jeter ça dans la poubelle au plus vite, lui ordonna sa mère. Ici, c'est une maison honnête. Je veux plus jamais voir de ces affaires-là ici dedans.

Sur ces mots bien sentis, la mère de famille quitta la chambre, suivie par son fils qui jeta ostensiblement son calendrier dans la poubelle de la cuisine. Il allait faire demi-tour, mais sa mère le rappela.

— Minute! Ramasse-moi ton calendrier et déchire-le avant de le jeter.

— Pourquoi, m'man?

— Prends-moi pas pour une niaiseuse, Richard Morin, fit sa mère. Je te connais assez pour savoir que t'es ben capable de revenir le chercher dans la poubelle aussitôt que j'aurai le dos tourné. Envoye! Grouille! Fais ce que je viens de te dire.

L'adolescent, la mort dans l'âme, fut contraint de déchirer le calendrier « artistique » sous les yeux de sa mère avant de regagner sa chambre à coucher.

Quelques minutes plus tard, Gilles vint le rejoindre, tout heureux de l'après-midi qu'il venait de passer en compagnie de sa petite amie.

— Je te dis qu'il y avait du monde qui louait des canots, dit-il à son frère. La gondole avait de la misère à avancer tellement il y en avait. Il y avait aussi du monde étendu partout sur des couvertes sur le gazon et...

— La mère t'a rien dit? demanda abruptement son jeune frère.

— Sur quoi?

— Elle a trouvé le calendrier en dessous du matelas. Elle m'a fait un sermon presque aussi long que celui du curé Perreault à matin. Elle m'a obligé à le jeter, bâtard!

— Bon. Puis après! Tu feras comme avant. Tu regarderas les annonces de brassières et de petites culottes dans le catalogue de Eaton.

— Ça va être le *fun* encore! Tous les portraits sont en brun et blanc, se plaignit Richard. À part ça, les filles sont même pas belles.

— Dans ce cas-là, t'as juste à attendre que ton *chum*, Jutras, te présente sa sœur. Tu m'as dit qu'elle ressemblait à une des filles du calendrier.

Chapitre 11

Une mauvaise nouvelle

Le lendemain matin, Gérard quitta la maison en même temps que sa femme. La veille, il avait entendu un client du restaurant-épicerie Paré dire que la brasserie Dow embauchait. Il voulait être parmi les premiers à se présenter au bureau du personnel en ce lundi de juin. De plus, il devait se présenter au bureau du docteur Miron à une heure trente.

— Ça va me faire une maudite belle journée! jura-t-il en attendant le tramway, coin Fullum et Notre-Dame. En tout cas, si j'ai une *job* à matin, que le diable emporte le docteur. Je mettrai pas les pieds là.

Avant de lui accorder son congé du sanatorium Saint-Joseph, le docteur Laramée lui avait ordonné de se présenter un mois plus tard chez son médecin de famille, Albert Miron, pour un contrôle médical. Le spécialiste avait d'ailleurs déjà pris rendez-vous pour lui le 4 juin avec le docteur Miron.

— Je m'en sacre, se dit Gérard. Même si j'ai un rendez-vous, j'irai pas. Je suis guéri. Je vois pas pourquoi j'irais niaiser là.

Son séjour de trois ans en sanatorium ne lui avait pas enlevé ses préventions à l'encontre des médecins. Pourtant, n'importe quel observateur impartial aurait facilement remarqué que le père de famille était de plus en plus silencieux depuis quelque temps. Il était visible qu'il n'en pouvait plus de faire du porte-à-porte depuis un mois, cinq jours par semaine, pour quémander un emploi. Même s'il affirmait être prêt à accepter n'importe quel travail, les portes se fermaient toutes devant lui. Il avait beau tout faire pour dissimuler aux siens le découragement qui le gagnait, il n'y parvenait plus.

En fait, Gérard Morin se sentait diminué d'être obligé de quêter de l'argent à sa femme pour ses billets de tramway et son tabac. Il avait de plus en plus de mal à manger la nourriture payée par sa femme et ses enfants. Depuis deux semaines, le sommeil le fuyait même et il passait une grande partie de ses nuits à se demander à quelle porte frapper pour trouver enfin un emploi.

Si Laurette avait été moins préoccupée par ses démêlés avec Maxime Gendron et Madeleine Sauvé, elle aurait peut-être remarqué à quel point son mari avait maigri depuis sa sortie du sanatorium.

Même si Gérard se présenta le premier ce matin-là au bureau du personnel de la Dow, on lui répondit qu'il n'y avait rien pour lui. L'employé se contenta de prendre en note ses coordonnées avant de lui souhaiter bonne chance.

Bien avant neuf heures, à sa sortie de l'édifice, il faisait déjà chaud et une foule de travailleurs pressés avaient envahi les trottoirs et se dépêchaient de rejoindre leurs lieux de travail. Il hésita un moment sur la direction à prendre puis il se décida à aller faire des demandes d'emploi dans différentes entreprises du secteur.

Il chercha inutilement à se faire embaucher dans quatre autres compagnies durant l'avant-midi avant de renoncer. Un peu après midi, il se décida enfin à prendre un tramway à demi plein pour rentrer chez lui. Lorsque le véhicule s'immobilisa au coin des rues Papineau et Notre-Dame pour laisser monter trois passagers, le nom de la rue suscita chez le chômeur un vague remords en songeant au docteur Arthur Miron dont le bureau était situé au coin des rues De Montigny et Papineau, au rez-de-chaussée d'un vieil immeuble en brique rouge.

Durant quelques secondes, il se débattit contre sa mauvaise conscience. Il avait promis de se présenter... Quand il se décida à laisser son siège pour descendre, le tramway s'était déjà remis en marche et il ne put quitter le véhicule que deux rues plus loin. En maugréant, il revint sur ses pas avant de traverser la rue Notre-Dame et de se diriger vers le nord.

En route, il croisa une bande d'écolières excitées qui allaient vers une école du voisinage. Un peu plus loin, une demi-douzaine de garçons s'amusait à jouer aux billes contre le mur en brique d'une vieille maison.

S'il avait eu un peu d'argent, Gérard se serait arrêté dans un petit restaurant d'où s'échappait une odeur appé-tissante de frites. Il se contenta de hâter le pas, même si la faim le tenaillait.

Au coin de De Montigny, il s'arrêta devant le bureau du médecin. Rien n'avait changé depuis sa dernière visite. Il retrouva la même plaque en cuivre fixée à droite d'une porte à la peinture verte écaillée et les fenêtres auraient bien eu besoin d'être lavées.

Gérard s'alluma une cigarette sans se presser, bien décidé à ne pas se présenter trop tôt au rendez-vous. Quelques minutes avant une heure trente, il dut se faire violence pour se décider à entrer dans la salle d'attente aux murs craquelés meublée d'une douzaine de chaises en bois inconfortables. Il reconnut immédiatement la secrétaire à la mine un peu rébarbative qui officiait derrière un bureau qui avait connu de meilleurs jours.

La réceptionniste consulta la liste des rendez-vous du médecin avant de l'inviter à s'asseoir. Selon toute apparence, le docteur Miron n'était pas encore revenu de son dîner et Gérard allait être son premier patient de l'après-midi.

Il venait à peine de prendre place dans la salle d'attente quand le mince sexagénaire à la couronne de cheveux argentés fit son entrée, une trousse au cuir craquelé à la main. Il salua son employée d'un bref signe de tête et pénétra dans son bureau.

Quelques minutes plus tard, la secrétaire l'invita à entrer dans le bureau.

Arthur Miron, vêtu d'un sarrau blanc déboutonné, regarda Gérard par-dessus les verres de ses lunettes à monture de corne à son entrée dans son bureau encombré et lui fit signe de s'asseoir pendant qu'il consultait son dossier médical. Pendant une minute ou deux, il n'y eut pas un mot échangé dans la pièce, le temps que le praticien termine sa lecture.

— Puis, monsieur Morin, comment vous sentez-vous ? demanda finalement le médecin.

— Je me sens correct, docteur, mentit Gérard.

— Bon. On va voir ça, annonça Arthur Miron en se levant, son stéthoscope à la main. Venez dans la pièce à côté, lui ordonna-t-il.

Gérard le suivit, pas trop rassuré. Il se souvenait encore trop bien de ce qui s'était passé dans ce bureau trois ans auparavant.

— Déboutonnez votre chemise, commanda le médecin.

— C'est peut-être pas nécessaire, docteur, protesta mollement Gérard. Je suis guéri.

— Oui, je sais. En attendant, montez sur la balance.

Gérard fut contraint d'obéir. Le praticien nota son poids puis le fit étendre sur le lit pour l'ausculter, s'attardant longuement à écouter son stéthoscope. Quand il eut terminé, il pria son patient de revenir s'asseoir devant son bureau. Pendant que Gérard reboutonnait sa chemise et se chaussait, il nota diverses informations dans son dossier médical.

— Qu'est-ce que vous avez fait depuis que vous êtes sorti de Saint-Joseph ? demanda Arthur Miron en enlevant ses verres pour les essuyer avec un mouchoir qu'il venait de tirer de sa poche.

— Rien, docteur. Je me cherche une *job*, mais je m'en trouve pas, avoua Gérard.

— Vous mangez bien ?

— Oui.

— Vous dormez bien ?

— Pas trop mal.

— Si je comprends bien, tout va bien ?

— Si c'était pas de manquer d'ouvrage...

— Bon. Je vais être clair avec vous, monsieur Morin, dit le médecin d'une voix tranchante. Vous êtes parti pour faire une rechute, vous m'entendez ? Je sais pas si vous le savez, mais vous avez perdu dix livres depuis un mois. Ça, c'est pas normal si vous mangez à votre faim tous les jours.

— C'est l'ouvrage qui...

— Laissez faire l'ouvrage, lui ordonna sèchement le médecin. On dirait que vous avez oublié ce que le docteur Laramée a dû vous dire avant de sortir de Saint-Joseph. Vous deviez vous reposer, prendre ça doucement, attendre que vos forces reviennent. Après avoir eu la tuberculose, on n'est pas Samson.

— J'ai une famille à faire vivre, protesta faiblement Gérard.

— C'est la même famille qui a été capable de se passer de votre aide pendant trois ans, monsieur Morin. Personne en est mort, non ? Elle peut encore se passer de votre aide deux ou trois mois, le temps de vous raplomber. Vous allez attendre la fin de l'été pour vous chercher de l'ouvrage. Prenez les trois prochains mois pour vous refaire une santé, pour vous reposer.

— Mais...

— C'est ça ou vous allez être obligé de retourner au sanatorium avant la fin de l'été. Est-ce que c'est assez clair ? annonça le praticien en le fixant d'un air sévère. Vous avez perdu trois années de votre vie. Prenez le temps de respirer un peu avant de vous remettre au travail. Vous êtes pas un petit vieux au bord de la tombe. À votre âge, vous avez encore pas mal d'années devant vous.

— OK, docteur.

— Vous reviendrez me voir au début de septembre, dit le médecin en fermant le dossier placé devant lui sur son bureau. Avant de partir, demandez à ma secrétaire de vous fixer un rendez-vous tout de suite après la fête du Travail. Mais je vous avertis, ne revenez pas me voir si vous faites pas ce que je viens de vous dire.

— C'est correct, accepta Gérard. Merci, docteur.

Le père de famille sortit de la pièce, prit un rendez-vous pour la première semaine de septembre et quitta l'immeuble. Lorsqu'il se retrouva à l'extérieur, il demeura d'abord debout, immobile, sur le trottoir, stupéfait de se sentir envahi par une sorte d'allégresse incompréhensible. Normalement, il aurait dû être désespéré d'être de nouveau astreint à une longue période d'inactivité. Or, il n'en était absolument rien.

L'homme de quarante-cinq ans se sentait inexplicablement soulagé, libéré de l'énorme fardeau d'avoir à se trouver un emploi le plus rapidement possible pour faire vivre les siens. Le médecin lui avait ordonné d'arrêter, de se reposer. La décision était indépendante de sa volonté et il ne pouvait que s'y soumettre s'il voulait éviter un retour à plus ou moins brève échéance au sanatorium.

En se remettant à marcher pour rentrer chez lui, Gérard Morin oublia sa légère migraine et le long trajet à pied qui l'attendait pour ne penser qu'à ce qu'il allait manger lorsqu'il mettrait les pieds dans l'appartement de la rue Emmett.

Ce soir-là, Laurette rentra chez elle un peu avant six heures, comme chaque soir de la semaine. Elle était fatiguée et n'aspirait qu'au repos. Elle retrouva Carole en train de dresser le couvert.

— Bonyeu qu'il fait chaud! dit-elle en retirant ses souliers après s'être laissée tomber dans sa chaise berçante. C'est écœurant comme j'ai les pieds enflés. Où sont les autres? demanda-t-elle à sa fille en s'épongeant le front avec un large mouchoir tiré d'une poche de sa robe fleurie.

— Gilles étudie dans sa chambre. Jean-Louis et Denise sont pas encore arrivés. Richard vient de partir pour aller poser des pancartes. P'pa est couché dans la chambre.

— As-tu fait chauffer les macaronis?

— Oui, m'man. Ça va être prêt dans pas longtemps.

— C'est correct. Je vais aller me changer et réveiller ton père pour qu'il vienne souper, annonça Laurette en se levant avec effort.

La mère de famille se dirigea vers sa chambre à coucher. En ouvrant la porte, elle trouva la pièce plongée dans la pénombre parce que son mari avait fermé les persiennes. Il était étendu tout habillé sur le lit. Elle retira sa robe et prit une robe d'intérieur suspendue à un clou, derrière la porte. Gérard ouvrit les yeux tandis qu'elle enfilait sa robe.

— Viens-tu juste d'arriver? lui demanda-t-il en s'assoyant.

— Oui. Et toi ?

— Je suis arrivé vers quatre heures.

— As-tu trouvé quelque chose ?

— Pantoute.

Il y eut un bref silence dans la pièce avant que Gérard reprenne la parole.

— Je suis allé voir le docteur Miron au commencement de l'après-midi.

Laurette, qui avait déjà une main sur la poignée de la porte, s'immobilisa immédiatement. Elle connaissait bien son mari et savait à quel point il avait horreur des médecins. Il devait y avoir quelque chose de grave pour qu'il se soit décidé à aller en voir un.

— Comment ça se fait ? Qu'est-ce qu'il y a ? demanda-t-elle, alarmée.

— Whow ! Énerve-toi pas ! lui ordonna son mari. Je suis pas encore mort. Quand je suis sorti de Saint-Joseph, le docteur Laramée m'a pris un rendez-vous et m'a obligé à aller voir le docteur Miron aujourd'hui.

— Comment ça se fait que tu m'en as pas parlé ? fit-elle sur un ton plein de reproche.

— Ça aurait changé quoi que je te le dise ?

— Moi, des maudites cachettes, tu sais que j'haïs ça ! Gérard ne dit rien.

— Puis ? Qu'est-ce qu'il a dit, le docteur ? reprit-elle.

Gérard hésita un peu avant de révéler le diagnostic du médecin à sa femme.

— Il m'a mis au repos forcé jusqu'au mois de septembre, dit-il dans un souffle.

— C'est pas vrai ! ne put s'empêcher de s'exclamer Laurette. Pourquoi ?

— Il dit que j'ai déjà perdu dix livres depuis que je suis sorti de Saint-Joseph et que si je me repose pas trois mois, je vais y retourner.

— Maudite vie de chien ! s'écria Laurette, au comble du découragement. C'est pas vrai ! Veux-tu ben me dire ce qu'on a fait au bon Dieu pour que tout nous tombe toujours sur la tête ! Bout de viarge ! Il y aura jamais moyen de s'en sortir !

— Prends pas le mors aux dents ! Je pense que je vais continuer pareil à me chercher de l'ouvrage, lui annonça Gérard pour la calmer. Je vais ben finir par trouver quelque chose. Il arrivera ce qui arrivera.

Laurette vint s'asseoir à ses côtés sur le lit et eut besoin d'un long moment pour assimiler ce qu'elle venait d'apprendre. Il était bien fini son rêve de passer l'été à la maison à vaquer tranquillement à ses tâches ménagères. Son espoir de quitter Viau d'un jour à l'autre venait d'en prendre un sérieux coup. Elle allait devoir continuer à travailler jusqu'à l'automne avant d'envoyer promener Maxime Gendron. Aurait-elle un jour la chance de son bord ? Tout semblait se liguer contre elle depuis que Gérard était tombé malade. Elle en aurait crié de rage et de dépit.

Elle prit une grande respiration et fit un effort colossal pour faire taire sa frustration avant de reprendre la parole.

— Il est pas question que tu fasses ça. J'ai pas envie de revivre trois autres années comme celles que je viens de passer. Non, merci ! Tu vas te reposer et te remettre d'aplomb. Je suis encore capable de travailler jusqu'à l'automne. J'en mourrai pas. Avec la pension que les enfants nous donnent toutes les semaines, on va continuer à arriver pareil.

— Je vais me sentir pas mal sans-cœur de rester à rien faire comme un membre inutile, fit son mari dans un souffle.

— Tu relèves de consomption, Gérard, plaida-t-elle. C'est pas une petite grippe, ça. C'est sûr que t'as besoin d'un peu plus de temps pour te raplomber. Bon. C'est ben beau tout ça, mais le souper est prêt. Lève-toi et viens manger.

Laurette quitta la chambre et retrouva Carole, Gilles et Denise dans la cuisine. Jean-Louis fit son apparition lorsque sa mère et sa plus jeune sœur s'installaient à table après avoir servi le repas. On mangea en silence en écoutant les informations radiophoniques lues par Jean-Paul Nolet.

Au dessert, la mère de famille alla éteindre la radio et annonça la mauvaise nouvelle aux siens. La figure de Jean-Louis se rembrunit en écoutant sa mère, mais il n'ouvrit pas la bouche. Pour leur part, Denise, Carole et Gilles promirent leur soutien à leur père durant la durée de sa convalescence.

Après avoir lavé la vaisselle en compagnie de ses deux filles, Laurette alla rejoindre son mari sur le balcon. À peine venait-elle de s'asseoir qu'elle entendit une bordée de blasphèmes en provenance de l'un des vieux immeubles situés de l'autre côté de la grande cour.

— C'est encore la Brazeau qui s'énerve, commenta Laurette en apercevant la grande et grosse femme gesticulant, debout sur son balcon du deuxième étage.

— Mon petit Christ! hurlait la jeune femme à gorge déployée, tu viendras pas me casser une vitre chez nous, toi! Ta balle, tu peux l'oublier!

— Maudite folle! lui cria un adolescent que Laurette ne parvenait pas à voir, dissimulé qu'il était par le coin d'un hangar.

— Je vais t'en faire des « maudite folle », moi, si je descends en bas, mon petit calvaire d'effronté! jura de nouveau la femme qui avait déjà un pied posé sur la première marche de l'escalier étroit qui conduisait à la cour. Si je te mets la main dessus, mon enfant de chienne, je vais t'apprendre à vivre.

Laurette se leva sur le bout des pieds sur son balcon pour essayer de voir le jeune. Elle était certaine que ce n'était pas l'un des nombreux enfants Dionne qui vivaient au rez-de-chaussée de la maison voisine. Peut-être était-ce l'un des jeunes Rompré.

Une vieille dame poussa la porte-moustiquaire dans le dos de la furie.

— Rentre donc, Pierrette, fit Amanda Brazeau, sur un ton conciliant.

— Mêlez-vous pas de ça, la belle-mère! lui ordonna sèchement sa bru. C'est pas de vos Christ d'affaires!

Son mari, un petit homme tiré à quatre épingles dont le visage étroit était paré d'une fine moustache, apparut à son tour sur le balcon.

— Aïe, la voleuse! donne-moi ma balle, cria l'adolescent, toujours dissimulé aux yeux des Morin.

— Qu'est-ce que t'attends, maudit lâche, pour me faire respecter? cria la grande femme à son mari qu'elle dépassait d'une demi-tête.

— Rentre donc dans la maison, lui conseilla son mari d'une voix raisonnable. Cette balle-là a rien cassé. Donne-lui sa balle et arrête de crier comme une perdue.

Ce disant, l'homme saisit la balle tenue par sa femme et la lança dans la grande cour avant même qu'elle ne songe à défendre l'objet du litige. Là-dessus, il tourna les talons et rentra à l'intérieur, suivi de près par une Pierrette Brazeau furieuse. La double porte fut claquée et on n'entendit plus rien.

— C'est de valeur, on n'aura pas de *show*, dit Laurette, déçue qu'il n'y ait pas eu d'empoignade.

Au moment où Gérard allait répondre, Carole apparut derrière la porte-moustiquaire.

— M'man, je pense que mon oncle Bernard et ma tante s'en viennent nous voir. Ils sont sur la rue Archambault, annonça l'adolescente d'une voix excitée.

Carole était assise sur le pas de la porte des Bélanger avec Mireille, son amie inséparable, lorsqu'elle avait vu le frère de sa mère et sa femme venir dans sa direction.

— Tu peux retourner jaser avec Mireille, lui dit sa mère. Je vais leur ouvrir quand ils vont arriver.

L'adolescente disparut. Le couple entendit la porte d'entrée claquer un instant plus tard.

— Ah ben, bâtard, on aura tout vu ! s'exclama Laurette. À cette heure, ils viennent nous voir ! On leur a pas vu la face pendant trois ans, puis tout à coup, ils arrivent. Attends qu'ils mettent les pieds ici dedans, ajouta-t-elle d'une voix menaçante, ils vont apprendre comment je m'appelle.

— Calme-toi donc les nerfs, fit Gérard. Tu sais ben qu'on les a pas vus parce qu'ils avaient peur d'attraper ma maladie. Tu connais Marie-Ange. Elle perd connaissance juste à l'idée d'un microbe. T'as pas plus vu Pauline et t'en as pas fait une montagne.

— Pauline avait une bonne excuse, elle. Elle avait peur que ses filles attrapent quelque chose en venant. À part ça, Armand est venu souvent me voir et il est allé te voir à Saint-Joseph au moins une dizaine de fois.

— C'est vrai, reconnut son mari, mais oublie pas que Marie-Ange et Bernard t'ont téléphoné de temps en temps pour prendre des nouvelles. C'est tout de même mieux que rien.

— Ils auraient pu se déplacer et venir pareil, s'entêta Laurette, en faisant référence au fait que Bernard et sa femme demeuraient tout près, rue Logan. Ils restent pas au bout du monde, bonyeu !

— De toute façon, c'est fini, lui fit remarquer Gérard d'une voix apaisante. Ça sert à rien de te mettre ton frère à dos. Ce qui est fait est fait.

— Ça fait rien, protesta Laurette en se levant après avoir entendu sonner à la porte d'entrée. J'ai une crotte sur le cœur et ils vont le savoir, ajouta-t-elle, l'air mauvais.

Elle entra dans la maison. Gérard la suivit.

— Laisse faire, je vais répondre, dit-elle à son mari en se dirigeant rapidement vers le couloir.

Laurette ouvrit la porte et se retrouva face à Bernard Brûlé et sa femme. Si Marie-Ange semblait avoir pris un peu de poids, son mari, par contre, n'avait guère changé. L'homme de trente-sept ans était toujours aussi gras et affichait sa bonne humeur coutumière.

— Ah ben, si c'est pas de la visite rare ! s'exclama Laurette sans grand entrain. Je me demandais justement tout à l'heure si vous aviez pas oublié où on restait. Restez pas là plantés comme des piquets sur le trottoir. Entrez, on vous mangera pas.

Elle s'effaça pour laisser passer devant elle sa belle-sœur, une grande femme assez mince, et son frère avant de refermer la porte derrière eux. Gérard s'approcha pour souhaiter la bienvenue aux visiteurs.

— Tiens, voilà notre revenant, fit Bernard Brûlé avec un large sourire. Ça fait plaisir de te revoir enfin en bonne santé, le beau-frère.

— Venez vous asseoir dans la cuisine, offrit Laurette. Toi, Bernard, ça me surprend que tu reconnaisses encore Gérard, ajouta-t-elle, perfide, à l'intention de son jeune frère. Depuis le temps qu'on t'a pas vu.

— Tu sais ce que c'est, dit le gros homme en prenant place à table. Le *boss* m'a mis sur le *shift* de nuit. Depuis ce temps-là, je vis à l'envers. Je me couche à neuf heures du matin et je me réveille à cinq heures. Le temps de souper, il est presque l'heure de partir travailler.

— Avec ton ancienneté à la Dominion Textile, tu peux pas les obliger à te mettre de jour ? demanda Gérard.

— Pantoute. Ils sont indépendants comme des cochons sur la glace. Si ça fait pas ton affaire, ils te sacrent dehors et ils en engagent un autre à ta place. Et toi, as-tu recommencé à la Dominion Rubber ?

— Pas de danger. Tu te doutes ben qu'ils m'ont pas gardé ma place.

— Ils t'ont offert autre chose ?

— Rien. Depuis un mois, je cherche partout. J'ai rien trouvé, fit Gérard sur un ton découragé.

— Lâche pas, le beau-frère, tu vas sûrement trouver quelque chose et...

— Peut-être, le coupa sa sœur, mais ce sera pas pour tout de suite. Le docteur vient de l'obliger à arrêter. Il veut qu'il se repose au moins trois mois avant de travailler.

Aussitôt, le visage de Marie-Ange changea. Elle jeta un regard inquiet à son mari avant de demander à son beau-frère d'une voix alarmée :

— Est-ce que ça veut dire que t'as encore la tuberculose ?

— Ben non, répondit Laurette à la place de son mari. Ça veut juste dire qu'il est trop faible pour travailler tout de suite.

— Ah bon, fit Marie-Ange avec un soulagement très apparent.

Il y eut un bref moment de gêne entre les quatre adultes réunis autour de la table. Puis Laurette se décida à se vider le cœur une fois pour toutes.

— À vous dire la vérité, j'ai trouvé ça pas mal dur de pas avoir d'aide de la famille pendant tout le temps où Gérard a été au sanatorium.

— Voyons, Laurette, protesta faiblement Marie-Ange. On t'a offert ben des fois de t'aider.

— C'est vrai, mais juste au téléphone.

— Tu dois ben comprendre qu'on pouvait pas venir ici dedans pendant la maladie de Gérard à cause des microbes.

— J'étais pas consomption, moi, dit Laurette en élevant la voix.

— C'est vrai, reconnut Bernard, tout sourire effacé, mais tu allais voir Gérard à Saint-Joseph et t'aurais pu en rapporter à la maison. Tu connais Marie-Ange. Elle poigne toutes les maladies qui traînent.

L'hypocondrie de Marie-Ange était bien connue dans la famille et on ne se gênait pas pour en faire des gorges chaudes. La femme de Bernard Brûlé voyait des microbes partout et les imaginait à l'affût, prêts à lui sauter dessus à la moindre imprudence de sa part.

— C'est correct, dit sèchement Laurette à son jeune frère. Mais vous saviez que Gérard était revenu depuis un mois. Pourquoi vous êtes pas venus nous voir plus vite ? Il y avait plus de danger.

— Marie-Ange est restée couchée pendant les six dernières semaines. Elle peut se lever juste depuis hier.

— Six semaines ! Veux-tu ben me dire quelle nouvelle maladie t'as encore trouvé le moyen de poigner, toi ? demanda-t-elle en se tournant vers la grande femme.

— Tiens-toi ben, la prévint sa belle-sœur en baissant la voix. Tu devineras jamais ce qui nous arrive.

— Quoi ?

— Ma petite fille, je suis en famille.

— Ben, voyons donc ! protesta Laurette au comble de la surprise.

— Je te le dis ! s'exclama sa belle-sœur, ravie de son état.

— Ah ben, bonyeu ! J'aurai tout vu, déclara Laurette. Après quinze ans de mariage ?

— C'est pas croyable, non ?

— Tu peux le dire. C'est un vrai miracle.

— On peut pas dire que t'as compris ben ben vite comment ça se faisait un petit, plaisanta Gérard à mi-voix en se tournant vers son beau-frère. Mettre quinze ans pour en faire un, ça va ben être une vraie merveille, cet enfant-là.

— J'en reviens pas, admit Laurette. Es-tu ben sûre de ça ? demanda-t-elle à sa belle-sœur. T'as combien de mois de faits ?

— D'après le docteur, quatre mois.

Laurette compta sur ses doigts avant de dire :

— Si je me trompe pas, ça te mènerait au mois de novembre.

— Si elle le perd pas avant, ajouta son frère, l'air sombre. Le docteur l'a obligée à rester couchée pendant un gros mois et demi.

— Et là ?

— Tout a l'air correct. Il lui a permis de se lever et de marcher un peu.

— J'ai ben de la misère à t'imaginer en famille à pleine ceinture, fit Laurette en se levant. Bon. J'ai de la bière d'épinette, du Kik et du *cream soda*. Qu'est-ce que vous voulez boire ?

Les Brûlé ne quittèrent l'appartement de la rue Emmett qu'un peu après dix heures. À leur départ, les relations entre les deux couples étaient revenues au beau fixe et on se promit de reprendre les soirées de parties de cartes qui leur plaisaient tant avant la maladie de Gérard.

Une heure plus tard, tous les enfants étaient rentrés. Gérard et Laurette se mirent au lit, après avoir récité leur prière.

— Avoir un petit à presque quarante ans, chuchota Laurette à son mari, c'est risqué en maudit. Je voudrais pas être dans sa peau pour tout l'or du monde. Ça a pas d'allure. On a des enfants quand on est jeune, pas à son âge.

— C'est sûr que c'est pas mal vieux, reconnut Gérard.

— Si encore elle avait une grosse santé. Ben non. Elle a toujours été maigre à faire peur et elle est toujours malade. Moi, j'ai l'impression qu'elle le portera pas jusqu'au bout, cet enfant-là.

— On le sait pas.

— Il me semble la voir à terme, fit Laurette en réprimant un petit rire. Grande et maigre comme elle est, elle va avoir l'air d'avoir avalé un gros noyau.

— On est aussi ben de dormir, décréta Gérard en tournant le dos à sa femme. Oublie pas que tu te lèves de bonne heure demain matin.

⁂

Deux semaines plus tard, le jour tant attendu des élections générales arriva enfin. Ce matin-là, Laurette, étonnée, vit son mari se lever en même temps qu'elle.

— Il est juste six heures, lui fit-elle remarquer. Pourquoi tu restes pas couché une couple d'heures de plus?

— Je m'endors plus, se contenta-t-il de dire en mettant son pantalon.

Pendant que sa femme allumait le poêle à huile pour faire bouillir de l'eau, Gérard sortit sur le balcon arrière pour voir le temps qu'il faisait. Il rentra dans la cuisine deux minutes plus tard.

— Ça marchande pour de la pluie, dit-il. Et il y a pas un souffle de vent.

— On va être ben encore pour travailler, dit Laurette avec humeur. On va crever toute la journée en dedans.

Elle jeta un coup d'œil à son mari. Deux semaines de repos l'avaient déjà métamorphosé. Il semblait avoir repris du poids et son teint bronzé lui donnait l'air d'un homme en santé.

Jean-Louis entra dans la cuisine. Le jeune homme tenait à la main ses articles de toilette.

— Vous êtes chanceux, p'pa. Vous allez pouvoir aller voter quand vous allez le vouloir aujourd'hui, fit-il remarquer à son père. Nous autres, on va être obligés d'aller faire la file après notre journée d'ouvrage.

— Toi, tu vas peut-être aller attendre pour voter, intervint Laurette, mais pas moi. Si tu t'imagines que je vais aller attendre une heure debout pour mettre un X sur un bout de papier, tu te trompes. J'ai ben trop mal aux jambes après ma journée d'ouvrage pour ça.

— Ce sera juste un vote de moins pour Duplessis, laissa tomber le jeune homme en remplissant un bol à main avec le reste de l'eau chaude laissée par sa mère après avoir rempli deux tasses de café.

— C'est vrai. T'as le droit de voter à cette heure, dit Gérard. J'avais oublié que t'es majeur.

— Denise aussi a le droit, précisa Jean-Louis.

— C'est pas parce que t'as le droit de voter que t'es obligé de voter pour Lapalme, lui fit remarquer son père. Il a pas une maudite chance de gagner.

— Ben. Je sais pas trop encore pour qui voter, admit son aîné. D'après moi, Duplessis a fait son temps, p'pa. Il est vieux et il a plus l'air de comprendre ce qui se passe. Son idée de nous faire payer de l'impôt dans la province, c'est pas ben brillant.

— Veux-tu ben me dire où t'as trouvé ces idées-là, toi?

— Il y a juste à regarder ce qu'il fait, p'pa, se défendit son fils. Il fait surtout du bon pour les cultivateurs, pas pour du monde comme nous autres, en ville. Quand il y a des grèves, il prend toujours pour les *boss*. Regardez la grève de la Shawinigan Falls l'année passée. On dirait qu'il sait plus quoi faire. Moi, le bonhomme, il me tape sur les nerfs. En plus, il paraît qu'il est à couteaux tirés avec Drapeau et même avec le cardinal Léger.

— Fie-toi pas à tout ce qu'on raconte, le mit en garde son père. Duplessis est pas un fou. Il nous protège contre les communistes.

— Il arrête pas de crier contre les Témoins de Jéhovah, reprit Jean-Louis. À l'entendre, il y en a partout. Moi, j'en n'ai jamais vu un dans le coin.

— Bon. Vous allez arrêter de parler de politique et on va déjeuner tranquilles, décréta Laurette en déposant le vieux grille-pain à deux portes au milieu de la table. Toi, va donc te raser si tu veux pas arriver en retard à l'ouvrage, ordonna-t-elle à son fils.

Au moment où la porte des toilettes se refermait sur Jean-Louis, Richard et Denise sortirent de leur chambre à coucher respective. Denise tenait à la main une revue qu'elle déposa près de sa mère, assise à table.

— Tenez, m'man, si ça vous intéresse. Il y a un beau portrait de Marilyn Monroe qui va se marier la semaine prochaine avec Miller.

— J'aime pas ben ben cette blondasse-là, fit Laurette sur un ton dédaigneux après avoir jeté un bref coup d'œil au couple photographié à leur sortie d'une soirée. Elle sera jamais aussi belle que Grace Kelly, à ses noces, en janvier.

— Tiens! T'as lâché Élisabeth II, s'étonna son mari, narquois. Avant, il y avait juste elle.

— Je l'ai pas lâchée, tu sauras. Mais je trouve que Grace Kelly est aussi belle qu'elle.

— Si vous voulez pas du portrait de Marilyn Monroe, m'man, moi, je le prendrais, dit Richard en mettant deux tranches de pain dans le grille-pain.

— Pour faire quoi?

— Je le mettrais sur le mur de ma chambre, déclara l'adolescent avec aplomb.

— Laisse faire, toi. Il y a déjà un crucifix et une grande image du Sacré-Cœur sur les murs de ta chambre. C'est ben assez.

— Peut-être, mais c'est pas aussi beau, fit remarquer l'effronté.

Cette dernière remarque lui attira un tel regard courroucé de sa mère que Richard préféra se taire et manger.

Ce jour-là, même s'il avait tout le temps voulu pour aller voter, Gérard Morin ne se présenta pas au bureau de vote. S'il n'avait voté qu'en une seule occasion au début des années 1940, c'était pour s'opposer à la conscription que le gouvernement fédéral voulait imposer. Lors de toutes les autres élections, tant fédérales que provinciales, il s'était abstenu, persuadé que son bulletin de vote n'allait rien changer aux résultats du scrutin. Ce refus obstiné de remplir ses devoirs de citoyen ne l'empêchait nullement d'aimer parler de politique et d'attendre avec une grande impatience le dépouillement du scrutin.

Le temps maussade ne changea en rien l'horaire qu'il avait adopté dès le lendemain de sa mise au repos par le docteur Miron. Après le déjeuner, il fit une longue promenade dans le quartier, s'arrêta quelques minutes au parc Frontenac et au parc Bellerive avant de revenir finir la lecture de *La Presse* de la veille, confortablement assis sur le balcon. Il écouta ensuite *Les Joyeux Troubadours* à la radio et dîna sans se presser. Il alla ensuite faire une longue sieste, ne se réveillant qu'au milieu de l'après-midi, frais et dispos.

Comme tous les jours de la semaine, Laurette, éreintée, fut la dernière à rentrer de son travail. À la vue de son mari en train de fumer paisiblement sur le pas de la porte, en grande conversation avec Bernard Bélanger, elle eut un accès de mauvaise humeur. Elle salua les deux hommes de la tête, entra chez elle et enleva ses souliers sans se pencher.

La vaisselle souillée du dîner traînait sur le comptoir de la cuisine, la nappe cirée n'avait pas été lavée, une partie du journal était par terre, à côté de la chaise berçante, une bouteille de Kik vide avait été laissée sur le rebord de la fenêtre et le cendrier débordait de mégots. Dans la chambre à coucher, le lit n'avait pas été fait et une chemise sale était accrochée à la poignée de la porte. Il n'y avait personne dans la maison

Laurette vit rouge et héla son mari du fond de la cuisine.

— Gérard !

— Quoi ? demanda son mari, interrompu dans sa conversation avec l'éboueur.

— J'ai affaire à te parler, lui dit-elle sèchement.

Elle entendit son mari s'excuser auprès du voisin et rentrer dans la maison dont il referma la porte derrière lui.

— Qu'est-ce qu'il y a ? demanda-t-il sur un ton agacé.

— D'abord, où est passée Carole ? À cette heure-ci, elle devrait être dans la maison.

— Madame Wilson lui a demandé d'aller lui faire une commission chez Tougas. Je lui ai dit qu'elle pouvait y aller.

— T'as eu une maudite bonne idée ! s'emporta sa femme en haussant le ton. Pendant ce temps-là, qui est-ce qui est supposé préparer le souper ? Toi, je suppose.

— On mangera un peu plus tard. C'est pas la fin du monde, dit Gérard, désinvolte.

— Bout de viarge ! Ça va faire, hurla sa femme, à bout de patience. Je me crève à travailler toute la sainte journée et quand je reviens de l'ouvrage, je trouve la maison à l'envers.

— Qu'est-ce qu'il y a à l'envers ? demanda Gérard, étonné.

— Ouvre-toi les yeux, bonyeu ! Tout traîne dans la chambre et dans la cuisine. Il y a tout de même des limites à ambitionner sur le monde, Gérard Morin ! Je veux ben croire que le docteur t'a dit de pas te fatiguer, mais tu peux au moins laver ta vaisselle le midi, ramasser tes traîneries et refaire ton lit quand tu te lèves après ton somme de l'après-midi. Je suis pas ton esclave, tu sauras. Fais ta part, calvaire ! Aide-moi un peu, t'en mourras pas ! Je suis au bout du rouleau, comprends-tu ? J'en peux plus !

Sur ces mots, la grosse femme se laissa tomber sur une chaise et éclata en sanglots. Son mari, stupéfait par cet éclat, demeura d'abord sans voix avant de dire :

— Tu t'en fais avec rien. La maison nous tombera pas sur la tête si tout est pas *Spic and Span*. Calme-toi un peu.

Sur ce, Gérard alla étendre les couvertures sur le lit. Laurette finit par se calmer, s'essuya les yeux et s'alluma une cigarette. Quelques minutes plus tard, elle se leva et sortit un reste de bouilli de légumes et un peu de bœuf haché du réfrigérateur.

Il faisait chaud et pas un souffle de vent ne venait rafraîchir la cuisine.

— Verrat ! On étouffe ici dedans, pesta Laurette en déposant le tout sur le comptoir.

Les enfants rentrèrent à la maison les uns après les autres, les minutes suivantes.

— Approchez qu'on mange à soir, dit la mère de famille avec humeur. On n'est pas pour souper à neuf heures.

Richard fut le dernier à rentrer à la maison.

— Comment ça se fait que t'arrives si tard que ça, toi ? lui demanda sa mère, toujours d'aussi mauvaise humeur.

— J'ai rencontré le bonhomme Meloche en revenant de l'ouvrage. Il m'a engagé pour arracher les affiches demain soir. Il va me donner sept piastres.

— Pourquoi pas dix piastres comme il t'a donné pour les poser ? demanda sa mère.

— Je lui ai demandé. Il m'a répondu que c'était moins d'ouvrage et moins dangereux de les arracher que de les poser. En tout cas, j'ai dit oui.

— Tabarnouche ! Tu vas finir par être riche, toi ! s'exclama Jean-Louis avec une pointe d'envie dans la voix. T'as un salaire pas pire chez MacDonald Tobacco. Tu gagnes de l'argent avec mon oncle Rosaire le samedi. En plus, tu fais de l'argent avec les élections. T'as même pas de dépenses. Tes cigarettes te coûtent rien et t'as pas à payer de p'tit char pour aller travailler.

— Ben oui, fit Richard en se rengorgeant.

— Tu dois en avoir de collé en pas pour rire à la banque, poursuivit son frère aîné, curieux.

— Inquiète-toi pas pour ça. Je suis pas encore riche comme toi, le rembarra Richard en prenant place à table.

Durant le repas, personne ne fit allusion à l'air maussade de Laurette. Richard était heureux d'avoir un emploi temporaire de plus. Gilles et Carole avaient officiellement terminé leurs études et tout laissait croire qu'ils avaient réussi leur année scolaire. Il ne leur restait plus qu'à se présenter à la remise des prix le lendemain, chacun dans son école. Jean-Louis devait sortir et Denise ne pensait qu'à Pierre Crevier qui était venu l'inviter à dîner au restaurant, ce midi-là.

— Qui est allé voter ? finit par demander le père de famille au dessert.

— Moi, j'y suis allé, répondit fièrement Jean-Louis.

— Et toi, Denise ? lui demanda son père.

— J'avais pas le goût d'aller là, p'pa, répondit la jeune fille.

— En tout cas, à partir de huit heures, on va savoir qui est entré, fit remarquer Gérard sans susciter le moindre intérêt chez les siens.

Après le repas, Laurette demanda à ses filles de s'occuper du lavage de la vaisselle.

— J'ai mal à la tête. Je vais prendre deux Madelon et aller m'étendre une heure, expliqua-t-elle avant de prendre la direction de sa chambre à coucher. Si vous faites jouer le radio, mettez-le pas trop fort, demanda-t-elle sans préciser à qui elle s'adressait.

Gilles était heureux. Il n'avait eu aucun mal à se faire engager à temps plein chez Living Room Furniture pour la durée de l'été. Il allait travailler autant à la livraison que dans l'entrepôt de l'entreprise à compter du surlendemain.

Sa jeune sœur n'était pas moins contente à la pensée de l'été qui l'attendait. Elle avait échappé à l'obligation de retourner travailler à l'hospice Gamelin de la rue Dufresne grâce à la mère d'une copine d'école qui avait joué de son influence pour la faire engager, avec sa fille, chez Carrière, rue Notre-Dame. Elle allait travailler beaucoup moins d'heures pour un meilleur salaire.

Richard venait de persuader Gilles d'aller jouer à la balle avec ses copains dans la grande cour, quand les premières gouttes de pluie se mirent à tomber. Les deux adolescents, dépités, durent se résigner à aller s'asseoir sur le balcon, en compagnie de leur père.

— Maudit que c'est plate quand il mouille ! ne put s'empêcher de se plaindre Richard en regardant la pluie redoubler d'intensité.

— Plains-toi pas, lui conseilla son père. Il va faire plus frais après et on va mieux dormir.

Un peu avant huit heures, le père de famille rentra dans la maison et alluma la radio. Ses deux filles lisaient dans la cuisine. Il s'installa confortablement dans sa chaise berçante, un cendrier à portée de la main, prêt à écouter le long reportage de Radio-Canada consacré aux résultats de l'élection provinciale.

Quelques minutes plus tard, les bureaux de vote venaient à peine de fermer que Roger Baulu donnait les premiers décomptes des boîtes de scrutin qu'on commençait à peine à dépouiller. Évidemment, comme lors des élections précédentes, le premier ministre Maurice Duplessis fut le premier élu dans la province avec une confortable avance sur son adversaire libéral. En entendant la nouvelle un peu après neuf heures, Gérard Morin ne put retenir un sourire de satisfaction.

Lorsque Laurette fit irruption dans la cuisine vers dix heures trente, l'Union nationale comptait déjà plus de soixante candidats élus et une douzaine d'autres était en avance.

— Cybole! On dirait ben que Duplessis va rentrer plus fort que jamais, s'exclama Gérard en se frottant les mains. Ça a servi à rien aux libéraux de remplacer Marler par Lapalme. Il a pas mieux fait. Je pense même qu'il va se faire battre dans son propre comté, ajouta-t-il en jubilant. On rit pas. Duplessis en a fait élire soixante-douze. Lapalme en a juste vingt. J'ai jamais vu les rouges se faire écraser comme ça. Attends demain quand je vais parler à Bélanger. Je vais pouvoir lui tirer la pipe à mon goût. Ça me surprendrait pas pantoute qu'il se cache une couple de jours parce qu'il va avoir trop honte.

— Ben oui! Ben oui, fit Laurette, sarcastique.

— Le bonhomme est peut-être plus ben jeune, mais il est encore capable, conclut Gérard sur un ton joyeux.

Laurette ne dit rien. Elle se contenta de se verser un verre de Coke et d'allumer une cigarette avant de s'asseoir dans sa chaise berçante, l'air mal réveillé. À l'extérieur, la pluie tambourinait rageusement sur le toit en tôle du hangar et transformait la terre de la cour en boue.

— Est-ce que ton mal de tête est passé ?

— Oui.

— Pour moi, tu vas avoir de la misère à dormir cette nuit.

— Ça se peut, se contenta-t-elle de dire. Où sont les enfants ?

— Dans leur chambre.

— Même Jean-Louis ?

— Il vient de rentrer. Bon. Ça sert à rien de rester debout plus longtemps, l'Union nationale a encore gagné. J'écouterai les nouvelles demain matin. Est-ce que tu continues à écouter le radio ?

— Non. Tu peux le fermer, répondit Laurette, l'air absent.

Gérard se leva, éteignit la radio et se dirigea vers sa chambre à coucher. Bien réveillée maintenant, Laurette prit sur le réfrigérateur ses lunettes à monture de corne qu'elle ne portait que pour lire, ouvrit la revue de Denise demeurée sur la table et se mit à lire.

Peu à peu, le silence se fit dans la maison. À l'étage, les Beaulieu semblaient s'être mis au lit. Les quelques jeunes, qui s'étaient réfugiés sous le balcon, près du restaurant Paré, pour échapper à la pluie, étaient finalement rentrés chez eux. Seuls les miaulements intermittents d'une chatte en chaleur dans la grande cour venaient troubler la paix de cette fin de soirée pluvieuse.

Le dimanche suivant, Laurette se leva un peu avant sept heures et s'empressa de faire sa toilette après s'être allumé une cigarette. Elle finissait d'enlever ses bigoudis quand Gérard apparut dans la cuisine.

— Veux-tu ben me dire ce que tu fais debout aussi de bonne heure un dimanche matin ? lui demanda-t-il, surpris. D'habitude, tu te lèves pas avant huit heures pour aller à la grand-messe.

— Ben, à matin, il est pas question que j'aille à la grand-messe, tu sauras, rétorqua-t-elle.

— Qu'est-ce qui se passe ?

— Il se passe que c'est la procession de la Fête-Dieu à matin et j'ai pas envie pantoute d'être obligée de marcher dans la rue pendant des heures. J'ai ben assez d'être debout pendant toute la messe. J'ai trop mal aux jambes pour faire ça.

— Je me souviens d'un temps où tu y allais, lui fit remarquer son mari, narquois.

— C'était pour donner l'exemple aux enfants et parce que les voisins nous auraient montrés du doigt si on n'y était pas allés.

— Et à cette heure ?

— À cette heure, les enfants sont assez vieux pour décider tout seuls s'ils veulent y aller ou pas. Je peux plus les obliger. Ça fait que j'ai décidé, cette année, que j'étais trop fatiguée pour marcher... Mais toi, t'es reposé, ajouta-t-elle, narquoise. Tu pourrais ben y aller.

— Laisse faire.

— T'es un catholique à gros grains, on dirait, lui fit remarquer sa femme.

— Tu peux ben parler, toi.

— En tout cas, à matin, je vais à la basse-messe pour pas me faire poigner à marcher à la fin de la grand-messe, déclara Laurette sur un ton décidé.

Richard pénétra dans la pièce à ce moment-là en se grattant le cuir chevelu.

— Moi non plus, je suivrai pas la procession, annonça-t-il à ses parents. J'ai vu le reposoir qu'ils ont fait hier devant l'école Champlain. Il est pas mal. Ça vaudrait la peine, m'man, que vous y alliez. Il y a plein de monde qui vont s'apercevoir que vous êtes pas là.

— Toi, le comique, mêle-toi de tes affaires, le rabroua sa mère avec humeur.

Cette année-là, aucun Morin ne participa à la procession de la Fête-Dieu.

Chapitre 12

Le début de l'été

La dernière semaine de juin fut marquée par de fortes chaleurs accompagnées d'une humidité à peine supportable. Tout semblait baigner dans une espèce de ouate avec les odeurs peu appétissantes de la Dominion Rubber et de la Dominion Oilcloth. S'il s'agissait d'un avant-goût de l'été naissant, il n'y avait là rien de rassurant, du moins pour les habitants du quartier.

Les travailleurs revenaient épuisés de leur longue journée de travail et, même s'ils passaient leurs soirées assis sur le pas de leur porte ou accoudés à leur fenêtre en quête d'un peu de fraîcheur, ils ne parvenaient pas à récupérer. Malgré toutes les fenêtres ouvertes dans l'appartement, les nuits n'étaient guère plus confortables que les jours chez les Morin. L'asphalte de la rue Emmett profitait de l'obscurité pour dégager toute la chaleur emmagasinée durant la journée.

Le dernier samedi du mois, le jeune abbé Dufour s'empressa de retirer ses habits sacerdotaux après avoir célébré la messe de huit heures, impatient d'aller enfin déjeuner. La semaine suivante, il allait avoir à célébrer la messe de sept heures et son confrère celle de huit heures. Cet horaire serait en vigueur durant les deux semaines de vacances que le curé Perreault allait s'octroyer.

— Remercions Dieu, mon frère, d'avoir inventé les chalets d'été ! avait chuchoté René Laverdière sur un ton moqueur, après que leur supérieur leur eût appris qu'il prendrait les deux premières semaines de juillet pour aller se reposer dans son nouveau chalet construit sur le bord du fleuve, près de Sorel. Tu vas voir, Yvon, on va être bien pendant qu'il sera pas là. On va enfin pouvoir souffler un peu, avait ajouté l'aîné des vicaires de la paroisse.

Le fameux chalet du curé ! Les deux vicaires de la paroisse Saint-Vincent-de-Paul en avaient entendu parler jusqu'à plus soif depuis presque deux mois. Il n'y avait pas eu de jour où leur supérieur ne leur avait pas rabattu les oreilles avec les charmes de sa nouvelle résidence secondaire.

Tout cela avait eu son origine au début du mois de mai, lors de la grande fête organisée par le frère aîné du curé Perreault dans sa chic maison d'Outremont. L'homme d'affaires prospère avait voulu fêter dignement le vingt-cinquième anniversaire de sacerdoce de son frère en parrainant une collecte de fonds qui avait permis d'offrir au prêtre un confortable chalet situé à Contrecœur, sur la rive du fleuve Saint-Laurent, à moins d'un demi-mille de la colonie de vacances appelée Les Grèves.

Le brave curé n'avait consenti à parler un peu moins de sa résidence secondaire que le jour où René Laverdière, ironique, avait suggéré qu'elle pourrait aussi devenir un havre de paix pour les vicaires de la paroisse.

Ce samedi matin là, à sa sortie de l'église par la porte de la sacristie, Yvon Dufour eut la surprise de découvrir trois jeunes garçons appuyés contre la clôture en fer forgé du presbytère, des sacs entassés à leurs pieds. Devant eux, deux femmes étaient en grande conversation. Lorsque l'une d'elles se tourna pour lui faire face, le prêtre reconnut Réjeanne Lalonde, une mère de famille nombreuse de la paroisse. Il connaissait de vue l'autre femme au tour de taille respectable, mais il fut incapable de se rappeler son nom.

— Attendez, madame Chose, v'là l'abbé Dufour, fit Laurette Morin en apercevant l'abbé à son tour. On va lui demander ce qui se passe.

Quelques minutes plus tôt, en route pour aller faire ses emplettes hebdomadaires d'épicerie, Laurette avait aperçu Réjeanne Lalonde, qu'elle connaissait de vue. La pauvre femme avait l'air totalement perdue avec ses trois enfants. Tout ce petit monde criait et semblait si énervé qu'elle ne put s'empêcher de s'arrêter pour s'informer de ce qui leur arrivait. La pauvre femme cherchait l'autocar qui devait transporter ses enfants à Contrecœur.

— Qu'est-ce qui se passe, madame Lalonde ? demanda le vicaire, intrigué de voir les deux femmes et les enfants à cet endroit.

— Je viens d'arriver avec les enfants qui devaient partir pour Les Grèves, monsieur l'abbé, mais il y a personne. C'est ben ici qu'ils doivent prendre l'autobus, non ?

Yvon Dufour réprima un soupir d'exaspération. Chaque année, en juin, c'était le même scénario qui se répétait. Un enfant arrivait en retard, ratait l'autocar et le drame éclatait.

Chaque été, les œuvres de charité diocésaines offraient aux enfants défavorisés de Montréal la possibilité d'un séjour gratuit de trois semaines dans une colonie de vacances située à Contrecœur. Il suffisait que les parents inscrivent leurs enfants en âge de fréquenter cette colonie. Évidemment, dans chaque paroisse, le curé devait faire une sélection parce que les demandes dépassaient de loin le quota auquel il avait droit.

Depuis quelques années, le curé Perreault avait chargé l'abbé Dufour du dossier. Par conséquent, chaque mois de mai, ce dernier faisait parvenir aux parents dont les enfants avaient été sélectionnés la date et l'heure du départ ainsi que la liste des affaires dont les jeunes auraient besoin durant leur séjour.

L'abbé se rappela que Réjeanne Lalonde avait huit enfants et qu'elle était parvenue à faire inscrire les trois aînés pour le premier des trois camps tenus aux Grèves durant l'été.

— Mais, madame Lalonde, l'autobus est parti depuis au moins trente-cinq minutes, lui fit remarquer le jeune abbé en jetant un rapide coup d'œil à sa montre. Vous avez pas regardé sur la feuille que je vous ai envoyée. C'était écrit que le départ se faisait devant l'église à huit heures juste. Il est passé huit heures et demie.

— Vous aviez pas lu le papier? demanda à son tour Laurette à la mère de famille, dépitée.

— Je me souviens pas pantoute d'avoir vu ce papier-là, avoua la femme, de toute évidence dépassée par les événements. Dites-moi pas, monsieur l'abbé, que les enfants vont manquer leurs vacances à cause de ça!

Les trois garçons âgés de huit à douze ans commencèrent à s'agiter. Leur mère les calma en leur jetant un regard sévère.

— Voyons donc, madame Lalonde, vous savez ben que monsieur l'abbé va trouver un moyen d'arranger ça, intervint encore une fois Laurette en se mêlant de ce qui ne la regardait pas. Pas vrai, monsieur l'abbé?

— Je le voudrais bien, madame, mais qu'est-ce que vous voulez que j'y fasse? Le seul moyen que je peux voir, madame Lalonde, c'est que quelqu'un de votre famille aille conduire vos enfants là-bas.

— Il y a personne qui a un char dans ma famille.

— Dans ce cas, vous pouvez toujours aller les mener au terminus pour qu'ils prennent un autobus provincial, suggéra le vicaire.

— Mais ça va coûter ben trop cher. J'ai pas les moyens de leur payer ça, avoua piteusement la mère de famille.

— Mais monsieur le curé a un char, lui, intervint encore une fois Laurette Morin. Je suis certaine qu'il est capable d'aller les conduire, suggéra-t-elle avec un aplomb qui fit sursauter le pauvre vicaire, dépassé par un tel culot.

— Oh! Vous savez, madame, monsieur le curé part cet avant-midi en vacances. Je pense pas qu'il puisse se charger de ça.

— Ça coûte rien de le lui demander, déclara Laurette en faisant signe aux trois enfants de prendre leurs effets personnels et de pousser la porte de la clôture qui donnait accès à l'escalier menant au presbytère.

Interloqué par l'aplomb de la femme, Yvon Dufour finit par lui demander :

— Vous êtes une parente de madame Lalonde ?

— Pantoute, déclara tout net Laurette. Je suis une voisine.

Le jeune vicaire allait lui demander pourquoi elle se mêlait de l'affaire quand elle le devança.

— Elle m'a demandé de lui donner un coup de main, mentit-elle sans sourciller.

— Ah bon! Mais j'ai bien peur que monsieur le curé puisse pas faire grand-chose pour vous, madame Lalonde, dit le vicaire en se tournant cette fois vers Réjeanne Lalonde au moment d'entrer dans le presbytère devant les deux paroissiennes et les enfants. Attendez-moi là une minute, commanda-t-il aux visiteurs en leur ouvrant la porte de la petite salle d'attente.

Yvon Dufour trouva René Laverdière dans le salon, en train de lire son bréviaire. De toute évidence, il avait déjà pris son déjeuner.

— As-tu vu monsieur le curé ? demanda-t-il à son confrère.

— Il vient de finir de manger. Il est parti finir ses bagages. Il devrait descendre dans une minute ou deux. Qu'est-ce qui se passe?

Le jeune abbé s'empressa de raconter la mésaventure des trois petits Lalonde qui venaient de rater leur autocar.

Le récit ne sembla pas énerver particulièrement son confrère.

— Attends. On va arranger cette affaire-là, dit-il. Est-ce qu'ils sont retournés chez eux?

— Non. Ils sont dans la salle d'attente.

— Va leur dire que ce sera pas long.

Cinq minutes plus tard, Damien Perreault apparut à la porte du salon, portant une grosse valise qui semblait assez lourde. Contrairement à son habitude, le quinquagénaire était tout souriant. Son excellente humeur était probablement motivée par son départ pour les vacances. Les deux vicaires se levèrent poliment à son entrée dans la pièce.

— Bon. Messieurs, je vous laisse, dit-il à ses deux vicaires. J'espère que vous avez bien noté mon numéro de téléphone au chalet. Évidemment, vous ne l'utiliserez que pour les cas d'extrême urgence.

— Bien sûr, monsieur le curé, fit René Laverdière. Pendant que vous vous amuserez à pêcher, nous tiendrons le fort.

— Pas d'imprudences surtout, hein! Prenez pas d'initiatives, les mit en garde leur supérieur.

— Ne vous inquiétez pas, reprit l'abbé Laverdière. Tout va marcher comme sur des roulettes. Nous vous souhaitons un bon repos et du beau temps. En plus, vous allez même avoir la chance de faire une bonne action dès le début de vos vacances.

— Comment ça? demanda Damien Perreault, intrigué.

— Les petits Lalonde viennent de manquer leur autobus pour aller aux Grèves de Contrecœur. Comme votre chalet est juste à côté, vous allez pouvoir les laisser en passant, si vous voulez, monsieur le curé.

— Mais il en est pas question ! s'insurgea le curé. Mon automobile est pas un autobus. À part ça, j'ai pas envie que des enfants la salissent. Je suis pas pour commencer ça !

— J'ai bien peur, monsieur le curé, que vous ayez à expliquer ça à la mère et à une voisine.

— Il en est pas question, répéta sèchement le curé Perreault. J'ai rien à leur expliquer. De toute façon, elles savent pas que je vais dans cette direction-là.

— Malheureusement, je leur ai dit que vous aviez un chalet à côté, avoua un René Laverdière, l'air goguenard. Je pouvais pas me douter que vous refuseriez des vacances à trois jeunes enfants de votre paroisse parce que vous aviez peur qu'ils salissent les sièges de votre Buick.

— Vous êtes très drôle, l'abbé ! fit sèchement le curé qui lui jeta un regard assassin.

Toute la bonne humeur de Damien Perreault s'était soudainement envolée.

— Où est-ce qu'ils sont ? demanda-t-il rudement.

— Dans la salle d'attente, monsieur le curé, répondit Yvon Dufour qui n'avait pas dit un mot depuis l'arrivée de son supérieur dans le salon.

Damien Perreault planta là ses deux vicaires et se dirigea vers la petite salle d'attente où les deux femmes et les trois enfants attendaient depuis quelques minutes. Dès qu'il ouvrit la porte, il reconnut Laurette Morin et ne put s'empêcher d'esquisser une grimace de contrariété. Il connaissait assez sa paroissienne pour savoir qu'elle n'avait pas la langue dans sa poche. Il avait horreur de ce genre de femme qui ne craignait pas d'affronter un prêtre quand ce qu'il disait ne lui convenait pas. S'il se rappelait l'épisode de son fils qu'elle avait forcé, quelques années plus tôt, à rapporter l'argent de la quête qu'il avait dérobé, il se souvenait aussi de la crise qu'elle lui avait faite quand il l'avait accusée d'empêcher la famille. Bref, en l'apercevant, le prêtre devint méfiant et décida de prendre certaines précautions.

— Je sais qu'un de mes vicaires vous a dit que je possédais un chalet près des Grèves, mais le problème est que je m'en vais pas là directement, mentit-il. J'ai beaucoup d'achats à faire avant. Je pense que le meilleur moyen pour que les enfants puissent y aller, c'est de voir s'il y aurait pas quelqu'un de votre famille ou un voisin qui accepterait d'aller les conduire là.

— On connaît pas personne qui a un char, monsieur le curé, intervint Laurette, comme si elle était concernée par le problème.

— L'autobus?

— J'ai pas les moyens, monsieur le curé, affirma la mère.

— C'est pas grave pantoute que les enfants attendent un peu dans votre char, monsieur le curé, pas vrai, madame Lalonde? affirma Laurette. Ils vont être ben contents, à part ça, de faire un tour de char.

Coincé, le curé ne put trouver une autre excuse pour échapper à cette bonne action forcée. Avec une mauvaise humeur assez évidente, il ordonna aux trois jeunes de prendre leurs bagages et de le suivre dans le garage situé sous le presbytère.

Quand la Buick sortit lentement par la rampe d'accès, le curé Perreault aperçut Réjeanne Lalonde et Laurette Morin, debout sur le trottoir, faisant de grands signes aux trois enfants sagement assis sur la banquette arrière de sa voiture. Après que la voiture eut tourné vers l'ouest sur Sainte-Catherine, en direction du pont Jacques-Cartier, la voisine se tourna vers Laurette, débordante de reconnaissance.

— Vous avez été ben fine de venir avec moi pour vous occuper des enfants. Je pense que moi, j'aurais jamais eu le front de demander ce service-là à monsieur le curé.

— Voyons donc, madame Lalonde. Ça lui coûte rien d'amener vos enfants là-bas. Son gros char prendra pas plus de *gas* parce qu'ils sont dedans. Même s'il est bête comme ses pieds, notre curé peut être de service des fois. Il en mourra pas.

Sur ce, Laurette salua la mère de famille et se mit en marche vers l'épicerie Tougas en songeant que cet intermède lui avait fait perdre près d'une heure. Malgré l'heure matinale, le soleil tapait déjà durement. Tout laissait présager une journée très chaude.

Dans le presbytère, René Laverdière avait fini par aller s'asseoir en face de son jeune confrère qui déjeunait enfin.

— En tout cas, ces enfants-là sont mieux de pas bouger d'un poil durant le voyage, dit-il, moqueur. Enragé comme il est, notre bon curé Perreault est capable de les mordre.

— Au fond, on est chanceux qu'il soit parti pour deux semaines, fit remarquer Yvon Dufour, sérieux. Ça va lui donner le temps de se calmer et peut-être d'oublier.

⤜⤚

Le mois de juillet tenait ses promesses et était particulièrement torride.

Au lendemain des élections, Gérard prit l'habitude de se confectionner un goûter chaque matin de la semaine et d'aller passer la journée au parc Lafontaine, à l'ombre de grands arbres. Durant les heures les plus chaudes de l'après-midi, il n'hésitait pas à retirer ses chaussures pour laisser tremper ses pieds dans les eaux fraîches des étangs sillonnés par les canots rouges et verts. Habituellement, il ne revenait à la maison qu'à l'heure du souper, quelques instants avant le retour de Laurette de son travail.

L'homme ne semblait pas remarquer les traits tirés et l'air épuisé de sa femme. Cette dernière avait toujours autant de peine à supporter la chaleur estivale. Chaque soir, elle revenait péniblement de son travail, les jambes enflées par neuf heures de travail debout, à l'extrémité de la chaîne, chez Viau. Pour tout arranger, elle ne pouvait même plus compter sur l'aide de Carole pour préparer le souper avant son retour puisque sa cadette finissait de travailler à cinq heures trente chez Carrière.

Il était bien évident que sa colère du mois précédent n'avait guère changé le comportement de son mari. Gérard se comportait comme s'il croyait que les tâches ménagères appartenaient exclusivement à sa femme et à ses filles. Par conséquent, il n'apportait aucune aide dans la maison et s'arrangeait pour n'y revenir, du lundi au vendredi, qu'à la fin de la journée.

Excédée, Laurette avait fini par lui faire remarquer d'une voix acide :

— J'espère que t'es pas trop fatigué aujourd'hui, mon Gérard ? Sais-tu que t'as une belle vie, toi ?

— Pourquoi tu me dis ça ?

— Je te dis ça parce que tu t'arranges pour pas lever une épingle dans la maison.

— C'est pas de ma faute si le docteur m'oblige à attendre avant de retourner travailler, s'était contenté de répondre ce dernier sur un ton désinvolte. À part ça, une couple de mois à rien faire, je trouve pas ça exagéré pantoute après avoir travaillé pendant vingt ans pour nourrir ma famille. En plus, oublie pas que j'ai perdu trois ans de ma vie à Saint-Joseph…

— Non, inquiète-toi pas ! J'oublie pas, avait rétorqué sa femme avec mauvaise humeur. En tout cas, j'espère que tu vas péter le feu, au commencement de l'automne, quand tu vas te mettre à te chercher une *job*.

— À ce moment-là, ça va être à ton tour de te reposer un peu, avait ajouté Gérard, qui venait de se rendre compte de la grogne de sa femme.

— Ben oui, avait fait Laurette, sarcastique. On va engager quelqu'un pour venir préparer les repas, faire le lavage, repasser le linge et faire le ménage à ma place. On va faire comme ta sœur Colombe et se payer une femme de ménage ! Comme ça, je vais pouvoir rester écrasée dans ma chaise berçante du matin au soir.

Cet échange acerbe entre les époux n'avait évidemment rien changé au comportement de Gérard.

Depuis, Laurette avait beau laisser éclater sa mauvaise humeur de temps à autre, il n'en restait pas moins que les samedis étaient devenus pour elle une journée infernale. Comme ses deux filles travaillaient le samedi, ce qui devait être son jour de repos hebdomadaire était vite devenu la journée de toutes les corvées.

Depuis le début de l'été, la mère de famille devait se lever très tôt le samedi matin pour commencer le lavage avant d'aller acheter la nourriture de la semaine. À son retour, elle finissait de laver les vêtements et de les étendre sur sa corde à linge. Évidemment, il n'était pas question de laver les vêtements le dimanche. Qu'est-ce que les voisins auraient pensé s'ils avaient vu sa corde à linge couverte de linge à sécher ? Cela ne se faisait pas.

Durant l'après-midi, elle cuisinait et commençait le ménage de l'appartement. Ses filles tentaient bien de l'aider le soir et le dimanche, il n'en restait pas moins que tout reposait pratiquement sur ses épaules fatiguées.

Pourtant, Laurette avait bien tenté de confier à son mari l'achat de la nourriture pour la semaine en lui dressant une liste complète de ce qu'il aurait à acheter tant chez Tougas et Oscar que chez Laurencelle, la fruiterie de la rue

Sainte-Catherine. L'expérience avait été si coûteuse qu'elle avait dû renoncer à la répéter.

Gérard était revenu à la maison avec de nombreux produits non inscrits sur la liste. Il les avait achetés parce qu'il en avait eu subitement le goût et avait été incapable de résister. Mais le pire avait été ses achats effectués chez Tougas. Une heure après le retour de son mari, le livreur avait déposé les sacs d'épicerie sur la table de cuisine. Laurette avait alors délaissé sa laveuse pour tout ranger.

— Verrat! Qu'est-ce que c'est cette affaire-là? s'était-elle écriée en découvrant un rôti de bœuf dans sa commande. Gérard! lui avait-elle crié alors qu'il était confortablement assis à une extrémité du balcon.

— Qu'est-ce qu'il y a?

— Je pense que le gars de chez Tougas s'est trompé de commande. Il y a un *roast beef* dans un des sacs.

Gérard était rentré dans la maison pour voir ce dont parlait sa femme.

— Bonyeu! C'est sûr que c'est pas notre commande. Regarde! Il y a trois boîtes de ragoût de boulettes Cordon bleu.

Son mari avait pris un air un peu gêné pour déclarer:

— Non. Je pense que c'est ben notre commande.

— Comment ça, notre commande? J'ai jamais écrit sur ma liste un *roast beef* et des boîtes de ragoût de boulettes! s'était emportée Laurette, les poings sur les hanches.

— Je le sais, mais j'avais le goût d'en manger. Il me semble que ça ferait changement avec le *baloney*.

— T'avais le goût d'en manger! ma foi du bon Dieu, mais tu vis pas dans le même monde que nous autres, toi, Gérard Morin! Penses-tu qu'on a les moyens de se payer ça? On tire le diable par la queue et on va manger du *roast beef*! Sors-moi la liste que je t'ai donnée. Pour payer ça, t'as dû couper d'autres affaires.

306

Gérard avait extirpé la liste froissée de l'une de ses poches avant de retourner, insouciant, sur le balcon. De temps à autre, il avait entendu Laurette s'exclamer. Finalement, elle était sortie quelques minutes plus tard en portant un sac d'épicerie à demi rempli.

— Je peux pas retourner le rôti parce qu'il est déjà coupé, mais tu vas me rapporter tout ça chez Tougas et achète-moi à la place ce que j'ai souligné sur ma liste.

— Es-tu folle, toi? s'était-il exclamé. Je vais avoir l'air fin en maudit de rapporter ça devant tout le monde.

— T'as pas le choix, avait sèchement tranché Laurette. Je sais pas si tu le sais, mais t'as rien rapporté pour faire les lunchs de la semaine. Qu'est-ce que tu penses qu'on va manger, nous autres, le midi?

Gérard avait eu beau ronchonner, il avait dû s'exécuter. Cependant, la leçon avait porté: Laurette ne lui avait plus confié les achats à l'épicerie. En échange, il avait dû accepter en rechignant d'étendre les vêtements mouillés sur la corde à linge le samedi matin pendant qu'elle allait faire les achats.

— Cybole! Veux-tu me faire passer pour une tapette? s'était-il écrié quand elle lui avait mis le panier de vêtements mouillés dans les bras. Tout le monde qui va me voir étendre va se demander si je suis pas devenu fifi.

— Laisse faire le monde, s'était emportée sa femme. J'aime mieux que le monde te prenne pour un fifi que pour un sans-cœur, avait-elle ajouté, perfide, avant de quitter la maison.

Par ailleurs, Laurette savait que son mari allait rendre visite à sa sœur Colombe et à sa mère au moins une fois par semaine. Ce jour-là, il se rendait au garage de Rosaire Nadeau vers la fin de l'avant-midi, discutait avec son beau-frère durant quelques minutes, attendant d'être invité à dîner chez lui, dans sa chic maison du boulevard Rosemont.

— Ça te gêne pas d'aller quêter un repas à ta sœur toutes les semaines? avait-elle demandé, mécontente, à son mari.

— Voyons, Laurette! Colombe sait ben que je vais pas là pour manger. Je vais là pour la voir, elle et m'man. Si je faisais pas ça, je les verrais jamais.

— J'espère que tu dis pas ça parce que je les invite pas. Avec tout l'ouvrage que j'ai à faire, j'ai pas le temps pantoute de recevoir du monde. Au cas où t'aurais oublié, Gérard Morin, je travaille dans la semaine, et la fin de semaine, je cours comme une folle pour faire tout ce que j'ai pas eu le temps de faire pendant la semaine.

Au fond, cela convenait parfaitement à son mari d'aller traîner au garage de son beau-frère, de se faire transporter dans sa nouvelle Cadillac noire et de se faire gâter par sa sœur et sa mère. D'ailleurs, Lucille Morin et les Nadeau demandaient rarement des nouvelles de Laurette et des enfants. Ils en obtenaient probablement par Richard qui travaillait chaque samedi au garage de son oncle.

Si Gérard ne se formalisait pas de cette espèce d'indifférence des siens envers sa femme et ses enfants, il en allait tout autrement de sa femme.

— Je suppose que ta mère et ta sœur t'ont demandé de mes nouvelles? demandait Laurette chaque fois que son mari lui apprenait avoir rendu visite à sa mère et à sa sœur.

— C'est sûr. Je leur ai dit que t'allais numéro un, mentait Gérard, pas trop convaincant.

— Ben oui, mon Gérard, je suis sûre de ça, faisait alors Laurette, narquoise. Prends-moi donc pas pour une valise! Si ça se trouve, je les intéresse moins que la femme de ménage que Rosaire leur paye pour qu'elles puissent jouer aux grosses madames. Quant à moi, tu peux ben continuer à aller les voir aussi souvent que tu voudras, avait-elle ajouté. Si ça peut m'éviter de les voir ici dedans, je m'en plaindrai pas. Salir leur beau linge chez les pauvres de la famille doit pas les tenter ben gros.

Son mari s'était contenté alors de se plonger dans la lecture de *La Presse* qui ne le quittait guère quand il était à la maison.

Par ailleurs, les amours de Denise se déroulaient sans heurts depuis la mi-juin. Depuis leur première sortie au cinéma, Pierre Crevier s'était montré un amoureux fidèle et attentionné. Plusieurs fois par semaine, il allait attendre la jeune fille à sa sortie du Woolwoth pour la raccompagner chez elle. Il la laissait sagement sur le pas de la porte après avoir salué son père, souvent en train de discuter avec un voisin.

Gérard semblait avoir fini par accepter l'amoureux de sa fille. Il était si poli et si discret qu'il ne trouvait vraiment rien à lui reprocher… mis à part sa stature impressionnante.

— C'est pas un homme, ça, avait-il dit à Laurette, c'est un vrai cheval.

— Peut-être, avait-elle admis, mais avec un gars comme ça, une femme se sent protégée.

Peu à peu, Laurette et Gérard s'habituèrent à le voir arriver après le souper, le samedi soir, pour veiller sur le balcon arrière avec Denise quand ils ne sortaient pas pour aller au cinéma. Lorsqu'il ne faisait pas trop chaud, Pierre Crevier était invité à jouer aux cartes avec les parents de la jeune fille. Son caractère égal et son sens de l'humour avaient conquis aussi bien Laurette que sa fille aînée.

Il fallait admettre que le débardeur faisait des efforts méritoires pour être bien considéré par tous les membres de la famille. Il avait offert un flacon de parfum *Evening in Paris* aux trois femmes de la maison en affirmant honnêtement que ces produits provenaient d'une boîte éventrée lors d'un transbordement dans le port. Selon ses dires, il était de tradition de se partager les produits entre les employés quand ce genre d'incident se produisait. À l'occasion du quarante-sixième anniversaire de Gérard, l'amoureux de sa fille lui avait donné un briquet pour remplacer son vieux Ronson.

Lors du dix-septième anniversaire de naissance de Richard, il lui avait donné une casquette des Royaux de Montréal parce qu'il savait qu'il était un ardent partisan de l'équipe. Il avait récidivé quinze jours plus tard quand on avait célébré chez les Morin le dix-huitième anniversaire de Gilles. En fait, seul Jean-Louis faisait grise mine au nouvel amoureux de sa sœur. L'employé à la comptabilité chez Dupuis frères semblait éprouver une antipathie naturelle à l'endroit du débardeur et il évitait de lui parler le plus possible.

❦

Si les amours de Gilles avec Nicole Frappier étaient au beau fixe, il en allait tout autrement pour Richard.

Une semaine après les élections, son copain, Paul Jutras, avait tenu parole. Il l'avait invité à venir chez lui un vendredi soir pour lui présenter sa jeune sœur Hélène. Tôt après le souper, l'adolescent avait procédé à une toilette soignée, endossé sa plus belle chemise et, surtout, utilisé une quantité importante de Brylcreem pour faire tenir son « coq ». Il avait même subtilisé un peu de parfum dans une bouteille oubliée dans la salle de bain.

— Tabarnouche! s'était exclamé Jean-Louis en prenant place à table pour manger la traditionnelle sauce aux œufs du souper du vendredi soir, ça sent ben drôle.

Laurette avait reniflé bruyamment et avait tourné la tête dans toutes les directions pour tenter de trouver la provenance de cette odeur.

— Mais c'est toi qui sens la guidoune comme ça ! s'était-elle exclamée en se penchant sur Richard. Tu sens l'*Evening in Paris* à plein nez. À qui t'as volé ce parfum-là ?

— À personne, m'man. J'en ai pris juste une goutte dans la bouteille qui était dans la salle de bain, avait avoué Richard. Je sens pas tant que ça.

— Aïe ! Richard Morin, touche pas à mon parfum ! lui avait ordonné Carole.

— Je savais pas que c'était à toi, s'était défendu l'adolescent. T'as juste à pas le laisser traîner dans la salle de bain.

Au même instant, Laurette avait semblé se rendre compte que la tenue vestimentaire de son fils était anormalement soignée pour un vendredi soir.

— Veux-tu ben me dire où tu t'en vas arrangé comme ça ? lui avait-elle demandé, soudainement méfiante.

Richard avait été immédiatement sur la défensive.

— Ben...

— Ben quoi ?

— Je veux juste aller faire un tour après le souper.

— Un tour où ? Avec qui ?

— Je le sais pas encore, m'man.

— Va surtout pas faire de niaiseries, toi ! l'avait mis en garde sa mère, soupçonneuse.

— Elle s'appelle comment, ton tour ? lui avait demandé son frère Gilles, quelques minutes plus tard, dans leur chambre à coucher.

— Hélène. C'est la sœur de Jutras. Tu sais, celle qui ressemble à la fille du calendrier.

— À ta place, j'irais me laver pour ôter l'odeur écœurante du parfum de Carole, lui avait conseillé son frère. Prends l'*Old Spice* de p'pa. Ça, c'est un parfum d'homme.

Richard avait suivi le conseil de son frère avant de se rendre chez Paul Jutras qui demeurait rue Parthenais, près de la rue Rouen. Ce dernier l'avait fait entrer et lui avait chuchoté à l'oreille que sa sœur était assise avec une amie sur le balcon.

— Je vais te la présenter dans deux minutes, lui avait affirmé son copain. Donne-moi juste le temps de finir de manger.

Ces deux minutes avaient semblé durer une éternité à l'adolescent. Son cœur battait à tout rompre et il n'avait cessé de vérifier du bout des doigts l'ordonnance de son « coq » sans trop savoir où essuyer ses doigts enduits de Brylcreem après chaque vérification.

Quand Paul Jutras l'avait entraîné vers le balcon, ses oreilles étaient devenues écarlates et il avait senti ses jambes faiblir soudainement.

Dès qu'il eut franchi la porte, Richard avait découvert deux très belles jeunes filles : une rousse et une brune. Richard avait su tout de suite que la rousse était Hélène. Il la trouva tout de suite plus belle que le mannequin photographié sur le calendrier que sa mère l'avait obligé à déchirer.

La sœur de Paul Jutras lui avait à peine accordé un regard dédaigneux avant de lui adresser un « bonsoir » dénué de toute chaleur. Elle n'avait pas proposé aux deux adolescents de se joindre à elle et à son amie sur le balcon. Elle s'était contentée de refuser sèchement la balade à quatre proposée par son frère.

Dépité au-delà de toute expression, Richard avait fini par dire à son copain, quelques minutes plus tard, qu'il devait partir parce qu'il avait des courses à faire avant la fermeture des magasins. Il était alors rentré à la maison en proie à une rage folle, frustré de n'avoir pas su trouver quelque chose d'intéressant ou d'amusant à dire aux deux filles qu'il venait de voir. Paul Jutras lui avait tellement laissé entendre qu'il plairait sûrement à sa sœur qu'il avait bêtement cru que sa conquête était presque chose faite.

— Maudit nono ! n'avait-il pas cessé de se traiter durant le trajet qui l'avait ramené à la maison.

Ce vendredi soir là, il s'était mis au lit de bonne heure, mais il n'avait trouvé le sommeil que bien après minuit.

— Pis ! Comment ça a marché ? lui avait demandé Gilles après sa soirée de travail chez Living Room Furniture, lorsqu'il était venu se coucher.

— Achale-moi pas ! lui avait dit Richard en lui tournant le dos.

— Bon. Si je comprends ben, ça a pas marché pantoute. C'est pas grave. Il y a d'autres filles.

Le lundi suivant, Paul s'était presque excusé du comportement de sa sœur.

— Tu sais, avec les filles, on sait jamais sur quel pied danser, avait-il fini par dire à son compagnon de travail, à l'heure de la pause.

— C'est pas grave, avait menti Richard. C'est normal que je poigne pas avec toutes les filles.

Mais la leçon avait été dure à avaler. L'adolescent avait beau encore plastronner et se donner des airs de tombeur, il était évident que cette rebuffade l'avait perturbé beaucoup plus qu'il n'osait l'admettre. Depuis, il n'avait pas cessé de scruter son image dans le miroir de la salle de bain chaque fois qu'il allait dans la petite pièce.

— Maudit, je fais pas si dur que ça ! n'avait-il cessé de se répéter. À part mes oreilles un peu décollées, je suis même plutôt pas mal. Qu'est-ce qu'elles ont toutes à même pas me regarder ?

Le 25 juillet, Gérard s'apprêtait à éteindre la radio après avoir écouté les dernières informations quand un bulletin de nouvelles de dernière heure annonça qu'une collision venait de se produire sur l'Atlantique, à faible distance de New York, entre un cargo et un paquebot transportant plus de mille passagers et cinq cents membres d'équipage. Roger Baulu parlait de la possibilité d'une catastrophe maritime aussi importante que celle du Titanic, survenue en 1912.

L'homme suspendit son geste et se rassit dans sa chaise berçante, bien décidé à attendre plus d'informations.

— Tu viens pas te coucher ? vint lui demander Laurette qui venait de passer sa robe de nuit.

— Pas tout de suite. Ils viennent d'annoncer qu'il y a eu une collision entre deux gros bateaux. Je veux savoir s'il y a eu ben des morts.

— Ça va changer quoi que tu le saches ? lui demanda sa femme, insensible à cette catastrophe. Bon. Ben, moi, je m'en vais me coucher. Je me lève de bonne heure demain matin. Baisse un peu le radio pour pas empêcher les filles de dormir et, en venant te coucher, essaye de pas me réveiller, ajouta-t-elle en tournant les talons.

Gérard dut attendre jusqu'à une heure du matin pour apprendre que le paquebot *Andrea Doria*, la fierté de la flotte italienne depuis 1953, avait été éperonné dans le noir par le *Stockholm*, un cargo suédois. On ignorait encore ce qu'il était advenu des mille sept cents passagers et membres d'équipage du paquebot. On parlait de plusieurs centaines de morts et de nombreux corps flottant sur la mer. Les dégâts causés au paquebot étaient d'une telle ampleur que le capitaine avait donné l'ordre de l'abandonner, même si la moitié des embarcations de sauvetage avaient été détruites lors de la collision. Aux dernières informations, l'*Île-de-France* et d'autres bateaux faisaient route vers les lieux de la catastrophe pour porter secours aux naufragés.

Lorsque Gérard se rendit compte qu'il n'y avait plus de nouvelles dépêches communiquées, il se décida à éteindre la radio et le plafonnier de la cuisine avant d'aller se coucher.

Il venait à peine de se mettre au lit quand un bruit de verre fracassé accompagné de cris et de ce qui lui parut être un coup de fusil le fit violemment sursauter. Il se précipita vers la fenêtre et écarta les persiennes pour voir ce qui venait d'arriver. Laurette, réveillée par le bruit, s'assit dans le lit.

— Verrat ! Veux-tu ben me dire ce qui se passe ? demanda-t-elle en voyant son mari debout devant la fenêtre.

— Je le sais pas, répondit son mari. Je viens de voir deux gars sortir en courant de chez Paré. On dirait qu'ils ont essayé de voler le bonhomme.

À l'extérieur, il y eut des bruits de portes qui claquaient et des échanges entre voisins.

Gérard entendit une voix anonyme déclarer :

— Moi, je les ai vus défoncer. J'ai appelé la police. Elle devrait être à la veille d'arriver.

— Moi, je les ai vus prendre le bord de la grande cour en courant, fit une autre voix en provenance d'une fenêtre.

— C'est ben beau, ça, fit une autre voix, mais tirer du fusil en pleine rue, c'est une affaire pour tuer des innocents.

— On voit ben que c'est pas toi qui t'es fait voler, sacrament ! répliqua la voix énervée d'Édouard Paré, qui venait d'apparaître devant la porte de son épicerie. Je les ai manqués, les bâtards !

Gérard reconnut la voix de l'interlocuteur de l'épicier. Il s'agissait de Wilfrid Grenier, le locataire demeurant à droite, au second.

— C'est sûr que ça, ça peut pas t'arriver, Grenier, fit une voix gouailleuse venant de quelqu'un debout sur le trottoir, rue Archambault. Tout ce qu'on pourrait te voler, c'est ton vieux dentier.

— Lamothe, tu ferais ben mieux de fermer ta gueule plutôt que de dire n'importe quoi, répliqua Grenier.

— Aïe! Allez-vous arrêter de crier! ordonna une voix inconnue. On essaye de dormir, nous autres!

— Ben, dors, maudit gnochon et écœure pas le monde! répondit quelqu'un, debout sur le balcon, en face de l'appartement des Morin.

— Il va y avoir pas mal d'action dehors, dit Gérard à Laurette encore assise dans son lit. Je m'habille et je vais voir.

Au moment où sa femme allait lui dire de fermer les persiennes et même la fenêtre pour que le bruit ne la dérange pas, une voiture passa en trombe devant la fenêtre et vint s'arrêter brutalement quelques pieds plus loin, à l'intersection des rues Emmett et Archambault, devant le restaurant. On apercevait par intermittence la lueur rouge du gyrophare sur le mur de la chambre à coucher.

— V'là la police, annonça Gérard, tout excité, en s'empressant de se chausser.

— Tant qu'à être réveillée, je suis aussi ben d'aller voir, moi aussi, déclara Laurette en se levant et en endossant sa robe de chambre.

À la sortie des Morin de leur appartement, des gens s'attroupaient déjà sur le trottoir, en face du restaurant-épicerie. Des femmes en robe de chambre défraîchies côtoyaient des hommes en tricot de corps, les bretelles pendant sur les cuisses. Certaines ménagères, la tête couverte d'une résille pour retenir leurs bigoudis, s'entre-tenaient avec des voisines et parlaient d'autant plus fort qu'elles n'avaient rien vu de ce qui s'était produit.

Laurette et Gérard Morin se joignirent aux curieux. Ils virent les deux policiers s'ouvrir un chemin jusqu'aux propriétaires de chez Paré. Le mari et la femme étaient campés nerveusement devant le trou béant laissé par les malfaiteurs dans ce qui avait été l'une des deux vitrines de leur petit commerce.

Il y avait maintenant des spectateurs à presque toutes les fenêtres du voisinage et certaines portes entrouvertes laissaient passer des têtes curieuses. On s'interpellait pour demander la cause de tout ce tintamarre.

— Je les ai vus. Ils étaient deux. Ils sont partis par la grande cour, cria une petite femme tout énervée aux policiers.

Les agents firent comme s'ils ne l'avaient pas entendue. Ils venaient de repérer l'arme tenue par Édouard Paré et ce spectacle semblait les énerver.

— On dirait ben que les beus sont pas pressés de courir après les voleurs, dit une voix dans la foule de badauds. S'ils continuent à prendre leur temps comme ça, les deux jeunes vont avoir le temps de mourir de vieillesse avant de leur voir la face.

Il y eut des ricanements dans la foule. Deux autres autos-patrouilles, gyrophares allumés, vinrent s'arrêter à leur tour devant le restaurant. Un gradé, l'air important, s'extirpa de l'une des voitures en faisant signe à ses hommes d'accélérer le mouvement. La petite foule s'ouvrit immédiatement devant lui.

— Qu'est-ce qui s'est passé ? demanda-t-il aux policiers déjà sur place.

— Un *hold-up*, mon lieutenant, répondit l'un d'eux. D'après le propriétaire, ils étaient deux. Ils ont défoncé la porte de côté pour entrer et ils sont partis avec l'argent qu'il y avait dans le *cash*.

— Une idée de la direction qu'ils ont prise ?

— Des témoins disent qu'ils sont partis par là, répondit le même policier en montrant la grande cour qui s'ouvrait à l'extrémité de la rue Archambault.

— Correct, laissa tomber le gradé. Vous quatre, ajouta-t-il à l'intention des deux premiers policiers arrivés sur les lieux et des deux qui étaient descendus de la voiture qui avait précédée la sienne, prenez vos chars et allez me fouiller la place. Au rapport dans dix minutes. Toi, dit-il à son chauffeur, tu surveilles devant la vitrine pendant que je remplis le rapport en dedans avec les propriétaires.

L'officier fit ensuite signe aux Paré de le suivre à l'intérieur où il demeura longtemps avec eux. La disparition des acteurs ne sembla pas inciter la petite foule à se disperser. La plupart des gens demeurèrent sur place à discuter du vol.

Lorsque les deux autos-patrouilles parties à la recherche des malfaiteurs revinrent stationner devant le restaurant-épicerie quelques minutes plus tard, le lieutenant de police sortit à l'extérieur.

Les badauds se pressèrent près des véhicules pour voir si les policiers ramenaient les voleurs. Il n'y avait personne à l'intérieur.

— On rentre, dit le gradé à ses hommes en se dirigeant vers sa voiture.

Les portières des trois voitures claquèrent et les policiers quittèrent les lieux. Déçue par cette fin abrupte du spectacle, la foule de curieux commença à se disperser en émettant des commentaires peu flatteurs sur la valeur des policiers.

— Sacrament! jura Grenier. C'est sûr qu'ils ont pas poigné personne. Ça leur a pris tellement de temps à se grouiller qu'on aurait dit qu'ils faisaient exprès. Moi, je suis à peu près sûr que c'est les…

— Fais ben attention à ce que tu vas dire, le mit en garde Bernard Bélanger, son voisin habitant au rez-de-chaussée. Ça peut te retomber sur le nez si t'as pas de preuves.

— Qu'est-ce que vous allez faire pour votre vitrine, monsieur Paré ? demanda Catherine Bélanger au propriétaire du restaurant.

— C'est vrai, ça, dit Laurette. Vous êtes pas pour passer la nuit devant votre vitrine cassée pour pas vous faire voler votre *stock*.

L'homme avait l'air encore passablement perturbé par sa mésaventure et ne semblait pas trop savoir ce qu'il allait faire pour protéger son bien.

— Il me faudrait des planches pour boucher le trou, finit-il par dire après une longue réflexion, mais j'en n'ai pas.

— Attendez, je pense que j'en ai une couple dans mon hangar, fit Bernard Bélanger.

— Moi aussi, j'en ai un peu, dit Gérard.

Deux autres voisins firent la même offre.

— Il est une heure et demie du matin. Ça a presque pas d'allure de vous forcer à aller fouiller dans vos hangars, affirma Laurence Paré, reconnaissante.

Les voisins prirent rapidement la direction de leur appartement. Ils en revinrent avec de vieilles planches quelques minutes plus tard.

Maintenant, la scène du vol était déserte. Les Paré étaient seuls, debout devant le trou béant de leur vitrine fracassée. Gérard et l'éboueur, aidés par Édouard Paré et les deux autres voisins, clouèrent les planches sur le cadrage de la vitrine. Tous refusèrent l'argent offert par l'épicier-restaurateur avant de rentrer se mettre au lit.

Quand Gérard se coucha, Laurette ronflait déjà depuis un bon moment.

Chapitre 13

Étrange départ

Durant quelques jours, le vol chez Paré fut au centre de la majorité des conversations des gens du quartier. On exagéra la somme volée dans la caisse ainsi que les dégâts causés par les voleurs à l'intérieur du restaurant-épicerie. Bien des commères allèrent jusqu'à chuchoter qu'elles n'auraient pas été étonnées que les Rompré, deux célèbres voyous de la rue Notre-Dame, en aient été les auteurs. Puis, les jours passèrent et l'affaire fut oubliée. Édouard Paré consolida la porte de son commerce et fit installer des barres de métal derrière les deux vitrines.

Le premier samedi du mois d'août, Pierre Crevier arriva chez les Morin vers sept heures, comme tous les samedis soir. La semaine précédente, il s'était empressé, après ses heures de travail, de venir offrir à Denise une boîte de chocolats Laura Secord pour son vingt-troisième anniversaire de naissance.

Ce soir-là, l'amoureux de Denise arborait un large sourire et semblait particulièrement de bonne humeur en cette magnifique soirée estivale.

À l'arrivée du jeune homme, Laurette se berçait sur le trottoir, heureuse de pouvoir enfin se reposer après une journée de travail intense dans la maison. Son lavage finissait de sécher sur la corde à linge et Carole l'avait aidée à donner une bonne couche de pâte à cirer sur le linoléum de la cuisine à la fin de l'après-midi. La mère de famille avait refusé d'aller s'asseoir sur le balcon arrière parce qu'elle détestait s'asseoir là quand il y avait du linge suspendu sur la corde devant elle. De plus, son mari était plongé dans la lecture de *La Patrie*, une dizaine d'enfants habitant la rue Notre-Dame se poursuivaient en criant dans la grande cour et Vital Beaulieu, probablement encore ivre, n'arrêtait pas de crier après sa femme.

— L'ivrogne, en haut, est encore en train de virer une brosse, avait-elle fait remarquer à son mari quelques minutes plus tôt. Écoute-le gueuler comme un cochon qu'on égorge. S'il se calme pas, lui, je vais aller lui dire deux mots, moi, avait-elle ajouté en rangeant son linge à vaisselle.

— Mêle-toi pas de ça, lui conseilla son mari. Il est chez eux. Il a le droit de faire ce qu'il veut.

Bref, ce sont toutes ces raisons qui avaient poussé la grosse femme à venir s'asseoir dans sa chaise berçante, sur le trottoir, près de la porte ouverte de l'appartement.

— Comment ça va, madame Morin? demanda Pierre Crevier.

Denise, qui avait entendu sa voix, vint le rejoindre à l'extérieur.

— Bien, répondit Laurette. Qu'est-ce que t'as à sourire de même, toi?

— J'ai travaillé toute la journée au garage Lépine, sur la rue Iberville.

— Tu nous avais pas dit que t'étais mécanicien, lui fit remarquer Laurette.

— Je connais pas grand-chose en mécanique, mais je me débrouille pas mal en menuiserie. Lépine avait demandé à mon oncle s'il pourrait pas lui faire une armoire dans son bureau. Mon oncle pouvait pas y aller. Ça fait que je l'ai remplacé.

— C'est bon à savoir que t'es pas juste bon à courir après ma sœur, intervint ironiquement Richard, dans son dos.

— Au lieu de me payer en argent, reprit Pierre après avoir donné une bourrade affectueuse à l'adolescent, Lépine m'a proposé de me prêter un char toute la journée demain. Il m'a dit qu'il en a une dizaine de loués pour la fin de semaine et qu'il lui en reste un qu'il peut me passer.

— Puis? demanda Richard, intéressé.

— J'ai accepté.

— Tu sais conduire? demanda Denise, étonnée.

— Ben oui. J'ai mon permis. Chez nous, je conduisais le *truck* du père. Je suis supposé aller le chercher demain avant-midi, de bonne heure. Il me le laisse jusqu'à onze heures du soir.

— Qu'est-ce que tu vas faire avec ça? fit son amie.

— Ben. J'avais pensé qu'on aurait peut-être pu aller faire un pique-nique à Pointe-Calumet, par exemple. Un gars qui travaille avec moi m'a dit qu'il y avait là une belle plage et des tables à pique-nique.

— Pas tout seuls en tout cas, dit Laurette d'une voix subitement sévère.

— Ben non, madame Morin. Je pensais que vous et votre mari seriez peut-être intéressés à venir avec nous autres. On pourrait même amener Carole et Richard, si ça leur tente.

— Je sais pas trop, avoua Laurette, hésitante. Moi, je suis pas ben habituée à faire des pique-niques. J'étais petite fille la dernière fois que j'en ai fait un.

— Je suis sûr que vous aimeriez ça, madame Morin, affirma Pierre pour la convaincre. Ça vous changerait les idées et ça vous ferait respirer le bon air de la campagne.

— Ben, je dis pas non d'abord, accepta Laurette après avoir remarqué à quel point sa fille et son fils semblaient désireux de faire cette sortie. Mais je sais pas si mon mari va vouloir suivre, par exemple.

— On va aller lui en parler, déclara Denise, tout heureuse de la décision de sa mère en entraînant Pierre à l'intérieur de la maison.

Si sa mère avait refusé, elle n'aurait sûrement pas pu accompagner Pierre.

Gérard Morin se laissa facilement convaincre de participer à cette sortie.

— On peut se tasser et amener un autre de vos enfants, à part Carole et Richard, si vous voulez, offrit généreusement Pierre au père de Denise.

— Parles-en à ma femme, lui répondit le père de son amie.

— Je suis sûre que Jean-Louis voudra pas venir, déclara Laurette quand Pierre lui fit la même proposition. On pourrait demander à Gilles.

— Gilles doit sortir avec sa blonde demain, intervint aussitôt Richard. Mais moi, j'ai rien à faire. Ça me tenterait d'aller me baigner avec vous autres. Ça ferait changement avec le bain Quintal qui pue le chlore à plein nez.

— On peut amener aussi Carole. Elle est chez son amie Mireille, mais je suis certaine qu'elle va vouloir venir, affirma Laurette avec un grand sourire.

— Si ça vous convient, madame Morin, on pourrait partir après la messe, demain matin. On dînerait là-bas et ça nous donnerait le temps de nous baigner.

— C'est correct. On va préparer le lunch à soir, trancha la mère de famille. Apporte-toi rien à manger, on va faire des sandwiches pour tout le monde.

— Si c'est comme ça, je vais apporter la liqueur. Le soleil est en train de se coucher ben beau. Pour moi, on va avoir du beau temps demain, prédit le jeune homme, enthousiaste à l'idée de cette excursion qui sortait de l'ordinaire.

Pierre Crevier quitta Denise assez tôt pour lui permettre de participer à la confection du repas du lendemain midi et il promit d'être de retour pour dix heures, le lendemain matin.

～～

Le jeune débardeur ne s'était pas trompé. Ce dimanche matin là, il régnait déjà une chaleur agréable quand tous les membres de la famille Morin se dirigèrent vers l'église Saint-Vincent-de-Paul pour assister à la basse-messe. Pierre Crevier vint, lui aussi, assister au service religieux qu'il quitta rapidement après l'*Ite missa est* de l'abbé Laverdière.

Quelques minutes avant dix heures, Denise, qui surveillait son arrivée, debout sur le pas de la porte, vit une Studebaker vert émeraude rutilante, toutes les glaces baissées, virer sur la petite rue Emmett et venir s'immobiliser devant elle. Son amoureux descendit du véhicule, rayonnant de fierté.

— Aïe ! Il est ben beau ce char-là, lui dit-elle en examinant le véhicule aux lignes plutôt futuristes. Il ressemble un peu à un avion.

— C'est un 55, lui fit remarquer Pierre. Il est pas neuf, mais il roule ben en sacrifice. Est-ce que tout le monde est prêt ?

— On t'attendait, répondit la jeune fille en l'entraînant à l'intérieur de l'appartement.

En moins de cinq minutes, on rangea des couvertures, des serviettes et une boîte de nourriture dans le coffre de la voiture. Le conducteur y avait déjà mis des bouteilles de boisson gazeuse Denis dans une petite cuve remplie de morceaux de glace.

— T'amènes pas ta blonde dans la maison pendant qu'on n'y est pas, ordonna Laurette à Gilles avant de monter à bord.

— Ben non, m'man, répondit l'adolescent un peu exaspéré par la méfiance de sa mère. Pourquoi je ferais ça ? En plus, Jean-Louis est ici dedans.

Pendant le chargement de la voiture, quelques jeunes de la rue Archambault s'étaient rassemblés non loin de la Studebaker en affichant des airs d'envie.

— On va s'asseoir en arrière avec Carole, annonça Laurette en faisant signe à son mari de se glisser sur la banquette arrière du véhicule.

Richard ouvrit la portière avant et laissa sa sœur Denise s'installer au centre du siège avant de s'asseoir. Quand tout le monde fut installé, Pierre s'installa derrière le volant.

— Vous êtes pas trop tassés, j'espère ? demanda-t-il en jetant un coup d'œil dans le rétroviseur.

— Pantoute, le rassura Laurette. On va être ben.

La Studebaker s'éloigna doucement du trottoir, s'arrêta au coin de la rue Emmett avant de prendre de la vitesse. Denise était heureuse d'être assise aux côtés de son amoureux.

— Je me suis fait expliquer le chemin à matin, dit Pierre à ses passagers. On devrait pas avoir trop de misère à se rendre là-bas.

En fait, par ce beau dimanche avant-midi, la circulation était passablement lourde et, de toute évidence, bien des automobilistes avaient eu l'idée de sortir de la ville pour profiter de la chaude température. Il fallut près de deux heures pour se rendre à la plage de Pointe-Calumet et, à l'arrivée des Morin, la plupart des tables à pique-nique étaient déjà occupées par des familles.

Pierre roula lentement jusqu'à une table à l'extrémité du terrain. L'inconvénient qu'elle soit située loin de la plage était cependant largement compensé par le fait qu'elle était placée à l'ombre d'un gros érable, ce qui plut énormément à Laurette.

— On va être ben, déclara-t-elle au moment où les hommes sortaient les provisions du coffre pour les déposer sur la table.

— Il est déjà midi, fit remarquer Gérard en consultant sa montre.

— On pourrait peut-être se baigner un peu avant de manger, suggéra Pierre. Parce qu'après le repas, il va falloir attendre un bon deux heures avant de se baigner. Il paraît que c'est ben dangereux d'attraper des crampes si on fait pas ça.

— Moi et mon mari, on se baigne pas, déclara Laurette. Si vous voulez aller vous tremper avant de manger, les jeunes, vous pouvez ben le faire.

— Où est-ce qu'on peut se changer? demandèrent Carole et Denise.

— Il y a des toilettes là-bas, fit Gérard en leur indiquant deux petits édicules érigés à la limite du terrain.

— Vous viendrez nous rejoindre dans l'eau, dit Richard. Nous autres, on a mis notre costume de bain en dessous de nos pantalons.

Pendant que Pierre et Richard se retiraient près de l'automobile pour enlever leur chemise et leur pantalon, Laurette regardait les enfants qui s'amusaient au loin en s'éclaboussant dans l'eau et en poussant des cris d'excitation. Elle envia les baigneurs de pouvoir s'ébattre dans de l'eau fraîche. Elle aurait bien aimé les imiter, mais elle n'avait jamais eu de costume de bain et elle ne possédait surtout pas l'argent nécessaire pour s'en procurer un. Quand elle vit de jeunes mères en maillot s'avancer vers leurs enfants pour mieux les surveiller, elle détourna la tête.

« Te vois-tu en costume de bain ? se dit-elle. T'aurais l'air d'une grosse baleine blanche. Tout le monde rirait de toi, bonyeu ! »

— Bon. M'man, vous direz aux filles qu'on va être juste en face, lui dit Richard en apparaissant à ses côtés, vêtu de son costume bleu délavé par le chlore de la piscine du bain Quintal.

— C'est correct, répondit sa mère.

— Si vous avez besoin de quelque chose dans la valise, madame Morin, j'ai laissé les clés dans la serrure, fit Pierre Crevier en arrivant à son tour près d'elle.

Les deux jeunes se dirigèrent vers l'eau en courant sous l'œil inquisiteur de Laurette. L'amoureux de Denise dépassait Richard d'une demi-tête et ses épaules étaient deux fois plus larges que celles de l'adolescent. Ses bras étaient aussi épais que ses cuisses.

— C'est toute une pièce d'homme, ce Pierre-là, dit-elle, admirative, à son mari qui venait d'étaler une couverture à l'ombre, sous l'érable.

— L'important, c'est ce qu'il a dans la tête, pas dans les bras, fit Gérard un brin acerbe.

La mère de famille venait à peine d'allumer une cigarette quand elle vit revenir ses deux filles en maillot de bain. L'une et l'autre avaient une ligne agréable et attiraient le regard des hommes présents sur la plage.

— Verrat que j'aime pas ça vous voir vous promener comme ça, la falle à l'air devant tout le monde ! leur dit Laurette. Ça vous gêne pas ?

— Ben, m'man, on est sur une plage, répondit Denise. Tout le monde est habillé comme ça.

— Peut-être mais quand vous reviendrez mouillées, vous vous mettrez une serviette autour de la taille. Pierre et Richard sont juste en face. Ils vous attendent. Restez pas trop longtemps dans l'eau. Nous autres, on commence à avoir faim.

Après leur départ, Gérard ne put s'empêcher de dire à sa femme :

— Cybole, Laurette ! T'aurais dû entrer chez les sœurs plutôt que de te marier. On dirait que t'as peur que tes filles montrent le plus petit bout de peau.

— Laisse faire, toi, répliqua sèchement sa femme. Ce sera pas le temps d'y voir quand il y en aura une qui nous reviendra à la maison en famille.

Pendant que les jeunes se baignaient, Laurette entreprit d'étaler une vieille nappe sur la table de pique-nique avant de déposer dessus les sandwiches et le gâteau confectionné par Carole, la veille. Quand tout fut prêt, elle demanda à son mari d'aller chercher les baigneurs.

Ces derniers revinrent, dégoulinant d'eau.

— Essuyez-vous d'abord avant de vous asseoir à table, leur ordonna-t-elle en faisant signe à ses filles d'attacher leur serviette autour de leur taille.

— J'ai sorti les liqueurs du char, annonça Gérard. La glace est presque toute fondue, mais la liqueur est ben froide.

— L'eau est tellement bonne qu'on a pas envie pantoute de sortir de là, dit Richard en s'emparant de l'une des serviettes déposées sur le coin de la table.

Tout le monde mangea avec appétit les sandwiches au Paris-Pâté et au poulet pressé préparés la veille par les trois femmes. Le gâteau de Carole disparut en entier, lui aussi, dans les estomacs affamés.

Après le repas, Laurette et Gérard décidèrent de faire une sieste, à l'ombre de l'érable, pendant que les jeunes se levaient déjà, prêts à aller effectuer une promenade dans les environs avant de pouvoir se baigner à nouveau. Tout le monde était de bonne humeur et semblait bien résolu à profiter au maximum de cette sortie extraordinaire.

Laurette se réveilla en sursaut un peu avant quatre heures. Elle était étendue seule sur la couverture qu'elle avait partagée avec son mari. Il lui fallut quelques secondes pour se rappeler où elle se trouvait exactement. Puis, elle se mit à se gratter furieusement bras et jambes.

— Bout de viarge ! Je me suis faite manger partout par les maringouins. Ça a pas d'allure ! s'écria-t-elle, furieuse, en se levant. J'ai pas grand comme un dix cennes de pas piqué. Ces maudites bibittes-là ont pas l'air d'être habituées à la chair fraîche ! Où est-ce qu'ils sont tous passés, eux autres ? ajouta-t-elle en tournant la tête dans toutes les directions.

En regardant autour d'elle, elle se rendit compte que les baigneurs étaient beaucoup moins nombreux près des tables de pique-nique et sur la plage qu'au moment où elle s'était étendue pour faire sa sieste. L'ombre de l'érable sous lequel elle s'était endormie s'était singulièrement allongée.

Elle aperçut alors Gérard debout sur le bord du lac des Deux Montagnes en train de parler avec Pierre. Richard, Carole et Denise étaient dans l'eau à mi-cuisse, à faible distance des deux hommes.

Laurette remit ses chaussures, alluma une cigarette et se dirigea vers les siens en enfonçant dans le sable. Sa robe fleurie et son teint pâle détonnaient un peu au milieu des gens bronzés en maillot de bain.

— Tiens ! T'as fini par te réveiller, lui fit remarquer Gérard en l'apercevant. Je commençais à me demander si tu te lèverais un jour. T'as passé tout l'après-midi à dormir.

— J'espère que ça vous a fait du bien, madame Morin, dit poliment Pierre Crevier. C'est ben de valeur que vous vous soyez pas baignée. L'eau est ben bonne.

— T'es ben fin, Pierre, mais j'aime pas l'eau. Je sais pas nager. Ça me fait peur.

Laurette avait gardé une peur panique de l'eau depuis que quelqu'un avait plongé sur elle et avait failli la noyer au bain Laviolette quand elle était jeune fille. La mère de famille tourna alors la tête vers ses trois enfants encore dans l'eau.

— Dites donc, vous autres, vous êtes pas assez fins pour vous apercevoir que vous êtes rouges comme des homards, les apostropha-t-elle. Vous avez attrapé tout un coup de soleil. Sortez de là et allez vous mettre quelque chose sur le dos. Il me semble qu'à votre âge, j'ai pas besoin de vous surveiller comme des enfants.

— Ça chauffe pas pantoute, m'man, plastronna Richard, qui se savait lorgné par une adolescente étendue sur la plage quelques pieds plus loin.

— Innocent! s'emporta sa mère. Ça chauffe pas là, mais attends à soir, à la maison, tu vas chanter une autre chanson. Il est presque quatre heures et demie, ajouta-t-elle à l'intention de l'amoureux de sa fille, on pourrait peut-être penser s'en retourner. Qu'est-ce que t'en dis, Pierre?

— C'est comme vous voudrez, madame Morin.

Richard et Carole sortirent de l'eau en rechignant, mais ils suivirent Denise qui s'était déjà rapprochée de Pierre. Pendant que les filles allaient retirer leur maillot, les garçons se contentèrent d'enfiler leur pantalon par-dessus leur maillot mouillé et aidèrent à tout ranger dans le coffre de la Studebaker.

Quelques minutes plus tard, la voiture prit lentement le chemin du retour. Laurette se sentait bien reposée par sa longue sieste sur la plage. Elle appréciait à sa juste valeur la brise qui pénétrait dans l'automobile qui filait, toutes glaces baissées. Cependant, le retour en ville s'annonçait plutôt difficile. Un flot de véhicules avait pris d'assaut la route et la Studebaker roulait à très faible vitesse.

— C'est beau, la campagne, hein, m'man ? fit Denise assise entre son frère et son amoureux, sur la banquette avant de la voiture.

— C'est vrai que c'est beau, reconnut Laurette, mais à la longue, ça doit finir par être plate. À mon goût, c'est ben trop tranquille. C'est le *fun* une journée, mais vivre à la campagne tout le temps à se faire manger par les bibittes, je serais pas capable d'endurer ça.

— C'est pas la vraie campagne, madame Morin, dit en riant Pierre Crevier. Vous devriez voir de quoi ça a l'air la place d'où je viens. Quand je dis que je restais à Alma, c'est pas tout à fait vrai. Je viens de Saint-Léon, un tout petit village, à une trentaine de milles de là. Chez nous, c'est tellement tranquille qu'il doit passer un char par semaine devant la maison.

— Pauvre petit gars ! le plaignit Laurette. Ça doit être plate à mort, ce coin-là.

— On est habitués. Quand je restais là, le soir, on se couchait tellement fatigués qu'on n'avait pas le temps de se demander si c'était ennuyant.

La Studebaker roula encore durant quelques minutes avant que le conducteur tourne soudainement à droite et vienne immobiliser son véhicule près d'une roulotte devant laquelle deux autres voitures étaient arrêtées. Immédiatement, une odeur de frites envahit l'habitacle.

— Pourquoi on s'arrête ? demanda Gérard, en sursautant légèrement.

L'homme avait somnolé depuis leur départ de la plage de Pointe-Calumet.

— Qu'est-ce que vous diriez si je vous invitais à souper ? demanda Pierre en se tournant vers les passagers assis à l'arrière de sa voiture.

— Écoute, commença à dire Gérard, un peu gêné, après avoir repéré la roulotte décorée de petites ampoules jaunes. Tu trouves pas que ta journée t'a déjà coûté pas mal cher.

— Pantoute, monsieur Morin, affirma le jeune homme. Vous m'avez donné à dîner et le char me coûte rien. On peut ben manger des hot-dogs et des patates frites avec une bonne liqueur froide. Qu'est-ce que vous en pensez tout le monde?

Laurette émit quelques protestations aussi peu convaincantes que celles de son mari. Il était évident qu'elles étaient de pure forme et qu'elle mourait d'envie de manger.

— Ce soir, c'est congé de vaisselle pour les dames, décida Pierre avec galanterie.

Il prit note ensuite de ce que chacun voulait manger avant de conseiller à ses passagers de prendre place à une table à pique-nique libre installée à faible distance de la roulotte. Il alla commander une douzaine de hot-dogs, une demi-douzaine de frites et six boissons gazeuses que Richard et Gérard aidèrent à transporter jusqu'à la table.

Ils mangèrent tous les six sans se presser, en regardant les voitures avancer à pas de tortue sur la route encombrée. Vers sept heures, ils remontèrent dans la Studebaker et profitèrent d'une circulation un peu plus fluide pour rentrer en ville.

— Dire qu'ils arrêtent pas de dire dans les journaux que dans cinq ans il va y avoir un char pour deux familles, dit Gérard. Ce sera pas roulable.

— C'est ce que mon oncle Rosaire arrête pas de dire, intervint Richard, mais lui, il est content de ça. Hier, il parlait même avec un client qu'il était pour acheter le terrain à côté du garage pour pouvoir mettre d'autres chars à vendre. S'il continue comme ça, j'arriverai plus à laver tous ses chars le samedi.

— En tout cas, je sais pas ce qu'ils vont faire au pont Jacques-Cartier, reprit le conducteur. À la fin mai, je suis rentré en ville avec un voisin qui avait besoin d'aide pour déménager son frère un dimanche soir. On a attendu une heure et demie avant de pouvoir passer sur le pont. Ça a pas d'allure de mettre des places pour payer là. Ça bloque tout le trafic.

Le soleil commençait à baisser à l'horizon quand la Studebaker s'arrêta devant le 2318, rue Emmett. Tous les Morin remercièrent chaleureusement Pierre Crevier de leur avoir offert une si belle journée à la plage et un bon souper. Le jeune homme refusa l'invitation à entrer boire une tasse de café ou une boisson gazeuse sous le prétexte qu'il désirait aller laver la voiture avant de la rapporter chez Lépine.

⁓

Quand l'ami de Denise eut démarré, les Morin saluèrent les Bélanger et la veuve Paquin avant de rentrer dans leur appartement surchauffé.

— On va ben étouffer dans la maison avec toutes les fenêtres fermées toute la journée, dit Laurette en posant le pied dans le corridor.

— C'est pas si pire, dit son mari. La porte d'en arrière est ouverte.

Au moment où il disait cela, Gilles apparut devant la porte-moustiquaire.

— J'ai ouvert toutes les fenêtres et la porte de la cuisine quand je suis arrivé pour souper. Je pensais que vous seriez revenus à cette heure-là, ajouta-t-il avec une légère nuance de reproche.

— T'as eu une bonne idée de faire ça, l'approuva sa mère en tendant à ses filles les serviettes mouillées à aller étendre sur la corde à linge. On n'est pas venus souper parce que Pierre voulait absolument nous payer la traite. Il nous a payé des hot-dogs et des patates frites.

— Vous êtes chanceux, vous autres. Moi, je me suis fait deux sandwiches.

En un rien de temps, les couvertures furent repliées et rangées ainsi que les restes du dîner rapportés de la plage. Cinq minutes plus tard, Carole sortit de sa chambre à coucher.

— M'man, c'est effrayant comme ça me brûle dans le dos. C'est pas endurable.

— Bon! Je vous l'avais ben dit cet après-midi de pas rester en plein soleil. On vous parle, mais vous écoutez pas. Viens me montrer ça. Penche la tête.

Laurette écarta le collet du chemisier de l'adolescente pour regarder son dos.

— T'es toute rouge et tu commences même à avoir des cloques. Tu vas pleumer partout. Je suppose que ta sœur est comme toi?

— Je pense que oui, m'man, répondit Carole sur un ton geignard. Mais elle, elle vient de mettre du Noxzema.

— Dis-lui de t'en mettre dans le dos. T'en as besoin, sinon tu dormiras pas de la nuit.

Pendant ce temps, Richard, fatigué d'avoir pris autant de soleil toute la journée, ne chercha pas à aller rejoindre son frère Gilles sur le balcon. Il alla s'étendre sur son lit avec une bande dessinée après avoir allumé le plafonnier de la chambre.

Plus tard, l'adolescent s'appuya sur un coude pour regarder l'heure sur le réveille-matin de Jean-Louis, habituellement posé sur l'unique table de chevet de la pièce voisine. Il ne le vit pas.

— Dis-moi pas que ce maudit gratteux-là est rendu à cacher son cadran pour qu'on le regarde pas, maugréa-t-il en quittant son lit. Il a peut-être peur qu'on l'use si on regarde l'heure dessus.

Richard alla dans la chambre de Jean-Louis et ouvrit l'unique tiroir de la table de chevet : il était vide. Il se tourna ensuite vers la commode dont il tira le premier tiroir : il était vide lui aussi.

— Ben voyons donc ! s'exclama-t-il, étonné, en ouvrant les deux autres tiroirs du meuble tout aussi vides.

Il se dirigea immédiatement vers la penderie où son frère aîné rangeait ses chemises, pantalons et vestons. Il ne restait que les cintres.

L'adolescent sortit rapidement de la chambre, traversa le couloir et pénétra dans la cuisine où son père et sa mère écoutaient la radio en buvant une tasse de café.

— Je sais pas ce qui se passe, dit-il à sa mère, mais on dirait que Jean-Louis est parti.

— Il est parti où ? demanda Laurette plus attentive aux paroles de la chanson interprétée par Jean Lalonde qu'à ce que lui disait son fils.

— Je pense qu'il est parti pour tout de bon.

Soudain, sa mère sembla réaliser ce qu'il venait de dire.

— Gérard, baisse donc un peu le radio, dit-elle à son mari assis tout près de l'appareil. Répète-moi donc ce que tu viens de dire, toi ! ordonna-t-elle à Richard.

— Je viens de vous dire que je pense que Jean-Louis a l'air d'être parti pour tout de bon.

— Toi, mon insignifiant, si t'essayes juste de faire le drôle ! le menaça sa mère en s'extirpant pesamment de sa chaise berçante.

— Pantoute, m'man, se défendit Richard. Il y a plus rien dans les tiroirs de son bureau et dans son garde-robe. Je viens de regarder. C'est vide.

— Ah ben! Il manquerait plus rien que ça! s'emporta Laurette en se dirigeant vers la chambre de son aîné.

Son mari et Richard la suivirent. Elle entra dans la chambre, ouvrit avec fracas chaque tiroir avant de se laisser tomber sur le lit de Jean-Louis.

— Ah ben, j'en reviens pas! dit-elle, la voix étranglée par l'émotion. Il est parti! Il est parti, répéta-t-elle comme si elle ne parvenait pas à se convaincre du fait.

Son mari ne disait pas un mot, immobile, appuyé contre le cadre de la porte.

— Il est parti sans nous dire un mot! dit Laurette, le visage blanc, la larme à l'œil. J'aurais donc dû rester ici aujourd'hui.

— Ça aurait changé quoi? lui demanda son mari.

— Il serait pas parti comme ça, répondit Laurette sur un ton larmoyant.

— Ça prend un maudit sauvage pour faire une affaire pareille! s'écria Gérard, soudainement furieux.

— Qu'est-ce qu'on lui a fait? demanda Laurette. Il était ben ici dedans. Il avait sa chambre à lui. Son linge était lavé et repassé. Il a jamais manqué de manger…

— C'est juste qu'il a pas de cœur, m'man, intervint Richard, bouleversé de voir à quel point ce départ à la sauvette de son frère aîné faisait de la peine à sa mère.

— Mêle-toi pas de ça, toi, répliqua sèchement sa mère.

— Qu'est-ce qui se passe, demandèrent en même temps Carole, Denise et Gilles qui avaient entendu des éclats de voix.

— Votre frère est parti, répondit leur mère. Pour moi, vous avez dû lui faire quelque chose pour qu'il s'en aille comme ça, ajouta-t-elle, l'air soupçonneux.

— C'est ça, ça va être notre faute à cette heure! s'emporta Richard.

— Et toi, Gilles, tu l'as pas vu déménager durant l'après-midi? demanda Laurette, sans se préoccuper des paroles du plus jeune de ses fils.

— J'étais pas là, m'man. Je suis parti vers midi pour aller chez Nicole. Quand je suis parti, il lisait le journal. Il m'a jamais dit qu'il voulait s'en aller. Il a attendu que je sois pas là pour s'en aller.

— Pourquoi il est parti comme ça? demanda Carole sur un ton accusateur.

— Laissez faire, leur dit leur père en leur faisant signe de retourner à leurs occupations.

Les parents quittèrent la chambre à leur tour et retournèrent dans la cuisine. Gilles resta avec Richard dans leur chambre à coucher.

— Tu parles d'un maudit hypocrite! fit Richard à mi-voix. Il a tout préparé en cachette, sans rien dire à personne. M'man est tout à l'envers avec cette histoire-là.

— Tu penses qu'il s'est loué un appartement pour lui tout seul? demanda Gilles.

— Ça, ça me surprendrait en maudit. Tu le connais. Plus gratteux que lui, tu crèves. Il a toujours fallu lui tordre un bras pour lui faire sortir une cenne de ses poches. S'il avait loué un appartement, il aurait fallu qu'il s'achète des meubles. Ça aurait vidé son compte de banque… Il est pas fou à ce point-là!

— C'est vrai, reconnut Gilles. En plus, il a jamais su faire la cuisine. Comment il va se débrouiller, tu penses?

— Moi, je suis sûr qu'il est parti rester avec son grand *chum*, Jacques Cormier.

— Si c'est vrai, ce serait ce qui pourrait arriver de mieux, réfléchit à voix haute Gilles. M'man va trouver ça moins pire que s'il était parti rester avec une fille.

— Ouais, fit son frère, en apparence peu convaincu.

Laurette et Gérard étaient seuls dans la cuisine. La porte de la chambre des filles était close et la radio jouait en sourdine. La mère de famille ne cessait de tirer un mouchoir de l'une des manches de sa robe pour se tamponner les yeux.

— Qu'est-ce qu'on lui a fait à cet enfant-là pour qu'il parte comme ça, sans un mot, rien ? demanda-t-elle pour la dixième fois.

— Ça, on le lui demandera quand on le reverra, finit par répondre sombrement Gérard.

— Où est-ce qu'il va coucher ? Qui va lui faire à manger ?

— Tu le connais, Laurette. Il a pas fait ça sur un coup de tête. Il a dû s'être arrangé avant.

— J'espère qu'il est pas allé faire des folies avec une fille, lui...

— Voyons donc, protesta son mari. On l'a jamais vu avec une fille. Il serait parti chez son *chum*... Comment il s'appelle déjà ?

— Cormier ?

— Oui. Il serait chez ce gars-là que ça me surprendrait pas.

— Si encore je pouvais manquer l'ouvrage demain, j'irais le voir chez Dupuis pour lui parler. Il reviendrait à la maison, ça prendrait pas de temps, je te le garantis.

— Je suis pas sûr de ça, moi, fit Gérard.

— De toute façon, je travaille et je peux pas manquer. Mon *foreman* serait trop content de me sacrer dehors. Puis tous les enfants travaillent.

— C'est sûr, reconnut son mari qui ne voyait pas où elle voulait en venir.

— Ça fait que c'est toi qui vas aller le voir à sa *job*, demain matin, pour lui parler et lui dire de revenir.

— Il est majeur, Laurette. Il a le droit de faire ce qu'il veut, ton gars.

— C'est aussi le tien, tu sauras, Gérard Morin ! s'emporta sa femme.

— Me vois-tu aller lui parler devant ceux avec qui il travaille ? lui demanda son mari. Je suis tout de même pas pour me traîner à ses genoux pour le faire revenir, cybole !

— C'est pas ça que je te demande. Je veux que tu lui parles, que tu lui demandes pourquoi il est parti en sauvage. Je veux que tu lui dises que sa place est ici, avec nous autres. T'es pas obligé de lui parler dans le magasin. Il commence à travailler à huit heures et demie. T'as juste à être devant le magasin à huit heures et tu vas être capable de lui parler avant qu'il entre chez Dupuis et ce sera pas gênant.

Gérard Morin discuta encore quelques instants avec sa femme pour la faire revenir sur son idée de l'envoyer parler à son fils aîné, mais rien n'y fit. Il finit par accepter quand elle menaça d'y aller, au risque de perdre son emploi chez Viau.

Vers onze heures, le couple se retira dans sa chambre à coucher.

— Éteignez votre lumière, dit Laurette à ses fils en passant devant la porte de leur chambre sous laquelle filtrait de la lumière. Vous travaillez demain matin.

Cette nuit-là, le mari et la femme dormirent très mal. Gérard aurait probablement trouvé plus facilement le sommeil après cette journée passée au soleil si sa femme n'avait pas bougé durant toute la nuit. Cette dernière, les yeux grands ouverts dans le noir, cherchait désespérément à comprendre ce qui avait pu pousser son fils préféré à fuir le toit familial.

Elle le revoyait bébé. Il avait été un si beau bébé et tellement facile à vivre. Son Jean-Louis avait été un enfant si doux, si tranquille, qui ne cherchait jamais à s'éloigner d'elle. Combien d'heures elle l'avait promené dans son vieux landau, uniquement pour le plaisir de se faire dire par les passants combien c'était un joli petit garçon.

Bien sûr, il avait éprouvé des difficultés à l'école dès sa première année, mais jamais aucun instituteur de l'école Champlain n'avait eu un seul mot à dire contre son comportement. Quand l'un d'eux insinuait que ses piètres résultats scolaires étaient dus à sa paresse, elle se précipitait à l'institution pour le rencontrer et lui faire comprendre que « son Jean-Louis » faisait vraiment tout ce qu'il pouvait pour réussir. Cependant, même s'il avait dû reprendre sa sixième et sa septième année, il n'avait pas lâché et il avait fini par obtenir son diplôme d'études primaires.

Jean-Louis avait changé ces dernières années. Cela, elle le reconnaissait volontiers. Il était devenu plus renfermé, plus secret. Il ne lui disait presque plus rien. Avant la maladie de Gérard, elle aimait se lever en même temps que lui le samedi matin pour lui préparer un bon déjeuner et lui parler en tête-à-tête. C'était le seul jour de la semaine où tout le monde, dans la maison, dormait un peu plus tard. À cette époque, qui lui semblait maintenant lointaine, elle prenait plaisir à entretenir avec soin ses costumes et ses chemises qu'il portait à son travail. Elle appréciait alors de ne pas avoir à le partager avec une jeune fille qui l'aurait monopolisé.

— C'est à cause de ce maudit Jacques Cormier-là, se dit-elle alors qu'une rare voiture passait dans la rue Emmett.

Laurette jeta un coup d'œil au réveille-matin Westclock posé sur la table de nuit: trois heures trente. Selon elle, son fils avait commencé à changer à compter du jour où il s'était mis à fréquenter Jacques Cormier, un comptable chez Dupuis âgé d'une dizaine d'années de plus que son

Jean-Louis. Sous le prétexte de l'aider à devenir commis-comptable, il s'était mis à l'influencer. En quelques semaines, ils étaient devenus inséparables.

— Comme si c'était normal qu'un gars de presque trente-cinq ans ait même pas une femme et des enfants, murmura Laurette en changeant de position dans le lit pour la centième fois.

La mère de famille avait beau se dire et se répéter cela, elle n'en tirait nullement les conclusions qu'un étranger aurait pu tirer de l'étrange amitié qui semblait unir son fils à son collègue de travail.

❧

Laurette avait dû finir par s'endormir parce que la sonnerie du réveille-matin la fit sursauter. Elle allongea le bras et la fit taire avant de s'asseoir péniblement dans le lit. Elle se leva, glissa ses pieds dans ses vieilles pantoufles éculées et sortit de la chambre en traînant les pieds. L'horloge de la cuisine indiquait cinq heures quarante-cinq.

Elle mit de l'eau à bouillir sur le poêle et se planta devant la fenêtre de la cuisine. Le jour était levé, mais le ciel était gris. Elle alluma sa première cigarette de la journée et se mit à préparer les deux sandwiches qui constitueraient son dîner en attendant que l'eau soit chaude. Elle était en train de glisser son repas dans un sac quand ses enfants entrèrent dans la cuisine les uns après les autres.

La mère de famille but sa tasse de café et se leva.

— Vous déjeunez pas, m'man? lui demanda Denise en lui tendant l'une des deux rôties qu'elle venait de retirer du grille-pain.

— J'ai pas faim, répondit-elle.

Les enfants se regardèrent, étonnés. Leur mère avait habituellement un solide appétit. Ils ne se rappelaient pas l'avoir déjà vue quitter la maison le matin sans avoir pris d'abord un copieux repas.

Laurette entra dans sa chambre, s'habilla et se peigna. En quittant la pièce, elle secoua son mari pour le réveiller.

— Je pars travailler, lui dit-elle. Tu ferais mieux de te lever et de pas traîner si tu veux être capable de parler à ton garçon à matin.

— Est-ce que c'est ben nécessaire, cette affaire-là ? demanda Gérard d'une voix ensommeillée. J'ai presque pas dormi de la nuit avec toi qui as pas arrêté de grouiller.

— Si t'as pas dormi, c'était mauditement ben imité, répliqua Laurette avec humeur. T'as pas arrêté de ronfler. À part ça, compte-toi chanceux de pas avoir à aller travailler à matin. Moi, j'ai pas fermé l'œil de la nuit et je dois aller à la biscuiterie, même si ça me tente pas pantoute.

Sur ces mots bien sentis, elle quitta la chambre à coucher et alla prendre ses sandwiches dans la cuisine. Avant de partir pour le travail, elle prit la peine de dire à ses enfants :

— Laissez-moi pas une maison tout en démanche. Démettez la table et faites votre lit avant de vous en aller. Et lavez votre vaisselle.

Quelques minutes plus tard, tous les Morin avaient quitté le toit familial. Gérard fut le dernier à partir. Il se dirigea sans grand enthousiasme vers la rue Fullum qu'il remonta jusqu'au coin de Sainte-Catherine où il monta dans un tramway bondé en compagnie d'une dizaine de travailleurs à l'air maussade en route pour une journée de travail.

Cela lui semblait bizarre d'être obligé de voyager debout au milieu de cette foule alors que d'habitude, il ne partait qu'un peu avant dix heures pour le parc Lafontaine.

Il descendit coin Saint-André, devant l'énorme magasin Dupuis frères. Gérard en était à se demander quelle porte les employés empruntaient pour entrer au travail quand il aperçut soudain Jean-Louis venant vers lui, en grande conversation avec un type qui semblait un peu plus âgé que lui. Il reconnut vaguement l'homme qu'il avait rencontré durant quelques minutes, plus de trois ans auparavant. De toute évidence, son fils ne l'avait pas vu.

Quand Jean-Louis Morin aperçut son père, le sang sembla se retirer brusquement de son visage. Il dit quelque chose à son compagnon avant de se diriger vers son père.

— Bonjour, p'pa, dit-il, l'air mal à l'aise.

— Il faut croire qu'on est obligé de venir te courir à l'ouvrage si on veut savoir ce qui se passe, lui dit sèchement son père.

Jean-Louis demeura sans voix et suivit son père qui s'était rapproché de l'une des vitrines du magasin pour ne pas nuire aux passants en demeurant au centre du trottoir.

— Qu'est-ce qui t'est passé par la tête de partir comme ça de la maison, sans avertir personne ? lui demanda Gérard après avoir allumé une cigarette.

— Je voulais pas me chicaner avec m'man, se contenta de répondre son fils.

— Comment ça ?

— Vous la connaissez, p'pa. Si je lui avais dit que je voulais aller rester ailleurs, ça aurait fait tout un drame.

— T'as aimé mieux attendre qu'on soit tous sortis pour partir en cachette ?

— C'était pas voulu comme ça, p'pa. Jacques a pu emprunter le char de son père et il pouvait juste me déménager hier après-midi.

— Est-ce qu'on peut savoir où tu restes à cette heure ?

— Jacques m'a offert de rester chez eux. Il avait une chambre de libre. Son logement est à trois rues. J'ai même plus à prendre les p'tits chars pour venir travailler. Ça me coûte pas mal moins cher.

— T'es majeur, laissa sèchement tomber son père. Tu peux rester où tu veux. Mais ta mère dans tout ça? Y as-tu pensé? Elle a pas fermé l'œil de la nuit.

— Ben…

— Ben, il faudrait que tu l'appelles ou que tu viennes lui parler à la maison. Elle est ben inquiète pour toi.

— Dites-lui que je vais passer à la maison aussitôt que je vais pouvoir, promit son fils. À cette heure, il faut que j'y aille, p'pa, sinon je vais être en retard et mon *boss* va me couper du salaire, ajouta-t-il en jetant un coup d'œil à sa montre.

— C'est correct, accepta Gérard. Mais oublie surtout pas ta mère.

Ce disant, le père de famille aperçut Jacques Cormier, le dos appuyé contre l'une des vitrines du magasin à rayons, une vingtaine de pieds plus loin, attendant, de toute évidence, que Jean-Louis se libère. Gérard Morin lui jeta un coup d'œil dépourvu d'aménité avant de se diriger vers le coin de la rue dans l'intention de la traverser pour prendre un tramway qui le ramènerait vers l'est de la ville.

Ce soir-là, c'est une Laurette épuisée qui rentra du travail. Ses traits tirés et ses yeux cernés étaient éloquents. Elle trouva ses deux filles occupées à préparer le souper à son arrivée à la maison.

— Qu'est-ce que vous préparez? demanda-t-elle en déposant son sac à main sur la table.

— Du pâté chinois, m'man, répondit Denise. On a pensé que c'était ce qu'il y avait de mieux à faire avec le reste de bœuf haché qui traînait dans le frigidaire.

— C'est correct. Où est votre père ?

— Dans le hangar. Il est parti chercher de l'huile pour le poêle.

Laurette sortit de l'appartement par la porte arrière et alla rejoindre son mari dans le hangar.

— T'as vu Jean-Louis, à matin ? lui demanda-t-elle sans préambule.

— Oui.

— Puis ?

— Puis. Il a décidé de rester chez Cormier un bout de temps.

— Pourquoi ?

— Parce que ça lui tente et parce qu'il a pas à payer de billets de p'tit char pour aller travailler. Tu le connais. Il est toujours prêt à sauver une cenne.

— Oui, mais l'autre le gardera pas pour rien, lui.

— Ça, c'est pas notre maudit problème, répliqua son mari. Qu'il se débrouille avec ses troubles. On l'a pas obligé à aller rester là.

— Comme ça, il veut pas revenir ?

— Non. Mais il m'a dit qu'il viendrait te voir aussitôt qu'il va avoir une chance.

Les traits du visage de Laurette se durcirent et elle rentra dans la maison sans rien ajouter en laissant claquer la porte-moustiquaire derrière elle.

Le lendemain soir, quand il fut bien évident que Jean-Louis ne reviendrait pas à la maison, Richard se décida à aborder un sujet délicat à l'heure du souper.

— M'man, il y a plus personne qui dort dans la chambre d'en avant.

— Oui, puis ?

— Ben, nous autres, on est tassés dans notre petite chambre, au fond, avec la laveuse. En plus, on étouffe parce qu'on a pas d'air. Il y a juste dans l'autre chambre qu'il y a une fenêtre. Il me semble qu'on pourrait avoir chacun notre chambre.

— Je suppose que tu voudrais l'avoir pour toi tout seul parce que tu paies une pension ? lui demanda sèchement sa mère.

— Non. J'en ai parlé avec Gilles. Même si je paye une pension toute l'année et lui en paye pas, ça me dérange pas pantoute qu'on change de chambre tous les mois.

— Et les filles, elles ?

— Denise et Carole ont une fenêtre dans leur chambre, fit remarquer l'adolescent. Mais si elles veulent s'installer dans les deux chambres en avant et que le bruit de la rue les dérange pas, nous autres, ça nous fait rien de venir nous installer en arrière.

— On y tient pas pantoute, dirent les deux filles après s'être consultées du regard. On aime mieux notre chambre.

— Et quand Jean-Louis va revenir ? demanda la mère de famille, le visage devenu soudain plus sombre.

— S'il revient rester ici dedans, trancha Gérard qui n'avait rien dit depuis le début de l'échange, il prendra ce qui restera. Un chien qui va à la chasse perd sa place.

Laurette se tut durant un long moment avant de laisser tomber :

— Faites donc ce que vous voudrez.

Chapitre 14

Rien ne s'arrange

Les jours suivant le départ de Jean-Louis, toute joie sembla avoir définitivement disparu chez les Morin. Laurette attendait un appel téléphonique ou une visite de son fils qui ne venait pas. Quand Richard apercevait les yeux rougis de sa mère, il ne pouvait s'empêcher de rager contre son frère aîné.

— Attends que je lui mette la main dessus, lui, ne cessait-il de répéter à Gilles, il va en entendre parler, le grand maudit sans-cœur ! Si je savais où il reste, j'irais lui mettre ma main sur la gueule.

Il fallut d'ailleurs que Gérard se fâche pour mettre fin à l'espèce de deuil qui avait frappé sa famille.

— Là, ça va faire ! éclata-t-il quelques jours plus tard. Bâtard, Laurette, il y a personne de mort dans la famille ! Arrête de brailler pour rien !

On aurait dit que cet éclat avait fini par inciter la mère de famille à faire preuve de plus de retenue, mais les siens sentaient tout de même qu'elle avait le cœur gros et que sa peine était toujours aussi vive. Lorsqu'elle ne se sentait pas observée, il arrivait souvent à la mère de famille de s'arrêter de travailler pour se demander ce que son Jean-Louis faisait au même moment. Ce départ était pour elle une blessure qui mettait beaucoup de temps à se cicatriser.

Au milieu de la seconde semaine du mois d'août, un mercredi soir, Pierre Crevier se planta devant l'une des vitrines du magasin Woolworth de la rue Sainte-Catherine. Antoine Beaudry l'avait repéré depuis plusieurs minutes, mais il s'était bien gardé de prévenir sa vendeuse de la présence de son amoureux à l'extérieur. Le gérant ne tenait absolument pas à voir entrer le matamore dans son magasin pour le menacer encore une fois. Retranché derrière sa caisse enregistreuse, Beaudry se contenta de lorgner l'horloge murale, attendant que ses aiguilles indiquent six heures pour libérer ses deux vendeuses. Jacqueline Bégin attrapa son sac à main et fit signe à Denise de l'imiter quand la grande aiguille atteignit le douze.

— Vous pouvez y aller, laissa tomber le petit quadra-génaire ventru en s'approchant de la porte, prêt à la verrouiller après la sortie de ses deux employées.

Ces dernières le saluèrent et sortirent du magasin, contentes que leur journée de travail ait pris fin.

— Tiens. Ton Pierre t'attend, lui dit Jacqueline Bégin en ne faisant rien pour cacher l'admiration qu'elle éprou-vait pour le jeune homme.

Denise, surprise de découvrir son amoureux en train de l'attendre, s'avança vers lui. Le dimanche précédent, il l'avait prévenue qu'il ne pourrait pas venir la voir avant la fin de semaine suivante parce qu'il devait faire du temps supplémentaire jusqu'à sept heures tous les jours.

— Qu'est-ce que tu fais là? lui demanda Denise, heureuse de le voir. Tu travailles pas aujourd'hui?

— Oui, mais j'ai demandé de finir plus de bonne heure.

— Pourquoi? T'étais malade?

— Non. Mon oncle est venu m'avertir tout à l'heure que mon frère Jean, celui qui travaille sur la terre avec mon père, a eu un accident.

— Qu'est-ce qui lui est arrivé ?

— Il paraît qu'il a reçu un coup de pied de cheval en pleine tête.

— Il est pas…

— Non, il est pas mort, mais il paraît qu'il en a pour un bon bout de temps à l'hôpital. Le docteur a dit à mon père qu'il devrait rester à rien faire à la maison pendant une semaine ou deux, après ça. Ça fait que j'ai demandé à mon *boss* s'il me laisserait pas partir une couple de semaines pour aller aider mon père à faire les récoltes. Je lui ai expliqué qu'il était rendu trop vieux pour faire ça tout seul et que j'étais son seul garçon pas marié capable d'aller lui donner un coup de main.

— T'as pas peur de perdre ta *job* ? lui demanda Denise, inquiète.

— C'est sûr que j'irais pas chez nous s'il m'avait dit qu'il me reprendrait pas, avoua Pierre en lui saisissant la main pour traverser la rue Sainte-Catherine, au coin de Dufresne. Mais il m'a dit qu'il avait trop d'hommes ces temps-ci. Ça fait qu'il va faire travailler un jeune à ma place en attendant que je revienne.

— Est-ce que ça veut dire que tu t'en vas tout de suite ? fit Denise.

— Ben oui. Je prends l'autobus Provincial après le souper. Je vais coucher chez un cousin à Alma et je suis sûr qu'il va venir me reconduire à Saint-Léon demain, dans la journée.

— Combien de temps on se verra pas ?

— Pas plus qu'un mois, promit Pierre en serrant plus fortement la main de la jeune fille.

— Je vais m'ennuyer, avoua Denise, attristée à l'idée de ne pas le voir durant une si longue période.

— Moi aussi, admit Pierre, mais je peux vraiment pas faire autrement. Je peux pas laisser mon vieux père pris tout seul avec la récolte à rentrer.

Les deux jeunes gens marchèrent en silence jusqu'au coin de Fullum. En face du presbytère, Pierre lâcha la main de son amie.

— Bon. J'ai pas assez de temps pour te ramener jusqu'à chez vous. Il me reste à faire ma valise et je dois manger un morceau avant d'aller au terminus prendre mon autobus.

— Tu vas me donner des nouvelles? demanda Denise, en le regardant comme si c'était la dernière fois qu'elle le voyait.

— Le plus vite possible, affirma Pierre en déposant un léger baiser sur ses lèvres après avoir regardé rapidement autour pour s'assurer de ne pas être vu.

L'air triste arboré par sa fille à son retour à la maison n'échappa pas à Laurette.

— Bon! Qu'est-ce qui se passe encore? lui demanda-t-elle. T'es-tu chicanée avec ton *boss* pour avoir cet air de chien battu?

— Ben non, m'man. J'ai rien, protesta la jeune fille, l'air morose.

Mais à l'heure de la vaisselle, le chat sortit du sac. L'aînée de la famille Morin raconta à sa mère le départ précipité de Pierre.

— Mon Dieu, Denise, raisonne-toi un peu, la réprimanda sa mère. Il est juste parti donner un coup de main à son père. C'est pas la fin du monde. Ça prouve en tout cas que ton Pierre a un bon fond. Tout lâcher pour aller aider chez eux, ça veut dire qu'il a le cœur à la bonne place... C'est pas lui qui partirait de la maison sans rien dire, ajouta-t-elle, la larme à l'œil.

— C'est vrai, m'man, s'empressa de reconnaître sa fille. Mais vous allez pas vous mettre encore à pleurer pour Jean-Louis. Ayez pas peur, il est à la veille de revenir.

Ce soir-là, Laurette s'apprêtait à sortir sa chaise berçante sur le trottoir pour « prendre l'air », comme elle disait, quand on sonna à la porte d'entrée.

— Va donc répondre, Carole, ordonna-t-elle à l'adolescente en tendant son linge à vaisselle mouillé à Denise qui s'apprêtait à aller étendre le sien sur la corde à linge.

Un bruit de voix en provenance du couloir l'incita à se précipiter vers l'étroit couloir où elle retrouva ses belles-sœurs Pauline et Marie-Ange que sa fille venait d'inviter à entrer.

— Ma foi du bon Dieu! s'exclama Laurette. Le ciel va ben nous tomber sur la tête. De la visite en pleine semaine…

Pauline, la femme d'Armand Brûlé, saisit le reproche implicite contenu dans l'exclamation de l'hôtesse et s'empressa de préciser :

— On fait juste arrêter cinq minutes, Laurette. On s'est dit qu'on te dirait un petit bonjour en passant.

— Êtes-vous toutes seules? demanda Gérard, debout de l'autre côté de la porte-moustiquaire.

Dès que ses deux fils avaient quitté la maison pour aller assister à un match des Royaux au stade De Lorimier, il était allé s'asseoir sur le balcon. Il aperçut alors Maurice Dionne sortir de sa cour et se diriger vers la rue Archambault, probablement dans l'intention d'aller acheter quelque chose à l'épicerie.

— On est avec Bernard, répondit Marie-Ange. Pauline est venue faire un tour à la maison et on a décidé de faire une marche parce qu'il fait pas trop chaud. Il s'est arrêté au petit restaurant, en face. Il avait besoin de tabac.

— Sortir de la maison me fait du bien, admit Pauline. Avec Armand qui travaille toujours de nuit, je me sens poignée dans la maison avec les filles. À soir, les filles passent la soirée avec leurs amies chez une voisine. J'en ai profité pour aller faire un tour chez Marie-Ange.

— Venez vous asseoir, les invita Laurette. Carole, prends la bouteille de *cream soda* dans le frigidaire et sors les verres, ordonna-t-elle à sa fille comme Denise rentrait dans la maison.

Gérard venait à peine de se rasseoir dans sa chaise berçante, sur le balcon, quand il vit la tête de son beau-frère apparaître au-dessus de la clôture.

— Il y a quelqu'un ? fit Bernard Brûlé en ouvrant la porte de la clôture de la cour arrière.

— Arrive, Bernard, l'invita son beau-frère en lui faisant signe de venir le rejoindre sur le balcon.

— J'avais plus de papier à cigarette, expliqua le gros homme en lui montrant un paquet de papier Vogue.

— Toi et tes rouleuses, se moqua Gérard. Pourquoi tu fais pas tes cigarettes avec un tube ? Ça va ben plus vite et tu passes pas ton temps à brûler ton linge avec le tabac qui tombe.

— J'aime mieux les rouler parce que comme ça, je fume moins, lui expliqua son beau-frère en prenant place à ses côtés sur le balcon.

— Comment ça se passe pour ta femme ? demanda son hôte en chuchotant.

— Pas trop mal.

— Viens. On va aller rejoindre les femmes dans la cuisine, l'invita Gérard en se levant.

Tout le monde s'entassa autour de la table de cuisine. Pendant que les hommes discutaient des matchs de lutte que le Palais des sports de la rue Poupart allait présenter en septembre, les femmes parlaient à voix basse de l'état de Marie-Ange dont la grossesse commençait à être visible.

— Depuis trois semaines, je suis malade comme un chien à chaque matin, fit Marie-Ange d'une voix geignarde. Je comprends rien là-dedans. Au commencement, ça arrivait jamais.

— C'est pas grave, décréta sa belle-sœur Pauline. Ça va passer. Pour ma dernière, j'ai eu mal au cœur pendant neuf mois. Ça, ma petite fille, c'est dur à prendre.

— Moi, j'ai jamais eu mal au cœur pendant que j'étais en famille, déclara Laurette. S'il y a de quoi, j'avais juste plus faim. J'aurais peut-être été mieux de moins manger, reconnut-elle. Comme ça, j'aurais pas une couple de livres en trop aujourd'hui.

Marie-Ange et Pauline échangèrent un regard qui en disait long sur les quelques livres en trop de leur hôtesse qui pesait largement plus de deux cents livres, à leur avis.

Pendant plusieurs minutes, Marie-Ange s'étendit avec complaisance sur tous les maux qui la frappaient depuis qu'elle était enceinte. À l'écouter, elle ne survivrait pas aux trois derniers mois de sa grossesse. Laurette finit par éclater.

— Bonyeu, Marie-Ange, exagère pas! Avoir un petit, c'est pas les sept plaies d'Égypte! Toutes les femmes finissent par en avoir et elles en meurent pas. On est toutes passées par là. Dis-toi que t'es chanceuse. T'en n'as pas une trâlée à nourrir et à habiller pendant que t'es en famille. T'as juste à t'occuper de toi.

Marie-Ange piqua un fard. Elle n'était pas habituée de se faire rabrouer.

— Es-tu pas mal avancée pour le linge de ton petit? lui demanda Pauline pour changer de sujet de conversation.

— J'ai fait deux douzaines de couches et j'ai tricoté trois ensembles, fit la future mère en se reprenant.

— De quelle couleur ?

— Jaune.

— T'es plus brillante que moi, reconnut Laurette. Moi, je voulais tellement un gars que j'avais tout tricoté en bleu. Quand Denise est venue au monde, j'ai eu l'air fine. Je te prêterais ben du linge de bébé, reprit-elle, mais il a été usé à la corde par mes petits.

— T'es ben fine d'y avoir pensé, dit Marie-Ange, mais Pauline m'a déjà offert de me prêter le linge de ses filles si j'en ai besoin.

Vers dix heures, Bernard Brûlé donna le signal du départ.

— On s'ennuie pas, dit-il, l'air plaisant, mais le temps avance et je travaille demain matin. On va aller reconduire Pauline jusqu'à son appartement avant de s'en retourner chez nous.

— C'est à vous autres de venir faire votre tour, les invita Marie-Ange au moment de quitter l'appartement des Morin.

— Compte sur nous autres, dit Laurette. On ira jouer aux cartes un bon samedi soir.

Quand la porte fut refermée derrière les visiteurs, Laurette abandonna son air aimable et poussa un soupir de soulagement.

— Tu parles d'une idée de fou de venir en visite en plein cœur de semaine. Bout de viarge ! Ils savent ben que je travaille demain matin et que le soir, j'ai pas le goût pantoute de recevoir après ma journée d'ouvrage.

— Voyons, Laurette, fit son mari. Tu peux pas dire qu'ils exagèrent. Il y a pas longtemps, tu te plaignais qu'ils venaient jamais. À cette heure, tu te plains du contraire.

— Les fins de semaine, c'est pas pour les chiens, trancha Laurette en ramassant les verres sales laissés par les invités.

En plus, entendre Marie-Ange se lamenter parce qu'elle est en famille, ça me tape sur les nerfs.

~~⌒~~

Les derniers jours du mois d'août furent marqués par une chaleur et une humidité à peine supportables. Dans le quartier, les gens avaient l'impression de vivre emprisonnés sous une couverture mouillée tant l'air était oppressant. Les odeurs de la Dominion Rubber et de la Dominion Oilcloth imprégnaient tout. Pas le moindre souffle d'air ne venait rafraîchir les nuits. Les gens dormaient mal et leur humeur s'en ressentait durant le jour.

Ce vendredi-là, Laurette travaillait dans une espèce de brouillard tant elle était épuisée par cette chaleur insupportable. À la pause du midi, sa robe était détrempée par la sueur et ses jambes étaient déjà enflées à force d'avoir dû demeurer debout durant plus de quatre heures au bout de la chaîne à entasser des boîtes de Whippet dans de grosses boîtes. Au signal de Gendron, le contremaître, elle s'était empressée de sortir de l'usine en compagnie de Dorothée et Lucienne pour manger son repas à l'extérieur. La plupart des employées du département l'imitèrent et vinrent s'asseoir sur le talus qui bordait l'entrée réservée aux camions de livraison.

À peine Laurette venait-elle de s'asseoir qu'elle aperçut Madeleine Sauvé avec trois ou quatre de ses copines. La grande femme à la figure chevaline semblait être en train de mimer quelqu'un, ce qui déclencha des rires chez ses spectatrices. Laurette jeta un coup d'œil soupçonneux dans la direction du petit groupe et crut comprendre que l'autre se moquait d'elle.

— Ah ben, attends donc! dit-elle les dents serrées en esquissant le mouvement de se lever.

Lucienne Dubeau et Dorothée Paquette avaient suivi son regard et avaient compris, elles aussi, que l'autre se moquait de Laurette. Lucienne retint son amie par une épaule avant même qu'elle se soit mise sur ses jambes.

— Grouille pas, Laurette, lui ordonna-t-elle. Il fait ben trop chaud pour se chamailler. Tu vois ben qu'elle cherche juste à te mettre en maudit pour que Gendron puisse te mettre dehors. Fais-lui pas ce plaisir-là.

— Je vais lui mettre ma main sur sa gueule pleine de boutons ! ragea Laurette en faisant un effort pour se libérer de la poigne de Lucienne.

— Fais pas ça, lui commanda Dorothée à son tour. Tu lui sacreras la volée que tu voudras quand ton mari aura une *job* et que t'auras plus besoin de travailler. En attendant, regarde-la même pas. Fais comme si elle existait pas.

— Vous avez raison, toutes les deux. Je suis trop fatiguée et il fait trop chaud, admit Laurette en s'épongeant le front. Mais elle, la grande vache, elle perd rien pour attendre, ajouta-t-elle.

Quelques minutes plus tard, les femmes rentrèrent dans l'usine pour reprendre le travail. Laurette s'empressa de se diriger vers la porte de manière à y arriver en même temps que Madeleine Sauvé. L'autre pâlit soudain en la voyant arriver à ses côtés, probablement persuadée que sa tête de Turc préférée venait régler ses comptes avec elle. Laurette fit comme si elle ne la voyait pas et lui écrasa sauvagement un pied en y déposant tout son poids.

— Ayoye, bâtard ! jura la grande femme en se mettant à danser sur un pied.

— Excuse-moi, la grande, je t'avais pas vue pantoute, s'excusa hypocritement Laurette en pénétrant dans l'usine à la suite de Dorothée et Lucienne qui avaient du mal à retenir leur fou rire.

Ce soir-là, Laurette revint à la maison un peu avant six heures. En descendant de tramway, coin Fullum, elle aperçut sa cadette, rentrant de son travail chez Carrière, en grande conversation avec René Beaulieu, le jeune fils des locataires qui demeuraient au-dessus de chez elle. Elle fit comme si elle ne l'avait pas vue et rentra à la maison.

Denise, Gilles et Richard étaient en train de manger un sandwich lorsqu'elle arriva.

— Il doit pas faire plus chaud en enfer, dit-elle en se débarrassant de ses souliers, appuyée contre le mur du couloir. Où est votre père ?

— Sur le balcon, répondit Denise. Il vous attendait pour souper.

Cinq minutes plus tard, Carole poussa la porte de l'appartement tandis que son père s'approchait de la table dans l'intention de manger.

— Combien de fois je t'ai dit que je voulais pas te voir traîner avec des gars sur la rue ? demanda Laurette à sa fille dès qu'elle entra dans la cuisine.

— Ben, m'man, je traînais pas, se défendit l'adolescente, outrée. En sortant de chez Carrière, je suis tombée sur le voisin qui revenait de son ouvrage. Il m'a parlé. Il fallait ben que je lui réponde. J'étais pas pour lui dire que je pouvais pas lui parler parce que ma « mouman » voulait pas que je lui parle.

— C'est correct, accepta sa mère. Assis-toi et mange.

Après le souper pris dans une chaleur d'étuve, Gilles et Denise retournèrent travailler. Carole alla chercher son amie Mireille avec qui elle voulait aller se baigner au bain Quintal après que sa mère lui eut déclaré qu'il faisait trop chaud pour se lancer dans le lavage hebdomadaire. Richard entraîna son père au stade De Lorimier pour assister à un match de baseball.

Dès que la maison se fut vidée de ses occupants, Laurette s'empressa de sortir sa chaise berçante sur le trottoir avec la ferme intention de n'en plus bouger de la soirée. Elle garnit son étui à cigarettes et se munit d'une bouteille de Coke avant de s'asseoir pesamment sur sa chaise.

En ce début de soirée, le ciel s'était couvert de lourds nuages, et pas la moindre brise ne soufflait sur la petite rue Emmett. On entendait des cris d'enfants en provenance de la rue Archambault et quelques adolescents s'étaient rassemblés devant chez Paré. Certains s'étaient assis sur les dernières marches de l'escalier tandis que d'autres, cigarette au bec, tentaient d'attirer l'attention de quelques adolescentes qui se pavanaient non loin, en robe à crinoline.

Comme d'habitude, Laurette avait repoussé sa chaise berçante contre le mur pour ne pas nuire aux rares passants. Elle se berçait doucement, attentive à tout ce qui se passait autour d'elle. Quelques minutes plus tôt, elle avait salué Rose Beaulieu qui revenait de faire son épicerie, chargée de deux sacs lourds en papier kraft.

— C'est effrayant comme elle est grosse, cette femme-là, se dit-elle après avoir vu la voisine, la respiration courte, déposer ses sacs par terre devant la porte pour trouver sa clé au fond de son sac à main.

Elle avait eu peu d'occasions de parler avec sa nouvelle voisine depuis trois mois. Elle la connaissait juste assez pour la savoir timide et effacée. Cela ne l'empêchait pas de la plaindre d'être obligée de supporter son ivrogne de mari qui passait son temps à la maltraiter, particulièrement quand il avait bu.

— Elle est plus grande et plus grosse que lui, ne cessait-elle de dire à son mari quand Vital Beaulieu faisait une crise à l'étage au-dessus. Qu'est-ce qu'elle attend pour lui serrer les ouïes ?

— Mêle-toi pas de ça, lui ordonnait invariablement son mari. C'est pas de tes affaires ce qui se passe chez les voisins.

Quelques minutes plus tard, Laurette entendit des volets s'ouvrir au-dessus d'elle et aperçut sa voisine en train d'installer un oreiller pour s'appuyer contre le rebord de la fenêtre.

— C'est ben effrayant comment il fait chaud en dedans, lui dit Rose Beaulieu en s'épongeant le front quand elle s'aperçut que Laurette avait levé la tête vers elle.

Pendant plusieurs minutes, les deux femmes se parlèrent comme si elles se connaissaient depuis toujours. Laurette allait suggérer à sa voisine de descendre parce qu'elle commençait à avoir le torticolis à force d'être obligée de toujours lever la tête pour lui parler lorsque Rose Beaulieu lui dit soudain, la voix étrangement changée :

— Je vais vous laisser, madame Morin. V'là mon mari. Il aime pas trop ça quand je parle aux voisins.

Avant même d'avoir eu le temps de lui répondre, Laurette vit Rose enlever précipitamment son oreiller de l'appui-fenêtre et refermer les volets. Un roulement de tonnerre se fit entendre au même moment.

Laurette tourna la tête à l'instant même où Vital Beaulieu traversait la rue Archambault en diagonale, en direction de la rue Emmett.

L'homme de petite taille semblait avoir encore fondu depuis la dernière fois qu'elle l'avait vu. Il avait la démarche hésitante de l'ivrogne qui a sérieusement fait le plein. Sa chemise était à demi déboutonnée et il se parlait à voix haute.

— Bourré comme un cochon et attriqué comme la chienne à Jacques, dit Laurette à mi-voix en affichant un air de souverain mépris avant de détourner la tête.

Vital Beaulieu buta légèrement contre le trottoir avant de parvenir à y poser le pied. Puis, ayant rétabli son équilibre un instant précaire, il reprit sa progression vers sa porte. Laurette lui tournait le dos, sa chaise berçante parallèle au mur de la maison. Elle vérifia d'un coup d'œil qu'elle laissait largement de la place au passage du voisin.

Elle allait tourner la tête pour savoir ce qui retardait tant le voisin dans sa progression, quand quelque chose heurta l'arrière de sa chaise berçante, la faisant violemment sursauter.

— Voyons, calvaire! jura l'ivrogne qui venait d'accrocher la chaise de la voisine. Quand on est grosse comme un *truck*, on se parque pas sur le trottoir. On s'installe dans la rue.

Sous l'insulte, Laurette se leva si brusquement de sa chaise que son large postérieur demeura prisonnier un bref instant entre les deux accoudoirs. Elle repoussa la chaise d'un geste impatient avant d'aller se planter à moins d'un pied devant l'homme, les deux mains sur les hanches.

— Quoi? Répète-moi donc ce que tu viens de me dire, toi, ordonna-t-elle d'une voix de stentor.

Immédiatement, les adolescents groupés devant chez Paré s'arrêtèrent de parler et s'approchèrent de la scène, persuadés qu'ils allaient assister à une belle bagarre. Laurette dépassait Vital Beaulieu d'une demi-tête et avait le double de sa largeur.

Sous l'apostrophe brutale, le voisin recula d'abord d'un pas, mais son caractère vindicatif, renforci par tout l'alcool qu'il avait ingurgité à la taverne, lui donna le courage de répliquer.

— J'ai dit que quand on était trop grosse pour se parquer sur le trottoir, on se mettait dans la rue, calvaire!

— Ah ben, mon maudit effronté ! s'exclama Laurette en le repoussant brutalement contre la porte qui menait à l'escalier intérieur de son appartement. Je vais te montrer à vivre, moi !

Un peu étourdi par le choc, Vital Beaulieu se redressa juste à temps pour voir apparaître sous son nez un poing de belle taille. Devant la masse qui le menaçait, il sembla perdre tout à coup toute sa superbe et ne fit pas un geste pour repousser son agresseur.

— Écoute-moi ben, le brochet ! l'apostropha Laurette à tue-tête. Moi, je suis pas ta femme. Tu viendras pas me crier après et me dire des bêtises en pleine rue devant tout le monde. Tu m'entends ? Je me sacre pas mal que tu boives comme un trou, même si les ivrognes me puent au nez. Mais si jamais tu reviens me traiter de grosse, je t'étripe, aussi vrai que je suis là. À cette heure, monte donc chez vous. J'ai assez vu ta face de rat.

Rose Beaulieu qui avait probablement assisté à toute la scène, dissimulée derrière les persiennes de sa fenêtre de chambre à coucher, ne fit pas un geste pour défendre son mari. Elle entendit son mari déverrouiller la porte au pied de l'escalier intérieur et monter lourdement à l'étage. Elle se précipita vers le balcon arrière et s'y assit.

Pendant ce temps, les jeunes, déçus de voir qu'il n'y aurait pas de bagarre, étaient retournés s'appuyer contre la vitrine chez Paré pour reprendre leur conversation.

Plusieurs éclairs zébrèrent soudain le ciel plombé et les premières gouttes de pluie se mirent à tomber lourdement sur l'asphalte. Laurette, un peu essoufflée par son esclandre, s'apprêtait à retourner s'asseoir dans sa chaise berçante. Elle saisit sa chaise, la replia et la déposa dans le couloir.

À peine venait-elle de pénétrer dans la cuisine, qu'elle entendit des éclats de voix venant du balcon des Beaulieu.

— As-tu entendu la maudite folle d'en bas? entendit-elle Vital Beaulieu demander à sa femme. Elle est bonne à enfermer, la bonne femme! ajouta-t-il d'une voix avinée.

— Non. J'étais sur le balcon. J'ai rien entendu, mentit sa femme.

— Elle bloque tout le trottoir avec sa Christ de chaise et en plus elle m'engueule comme du poisson pourri, la malade!

Rose Beaulieu ne dit rien.

— Naturellement, toi, tu sers à rien, sacrament! s'emporta l'ivrogne. Tu vois rien. T'entends rien. T'es juste bonne à dépenser ma paye.

Sa femme continua à se taire.

— J'espère que t'as pensé au moins à me rapporter de la bière, ajouta-t-il.

— Dans le frigidaire.

Il y eut un bruit de porte-moustiquaire violemment rabattue et le silence revint. Laurette sortit sur le balcon arrière et s'y assit sans faire de bruit.

L'obscurité était tombée brusquement. De violentes rafales de vent faisaient tournoyer des papiers gras dans la grande cour. La pluie formait un rideau presque opaque et venait tambouriner sur les marches de l'escalier et le garde-fou du balcon. Laurette dut repousser sa chaise pour ne pas être éclaboussée. En quelques minutes, la température chuta de plusieurs degrés, apportant enfin le répit si longtemps attendu par les gens.

La porte d'entrée s'ouvrit avec fracas au moment où la pluie était la plus forte.

— M'man! M'man! Où est-ce que vous êtes? demanda Carole, trempée de la tête aux pieds.

— Sur le balcon, fit Laurette d'une voix lasse. J'entre.

Elle quitta sa chaise et pénétra dans la cuisine où elle vit Carole, Denise et Gilles, les cheveux plaqués sur le crâne et les vêtements dégoulinant d'eau.

— Ma foi du bon Dieu! s'exclama-t-elle. Vous êtes pas assez fins pour vous mettre à l'abri quand il mouille comme ça. En plus, vous dégouttez partout sur mes planchers.

— Mireille et moi, on était rendues au coin de Sainte-Catherine quand ça a commencé à tomber, expliqua Carole. Ça nous servait à rien de retourner au bain. Il fermait.

— Riendeau venait me reconduire en *truck* quand j'ai vu Denise qui sortait de chez Woolworth, fit Gilles. On l'a fait monter avec nous autres. On a aussi fait monter Carole et Mireille dans la boîte en passant. Juste le temps de débarquer du *truck*, on s'est fait mouiller comme ça.

— Ton père et Richard vont être beaux à voir quand ils vont revenir du stade, lui fit remarquer sa mère. Ça leur apprendra à aller perdre leur temps à voir du monde courir après une petite balle.

— On va juste essuyer le plancher, m'man, offrit Carole. De toute façon, demain, après le lavage, il va falloir le laver et le cirer.

Quelques minutes plus tard, Gérard et Richard rentrèrent à leur tour à la maison, tout trempés.

— Cybole! Avec cette maudite pluie-là, la partie a été arrêtée à la sixième manche, se plaignit Gérard.

— Vous avez l'air fin, tous les deux! s'exclama Laurette en leur tendant une grande serviette. Essuyez-vous et enlevez au moins vos souliers pour pas salir partout.

— Les Royaux ont tout de même gagné trois à un, fit Richard. La partie compte, même si elle a été arrêtée.

— Ça en fait toute une affaire, ça, répliqua sa mère, sarcastique.

Ce soir-là, Laurette Morin se mit au lit avec l'espoir que la fraîcheur apportée par l'orage allait enfin lui permettre de connaître une nuit reposante. Elle n'avait pas soufflé mot de son altercation avec Vital Beaulieu à Gérard et elle espérait que sa voisine ne lui en voudrait pas trop d'avoir secoué son ivrogne de mari.

Chapitre 15

La fin de l'été

Le début de septembre arriva. Les jours semblèrent subitement se mettre à raccourcir. Il y avait encore de très belles journées ensoleillées, mais les gens se rendaient compte que l'été tirait déjà à sa fin. Les enfants du quartier savaient que leurs vacances scolaires achevaient et ils se faisaient de plus en plus bruyants dans leurs jeux. On aurait dit qu'ils cherchaient à faire le plein des plaisirs qui allaient bientôt leur être refusés.

Pour leur part, Carole et Gilles n'abandonnèrent leur emploi estival que l'avant-veille de la fête du Travail. Les deux adolescents s'apprêtaient à retourner à l'école avec joie. Pour la première fois depuis deux ans, leur mère n'avait pas mis en doute la nécessité pour eux de poursuivre leurs études. À dix-huit ans, Gilles allait entreprendre sa douzième année tandis que sa sœur allait fréquenter, encore une fois, l'école Lartigue pour y faire sa neuvième année. L'un et l'autre avaient économisé suffisamment d'argent durant l'été pour payer leurs articles scolaires et leurs vêtements.

Le soir de la fête du Travail, Gérard ne put s'empêcher de faire remarquer à sa femme :

— Je te dis que ça leur a pas fait de ben longues vacances aux enfants cet été.

— Ils se reposeront en allant à l'école, fit Laurette. Est-ce que j'en ai des vacances, moi ? ajouta-t-elle, vindicative.

— Seulement deux jours…

— Il y avait pas moyen de faire autrement, trancha sèchement sa femme. On avait besoin de leur paye pour arriver. On dirait que t'as oublié que l'argent pousse pas dans les arbres. Je me demande même comment on va faire pour arriver cet hiver avec la pension de Jean-Louis en moins.

— Il reste tout de même ton salaire et les pensions de Richard et de Denise, lui fit remarquer Gérard.

— C'est pas assez pour tout payer, tu sauras. Ton salaire sera pas de trop…

Le silence retomba dans la cuisine où Laurette était occupée à fabriquer sa provision de cigarettes pour la semaine à venir.

La mère de famille était inquiète. Depuis la fin du mois d'août, elle attendait un signe que son mari allait bientôt se chercher un emploi. Rien. Gérard n'avait pas l'air d'être pressé de se mettre au travail et cela commençait à l'énerver sérieusement.

Il allait encore chaque jour se réfugier au parc Lafontaine d'où il ne revenait qu'à la fin de l'après-midi, comme s'il ne se souciait que de son bronzage. Peu à peu, la pression montait en elle et elle était sur le point d'exploser.

«Bout de viarge! S'il se réveille pas tout seul, je vais le réveiller, moi! se répétait-elle depuis quelques jours. Je suis tout de même pas pour l'entretenir à rien faire jusqu'à la fin de ses jours. Il est plus malade pantoute et moi, je me crève à l'ouvrage pendant que monsieur se repose. Il attend tout de même pas la première tempête de neige pour se mettre à se chercher une *job*, j'espère! »

Cependant, Laurette s'énervait bien inutilement. Elle n'eut pas à intervenir pour que son mari se décide enfin à bouger. Le lendemain de la fête du Travail, Gérard Morin se présenta au bureau du docteur Miron, comme il avait été prévu au mois de juin précédent.

Le médecin l'examina sommairement avant de déclarer :

— Tout est correct, monsieur Morin. Vous m'avez l'air totalement guéri. Vous pouvez retourner au travail sans aucun problème.

Le père de famille revint lentement à la maison en arborant une mine préoccupée. Le diagnostic du praticien ne l'avait pas surpris, mais il était un peu déçu d'avoir à reprendre aussi tôt le collier. Il n'avait aucune envie de recommencer à essuyer des rebuffades, jour après jour, en demandant un emploi. À dire vrai, même s'il n'osait pas se l'avouer, il avait perdu le goût du travail. Trois ans et demi à ne rien faire avaient laissé des traces. Il se sentait comme le prisonnier un instant libéré qui retrouve son cachot avec peu d'espoir de jouir encore un jour de la liberté dont il avait si peu profité. Les belles journées occupées à flâner au parc Lafontaine étaient finies.

Il eut même la tentation d'attendre encore une semaine ou deux avant de se lancer dans la recherche d'un travail. Il faisait encore beau et septembre réservait souvent de belles journées douces. Heureusement, il eut honte de lui quand il vit revenir les siens, les uns après les autres, d'une journée de travail bien remplie.

Le père de famille attendit l'heure du souper pour annoncer :

— Je suis allé voir le docteur Miron à matin. Je suis correct. Demain, je recommence à me chercher une *job*.

Laurette cessa de manger et le regarda un long moment, le visage illuminé par un large sourire. À la vue de l'air satisfait de sa femme, il comprit qu'elle attendait cette nouvelle depuis longtemps.

— Moi, je suis dans la classe d'un frère sévère, dit Gilles, quelques minutes plus tard. Il a l'air bête comme ses pieds et on va être mieux de fermer notre boîte durant ses cours.

— Jamais je croirai qu'il sera pas obligé de vous piocher dessus pour vous faire fermer la trappe, lui fit remarquer sa mère. Bonyeu ! à l'âge que vous avez, j'espère que vous savez que vous êtes là pour apprendre, pas pour niaiser.

— Moi, j'ai sœur Adélard, intervint Carole, sans trop d'enthousiasme. L'année va être plate avec elle.

— Si elle est trop plate pour toi, ma fille, lui fit remarquer sa mère d'une voix cassante, t'as juste à lâcher l'école et à te trouver de l'ouvrage. C'est toi qui veux devenir secrétaire. Il y a personne qui te tord un bras pour aller à l'école.

— Je le sais, m'man, dit l'adolescente, l'air maussade.

— À part ça, rappelle-toi ce que je t'ai déjà dit. Organise-toi pas pour que je te poigne avec un gars sur la rue. Tu vas à l'école pour étudier, pas pour te faire un *chum*.

— Ben oui, m'man, fit Carole sur un ton légèrement exaspéré.

— J'aurais pu continuer à aller à l'école, moi aussi, fit Richard en repoussant une mèche de cheveux.

— Oui, l'approuva sa mère, si t'avais été moins tête folle.

— J'haïssais ça. Ils nous faisaient perdre notre temps à apprendre toutes sortes de niaiseries. À quoi ça servait d'apprendre les neuf cents questions du petit catéchisme, par exemple ?

— Fais attention à ce que tu dis, toi ! le mit en garde sa mère. La religion, c'est important.

— Je dis rien contre la religion, m'man, protesta l'adolescent. Il me semble que je passais plus de temps à trouver de l'argent pour acheter des petits Chinois pour la Sainte-Enfance qu'à apprendre l'arithmétique.

— Exagère donc! se moqua Laurette. Moi, je me rappelle à quoi tu perdais ton temps. T'étais ben meilleur à faire des mauvais coups avec tes *chums* qu'à étudier. Si t'avais travaillé comme du monde, t'aurais pas doublé ta sixième année.

Richard se rengorgea comme si sa mère venait de le complimenter.

— Te souviens-tu du mauvais coup que t'avais joué au pauvre monsieur Bérubé? lui demanda Denise qui intervenait pour la première fois dans la discussion.

— Quel Bérubé?

— Aïe, Richard Morin, fais pas l'innocent, reprit Gilles en souriant. Denise te parle du vieux Bérubé qui restait au deuxième étage, sur Archambault. Tu viendras pas nous faire croire que tu te rappelles pas que tu t'amusais à attacher la poignée de sa porte, en bas de l'escalier, à la poignée de la porte des Roy, à côté. Tu sonnais et tu te poussais sur le trottoir de l'autre côté de la rue.

— Moi, j'ai fait ça? demanda Richard en prenant l'air de celui qu'on accuse faussement.

— T'oublies que j'y étais et que je t'ai vu, lui fit remarquer son frère. Le père Bérubé tirait sur la corde en haut de son escalier pour faire ouvrir sa porte. Comme ça marchait pas, il était obligé de descendre l'escalier. Là, il avait beau essayer d'ouvrir, la porte ouvrait pas parce que la poignée était attachée. Il remontait chez eux et criait aux Roy d'essayer d'ouvrir sa porte. Eux autres aussi pouvaient pas sortir de chez eux par en avant. Ils étaient obligés de faire le tour par la ruelle pour venir détacher la corde. Tout le monde était en maudit. Tu leur as fait le coup au moins deux ou trois fois, ajouta Gilles.

— Et toi, beau niaiseux, tu trouvais ça drôle! fit Laurette en s'adressant à son plus jeune fils.

— C'est drôle, je me souviens plus pantoute de ça, mentit Richard.

— Si j'avais su ça, t'aurais eu une méchante claque sur les oreilles, je te le garantis, l'assura sa mère.

Après le repas, la mère et ses filles remirent de l'ordre dans la cuisine pendant que Gilles allait remplir la cruche d'huile à chauffage dans le hangar.

Denise se dépêcha d'essuyer la vaisselle avant de se retirer dans sa chambre dans l'intention de finir de lire le roman-photo que sa collègue Jacqueline lui avait prêté la veille. La jeune fille s'ennuyait de son amoureux. Pierre était parti depuis déjà trois semaines et elle n'avait reçu aucune nouvelle de lui. Elle comptait maintenant les jours qui la séparaient de son retour. Il avait dit qu'il serait absent un mois, au maximum. Donc, au pire, il ne lui restait qu'une semaine à l'attendre. À la fin de la semaine suivante, il serait là, à ses côtés.

∼⌒

Le lendemain, Gérard Morin quitta la maison en même temps que tous les siens, bien décidé à trouver un emploi, n'importe lequel, le plus rapidement possible. La veille, il avait dressé une courte liste des compagnies où il avait l'intention de demander un emploi. Il s'agissait d'endroits où il avait postulé au mois de mai précédent. Il voulait y retourner parce qu'on lui avait laissé entendre qu'il y aurait peut-être quelque chose pour lui à l'automne. On était presque en automne. Peut-être pourrait-on l'employer.

Évidemment, la Dominion Rubber venait en tête de liste. Le directeur du personnel lui avait dit en personne qu'il pourrait y avoir quelque chose pour lui à la compagnie.

Malheureusement, cette première journée de recherche d'emploi allait être aussi décevante que les journées de mai consacrées à la même tâche. On lui fit partout la même réponse : pas de travail. Le plus frustrant était peut-être qu'on n'avait conservé nulle part une trace de sa demande précédente.

À la fin de l'après-midi, il rentra à la maison, le moral à zéro. Il ne dit rien à sa femme et à ses enfants de ses recherches stériles et ces derniers, à la vue de son air abattu, ne lui posèrent aucune question.

— Je vais demander à la compagnie s'ils ont besoin de quelqu'un, dit Richard à sa mère en profitant de ce que son père était parti chez Paré chercher du tabac. On sait jamais.

— Je vais faire la même chose chez Viau, fit Laurette.

Mais les deux compagnies n'avaient pas d'emploi à offrir et, jour après jour, le père de famille dut essuyer les mêmes rebuffades. Si certains employeurs se contentaient de lui répondre qu'ils n'avaient rien à lui offrir pour le moment, d'autres ne se gênaient pas pour lui faire comprendre qu'il était trop âgé pour le genre de travail disponible.

— Cybole ! s'exclamait Gérard, à bout de patience. Je suis tout de même pas un petit vieux. J'ai juste quarante-six ans.

Mais rien n'y faisait et son humeur s'en ressentait grandement. À la maison, il était devenu si morose et renfermé que sa femme finit par perdre patience au début de la troisième semaine de septembre.

— Aïe ! Ça va faire, Gérard Morin, s'exclama-t-elle. Maudit verrat ! Pris entre toi et la face de carême de ta fille, on a l'impression de veiller un mort.

Denise et son père se regardèrent, mais ne dirent pas un mot.

— Elle, elle est tout à l'envers parce que son Pierre est pas encore revenu de chez son père et toi, t'as l'air bête parce que tu trouves rien. Bonyeu! Prends sur toi! Tu vas ben finir par en trouver de l'ouvrage. On a encore de quoi manger trois repas par jour et on a un toit sur la tête. On n'en est pas encore à aller demander un panier de manger à la Saint-Vincent-de-Paul.

— Ben oui, ben oui, se contenta de répondre Gérard. Toi, t'as une *job*, tu peux pas comprendre.

— Je vais te la donner n'importe quand, ma *job*, si tu la veux, fit sa femme avant de quitter la cuisine.

Mais cette saute d'humeur de Laurette se révéla inutile. Le climat de la maison ne s'en trouva nullement amélioré. Son mari continua à déprimer et Denise, profondément inquiète de l'absence prolongée de son amoureux, était de plus en plus triste. La jeune fille avait même songé à aller sonner chez l'oncle où Pierre demeurait, rue De Montigny, pour avoir de ses nouvelles. Seule la crainte d'être ridicule l'en avait empêchée jusqu'à présent.

Cependant, une surprise attendait Gérard le jeudi matin de la troisième semaine de septembre.

Ce matin-là, un tramway l'avait déposé rue Notre-Dame, à l'est de la rue Viau et il avait entrepris de faire la tournée des compagnies établies dans le secteur. Au milieu de l'avant-midi, il était entré, sans grand espoir, dans les bureaux de la compagnie Elroy, située rue Sicard, un peu au sud de la rue Hochelaga. L'endroit ne payait pas de mine et un bruit assourdissant de machines envahissait la pièce chaque fois qu'un employé ouvrait la porte de communication entre l'usine et le bureau.

Une réceptionniste l'accueillit et le pria de s'asseoir avant de décrocher le téléphone posé sur son bureau. Elle parla brièvement à voix basse dans l'appareil avant de l'inviter à aller frapper à la seconde des trois portes qui s'ouvraient à sa gauche.

374

Un petit homme à l'épaisse moustache grise vint ouvrir à Gérard. Il le fit entrer et le pria de s'asseoir face au vieux meuble qui lui servait de bureau. Une plaquette indiquait qu'il s'appelait Henri Boileau et qu'il s'agissait du directeur du personnel. Quand Gérard le vit sortir un formulaire de l'un des tiroirs du meuble, il poussa un soupir résigné. Encore une demande inutile. On allait prendre ses coordonnées et lui dire qu'on l'appellerait en cas de besoin.

Lorsque le formulaire fut rempli, Henri Boileau déposa son crayon et lui demanda :

— Est-ce qu'une *job* de veilleur de nuit ferait votre affaire, monsieur Morin.

— Ben oui, s'empressa de répondre Gérard, dont le cœur avait eu un raté.

— On peut dire que vous tombez bien. Notre gardien de nuit nous a lâchés ce matin. Et c'est pas parce qu'on le traitait pas bien. Il a travaillé chez nous pendant quatorze ans. Non. Il veut s'en retourner en Gaspésie d'où il vient. Vous êtes le genre d'homme qu'on veut pour cette *job*-là, affirma le directeur du personnel. Vous êtes un homme mûr, un père de famille, et d'après ce que vous m'avez dit, vous êtes pas du genre à lâcher votre ouvrage pour un oui ou pour un non.

— C'est sûr, monsieur, affirma Gérard, transfiguré par l'espoir d'avoir enfin trouvé un travail.

Il était comme hypnotisé sur sa chaise, incapable de s'empêcher de sourire.

— C'est bien payé, monsieur Morin, reprit le directeur du personnel avec un sourire engageant. La compagnie donne cinquante piastres par semaine pour six jours d'ouvrage. Vous avez une nuit de congé, celle du samedi. Est-ce que ça vous intéresse ?

— C'est parfait, dit Gérard en ne parvenant pas à cacher son enthousiasme.

— Quand je dis «ouvrage», il faut s'entendre. Tout ce que vous avez à faire, c'est de faire la tournée de l'usine et des bureaux une fois par heure pour vous assurer que tout est en ordre. Vous devez *puncher* à six places pour prouver que vous faites bien vos rondes et c'est tout. Cependant, je vous avertis tout de suite, il faut que ces rondes-là soient faites, et bien faites. La sécurité d'Elroy dépend uniquement de vous durant la nuit. Si vous faites pas le travail, j'aurai pas le choix de vous mettre à la porte. Est-ce que je me suis fait bien comprendre?

— C'est ben correct.

— Vos heures sont de six heures du soir à six heures du matin.

— Parfait. Quand est-ce que je commence? demanda Gérard, tout feu, tout flamme.

— À soir si vous voulez la *job*. Arrivez donc vers cinq heures pour que j'aie le temps de vous montrer ce que vous devez surtout vérifier et les endroits où vous devrez *puncher*.

Là-dessus, Henri Boileau se leva et lui tendit une main que Gérard s'empressa de serrer avec effusion tant il était heureux.

Il rentra chez lui, euphorique. Il allait enfin retrouver une vie normale. À son retour à la maison, son excitation retomba un peu quand il se rendit compte qu'il ne pouvait communiquer sa joie à aucun des siens. Gilles et Carole mangeaient à l'école et rentreraient trop tard pour pouvoir apprendre la bonne nouvelle. Denise, Richard et Laurette ne reviendraient à la maison qu'après son départ pour son nouveau travail. Il se contenta donc de laisser un mot à sa femme, sur la table de cuisine, avant de se confectionner des sandwiches pour son souper. Il attendit ensuite trois heures avec une impatience croissante avant de retourner chez Elroy.

Il arriva à la compagnie bien avant quatre heures, ce que le directeur du personnel sembla trouver de bon augure. Henri Boileau le fit attendre quelques minutes avant de lui montrer la petite pièce qui allait lui servir de bureau. Son unique fenêtre s'ouvrait sur la rue Sicard. Elle était dotée d'une vieille radio RCA Victor, d'un petit réfrigérateur, d'une table tout éraflée, de deux chaises en bois et d'un petit poêle électrique à deux ronds.

— C'est votre coin, déclara Boileau. Vous le partagez avec le gardien de jour. Vous pouvez laisser vos affaires ici. Prenez le *punch* accroché derrière la porte, je vais vous montrer ce que vous devez vérifier à chaque heure et où vous devez *puncher*.

Henri Boileau entraîna Gérard dans une tournée de l'usine qui les conduisit à vérifier la fermeture de cinq portes qui communiquaient avec l'extérieur et de la porte ouvrant sur les bureaux de la compagnie. L'horloge enfermée dans son étui en cuir que le patron appelait un *punch* était munie d'une fente dans laquelle il devait introduire une clé suspendue au bout d'une chaînette près de chacune des portes. Gérard supposa que chacune de ces clés portait un code spécifique.

— Si vous oubliez une porte à un moment donné, on va le savoir tout de suite, monsieur Morin, lui expliqua Henri Boileau. C'est important de bien ouvrir l'œil durant votre tournée qui ne vous prendra que dix minutes, au plus.

— Pas de problème, monsieur.

— Demain matin, Ronald Bilodeau, notre gardien de jour, va venir vous relever à six heures. Vous pouvez avoir confiance, il est toujours à l'heure. Venez. Je vais vous le présenter.

Le directeur du personnel le ramena à son bureau devant lequel un homme à demi chauve âgé d'une cinquantaine d'années attendait.

— Je vous présente monsieur Bilodeau, fit Henri Boileau. Il est avec nous depuis plus de vingt ans.

Gérard sourit et serra la main du gardien de jour.

— Bonjour, monsieur le directeur. Bienvenue chez Elroy, dit-il à Gérard en arborant un sourire sympathique. Je te revois tout à l'heure. Je dois aller faire ma dernière ronde, ajouta-t-il à l'intention de son nouveau collègue avant de quitter le bureau du directeur du personnel.

Après le départ du gardien, Henri Boileau invita Gérard à regagner la pièce réservée aux gardiens pour y attendre le début de son quart de travail.

À six heures, l'usine et les bureaux se vidèrent de leurs occupants. Ronald Bilodeau fut le dernier à quitter l'endroit.

Gérard Morin se retrouva seul dans le grand bâtiment. Il fit sa première tournée des portes en utilisant consciencieusement sa poinçonneuse et revint, tout heureux, vers ce qu'il appelait déjà «son bureau». Il alluma la radio et déballa son repas du soir, content de pouvoir manger dans la quiétude. À sept heures, il partirait exécuter sa deuxième ronde de surveillance.

La soirée se passa très bien. Il trouva bien la chaise en bois un peu inconfortable à la longue, mais il se raisonna en se disant qu'un fauteuil ou une bonne chaise berçante l'aurait peut-être incité à s'endormir. Il regretta de n'avoir pas apporté un journal à lire et surtout du café. À une heure du matin, après sa tournée, il eut toutes les peines du monde à combattre le sommeil. Il dut marcher durant de longues minutes dans le couloir pour se tenir éveillé. Il fut même obligé de s'asperger le visage d'eau froide à quelques reprises pour garder les yeux ouverts.

Quand les premières lueurs de l'aube éclairèrent la fenêtre du poste de garde, il se leva et s'étira avant d'aller vérifier les portes une dernière fois.

Le gardien de jour apparut à la porte d'entrée comme il revenait dans sa pièce. Les deux hommes parlèrent quelques instants avant de prendre congé l'un de l'autre.

Moins de quarante minutes plus tard, Gérard rentra chez lui, fatigué, les yeux lourds de sommeil. Il retrouva sa femme et ses enfants assis autour de la table de cuisine, en train de déjeuner. Malgré l'heure matinale, Laurette semblait d'excellente humeur.

— Viens t'asseoir et nous raconter ça, dit-elle à son mari en se levant pour lui servir une tasse de café. J'ai encore un bon dix minutes avant de partir travailler. Veux-tu manger quelque chose avant d'aller te coucher?

— Non. J'ai pas faim. J'ai juste envie de dormir.

— Puis, p'pa? De quoi a l'air votre *job*? lui demanda Richard.

Le billet laissé sur la table la veille avant son départ ne précisait pas quel genre d'emploi il avait décroché chez Elroy. Le père de famille s'était borné à dire qu'il s'était trouvé du travail et qu'il reviendrait le lendemain matin.

Après avoir bu une bonne gorgée de café, Gérard expliqua aux siens avec fierté en quoi consistait son nouveau travail. La joie de Laurette et de ses enfants faisait plaisir à voir.

— Enfin, on va être d'aplomb et on va pouvoir vivre comme du monde, conclut Laurette, la mine satisfaite, en se levant pour se préparer à partir. En plus, t'as l'air d'avoir trouvé une *job* pas trop éreintante.

— Avec un bon salaire, compléta son mari, heureux.

— En tout cas, t'es chanceux qu'on n'ait pas de jeunes enfants à la maison, reprit-elle. Comme ça, tu vas pouvoir dormir tranquille durant la journée, sans personne pour te déranger.

— Parlant de *job*, reprit Gérard en se levant à son tour. Tu peux lâcher la tienne n'importe quand à cette heure que j'en ai une. T'as ben assez d'ouvrage ici dedans. Je vais gagner assez pour te faire vivre.

— C'est ben correct, accepta Laurette avec empressement en s'emparant du sac dans lequel elle avait mis son dîner. Je finis ma semaine à soir et je lâche.

— Bon. On se reverra demain matin. Quand tu vas revenir de l'ouvrage, je vais être parti, dit Gérard en se dirigeant vers la chambre à coucher. Faites pas trop de bruit en partant, prit-il la peine d'ajouter à l'endroit de ses enfants avant de refermer la porte de la pièce derrière lui.

❧

Laurette arriva à la biscuiterie Viau, tout excitée à l'idée d'annoncer à ses deux amies qu'elle en était à sa dernière journée de travail. Elle retrouva Lucienne et Dorothée en train d'enfouir dans leur casier leurs objets personnels quand elle poussa la porte de la salle commune où les employés prenaient aussi leur repas.

— Aïe, les filles! J'ai toute une nouvelle à vous apprendre, leur chuchota-t-elle en les tirant un peu à l'écart des autres. Mon mari s'est trouvé une bonne *job* et il veut que je lâche l'ouvrage aujourd'hui. Qu'est-ce que vous pensez de ça?

— Chanceuse! s'écria Dorothée. C'est pas à mon mari qu'une affaire de même arriverait. Il en cherche même plus.

Laurette allait dire quelque chose quand elle saisit le regard d'avertissement que lui adressait Lucienne Dubeau. Elle se contenta de dire à Dorothée:

— Inquiète-toi pas, ma noire, ton mari finira ben par trouver quelque chose qui l'intéresse.

— C'est pas à moi non plus que ça risque d'arriver, fit Lucienne avec une nuance d'envie dans la voix. Quand t'es veuve, t'es condamnée à travailler jusqu'à temps que tu sois mûre pour l'hospice.

— Remarie-toi, lui conseilla Laurette. T'as juste cinquante ans. Tu me feras pas croire que tu connais pas un vieux veuf dans ton coin qui serait pas content d'avoir une femme pour prendre soin de lui.

— Arrête-moi ça, toi ! s'exclama Lucienne Dubeau en riant. J'aime encore mieux venir travailler chez Viau cinq jours par semaine que d'endurer les manies d'un vieux vicieux. En plus, je suis trop vieille pour réapprendre à jouer à la servante.

Laurette se souvint vaguement d'avoir entendu son amie dire le contraire quelques mois auparavant, mais elle se retint de lui en faire la remarque.

— En tout cas, c'est le *fun* pour toi de faire ta dernière journée, reprit Dorothée avec enthousiasme. Mais t'as pas peur de t'ennuyer à rien faire à la maison ? demanda-t-elle, ingénue.

— Pas de saint danger ! répondit Laurette. Je vais reprendre ma routine.

— Chanceuse ! répéta sa jeune amie.

— Mais avant de partir, j'ai des comptes à régler avec Gendron et la Sauvé, reprit Laurette, l'air soudainement mauvais. C'est aujourd'hui que la grande vache va me payer tout ce qu'elle m'a fait endurer depuis que je travaille ici dedans. À cette heure, ils peuvent plus me mettre dehors, c'est moi qui pars.

La mine soudain inquiète de ses deux amies ne sembla nullement déranger Laurette. La sonnerie annonçant le début de la journée de travail incita les femmes présentes dans la pièce à se diriger vers les doubles portes qui s'ouvraient sur l'usine. Les retardataires claquèrent bruyamment les portes de leur casier métallique avant de se joindre au groupe. Lucienne saisit Laurette par un bras au moment où elle allait se précipiter à la suite des autres.

— Fais pas de niaiserie, Laurette. On le sait que Gendron est un gros vicieux, mais si tu lui mets ta main sur la gueule, tu vas te faire sacrer dehors tout de suite et tu vas perdre ta dernière journée de salaire. En plus, tu sais jamais si t'auras pas besoin de te chercher une *job* un beau jour. Personne connaît l'avenir. Si ça t'arrive, tu seras pas capable de t'en trouver une parce qu'on va demander des recommandations à Viau et quand on va apprendre ce que t'auras fait à un *foreman*, on voudra jamais t'engager. Penses-y.

— Ouais, se contenta de dire Laurette, l'air soudain songeur.

— Pour Madeleine Sauvé, tu lui feras ben ce que tu voudras, mais je te conseille d'attendre la fin de la journée pour lui régler son compte. C'est une question de charité. Ça lui donnera toute la fin de semaine pour maquiller son œil au beurre noir, ajouta-t-elle en riant.

— Elle, ça fait tellement longtemps que je m'en promets, dit Laurette, la voix menaçante. Quand je vais lui mettre la main dessus, elle va y goûter, je te le garantis.

— On est mieux d'y aller, fit Dorothée Paquette en poussant en avant ses deux copines. On va finir par se faire engueuler par le gros Gendron.

Laurette prit sa place habituelle au bout de la chaîne tout en surveillant du coin de l'œil les allées et venues de Maxime Gendron. Malgré l'avertissement de son amie Lucienne, elle était bien décidée à faire un esclandre si le contremaître essayait de la frôler au passage, comme par inadvertance, comme il lui était souvent arrivé par le passé. Elle en fut pour ses frais. Il ne s'approcha pas d'elle une seule fois de l'avant-midi. Il ne lui adressa même pas un reproche, comme s'il avait senti intuitivement le danger qu'elle représentait.

Lorsqu'elle quitta son poste à l'heure du dîner, Laurette s'empressa d'aller prendre son repas dans son casier pour aller s'installer en compagnie de Lucienne et Dorothée à l'extérieur.

Malgré un ciel nuageux, le temps était doux et agréable. En prenant place au pied du talus, près de la descente où s'effectuaient les livraisons, Laurette regarda avec soin autour d'elle pour tenter de repérer Madeleine Sauvé. Elle ne la vit pas.

— Cherche-la pas pour rien, lui dit Dorothée, qui avait suivi son regard. J'ai parlé tout à l'heure à Carole Lambert qui voyage d'habitude avec elle. Elle est malade aujourd'hui. Elle est pas venue travailler.

— C'est pas vrai ! s'exclama Laurette, sincèrement déçue. Bout de viarge ! Viens pas me dire qu'elle va s'en sauver.

— On le dirait, dit Lucienne en riant. Le bon Dieu a eu pitié d'elle. Sans le vouloir, ça va être ta bonne action de la journée.

— Et t'auras pas à t'en confesser, ajouta Dorothée, moqueuse. Au fond, c'est aussi ben comme ça. T'aurais fini par le regretter, ajouta la jeune femme avec un sourire complice.

— Je suis pas sûre de ça pantoute, fit Laurette, bougonne. J'ai presque envie de revenir l'attendre après l'ouvrage, lundi prochain.

Les trois femmes mangèrent leur goûter avec appétit avant de rentrer se mettre au travail.

Lorsque la sonnerie annonça la fin de la journée et de la semaine, Laurette se dirigea vers le bureau du personnel après avoir demandé à ses amies de prendre son enveloppe de paye. Déjà, Maxime Gendron, campé sur ses petites jambes près de la porte de son bureau, avait commencé la distribution des petites enveloppes beiges.

Moins de cinq minutes plus tard, Laurette vint rejoindre Lucienne et Dorothée qui l'avaient attendue. En un instant, elle déposa le contenu de son casier dans un grand sac après avoir pris l'enveloppe que lui tendait Lucienne.

— Vous êtes ben fines, les filles, de m'avoir attendue, dit-elle d'une voix soudainement émue à ses amies.

Les trois femmes sortirent de la biscuiterie, traversèrent la rue Ontario et se dirigèrent vers le coin de la rue pour attendre le tramway.

— Je vais pas mal m'ennuyer de vous autres, reprit Laurette en regardant ses deux amies.

— Nous autres aussi, répondirent les deux femmes d'une même voix.

— Tu connais mon adresse, fit Dorothée. T'as juste à venir me voir n'importe quand. C'est de valeur que j'aie pas encore le téléphone parce que je te téléphonerais le soir, de temps en temps. On va se revoir, c'est certain, ajouta la jeune femme en l'embrassant sur une joue avant de la quitter.

Laurette et Lucienne la regardèrent se diriger à pied vers son appartement situé rue Hochelaga, un peu plus loin.

— C'est donc de valeur de voir une si belle femme gaspiller sa vie avec un sans-cœur comme son mari, fit Laurette en regardant Dorothée s'éloigner.

— C'est son choix, laissa tomber Lucienne.

Quelques minutes plus tard, les deux femmes montèrent à bord du tramway. Comme d'habitude, elles ne trouvèrent pas de sièges libres et durent effectuer la plus grande partie du trajet debout, cramponnées tant bien que mal aux dossiers des sièges occupés.

Quand le véhicule approcha de la rue Frontenac, Lucienne serra le bras de sa compagne et lui promit de lui téléphoner souvent avant que cette dernière descende.

Pendant que le tramway poursuivait sa route sur la rue Ontario, Laurette se sentit brusquement étrange, seule, coupée définitivement d'un monde qu'elle avait fini par aimer. Dorothée et Lucienne allaient beaucoup lui manquer. Elles étaient les deux seules amies qu'elle avait eues depuis son adolescence. Bien sûr, elles avaient promis de garder le contact, mais Laurette avait trop d'expérience pour ignorer ce que ce genre de promesse signifiait. Loin des yeux, loin du cœur.

Un peu triste, elle monta pour la dernière fois dans sa correspondance qui la déposa rue Notre-Dame. Un dernier tramway la laissa coin Fullum, face au parc Bellerive. Après le démarrage de ce dernier, elle remarqua que les feuilles des érables du parc avaient déjà commencé à changer de couleur. Certaines avaient pris des teintes orangées, rouges, jaunes et brunes.

— Déjà l'automne, dit-elle à mi-voix en s'engouffrant dans la rue Fullum. Mon Dieu que le temps passe vite !

Le lendemain matin, Laurette se leva tôt de manière à accueillir son mari au retour de son travail. Elle alluma le poêle à huile pour chasser l'humidité de la nuit qui avait envahi l'appartement et fit chauffer une bouilloire d'eau pour préparer le café. Elle remarqua que le soleil se levait à peine même s'il était déjà six heures trente.

Richard et Gilles se levèrent à leur tour. Ils avaient l'un et l'autre l'air endormi parce qu'ils s'étaient couchés vers minuit la veille.

— Vous avez l'air à dormir debout, leur reprocha leur mère.

— C'est pas nécessaire d'être ben réveillé pour laver des chars toute la journée, répliqua Richard en s'assoyant à table.

— Moi, je suis mieux de pas avoir les deux yeux dans le même trou, dit Gilles que le patron de Living Room Furniture avait gardé à son emploi le vendredi soir et le samedi pour aider aux livraisons. Je suis pas comme toi, ajouta-t-il à l'endroit de son jeune frère. J'ai besoin de cet argent-là. Toi, t'as ta paye de chez MacDonald Tobacco.

— Je suis pas si indépendant que ça, tu sauras, reprit Richard. J'ai besoin de tout l'argent que je peux ramasser.

— Qu'est-ce que tu vas faire avec?

— Tu verras ben, répondit Richard avec un air mystérieux.

Leur mère les écoutait d'une oreille distraite, occupée à savourer sa première cigarette de la journée en sirotant son café. Si elle avait été plus attentive, elle aurait deviné que son Richard devait poursuivre un rêve. Il n'y avait qu'à voir de quelle manière il économisait tout ce qu'il pouvait depuis qu'il avait commencé à travailler chez son oncle Rosaire les fins de semaine…

Aucun des Morin n'aurait pu dire que Richard était avare. Non, loin de là. Mais il ne dépensait pratiquement rien pour ses vêtements et ses cigarettes lui étaient fournies gratuitement par son employeur. Il payait sa pension hebdomadaire et achetait de temps à autre des *comics* usagés à la tabagie, voisine de la buanderie de la rue Sainte-Catherine tenue par deux Chinois. Là s'arrêtaient ses dépenses. Tout le reste était religieusement déposé sur son compte, à la succursale de la Banque d'Épargne, coin Dufresne et Sainte-Catherine. Lorsqu'il avait quitté l'école pour travailler, il aurait pu laisser tomber son petit emploi du samedi au garage de Rosaire Nadeau. L'idée ne lui en était jamais venue.

Sans le dire à personne, l'adolescent était demeuré fidèle à la promesse qu'il s'était faite de réussir un jour quand il avait été invité avec les autres membres de sa famille dans la riche maison des Nadeau, boulevard Rosemont. Il n'était pas question qu'il passe sa vie dans un taudis comme ses parents. Il allait gagner assez d'argent pour vivre dans une maison décente meublée avec goût. Il allait avoir une automobile et bien d'autres choses. Son frère Gilles enseignerait peut-être un jour et aurait un salaire correct, mais lui, il voulait être riche. Il visait plus haut et était prêt à tous les sacrifices pour y arriver.

Gérard Morin rentra à la maison à l'heure où Denise se levait. Ses deux fils le saluèrent avant de partir pour leur travail. Laurette déposa devant son mari une tasse de café et un pain Weston pour qu'il puisse se faire des rôties.

— Tiens, v'là un bon café, si t'as pas peur que ça t'empêche de dormir.

— Pas de danger, fit son mari en buvant une gorgée du liquide bouillant.

— Comment s'est passée ta nuit?

— Encore mieux que la première, dit Gérard. Je me suis apporté un coussin pour être plus confortable et je me suis préparé un petit lunch pour le milieu de la nuit. Ça m'a aidé à garder les yeux ouverts. Le plus dur, c'est de rester réveillé après trois heures du matin, mais je vais m'habituer. Et toi, as-tu lâché Viau?

— C'est fait. J'ai plus à y retourner, déclara Laurette sans manifester un grand enthousiasme.

Tous les deux gardèrent le silence durant le reste du repas qu'ils prirent en compagnie d'une Denise silencieuse. Quand cette dernière disparut dans sa chambre pour se préparer à aller travailler, Gérard demanda à mi-voix à sa femme:

— Toujours pas de nouvelles de son *chum*?

— Rien pantoute, chuchota-t-elle. C'est comme s'il était mort.

— Bon. Je vais dormir juste une couple d'heures, déclara Gérard en se levant, après avoir bu une dernière gorgée de café. À soir, je rentre pas. C'est ma nuit de congé. Il faut pas que je dorme trop pendant la journée sinon je pourrai pas fermer l'œil de la nuit.

— Tu vas être tranquille pour dormir, déclara sa femme. Il va y avoir juste Carole dans la maison et elle fera pas de bruit. Je vais attendre à lundi pour faire le lavage. Aujourd'hui, j'ai du magasinage à faire.

Gérard ne fit aucun commentaire et disparut dans sa chambre à coucher. Laurette occupa les heures suivantes à préparer les repas de la fin de semaine. Elle ne regrettait pas d'avoir fait l'effort d'aller acheter l'épicerie de la semaine, la veille, après le souper. Comme chaque semaine, elle était d'abord passée chez Tougas avant d'aller acheter quelques légumes chez Laurencelle et un sac de biscuits chez Oscar. Elle avait même eu la surprise de tomber sur Rose Beaulieu à sa sortie de la biscuiterie.

Sa voisine n'avait pas eu l'air de lui avoir tenu rigueur de son algarade avec son mari, survenue le mois précédent.

— Qu'est-ce que vous voulez, madame Morin? lui avait dit la voisine. Mon Vital est pas un méchant homme, mais il aime boire un coup. Quand il a bu, il devient mauvais sans bon sens. J'aime mieux quand il travaille ses quinze jours de nuit, avait-elle ajouté. Les tavernes sont fermées à sept heures le matin. Lorsqu'il travaille de jour, c'est une autre paire de manches.

— Je veux pas me mêler de ce qui me regarde pas, avait repris Laurette, mais vous devriez peut-être pas vous laisser brasser comme il le fait, madame Chose.

Rose Beaulieu s'était contentée de hocher la tête.

— Vous, comme moi, on est de taille à se défendre, avait ajouté Laurette. Vous connaissez les hommes. Il faut pas les laisser ambitionner sur le pain bénit.

Puis, pour détendre l'atmosphère, elle avait invité la grosse femme qui marchait à ses côtés en cherchant son souffle.

— Vous m'avez dit que votre mari aimait pas vous voir perdre votre temps avec les voisines. Quand il travaille le soir, descendez donc piquer une jasette. Moi, je travaille plus au-dehors et mon mari travaille la nuit.

Les deux femmes s'étaient quittées d'excellente humeur devant leurs portes.

Ce samedi-là, Laurette quitta l'appartement vers dix heures, après avoir donné quelques directives à Carole pour la préparation du dîner de son père, s'il se levait à temps.

— Je vais revenir à la fin de l'après-midi, précisa-t-elle en posant sur sa tête son petit chapeau bleu.

Pendant un bref moment, elle s'examina dans le miroir suspendu au-dessus de l'évier, dans la cuisine. Quelques nouveaux cheveux blancs avaient fait leur apparition sur ses tempes.

— Maudit que je fais dur! se dit-elle en tentant d'effacer les quelques rides visibles aux coins de ses yeux. J'ai besoin de me faire friser. Il faut pas que j'oublie d'acheter un Toni à la pharmacie. Denise pourrait me donner mon permanent à soir, si elle a le temps.

Au dernier instant, elle pensa à prendre ses lunettes à monture de corne et à les enfouir dans son sac à main parce que, sans elles, elle était incapable de déchiffrer le menu d'un restaurant.

Le but de cette sortie n'était pas d'aller se balader dans les grands magasins de l'ouest de la ville, comme elle l'avait fait si souvent par le passé. Non. Elle voulait parler à Jean-Louis qui n'avait toujours pas donné signe de vie depuis son départ de la maison, plus de deux mois auparavant. Elle y songeait depuis plusieurs semaines, mais ses samedis étaient toujours occupés par le lavage, l'achat de la nourriture et le ménage de la maison. Pas moyen de se libérer pour se rendre chez Dupuis frères pour savoir ce qu'il devenait.

Cet avant-midi, elle allait enfin savoir ce qui se passait et la raison pour laquelle il n'avait pas donné de ses nouvelles. S'il fallait le secouer devant tout le monde, elle ne se gênerait pas pour le faire.

Elle avait projeté aussi de célébrer dignement son quarante-quatrième anniversaire de naissance en allant s'acheter une robe neuve et dîner dans son restaurant préféré, près de chez Eaton. Elle allait avoir quarante-quatre ans le lendemain, 3 octobre, et elle ne serait pas étonnée que les siens aient oublié son anniversaire, même si cela n'était jamais arrivé les années précédentes.

Il faisait si doux que Laurette aurait pu se passer de son vieux manteau d'automne bleu. Elle prit le tramway et descendit au coin de la rue Saint-André, devant le magasin Dupuis frères où son fils travaillait depuis presque cinq ans. Durant tout le trajet, la mère de famille s'était répété tout ce qu'elle voulait dire à ce fils ingrat qu'elle avait tant couvé.

Elle poussa la porte tournante et pénétra à l'intérieur du magasin, bien décidée à en avoir le cœur net. Il allait lui expliquer pourquoi il avait abandonné sa famille sans un mot d'explication.

Elle s'arrêta au premier comptoir pour s'informer.

— Pouvez-vous me dire où se trouve la comptabilité ? demanda-t-elle à une jeune vendeuse.

— Je pense pas que ce soit ouvert le samedi, madame, répondit poliment la jeune fille. Mais vous pouvez toujours aller en haut. Il y aura sûrement quelqu'un pour vous informer.

Laurette la remercia et prit l'escalier mobile. Par chance, elle tomba immédiatement sur une responsable du personnel, une dame âgée d'une cinquantaine d'années à la figure sévère. Ses lunettes étaient retenues par une chaînette. Avec un sourire poli, elle lui affirma que la comptabilité était ouverte et située au fond, à droite.

La mère de famille n'eut aucun mal à repérer un long comptoir derrière lequel un homme à la mise soignée était en train de consulter une pile de reçus. Derrière lui, deux employés travaillaient à l'abri d'une paroi vitrée. Laurette s'approcha du comptoir et se racla la gorge pour attirer l'attention de l'homme.

— Puis-je faire quelque chose pour vous, madame ? demanda-t-il fort obligeamment en esquissant un sourire.

— J'aimerais parler à mon garçon, Jean-Louis Morin, si ça vous dérange pas trop, fit Laurette.

— Jean-Louis Morin ? Si c'est un vendeur, madame, vous feriez mieux de demander à un chef de rayon.

— Non. Il travaille à la comptabilité depuis plus que trois ans, s'impatienta Laurette.

— Excusez-moi, madame. Ça ne fait qu'un mois que je travaille ici. Je vais demander.

Sur ce, l'homme ouvrit la porte vitrée et demanda aux deux employés s'ils connaissaient un certain Jean-Louis Morin. L'un d'eux, un petit blond aux manières un peu précieuses vint au comptoir.

— Madame est la mère de Jean-Louis Morin, précisa l'homme à son confrère.

— Bonjour, madame, salua poliment le jeune homme. Jean-Louis travaille plus ici depuis au moins un mois.

— Dites-moi pas que Dupuis l'a mis à la porte ! s'exclama Laurette, catastrophée.

— Non, madame. C'est lui qui est parti tout seul en même temps que Jacques Cormier. Ils m'ont dit tous les deux qu'ils s'étaient trouvé une meilleure *job* dans une compagnie, à Longueuil. Vous étiez pas au courant ? ajouta-t-il, l'air surpris.

— Pantoute. Savez-vous où il reste ?

Devant l'air encore plus surpris de ses interlocuteurs, Laurette se sentit obligée de préciser :

— Il a déménagé tellement vite qu'il a oublié de me dire où il s'en allait rester, mentit-elle.

— Malheureusement, je le sais pas, madame.

Elle remercia les deux hommes et les quitta, au bord des larmes. Jean-Louis avait lâché Dupuis frères ! C'était incroyable. Il n'avait jamais arrêté de répéter à la maison à quel point il aimait son emploi et désirait devenir chef comptable un jour. Qu'est-ce qui s'était donc passé pour qu'il abandonne tout. Était-il devenu fou ? Il y avait sûrement du Jacques Cormier en dessous de tout cela. Elle en était persuadée. Elle n'aurait pas été étonnée que ce soit ce maudit hypocrite qui empêchait son Jean-Louis de communiquer avec sa mère.

Peu à peu, son chagrin se transformait en une sorte de rage impuissante. Il y avait sûrement un moyen de retrouver son fils et elle allait finir par le trouver.

Un peu rassérénée par cette résolution, elle se dirigea vers le rayon des meubles pour voir en passant des téléviseurs. Elle n'était pas venue en admirer une seule fois durant l'été.

À la vue des gros appareils encastrés dans des meubles en érable ou en noyer, sa passion se réveilla aussi forte qu'auparavant. La veille, en passant devant le magasin d'ameublement Beaulieu alors qu'elle faisait ses emplettes, elle s'était jointe à trois ou quatre badauds hypnotisés par un téléviseur allumé dans la vitrine. Elle était demeurée là durant de longues minutes à regarder discuter des personnages dont elle ne pouvait entendre le son de la voix. Elle demeura longtemps, rêveuse, devant un magnifique appareil Admiral, insensible aux clients qui devaient la contourner pour pouvoir poursuivre leur chemin.

— C'est un vingt et un pouces, fit une voix dans son dos. Il est pas cher : seulement sept cent vingt-cinq piastres, madame.

Laurette sursauta légèrement au son de la voix et se tourna vers le vendeur.

— C'est encore pas mal d'argent, laissa-t-elle tomber, comme si elle était près de succomber à la tentation.

— Il y en a des moins chers, madame, reprit le vendeur, très poli. Regardez celui-là, dit-il en lui montrant un téléviseur dans un simple boîtier en bois. Il est en spécial à quatre cent trente-cinq dollars. Entre nous, il joue aussi bien que les autres. La seule différence, c'est qu'il est pas encastré dans un meuble. On peut le mettre sur une table de salon, et ça fait la même chose.

— Oui, mais il est pas mal plus petit et moins beau, dit Laurette avec un mince sourire en quittant le vendeur.

Le fait de ne pas avoir pu rencontrer Jean-Louis lui avait enlevé toute envie de faire la tournée des magasins. Comme elle était déjà sur les lieux, elle fit le tour de quelques rayons et s'attarda un peu à celui des vêtements féminins. Parmi les robes suspendues à des cintres, elle ne trouva rien qui lui plut vraiment.

— Je suis pas pour brailler comme une Madeleine et aller m'enfermer dans la maison pour ce maudit sans-cœur-là, se raisonna-t-elle en quittant Dupuis frères. Je dîne et après, je me trouve une robe qui a du bon sens, pas trop chère.

Elle poursuivit sa route vers l'ouest en s'arrêtant de temps à autre devant des vitrines. Elle s'arrêta finalement devant son restaurant préféré dont l'atmosphère feutrée lui donnait toujours l'impression de faire une incursion dans le monde des riches. Elle poussa la porte, trouva une table libre et alla s'asseoir sur un siège en moleskine rouge vin.

Avant même que la serveuse soit venue lui présenter un menu, elle avait eu le temps d'allumer une cigarette et de glisser ses pieds hors de ses souliers sous la table. Elle ne prit pas la peine de consulter le menu cartonné et illustré que lui tendait la jeune femme à l'air morose.

— Un *club sandwich*, un gros Coke et un *sundae* au chocolat, commanda-t-elle sèchement après avoir remarqué que la serveuse ne l'avait pas saluée.

Elle dut attendre une dizaine de minutes avant que cette dernière vienne déposer devant elle, sans trop de délicatesse, un grand verre de boisson gazeuse et son *club sandwich* accompagné d'une salade de choux et d'une généreuse portion de frites. Laurette lui jeta un regard venimeux et se garda bien de la remercier.

Elle mangea avec son solide appétit coutumier. Un pareil festin lui faisait oublier ses malheurs. Lorsqu'elle eut avalé sa dernière frite, elle but une bonne gorgée de Coke avant de jeter un coup d'œil autour d'elle pour repérer la serveuse qui n'était jamais venue s'enquérir de ses besoins durant son repas.

Elle attendit une minute ou deux pour voir si elle allait daigner lui apporter son dessert, mais l'autre semblait plus intéressée à échanger avec une collègue, debout derrière la caisse enregistreuse, qu'à s'occuper de ses clients.

Laurette se mit à pianoter nerveusement sur la table.

— Viarge! dit-elle à mi-voix. Je suis pas pour passer l'après-midi à niaiser ici dedans à attendre qu'elle se réveille. Mademoiselle! fit-elle d'une voix forte en lui faisant un signe de la main.

La serveuse prit le temps de finir ce qu'elle était en train de raconter à sa compagne avant de daigner s'approcher de la table occupée par sa cliente.

— Quand vous aurez fini de raconter votre vie, peut-être que vous pourriez m'apporter mon *sundae*, lui commanda-t-elle sur un ton sec. Ça fait dix minutes que j'attends après! Apportez-moi la facture en même temps.

— Tout de suite, fit l'autre sans même s'excuser de l'avoir fait attendre.

Un instant plus tard, la serveuse déposa devant elle une coupe de crème glacée nappée de sauce au chocolat, panachée de crème chantilly et décorée d'une grosse cerise rouge. Elle laissa sur le coin de la table l'addition avant de se retirer. Elle retourna à sa conversation interrompue.

Laurette savoura son dessert avant d'allumer une cigarette qu'elle prit le temps de fumer entièrement avant de vider son verre de Coke. Elle chaussa ses souliers, prit son sac à main et se dirigea vers la caisse pour payer son repas. Elle ignora ostensiblement celle qui l'avait servie. Elle tendit un cinq dollars à l'employée responsable de la caisse, compta et remit la monnaie dans son sac à main avant de se diriger vers la porte, sans laisser le moindre pourboire.

— Ça lui apprendra à servir ses clients comme du monde, se dit Laurette, vindicative.

Une fois sur le trottoir, elle se demanda durant un moment si elle devait poursuivre sa route vers l'ouest ou revenir lentement à pied vers l'est. Après une brève hésitation, elle tourna les talons et décida de faire ce qu'elle appelait son « magasinage » dans l'est parce que, à son avis, les prix y étaient moins élevés.

Laurette choisit de déambuler sur le côté nord de la rue Sainte-Catherine. Elle connaissait quelques magasins de vêtements féminins où elle aurait une chance de trouver ce qu'elle désirait à un prix raisonnable. L'achat d'une robe représentait pour elle une dépense importante et n'était pas motivé par un caprice. Ce n'était pas pour rien que sa robe la plus récente datait de plus de quatre ans. Elle avait beau ne porter sa robe bleue que pour la messe du dimanche et ses sorties, elle était usée et démodée.

— J'ai l'air d'une vraie maudite folle là-dedans, se dit-elle en songeant à cette robe toute simple qu'elle avait de plus en plus de mal à endosser. Je pense qu'elle a dû rétrécir à la longue au lavage.

En apercevant la Pharmacie Montréal, célèbre dans toute la ville pour avoir remplacé ses portes vitrées par un courant d'air chaud, elle se souvint qu'elle avait besoin d'acheter une permanente. Elle traversa la rue et entra dans la pharmacie. La vue d'une personne bien en chair en train de se peser sur un pèse-personne lui rappela un souvenir pénible et elle fit un détour pour ne pas se trouver à proximité de l'appareil.

Elle trouva rapidement une boîte contenant une permanente de marque Toni sur une étagère et vint payer à la caisse avant de quitter l'endroit.

Quelques mètres plus loin, elle s'arrêta brusquement devant une vitrine où une demi-douzaine de mannequins portait des robes et des jupes à la dernière mode. Deux femmes, qui s'étaient immobilisées à ses côtés, ne cessaient de s'exclamer devant une jupe noire rendue très attrayante par ses multiples plis.

Laurette décida d'entrer. Elle poussa la porte du magasin et se retrouva devant trois vendeuses âgées d'une trentaine d'années. Elles lui sourirent et la laissèrent fureter à son aise durant quelques minutes dans la boutique.

Elle décrocha des tringles, palpa des tissus et parfois, plaça la robe devant elle pour en juger l'effet sur elle devant l'un des nombreux miroirs dont était pourvue la boutique. Chaque fois, elle finissait par soulever l'étiquette sur lequel le prix était indiqué pour essayer de déchiffrer ce dernier, mais elle voyait embrouillé.

— Ils écrivent le prix ben petit, bonyeu ! jura-t-elle avec mauvaise humeur en se décidant enfin à tirer de sa bourse sa paire de lunettes, qu'elle ne portait habituellement que pour lire le journal.

Elle regarda alors le prix affiché pour une robe bleu nuit toute simple en tissu soyeux. Elle sursauta légèrement.

— Elle est à prix coupé, fit la voix aimable de l'une des vendeuses qu'elle n'avait pas vue arriver dans son dos.

— Cinquante piastres ! s'exclama Laurette. Puis, le prix est coupé, à part ça ! Mais elle est donc ben chère !

— C'est de la soie, madame, répliqua la vendeuse. On la vendait soixante-dix-neuf dollars jusqu'à la semaine passée.

— Et vous l'avez pas vendue non plus, répliqua sèchement Laurette en raccrochant la robe pour en prendre immédiatement une autre, un peu plus loin.

— Peut-être que je pourrais vous aider dans votre choix, madame, fit la jeune femme, toujours aussi aimable. Si vous me disiez quelle grandeur vous habillez, ajouta-t-elle pleine de tact, je pourrais vous indiquer ce que nous avons à vous offrir. Nous en avons pour tous les goûts et toutes les bourses, vous savez.

Laurette hésita un court moment avant de dire dans un souffle qu'elle portait du seize ans. La vendeuse la jaugea d'un seul coup d'œil, mais ne se permit aucune remarque. Elle l'entraîna vers le fond de la boutique. Elle s'arrêta devant deux tourniquets supportant chacun une vingtaine de robes dont la plupart étaient fleuries.

— Je pense que vous allez trouver ici un bon choix, madame. Fiez-vous pas aux grandeurs indiquées sur les étiquettes. Il y a des robes pour les tailles de quatorze à vingt-quatre ans. Des seize ans peuvent vous sembler trop petites. Ça dépend des compagnies, ajouta-t-elle, pleine de délicatesse.

Il était bien évident qu'elle ne croyait pas du tout que Laurette puisse entrer dans une robe de grandeur seize ans, mais elle décida de ménager la susceptibilité de sa cliente.

Laurette se mit à examiner les robes les unes après les autres, mais elle ne trouva rien à son goût. Quand l'une d'elles lui plaisait un peu, son prix la poussait à la remettre en place.

Après près d'une demi-heure de recherche infructueuse, elle avoua à la vendeuse, qui l'avait laissée mettre du désordre sans manifester le moindre signe de mécontentement :

— Je trouve rien à mon goût. Je pense que je vais revenir la semaine prochaine.

— Comme vous voudrez, madame, répondit la jeune femme sans perdre son sourire tout de même un peu contraint.

Durant l'heure suivante, Laurette pénétra dans trois autres boutiques. Elle regarda et tâta des dizaines de robes sans parvenir à faire son choix. Il était près de trois heures quand elle s'arrêta devant un magasin près de la rue Amherst. Elle était fatiguée et avait mal aux jambes et aux pieds. Si encore elle avait pu allumer une cigarette… Mais une femme honnête ne fumait pas dans la rue.

— C'est le dernier que je fais, se dit-elle. Si je trouve rien là, je laisse faire.

Elle entra dans le magasin et eut la chance que les deux vendeuses soient déjà très occupées à servir quelques clientes. Elle put ainsi regarder à loisir les robes sans se faire importuner. Cinq minutes à peine après être entrée, elle découvrit enfin une robe rouge vin qui lui plaisait. Elle la décrocha du cintre et la plaqua devant elle pour vérifier dans un miroir sur pied si elle lui allait bien. Elle était parfaite. Elle posa ses lunettes sur son nez pour consulter la taille et le prix : taille seize et vingt dollars.

— On rit pas. C'est presque autant que le montant du loyer, se dit-elle en hésitant à faire cette dépense.

Au même moment, une vendeuse à l'air aussi fatigué qu'elle vint à sa rencontre.

— Vous avez trouvé ce que vous vouliez, madame ? demanda-t-elle sans grand entrain.

— Je pense que je vais prendre cette robe-là, lui annonça Laurette. Est-ce que c'est le bon prix dessus ?

La vendeuse s'empara de la robe et consulta le prix indiqué.

— Vingt dollars, madame. Vous avez vu que c'était une seize ans.

— Oui.

— Vous voulez l'essayer ? demanda-t-elle, une lueur amusée dans les yeux.

— C'est certain.

La vendeuse lui indiqua où se trouvait la cabine d'essayage et revint immédiatement vers les robes pour se mettre à la recherche d'une robe semblable, mais de taille vingt et même vingt-deux ans. Par chance, elle découvrit presque immédiatement ce qu'elle cherchait. Elle posa deux robes sur son bras et revint vers la cabine d'essayage pour attendre Laurette.

Cette dernière sortit peu après de la cabine, l'air dépité.

— Il doit y avoir une erreur sur l'étiquette, dit-elle avec mauvaise humeur à la vendeuse. Elle me fait pas pantoute et c'est pourtant ma grandeur.

— Ça arrive parfois, madame, répliqua la vendeuse sur un ton neutre. J'en ai trouvé deux autres semblables. Peut-être qu'il y en aurait une de celles-là qui vous ferait. On sait jamais.

— Vous êtes ben fine, fit Laurette en s'emparant des deux robes. Je vais les essayer.

Quelques instants plus tard, elle sortit de la cabine d'essayage. Elle tendit l'une des robes à sa vendeuse et garda l'autre.

— Je vais prendre celle-là, dit-elle en indiquant celle qu'elle avait gardée. Elle me fait ben. Mais je trouve ça ben écœurant qu'ils mettent n'importe quelle étiquette, par exemple. J'ai pris celle qui est marquée vingt-deux ans, mais je suis sûre que c'est une seize ans. J'ai toujours porté du seize ans.

— Je vais le dire à ma gérante, assura la vendeuse, pince-sans-rire. Comme je la connais, elle va se plaindre à la compagnie.

Laurette paya son achat et s'empressa de rentrer chez elle. Elle pénétrait dans la maison, quand les premiers grains de pluie se mirent à tomber.

— Enlevez vos souliers, m'man. Je viens de cirer et de frotter les planchers, lui dit Carole en s'avançant dans le couloir.

Une bonne odeur de pâte à cirer flottait dans la maison.

— Ça sent le propre, fit Laurette en retirant avec soulagement ses souliers et son manteau d'automne dans l'entrée. Est-ce que ton père est réveillé?

— Depuis midi. Il est parti faire une commission avec Richard. Il devrait pas être long à revenir.

Laurette entra dans la cuisine et découvrit la table déjà dressée pour le souper.

— T'as ben mis la table de bonne heure, lui fit remarquer sa mère.

— Je voulais vous éviter de l'ouvrage.

Laurette venait à peine de se faire une tasse de café que Gérard et Richard entraient dans la maison. Ils portaient un paquet assez lourd. Au moment où, curieuse, elle s'avançait dans le couloir pour tenter de voir ce dont il s'agissait, Richard refermait rapidement la porte de sa chambre pour dissimuler ce qu'il venait d'y déposer. Son mari la repoussa dans la cuisine.

— Regarde pas, lui ordonna-t-il.

— Bon. Qu'est-ce qui se passe encore ? demanda-t-elle, un peu inquiète.

— Il paraît que c'est ta fête demain, fit son mari, taquin. On a pensé te fêter à soir parce que demain, je travaille. Là, tu vas aller te coucher une heure pour donner le temps à Gilles et à Denise de revenir de leur ouvrage.

— Oui, mais le souper…

— Laisse faire le souper, on a tout organisé.

Laurette montra aux siens la robe qu'elle s'était offerte avant de se retirer dans sa chambre. Elle suspendait sa nouvelle acquisition dans sa garde-robe, lorsque son regard tomba sur l'étiquette. Elle tira ses lunettes de son sac à main avec agacement et les chaussa pour la consulter encore une fois. Vingt-deux !

— Maudit verrat ! Je suis sûre que j'ai pas engraissé d'une livre depuis un an, dit-elle à mi-voix. Ils écrivent n'importe quoi sur le linge à cette heure.

Pendant un instant, elle fut tentée de tirer le pèse-personne qui se couvrait de poussière sous le lit. Il y avait bien deux ans qu'elle n'était pas montée dessus… Mais à la seule pensée d'avoir à se mettre à plat ventre pour le tirer de là, elle y renonça. Elle retira sa robe de sortie qui, à compter du lendemain, deviendrait une simple robe de semaine, et elle s'étendit sur son lit. Elle s'endormit presque aussitôt.

Gérard vint la réveiller vers six heures. Des odeurs de cuisine chinoise flottaient dans l'air et avaient remplacé celle de la pâte à cirer. Denise et Gilles avaient rapporté des mets chinois achetés au nouveau restaurant ouvert depuis peu, au coin de Frontenac et Sainte-Catherine. À son entrée dans la cuisine, Carole terminait la distribution de la nourriture dans chacune des assiettes.

— On mange tout de suite pendant que c'est chaud, annonça Gérard. Ensuite, on s'occupera du cadeau. On s'est mis tous ensemble pour te donner un seul cadeau, mais on pense qu'il va faire ton affaire, ajouta-t-il mystérieux.

À la radio, Bing Crosby chantait *Just for You*, son dernier succès. Pendant le repas, le visage de Laurette s'assombrit durant un moment à la pensée de l'absence de Jean-Louis. Sa chaise libre était à l'écart de la table, rendant encore plus cruel le fait qu'il ne soit pas là.

Après le repas, Gérard se leva pour éteindre la radio et fit signe à Richard d'aller chercher le paquet qu'il avait dissimulé dans sa chambre à coucher. L'adolescent revint un peu plus tard en portant une longue boîte cartonnée décorée par un ruban rouge. Tous les membres de la famille chantèrent «Bonne fête, maman», ce qui amena une larme au bord des yeux de la mère de famille.

— Braillez pas, m'man, fit Richard. Quarante-quatre ans, c'est encore moins vieux que quarante-six, pas vrai, p'pa ?

— Tu sauras que je suis pas si vieux que ça, se défendit son père. Bon. À cette heure, ouvre ton cadeau, ajouta-t-il en s'adressant à sa femme.

Cette dernière ouvrit avec peine la longue boîte pour y découvrir une polisseuse à plancher électrique.

— Pas une polisseuse! s'exclama Laurette, absolument ravie du cadeau.

— C'est une GE, lui fit remarquer Gilles. C'est celle que Living Room vend le plus. Il paraît que c'est la plus solide.

— Essayez-la, m'man, suggéra Carole. Je pense que c'est la dernière fois aujourd'hui qu'on s'est mis à genoux pour frotter les planchers qu'on vient de cirer.

La mère de famille s'empressa de brancher l'appareil et se mit en devoir de l'essayer sur une section du linoléum de la cuisine. En un instant, le parquet brilla.

— C'est fameux, cette affaire-là! s'exclama-t-elle. Je peux vous garantir qu'elle va servir souvent. Mais vous auriez pas dû dépenser autant pour ma fête.

La soirée fut particulièrement joyeuse. Même Denise s'efforça de vaincre sa tristesse pour jouer aux cartes avec les membres de la famille. Quand Laurette se mit au lit ce soir-là, elle était heureuse.

Chapitre 16

Le retour de l'automne

Deux semaines passèrent et l'automne s'installa progressivement. La pluie et le vent étaient maintenant plus souvent au rendez-vous que le soleil. S'il y avait encore des enfants qui s'amusaient dans la rue Archambault et dans la grande cour, on ne voyait plus leurs parents assis à leur porte ou appuyés contre des oreillers déposés sur les appuis-fenêtres aux étages. Les ménagères étendaient encore les vêtements fraîchement lavés sur les cordes à linge les jours de beau temps, mais elles étaient maintenant engoncées dans de lourdes vestes de laine.

— L'hiver s'en vient vite, dit Laurette à son mari qui venait de rentrer de son travail, ce matin-là. Il va falloir penser à enlever les jalousies et à poser les châssis doubles.

— Je commencerai peut-être ça cet après-midi, quand je me lèverai, dit Gérard, dont les yeux étaient lourds de sommeil.

— Je vais te donner un coup de main, proposa Laurette. Si on n'a pas le temps de tout faire, je demanderai aux garçons de finir quand ils rentreront.

Son mari se contenta d'acquiescer d'un signe de tête avant de se diriger d'un pas lourd vers la chambre à coucher. Après plus de deux semaines de travail chez Elroy, son organisme ne parvenait pas encore à s'habituer au changement d'horaire qu'il lui avait imposé.

— Maudit que c'est dur à partir de trois heures du matin, disait-il parfois à sa femme. Je cogne des clous, même si j'arrête pas de boire du café. J'ai toutes les misères du monde à garder les yeux ouverts.

— Tu vas finir par t'habituer, affirmait sa femme pour l'encourager.

Ce jour-là, il se leva un peu après midi et mangea rapidement avant de se mettre au travail. Armé d'un marteau et d'un tournevis, il s'attaqua aux vieilles persiennes recouvertes d'une multitude de couches de peinture vert bouteille. Il retira d'abord celles installées devant les deux fenêtres qui s'ouvraient sur la rue Emmett avant de s'attaquer à celles qui protégeaient les fenêtres de la cuisine et de la chambre à coucher des filles. Pendant qu'il les rangeait comme il le pouvait dans le hangar, Laurette avait entrepris de laver les vitres des fenêtres et des contre-fenêtres après avoir enlevé elle-même la porte-moustiquaire.

— Nous v'là poignés pour nous encabaner pendant six mois, dit-elle à son mari en lui tendant la première contre-fenêtre propre. Si encore on pouvait ouvrir les fenêtres de temps en temps…

— Tu vas pas commencer à te lamenter, fit son mari. Tu me fais la même crise chaque automne depuis qu'on est mariés, lui fit remarquer Gérard avec humeur.

Laurette souleva les épaules et se remit à astiquer les vitres. Quand Carole rentra de l'école, sa mère lui demanda de préparer le repas que son père allait apporter au travail pendant que ce dernier changeait de vêtements. En quittant la maison, Gérard dit à sa femme :

— Si t'as le temps, appelle donc chez Wilson pour qu'il nous livre une vingtaine de poches de charbon et un baril d'huile à chauffage. Dis-lui que je passerai payer samedi après-midi.

Cet après-midi-là, Richard et Gilles firent remarquer à leur mère qu'ils auraient bien pu se charger du travail qu'elle et Gérard venaient de terminer.

— Votre père avait le temps de le faire aujourd'hui, trancha-t-elle. De toute façon, le samedi, vous travaillez tous les deux. Le soir, il fait noir de plus en plus de bonne heure. Si vous voulez vous rendre utile, allez chercher la poche de guenilles dans le hangar et calfeutrez les fenêtres avant le souper. Comme ça, on sera débarrassés de cette *job*-là.

Le calfeutrage des fenêtres de l'appartement des Morin avec de vieux chiffons était une nécessité. Le bois avait tellement travaillé avec les années que de larges interstices entre le cadrage et la fenêtre laissaient passer les courants d'air.

Richard se dirigea vers le hangar pour y prendre la vieille poche de jute dans laquelle les chiffons étaient rangés chaque printemps lorsqu'on enlevait les contre-fenêtres. On déposait aussi dans cette poche tous les vêtements et guenilles qu'on n'utilisait plus durant l'année.

Dans le hangar, il y eut un cri. Richard, le visage blême, en sortit précipitamment et rentra dans l'appartement.

— Il y a un nid de rats! s'écria-t-il en claquant la porte derrière lui.

— Où ça? demanda sa mère, qui avait une peur panique des rats.

— Dans la poche de guenilles. En tout cas, moi, je touche plus à ça, déclara tout net l'adolescent.

Les rats du quartier avaient une réputation de férocité bien méritée. Ils provenaient en grande partie du port et ils atteignaient une taille si impressionnante que les chats eux-mêmes en avaient peur et refusaient de les prendre en chasse.

— On a besoin des guenilles, fit Gilles. Viens, ajouta-t-il à l'endroit de son frère, on va les faire sortir de là.

— Faites ben attention de pas vous faire mordre, les prévint leur mère avant de refermer précipitamment la porte derrière eux.

Là-dessus, Gilles et Richard se dirigèrent vers le hangar plongé dans la pénombre.

— Si encore il y avait de la lumière dans ce maudit hangar-là, dit Richard, pas très brave.

Gilles repéra une vieille pelle à charbon près de la porte. Il s'approcha de la poche de chiffons que son frère avait laissée tomber par terre et se mit à la frapper à coups redoublés du plat de sa pelle. Il y eut quelques couinements puis un gros rat et une demi-douzaine de petits ratons sortirent du sac et se précipitèrent dans toutes les directions. Richard, armé d'un bout de planche, chercha bien à en tuer quelques-uns, mais il les rata tous. Les rongeurs disparurent en un clin d'œil dans les profondeurs du vieux bâtiment.

Les deux frères revinrent dans la cuisine où leur mère les attendait.

— Ouach! Moi, je touche pas à ces Christ de guenilles-là! jura Richard. Ça me donne mal au cœur.

Il ne vit jamais arriver la taloche que lui décocha sa mère d'un geste vif. Sous la force du coup, l'adolescent trébucha.

— Qu'est-ce que tu viens de dire là, toi? s'écria Laurette en se plantant devant lui.

— Ayoye! se plaignit-il en passant une main derrière sa tête. Pourquoi vous m'avez sacré une claque derrière la tête?

— Écoute-moi ben, toi! l'avertit sa mère en élevant la voix. Tu viendras pas sacrer dans la maison, tu m'entends? Personne sacre ici dedans et c'est pas toi qui vas commencer ça! As-tu compris?

— Ben oui. Ben oui.

— Qu'est-ce qui se passe avec les guenilles? demanda Laurette en se tournant vers Gilles.

— Comme les rats ont fait leur nid là-dedans, je pense qu'on serait mieux de s'en trouver d'autres pour calfeutrer.

— C'est correct, accepta Laurette. Va jeter la poche dans les poubelles. J'ai gardé deux de vos vieilles combinaisons d'hiver et un drap tout déchiré. Tout ça, c'est juste bon à faire des guenilles.

Durant les minutes suivantes, la mère de famille tailla de larges lanières de tissu dans les vieux sous-vêtements d'hiver usés de ses fils et dans le drap. Au fur et à mesure, Richard et Gilles s'emparaient de ces lanières et, à l'aide de couteaux, s'activèrent à boucher tous les interstices. À l'heure du souper, le travail était terminé.

⁓

Le dimanche suivant, quelques minutes après avoir dîné, les Morin sursautèrent en entendant sonner à leur porte.

— Laissez faire, je vais aller ouvrir, dit Richard en se levant et en se dirigeant vers le couloir.

L'adolescent découvrit devant la porte Pierre Crevier. Il n'avait pas vu l'amoureux de sa sœur depuis la mi-août, la veille de son départ pour la ferme paternelle, au Lac-Saint-Jean.

— Tabarnouche, un revenant! s'exclama-t-il en faisant signe au jeune homme d'entrer dans la maison.

— Salut, Richard.

— Si tu viens pour voir ma sœur, tu tombes mal en maudit, fit l'adolescent à voix basse. Elle vient de partir avec son nouveau *chum*.

En entendant ces paroles, Pierre Crevier pâlit.

— Ben, je pense que...

— Qui est-ce qui a sonné ? demanda Laurette, du fond de la cuisine.

— Je le sais pas trop, m'man. Mais il ressemble un peu à l'ancien *chum* de Denise, répondit l'incorrigible en faisant un clin d'œil à Pierre Crevier, qui avait déjà posé la main sur la poignée de la porte, prêt à quitter.

La porte de la chambre des filles s'ouvrit à la volée et Denise aperçut son amoureux, debout près de la porte d'entrée. Elle se précipita à sa rencontre.

— Toi, mon espèce d'insignifiant ! dit-elle à son jeune frère. Décolle !

Richard retourna dans la cuisine avec un éclat de rire.

— Qu'est-ce qu'il t'a raconté ? demanda-t-elle à Pierre, le visage illuminé par un grand sourire.

— Il m'a dit que t'étais déjà sortie avec ton nouveau *chum*.

— J'espère que tu l'as pas cru.

— J'étais pas trop sûr.

— Entre. Reste pas là, ordonna-t-elle au visiteur. Viens t'asseoir dans la cuisine. Mon père vient d'aller se coucher, il travaille la nuit prochaine. Je voudrais pas le réveiller, ajouta-t-elle en lui montrant la porte de la chambre de ses parents toute proche.

Pierre s'avança dans le couloir et pénétra dans la cuisine où Laurette était occupée à confectionner des cigarettes, au bout de la table. Après l'avoir saluée, le jeune débardeur s'assit à côté de Denise.

— Sais-tu que ma fille commençait à penser que t'étais mort, fit Laurette sur un ton qui n'était pas dénué de reproches.

— M'man ! protesta faiblement la jeune fille.

— C'est vrai que deux petites lettres en deux mois, c'était pas beaucoup, mais j'ai eu tellement d'ouvrage, s'excusa Pierre.

— Comment ça, deux lettres ? demanda Denise. J'ai jamais reçu de lettres, moi.

— C'est bête à dire, mais je me souvenais plus pantoute de ton adresse, ça fait que, chaque fois, je les ai mises dans une enveloppe que j'ai envoyée à mon oncle Eugène. Il m'a dit qu'il était allé les porter lui-même à ton magasin.

— Ben, voyons donc ! Beaudry m'a jamais donné de lettres. T'es sûr que ton oncle lui a donné tes lettres ?

— Certain. Je lui ai encore demandé hier, quand je suis arrivé. Veux-tu que j'aille parler à ton gérant pour lui demander ce qu'il a fait de mes lettres ?

— Laisse faire. Je vais m'en occuper. Tu peux être certain que je vais lui demander ce qu'il a fait de mes lettres, demain matin, en arrivant à l'ouvrage, déclara Denise, fâchée. Je me serais pas mal moins inquiétée si j'avais eu de tes nouvelles de temps en temps, avoua-t-elle sans fausse pudeur.

— Il fait beau dehors. Est-ce que ça te tenterait d'aller faire une marche ? lui proposa Pierre. Comme ça, on laisserait ton père dormir tranquille et ta mère pourrait aller se reposer, elle aussi.

— Vous me dérangez pas pantoute, affirma Laurette sans montrer trop de conviction.

Denise accepta et les deux amoureux quittèrent la maison en direction du parc Bellerive. En cette fin du mois d'octobre, le soleil réchauffait peu. Les arbres avaient perdu presque toutes leurs feuilles qui jonchaient les allées et s'amassaient au pied du moindre obstacle. La main dans la main, les amoureux parcoururent à pas lents les étroites allées asphaltées du parc en se communiquant les dernières nouvelles.

— Tu m'as pas encore dit pourquoi t'es resté aussi longtemps chez vous, dit Denise en tournant la tête vers son ami.

— Si t'avais reçu ma dernière lettre, tu saurais déjà que mon frère Jean est mort il y a trois semaines, dit Pierre, la voix éteinte.

— Comment ça ? Tu m'avais dit que c'était pas si grave que ça et qu'il pourrait guérir à la maison.

— Il faut croire que c'était plus grave que ce que ma mère avait raconté à mon oncle Eugène au téléphone, admit Pierre Crevier. Avant d'arriver à Sainte-Marie, je suis arrêté à l'hôpital d'Alma pour le voir. Il avait l'air à peu près correct. Il m'a même dit que le docteur le laisserait sortir dans une semaine ou deux.

— Puis ?

— Puis, il paraît qu'il y a eu des complications. Mon père et ma mère sont retournés le voir deux ou trois fois avec certains de mes frères et de mes sœurs. Après quinze jours, l'hôpital a pas voulu le laisser sortir. Il paraît qu'il y avait quelque chose qui marchait pas. Il perdait connaissance souvent. J'aurais ben voulu m'en revenir pour recommencer à travailler au port, mais Jean et moi, on était les seuls garçons pas mariés de la famille. Ça fait que j'ai pris le risque de rester plus longtemps, même si ça pouvait me faire perdre ma *job*.

— T'as ben fait, l'approuva Denise.

— Après ça, tout est allé de travers. Un matin, ils l'ont trouvé dans le coma et il en est jamais sorti. Quand mon père et ma mère sont arrivés à l'hôpital, il venait de mourir. On l'a exposé dans le salon, chez nous, puis on l'a enterré.

— Ça devait être triste, dit Denise, compatissante, en lui serrant légèrement la main.

— Le pire a été pour le père et la mère. Ça a été ben dur pour eux autres. Moi, au lieu de m'en revenir en ville, je suis resté pour finir de rentrer les récoltes. Quand je suis parti, il restait juste le sarrasin à couper et à apporter au moulin.

— Ton père va être tout seul pour faire ça ?

— Non. Ma sœur Anne et son mari viennent s'installer chez mon père cette semaine avec leurs trois enfants. Ça va mettre de la vie dans la maison et faire un peu oublier leur deuil à mon père et à ma mère. Fabien, le mari de ma sœur, est un bon cultivateur.

— Et pour ta *job* ? demanda Denise.

— J'ai été chanceux, répondit Pierre en souriant. Hier après-midi, en arrivant, je suis allé voir tout de suite Mayrand, mon chef d'équipe. C'est un maudit bon gars. Je lui ai expliqué ce qui m'avait empêché de revenir. Il m'a repris dans son équipe et je recommence à travailler demain matin.

— Je suis ben contente pour toi, dit la jeune fille, soulagée.

— Et chez vous, qu'est-ce qu'il y a de nouveau ? demanda le débardeur.

Denise lui raconta que son père venait de se dénicher un travail de gardien de nuit chez Elroy, que sa mère avait cessé de travailler chez Viau et que Jean-Louis n'avait toujours pas donné signe de vie après trois mois, même pas pour l'anniversaire de sa mère.

— Mais il est ben sans-cœur, ton frère ! s'exclama Pierre.

— Tu devrais voir ma mère. Je l'ai jamais vue si triste. Quand elle pense qu'on la regarde pas, elle a souvent les yeux dans l'eau. Lui, si je lui mettais la main dessus…

Les deux jeunes gens s'assirent sur l'un des vieux bancs du parc, face au fleuve, près de la clôture un peu rouillée qui surplombait le port. Un cargo chargé de grains descendait lentement le courant.

— Dans trois ans, quand la canalisation du fleuve va être finie, des bateaux trois fois gros comme ça vont descendre des Grands Lacs jusqu'à la mer, dit Pierre en montrant le cargo. Ça, ça va nous faire pas mal plus d'ouvrage, au port.

Denise ne dit rien durant un long moment, se contentant de replacer sur sa tête son chapeau que le vent venait de déplacer légèrement. Elle se serra un peu plus contre son amoureux.

— Est-ce que tu t'es ennuyé de moi au moins ? lui demanda-t-elle à mi-voix.

— Certain, répondit Pierre sans un instant d'hésitation. J'ai pensé à toi tous les jours et j'avais ben hâte de revenir. Et toi ?

— Moi aussi, chuchota-t-elle en lui tendant ses lèvres après avoir jeté un bref coup d'œil autour pour s'assurer de ne pas être vue par des connaissances.

Mais en cet après-midi un peu frisquet d'octobre, il n'y avait dans le parc que deux ou trois vagabonds en train de cuver l'alcool ingurgité pour se réchauffer.

Le lendemain matin, Denise Morin se présenta à la porte du Woolworth un peu avant huit heures trente, comme tous les matins de la semaine. À son arrivée, Antoine Beaudry venait de déverrouiller la porte du magasin pour permettre à Jacqueline Bégin, sa collègue, d'entrer. Denise s'empressa d'aller la rejoindre dans l'arrière-boutique, là où les jeunes filles suspendaient leurs manteaux et mangeaient leurs repas.

Denise raconta à son amie que leur gérant ne lui avait pas remis les lettres envoyées par son Pierre. Jacqueline savait à quel point elle avait souffert de ne pas avoir eu de nouvelles de son amoureux.

— J'espère que tu vas aller lui demander des comptes ! dit-elle en élevant la voix.

— Chut ! Pas si fort, lui ordonna Denise en jetant un regard vers le magasin. Il va t'entendre. C'est sûr que je vais lui demander ce qu'il a fait de mes lettres.

— Ben. Qu'est-ce que t'attends ? fit sa collègue. Vas-y avant que le magasin ouvre.

Denise fit un réel effort pour se décider à aller vers Antoine Beaudry en train de répartir de la monnaie dans le tiroir de la caisse enregistreuse.

— Monsieur Beaudry, dit poliment la jeune fille.

— Quoi ? fit l'autre en relevant la tête pour la regarder.

— Mon ami est revenu du Lac-Saint-Jean.

— Qu'est-ce que tu veux que ça me fasse ! répondit le petit homme grassouillet, l'air mauvais.

— Il m'a dit qu'il m'avait écrit des lettres de là-bas et que son oncle vous les avait laissées pour moi. Je pense qu'il va venir vous demander ce que vous en avez fait, ajouta Denise, l'air de ne pas y toucher.

— Attends ! Énerve-toi pas, lui dit abruptement son patron. Ça se peut ben. Moi, j'ai de l'ouvrage par-dessus la tête. Je suis pas payé pour faire le facteur.

Ce disant, Antoine Beaudry se pencha et se mit à farfouiller sur une tablette, sous le comptoir. Finalement, il en tira deux petites enveloppes blanches.

— Ça se peut que ce soit ça, dit-il avec une mauvaise foi criante en les lui tendant. Ça a dû me sortir de l'esprit. Je me suis plus rappelé pantoute de ces lettres-là.

— Merci, dit sèchement Denise.

— Dis donc à ton *chum* de t'écrire directement chez vous, la prochaine fois. Comme ça, il aura pas à me déranger.

— Je vais tout lui expliquer ça, fit la jeune vendeuse en lui jetant un regard chargé de rancune.

~⌒∽

Avec le mois de novembre arrivèrent les premiers flocons de neige de l'hiver. Peu à peu, le froid s'installait sur Montréal, rosissant les joues et pinçant les oreilles.

Maintenant, l'obscurité tombait avant l'heure du souper et les Morin devaient chauffer la fournaise au charbon du couloir jour et nuit s'ils désiraient maintenir une certaine chaleur dans l'appartement.

Un mardi soir, Laurette et ses filles venaient de terminer le rangement de la cuisine après le repas quand quelqu'un vint frapper à la porte d'entrée. Richard alla ouvrir et fit entrer Rose Beaulieu qui avait jeté un grand châle sur ses épaules massives avant de descendre.

— M'man, c'est madame Beaulieu, annonça l'adolescent avant de retourner dans sa chambre.

Laurette s'empressa d'aller au-devant de sa voisine avec qui elle avait eu l'occasion de parler à quelques reprises depuis le début de l'automne, particulièrement lorsqu'elle étendait son linge sur sa corde.

— Entrez, madame Beaulieu, l'invita-t-elle en se présentant à l'entrée du couloir. Venez vous asseoir. Il fait plus chaud dans la cuisine.

— Ça fait longtemps que je voulais venir jaser avec vous, madame Morin, mais chaque fois que je me préparais à descendre, il y avait toujours quelque chose pour m'en empêcher, expliqua la voisine en s'avançant dans le couloir. À soir, mon garçon s'en va voir la lutte au Palais des sports, sur la rue Poupart, et mon mari travaille de nuit. Ça fait que je me suis dit que si je descendais pas à soir, je descendrais jamais.

À l'entrée de la voisine dans la cuisine, Carole s'installait à la table pour faire ses travaux scolaires.

— Vous avez ben fait, l'approuva Laurette. C'est tranquille ici dedans aussi. Mon mari travaille lui aussi. Ma plus vieille est en train de lire dans sa chambre. Mes deux garçons s'en vont faire un tour chez des amis. Assoyez-vous. On va pouvoir jaser tranquillement en buvant une tasse de café. Prenez une des deux chaises berçantes.

Laurette était heureuse de cette visite inattendue. Sans l'avouer ouvertement, elle s'ennuyait un peu depuis qu'elle avait cessé de travailler à l'extérieur. Passer ses journées entre quatre murs, attentive à ne pas faire de bruit pour ne pas réveiller Gérard, devenait pénible à la longue. Le contact quotidien avec des femmes de son âge lui manquait beaucoup plus qu'elle ne l'avait imaginé. Elle n'aurait jamais cru qu'elle finirait par regretter le temps où elle travaillait chez Viau.

Elle s'ennuyait surtout de ses amies Dorothée et Lucienne avec qui elle avait partagé tant de secrets et tant de bons moments. Comme elle s'y était attendue, Dorothée n'avait pas trouvé le moyen de se libérer de son mari un seul soir pour venir lui rendre visite. Pour sa part, Lucienne lui avait téléphoné une seule fois et elle avait été étonnée de se sentir si peu intéressée par les ragots concernant les femmes et les filles avec qui elle avait travaillé chez Viau.

Elle servit une tasse de café à Rose Beaulieu et s'assit dans l'autre chaise berçante.

— Comme ça, votre gars aime la lutte, fit Laurette pour engager la conversation.

— Je comprends. Je pense qu'il en mangerait s'il le pouvait. Quand ils ont démoli le four à chaux sur Poupart pour construire le Palais des sports, il a commencé à suivre son père pour aller voir les matchs de lutte. À soir, il aurait pas manqué ça pour une terre. Il paraît qu'il y a un combat entre Yvon Robert et Vladek Kowalski et un autre entre Jean Rougeau et Mad Dog Vachon. Ça a tout pris pour que mon mari aille travailler à soir. Il était prêt à se faire couper du salaire pour y aller, lui aussi.

— Chez nous, c'est pas la lutte qui intéresse les garçons, c'est le maudit hockey. Ils parlent juste de ça. C'est une vraie religion. Le samedi soir et le dimanche soir, ils ont les oreilles collées sur le radio. Mon mari est aussi pire qu'eux autres. Il y a pas moyen de le décoller de la maison quand il y a du hockey. Je vous dis que si je tenais celui qui a inventé ça, je l'étriperais.

— Moi, mon mari suit pas ça, reconnut la voisine, mais j'aimerais mieux ça que de le voir revenir de la taverne, soûl comme une botte.

Carole leva la tête, dérangée par la conversation entre sa mère et Rose Beaulieu. Sans rien dire, elle rassembla ses effets scolaires éparpillés sur la table et les rangea dans son sac d'école avant de se lever et d'aller se réfugier dans sa chambre dont elle referma la porte derrière elle.

— Qu'est-ce que tu viens faire si de bonne heure dans la chambre ? lui demanda Denise, dérangée dans sa lecture par l'arrivée de sa jeune sœur.

— Comment veux-tu que j'étudie avec m'man qui parle avec la femme d'en haut ? chuchota Carole.

— Tu pourrais aller t'installer ailleurs.

— Aïe ! protesta l'adolescente. Oublie pas que c'est ma chambre aussi bien que la tienne et que j'ai le droit d'être ici dedans autant que toi.

— C'est correct. À cette heure, si t'es venue pour étudier, étudie et ferme ta boîte, fit Denise, agacée.

Une heure plus tard, Rose Beaulieu prit congé, apparemment contente d'avoir pu bavarder à son aise avec sa voisine. Avant de quitter l'appartement des Morin, elle exigea de Laurette qu'elle promette de lui rendre sa visite avant la fin de la semaine.

Ce soir-là, Richard et Gilles rentrèrent un peu avant onze heures. Leur mère leur demanda d'aller chercher un seau de charbon avant de se mettre au lit.

— Si on veut pas se lever en claquant des dents demain matin, il faut chauffer un peu la fournaise, expliqua-t-elle avant de disparaître dans sa chambre à coucher.

— C'est à ton tour, dit Richard à son frère.

L'adolescent détestait toujours autant aller chercher du charbon dans la cave à cause de la présence des rats qui, souvent, se campaient sur le tas de charbon sans bouger, comme s'ils cherchaient à l'intimider. Il avait beau leur lancer tout ce qui lui tombait sous la main, rien ne semblait en mesure de leur faire peur.

Gilles s'empara du seau et descendit chercher du charbon. Après avoir mis un peu de charbon dans la fournaise, il éteignit le plafonnier du couloir et alla se coucher.

Vers une heure du matin, la sonnerie du téléphone réveilla Laurette en sursaut. Elle s'assit brusquement dans son lit et regarda autour d'elle dans la pièce plongée dans le noir. La sonnerie se fit entendre à nouveau, insistante.

— Voyons donc, bonyeu! jura-t-elle en posant les pieds sur le linoléum glacial. Veux-tu ben me dire qui appelle à une heure de fou comme ça?

Elle regarda le réveille-matin dont les chiffres phosphorescents brillaient dans l'obscurité : une heure dix. Elle ouvrit la porte de la chambre et se précipita vers la cuisine.

— Il va réveiller toute la maison, ce maudit téléphone-là, dit-elle en s'emparant de l'écouteur. Allô! hurla-t-elle dans l'appareil.

— Laurette? C'est Bernard.

— As-tu vu l'heure? lui demanda sa sœur.

La porte de la chambre des filles s'ouvrit à ce moment-là. Denise et Carole, mal réveillées, écoutaient leur mère, l'air interrogateur.

— C'est Marie-Ange, expliqua Bernard Brûlé. Ses eaux viennent de crever.

— As-tu appelé le docteur?

— Ben oui, mais ça répond pas pantoute au numéro qu'il m'a donné, répondit son frère, tout énervé au bout de la ligne. Qu'est-ce que je dois faire?

— Est-ce que ça fait longtemps que le travail est commencé ? demanda Laurette en faisant signe de la main à ses filles de regagner leur chambre.

— Un quart d'heure. J'ai essayé de téléphoner à Pauline pour pas te déranger. Je sais pas ce qui se passe avec sa ligne, mais ça sonne toujours occupé.

Laurette se rappela que la ligne téléphonique double que sa belle-sœur partageait avec une insomniaque du quartier était, selon Pauline, occupée presque en permanence à compter de dix heures le soir.

— De toute façon, Armand travaille de nuit ce mois-ci, dit-elle à son frère. Elle aurait pas pu laisser ses deux filles toutes seules à la maison pour venir t'aider.

— Qu'est-ce que je fais si j'arrive pas à rejoindre ce maudit docteur-là.

— Fais bouillir de l'eau et prépare les affaires du petit. J'arrive. Je vais demander à un de mes gars de venir me reconduire.

Sur ce, Laurette raccrocha. Elle s'empara de son étui à cigarettes dont elle en tira une qu'elle se dépêcha d'allumer pour finir de se réveiller. Denise et Carole sortirent à nouveau de leur chambre pour savoir ce qui se passait.

— Votre tante Marie-Ange va avoir son petit. Elle a besoin de moi, ajouta-t-elle.

— Voulez-vous que j'y aille avec vous ? lui offrit Denise.

— Deux femmes sur la rue en pleine nuit, il en est pas question, refusa sa mère. Je vais demander à un des gars de venir me reconduire chez votre oncle.

Les deux filles rentrèrent dans leur chambre pour se remettre au lit.

— Dis-moi pas que c'est pas les sauvages qui apportent les enfants, se moqua Carole en se couchant.

— Niaiseuse ! s'exclama Denise. Pourquoi tu dis ça ?

— C'est la première fois que m'man dit devant moi qu'une femme va avoir son petit et que c'est pas les sauvages qui l'apportent.

— Va surtout pas lui dire ça, la mit en garde sa sœur aînée avant de se tourner sur le côté. Tu vas te faire remettre à ta place, ce sera pas long. Une fille pas mariée est pas supposée parler de ça.

Pendant ce temps, Laurette était entrée dans la chambre occupée par Richard et l'avait rudement secoué pour le réveiller.

— Quoi ? Qu'est-ce qu'il y a ? fit l'adolescent, tiré d'un sommeil profond.

— Grouille ! Habille-toi, lui ordonna sa mère. Viens me reconduire chez ton oncle Bernard.

— Quelle heure il est ? Il fait encore noir dehors, dit Richard en tournant la tête vers la fenêtre.

— Laisse faire l'heure. Lève-toi, lui commanda Laurette en regardant dans la pièce à côté si Gilles n'était pas plus à même de l'accompagner. Allume pas la lumière pour pas réveiller ton frère.

Ce dernier venait de bouger dans la pièce voisine même pas séparée par un rideau, mais rien n'indiqua que la voix de sa mère l'avait réveillé.

Richard se leva, s'habilla dans le noir et se rendit dans la cuisine où sa mère l'attendait, son manteau sur le dos.

— Dépêche-toi, lui ordonna-t-elle en lui tendant son manteau et sa tuque. Ta tante a besoin de moi. Ça presse.

— En pleine nuit ?

— Ben oui. Elle est malade et ton oncle arrive pas à rejoindre le docteur, répondit sa mère, toujours aussi évasive quand il s'agissait d'affaires qui, à son avis, ne concernaient que les femmes mariées.

— Ça vous a pas tenté d'appeler un taxi ? demanda son fils après avoir chaussé ses bottes et enfoncé sa tuque sur sa tête.

— Es-tu malade, toi ? fit sa mère avec humeur. Ça coûte les yeux de la tête et il aurait pris presque autant de temps à arriver que nous autres à aller chez ton oncle à pied.

La mère et le fils sortirent de la maison. Un seul lampadaire éclairait la petite rue Emmett qu'un vent glacial de l'ouest avait prise en enfilade cette nuit-là. En grelottant, serrés l'un contre l'autre, ils arrivèrent au coin de Fullum et tournèrent vers le nord. Moins de dix minutes plus tard, Laurette, transie jusqu'aux os, frappa à la porte de son frère. Ce dernier devait attendre tout près parce qu'il lui ouvrit presque aussitôt.

Les nouveaux arrivés furent accueillis par les gémissements de la parturiente.

— Qu'est-ce qu'elle a, ma tante, à crier comme ça ? demanda Richard, stupéfait.

— Ça te regarde pas, le rembarra sèchement sa mère en le retenant de la main sur le palier. Bon. Tu peux t'en retourner tout de suite, fit Laurette en se tournant vers son fils. Je reviendrai pas à la maison avant demain matin. Tu avertiras ton père quand il reviendra de travailler.

— C'est correct, m'man, mais vous allez au moins me donner cinq minutes pour me dégeler un peu, protesta l'adolescent. Je suis gelé comme un coton, moi.

— OK, Laurette, je m'occupe de lui, fit son frère Bernard. Va voir Marie-Ange dans la chambre. Pendant ce temps-là, je vais donner quelque chose à ton gars pour le réchauffer.

Pas trop rassuré par les gémissements de sa tante qui allaient en crescendo, Richard suivit son oncle Bernard dans la cuisine. Ce dernier lui versa une solide rasade de gin dans un verre et il ne s'oublia pas.

— Bois ça, lui ordonna-t-il. Ça va te faire du bien.

L'adolescent huma l'odeur du liquide dans le verre et fit une grimace.

— Bois, je te dis. C'est ce qu'il te faut.

Sans plus attendre, Richard avala le contenu de son verre. Il sentit immédiatement comme une boule de feu descendre dans son estomac. Son oncle le remercia d'avoir accompagné sa mère avant de lui ouvrir la porte de l'appartement. La tête rentrée dans les épaules, l'adolescent revint à la maison, tout heureux de retrouver son lit et la tiédeur relative de sa chambre à coucher.

Pendant ce temps, Laurette avait chassé son frère trop nerveux de la chambre où sa femme s'apprêtait à donner naissance à leur premier enfant.

— Les contractions reviennent juste aux dix minutes, lui fit-elle remarquer. L'accouchement est pas pour tout de suite. Appelle encore pour mettre la main sur son docteur, ajouta-t-elle tandis que les plaintes de Marie-Ange s'élevaient à nouveau dans la chambre.

Laurette ferma la porte de la pièce et se tourna face à sa belle-sœur, étendue dans son lit, le visage défait et couvert de sueur.

— Bon. Marie-Ange, tu vas prendre un peu sur toi et arrêter de crier comme si on était en train de t'égorger, lui ordonna-t-elle.

— Ça fait mal, dit la femme de trente-sept ans d'une voix éteinte. Je pense que je vais mourir.

— Ben non! Ben non! dit Laurette, rassurante. Tu vas passer à travers. Quand tu vas avoir ton petit tout à l'heure, tu vas avoir tout oublié.

— Le docteur?

— Laisse faire le docteur. Il s'en vient. Mais il y a pas de presse, tes contractions sont pas encore assez rapprochées. Essaye de te reposer un peu avant qu'elles reviennent. C'est ce que t'as de mieux à faire.

Elle sortit de la chambre en laissant la porte ouverte derrière elle et alla rejoindre son frère dans la cuisine pour vérifier si tout était prêt pour l'accouchement. Bernard Brûlé avait eu le temps de disposer sur la table de cuisine un grand bol, des vêtements pour bébé, un savon et des serviettes.

— Je viens de parler au docteur, dit-il à sa sœur en raccrochant l'écouteur du téléphone. Il s'en vient.

— Bon. On a juste à attendre. Reste dans la cuisine. De toute façon, tu servirais à rien dans la chambre.

Le docteur Poissant n'arriva chez les Brûlé qu'un peu passé trois heures du matin. L'homme âgé d'une cinquantaine d'années avait l'air fatigué. Il tendit sa trousse et son chapeau au futur père de famille pour pouvoir enlever son paletot noir. Il eut l'air un peu soulagé en apercevant Laurette qui sortait de la chambre à coucher d'où provenaient des lamentations.

— Elle en est à combien de temps entre les contractions ? demanda-t-il à Laurette.

— Aux quatre minutes, à peu près.

— C'est parfait, dit-il en passant une main dans son épaisse chevelure gris fer après avoir essuyé avec un mouchoir les verres embués de ses lunettes. Vous avez de l'eau chaude ?

— Dans la cuisine, fit Bernard en lui indiquant le chemin.

Le praticien se lava les mains avec soin avant de se tourner vers Laurette.

— Vous avez des enfants, madame ?

— Oui. Cinq.

— Vous allez m'assister. Il devrait pas y avoir de complications.

Tous les deux se dirigèrent vers la chambre, laissant un Bernard Brûlé très énervé derrière eux.

Moins d'une heure plus tard, tout était fini. L'accouchement s'était déroulé sans aucun problème. Le docteur Poissant avait mis au monde un garçon d'un peu plus de sept livres et la mère n'avait eu besoin que de trois points de suture.

Quand Laurette avait pénétré dans la cuisine en tenant contre elle le nouveau-né, Bernard s'était précipité vers elle pour le voir.

— C'est un gars, lui dit-elle en le repoussant du plat de la main. À cette heure, ôte-toi de mon chemin et verse-moi de l'eau tiède dans le bol à main pour que je puisse le nettoyer et l'habiller, cet enfant-là. Ajoute du charbon dans ton poêle, il manquerait plus que ton petit meure d'une pneumonie. Après, t'auras tout le temps que tu voudras pour le regarder.

Bernard se précipita vers la bouilloire déposée sur le poêle et versa de l'eau chaude dans le bol. Il ajouta une bonne dose d'eau froide avant que sa sœur se déclare satisfaite. Quand la toilette du bébé fut terminée, Laurette le tendit au père qui en tremblait d'énervement.

— Va surtout pas me l'échapper, le mit en garde sa sœur, attendrie à la vue de cette fierté paternelle.

La porte de la chambre s'ouvrit et le docteur Poissant apparut dans la cuisine. Pendant que le médecin était occupé à remettre son veston et son manteau, Bernard alla embrasser sa femme après avoir déposé dans ses bras ce fils qu'ils avaient tant désiré.

— Tout est correct, déclara le docteur Poissant en refermant sa trousse. Le bébé est en aussi bonne santé que la mère. Je passerai dans quelques jours pour voir si tout va bien et je m'occuperai des points de suture. En attendant, madame Brûlé, je veux que vous restiez couchée au moins une semaine. Profitez-en et occupez-vous comme il faut de votre petit.

Le couple remercia le médecin avec effusion et le père le raccompagna jusqu'à la porte. Pendant que les nouveaux parents s'extasiaient sur la beauté du bébé, Laurette, épuisée, remettait de l'ordre dans la cuisine. Quand elle rentra dans la chambre, elle s'avança vers le lit et tendit les bras vers l'enfant en disant à son frère et à sa belle-sœur :

— Bon. Ça va faire pour les minouchages. Il est presque cinq heures du matin et cet enfant-là a besoin de dormir. Et nous autres aussi.

À demi endormie, Marie-Ange ne s'opposa pas à ce que Laurette prenne son fils et le dépose dans le berceau installé près du lit. Après avoir fermé la porte de la chambre, Laurette déclara à son frère :

— Je vais aller m'étendre une heure ou deux dans l'autre chambre pendant que toi, tu vas dormir sur le divan, dans le salon.

Bernard remercia sa sœur pour tout ce qu'elle avait fait pour lui et sa femme et la laissa aller s'étendre sur le lit de la chambre réservée aux invités avant d'éteindre les lumières et de s'installer, comme il le pouvait, sur le divan.

Ce furent les cris d'un bébé affamé qui réveillèrent Laurette un peu avant neuf heures. Elle s'empressa d'entrer dans la chambre de sa belle-sœur que les cris de son enfant venaient de tirer, elle aussi, du sommeil.

— Ça a tout l'air que ton Bernard va être aussi sourd que mon mari l'était, dit-elle à Marie-Ange. Quand un petit se mettait à crier pendant la nuit, il l'entendait jamais. En tout cas, c'est ce qu'il disait. Je me souviens pas d'une seule fois qu'il s'est levé pour aller voir ce que le petit avait. Verrat ! On dirait ben que tous les hommes sont pareils.

— Inquiète-toi pas, la rassura Marie-Ange d'une voix un peu pâteuse. Si ton frère est sourd, je vais lui déboucher les oreilles. Il va apprendre que cet enfant-là est pas juste à moi.

— En attendant, j'ai l'impression que ton petit a surtout besoin d'être changé de couche, lui fit remarquer Laurette en examinant les langes du bébé.

Elle emporta l'enfant hors de la pièce. En passant près de son frère, recroquevillé sur le vieux divan, elle le secoua sans ménagement.

— Réveille-toi, lui commanda-t-elle. Viens voir comment on change une couche avant que je parte.

Son frère se leva, apparemment tout courbaturé, et la suivit dans la cuisine en ronchonnant.

— Saint chrême, Laurette ! Il y a pas le feu que j'apprenne ça à matin. La belle-mère va arriver tout à l'heure pour les relevailles de Marie-Ange, elle va s'occuper du petit.

— Il est pas trop de bonne heure pour apprendre, fit sa sœur, sévère.

Quelques minutes plus tard, Laurette quitta l'appartement de son frère après avoir préparé un léger déjeuner pour ses hôtes et elle-même. Durant le repas, Marie-Ange avait parlé d'en faire la marraine de son fils, mais elle s'était opposée à l'idée.

— Écoute, Marie-Ange. Tu sais aussi ben que moi que le parrain du premier garçon dans une famille doit être le père du mari. Comme notre père est mort depuis longtemps, je pense que ce serait mieux que vous demandiez à Armand d'être le parrain de ton gars. Ce serait plus normal.

— Veux-tu être la porteuse, au moins ? offrit Bernard.

— Ça me dérange pas, reconnut Laurette, mais ça ferait ben plus plaisir à Denise d'être dans les honneurs.

— C'est correct. Je vais le lui demander, intervint Bernard.

— En attendant, oublie pas d'aller au presbytère pour enregistrer le petit, lui rappela sa sœur en endossant son manteau. Si t'attends trop longtemps, tu vas voir que le curé Perreault sera pas de bonne humeur pantoute. Il aime ça quand le baptême se fait vite. Il a raison au fond. Pourquoi risquer pour rien que le petit soit dans les limbes s'il meurt avant d'être baptisé.

Au moment où la porte d'entrée de l'appartement de son frère allait se refermer derrière elle, Laurette s'arrêta brusquement pour demander à ce dernier :

— À propos, tu m'as jamais dit comment vous allez appeler votre petit.

— On va l'appeler Germain. C'était le petit nom du père de Marie-Ange.

— Tu trouves pas que ça fait un peu vieux comme nom ? lui demanda sa sœur.

— Oui. Peut-être. Mais Marie-Ange y tient.

— On va s'habituer, affirma Laurette avant de descendre les marches qui la conduisirent au trottoir de la rue Logan.

Chapitre 17

Lucille

Deux semaines plus tard, Montréal connut sa première tempête de l'hiver. Ce jour-là, de lourds nuages violacés s'entassèrent dans le ciel dès le début de l'après-midi, poussés par un fort vent du nord. La pénombre devint alors telle que Laurette dut allumer le plafonnier de la cuisine pour poursuivre le raccommodage qu'elle avait entrepris après le dîner.

Quand Gérard se leva quelques minutes plus tard, il se planta durant un court moment devant l'unique fenêtre de la cuisine.

— J'ai l'impression qu'on va en manger toute une, dit-il avant d'aller se préparer une tasse de café pour s'aider à reprendre pied dans la réalité.

À peine venait-il de dire cela que les premiers flocons de neige se mirent à voleter dans l'air avant de venir se déposer dans la cour et sur le toit rouillé du hangar.

En quelques minutes, l'enfer se déchaîna à l'extérieur. Le vent se mit à hurler en projetant de gros flocons à l'horizontale. Le temps de le dire, tout le paysage grisâtre et brun de cette fin d'automne se transforma.

— Bonyeu, on dirait la fin du monde ! s'exclama Laurette, qui avait mis de côté sa laine à repriser pour servir le repas de son mari. J'espère que les enfants auront pas trop de misère pour revenir à la maison, ajouta-t-elle. T'as vu ça comment ça tombe?

— Ça va finir par se calmer, fit son mari qui venait d'allumer la radio pour écouter les informations.

Mais le mauvais temps ne se calma pas, loin de là. Vers la fin de l'après-midi, à la vue de l'impressionnante couche de neige déjà accumulée sur les trottoirs et dans la rue, Gérard décida de hâter son départ pour le travail.

— Je pense que je vais partir tout de suite, annonça-t-il à Laurette.

— Mais il est même pas encore quatre heures et demie, protesta sa femme.

— Je le sais, mais j'ai l'impression que je vais avoir de la misère avec les p'tits chars. Ça doit pas ben rouler pantoute avec ce qui tombe.

En effet, à la radio, Jean-Paul Nolet, lecteur des informations, rapportait que la circulation automobile dans les rues de la métropole était sérieusement ralentie par les six pouces de neige déjà tombés depuis le début de l'après-midi.

Après le départ de son mari pour se rendre chez Elroy, le téléphone sonna. Laurette se rendit à l'appareil noir fixé sur l'un des murs de la cuisine sans décrocher l'écouteur pour autant. Elle le laissa sonner encore à deux reprises en le fixant d'un air exaspéré.

— Si c'est encore elle, bout de viarge, je pense que je pique une crise! Si ça continue, elle va finir par me rendre folle, s'écria-t-elle avant de décrocher l'écouteur.

Elle ne s'était pas trompée. Il s'agissait encore de sa belle-sœur Marie-Ange qui la harcelait dix fois par jour pour lui demander les conseils les plus anodins à propos du bébé. Depuis que sa mère était rentrée chez elle après les relevailles, la nouvelle maman semblait avoir perdu tous ses moyens, si elle en avait déjà eus.

— Qu'est-ce qui se passe encore, Marie-Ange? fit Laurette d'une voix impatiente.

— Laurette, qu'est-ce que je dois faire? Bernard est pas encore arrivé de l'ouvrage et le petit saigne.

— Comment ça, il saigne? Qu'est-ce que tu lui as fait, à cet enfant-là?

— Rien. J'étais en train de le changer de couche quand son nombril est tombé et…

— Attends une minute. Il saigne là où le reste du cordon était?

— Ben oui! fit l'autre, tout énervée.

— C'est pas grave, ça. Prends de l'alcool, mets-en un peu là où il saigne et mets-lui une bande par-dessus. Ça va arrêter de saigner presque tout de suite. Fais ça. Tu me rappelleras dans une heure pour me dire si ça a marché.

Sur ce, Laurette s'empressa de raccrocher comme Gilles et Carole rentraient de l'école, pratiquement transformés en bonshommes de neige.

— Secouez-vous dans l'entrée pour pas mettre de la neige partout sur mon plancher, leur ordonna-t-elle. Ma foi du bon Dieu! s'exclama-t-elle en les apercevant debout près de la porte d'entrée, on jurerait que vous vous êtes roulés dans la neige.

— Ça tombe sans bon sens, affirma Carole, les joues rougies par le froid.

— On voit ni ciel ni terre tellement ça tombe fort, ajouta son frère en retirant ses bottes. Je vais attendre que ça se calme avant de pelleter devant la porte.

Un peu avant six heures, le téléphone sonna de nouveau et Laurette fit signe à Carole de répondre.

— C'est encore ma tante Marie-Ange, chuchota l'adolescente en plaquant sa main sur l'écouteur.

— Est-ce qu'elle va finir par me lâcher un jour, elle! s'exclama la mère de famille, qui avait oublié avoir elle-même demandé à sa belle-sœur de la rappeler. Elle arrête pas de me téléphoner.

Elle prit l'écouteur en faisant signe à sa fille de s'occuper du bœuf haché qui cuisait sur le poêle à huile.

— Oui, Marie-Ange.

— C'est pour te dire que le petit saigne plus, lui dit sa belle-sœur, apparemment très soulagée.

— Il faut pas que tu t'énerves à la moindre affaire, ne put s'empêcher de lui dire Laurette, sinon tu vas crever avant d'être vieille.

— Je peux pas m'en empêcher, reconnut Marie-Ange Brûlé. Là, je sais pas ce qui se passe, il devrait être réveillé depuis dix minutes, c'est son heure de boire. Il dort. Qu'est-ce que je dois faire, d'après toi ?

— Il dort ? Ben, laisse-le dormir tranquille, bonyeu ! Inquiète-toi pas. Quand il va avoir faim, il va se mettre à crier assez fort pour que tu le saches. Bon, là, je te laisse. Mon souper est en train de brûler sur le poêle.

Là-dessus, elle raccrocha en poussant un soupir d'exaspération. Une appétissante odeur de bœuf haché et d'oignons frits s'était répandue dans tout l'appartement. La mère de famille allait demander à la ronde ce qui pouvait bien retarder Richard et Denise, quand la porte d'entrée s'ouvrit pour leur livrer passage.

— Mettez pas de la neige partout, leur cria-t-elle du fond de la cuisine.

Le frère et la sœur retirèrent leurs manteaux et leurs bottes dans l'entrée avant de pénétrer dans la cuisine.

— On avait de la misère à voir où on marchait, dit Richard en s'assoyant près de Gilles. À deux, on portait presque Denise.

— Comment ça, à deux ? demanda sa mère en se tournant vers lui.

— Ben. Pierre est venu nous reconduire jusqu'à la porte. J'ai pensé qu'il voulait pas qu'un coup de vent emporte ma sœur ou que la charrue la ramasse sans le vouloir.

— Où est-ce qu'il est, lui? demanda Laurette à sa fille qui s'apprêtait à entrer dans sa chambre à coucher.

— Ben. Il est retourné chez son oncle.

— Il me semble que t'aurais pu l'inviter à entrer pour se réchauffer, lui reprocha sa mère. Avec un temps pareil, on laisse même pas un chien dehors.

— C'est ce que j'ai fait, m'man, mais il a pas voulu entrer parce que c'était l'heure du souper. Il voulait pas déranger.

— La prochaine fois, tu le forceras à entrer. On n'est pas des sauvages. On est capables de lui servir une assiette.

— Je vais lui dire ça la prochaine fois, promit la jeune fille.

Les Morin soupèrent en écoutant la radio. De temps à autre, ils entendaient les raclements de la pelle sur le balcon arrière, à l'étage.

— On dirait que le père Beaulieu a peur de mourir enterré dans la neige, fit remarquer Richard, moqueur.

— Ris pas trop, toi, lui dit son frère. Nous autres aussi, on va être obligés de faire ça tout à l'heure.

— Peut-être qu'un peu de chocolat nous donnerait assez de force pour pelleter, fit remarquer l'adolescent en jetant un regard entendu à sa mère.

Laurette avait compris le message. La semaine précédente, son mari lui avait offert une boîte de cinq livres de chocolats aux cerises Lowney's pour marquer leur vingt-quatrième anniversaire de mariage. Depuis, Richard ne cessait de taquiner sa mère sur son chocolat qu'elle avait caché dans sa chambre à coucher en disant que c'était pour l'offrir aux visiteurs.

— Toi, mon agrès ! Tant que t'auras pas vu le fond de ma boîte de chocolats, tu seras pas content, dit-elle. Mais à soir, je vais faire un spécial, je vais vous en passer.

— On va avoir droit à combien de morceaux ? demanda Richard, décidé à la pousser à bout.

— Juste un !

— Bon. Ça a tout l'air que c'est pas à soir qu'on va se rendre malade à manger du chocolat, ajouta l'adolescent, taquin.

La mère de famille fit la sourde oreille et se rendit dans sa chambre. Elle en revint avec sa boîte dont elle retira le couvercle.

— Sacrifice, m'man, il doit y avoir des rats dans votre chambre, fit remarquer son fils, sarcastique. Ils vous en ont mangé presque la moitié du premier rang.

— Contente-toi de te prendre un chocolat et ferme ta boîte, lui ordonna sa mère, à bout de patience.

Durant la soirée, Gilles et Richard sortirent en deux occasions pour déblayer le balcon arrière et le devant de la porte d'entrée. Le chasse-neige ne passa sur la petite rue Emmett qu'au moment où les Morin s'apprêtaient à se mettre au lit. Planté devant la fenêtre de la chambre, Gilles, dont c'était le tour d'occuper la pièce dotée de la fenêtre, fit remarquer à son frère :

— Je pense qu'on est allés pelleter pour rien en avant. La charrue vient de laisser un banc de neige écœurant devant la porte.

À cet instant précis, sa mère entra dans sa chambre, portant sur un bras deux épais sous-vêtements d'hiver.

— C'est à soir que vous mettez vos combinaisons d'hiver, dit-elle sur un ton sans réplique. Ça fait deux semaines que vous promettez de les mettre. Vous avez fini de vous promener en linge d'été.

— Ah non! Pas des combinaisons à dompeuse, fit Richard, du fond de sa chambre, en faisant allusion au panneau arrière retenu par deux boutons.

— Oui, Richard Morin, fit sèchement sa mère. Après le dîner, j'ai ôté toutes vos petites culottes de vos tiroirs. Là, vous mettez tout de suite vos combinaisons et vous jetez dans la laveuse ce que vous avez sur le dos.

— Maudit que j'haïs ça! se plaignit Richard qui avait toujours détesté porter ce type de sous-vêtements. Ça pique à mort et on passe notre temps à perdre des boutons.

— Tu peux te plaindre jusqu'à *amen*, fit sa mère, mais tu vas les mettre pareil. J'ai pas envie de passer mon hiver à vous soigner pour la grippe, moi. Votre père en a toujours porté et il en est pas mort.

— Oui, mais il est pas fort, ne put s'empêcher de dire Richard.

— Toi, attends pas que je traverse de l'autre côté pour te montrer à vivre, fit sa mère, l'air mauvais.

— J'ai rien dit, mentit son fils en se cachant la figure de ses deux mains comme s'il mourait de peur.

— J'ai aussi accroché un scapulaire et un morceau de camphre après. Essayez de penser à les ôter quand vous mettrez vos combinaisons au lavage, samedi prochain.

Sans ajouter un mot de plus, Laurette referma la porte de la chambre de Gilles et se retira dans la sienne. Le silence retomba dans l'appartement. Les rares bruits en provenance de l'extérieur n'arrivaient que feutrés par la neige qui n'avait pas cessé de tomber.

Lorsque Gérard rentra de son travail, le lendemain matin, la neige s'était arrêtée.

— Cybole! Le banc de neige est tellement haut devant la porte, qu'on descend dans la maison, dit-il à sa femme en secouant bruyamment ses pieds sur le paillasson de l'entrée.

— On a pelleté deux fois hier soir, p'pa, lui dit Gilles. Je vais avoir le temps de déblayer la porte d'en avant avant d'aller à l'école.

— En tout cas, vous allez être poignés pour marcher dans la rue, déclara Gérard aux siens. Les charrues fournissent pas. Pour moi, on va en avoir pour un bon bout de temps avant de pouvoir marcher sur les trottoirs. Il est tombé presque trente pouces de neige. Il y a des chars enterrés un peu partout.

Le père de famille mangea deux rôties et avala une tasse de café avant de déclarer qu'il s'en allait se coucher. En quelques minutes ses enfants quittèrent la maison les uns après les autres et Laurette se retrouva seule, dans la cuisine.

Elle quitta la pièce pour regarder par la fenêtre de la chambre des garçons Gilles dégager un passage devant la porte d'entrée jusqu'à la rue. Il avait de la neige à mi-jambes. Des écoliers se poursuivaient dans la rue en se lançant des balles de neige. Se rendre à l'école semblait, ce matin-là, la dernière de leurs préoccupations.

— Regarde-moi les têtes folles, dit Laurette à mi-voix. Ils vont arriver à l'école tout mouillés. Des plans pour attraper leur coup de mort.

Gilles finit par rentrer. Il laissa la pelle sur le balcon arrière avant d'empoigner son sac d'école.

— Il faut que je me grouille, dit-il à sa mère. Je vais finir par arriver en retard à l'école.

Peu à peu, le silence retomba sur la paisible rue Emmett, à peine troublé par les rares camions de livraison qui s'arrêtaient au restaurant-épicerie, au coin de la rue.

⁓

Un peu après dix heures, la sonnerie de la porte fit sursauter Laurette qui venait à peine de finir de remettre de l'ordre dans l'appartement. Elle s'empressa d'aller ouvrir la porte pour éviter que l'importun ne sonne une seconde fois et réveille ainsi Gérard.

— Quel maudit fatigant vient encore me déranger ? dit-elle en ouvrant la porte.

Elle découvrit avec surprise Rosaire Nadeau et Colombe, debout sur le pas de sa porte. Derrière eux, leur énorme Cadillac noire occupait près de la moitié de la largeur de la petite artère.

— Ah ben ! Tu parles d'une surprise ! s'exclama-t-elle en s'efforçant de mettre de la bonne humeur dans sa voix. Voulez-vous ben me dire où vous avez pilé pour venir nous voir en pleine semaine ?

— On va te le dire si tu nous laisses entrer, dit Rosaire avec un grand sourire.

— Ben certain. Entrez, les invita Laurette en s'effaçant pour les laisser pénétrer dans le couloir.

Le propriétaire du garage de voitures usagées et sa femme respiraient la prospérité. Le manteau en chat sauvage du petit homme n'avait rien à envier au manteau de mouton rasé de Colombe.

— J'espère que mon char nuira pas là où je l'ai laissé, fit Rosaire en retirant ses bottes.

— Je penserais pas.

— Est-ce que mon frère est couché ? demanda Colombe en enlevant son manteau.

— Ça fait pas longtemps, répondit Laurette à mi-voix pour inciter ses visiteurs à parler moins fort. Il est revenu de travailler à sept heures et quart.

L'hôtesse prit les manteaux et les déposa sur le lit de Richard avant d'entraîner son beau-frère et sa belle-sœur dans la cuisine, loin de la porte de chambre de Gérard.

Elle fut submergée par un brusque accès de jalousie à la vue de la minceur de la sœur de trente-huit ans de son mari.

«Maudit verrat! jura-t-elle tout bas en remplissant la bouilloire, elle a pas assez d'être mince, elle est habillée comme une carte de mode. On dirait qu'elle s'en va à des noces, bâtard! J'ai l'air de quoi, moi?»

— Je vous fais un café pour vous réchauffer, offrit-elle à haute voix à ses invités. Assoyez-vous.

La porte de la chambre à coucher s'ouvrit alors et Gérard, les cheveux emmêlés et les yeux bouffis de sommeil, entra dans la cuisine en traînant les pieds.

— J'espère que c'est pas nous autres qui t'avons réveillé? demanda Rosaire.

— Ben non, mentit son beau-frère en se grattant le cuir chevelu avant de s'asseoir en face de lui, à table. Qu'est-ce qui se passe?

Rosaire Nadeau eut brusquement l'air embarrassé.

— C'est m'man, commença Colombe.

— Qu'est-ce qu'elle a?

— Ça fait plus qu'un mois que t'es pas venu la voir, lui reprocha sa sœur. Elle a pas mal changé depuis le commencement de l'automne.

— Écoute, Colombe, je travaille de nuit six jours par semaine. Il faut ben que je dorme un peu quand je reviens de l'ouvrage et...

— On te blâme pas pantoute, intervint son beau-frère. On comprend ça, ajouta-t-il.

— Bon. Mais qu'est-ce qu'elle a, madame Morin? demanda Laurette, un peu agacée.

— Elle a qu'elle perd de plus en plus la mémoire depuis une couple de semaines, répondit Rosaire.

— C'est normal, ça, déclara Laurette. Elle a tout de même soixante-quatorze ans passés.

Il y eut un bref silence. Laurette reprit la parole.

— Mais vous vous êtes pas dérangés en pleine semaine pour juste venir nous dire ça, dit-elle en affichant un air soupçonneux.

— Non, dit Colombe après un moment d'hésitation. On arrive de l'hôpital.

— Qu'est-ce qui se passe ? demanda encore une fois Gérard.

— Ta mère est à Notre-Dame depuis cinq heures à matin, reprit Rosaire. Tu vas comprendre. Depuis une semaine, ta sœur a remarqué que ta mère était pire que d'habitude. Elle avait l'air perdue et faisait des affaires qu'elle avait jamais faites.

— Par exemple ? demanda Laurette, intriguée.

— Cacher du manger dans ses tiroirs, pas être capable de s'arrêter de frotter, plus savoir où se trouvait la vaisselle, répondit sa belle-sœur. Elle avait même commencé à se promener dans la maison pendant la nuit.

— Bon. C'est pour ça que vous l'avez amenée à l'hôpital ? demanda Gérard.

— Non, reprit Rosaire. T'as vu la tempête qu'on a eue hier. Moi, je suis revenu du garage vers neuf heures. Quand je suis rentré, ta mère était déjà couchée. Tu la connais, elle se couche jamais plus tard que huit heures, huit heures et demie. J'ai mangé un morceau et à onze heures, on s'est couchés, nous autres aussi. Puis, vers minuit, ta sœur a entendu la porte d'entrée se fermer. Elle a cru avoir rêvé et elle s'est rendormie. Elle a peut-être dormi une dizaine de minutes et...

— Je me suis réveillée en sursaut en me rappelant ce bruit-là et j'ai tout de suite pensé à m'man, reprit Colombe. Je me suis dépêchée d'aller voir dans sa chambre : elle était pas là. J'ai pensé qu'elle pouvait être aux toilettes. Je suis allée voir. Elle était pas là non plus. Là, j'ai eu peur. J'ai crié à Rosaire de se lever. Elle était pas nulle part dans la maison.

— Je te dis qu'on s'est dépêchés de s'habiller. On est sortis dehors. Il neigeait à plein ciel et on voyait pas à trois pieds en avant de nous autres, précisa Rosaire.

— Pendant que Rosaire déneigeait l'auto, je suis partie vers le boulevard Pie IX en essayant de voir des pistes dans la neige, fit Colombe, des trémolos dans la voix. Je voyais rien. Il neigeait trop.

— Moi, j'ai fini par la rejoindre avec le char. J'allais lui crier de monter quand je l'ai vue s'arrêter et s'en aller en courant vers un escalier. J'ai laissé le char au milieu de la rue et je l'ai rejointe.

— M'man était assise sur une marche, en jaquette et en pantoufles, dit Colombe, des larmes dans la voix. Elle était complètement gelée.

— Elle déparlait, fit Rosaire. Elle arrêtait pas de répéter qu'elle attendait son mari, qu'il allait finir par arriver.

— Mon Dieu ! Si ça a du bon sens ! s'exclama Laurette, horrifiée par le récit qu'elle venait d'entendre.

Elle avait beau n'avoir jamais beaucoup aimé sa belle-mère, il restait tout de même qu'elle ne lui souhaitait pas une telle mésaventure.

— C'est pas croyable ! renchérit Gérard. Qu'est-ce que vous avez fait ?

— Même si elle voulait pas pantoute nous suivre, je l'ai embarquée de force dans le char et on l'a ramenée à la maison, expliqua le marchand d'autos.

— On lui a fait boire du cognac et on l'a couchée, poursuivit Colombe. Pas nécessaire de te dire qu'on n'a pas dormi de la nuit après ça. On avait bien trop peur qu'elle recommence.

— Vers cinq heures, Colombe est entrée dans sa chambre pour voir si tout était correct, dit Rosaire à

Gérard. Ta mère avait l'air d'étouffer et elle était brûlante de fièvre.

— On a fait venir une ambulance qui l'a transportée à Notre-Dame.

— On vient juste de sortir de là, précisa Rosaire en jetant un coup d'œil à sa montre.

— Puis, qu'est-ce qu'elle a ? demanda Gérard, de plus en plus inquiet.

— Le docteur a dit qu'elle a une bonne pneumonie, répondit Colombe.

— Elle va s'en sortir, ajouta son mari. Il a dit qu'elle était faite forte.

— C'est pour ça qu'on s'est arrêtés chez vous, ajouta Colombe en adressant à son mari un coup d'œil d'avertissement.

— Je vais passer la voir à l'hôpital après le dîner, dit Gérard.

— Bon. Il y a aussi autre chose, commença Rosaire Nadeau d'une voix un peu embarrassée.

— Quoi ? demanda Laurette.

— Quand la belle-mère va sortir de l'hôpital, on pourra pas la reprendre à la maison. Pas comme elle est là.

— Voyons donc, protesta Gérard. Une fois guérie, m'man va être comme avant.

— Non. C'est ça le problème. On a raconté au docteur ce qui était arrivé. Il dit que ta mère a commencé à retomber en enfance. Quand elle va être guérie de sa pneumonie, elle sera plus comme avant. Elle va en perdre un peu plus tous les jours.

— Et moi, Gérard, je peux pas rester emprisonnée entre les quatre murs de la maison sept jours par semaine pour la surveiller, dit Colombe. Je l'aime bien, m'man, et ça fait sept ans que je la garde à la maison, mais là, c'est au-dessus de mes forces.

Laurette ne dit pas un mot, consciente qu'il s'agissait d'une décision qui concernait son mari et sa sœur Colombe.

— Vous comprenez, reprit Rosaire en s'allumant un cigare nauséabond, j'ai acheté un chalet à Saint-Sauveur l'année passée.

— Première nouvelle, laissa tomber Laurette.

— On y va de temps en temps la fin de semaine. On a deux ou trois couples d'amis qui en ont un là-bas, eux autres aussi. On a pris l'habitude de les rencontrer. Avant, ça posait pas de problème. On pouvait laisser la belle-mère à la maison et on s'inquiétait pas. À cette heure, c'est une autre paire de manches. On peut plus pantoute la laisser toute seule. Elle pourrait même mettre le feu.

— Bon. À quoi vous avez pensé? demanda Gérard, déjà résigné.

— Je vous avertis tout de suite, intervint alors Laurette. Nous autres, on peut pas la prendre. On a pas de place pour elle.

— On le sait bien, la rassura Colombe.

— On a pensé la placer à l'hospice, se décida à avouer Rosaire, un peu mal à l'aise. Je sais que ça a l'air dur, comme ça, mais je vois pas comment on pourrait faire autrement.

— À l'hospice! se récria Gérard.

— Où est-ce qu'on pourrait la placer si c'est pas là? demanda Colombe en élevant la voix. Il y a juste les sœurs qui sont capables de s'en occuper comme il faut.

— Ça va la faire mourir, fit remarquer Gérard.

— Ben non, Gérard, voulut le réconforter son beau-frère. Les sœurs ont le tour de traiter les vieux. Elles savent comment les prendre et comment les soigner. Je suis sûr que ta mère sera pas malheureuse pantoute avec des vieux de son âge. Ça va être même mieux. Elle va pouvoir parler avec du monde de son âge. Ça va être ben moins plate pour elle que de rester toute seule toute la journée dans notre appartement quand Colombe est partie jouer au bridge ou faire du magasinage.

— Dans quel hospice vous voulez la placer ? demanda Laurette.

— Ben. On a pensé que le mieux serait de lui trouver un hospice qui serait pas trop loin de chez nous et de chez vous de façon à ce qu'on puisse aller la voir aussi souvent qu'on le voudra, reprit Rosaire Nadeau.

— L'hospice Gamelin est pas loin de chez vous, fit remarquer Colombe. Pour nous autres, ça prendra pas plus que dix minutes pour venir la voir.

— Il faut d'abord que les sœurs aient de la place pour elle, tint à préciser Laurette.

— Elles en ont, affirma Rosaire avec un large sourire. On est allés voir tout à l'heure en passant. Il y a pas de chambre privée libre, mais il y a une place dans une chambre semi-privée, au deuxième.

— Est-ce que ça va coûter cher ? demanda Gérard.

— Un peu plus que sa pension de vieillesse chaque mois. C'est pas un problème, je vais payer la différence.

— Bon, accepta Gérard en poussant un soupir de résignation. Je vais essayer d'aller la voir à l'hôpital cet après-midi, avant d'aller travailler, répéta-t-il, apparemment dépassé par les événements.

Rosaire Nadeau comprit que son beau-frère avait hâte de retourner se mettre au lit. Il donna le signal du départ à sa femme. Laurette et son mari raccompagnèrent leurs visiteurs jusqu'à la porte et les aidèrent à endosser leurs lourds manteaux de fourrure.

— Pendant que j'y pense, dit le vendeur d'automobiles, pourriez-vous demander à Richard s'il pourrait pas venir travailler au garage à soir ? Mes chars sont enterrés dans la neige et je peux pas attendre samedi pour ôter la neige.

— Je vais lui dire ça quand il va rentrer, lui promit Laurette. Il va te téléphoner pour te dire s'il est capable d'y aller ou pas.

On s'embrassa et les Nadeau quittèrent l'appartement, laissant derrière eux une forte odeur de cigare.

Plantée devant la lucarne de la porte d'entrée, Laurette les regarda enjamber le banc de neige laissé par le chasse-neige et monter à bord de la Cadillac. Elle attendit que l'énorme voiture s'engage lentement dans la rue Archambault avant de laisser retomber le rideau qui masquait la lucarne.

Gérard n'avait pas attendu. Il était déjà rentré dans la chambre à coucher et s'était remis au lit.

— Tu parles de deux maudits hypocrites ! explosa Laurette après avoir ouvert la porte de la chambre.

— Pourquoi tu dis ça ? demanda son mari en tirant vers lui les couvertures.

— Veux-tu ben me dire pourquoi ils viennent nous demander notre avis s'il faut envoyer ou non ta mère à l'hospice quand ils ont déjà tout arrangé ? J'espère que t'as compris que t'avais pas un mot à dire là-dessus. Ils avaient déjà réservé la place de ta mère à Gamelin.

— Ben, c'est normal, dit Gérard. C'est Rosaire qui va payer.

— C'est ce qu'il dit, le gros riche. Mais quelle preuve t'as que ça coûte plus que la pension de ta mère ?

— J'ai pas le goût pantoute de parler de ça, dit Gérard en lui tournant le dos. Laisse-moi dormir une couple d'heures avant que j'aille la voir à l'hôpital.

— C'est correct, accepta sa femme. Je vais y aller avec toi. Je veux voir si c'est ben vrai que ta mère est devenue aussi pire que ça. Je trouve ça louche, leur affaire, à ta sœur et à son mari.

444

Laurette réveilla Gérard vers midi trente. Elle lui prépara son dîner pendant qu'il faisait sa toilette. Ils quittèrent l'appartement tous les deux un peu après une heure. Le tramway les déposa coin Papineau et Sherbrooke. Ils attendirent la permission de monter aux étages, dans le hall de l'hôpital, en compagnie d'une trentaine de visiteurs. À deux heures précises, le gardien de sécurité leur fit signe qu'ils pouvaient monter.

Le couple trouva Lucille Morin alitée dans une chambre semi-privée du troisième étage. Au moment de pénétrer dans la pièce, une petite sœur grise en sortait en compagnie d'un médecin. Gérard découvrit sa mère étendue dans le lit placé près de la fenêtre. Une tente plastifiée la recouvrait et il entendait le sifflement de l'air pulsé par une bonbonne d'oxygène.

Laurette, son manteau sur un bras, s'arrêta, interdite, devant le lit occupé par sa belle-mère. Elle eut d'abord beaucoup de mal à reconnaître Lucille Morin. Elle n'en revenait pas qu'un tel changement ait pu survenir en aussi peu de temps. La grande femme un peu altière à la mise soignée qu'elle avait toujours connue avait cédé sa place à une vieille femme ridée au teint blafard recroquevillée dans un lit d'hôpital.

Lucille Morin dormait, la bouche entrouverte. Ses bras décharnés laissaient voir de fines veines bleues.

— T'as vu ses bras? demanda Laurette à voix basse à son mari.

— Ils sont maigres.

— Ben non. C'est pas ce que je veux dire. Ils sont attachés.

— Pourquoi ils ont fait ça? demanda Gérard, étonné.

— On va le demander, déclara sa femme sur un ton décidé. Bon. Qu'est-ce qu'on fait? On la réveille ou on la laisse dormir?

— On est peut-être mieux de la laisser dormir, dit Gérard, comme à regret.

— C'est le *fun* encore d'avoir fait tout ce chemin-là pour la voir dormir. Viens-t'en. Si on la réveille pas, ça sert à rien de rester plantés là, au pied de son lit.

En quittant la chambre, le couple croisa la petite religieuse vue quelques instants auparavant.

— Excusez, ma sœur, fit Laurette en lui barrant le chemin. Je suis la bru de madame Morin, la patiente de la chambre 206.

— Oui.

— Mon mari et moi, on voudrait savoir pourquoi on l'a attachée dans son lit.

La religieuse sembla chercher durant un court moment de quelle patiente il s'agissait avant de répondre :

— Ah oui, j'y suis. Madame Morin. Il a fallu l'attacher parce qu'elle était agressive et cherchait à quitter son lit. Il a fallu lui donner une bonne dose de calmant.

— Est-ce qu'elle a toute sa tête ? demanda Laurette, bien décidée à vérifier les dires de sa belle-sœur et de son mari.

— Ça, je peux pas vous le dire, admit la religieuse. Il faudra que vous voyiez le docteur pour le savoir.

Gérard et Laurette quittèrent l'hôpital Notre-Dame. Gérard n'était guère rassuré par ce qu'il avait pu voir. L'état de sa mère était bien pire que ce qu'il avait imaginé. Devinant son inquiétude, sa femme travailla à le réconforter jusqu'à leur retour à la maison.

Chapitre 18

Les fêtes

Les quinze premiers jours de décembre filèrent comme le vent. Quelques petites chutes de neige sans conséquence vinrent ajouter à l'épais tapis blanc laissé par la tempête de la fin du mois de novembre. Les trottoirs avaient enfin été déblayés, mais les bancs de neige dans les rues secondaires, comme Emmett et Archambault, demeuraient impressionnants et servaient de glissoires aux enfants qui utilisaient de simples bouts de carton à titre de traîneaux.

Les commerçants de la rue Sainte-Catherine avaient commencé à décorer les devantures de leurs magasins. À la Banque d'Épargne, coin Dufresne, on avait sorti une énorme couronne de gui ornée de quelques lumières tandis que le propriétaire de la pharmacie Charland, fidèle à sa tradition, avait installé un sapin dans l'une de ses vitrines et un gros bas de Noël en résille rouge rempli de jouets dans l'autre. Comme chaque année, le bas allait être tiré au sort le 24 décembre parmi les clients qui auraient rempli un coupon de participation. Plus loin, sur le même côté de la rue, les vitrines de Woolworth et de la salle de billard voisine avaient été entourées de séries de lumières multicolores et des «Joyeux Noël» en papier doré y avaient été suspendus.

En cette période des fêtes 1956, le curé Perreault avait même fini par accepter à contrecœur l'idée hasardeuse d'une crèche extérieure, installée devant le presbytère.

— Je voudrais bien savoir qui a eu cette idée de fou là !
avait-il ronchonné.

— C'est Yvon et moi, avait affirmé l'abbé Laverdière,
sarcastique, en parlant de son jeune confrère, Yvon
Dufour.

— Vous auriez dû venir d'abord m'en parler au lieu
d'aller vous ouvrir la trappe devant Moreau, lui reprocha
amèrement son supérieur. Vous le connaissez, notre
président de la fabrique. Pour lui, quand c'est nouveau,
c'est bon.

— Vous avez raison, monsieur le curé, reconnut René
Laverdière, feignant l'humilité.

— Vous avez pas réfléchi deux minutes avant de lui
suggérer ça. Je donne pas une journée à votre crèche. Les
voyous vont vous la démolir le temps de le dire.

— Ça, monsieur le curé, on peut pas le savoir tant
qu'on l'a pas essayé.

— Ça va être de l'argent gaspillé, protesta Damien
Perreault avec humeur. Je l'ai dit et redit à Moreau, mais
il a une tête de cochon. Cet argent-là aurait été bien plus
utile s'il avait servi à faire des paniers de Noël. En tout
cas, j'ai bien hâte d'entendre notre bedeau quand il va se
voir pris à aller démonter tout ça après les fêtes quand
ça va être pris dans la glace. Je l'enverrai vous voir,
l'abbé, avait ajouté l'imposant curé en affichant un air
vindicatif.

Pourtant, l'humble crèche installée à mi-chemin entre
la façade du presbytère et la petite clôture en fer forgé
était demeurée intacte après une semaine d'existence.
Chaque matin, le curé Perreault s'étonnait de découvrir
encore sur place la sainte famille ainsi que le bœuf et l'âne.
Mieux, il lui arrivait souvent de voir de jeunes écoliers
arrêtés de l'autre côté de la clôture en train de regarder la
crèche où il ne manquait que le petit Jésus.

Chez les Morin, l'heure n'était pas encore aux décorations de Noël. On avait des sujets de préoccupation beaucoup plus sérieux.

Ce matin-là, Lucille Morin avait quitté l'hôpital, apparemment guérie de sa pneumonie. Cependant, elle n'avait pas réintégré la maison luxueuse de sa fille. Les jours précédents, un spécialiste avait prévenu Colombe et Rosaire qu'il avait perçu un début de démence sénile chez sa patiente. Ce diagnostic ne les avait guère surpris et les avait plutôt confortés dans leur décision d'installer la vieille dame à l'hospice Gamelin, dès son congé de l'hôpital. Le samedi précédent, Richard avait aidé son oncle au transport des effets de sa grand-mère dans la chambre qui allait bientôt l'accueillir.

Étrangement, Laurette ressentait une profonde pitié pour celle qu'elle avait pourtant toujours détestée. Même si elle savait que la mère de son mari l'avait toujours ouvertement méprisée pour son manque de classe, elle ne pouvait s'empêcher de la plaindre. Elle se souvenait trop bien des vieillards de l'hospice Gamelin qu'elle apercevait de chez elle, lorsqu'elle était enfant. Elle en avait des frissons. Elle les revoyait, entassés dans la cour, se parlant à mi-voix et se déplaçant avec peine.

— On va tous finir comme ça, avait-elle dit à sa fille Carole qui acceptait mal le fait que sa grand-mère aille finir ses jours là où elle avait travaillé durant un été.

— Mais, m'man, avait protesté l'adolescente. Ça sent mauvais là-dedans et les vieux font pitié.

Laurette n'avait rien ajouté, prisonnière de ses propres peurs. Cependant, ce matin-là, elle avait conseillé à son mari d'aller se coucher à son retour du travail. Elle se chargerait d'aller accueillir sa mère dont l'arrivée à l'hospice était prévue pour dix heures.

— Je connais Rosaire et ta sœur, lui avait-elle dit. Ils vont être pressés de s'en retourner chez eux. Ils vont la laisser là comme un paquet. Je vais y aller pour être sûre que tout est correct et qu'elle est pas trop perdue.

Laurette n'avait pas revu sa belle-mère depuis sa visite à l'hôpital, deux semaines auparavant. Elle ignorait dans quel état elle allait la retrouver.

Quelques minutes avant dix heures, elle endossa son épais manteau d'hiver, chaussa ses bottes et se rendit à l'hospice de la rue Dufresne. Avant d'emprunter l'escalier qui menait à l'entrée, elle jeta un coup d'œil à la petite rue Champagne qui s'ouvrait juste devant. Avec un serrement de cœur, elle aperçut la porte de l'appartement où elle avait vécu toute son enfance.

La religieuse en poste à la réception lui refusa la permission de monter à la chambre de Lucille Morin. Elle l'invita à attendre son arrivée dans le couloir. Heureusement, Laurette n'eut pas à attendre très longtemps. Quelques minutes plus tard, elle vit sa belle-mère entrer dans l'immeuble en compagnie de Colombe et de Rosaire Nadeau. Ce dernier portait la petite valise de la nouvelle pensionnaire de l'hospice Gamelin.

— Bonjour, Laurette, la salua la mère de son mari. Vous êtes bien gentille d'être venue me voir.

— Bonjour, madame Morin. Je vois que vous allez pas mal mieux.

— Ils m'ont bien soignée, se contenta de dire la vieille dame. Mais qu'est-ce que je viens faire ici ? demanda-t-elle en se tournant vers Colombe.

— Je vous l'ai dit tout à l'heure, m'man. Vous allez être ici juste quelques jours pour votre convalescence. Rosaire et moi, on s'en va dans le Nord pour une semaine et on peut pas vous laisser toute seule à la maison après votre pneumonie.

— J'aurais pu aller rester chez Gérard.

— Ben non, madame Morin, intervint Laurette. Vous savez comme moi que chez nous, on gèle ben trop en hiver. Des plans pour que vous retombiez malade.

Laurette venait soudain de se rendre compte que sa belle-mère était beaucoup moins sénile que ne l'avaient laissé croire Colombe et son mari. Elle se promit sur-le-champ de tirer les choses au clair avant leur départ.

Même si la nouvelle pensionnaire de l'hospice Gamelin était assez récalcitrante, ils montèrent tout de même à l'étage en empruntant un vieil ascenseur poussif. Une religieuse très aimable les accueillit au deuxième et leur indiqua la chambre que Lucille Morin devait occuper.

— Vos affaires ont déjà été placées, madame Morin, précisa-t-elle avec un sourire. Essayez de pas trop déranger madame Provencher. C'est la dame qui va partager la chambre avec vous.

— Comment ça? protesta Lucille en se tournant vers les siens. Il y a quelqu'un dans ma chambre?

— Oui, m'man, fit Colombe. Il y avait pas de chambre privée libre.

Ils entrèrent tous les quatre dans la petite chambre dotée de deux lits étroits, de deux tables de nuit et de deux chaises berçantes. La pièce était éclairée par une haute fenêtre à guillotine au-dessous de laquelle un antique calorifère maintenait dans la pièce une chaleur suffocante. Une vieille dame toute chenue était assise près de la fenêtre, occupée à tricoter.

Après de rapides présentations, Colombe et Laurette virent à installer Lucille le plus confortablement possible.

— Il faudrait ben y aller, nous autres, fit Rosaire qui n'avait pas retiré son lourd manteau de chat sauvage, même s'il faisait une chaleur d'étuve dans la chambre. Il faut que j'aille au garage.

Comme si elle n'attendait que ce signal, sa femme s'empara de son manteau, déposé un instant plus tôt au pied du lit de sa mère, et l'endossa.

— Quand est-ce que vous allez venir me chercher? demanda Lucille Morin, alarmée de les voir s'apprêter à partir.

— Aussitôt que le docteur va dire que vous êtes prête à revenir à la maison, madame Morin, répondit son gendre.

— Ça devrait pas prendre plus qu'une semaine, m'man, voulut la réconforter sa fille en l'embrassant sur une joue.

— Vous partez tous?

— Pas moi, madame Morin, répondit Laurette. Je vais juste les reconduire et je reviens.

Laurette sortit de la pièce en même temps que Colombe et Rosaire.

— Êtes-vous ben sûrs, vous autres, qu'elle retombe en enfance? leur demanda-t-elle, l'air soupçonneux.

— Puisqu'on te le dit, Laurette, fit Colombe en boutonnant son manteau de fourrure.

— Elle m'a pourtant l'air d'avoir encore toute sa tête.

— Elle est toujours comme ça le matin. Mais attends de la voir l'après-midi. Plus elle est fatiguée, plus elle en perd, rétorqua Rosaire.

— Vous êtes certains que c'est pas les pilules qu'ils lui donnent qui la rendent comme ça?

— Pantoute. Attends, la prévint son beau-frère. Reviens la voir l'après-midi et tu vas ben voir par toi-même.

Laurette revint tenir compagnie à sa belle-mère durant quelques minutes avant de quitter l'hospice. En posant le pied sur la première marche de l'escalier, à l'extérieur, elle prit une profonde respiration, heureuse de laisser derrière elle l'air confiné de l'établissement.

Quand Gérard se leva au début de l'après-midi, elle l'encouragea à aller rendre une courte visite à sa mère avant d'aller travailler.

— Elle avait l'air ben correcte à matin, mais Rosaire dit qu'elle en perd pas mal dans la journée.

Le lendemain matin, Gérard révéla à sa femme, à son retour à la maison, que sa mère l'avait à peine reconnu lorsqu'il était allé la voir.

— Pendant un bon bout de temps, elle m'a pris pour mon père, ajouta-t-il, encore bouleversé par cette constatation. Ce qu'elle racontait avait ni queue ni tête.

~~~

Ce soir-là, Pierre Crevier raccompagna Denise à la maison comme il le faisait maintenant pratiquement tous les soirs depuis son retour du Lac-Saint-Jean. Comme le mercure était tombé à –15 °F, la jeune fille invita son amoureux à entrer se réchauffer un peu avant de retourner chez son oncle, rue De Montigny, où il louait une chambre.

Les Morin l'accueillirent comme s'il était un membre de la famille. Laurette lui offrit même de souper.

— Vous êtes ben fine, madame Morin, mais j'ai déjà mangé. On soupe de bonne heure chez mon oncle Eugène. À soir, il était tout excité parce que Diefenbaker vient d'être élu chef du Parti conservateur.

— C'est qui ce gars-là ?

— Je le sais pas, madame Morin, reconnut le jeune homme. Moi, la politique, ça m'intéresse pas pantoute.

Cependant, il accepta avec plaisir la tasse de café que Denise lui tendait déjà.

— Avez-vous l'intention de décorer pour Noël ? demanda le jeune débardeur.

— J'y ai pensé, avoua Laurette sans trop d'enthousiasme. Le dernier arbre qu'on a monté, c'était il y a quatre ans, avant que mon mari tombe malade. Mais j'hésite. Ça prend ben de la place dans la cuisine et ça salit mon prélart.

— En tout cas, madame Morin, si vous en voulez un beau, je sais où en trouver un, pas cher à part ça.

— M'man, on devrait en acheter un, intervint Denise, enthousiaste. On pourrait même le décorer à soir.

— Moi, je peux aller le chercher avec Pierre, si vous voulez, offrit Richard, plein de bonne volonté.

Laurette réfléchit un instant à la proposition avant de l'accepter.

— Si vous voulez vous en occuper, c'est correct. Combien ça va coûter, demanda-t-elle à l'ami de sa fille en se tournant vers lui.

— Laissez faire, madame Morin, je m'en occupe, déclara ce dernier, déjà debout, prêt à partir.

Il entraîna Richard dans une cour de la rue Poupart où le locataire du rez-de-chaussée de la maison avait entreposé une trentaine d'arbres de Noël de toutes les tailles.

— On va en prendre un de sept pieds, déclara Pierre Crevier au vendeur qui s'était enfoncé une tuque jusqu'au ras des yeux pour se protéger du froid polaire de cette soirée de décembre.

— C'est tous des arbres coupés sur la terre à bois de mon frère, à Saint-Tite, dit le vendeur. Il me les a livrés hier.

L'homme n'avait pas l'air particulièrement honnête, ce qui rendit Pierre un peu méfiant. Il examina avec soin l'arbre que l'autre lui tendait.

— C'est trois piastres, dit le vendeur en tendant la main.

— T'es pas malade, toi, s'insurgea Pierre Crevier. Ça vaut pas plus que deux piastres, cet arbre-là. Il a même commencé à sécher.

L'autre accepta l'offre sans trop marchander et l'affaire fut conclue. Le jeune débardeur et Richard empoignèrent l'arbre et le transportèrent rue Emmett.

— Tu penses que c'est vrai que ça vient de chez son frère ? avait demandé Richard lors d'une courte pause qu'ils s'étaient accordée coin Fullum et Sainte-Catherine, près de la crèche extérieure du presbytère.

— Ça se peut, répondit Pierre en riant. Mais disons qu'il y a plus de chance que ce soient des arbres volés.

À la maison, on avait eu le temps de remettre de l'ordre dans la cuisine. Gilles avait retrouvé les vieilles boîtes de décorations et les quelques séries de lumières entreposées dans la cave. En moins d'une heure, l'arbre fut installé dans l'un des coins de la pièce et décoré. Une guirlande fut même suspendue à l'entrée du couloir. Avant que Pierre rentre chez son oncle, on éteignit le plafonnier de la cuisine pour juger de la beauté de l'arbre illuminé.

— Je pense que votre père va être ben content de voir ça, déclara Laurette au moment d'aller se coucher, à la fin de la soirée.

Le lendemain soir, Denise rentra à la maison, porteuse d'une douzaine de boules de Noël rouges, cadeau de son amoureux. Carole et elle s'empressèrent de les suspendre dans l'arbre.

~~~

Trois jours avant Noël, Laurette décida de se mettre à la préparation de son réveillon de Noël dès que Gérard l'eut quittée pour aller se coucher. Même si elle avait moins de peine à confectionner sa pâte à tarte depuis qu'elle avait adopté la recette de la veuve Paquin quelques années plus tôt, elle n'avait pas plus ce qu'elle appelait l'« esprit des fêtes ». Pour elle, Noël, le jour de l'An et la fête des Rois ne représentaient que des occasions de dépenses et un surplus de travail dont elle se serait bien passée.

Même si elle réussissait maintenant sans mal sa pâte à tarte, elle ne cuisinait des tartes et des tourtières qu'une fois par année.

— C'est ben assez, bout de viarge ! dit-elle à mi-voix en ajoutant des oignons finement hachés dans la poêle en fonte dans laquelle cuisait un mélange de bœuf et de porc.

Elle cuisinait depuis deux heures. Le fond de dix assiettes de tôle était déjà pourvu d'une couche de pâte. La cuisinière n'attendait que la fin de la cuisson des raisins et des dattes pour en verser dans quelques-unes avant de les couvrir d'une mince pâte et de les mettre au four. La cuisine embaumait, mais Laurette était indifférente à toutes ces bonnes odeurs.

— Maudit que c'est du trouble pour rien toutes ces affaires *fancy* là, pesta-t-elle. Je vais passer ma journée là-dedans et demain, ce sera pas mieux, il va falloir que je m'occupe de la dinde et du ragoût de boulettes.

À la radio *Les Trois Cloches*, interprétée par Édith Piaf, finissait de jouer et l'animateur venait d'annoncer *Mon cœur est un violon* de Lucienne Boyer quand la porte d'entrée s'ouvrit doucement, laissant pénétrer un courant d'air froid jusque dans la cuisine.

— Bon. Dis-moi pas que l'école a fini plus de bonne heure aujourd'hui, se dit la cuisinière, agacée par la perspective d'avoir Gilles ou Carole dans la maison pendant qu'elle cuisinait.

Les mains couvertes de farine, elle s'avança jusqu'à l'entrée du couloir pour voir qui venait d'entrer. Son cœur eut un raté en apercevant Jean-Louis, dans la pénombre du couloir, en train d'enlever ses couvre-chaussures. Le jeune homme avait déposé une valise en cuir bouilli près de la porte.

La mère de famille dut faire un énorme effort pour ne pas se précipiter vers son fils qu'elle n'avait pas vu depuis plus de quatre mois. Elle resta immobile, le cœur battant, à l'entrée du couloir. Elle attendit qu'il ait tourné la tête vers elle pour lui faire signe de ne pas parler et de venir la rejoindre dans la cuisine. Sur ce, elle lui tourna le dos et revint près de la table où, les mains tremblantes, elle saisit son étui à cigarettes et s'alluma une cigarette.

Après ce qui lui parut être une éternité, elle vit son fils entrer dans la cuisine, l'air penaud et surtout chiffonné. La mère de famille sursauta en l'examinant sous l'éclairage du plafonnier. Il n'était pas rasé et arborait de larges cernes sous les yeux. La mère de famille ne l'avait jamais vu avec une apparence si peu soignée. Jean-Louis avait le visage très pâle et semblait avoir maigri.

— Assis-toi et parle pas trop fort pour pas réveiller ton père, lui ordonna-t-elle en prenant son air le plus sévère.

Jean-Louis s'assit à table, la mine basse, incapable de regarder sa mère dans les yeux.

— Est-ce qu'on peut enfin savoir d'où tu sors ? demanda-t-elle d'une voix coupante.

Le jeune homme se contenta de baisser la tête sans rien dire.

— Tu pars comme un maudit sauvage de la maison. Pendant quatre mois et demi, pas moyen d'avoir de nouvelles. Puis v'là qu'à matin, tu reviens ici dedans, comme si de rien n'était.

Jean-Louis esquissa le geste de se lever, comme s'il voulait partir.

— Reste assis et réponds-moi comme un homme, s'emporta sa mère, les dents serrées. Qu'est-ce qui s'est passé ? Je suis même allée te courir chez Dupuis pour me faire dire que tu travaillais plus là.

Toujours sans oser regarder sa mère, le garçon de vingt-deux ans se mit à raconter d'une voix hachée ce qu'il avait vécu depuis qu'il avait quitté le toit familial.

— Comme je l'ai dit à p'pa quand il est venu me voir, Jacques m'avait offert d'aller rester chez eux.

— T'aurais pu nous en parler au lieu de partir comme un voleur, lui reprocha sèchement sa mère.

— Au mois d'août, Jacques a trouvé une compagnie à Longueuil qui avait besoin d'un comptable, poursuivit son fils sans tenir compte de son interruption. Il a lâché Dupuis et il m'a fait engager. On a déménagé à Longueuil. La compagnie nous donnait dix piastres de plus par semaine. Ça valait la peine. En plus, le loyer était moins cher là-bas.

— T'aurais pu venir nous voir et nous raconter tout ça, fit sa mère, toujours pas calmée.

— Vous vous seriez encore mise en maudit, laissa tomber Jean-Louis. En tout cas, au commencement de septembre, j'ai perdu ma *job* parce que le *boss* a décidé tout à coup qu'il avait plus besoin de deux gars à la comptabilité. Ça fait que j'ai été obligé de m'en chercher une autre.

— Où est-ce que tu travailles à cette heure ?

— Nulle part. J'ai beau chercher tous les jours, je trouve rien, dit le jeune homme d'une voix geignarde.

— Bon. Puis ? Comment ça se fait que tu te décides tout à coup à venir nous voir ?

— Ben. Depuis le commencement de l'automne, je continue à payer une pension chez Jacques. C'est sûr qu'il est pas intéressé à me faire vivre. Depuis une semaine, j'ai plus une cenne à la banque. Avant-hier, il m'a demandé de partir parce qu'il avait trouvé un autre locataire, ajouta-t-il, les larmes aux yeux. Il m'a mis dehors.

— Bonyeu! Fais un homme de toi, s'emporta sa mère en maîtrisant sa voix avec peine. Où est-ce que t'es resté les deux derniers jours?

— À la gare Windsor. J'ai pas dormi ni mangé depuis deux jours, avoua-t-il, l'air misérable.

— Bon. C'est correct. Tu vas manger un morceau et aller te coucher après. Quand ton père se lèvera, il décidera si on te garde ou pas. Fais-toi des *toasts* pendant que je te fais cuire des œufs.

Laurette saisit une poêle et y fit cuire trois œufs qu'elle fit glisser sur une assiette qu'elle déposa devant son fils. Ce dernier en dévora le contenu en quelques instants. Comme il se levait pour aller se coucher, sa mère lui précisa :

— Va te coucher dans la chambre du fond et ôte ta valise dans l'entrée.

— Merci, m'man, dit son fils en se levant.

Laurette ne répondit rien, trop bouleversée par le retour de ce fils ingrat. Tout en finissant la confection de ses tartes et de ses pâtés, la vague pensée des relations qui avaient existé entre son Jean-Louis et Jacques Cormier l'effleura, mais elle rejeta aussitôt les images qui lui venaient à l'esprit. Son propre fils ne pouvait pas être comme ça.

Vers une heure de l'après-midi, Gérard se leva, mis en appétit par toutes ces odeurs appétissantes qui embaumaient l'appartement.

— Je suppose qu'on peut pas goûter à rien avant le réveillon, dit-il avec bonne humeur après s'être rasé et habillé.

— T'as ben deviné, répliqua Laurette. Mais as-tu deviné aussi qui est en train de dormir dans la chambre à côté?

— Il y a quelqu'un qui dort là? demanda Gérard, surpris.

— En plein ça.

— Qui?

— Ton garçon Jean-Louis.

— Ah ben, cybole ! s'emporta le père de famille prêt à se lever.

— Attends, lui ordonna sa femme. Il faut d'abord que je te dise ce qu'il m'a raconté en arrivant.

Laurette s'assit à table en face de lui. Elle lui raconta les mésaventures de leur fils dans leurs moindres détails.

— Ça excuse pas ce qu'il nous a fait, dit Gérard, vindicatif.

— Je le sais ben, approuva-t-elle, mais on peut tout de même pas le sacrer dehors en plein mois de décembre. On ferait même pas ça à un chien.

Gérard se tut, alluma une cigarette et se plongea dans une profonde réflexion. De toute évidence, il ignorait comment régler le problème du retour de son fils. Laurette demeura assise, lui laissant tout le temps voulu pour réfléchir.

— Bon. Qu'est-ce qu'on fait ? finit-il par lui demander.

— Je serais d'avis qu'on efface tout, dit-elle en hésitant. Il s'installera dans la chambre du fond et il se cherchera une *job*. On lui chargera la même pension qu'avant quand il en aura trouvé une, mais on lui laissera pas la chambre d'en avant. Gilles et Richard la garderont. Disons que ce sera sa punition.

— Ouais, fit Gérard. Il me semble qu'on lui fait pas payer ben cher ce qu'il nous a fait vivre.

Quand Jean-Louis se leva, à la fin de l'après-midi, son père venait de quitter l'appartement pour aller travailler. Au moment où il sortait de la chambre, Richard entrait dans l'appartement avec Carole et Gilles.

— Aïe ! Ça doit être l'Halloween ! s'exclama-t-il en prenant une pose théâtrale, une main sur le cœur. Je viens de voir un fantôme.

— Toujours aussi drôle, toi, laissa tomber son frère aîné en se dirigeant vers la cuisine.

Carole et Gilles s'empressèrent de retirer leurs manteaux pour aller le saluer. Rien dans le comportement de leur frère ne laissait croire qu'il éprouvait un plaisir particulier de les revoir après une aussi longue absence.

— Je vais attendre après le souper pour déménager mes affaires dans la chambre du fond, annonça Gilles à sa mère.

— Non. Tu vas rester avec Richard dans la chambre d'en avant. Jean-Louis va s'installer au fond.

— Pourquoi, m'man?

— C'est ce que ton père a décidé, fit Laurette sans plus d'explications.

L'enfant prodigue comprit que son père avait accepté qu'il demeure sous le toit familial et n'éleva aucune objection. À l'heure du souper, il ne fit pas montre de plus de joie en revoyant sa sœur aînée qui avait sursauté en l'apercevant assis à table.

Quand Jean-Louis eut disparu dans sa chambre après le repas, Laurette s'empressa de servir un avertissement sérieux à ses enfants encore attablés.

— Je veux que vous laissiez votre frère tranquille, dit-elle à mi-voix. Il en a pas mal arraché. Il est tout à l'envers. Il a perdu sa *job* et il a plus une cenne. Ça fait qu'achalez-le pas.

— Plus une cenne! s'étonna Richard. Sacrifice! Il a dû faire des folies pour vider son compte de banque comme ça.

— Ça te regarde pas, Richard Morin. Contente-toi de faire ce que je viens de dire, lui ordonna sa mère.

Ce soir-là, Laurette remercia Dieu de lui avoir ramené son fils à la maison en faisant sa prière. Elle se promit de tout faire pour le remettre d'aplomb le plus tôt possible.

Elle s'endormit en élaborant toutes sortes de plans qui devaient permettre à son Jean-Louis de retrouver le bonheur.

Chapitre 19

Les inattendus

La veille de Noël, lorsque Gérard Morin rentra de sa nuit de travail, il découvrit tous les siens rassemblés autour de la table, en train de déjeuner. Il secoua les quelques flocons de neige qui s'étaient déposés sur son manteau avant de suspendre ce dernier sur l'un des crochets fixés au mur, derrière la porte d'entrée.

— Quel temps il fait dehors? demanda Laurette en lui servant une tasse de café.

— Il commence à neiger, mais on gèle pas mal moins qu'hier.

— Parfait. Cet avant-midi, je dois aller chez Tougas acheter une couple d'affaires qui me manquent.

— Je peux aller vous les acheter si vous voulez, proposa Carole, pleine de bonne volonté. Moi, aujourd'hui, j'ai rien à faire.

— Laisse faire. Ça va me faire du bien de prendre un peu l'air. J'ai passé la semaine à faire la cuisine. Tout est prêt pour le réveillon. La dinde, le ragoût de boulettes et les tourtières sont dans la boîte, sur le balcon. Les tartes sont dans l'armoire. On va avoir un beau Noël. Je vais partir vers neuf heures et revenir pour dîner. Ça me tente d'aller voir dans les magasins. Si t'as envie de venir avec moi, tu peux venir.

Carole accepta avec joie d'accompagner sa mère.

— Moi, j'haïs ça quand Noël tombe un samedi, déclara Richard après avoir avalé une bouchée de sa rôtie couverte de marmelade. T'es poigné pour aller deux fois à la messe en deux jours. Il me semble que la messe de minuit devrait compter pour la messe du dimanche.

— Parle donc pas pour rien dire, lui ordonna sa mère, sévère. Denise, ajouta-t-elle en se tournant vers son aînée, tu peux inviter ton Pierre à réveillonner avec nous autres si ça lui tente.

— Merci, m'man, fit la jeune fille, reconnaissante.

— Ah! Gérard, j'allais oublier de te le dire. Ta sœur Colombe nous a téléphoné hier soir.

— Qu'est-ce qu'elle voulait?

— Elle nous appelait pour nous souhaiter des bonnes fêtes. Elle partait avec Rosaire à Saint-Sauveur pour une dizaine de jours. Il paraît qu'ils ont des amis qui vont fêter avec eux autres là-bas.

— C'est ben fin de sa part d'avoir appelé.

— Peut-être, mais as-tu pensé à ta mère dans tout ça? La pauvre vieille va passer les fêtes toute seule, à l'hospice.

Autour de la table, les jeunes cessèrent de manger pendant un instant, attendant, de toute évidence, la réponse de leur père.

— La dernière fois que je suis allé la voir, elle était tellement perdue que je suis pas sûr qu'elle va se rendre compte de quelque chose.

— Whow! Gérard Morin, fit sa femme. Dieu sait que j'ai jamais aimé ta mère plus qu'il faut, mais il est pas question qu'on la laisse toute seule, comme un chien, à l'hospice, le jour de Noël.

— Qu'est-ce que tu veux faire?

— Je vais appeler à l'hospice pour dire aux sœurs qu'on va aller chercher ta mère après le souper et qu'on va la garder à coucher. Tu la ramèneras là-bas demain après-midi.

— Où est-ce qu'elle va coucher? On a pas de place pantoute pour elle.

— On va se tasser. T'iras coucher avec Jean-Louis. Ta mère couchera avec moi. Je te garantis que si elle se met dans la tête d'aller se promener pendant la nuit, elle va avoir affaire à moi.

Gérard ne protesta pas et ne put s'empêcher d'adresser un regard non dénué de tendresse à sa femme. Encore une fois, elle faisait preuve de son grand cœur. Sa rancune ne durait jamais très longtemps.

— Même si j'ai congé à soir et demain soir, déclara-t-il, je vais aller dormir une couple d'heures. Mais avant ça, j'ai à parler aux gars, ajouta-t-il en se levant de table.

— C'est quoi ces cachotteries-là? demanda Laurette, méfiante.

— Ça regarde les cadeaux de Noël, se contenta de lui dire son mari. Venez dans ma chambre, dit-il à ses trois fils, j'ai quelque chose à vous dire.

Denise et Carole regardèrent leur mère pour voir si elle allait protester, mais cette dernière n'en fit rien.

Jean-Louis, Gilles et Richard, intrigués, suivirent leur père dans sa chambre à coucher dont il referma la porte derrière eux.

— Bon. Écoutez-moi, dit le père de famille à ses fils. J'ai acheté un gros cadeau de Noël à votre mère et aussi à toute la famille. Je vous le dis avant le temps parce que je peux pas faire autrement.

— Qu'est-ce que c'est? demanda Richard, impatient.

— Laisse-moi finir, lui ordonna son père. Je suis arrêté chez Living Room hier après-midi, avant d'aller travailler. J'ai acheté une télévision Zénith et une petite table pour la mettre dessus.

— Une télévision! s'exclama Gilles qui avait de la peine à croire ce qu'il venait d'entendre.

— Ben oui, une télévision. C'est juste une portative. Une dix-neuf pouces. C'est sûr qu'elle est moins belle que celles qu'on voit dans un grand meuble, mais c'est supposé être une bonne télévision. T'es encore sur la livraison aujourd'hui? demanda Gérard à son fils.

— Oui, p'pa.

— Peux-tu t'arranger pour qu'on me livre ça avant le dîner. Je voudrais pas que ta mère voie son cadeau avant le réveillon.

— Certain. Je m'en occupe en arrivant au magasin, affirma Gilles.

— Moi, je peux pas être ben utile, déclara Jean-Louis. Je pars tout à l'heure pour aller me chercher une *job* et je pense pas être revenu avant l'heure du souper.

— C'est correct, fit son père. Richard travaille pas aujourd'hui. Il va vider le bas de ton garde-robe et on va cacher la télévision à cette place-là. Quand tu seras revenu, t'auras juste à t'organiser pour que personne aille fouiller là.

— Ça va être toute une surprise pour m'man, fit Richard, heureux à l'avance de la joie qu'allait éprouver sa mère en découvrant son cadeau ce soir-là.

Cette veille de Noël se déroula comme prévu. Durant toute la journée, une petite neige folle rendit l'atmosphère encore plus joyeuse.

Un peu avant onze heures, le téléviseur et la table furent livrés chez les Morin. Richard et son père eurent amplement le temps de bien les dissimuler au fond du placard de la chambre de Jean-Louis avant le retour de Laurette et de Carole.

Denise et Gilles rentrèrent de leur travail un peu avant six heures, et toute la famille se retrouva dans la cuisine pour le repas du soir.

— À soir, on prendra pas un trop gros souper, dit Laurette aux siens. On va avoir un gros réveillon. J'ai préparé deux recettes de galettes de sarrasin. On va manger ça avec de la mélasse.

Le repas fut pris en quelques minutes. Pendant que les filles de la maison se chargeaient de remettre de l'ordre dans la cuisine, les garçons se disputaient l'usage de la salle de bain pour faire leur toilette.

— J'ai promis à Nicole d'être chez eux à sept heures, déclara Gilles.

— Et moi, j'ai un *party* chez Beaudet, un gars qui travaille avec moi, déclara Richard.

— J'espère, vous deux, que vous allez être à l'heure à la messe de minuit, fit leur mère.

— Certain, m'man, répondirent les deux frères en même temps.

Après le départ des deux adolescents, Denise dit à sa mère :

— J'ai vu Pierre à midi. Il s'est arrêté au magasin. Il m'a proposé de venir me prendre après le souper pour aller chercher mémère à l'hospice.

— Il est ben fin, ton *chum*, dit Laurette, fatiguée de sa journée. Si c'est comme ça, je vais aller m'étendre une heure. On va veiller tard à soir. Gérard, tu vas rentrer la dinde, le ragoût et deux tourtières dans la maison pour que ça dégèle.

Denise et Pierre ramenèrent Lucille Morin à la maison un peu après huit heures. La vieille dame était plutôt apathique et sa petite-fille proposa de la laisser dormir un peu dans son lit avant de l'emmener à la messe de minuit.

— Comme ça, m'man sera pas obligée de s'occuper d'elle et on peut la laisser dormir, elle aussi, un peu plus longtemps, expliqua-t-elle à son père.

Gérard acquiesça tout en se levant pour aller baisser le son de la radio où Tino Rossi finissait de chanter *Petit papa Noël*.

— On pourrait peut-être jouer aux cartes en attendant de se préparer pour la messe, proposa le père de famille d'excellente humeur.

Il s'assit à table en compagnie de Pierre Crevier, Denise et Carole et on joua au cinq cents. Jamais durant la soirée, Jean-Louis ne vint rejoindre les membres de sa famille dans la cuisine. Après le repas, il s'était empressé de se retirer dans sa chambre et n'en avait plus bougé.

～❧

Vers dix heures, Laurette se réveilla. Dans le noir, elle fixa un long moment les chiffres phosphorescents du réveille-matin avant de réaliser qu'elle avait dormi près de trois heures. Elle se leva précipitamment et alla retrouver les siens assis dans la cuisine.

— Il est pas vraiment dix heures ? demanda-t-elle en regardant l'horloge murale.

— Ben oui, m'man, répondit Carole. On vous a laissée dormir.

— Et où est ta mère ? demanda-t-elle à son mari.

— Dans le lit des filles. On l'a couchée en arrivant.

— Et la sœur nous a donné des pilules qu'elle doit prendre si elle devient trop agitée, ajouta Denise en montrant une petite bouteille de pilules roses déposée sur le comptoir.

— Bon. On va la réveiller tout à l'heure. On va partir à onze heures pour la messe. Si on part plus tard, on n'aura pas de place pour s'asseoir.

— Je pense que j'irai pas, m'man, fit Jean-Louis qui sortait à ce moment-là des toilettes.

— Tu viens à la messe de minuit comme tout le monde, trancha sa mère sur un ton sans appel.

À onze heures, l'appartement de la rue Emmett se vida de ses occupants. En posant le pied à l'extérieur, Laurette ne put s'empêcher de s'exclamer :

— Ah ben ! maudite affaire ! V'là qu'il mouille à cette heure ! On va arriver à l'église les pieds tout mouillés.

En effet, le mercure avait encore grimpé durant la soirée après s'être situé tout près du point de congélation durant la journée. Peu après neuf heures, une petite pluie froide s'était mise à tomber, gâchant un peu l'atmosphère de Noël.

— Espérons que ça gèlera pas trop vite, fit remarquer Gérard en donnant le bras à sa mère.

Denise et Pierre ouvraient la marche, suivis par Jean-Louis et Carole. Derrière eux, Laurette et son mari enca-draient Lucille Morin, qui n'avait pratiquement pas ouvert la bouche depuis son arrivée chez son fils.

— Les rois mages sont après prendre toute une douche, plaisanta Gérard en montrant les trois personnages en plâtre agenouillés dans la neige, devant la crèche extérieure du presbytère.

— J'ai ben hâte de voir de quoi va avoir l'air le petit Jésus qu'ils vont mettre là, dit Laurette.

À leur arrivée à l'église Saint-Vincent-de-Paul, de nombreux fidèles montaient déjà la douzaine de marches conduisant aux portes du temple. Les Morin pénétrèrent dans les lieux, accueillis par le *Il est né, le divin enfant* de la chorale qui procédait à une dernière répétition avant la messe.

L'église était déjà plus qu'à demi remplie. Les marguil-liers, rassemblés à l'arrière, discutaient entre eux en se donnant des airs importants. Laurette prit la tête de la famille, trempa le bout de ses doigts dans le bénitier et s'engagea résolument dans l'allée centrale, bien décidée à trouver un banc libre à l'avant pour assister à la messe de minuit. Elle en découvrit un au centre de l'église et fit des signes impatients aux siens de venir la rejoindre. Il régnait déjà dans l'église une chaleur élevée.

— On est aussi ben d'ôter nos manteaux, dit-elle aux autres en déboutonnant le sien. Ce sera pas long qu'on va crever ici dedans. Bonyeu! Je comprends pas qu'ils pensent pas à baisser le chauffage. Il me semble que ça prend pas la tête à Papineau pour comprendre que quand l'église est pleine, on a de la misère à respirer tellement il fait chaud.

Lucille Morin lui jeta un regard réprobateur en l'entendant jurer dans l'église. Laurette s'en rendit compte et se pencha vers son mari pour lui murmurer :

— Tiens! On dirait ben que ta mère a l'esprit clair à soir. Je viens de la reconnaître.

Durant l'heure suivante, les chuchotements des gens étaient ponctués par le bruit des agenouilloirs qu'on laissait tomber un peu trop brusquement sur le sol en marbre. Des enfants pleuraient déjà.

— Faut-il être insignifiant pour traîner des enfants à l'église à cette heure-là! ronchonna Laurette à mi-voix. Ils devraient être dans leur lit, ces enfants-là.

Tout en attendant le début de la messe, Laurette ne cessait de tourner la tête dans toutes les directions, à la recherche de Richard et de Gilles qu'elle n'était pas encore parvenue à apercevoir. Ce n'est qu'à l'entrée dans le chœur du curé Perreault qu'elle crut apercevoir en arrière, sur sa droite, Gilles en compagnie de Nicole Frappier dont la tête blonde était couverte d'un béret écarlate.

— J'ai vu Gilles en arrière, glissa-t-elle à l'oreille de son mari, mais pas Richard.

— Arrête donc de t'énerver pour rien, rétorqua son mari, agacé de la voir tourner si souvent la tête dans toutes les directions. Tu le connais. Il a dû arriver à la dernière minute et il doit être poigné debout en arrière. Tant pis pour lui.

Comme chaque année, le curé de la paroisse célébrait la messe de minuit avec un faste particulier. Les porte-flambeaux l'avaient précédé dans le chœur en même temps qu'une véritable cohorte d'enfants de chœur en soutane rouge et surplis de dentelle blanche.

Gérard ne s'était pas trompé de beaucoup au sujet de son fils Richard. Ce dernier était bien entré dans l'église une minute à peine avant l'arrivée du célébrant, mais il en était ressorti très rapidement, en proie à des nausées incoercibles. Appuyé contre l'une des portes, à l'extérieur, l'adolescent tentait de prendre de profondes respirations pour combattre son envie de vomir.

La soirée chez Roméo Beaudet avait été particulièrement bien arrosée. Ce dernier avait refusé d'accompagner ses parents chez une tante à Sorel pour offrir une petite fête à une douzaine de collègues de MacDonald Tobacco. Certains étaient accompagnés et avaient apporté des boissons alcoolisées avec lesquelles ils s'étaient fait un point d'honneur de régaler tous les invités. Une certaine Ginette Brodeur, l'alcool aidant, avait semblé particulièrement sensible au charme du fils de Laurette Morin.

Richard avait bu pour se donner du courage. Après avoir ingurgité quelques bouteilles de bière et deux verres de gin, il avait invité à danser cette rousse incendiaire à l'air passablement déluré à de nombreuses reprises.

À onze heures trente, même s'il était un peu ivre, il avait été tout de même assez lucide pour prendre congé de son hôte et se diriger vers l'église. Le baiser que lui avait donné Ginette à son départ lui avait fait tourner encore plus la tête. Pendant un bref moment, il avait même été bien prêt de renoncer à la messe et au réveillon familial pour demeurer chez Beaudet, mais la crainte de la réaction prévisible de sa mère l'en avait dissuadé.

Marcher sous la pluie l'avait aidé à reprendre un peu pied dans la réalité, mais, depuis quelques minutes, la température avait chuté et la pluie s'était transformée en verglas, rendant malaisés les déplacements à l'extérieur.

L'adolescent était dehors depuis une dizaine de minutes et il avait maintenant froid aux oreilles et aux mains. Soudain, son estomac refusa définitivement toute collaboration. Il eut juste le temps de se pencher au-dessus du garde-fou avant de vomir.

Il venait à peine de s'essuyer la bouche avec son mouchoir quand la porte de l'église s'ouvrit sur le bedeau de la paroisse, vêtu d'un veston et portant une statue en plâtre de près de deux pieds de longueur.

— Dis donc, le jeune, l'apostropha le vieil homme en l'apercevant, irais-tu placer cette statue-là dans la crèche ? Je suis pas habillé pantoute pour me promener dehors. J'ai pas envie d'avoir la grippe.

— Certain, accepta Richard en réprimant un haut-le-cœur.

— Fais-y ben attention. C'est le petit Jésus, précisa le bedeau en lui tendant la statue.

La porte de l'église se referma et Richard, les bras encombrés par la statue, entreprit de descendre la douzaine de marches qui conduisaient au trottoir. C'était compter sans le verglas. La pluie tombée toute la soirée s'était transformée peu à peu en une mince couche de glace qui faisait maintenant briller tout le paysage.

Dès qu'il posa le pied sur la première marche, Richard se sentit partir. Dans un geste instinctif, il lâcha la statue pour essayer de se rattraper au garde-fou. Cette tentative fut vaine.

— Maudit calvaire! jura-t-il en dévalant l'escalier sur le dos.

L'adolescent se reçut durement sur les fesses au bas des marches. Sa première réaction fut de regarder autour de lui pour voir si sa chute avait eu des témoins. Il ne vit personne. Il se releva avec précaution en maintenant difficilement son équilibre sur le trottoir verglacé. Cette chute eut au moins l'avantage de chasser la plus grande partie des vapeurs d'alcool qui lui embrumaient le cerveau. Il se mit aussitôt à la recherche de la statue qu'il retrouva sur le bord du trottoir. Il la ramassa et s'aperçut, à la lumière du lampadaire, que la tête et un bras avaient disparu durant la chute.

Toujours en équilibre précaire sur la mince couche de glace, il se mit à la recherche des morceaux manquants. Il n'eut pas à chercher très loin. La tête avait roulé trois ou quatre pieds plus loin alors que le bras gauche était demeuré sur l'avant-dernière marche. Richard, catastrophé, ne savait pas trop quoi faire avec les restes de la statue.

— Ça m'apprendra à me mêler de mes maudites affaires! dit-il à mi-voix en se dirigeant avec mille précautions vers la crèche extérieure installée à une trentaine de pieds sur sa gauche.

Il enjamba la petite clôture de fer forgée, cassant ainsi la mince couche de glace qui recouvrait la neige du parterre. Il déposa la statue sur la litière de paille qui l'attendait depuis trois semaines. Il disposa la tête à l'extrémité du cou le mieux possible. Pour le bras cassé, c'était toutefois une autre affaire. Il s'agissait du bras qui, normalement, devait être dressé. Après avoir tenté diverses manœuvres pour le faire tenir en place, l'adolescent renonça. Poussé par la crainte d'être vu par un passant, il se résolut à planter le bras dans la paille, ce qui le faisait étrangement ressembler à un moignon en plâtre.

— Ça paraît presque pas à la noirceur, se dit-il en s'empressant d'enjamber la clôture. Demain, ils vont penser que c'est des *bums* qui l'ont cassé.

Rentrant dans l'église, il vit deux marguilliers sortir de l'édifice avec des seaux remplis de sel. Il n'offrit pas d'aider les deux hommes à répandre ce dernier sur les marches.

Quelques minutes plus tard, les portes s'ouvrirent à nouveau, cette fois pour livrer passage aux fidèles pendant que le maître chantre de la paroisse entonnait le *Minuit, Chrétiens*.

Cette nuit-là, bien des gens durent regretter d'être sortis de leur maison à la vue des trottoirs verglacés sur lesquels ils eurent à se déplacer pour rentrer chez eux. Les Morin se montrèrent très prudents dans les circonstances. Gilles salua rapidement son amie Nicole et ses parents avant de venir rejoindre les siens.

— Bonyeu! Il manquerait plus qu'on se casse une jambe, à cette heure, dit Laurette en empoignant le bras de Gérard.

Jean-Louis et Richard soutinrent leur grand-mère, qui ne dit pas un mot durant tout le trajet. De retour à la maison, on alluma le sapin et on ajouta du charbon dans la fournaise pendant que Laurette et ses filles dressaient le couvert du réveillon. Les tourtières furent mises dans le fourneau. La dinde et le ragoût furent déposés sur le poêle à huile.

— Dans une dizaine de minutes, tout va être prêt, déclara Laurette. Je pense qu'on est aussi ben de donner les cadeaux avant de réveillonner. Après, on aura l'esprit tranquille pour manger.

Elle disparut durant quelques instants dans sa chambre à coucher pour revenir dans la cuisine les bras chargés de petits paquets qu'elle se mit à distribuer à chacun de ses enfants. Lorsqu'elle arriva à Jean-Louis, ce dernier refusa de prendre le paquet qu'elle lui tendait.

— M'man, je peux pas le prendre. Moi, j'ai pas acheté de cadeau à personne. J'avais pas une cenne.

— Tu le prends, comme les autres, lui ordonna sa mère en le déposant sur ses genoux. Ton père et moi, on donne pas des cadeaux pour que vous nous en donniez.

Alors, comme son père et les autres garçons de la famille, Jean-Louis développa une paire de gants.

— Tiens! Il me reste un paquet! s'exclama Laurette avec bonne humeur. Je pense que c'est pour Pierre.

Elle tendit le dernier cadeau à l'amoureux de Denise. Ce dernier découvrit avec plaisir qu'on lui avait donné le même cadeau qu'aux fils de la famille.

Assise dans l'une des chaises berçantes, Lucille Morin commença à s'agiter et à marmonner des paroles inintelligibles.

— Ta mère commence à être fatiguée, fit-elle remarquer à Gérard. Ça fait longtemps que son heure d'aller se coucher est passée.

— On peut ben aller la coucher tout de suite, proposa son mari.

— Non. Attends, commanda Laurette. J'ai aussi quelque chose pour vous, madame Morin, dit-elle à sa belle-mère en lui tendant un paquet plat enveloppé dans un papier rouge brillant.

Sous les encouragements de ses petits-enfants, la vieille dame développa avec des gestes hésitants un foulard imprimé. Elle passa et repassa ses doigts avec un plaisir évident sur le tissu soyeux, sans songer à remercier.

— Carole, fais prendre ses pilules à ta grand-mère, dit Laurette en lui montrant la bouteille de pilules demeurée sur le comptoir.

— C'est à notre tour de vous donner vos cadeaux, annonça Denise après avoir vu sa grand-mère avaler deux pilules.

Les jeunes disparurent durant un bref moment dans leur chambre pour revenir avec des cadeaux destinés à leurs parents. Gérard reçut des pantoufles, une chemise et une cravate tandis que Laurette eut des boucles d'oreilles, une veste de laine et une robe de nuit.

— On vous les donne comme ça, expliqua Denise, mais on s'est mis tous ensemble pour les payer.

Laurette et Gérard remercièrent chacun des enfants en leur assurant que rien ne pouvait leur faire plus plaisir. Pierre alla chercher deux paquets qu'il avait laissés dans le couloir, à son arrivée. Il les tendit à Laurette et à Denise.

— Ce sont des petits cadeaux que je vous ai achetés, expliqua-t-il. Chez nous, on s'est jamais fait de cadeaux à Noël. On attend d'habitude au jour de l'An. C'est pas grand-chose, mais c'est de bon cœur.

— C'est ça qui est important, déclara Laurette en mettant à jour une boîte de chocolats Laura Secord.

Denise développa son cadeau. C'était aussi une boîte de chocolats, mais plus grosse.

— Mais pourquoi sa boîte est plus grosse que la mienne ? demanda Laurette à Pierre pour le taquiner.

Le jeune débardeur rougit jusqu'à la racine des cheveux et ne sut quoi répondre.

— C'est une farce, reprit la mère de Denise pour le rassurer. Je te remercie ben gros et je te garantis que je vais surveiller ceux qui vont essayer de venir se servir dans ma boîte.

Laurette se rendit compte que sa belle-mère s'était endormie dans sa chaise berçante.

— Denise, tu vas venir m'aider à coucher ta grand-mère. Je pense qu'il y aura pas de réveillon pour elle.

Demain midi, on lui préparera une assiette spéciale avant de la ramener à l'hospice.

Là-dessus, la mère et la fille soulevèrent la femme âgée et la conduisirent jusqu'à la chambre de Laurette dont elles refermèrent la porte derrière elles.

— Vite, fit Gérard à Gilles et Richard. Allez me chercher le cadeau de votre mère dans la penderie. Jean-Louis, apporte la petite table. Faites pas trop de bruit.

Lorsque Carole vit ses deux frères transportant une lourde boîte cartonnée, elle ne put s'empêcher de demander à son père ce qu'elle contenait.

— Attends. Tu vas voir quand ta mère va l'ouvrir.

Jean-Louis déposa la table près de l'arbre de Noël et la grosse boîte fut placée dessus. À peine les garçons venaient-ils de regagner leur place que leur mère et Denise revinrent dans la cuisine.

— Il te reste un cadeau à développer, annonça Gérard à sa femme, qui se préparait à touiller le ragoût qui mijotait sur le poêle.

Laurette se tourna vers lui et aperçut pour la première fois la table sur laquelle reposait une grande boîte encombrante.

— Pour l'amour du ciel! Veux-tu ben me dire ce qu'il y a là-dedans? demanda Laurette, intriguée, en s'avançant vers la boîte. D'où vient cette table-là?

— Pour le savoir, il va falloir que t'ouvres la boîte, déclara son mari, heureux de voir à quel point sa surprise fonctionnait.

— Vite, m'man, ouvrez-la qu'on voie ce qu'il y a dedans, firent Carole et Denise, dont la curiosité était au moins aussi grande que celle de leur mère.

Après quelques efforts, Laurette parvint à ouvrir la boîte cartonnée et elle découvrit avec stupéfaction le téléviseur Zénith qu'elle contenait.

— C'est pas vrai! s'exclama-t-elle. Pas une télévision! Voyons donc, Gérard! On n'est pas assez riches pour se payer une affaire comme ça!

— Ben oui, on l'est, protesta son mari sur un ton plaisant. La preuve, c'est que t'en as une à cette heure. En plus, t'as une belle table en érable sur roulettes pour la mettre dessus, ajouta-t-il, tout fier de constater à quel point son cadeau était apprécié.

Pierre aida Gilles et Richard à extirper l'appareil de la boîte et on le brancha. L'écran noir se couvrit de neige. La petite antenne fut installée et Gilles, habitué à livrer des téléviseurs, mit le sélecteur des canaux sur le chiffre deux. Immédiatement, une tête d'Amérindien en noir et blanc apparut sur l'écran, très nette et sans aucune interférence.

— L'image est belle, dit le jeune homme. C'est de valeur qu'il soit si tard, sinon, vous auriez pu regarder un programme, dit-il à sa mère qui était demeurée plantée devant son téléviseur durant toute l'opération. Rouge de plaisir, elle finit par s'avancer pour passer une main hésitante sur le boîtier du téléviseur, comme s'il fallait qu'elle le touche pour se persuader qu'elle en possédait un.

— Ça a pas d'allure de m'avoir acheté un aussi gros cadeau, dit-elle, émue, à son mari. Merci, Gérard, ajouta-t-elle en allant l'embrasser.

— C'est une affaire qui coûte ben cher, ça! répéta Jean-Louis pour la troisième fois en regardant l'appareil.

— Ça va faire, le gratteux! dit Richard, les dents serrées. Tout le monde le sait que c'est cher. Il y a personne qui t'a demandé de payer.

L'odeur des pâtés mêlée à celles du ragoût et de la dinde avait envahi la cuisine depuis plusieurs minutes. Richard, qui avait bien cru ne pas pouvoir avaler une bouchée de nourriture après avoir été malade durant la messe, fut le premier à demander si on allait bientôt manger.

— Il est passé deux heures, déclara Laurette en revenant à la réalité. On mange.

En un rien de temps, on s'entassa autour de la table familiale et des assiettes débordantes de bonnes choses furent servies.

— Il est ben bon votre pâté à la viande, madame Morin, dit Pierre.

— C'est pas du pâté à la viande, c'est de la tourtière, affirma Laurette avec bonne humeur.

— Je veux pas vous contrarier, mais de la tourtière, c'est comme ce que ma mère fait, au Lac-Saint-Jean. Ça a pas pantoute le même goût.

— Comment ça ?

— Ben, là, je m'y connais pas trop en cuisine, mais il me semble ben qu'une tourtière, chez nous, c'est pas comme un pâté comme vous faites.

— Ah non ? fit Laurette, l'air soudainement moins aimable.

Tout le monde se tut autour de la table. Denise donna un léger coup de pied à son compagnon pour le prévenir de ne pas insister. Pierre ne tint aucun compte de l'avertissement.

— Chez nous, ma mère fait ça dans un gros chaudron. Sa tourtière est faite avec des cubes de bœuf, de porc, de veau, de poulet et de patates. Il y a aussi des oignons et ça baigne dans le bouillon. Sur tout ça, il y a une pâte à tarte.

— Ça doit avoir un ben drôle de goût, cette affaire-là, laissa tomber Laurette, un peu méprisante.

— C'est pas mauvais pantoute, madame Morin, il faudrait que vous y goûtiez un jour. Mais c'est sûr que c'est pas aussi bon que votre pâté à la viande.

Ce compliment ramena le sourire sur le visage de l'hôtesse.

— Il reste encore du pâté à la viande, comme dit Pierre, et un peu de ragoût, offrit-elle quand tout le monde eut vidé son assiette.

— On est mieux de se garder un peu de place pour le dessert, répliqua Gérard en lorgnant les tartes dorées déposées sur le comptoir.

Carole et Denise se chargèrent de distribuer une généreuse portion de tarte aux raisins ou aux dattes à chacun. Après avoir mangé, on remercia Laurette pour l'excellent réveillon qu'elle avait cuisiné.

— C'est ben du trouble à préparer, reconnut-elle, mais c'est tellement bon que ça vaut la peine.

On rangea la nourriture et Pierre Crevier prit congé après avoir remercié encore ses hôtes. Après son départ, les jeunes, fatigués, s'empressèrent de regagner leur chambre à coucher. Laurette demeura quelques instants de plus dans la cuisine aux côtés de son mari.

— Ça a été une belle fête, déclara ce dernier, l'estomac tout de même tiraillé par une digestion un peu difficile.

— Oui. J'ai eu tout un cadeau, fit Laurette en ne parvenant pas à détacher son regard de son téléviseur.

— Tu vas voir qu'il sera pas encombrant pantoute, dit son mari. Une fois l'arbre de Noël parti, on va pousser la table à sa place. As-tu pensé que tu vas enfin pouvoir regarder Séraphin à la télévision, chanceuse ?

— Toi aussi, fit Laurette.

— Ben non, pas moi, dit Gérard avec regret. Je travaille le soir. Je pourrai jamais la regarder, sauf le samedi soir. Je pourrai même pas voir la lutte, le mercredi soir.

— C'est de valeur, reconnut Laurette, mais ton hockey, le samedi soir, tu vas pouvoir le regarder.

— C'est vrai, ça. J'y avais pas pensé, dit son mari, tout réjoui par cette perspective.

— Combien t'as payé cette télévision-là? demanda-t-elle.

— Pas cher.

— Aïe, Gérard! Je magasine assez souvent pour savoir à peu près combien ça vaut. T'as pas payé ça comptant?

— Ben non, reconnut son mari.

— On va pas être poignés avec des paiements tous les mois, j'espère? demanda Laurette, soudain alarmée.

— Des tout petits paiements, la rassura Gérard. Inquiète-toi pas avec ça. Je m'en occupe. Tu sais ben que du monde comme nous autres, si on attend d'avoir tout l'argent pour acheter un gros morceau comme ça, on l'achèterait jamais.

Là-dessus, Laurette se dirigea vers sa chambre d'où sortaient les ronflements sonores de sa belle-mère.

— Bout de viarge! jura-t-elle à mi-voix. J'avais complètement oublié qu'elle ronflait aussi fort, elle. Je te dis que je vais avoir du *fun* pour essayer de dormir.

Gérard la suivit de près dans le couloir après avoir éteint le plafonnier de la cuisine et ajouté un peu de charbon dans la fournaise du couloir. Il pénétra ensuite dans la chambre de Jean-Louis et se mit au lit.

Plusieurs heures plus tard, Laurette se réveilla en sursaut. Il faisait clair à l'extérieur. Il lui fallut quelques instants avant de réaliser que sa belle-mère n'était plus à ses côtés dans le lit. Elle se leva précipitamment après que son réveille-matin lui eut appris qu'il était un peu plus que onze heures.

— Bon! Où est-ce qu'elle est partie, elle? demanda-t-elle à mi-voix en chaussant ses pantoufles et en sortant de la chambre à coucher.

Elle s'était inquiétée pour rien. Elle découvrit Lucille Morin, habillée, en train de se bercer paisiblement dans la cuisine. Gérard était assis dans l'autre chaise berçante et discutait avec sa mère. Laurette s'empressa d'allumer sa première cigarette de la journée et se prépara une tasse de café avant de demander sans préciser à qui elle s'adressait exactement :

— Est-ce que ça fait longtemps que vous êtes debout ?

— Depuis une demi-heure, répondit son mari.

— Depuis huit heures, fit sa belle-mère. Quand j'ai vu que personne se levait, je me suis préparée à déjeuner.

Encore une fois, Laurette était stupéfaite de constater à quel point la mère de son mari était lucide au début de la journée. Mais elle savait maintenant qu'avec la fatigue, cette lucidité céderait progressivement la place à la plus complète confusion.

— Dans quelques minutes, madame Morin, je vais vous servir votre réveillon de Noël que vous avez pas pu manger la nuit passée parce que vous vous êtes endormie.

— C'est dommage, reconnut la vieille dame. J'aurais bien aimé être capable de veiller.

Jusqu'au milieu de l'après-midi, le téléphone sonna à trois ou quatre reprises dans la cuisine des Morin. Chaque fois, Jean-Louis se précipita sur l'appareil pour répondre.

— Veux-tu ben me dire, bonyeu ! pourquoi tu te garroches comme ça sur le téléphone ? finit par lui demander sa mère, intriguée. Attends-tu un coup de téléphone ?

— Ben non, m'man.

Mais il était évident que le jeune homme mentait. Laurette devina qu'il devait attendre un signe de vie de son Jacques Cormier. Malheureusement pour lui, il ne s'agissait que d'appels de Pierre Crevier, d'Armand et de Bernard Brûlé.

Vers trois heures, Laurette et son mari décidèrent de ramener Lucille à l'hospice et de poursuivre leur chemin jusque chez Marie-Ange et Bernard où ils étaient certains de retrouver Armand et sa petite famille. Marie-Ange refusait obstinément de mettre le nez dehors depuis la naissance de son Germain de crainte qu'il attrape un microbe. Quand Laurette apprit à ses deux frères et à ses belles-sœurs son cadeau de Noël, tous manifestèrent bruyamment leur enthousiasme.

— Aïe! On rit pas, dit Pauline Brûlé, un rien envieuse. Une télévision! Vous êtes les premiers de la famille à en avoir une.

— Je suis à la veille d'en acheter une, déclara le gros Bernard.

— Il en est pas question, trancha sèchement sa femme. As-tu envie que le petit devienne aveugle à regarder ça? J'ai entendu quelqu'un dire au radio que c'était dangereux de devenir aveugle si on regardait ça.

— Ton bonhomme a dit n'importe quoi, répliqua Laurette, aussi catégorique. Ça fait des années qu'ils ont la télévision aux États-Unis. Si c'était dangereux, les Américains en vendraient pas.

Ensuite, les femmes se mirent à parler des enfants pendant que les hommes discutaient de la saison extraordinaire que le Canadien de Montréal était en train de connaître avec des as compteurs comme Maurice Richard, Jean Béliveau et Bernard Geoffrion. Finalement, Bernard, amateur inconditionnel de tous les types de sports, tenta même de persuader son frère Armand et son beau-frère de l'accompagner au gala de boxe qui allait être présenté au Palais des sports à la mi-janvier.

Vers cinq heures, Laurette fit signe à son mari qu'il était temps de songer à partir.

— Vous restez à souper, déclara Marie-Ange. Pauline nous a apporté des tourtières et j'ai une belle fesse de jambon.

— T'es ben fine, dit Laurette, mais les enfants sont tous à la maison et ils ont hâte que j'allume notre nouvelle télévision.

Quelques minutes auparavant, le curé Perreault avait garé sa Buick dans le garage du presbytère. L'ecclésiastique revenait d'un dîner bien arrosé offert par l'un de ses frères et il sentait que son estomac avait du mal à digérer. Alors, au lieu de monter à l'étage pour aller lire son bréviaire, il décida de sortir à l'extérieur pour marcher un peu pour faciliter sa digestion.

Il ferma derrière lui la porte du garage et marcha jusqu'au coin de la rue avant de tourner à droite, bien décidé à se rendre jusqu'à la rue Dufresne. Au passage, il jeta un coup d'œil à la crèche extérieure et tout de suite, il se rendit compte que le petit Jésus avait un aspect anormal. Il n'hésita qu'un court instant avant d'enjamber la clôture de fer forgé pour s'approcher de la crèche. Il s'aperçut immédiatement que la statue en plâtre était brisée à deux endroits.

Damien Perreault oublia sa promenade et se précipita vers le presbytère où il retrouva ses deux vicaires en train de jouer aux cartes dans le salon.

— J'espère que vous êtes contents? demanda-t-il, sarcastique, en retirant son paletot noir.

— Contents de quoi, monsieur le curé? fit René Laverdière, apparemment surpris.

— Comme je vous l'avais dit et redit, des voyous ont brisé la crèche. Vous avez rien vu, naturellement?

— Qu'est-ce qu'ils ont cassé, monsieur le curé? demanda Yvon Dufour en se levant.

— L'enfant Jésus! Ils lui ont arraché la tête et un bras.

— Vous êtes sûr de ça? reprit René Laverdière.

— Dites donc, l'abbé, je suis pas aveugle, bondance! s'emporta Damien Perreault. Votre idée aura coûté une statue à la paroisse.

— Qu'est-ce qu'on va faire, monsieur le curé ? demanda l'abbé Dufour.

— Il y a rien à faire, l'abbé. On va laisser la crèche là jusqu'après le jour de l'An. J'en parlerai même pas en chaire. Mais je vous garantis que c'est fini les crèches dehors à Saint-Vincent-de-Paul.

⁓

Ce soir-là, la vaisselle du souper fut lavée en un tour de main chez les Morin et on disposa les chaises en un demi-cercle devant le téléviseur que Laurette alluma cérémonieusement. Le visage de Michelle Tisseyre apparut sur l'écran pour annoncer Lucille Dumont, la première invitée de son émission *Music-Hall*.

— C'est elle, Lucille Dumont ? demanda Gérard.

— On le dirait ben, répondit sa femme.

— Depuis le temps qu'on l'entend chanter au radio, j'aurais jamais cru que c'était une aussi belle femme, ajouta-t-il.

Un pli de mécontentement apparut à la commissure des lèvres de Laurette. C'était bien beau la télévision, mais il fallait tout de même pas qu'elle excite trop son mari chaque fois qu'il verrait une belle femme.

— Moi, je la trouve pas si belle que ça, laissa-t-elle tomber.

Chapitre 20

La nouvelle année

Le lendemain de Noël, la routine reprit ses droits. Un fort vent avait chassé les nuages qui avaient encombré le ciel durant les derniers jours, mais cela avait considérablement refroidi la température.

Dès le début de l'avant-midi, Carole aida sa mère à faire le lavage et à étendre le linge sur les cordes tendues dans la cuisine et dans le couloir, transformant ainsi la maison en un vaste sauna aux fenêtres embuées.

— Je commence à avoir hâte en bonyeu que cet arbre de Noël là soit plus dans mes jambes, disait Laurette pour la troisième fois de l'avant-midi.

Elle trouvait difficile d'avoir à composer avec la présence de l'arbre et du téléviseur dans une cuisine déjà encombrée de deux chaises berçantes, d'une demi-douzaine de chaises, d'une table, d'un réfrigérateur et d'un poêle.

Denise et Richard étaient retournés à leur emploi régulier tandis que Gilles avait réintégré son travail à temps partiel chez Living Room Furniture. Jean-Louis avait quitté la maison aussi tôt que ses frères et sa sœur dans l'espoir de se dénicher un emploi.

À la fin de l'après-midi, le jeune homme avait été le premier à rentrer à la maison, la mine basse et sérieusement gelé. Il était évident que sa quête avait été stérile.

Durant la semaine, les Morin se familiarisèrent avec la télévision et, peu à peu, apprirent à ne pas attendre nécessairement la fin des émissions, à onze heures, pour aller se coucher. Au milieu de la semaine, Laurette invita même Rose Beaulieu à venir regarder une émission, un soir, dès que son mari s'absenterait pour son travail à la Dominion Textile.

La voisine ne vint pas seule. Son fils René l'accompagna. Si Laurette n'avait pas été si occupée à vanter les agréments apportés par son cadeau de Noël, elle aurait sûrement remarqué l'intérêt évident de l'adolescent pour sa Carole.

La veille du jour de l'An, Pauline Brûlé téléphona à sa belle-sœur pour l'inviter, elle et sa famille, à souper à la maison, le lendemain soir.

— Je sais pas trop si on va pouvoir y aller, déclara Laurette à la femme de son frère Armand. Gérard va être ben fatigué de sa nuit d'ouvrage et…

— Pas d'excuse, Laurette Morin, l'arrêta sa belle-sœur. Demain, c'est le jour de l'An. Ton Gérard nous a dit à Noël qu'il travaillait pas au jour de l'An. Même s'il travaille à soir, t'as juste à le laisser dormir demain matin quand il arrivera. Il va être capable de venir souper. Je suis venue à bout de décider Marie-Ange à sortir de la maison. Elle va venir avec son petit et Bernard.

— T'es ben fine. Si c'est comme ça, on va y aller, accepta Laurette avant de raccrocher.

Ce soir-là, quelques minutes après le souper, le téléphone sonna. Jean-Louis se précipita sur l'appareil pour répondre.

— C'est pour toi, dit-il à Richard en lui tendant l'écouteur avec mauvaise humeur.

— Bon. Baissez un peu la télévision, demanda l'adolescent en s'emparant de l'écouteur.

— C'est qui ? demanda Laurette à Jean-Louis.

— Je sais pas, m'man. Une fille.

La communication téléphonique dura moins d'une minute avant que Richard, tout souriant, ne raccroche.

— C'est qui la fille qui vient de t'appeler ? lui demanda sa mère.

— Une fille que j'ai rencontrée au *party* de Beaudet, la veille de Noël.

— Qu'est-ce qu'elle te voulait ?

— Elle m'invite chez eux demain après-midi.

— As-tu l'intention d'y aller ?

— Pourquoi vous me demandez ça, m'man ?

— Parce qu'il faut que j'avertisse ta tante si tu vas pas souper chez eux demain soir, innocent ! Déjà que Denise est invitée à souper chez l'oncle de Pierre et Gilles va souper chez les Frappier, il...

— Moi non plus, m'man, j'irai pas manger chez ma tante Pauline, l'interrompit Jean-Louis.

— Tiens ! En v'là un autre, à cette heure ! s'emporta la mère. En tout cas, je t'avertis. Moi, je prépare pas de souper demain soir. Si tu restes à la maison, tu te débrouilles tout seul et tu remets tout en ordre. Tu m'entends ?

— Ben oui.

— Je pense que moi aussi, j'irai pas chez ma tante, dit Richard. La fille reste sur la rue Wolfe et ça se peut que ses parents m'invitent à souper.

Laurette devint soudainement méfiante.

— Elle a l'air de quoi, cette fille-là ? Où est-ce qu'elle travaille ?

— C'est une fille ben ordinaire, fit Richard, qui n'en pensait pas un mot. Elle travaille à la même place que moi.

— Comment ça se fait que tu nous en as jamais parlé ?

— Parce que je la connaissais pas. Aïe, m'man ! On est toute une *gang* à la compagnie.

— Et pourquoi elle t'invite tout à coup?

— Parce qu'elle vient de s'apercevoir que je suis un beau gars ben intelligent, m'man.

Cette réplique fut saluée par un éclat de rire général auquel seul Jean-Louis ne participa pas.

— Est-ce qu'on va finir par pouvoir écouter le programme? demanda ce dernier, grincheux.

— *Point de mire...* Ouach! Moi, je trouve ça aussi ennuyant que *Pays et merveilles* de Laurendeau, laissa tomber Richard.

— C'est sûr que c'est pas mal plus sérieux que tes maudits *comics*, répliqua son frère aîné.

— Là, vous calmez vos nerfs ou ben je ferme MA télévision, déclara leur mère en élevant la voix.

Un silence relatif revint chez les téléspectateurs présents dans la cuisine pendant que René Lévesque expliquait à l'aide de son tableau noir les implications de la révolte hongroise contre le pouvoir soviétique.

Quand Gilles retrouva son jeune frère dans leur chambre à la fin de la soirée, il ne put s'empêcher de lui demander:

— La fille qui t'a appelé à soir, est-ce que c'est ta nouvelle blonde?

— Oui, se contenta de chuchoter Richard pour ne pas attirer l'attention de Jean-Louis, étendu dans son lit, dans la chambre voisine.

— De quoi elle a l'air?

— Une belle rousse qui est ben fine.

— Elle aurait pas une sœur pour notre frère? demanda Gilles en désignant Jean-Louis du menton.

— T'es pas malade, toi! répliqua Richard. Tu vois ben que les filles l'intéressent pas pantoute. Même si ça l'intéressait, il aurait pas la tête à ça. Tout ce qu'il veut, c'est se trouver une *job* au plus sacrant pour pouvoir se remettre à compter ses cennes comme avant.

～～⌒

Le lendemain matin, Gérard accompagna les siens à la messe avant d'aller dormir quelques heures. Après le dîner, Laurette surveilla de près les préparatifs de Denise, un peu énervée par la perspective d'être présentée à la tante et à l'oncle de Pierre.

— Choisis ta robe verte, lui suggéra sa mère et organise-toi pas pour avoir la falle à l'air.

— Voyons, m'man, protesta la jeune fille. Ma robe est boutonnée jusqu'au cou.

— Maquille-toi pas trop et surtout, oublie pas d'aider au souper.

Denise poussa un soupir d'exaspération et s'engouffra dans la salle de bain pour terminer sa toilette. Vers deux heures, Pierre vint souhaiter une bonne année aux Morin et partit avec Denise. Richard quitta la maison quelques minutes plus tard, répandant autour de lui une tenace odeur d'*Old Spice*. Pour l'occasion, il avait revêtu son unique costume et son « coq » était impeccable grâce à une abondante quantité de Brylcreem.

Une demi-heure plus tard, l'adolescent descendit du tramway au coin des rues Wolfe et Sainte-Catherine. Il partit à la recherche de la maison qui portait le numéro civique qu'il avait pris soin de noter sur un bout de papier. Il faisait vraiment très froid et le vent soulevait la petite neige tombée la veille. Il regrettait d'avoir laissé sa tuque à la maison pour ne pas arriver décoiffé. De temps à autre, il devait enlever ses gants pour appliquer ses mains sur ses oreilles pour les réchauffer.

Il finit par s'immobiliser devant une vieille maison à deux étages en brique rouge. Il vérifia une dernière fois ce qui était écrit sur son bout de papier. C'était la bonne maison. Il monta un escalier de trois marches et sonna à une porte vitrée peinte en rouge. Son cœur battait la chamade. Il était vraiment intimidé à l'idée de se retrouver dans un instant devant de parfaits inconnus. Il n'était même pas certain de reconnaître leur fille tant les souvenirs de la veille de Noël étaient devenus un peu flous à cause de l'alcool ingurgité ce soir-là. Il ne l'avait même pas revue à la compagnie durant la semaine qui venait de s'écouler.

Il sonna une seconde fois et attendit devant la porte en tapant des pieds pour les réchauffer. Il y eut un déclic et la porte s'ouvrit sur un escalier intérieur obscur. Une jeune fille se tenait debout sur le palier, à l'étage.

— C'est toi, Richard ? demanda une voix.

— Oui.

— Monte.

L'adolescent monta l'escalier et se retrouva sur le palier devant une Ginette Brodeur vêtue d'un joli chemisier rouge et d'une jupe noire mise en valeur par une crinoline.

— Ôte tes bottes et entre-les en dedans, lui ordonna-t-elle.

Richard obéit et se retrouva dans un couloir étroit. Il enleva son manteau que son hôtesse suspendit à une patère.

— Viens t'asseoir dans le salon, l'invita-t-elle.

Il la suivit dans la pièce voisine où trônait un sapin de Noël lourdement décoré. Le reste de la pièce était occupé par un divan et un fauteuil un peu affaissés.

— T'aimes pas mieux que j'aille dire bonjour à ton père et à ta mère avant ? demanda l'adolescent, surpris de ne pas voir les parents de la jeune fille.

— Ça va être difficile, dit Ginette d'une voix étrangement excitée. Ils passent la journée chez de la parenté. Ils sont allés dîner chez mon grand-père Brodeur et ils vont souper chez ma tante Thérèse.

— Comment ça se fait que tu y es pas allée avec eux autres ? demanda Richard en s'assoyant, soulagé de ne pas avoir à affronter le regard inquisiteur des parents de la jeune fille.

— Ça me tentait pas. J'ai dit à ma mère que j'avais mal au cœur et elle m'a dit de rester à la maison.

Une bonne partie de la timidité de Richard venait de le quitter subitement. Ne pas avoir à plaire aux parents de la jeune fille lui ôtait un énorme poids sur les épaules.

— Bon. Qu'est-ce qu'on fait ? demanda-t-il, plein d'entrain et soulagé.

— Est-ce que tu connais Elvis Presley ?

— Je l'ai entendu au radio.

— Ben. Mon père m'a donné son dernier disque comme cadeau à Noël avec un *pick-up*. Je vais te le faire écouter. Il est pas mal bon. Sais-tu danser le rock'n roll ?

— Non.

— Je vais te le montrer, dit Ginette en se levant. Elle déposa un disque sur le plateau du tourne-disque, et la musique tonitruante de *Hound Dog* s'éleva dans le salon.

Durant quelques minutes, la jeune fille s'évertua à montrer à son cavalier comment la faire virevolter. Un peu essoufflée, elle choisit ensuite un disque de Perry Como.

— On va danser un *plain*, dit-elle en tendant les bras vers Richard. Ça va nous reposer un peu. Une chance que j'ai des disques parce que si on avait juste le radio, ils font jouer juste des chansons à répondre aujourd'hui. C'est plate à mort.

Elle appuya tendrement sa tête sur l'épaule de l'adolescent qui l'enlaça assez maladroitement. Lorsqu'il sentit le contact de sa poitrine contre lui, son émoi fut si évident qu'il se crut obligé de s'écarter un peu de la jeune fille.

Cette danse fut suivie de deux ou trois autres et Ginette l'embrassa doucement dans le cou, ce qui mit le comble à son excitation.

Finalement, d'un commun accord, tous les deux décidèrent d'aller s'asseoir côte à côte sur le divan après avoir déposé un autre disque sur le plateau du tourne-disque. Ginette lui servit un verre de boisson gazeuse et lui offrit des arachides avant d'aller le rejoindre sur le divan. Elle mit le bras de son invité autour de ses épaules et se nicha amoureusement contre lui.

Plus tard, elle lui présenta ses lèvres en l'attirant contre elle. Le baiser se prolongea longtemps et se fit de plus en plus ardent.

Puis, la jeune fille prit elle-même la main de l'adolescent et la déposa sur sa poitrine qui s'était mystérieusement à demi dénudée. Fou d'excitation, Richard se mit à la caresser.

À l'instant précis où les deux jeunes se préparaient à franchir un pas de plus, le bruit de l'ouverture de la porte d'entrée, située au pied de l'escalier, les fit sursauter violemment.

— C'est mon père et ma mère! chuchota Ginette au bord de l'affolement en se levant précipitamment pour boutonner son chemisier. Si mon père te trouve ici dedans, il va me tuer.

— Hein! Qu'est-ce qu'on fait? demanda Richard, aussi énervé qu'elle.

— Grouille! Poigne ton linge et tes bottes et sors par en arrière. Dépêche-toi! Ils montent l'escalier.

Ginette traversa l'appartement, Richard sur ses talons. Elle ouvrit la porte arrière et le poussa sur le balcon enneigé avant de refermer précipitamment derrière lui. L'adolescent ne s'attarda pas sur les lieux. Son manteau sur le bras et ses bottes à la main, il se mit en devoir de descendre rapidement le vieil escalier branlant qui conduisait à une petite cour encombrée de poubelles métalliques.

Richard arrivait aux dernières marches quand un chien de taille moyenne, qui s'était réfugié sur le balcon du rez-de-chaussée, se précipita vers lui en jappant rageusement. De toute évidence, la bête n'avait pas du tout l'intention de le laisser s'en tirer comme ça. Richard chercha d'abord à lui décocher un coup de pied pour l'éloigner du bas de l'escalier, mais l'autre, enragé, jappait de plus belle. Alors, fou d'inquiétude à l'idée que le père de Ginette le découvre là, l'adolescent prit l'une de ses bottes et la lança à la tête du chien qui se détourna de lui durant un bref instant pour s'en emparer. Richard profita de ce court répit pour s'élancer vers la clôture qu'il franchit au moment même où la bête s'élançait vers lui.

Essoufflé et couvert de sueur malgré le froid, le garçon eut tout juste le temps de se dissimuler derrière un hangar voisin avant de voir apparaître la tête du père de Ginette Brodeur à la fenêtre de la cuisine, à l'étage. Il s'empressa d'endosser son manteau et de le boutonner. Un autre coup d'œil vers les fenêtres de l'appartement des Brodeur lui apprit que plus personne ne surveillait la cour et la ruelle où il se tenait. Il lui fallait sa botte lancée au chien, mais il ne se sentait pas le courage d'aller la lui arracher, même si les locataires du rez-de-chaussée semblaient être absents.

Mortifié, il lança rageusement au chien sa seconde botte devenue inutile et il se résolut à rentrer chez lui en souliers, malgré la morsure du froid.

⁓

Pendant ce temps, des éclats de rire fusaient dans l'appartement de la rue De Montigny habité par Eugène et Mance Crevier. L'oncle et la tante de Pierre avaient invité des cousins et des cousines à se joindre à Pierre et à

Denise pour célébrer le début de 1957 avec eux. Dès son arrivée chez les Crevier, Denise avait été adoptée par le couple qui hébergeait son amoureux depuis plus d'un an.

— On se demandait pourquoi il voulait pas t'amener à la maison, fit l'oncle Eugène, un quinquagénaire bon vivant. À cette heure, on le sait. Il avait peur qu'on le mette à la porte et qu'on te garde à sa place.

— C'est sûr qu'elle est pas mal plus belle à regarder que lui, renchérit sa femme en adressant un clin d'œil à la jeune fille.

Ces premières remarques avaient eu le don de mettre Denise à l'aise et elle s'était comportée comme si elle avait été la fille de la maison avec les invités. Après un après-midi à plaisanter et à se transmettre des nouvelles de la famille et des amis demeurés au Lac-Saint-Jean, on était passé à table et on s'était régalé d'une succulente tourtière du Lac-Saint-Jean et de tartes au sucre.

— Oublie surtout pas de dire à ta mère que la tourtière du Lac-Saint-Jean, c'est pas aussi mauvais qu'elle le pense, plaisanta Pierre.

— Inquiète-toi pas, je vais même lui dire que c'est presque aussi bon que la sienne.

Après le repas, il y avait eu des chansons, mais on s'était abstenu de danser par respect pour le deuil qui avait frappé Pierre, l'automne précédent. Enfin, on avait joué aux cartes avec un bel entrain.

Un peu après onze heures, Denise chuchota à Pierre qu'il était l'heure de rentrer pour elle.

Après avoir embrassé ses hôtes et chacun des invités, la jeune fille quitta l'appartement au bras de son amoureux. Les deux jeunes gens firent quelques pas sans dire un mot dans l'air glacial de cette fin de soirée hivernale.

— Je pense que t'es tombée dans l'œil de ma parenté, fit remarquer Pierre sans parvenir à dissimuler sa fierté.

— Ils sont pas mal fins, surtout ton oncle et ta tante, dit Denise en se serrant frileusement contre lui.

Pierre se pencha au-dessus d'elle tout en marchant et déposa un baiser sur son front.

— Sais-tu que j'ai pensé à quelque chose pendant toute la soirée, dit-il après un court silence.

— À quoi?

— Que t'étais pas mal belle.

— Merci, dit Denise, charmée.

— J'ai pensé que je trouverais la vie pas mal plate si je te fréquentais pas.

La jeune fille se serra encore plus contre son amoureux.

— Est-ce que tu m'aimes? finit-il par lui demander avec une voix changée.

— Et toi? fit-elle.

— C'est sûr, s'empressa-t-il de répondre, en l'embrassant de nouveau sans cesser de marcher à ses côtés.

— Moi aussi, avoua-t-elle.

— Est-ce que tu m'aimes assez pour me marier? lui demanda Pierre dont la voix un peu étranglée dénonçait à quel point il était ému.

— Tu me demandes en mariage? fit Denise en s'arrêtant brusquement de marcher alors qu'ils longeaient le presbytère de la paroisse.

— Ça ressemble pas mal à ça, dit son amoureux sur un ton plaisant pour masquer son émotion.

Denise feignit de réfléchir durant quelques secondes à la proposition qu'il venait de lui faire.

— J'accepte, dit-elle avec enthousiasme en lui tendant ses lèvres.

Les deux jeunes gens s'embrassèrent, sans se soucier qu'on pouvait les apercevoir de l'une des fenêtres du presbytère.

Ils se remirent en marche.

— Qu'est-ce que tu dirais si on se fiançait à Pâques ? demanda le jeune homme.

Denise n'eut même pas l'ombre d'une hésitation.

— Ce serait une bonne idée, répondit-elle, enthousiaste.

— On pourrait se marier l'été prochain si tu veux, fit Pierre. Si ça te tente, on ferait notre voyage de noces au Lac-Saint-Jean, chez nous.

— Ce serait ben correct.

— T'arrêterais de travailler pour t'occuper de la maison. On pourrait louer un appartement dans le coin, ici.

— Oui. Ce serait plus commode pour ton ouvrage.

— J'ai déjà un peu d'argent à la banque. Ça me donnerait presque six mois pour en ramasser un peu plus, expliqua son futur fiancé.

Denise se contenta de serrer plus fort le bras gauche de son amoureux.

— Si ça te convient, je pourrais faire la grande demande à ton père le mois prochain.

— À la Saint-Valentin, ce serait une bonne idée, suggéra Denise.

Le reste du trajet qui devait conduire le couple jusqu'à la porte des Morin parut très court aux deux jeunes gens, tant ils étaient absorbés par leurs projets d'avenir.

À son entrée dans la maison, la jeune fille trouva Gilles en train de manger des biscuits dans la cuisine.

— Où sont les autres ? lui demanda-t-elle en retirant ses souliers à talons hauts.

— Jean-Louis et Richard viennent d'aller se coucher.

— Est-ce que t'as soupé chez Nicole ?

— Oui, mais c'était pas mal ennuyant.

— Et Richard.

— Il m'a dit qu'il avait mangé ici avec Jean-Louis. Bon. Moi, je m'en vais me coucher. Je suis fatigué.

Sur ce, Gilles se leva et prit la direction de sa chambre à coucher. Denise pénétra à son tour dans sa chambre et se prépara pour la nuit. Elle était tellement euphorique qu'elle décida d'attendre le retour de ses parents pour leur apprendre la demande en mariage de Pierre.

Elle n'eut pas à attendre très longtemps. Quelques minutes plus tard, Laurette et Gérard rentrèrent à la maison en compagnie de Carole.

— C'est effrayant de geler comme ça! dit la mère de famille en se penchant pour retirer ses bottes. T'aurais dû accepter qu'Armand vienne nous reconduire dans son char.

— Voyons, Laurette. Il était déjà poigné pour ramener Marie-Ange, Bernard et leur petit chez eux.

— Ouais. On sait ben. Maudit que je suis fatiguée d'entendre parler de ce petit-là! fit Laurette après avoir suspendu son manteau derrière la porte d'entrée. Il y a pas eu moyen de parler d'autre chose de toute la soirée avec Marie-Ange. Il serait en or massif, cet enfant-là, que ce serait pas pire.

Pendant que Gérard ajoutait du charbon dans la fournaise, Laurette se dirigea vers la cuisine pour vérifier si tout était en ordre. Il n'y avait pas de vaisselle sale qui traînait dans le lavabo. Par contre, les lumières de l'arbre de Noël étaient demeurées allumées.

— Regarde mes grands sans-dessein, dit-elle à son mari qui venait de la rejoindre dans la pièce. L'arbre est resté allumé. Des plans pour sacrer le feu dans la maison.

— On vient juste d'arriver, m'man, fit Denise en sortant de la chambre. Moi, je suis pas encore couchée. Je m'en venais l'éteindre.

— Laisse faire. Je viens de l'éteindre, dit sa mère en allumant sa dernière cigarette de la journée.

Gérard l'imita et s'assit dans sa chaise berçante.

499

— Il est presque minuit, fit-il remarquer.

— Dépêche-toi d'aller te coucher, Carole, ordonna Laurette en se tournant vers l'adolescente qui n'avait pas l'air très pressée d'entrer dans sa chambre. Et toi, Denise, comment c'était chez l'oncle de Pierre ?

— C'est du monde ben fin, m'man, dit la jeune fille, enthousiaste. La maison était pleine. On a chanté et joué aux cartes. La tante de Pierre avait préparé tout un souper. C'était presque aussi bon que votre réveillon.

Un sourire de contentement illumina la figure de Laurette durant un bref moment.

— Savez-vous ce que Pierre m'a demandé tout à l'heure en me ramenant à la maison ? fit Denise, excitée.

— Non.

— Il m'a demandé si je voulais me fiancer avec lui à Pâques. On pourrait se marier l'été prochain.

— Qu'est-ce que tu lui as répondu ?

— J'ai dit oui, ben sûr.

Le visage de Gérard prit une expression contrariée que sa fille remarqua.

— Qu'est-ce qu'il y a, p'pa ? demanda-t-elle.

— Il y a que c'est pas comme ça que les choses doivent se faire, répliqua sèchement son père. C'est à moi que ton Pierre doit faire la grande demande, pas à toi.

— Il le sait, p'pa, répliqua la jeune fille. Il m'a pas demandé en mariage, non plus. Il m'a juste demandé ce que j'en pensais avant de vous faire la grande demande.

— Ah bon ! Et il a l'intention de la faire quand, cette demande-là ? demanda Gérard, radouci.

— À la Saint-Valentin.

— Comme ça, il a encore le temps de changer vingt fois d'idée d'ici ce temps-là, répliqua son père pour plaisanter.

— P'pa ! s'exclama Denise, peinée.

— Ben non. Je faisais une farce. Ta mère et moi, on sait que ton Pierre va te faire un bon mari. C'est sûr que je lui dirai pas non quand il va venir me voir pour te demander en mariage.

— Merci, p'pa, fit Denise en allant déposer un baiser sur une joue de son père.

Chapitre 21

Une malchance

Durant la première semaine de janvier, d'abondantes chutes de neige alternèrent avec des froids sibériens. Les efforts conjugués du poêle à huile et de la fournaise au charbon ne parvenaient pas à réchauffer convenablement l'appartement des Morin. De la glace se formait sur les plinthes de la cuisine et des chambres à coucher et on grelottait quand on s'éloignait un peu trop des deux sources de chaleur de la maison. Le calfeutrage autour des fenêtres et des portes semblait totalement inefficace pour retenir la chaleur à l'intérieur.

— Verrat! Ça a quasiment pas d'allure de geler comme ça, répéta Laurette pour la dixième fois de la journée. À ce train-là, on n'aura jamais assez d'huile à chauffage et de charbon pour se rendre à la fin du mois.

C'était le lendemain de la fête des Rois. La veille, après le souper, la mère de famille avait exigé de ses enfants qu'ils l'aident à ranger toutes les décorations de Noël.

— Les fêtes sont finies, dit-elle en terminant le lavage de la vaisselle. Les garçons, vous allez me défaire l'arbre de Noël pour qu'on le mette sur les poubelles demain matin.

— Sauve-toi pas, le grand, ordonna Richard à son frère Jean-Louis qui se dirigeait déjà vers sa chambre à coucher. Tu travailles même pas. Tu peux nous donner un coup de main.

— Mêle-toi donc de tes affaires, toi, fit son frère aîné. Je reviens.

Jean-Louis n'avait toujours pas trouvé d'emploi, même s'il continuait à quitter la maison chaque matin pour en chercher un. Par conséquent, son humeur taciturne ne s'était pas améliorée

L'arbre de Noël perdit rapidement toutes ses décorations et Gilles alla le déposer sur le balcon pendant que Richard descendait les boîtes de boules et de guirlandes dans la cave. La porte arrière de l'appartement fut refermée et Gilles s'empressa de replacer le calfeutrage autour pour empêcher l'air froid d'entrer à l'intérieur.

— Enfin, on va avoir de la place pour la télévision, déclara Laurette en poussant avec précaution la petite table supportant l'appareil à l'endroit où se dressait l'arbre de Noël quelques minutes plus tôt.

La mère de famille aspirait déjà depuis plusieurs jours à renouer avec sa routine. Le lendemain matin, Carole et Gilles allaient retourner à l'école et elle se retrouverait seule dans l'appartement avec un Gérard en train de ronfler dans leur chambre à coucher. Si Jean-Louis pouvait finir par se trouver un emploi, tout allait être parfait dans le meilleur des mondes...

Ce soir-là, Gérard Morin était arrivé chez Elroy vers cinq heures trente. Il avait déposé son double goûter dans le réfrigérateur avant de prendre place à la petite table où était assis Ronald Bilodeau, le gardien de jour. C'était devenu une sorte de rite entre les deux hommes. Gérard lui préparait une tasse de café à son arrivée chaque matin, et le gardien de taille moyenne à la calvitie avancée faisait de même chaque fin d'après-midi lorsqu'il se présentait au travail.

— Il fait donc ben chaud ici dedans, fit remarquer Gérard en retirant son manteau.

— Ça a été comme ça toute la journée, répondit Bilodeau en déposant une tasse de café devant lui. Pour moi, le *boss* a peur qu'on poigne la grippe, ajouta-t-il pour plaisanter.

À six heures, les derniers employés de la compagnie quittèrent les lieux et Gérard se retrouva seul dans l'immense bâtiment. Il saisit ce qu'il appelait son *punch* et il exécuta sa première vérification des portes de l'immeuble en poinçonnant, comme il devait le faire, chacun des six postes de contrôle. À son retour dans la petite pièce, il mangea les deux sandwiches au *baloney* confectionnés par Laurette l'après-midi même et il étala devant lui *La Presse* après avoir allumé la radio.

Une heure plus tard, il partit faire sa seconde ronde. Il en fut ainsi jusqu'à une heure du matin. La chaleur étouffante qui régnait dans la petite pièce incitait au sommeil. Un peu avant deux heures, Gérard quitta la chaise sur laquelle il était assis pour s'installer plus confortablement dans la vieille chaise berçante que Bilodeau avait apportée une semaine plus tôt. Il disposa son manteau sur le haut du dossier pour s'en servir comme appuie-tête et il décida de fermer les yeux quelques instants.

— Juste pour me reposer les yeux, dit-il à voix haute.

Il sursauta et rouvrit les yeux après ce qui lui avait semblé n'avoir duré que quelques minutes. Il se sentait étrangement courbaturé et souffrait même d'un début de torticolis. Il tourna la tête vers l'horloge murale : cinq heures vingt.

— CINQ HEURES ET VINGT ! cria-t-il. Ben, voyons donc, cybole ! Je viens juste de fermer les yeux ! Il peut pas être cinq heures et vingt.

Il se leva et fixa durant un long moment sa montre : elle indiquait la même heure que l'horloge murale.

— Christ ! jura-t-il, une affaire pour perdre ma *job* ! J'ai pas *punché* trois fois. Il va manquer mon *punch* de deux heures, de trois heures, de quatre heures et celui de cinq heures va être en retard de vingt minutes. Maudit cybole! C'est la faute de cette maudite chaise berçante, s'emporta-t-il. C'est pas demain la veille que je vais me rasseoir là-dedans!

Il s'élança hors de la pièce en tenant sa poinçonneuse d'une main. Il courut d'un poste à l'autre pour poinçonner tout en se demandant si la meilleure solution ne serait pas d'échapper cette horloge gainée de cuir qu'il portait pour poinçonner. Il pourrait la fracasser sur le plancher de ciment en mettant cela sur le compte d'une maladresse. Le patron accepterait peut-être de le croire… Mais cela n'effacerait pas la bande perforée révélant l'heure de chaque tournée d'inspection. Il y renonça.

Lorsqu'il parvint à la porte d'entrée, il était près de cinq heures quarante. Ronald Bilodeau l'attendait en battant la semelle depuis une dizaine de minutes.

— Batèche! Gérard, dormais-tu? demanda le gardien de jour en entrant dans le bâtiment. J'étais en train de geler ben dur dehors.

— Excuse-moi, Ronald, j'ai été obligé d'aller aux toilettes en chemin, mentit Gérard en le précédant dans la pièce.

Comme chaque matin, il prépara deux tasses de café et discuta avec son compagnon jusqu'à six heures avant de quitter les lieux. Il rentra chez lui, rongé par l'inquiétude. Il était certain que le patron allait se rendre compte qu'il avait raté des inspections durant la nuit puisqu'il disait toujours vérifier les cartes poinçonnées de la machine.

Dès l'arrivée de Gérard à la maison, Laurette, mal réveillée, ne sembla pas remarquer l'air sombre de son mari. Gérard refusa de déjeuner et se retira tout de suite dans la chambre à coucher pour dormir.

Était-ce dû à sa longue sieste de la nuit précédente ? Il n'arriva pas à fermer l'œil avant onze heures. Quand il se leva vers une heure, il dîna sans aucun appétit et s'enferma dans un profond silence après le repas. Sa femme finit par remarquer son air maussade.

— T'as ben l'air bête à midi, lui dit-elle, intriguée. Est-ce qu'il y a quelque chose qui marche pas ?

— Non. J'ai juste mal à la tête, mentit Gérard.

— J'espère que t'es pas en train de couver quelque chose, toi.

— Ben non. Je suis juste fatigué, répliqua son mari, agacé. Je dors mal depuis deux ou trois jours. En plus, je dois partir plus de bonne heure que d'habitude aujourd'hui pour aller faire mon paiement pour la télévision chez Living Room.

Laurette se leva pour aller porter dans les chambres les vêtements fraîchement lavés qu'elle venait de trier et de plier. Depuis quelques semaines, elle avait trop mal aux jambes pour effectuer ce travail debout.

Vers trois heures, Gérard quitta la maison, la mine basse, torturé par l'inquiétude. Il s'arrêta quelques minutes au magasin d'ameublement pour payer la mensualité du téléviseur avant de monter à bord d'un tramway.

Il se présenta chez Elroy soixante minutes avant l'heure habituelle. Lorsqu'il poussa la porte de ce que le patron appelait un peu pompeusement le « poste de garde », Ronald Bilodeau l'accueillit avec un sourire narquois.

— Dis-moi pas que tu t'ennuyais chez vous, fit-il en se levant pour effectuer sa dernière tournée de la journée. Le café est sur le poêle. Gêne-toi pas pour te servir.

Gérard attendit, les mains moites, que le patron fasse irruption dans la pièce pour le convoquer à son bureau. Rien ne se passa. Bilodeau revint, discuta quelques minutes avec lui avant de partir. L'édifice se vida des employés et, comme chaque soir, Gérard se retrouva seul dans l'immeuble silencieux.

Ce soir-là, une sorte d'étrange euphorie s'empara de lui. Il était heureux. Henri Boileau ne s'était rendu compte de rien et il jouissait d'une seconde chance. Maintenant, il allait prendre les moyens pour ne jamais plus succomber au sommeil, même s'il devait marcher toute la nuit pour se tenir éveillé. Après minuit, quand il sentit ses paupières s'alourdir, il but de nombreuses tasses de café et marcha de long en large dans la pièce.

Au petit matin, c'est un Gérard Morin au bord de l'épuisement qui alla ouvrir la porte au gardien de jour. Il rentra chez lui de bien meilleure humeur que la veille, s'informa si Jean-Louis avait trouvé un emploi et alla se coucher après avoir avalé deux rôties.

Cet après-midi-là, il entra chez Elroy à l'heure habituelle, portant à la main son goûter et *La Presse*. Il n'avait qu'une hâte, c'était de se retrouver seul dans l'édifice pour pouvoir lire son journal en toute quiétude, avec la radio en sourdine.

— Le *boss* veut te voir, lui dit Ronald Bilodeau de retour de sa dernière inspection.

— Monsieur Boileau ?

— Ben oui. Je sais pas ce qu'il te veut, mais il est passé tout à l'heure pour me demander de t'envoyer à son bureau aussitôt que t'arriverais.

Le cœur serré, Gérard prit la direction du bureau du directeur du personnel de la compagnie. Quand il arriva, la secrétaire était en train de couvrir d'une housse sa machine à écrire. De toute évidence, sa journée de travail était terminée et elle se préparait à partir.

— Entrez, monsieur Boileau vous attend, dit-elle à Gérard en lui ouvrant la porte capitonnée du bureau du directeur du personnel.

Gérard entra dans la pièce et se retrouva devant le petit homme à l'épaisse moustache grise.

— Assoyez-vous, monsieur Morin, lui commanda-t-il sur un ton assez sec.

Gérard s'assit sur l'une des deux chaises placées devant le bureau en chêne.

— Je pense que vous vous souvenez encore de ce que je vous ai dit quand je vous ai engagé. Pas vrai ?

— Oui, monsieur, parvint à répondre Gérard, la gorge sèche.

— Je vous ai dit que nous étions intransigeants à l'égard de nos gardiens pour une seule chose : les rondes à toutes les heures. C'est une question de sécurité. C'est ça ?

— Oui, monsieur.

— J'ai examiné les bandes de *punch*. D'après les bandes, il y a trois rondes que vous avez pas faites pendant la nuit de mardi. Qu'est-ce qui est arrivé ?

— Ben…

— Est-ce que vous vous seriez endormi pendant vos heures d'ouvrage, monsieur Morin ?

— Je sais pas trop ce qui est arrivé, parvint à balbutier un Gérard dont le visage était devenu d'une pâleur inquiétante.

— Bon. Vous comprendrez, monsieur, qu'on peut pas vous garder plus longtemps, fit Henri Boileau d'une voix soudainement devenue cassante. Voici ce que nous vous devons, ajouta-t-il en poussant une enveloppe vers son interlocuteur. Vous pouvez passer au poste de garde prendre ce qui vous appartient avant de nous quitter.

— Vous pourriez pas me laisser une chance, monsieur ? fit Gérard d'une voix pitoyable. C'est la seule fois que ça m'est arrivé.

— Impossible, monsieur Morin, trancha Henri Boileau en se levant derrière son bureau. Ça a été une fois de trop. Je vous souhaite bonne chance.

Gérard sortit du bureau, la tête basse, accablé par la malchance qui semblait s'acharner sur lui. Il revint dans la pièce où il trouva Ronald Bilodeau en grande conversation avec un homme de taille moyenne dont les cheveux gris fer étaient rejetés vers l'arrière. L'inconnu cessa de parler en l'apercevant. Sans dire un mot, Gérard se dirigea vers le réfrigérateur pour y prendre son goûter. Il endossa ensuite son manteau suspendu au dossier de l'une des chaises.

— Je t'attendais, Gérard, dit Bilodeau en boutonnant son manteau.

Gérard adressa un signe de tête à l'inconnu et quitta le poste de garde en compagnie du gardien de jour.

— Il t'a sacré dehors? demanda Ronald Bilodeau, la voix empreinte de sympathie.

— Oui, reconnut Gérard, la gorge serrée.

— C'est pas la première fois que ça arrive à un gardien de nuit chez Elroy, reprit Bilodeau. Un jour ou l'autre, c'est forcé, on finit par s'endormir sur la *job*.

— C'est qui le bonhomme qui était avec toi?

— Le nouveau gardien de nuit, répondit Bilodeau.

— Déjà!

— Le gars a été engagé aujourd'hui et Boileau m'a demandé de lui expliquer ce qu'il avait à faire, au commencement de l'après-midi. Bon. V'là mon p'tit char, ajouta-t-il en indiquant du pouce un tramway qui arrivait. Je te souhaite bonne chance.

Gérard lui serra la main et partit de son côté, insensible à la neige qui s'était mise à tomber à gros flocons depuis quelques minutes. Les deux mains enfoncées dans les poches de son vieux paletot, il attendit le tramway en battant la semelle pour se réchauffer.

Durant tout le trajet de retour à la maison, il se demanda comment il allait présenter son congédiement à Laurette. Il avait eu un bon emploi pas fatigant et assez bien payé et, tout à coup, il se retrouvait devant rien. Il avait tout perdu bêtement. À compter du lendemain, il allait être obligé de faire comme Jean-Louis et se mettre à chercher du travail. Combien de temps allait-il être obligé de frapper à toutes les portes pour en trouver un ? Il avait encore trop frais à la mémoire toutes les démarches qu'il avait dû faire pour en dénicher un.

— Maudit niaiseux ! dit-il à mi-voix en tournant dans la rue Emmett. Plus de *job* en plein hiver ! Comment tu vas faire pour payer les comptes, à cette heure ?

Il aurait voulu aller se cacher quelque part pour pleurer sur son sort, mais la neige tombait de plus en plus dru et il n'avait aucune place où aller. Arrivé devant sa porte, il fut bien obligé de l'ouvrir pour entrer chez lui.

— Qui est-ce qui entre ? fit la voix de Laurette provenant de la cuisine.

— C'est moi, répondit-il.

Si tôt dans la soirée, le téléviseur était éteint pour permettre à Gilles et à Carole d'effectuer leurs travaux scolaires en paix, sur la table de cuisine. Richard, Jean-Louis et Denise s'étaient apparemment réfugiés dans leur chambre, attendant probablement que leur mère décide d'allumer le téléviseur.

— Qu'est-ce qui se passe ? demanda Laurette en venant le rejoindre dans le couloir pendant qu'il retirait son manteau couvert de neige.

Gérard tarda durant quelques secondes à lui répondre. Sa femme devina brusquement ce qui lui arrivait.

— C'est pas vrai ! s'exclama-t-elle. Viens pas me dire que t'as perdu ta *job* !

— Ben oui, reconnut-il, la voix éteinte.

— Pourquoi ?

— Le *boss* avait un neveu qui se cherchait de l'ouvrage et il a décidé de lui donner ma *job*, mentit-il, lui servant l'histoire qu'il avait préparée durant son trajet en tramway.

— Ah ben ! C'est ben écœurant, une affaire comme ça ! s'emporta Laurette, les deux mains plantées sur les hanches. Il a pas le droit de faire ça à un père de famille.

— Parle donc pas pour rien dire, fit son mari d'une voix lasse. Tu devrais savoir qu'un *boss* a le droit de tout faire.

— J'espère que tu t'es défendu au moins.

— Ben oui, mais ça a servi à rien, mentit encore une fois Gérard en se dirigeant vers la cuisine.

Laurette arborait maintenant une mine plus catastrophée que son mari.

— As-tu soupé, au moins ?

— J'ai pas faim, répondit Gérard en déposant le sac brun contenant son goûter sur la table.

— Mange pareil, lui ordonna sa femme en sortant les sandwiches enveloppés dans du papier sulfurisé. C'est pas en te rendant malade que tu vas arranger les affaires.

Pendant que Gérard mangeait sans grand appétit ses sandwiches, ses enfants étaient venus prendre place à table. Ils attendaient, sans rien dire, ce que leur père allait déclarer après s'être restauré.

Laurette, assise un peu à l'écart dans sa chaise berçante, fixait la fenêtre de la cuisine sans rien voir. Angoissée, elle tentait d'imaginer comment sa famille allait bien pouvoir survivre à l'hiver rigoureux qui venait à peine de commencer.

— Énervez-vous pas pour rien, ordonna Gérard aux siens en réalisant l'inquiétude qui semblait s'être emparée de chacun. On va s'en sortir.

— C'est sûr qu'on va finir par s'en sortir, reprit Laurette, mais sa voix manquait singulièrement de conviction.

À l'extérieur, le vent sembla soudain redoubler de force et vint plaquer de gros flocons de neige contre l'unique fenêtre de la cuisine.

À suivre...

Sainte-Brigitte-des-Saults
Novembre 2008

Table des matières